KB081937

인계철선

TRIPWIRE

Copyright © 1999 by Lee Child
All rights reserved.
Korean translation rights arranged with Darley Anderson and Associates Ltd.,
London through Danny Hong Agency, Seoul.
Korean translation copyright © 2024 by Openhouse for Publishers Co., Ltd.

이 책의 한국어판 저작권은 대니홍 에이전시를 통한 저작권사와의 독점 계약으로 (주)오픈하우스포퍼블리셔스에
있습니다. 신저작권법에 의해 한국 내에서 보호를 받는 저작물이므로 무단전재와 복제를 금합니다.

인계철선

TRIPWIRE
잭 리처 컬렉션

리 차일드 지음
다니엘 J. 옮김

오픈하우스

한때는 세상 최고의 아이였고
이제는 자랑스럽게 내 친구라고 부를 수 있는 여인
내 딸 루스에게

일러두기

1. 본문의 아래 첨자는 모두 역자 주이다.
2. 외국 인명·지명은 외래어표기법을 따르되 일부는 관용적인 표기를 따랐다.
3. 책·신문·잡지명은 『 』, 영화·연극·TV·라디오 프로그램명은 「 」, 시·곡명은 〈 〉,
   음반·오페라·뮤지컬명은 《 》로 묶어 표기했다.

프롤로그

갈고리hook 하비는 30년 가까이 된 비밀에 삶을 의지했다. 그의 자유, 지위, 돈, 모든 것을. 그리고 특별한 상황에 처한 신중한 사람답게 그는 자신의 비밀을 지키기 위해 필요한 일이라면 뭐든 할 태세가 되어 있었다. 그는 잃을 것이 많았기 때문이다. 어쩌면 그의 삶 전체를.

그가 거의 30년 동안 의지했던 보호 장치는 딱 두 가지에 기반을 두고 있었다. 모든 사람이 위험으로부터 자신을 보호하기 위해 사용하는 것과 동일한 두 가지이다. 국가가 적의 미사일로부터 자신을 보호하고, 아파트 주민이 도둑으로부터 자신을 보호하고, 권투 선수가 KO 펀치 한 방에 대비하는 것과 같은 방식이다. 1단계 탐지, 2단계 대응. 먼저 위협을 감지한 다음 대응한다.

1단계는 조기 경보 시스템이었다. 이 시스템은 수년에 걸쳐 외부 상황의 변화에 따라 바뀌어서 현재는 잘 준비되고 단순화되었다. 그것은 동심원 형태의 인계철선전선에서 침입해 오는 적들이 건드리면 폭발물이나 조명탄·신호탄 등을 터뜨려 적을 살상하거나 적의 침입을 알 수 있게 해 주는 철선 두 개로 구성되어 있었다. 첫 번째 인계철선은 집에서 18,000킬로미터 떨어진 곳에 있었다. 그것은 아주 초기의 경고로 위험이 가까이 다가오고 있다는 모닝콜 같은 것이었다. 두 번째 인계철선은 집에서 8천 킬로미터 떨어진 곳으로, 집과 더 가까웠지만 여

7

전히 집에서 1만 킬로미터나 떨어져 있었다. 두 번째 위치에서 울리는 경고는 그들이 곧 가까워진다는 것을 알려 주었다. 1단계는 끝났고 2단계가 곧 시작된다는 것을 알려 주는 신호였다.

2단계는 대응이었다. 그는 어떤 대응을 해야 하는지 매우 명확하게 알고 있었다. 그는 거의 30년 동안 이 문제에 대해 고민했는데 합리적인 답은 단 하나뿐이었다. 그건 즉시 도망쳐서 사라지는 것. 그는 현실적인 사람이었다. 그는 평생 자신의 용기와 영리함과 강인함과 불굴의 의지를 자랑스러워했다. 그는 필요한 일은 두 번 생각하지 않고 해치웠다. 그래서 그는 저 멀리 인계철선에서 경고음이 들려오면 도망쳐야 한다는 것을 알았다. 그 누구도 자신을 쫓아오는 것에게서 살아남을 수 없었기 때문이다. 어느 누구도, 비록 그처럼 무자비한 사람이라 하더라도.

위험은 수년 동안 밀물처럼 밀려왔다가 썰물처럼 빠져나갔다. 그는 언제든 위험이 자신을 덮칠 것 같은 긴 시간을 보냈다. 그리고 오랜 시간 동안 그는 자신에게 절대로 위험이 닿지 않을 거라고 확신했다. 가끔 시간이 무감각하게 흐를 때면 안전한 느낌이 들기도 했다. 30년은 아주 긴 시간이니까. 하지만 어떤 때는 눈 깜짝할 새처럼 느껴졌다. 때로는 한 시간 단위로 첫 번째 신호를 기다리기도 했다. 계획을 세우고 진땀을 흘리면서. 하지만 언제든 도망쳐야 할 수도 있다는 것을 항상 알고 있었다.

그는 머릿속으로 수백만 번이나 그 장면을 그려보았다. 그의 예상대로라면 첫 번째 신호는 두 번째 신호가 오기 한 달 전쯤에 올 것이다. 그는 그 한 달을 준비 기간으로 삼을 것이다. 모든 일을 매듭짓고, 사업을 마무리하고, 자산을 현금화하고 이전하여 정리할 것이다. 그때 두 번째 신호가 오면 바로 뜰 것이다. 즉시. 망설이지 않고 멀리 도망쳐서 사라질 것이다.

그런데 실제로는 같은 날 두 개의 신호가 울렸다. 두 번째 신호가 먼저 왔다. 집에서 가까운 쪽의 인계철선이 먼 쪽 것보다 한 시간 먼저 작동했다. 갈고리 하비는 도망치지 않았다. 그는 30년간의 치밀한 계획을 포기하고 남아서 싸우기로 했다.

1

 잭 리처는 그 남자가 입구를 통해 들어오는 것을 보았다. 실제로 문이 있는 것은 아니었다. 남자는 원래는 문이 있어야 하지만 지금은 뚫려 있는 앞쪽에서 들어왔다. 그 바는 인도 쪽으로 완전히 개방되어 있었다. 약간의 그늘이 드리워진 마른 넝쿨 아래에는 몇 개의 테이블과 의자가 있었다. 그 곳은 벽이 없어 내부와 외부가 구분되지 않는 공간이었다. 리처는 바가 문을 닫을 때 입구를 가로질러 막고 자물쇠를 채울 수 있는 철제 펜스 같은 것이 있을 거라고 생각했다. 바가 문을 닫는다면. 하지만 리처는 문 닫는 걸 본 적이 없었고, 꽤 괜찮은 시간을 보내는 중이었다.

 남자는 어두운 공간으로 한 발 들어서서 눈을 깜빡이며 강렬한 키 웨스트 태양빛에서 어둠으로 눈을 적응시켰다. 6월의 오후 4시 정각, 미국 최 남단 지역. 키 웨스트는 대부분의 바하마 지역보다 훨씬 더 남쪽이었다. 이글거리는 태양과 뜨거운 기온. 리처는 안쪽 테이블에 앉아 페트병에 든 물을 마시며 기다리고 있었다.

 남자는 주위를 둘러보았다. 바는 오래 묵어 색이 어두워진 나무판자로 만든 낮은 공간이었다. 마치 오래된 난파선에서 가져온 것처럼 보였다. 거 기에는 자질구레한 선박의 잡동사니들이 아무렇게나 못 박혀 있었다. 오 래된 황동제 물건들과 녹색 유리 구체들이 있었고 낡은 그물도 늘어져 있었다. 리처는 한 번도 물고기를 잡아 본 적도, 배를 타 본 적도 없었지만 어로 장비일 거라고 짐작했다. 만 장쯤 되는 명함이 천장을 포함한 모든 빈 공간 위에 핀으로 꽂혀 있었다. 그중 일부는 새것이었고, 일부는 수십 년 전에 문을 닫은 회사 것으로 오래되어 둥글게 말려 있었다.

남자는 어둠 속으로 더 깊이 걸음을 옮기며 바로 향했다. 나이는 60대, 중간 키에 덩치가 컸다. 의사라면 과체중이라고 말했을 테지만, 리처에게 는 노화를 잘 버텨내고 있는 것으로 보였다. 시간의 흐름에 동요하지 않고 우아하게 순응하는 남자. 그는 더운 곳으로 급하게 여행을 떠나 온 북부 도시 남자처럼 옷을 입고 있었다. 위는 넓고 아래는 좁은 연회색 바지, 얇고 구겨진 베이지색 재킷, 칼라를 활짝 펼친 흰색 셔츠, 목에 드러난 청백색 피부, 짙은 색 양말, 정장 구두. 뉴욕이나 시카고, 아마도 보스턴 쯤일 거라고 리처는 추측했다. 여름 대부분을 에어컨이 켜진 건물이나 차 안에서 보내고, 바지와 재킷은 20년 전에 샀을 때부터 자신의 옷장 깊숙한 곳에 넣어 두고 필요에 따라 가끔 꺼내어 입는 남자.

남자는 바로 다가가더니 재킷 안에 손을 넣어 지갑을 꺼냈다. 불룩하게 부푼 작고 오래된 검정색 고급 가죽지갑이었다. 지갑 안은 꽉 채워져 있었다. 리처는 남자가 익숙한 동작으로 지갑을 열어 바텐더에게 보여 주며 조용히 질문하는 모습을 보았다. 바텐더는 모욕감을 느꼈다는 듯 고개를 돌렸다. 남자는 지갑을 집어넣고 머리카락을 적시는 땀으로 백발을 빗어 넘겼다. 그가 다른 말을 중얼거리자 바텐더가 얼음이 채워진 상자에서 맥주를 꺼냈다. 나이 든 남자는 차가운 병을 얼굴에 대고 잠시 기다렸다가 길게 한 모금을 마셨다. 그는 입을 손으로 가리고 조심스럽게 트림을 하며 작은 실망감이 해소된 듯 미소를 지었다.

리처도 거기에 맞춰 물을 길게 마셨다. 리처가 아는 가장 몸이 좋은 사람은 벨기에 군인이었는데 그는 몸짱의 비결이 매일 5리터의 생수를 마시는 것이라고 주장했다. 그 벨기에 병사는 리처 몸집의 절반밖에 안 되는 작은 체구였으므로 자신은 하루에 10리터를 마셔야 한다고 리처는 생각했다. 대형 생수 10병. 키 웨스트의 더위를 마주하고 나서 그는 그 요법을 따랐다. 효과가 있었다. 그 어느 때보다 컨디션이 좋았다. 매일 오후 4시에 그는 이 어두운 테이블에 앉아 상온의 생수 세 병을 마셨다. 이제 그는 한때 커피에 중독되었던 것처럼 물에 중독되었다.

남자는 바를 옆으로 두고 비스듬히 앉아 맛있게 맥주를 마시고 있었다. 공간 전체를 스캔하면서. 바텐더를 제외하고는 리처뿐이었다. 나이 든 남자가 엉덩이를 밀고 일어나 건너왔다. '합석해도 될까요?'라는 의미의 애매한 제스처로 맥주를 흔들었다. 리처는 건너편 의자를 가리키며 고개를 끄덕였고 세 번째 생수병의 비닐 밀봉을 뜯었다. 남자는 의자를 꽉 채우며 힘겹게 앉았다. 그는 바지 주머니에 열쇠와 돈, 손수건을 넣고 다녀 엉덩이가 실제보다 더 커 보이게 만드는 유형의 사람이었다.

"당신이 잭 리처 씨입니까?" 남자가 테이블 건너편에서 물었다.

시카고나 보스턴이 아니다. 분명 뉴욕이다. 그의 목소리는, 스무 살 때까지 풀턴 스트리트에서 100미터도 벗어나지 않고 살았던 리처가 아는 어떤 남자의 목소리와 똑같았다.

"잭 리처 씨 맞소?" 나이 든 남자가 다시 물었다.

가까이서 보니 돌출된 눈썹 아래 작고 지혜로운 눈매를 가지고 있었다. 리처는 물을 마시고 병 속의 맑은 물 너머로 그를 흘깃 쳐다보았다.

"잭 리처 씨 아니오?" 남자가 세 번째로 물었다.

리처는 물병을 테이블 위에 올려놓고 고개를 저었다.

"아닙니다." 리처는 거짓말을 했다.

남자의 어깨가 실망감에 살짝 움츠러들었다. 그는 소매를 올려 손목시계를 확인했다. 일어나려는 듯 의자에서 몸을 앞으로 움직였다가 갑자기 여유가 생겼다는 듯 다시 앉았다.

"4시 5분밖에 안 됐소." 그가 말했다.

리처는 고개를 끄덕였다. 그는 바텐더에게 빈 맥주병을 흔들어 보였고, 바텐더가 새 맥주병을 들고 달려 왔다.

"열기가 달려드는군." 그가 말했다.

리처는 다시 고개를 끄덕이며 물을 한 모금 마셨다.

"이 근처에 사는 잭 리처 씨를 아시오?" 남자가 물었다.

리처는 어깨를 으쓱했다.

"인상착의가 있습니까?" 리처가 되물었다.

남자는 두 번째 병을 길게 마셨다.

그는 손등으로 입술을 닦으면서 그 동작을 이용하여 조심스럽게 두 번째 트림을 숨겼다.

"별로." 그가 말했다. "덩치 큰 남자라는 것. 그게 내가 아는 전부요. 그래서 당신에게 물어본 거고."

리처는 고개를 끄덕였다.

"이 동네에는 덩치 큰 친구들이 많습니다." 리처가 말했다. "사방에 덩치 큰 남자들이 널렸지요."

"그런데 그 이름을 모르오?"

"제가 알아야 합니까?" 리처가 물었다. "그리고 누가 그런 걸 알고 싶어

하죠?"

남자는 매너를 지키지 못한 것에 대해 사과하듯 웃으며 고개를 끄덕였다.

"내 이름은 코스텔로요." 그가 말했다. "만나서 반갑소."

리처는 고개를 끄덕이며 병을 살짝 들어 답례했다.

"빚쟁이라도 찾는 겁니까?" 리처가 물었다.

"난 사립탐정이오." 코스텔로가 말했다.

"리처 씨를 찾고 있습니까?" 리처가 물었다. "그가 무슨 짓을 한 겁니까?"

코스텔로는 어깨를 으쓱했다. "내가 아는 한 아무 문제도 없소. 단지 그를 찾아달라는 요청을 받았을 뿐이오."

"그 사람이 여기 내려와 있다고 생각하십니까?"

"지난주에는 여기 있었소." 코스텔로가 말했다. "버지니아에 은행 계좌가 있는데 거기로 돈을 송금했거든."

"여기 키 웨스트에서 말입니까?"

코스텔로는 고개를 끄덕였다.

"매주." 그가 말했다. "석 달 동안."

"그래서요?"

"그는 여기서 일을 하고 있는 거요." 코스텔로가 말했다. "지금까지 석 달 동안. 그러니 누군가는 그를 알고 있을 거요."

"하지만 아무도 모르잖습니까." 리처가 말했다.

코스텔로는 고개를 저었다. "이 동네에서 소식이 제일 빠른 듀발 스트리트에서 위아래로 샅샅이 훑었소. 가장 근접한 정보는 어딘가 2층에 있는 스트립 바에서 나왔는데, 거기서 일하는 여자가 말하길 정확히 석 달 동안 이 바에서 매일 오후 4시에 물을 마시는 덩치 큰 남자가 있다고 했소."

남자는 침묵에 빠졌고, 직접적으로 도전하는 것처럼 리처를 뚫어지게 쳐다보았다. 리처는 물을 한 모금 마시고 그를 향해 어깨를 으쓱했다.

"우연입니다." 리처가 말했다.

코스텔로는 고개를 끄덕였다.

"그런 것 같군." 그가 조용히 말했다.

그는 현명한 늙은 눈을 리처의 얼굴에 단단히 고정시킨 채로 맥주병을 입술에 대고 마셨다.

"이 동네는 유동 인구가 많습니다." 리처가 그에게 말했다. "항상 사람들이 들락날락거리죠."

"그런 것 같군." 코스텔로가 다시 말했다.

"하지만 귀를 열어 두겠습니다." 리처가 말했다.

코스텔로가 고개를 끄덕였다.

"그래 주면 고맙겠소만." 그가 애매하게 답했다.

"누가 찾는 겁니까?" 리처가 물었다.

"내 의뢰인은 제이콥 부인이오."

리처는 물을 한 모금 마셨다. 그가 아는 이름이 아니었다. 제이콥? 그런 사람에 대해 들어 본 적도 없었다.

"알겠습니다. 주변에서 그를 보면 말씀드리죠. 하지만 너무 기대는 마십시오. 저는 사람들을 별로 만나지 않으니까요."

"무슨 일을 하고 있소?"

"수영장을 파고 있습니다." 리처가 말했다.

코스텔로는 수영장이 뭔지는 알고 있지만 그게 어떻게 만들어졌는지는 한 번도 생각해 보지 않은 것 같은 표정이었다.

"굴착기 기사요?"

리처는 미소를 지으며 고개를 저었다.

"여기서는 안 됩니다." 리처가 말했다. "손으로 파냅니다."

"손으로?" 코스텔로가 되물었다. "뭐, 삽 같은 걸로?"

"부지가 너무 좁아서 기계가 못 들어갑니다." 리처가 말했다. "길은 너무 좁고 나무는 너무 키가 작고. 듀발 스트리트에서 벗어나면 직접 확인하실 수 있을 겁니다."

코스텔로는 다시 고개를 끄덕였다. 갑자기 편안해진 표정이었다.

"그럼 당신은 이 리처라는 사람을 모르겠군." 그가 말했다. "제이콥 부인의 말에 따르면 그는 육군 장교라고 했소. 그래서 확인해 보니 그녀 말이 맞았소. 그는 소령이었소. 훈장도 많이 받은 헌병대 거물이었다고 하더군. 그런 사람이 삽 따위로 수영장이나 파고 있지는 않을 테니."

리처는 표정을 감추기 위해 물을 길게 들이켰다.

"그럼 그 사람은 뭘 하고 있을까요?"

"여기서?" 코스텔로가 말했다. "잘 모르겠소. 호텔 경비원? 아니면 사업체 같은 걸 운영하려나? 요트 임대업 같은 걸 할지도."

"왜 하필 여기로 내려왔을까요?"

코스텔로는 그 의견에 동의한다는 듯 고개를 끄덕였다.

"그러게 말이오." 그가 말했다. "이런 엿 같은 곳에. 하지만 그는 여기 있소. 그건 확실해. 2년 전 군대를 제대하고 펜타곤에서 제일 가까운 은행에 돈을 맡기고 사라졌소. 그 은행 계좌에서 온갖 곳으로 돈이 인출되다가, 최근 석 달 동안 여기에서 돈이 다시 입금되었거든. 여기저기 떠돌아다니다 이곳에 정착해 돈을 벌고 있다는 거지. 내가 찾을 거요."

리처는 고개를 끄덕였다.

"제가 주위에 좀 물어볼까요?"

코스텔로는 고개를 저었다. 이미 다음 행동을 계획하고 있었다.

"괜찮소."

그는 의자에서 몸을 일으켜 바지 주머니에서 구겨진 돈뭉치를 꺼내 테이블 위에 5달러를 내려놓고 멀어져 갔다.

"만나서 반가웠소." 그가 뒤돌아보지도 않고 말했다.

그는 뚫린 벽을 통해 오후의 눈부신 햇살 속으로 걸어 나갔다. 리처는 마지막 물을 마시며 그가 떠나는 것을 지켜보았다. 4시 10분이었다.

한 시간 뒤, 리처는 듀발 스트리트를 거닐며 은행 계좌를 바꿔야 할지, 이른 저녁을 어디서 먹을지, 왜 그가 코스텔로에게 거짓말을 한 것인지에 대해 생각했다. 첫 번째 결론은 계좌에서 현금을 찾은 뒤 바지 주머니에 넣고 다닌다는 것이었다. 두 번째 결론은 벨기에 친구의 조언에 따라 큰 스테이크와 아이스크림을 먹는 것이었다. 물 두 병을 추가해서. 세 번째 결론은 거짓말을 하지 않을 이유가 없었기 때문에 거짓말을 했다는 것이었다.

뉴욕에서 온 사립탐정이 리처를 찾아야 할 이유는 없었다. 그는 뉴욕에 살았던 적이 없었다. 북부의 대도시 어느 곳도 마찬가지였다. 그는 실제로 어디에도 살아 본 적이 없었다. 그의 삶을 정의하는 특징이었다. 그것이

리처를 지금의 리처로 만들었다. 그는 현역 해병대 장교의 아들로 태어났고, 어머니가 베를린 의무부대의 산부인과 병동에서 그를 업고 나온 바로 그날부터 세계 각지로 끌려 다니며 자라왔다. 그는 대부분 멀리 떨어진 황량한 지역의 군사기지 외에는 살아 본 적이 없었다. 그 후에 스스로 육군에 입대했고 헌병 수사관으로 다시 그런 기지에서 생활하고 복무했다. 그런데 군비 축소의 일환으로 그의 부대가 해체되고 자유의 몸이 되었다. 그 후 미국으로 돌아와 싸구려 관광객처럼 떠돌아다니다가 미국의 땅끝에서 돈이 바닥났다. 그는 며칠 동안 땅파기를 했고 그 며칠은 몇 주로 늘어나고 그 몇 주는 몇 달로 늘어나 여전히 거기에 있었다.

그에게는 유언으로 재산을 남겨줄 만한 친척이 없었다. 빚도 없었다. 물건을 훔친 적도 없고 누구를 속인 적도 없었다. 아이를 양육한 적도 없었다. 그에 관한 기록은 한 인간의 기록으로는 최소한인 몇 장의 서류뿐이었다. 그는 거의 존재하지 않는 사람이었다. 그리고 그는 제이콥이라 불리는 어느 누구도 전혀 알지 못했다. 그건 확실했다. 그래서 코스텔로가 원하는 것이 무엇이든 전혀 관심이 없었다. 굳이 앞으로 나서서 어떤 일에든 엮일 만큼 관심이 가지 않았다.

누구의 눈에도 띄지 않는 것이 습관이 되었기 때문이다. 리처는 그의 전두엽인간 뇌에서 사고, 계획, 의사 결정 등의 이성적 기능을 담당을 통해 그것이 자신이 처한 상황에 대한 일종의 복잡하고 소외된 반응이라는 것을 알았다. 2년 전, 모든 것이 뒤집혔다. 작은 연못의 큰 물고기에서 아무것도 아닌 존재로 전락했다. 고도로 조직화된 공동체의 고위직이자 중요한 구성원에서 2억 7천만 명의 무명 민간인 중 한 명에 불과한 존재가 되었다. 필수적이고 필요한 존재에서 너무나 흔한 한 사람이 되어버렸다. 매일 매순간 지시에 따라 800만 제곱킬로미터의 어딘가에 있어야 하다가, 어쩌면 40년 이상을 지도도 일정표도 없이 지내야 하는 상황에 직면하게 되었다. 리처의 전두엽은 그의 반응이 이해할 수 있지만 방어적이라고 말했다. 고독을 좋아하지만 외로움은 걱정하는 남자의 반응. 이는 극단적인 반응이므로 조심해야 한다고도 말했다.

하지만 전두엽 뒤에 묻혀 있는 도마뱀 뇌인간의 뇌에서 원초적이고 본능적인 행동을 담당하는 부분는 그가 그것을 좋아한다고 말했다. 그는 익명성을 마음에 들어했다. 그는 비밀을 좋아했다. 따뜻하고 편안하며 안심이 되었다. 그는 그것을 지켰다. 겉으로는 친절하고 사교적이었지만 정작 자신에 대해서는 별다른 말을 하지 않았다. 현금으로 계산했고,아 먼 곳이라도 비행기는 타지 않고 자동차로 이동했다. 탑승객 명단이나 신용카드 사용 내역을 남기지 않았다. 누구에게도 자신의 이름을 말하지 않았다. 키 웨스트에서는 해리 S. 트루먼미국의 제33대 대통령이라는 이름으로 저렴한 모텔에 체크인했다. 숙박부를 훑어보면서 그는 자신만 특별한 것은 아니라는 사실을 알았다. 존 타일러와 프랭클린 피어스처럼 아무도 들어 본 적 없는 대통령을 포함해 마흔한 명의 대통령 대부분의 이름이 있었다. 키 웨스트에서는 이름이 큰 의미가 없다는 것을 알았다. 사람들은 그냥 손을 흔들고 웃으며 인사를 건넸다. 모두들 각자 자기만의 비밀이 있다고 생각했다. 그는 그곳이 편했다. 서둘러 떠나기에는 너무 편안했다.

리처는 시끌벅적하고 따뜻한 날씨 속에서 한 시간 동안 산책한 뒤 듀발에서 벗어나 그를 알아보고 그가 가장 좋아하는 브랜드의 생수와 접시보다 더 큰 스테이크를 한꺼번에 내어주는 숨겨진 옥외 식당으로 향했다.

스테이크는 달걀 프라이와 감자튀김, 모둠 채소와 함께, 아이스크림은 핫초코 시럽에 견과류가 얹어져 나왔다. 물 1리터를 더 마신 다음 진한 블랙커피 두 잔을 마셨다. 테이블에서 뒤로 물러나 만족스럽게 앉았다.

"이제 됐나요?" 웨이트리스가 미소를 지었다.

리처는 그녀에게 미소를 지으며 고개를 끄덕였다.

"딱 좋습니다." 그가 말했다.

"그래 보여요."

"아주 좋군요."

사실이었다. 서른아홉 살이었지만 그는 그 어느 때보다 상태가 좋았다. 항상 단단한 몸에 튼튼했지만 지난 3개월 동안 새로운 정점에 도달했다. 전역할 당시 키는 195센티미터, 몸무게는 100킬로그램이었다. 수영장 공사에 합류한 지 한 달이 지나니 노동과 더위에 지쳐 체중이 95킬로그램까지 줄었다. 그 후 두 달이 지나자 몸무게는 110킬로그램까지 늘었고, 모두 단단한 근육으로 채워졌다. 그의 노동량은 엄청났다. 그는 매일 4톤 정도의 토사와 암석을 파내겠다고 마음먹었다. 삽으로 흙을 파고 퍼내고 비틀고 던지는 기술을 개발하여 온종일 몸의 모든 부위가 운동이 되도록 했다. 그 결과는 놀라웠다. 그는 햇볕에 짙은 갈색으로 그을렸지만 생애 최고의 컨디션을 유지하고 있었다. 호두가 가득 들어 있는 콘돔 같다고 어떤 여자는 말했다. 그는 그 상태를 유지하기 위해 하루에 약 1만 칼로리를 섭취하고 10리터의 물을 마셔야 한다고 생각했다.

"오늘 밤에 일해요?" 웨이트리스가 물었다.

리처는 웃었다. 그는 다른 사람들이 조명 찬란한 도시의 헬스클럽에서 거금을 지불하고 하는 피트니스 프로그램을 하면서 돈을 벌고 있었고, 지금은 대부분의 남자들이 돈 내고라도 기꺼이 하고 싶어하는 저녁 일을 하려는 참이었다. 그는 코스텔로가 말한 듀발 스트리트 스트립 바의 경비원이었다. 그는 셔츠도 입지 않은 채 밤새도록 앉아 터프한 표정으로 공짜 음료를 마시며 벌거벗은 여성들이 괴롭힘을 당하지 않도록 지켰다. 그러면 누군가 그 대가로 50달러를 주었다.

"따분한 일이지만," 그가 말했다. "누군가는 해야 하는 일이니까."

그는 웨이트리스와 함께 웃으며, 계산을 마치고 다시 거리로 향했다.

북쪽으로 2,400킬로미터 떨어진 뉴욕 월스트리트 바로 아래, CEO가 엘리베이터를 타고 두 층을 내려가 재무이사의 집무실로 향했다. 두 사람은 함께 안쪽 사무실로 들어가 책상 뒤에 나란히 앉았다. 경기가 좋을 때 비싼 경비를 책정하여 지불한 사무실과 책상이었는데, 상황이 나빠지자 화가 나서 책망하는 듯한 느낌의 사무실이었다. 고층이었고, 진한 장미목 마감, 크림색 리넨 블라인드, 황동 장식품, 커다란 책상, 이탈리아제 테이블 조명에 필요 이상으로 비싼 대형 컴퓨터가 구비되어 있었다. 컴퓨터가 빛을 내며 비밀번호를 기다리고 있었다. CEO가 입력하고 엔터 키를 누르자 화면에 스프레드시트가 떴다. 그 스프레드시트는 회사를 있는 그대로 보여 주는 유일한 파일이었다. 그래서 비밀번호로 보호되어 있었다.

"성공할 수 있을까?" CEO가 물었다.

그날은 바로 디데이D-Day였다. 여기서 'D'는 '구조조정downsizing'을 의미했다. 롱 아일랜드에 있는 제조 공장의 인사 관리자는 그날 아침 8시부터 계속 바쁘게 움직였다. 비서가 사무실 밖 복도에 의자를 길게 늘어놓았고, 의자에는 사람들이 긴 줄을 지어 가득 차 있었다. 사람들은 5분에 한 자리씩 옮겨가며 하루 종일 대기했다. 그러고는 차례가 되면 인사 관리자의 사무실로 들어가 5분간의 면담 끝에 그들의 생계가 끝이 났고, 감사와 작별 인사를 나눴다.

"성공할 수 있을까?" CEO가 다시 물었다.

재무이사는 종이에 많은 숫자들을 옮겨 적었다. 그는 몇 차례 계산을 해보고 달력을 보았다. 그는 어깨를 으쓱했다.

"이론적으로는 가능해요." 그가 말했다. "실제로는 안 되지만요."

"안 된다고?" CEO가 되물었다.

"시간이 변수예요." 재무이사가 말했다. "우리가 공장에서 제대로 한 것은 의심의 여지가 없어요. 인력의 80퍼센트를 해고했고, 저임금 인력만 남겼기 때문에 급여의 91퍼센트를 절약할 수 있었죠. 하지만 해고자에게는 다음 달 급여까지 모두 지급했어요. 그래서 현금 흐름이 개선되더라도 6주 동안은 효과가 없어요. 사실 지금은 현금 흐름이 훨씬 더 나빠졌는데, 그 이유는 해고자 놈들이 6주치 급여 수표를 모두 현금으로 바꾸려고 뛰쳐 나갔기 때문이에요."

CEO는 한숨을 쉬며 고개를 끄덕였다.

"그래서 얼마나 필요한데?"

재무이사는 마우스로 창을 확대했다.

"110만 달러요." 그가 말했다. "6주 동안."

"은행 쪽은?"

"불가능해요." 재무이사가 말했다. "기존 채무 연장을 위해서 제가 이미 저쪽에 매일 아부하고 있어요. 추가 대출을 요구하면 어이없다고 비웃을 거예요."

"더 나쁜 일을 해야 할 수도 있어." CEO가 말했다.

"그게 중요한 게 아니에요." 재무이사가 말했다. "문제는 우리가 취약하다는 냄새를 맡으면 은행이 대출을 회수해 버릴 거라는 사실이에요. 순식간에."

CEO는 손가락으로 책상을 두드리며 어깨를 으쓱했다.

"주식을 좀 팔아야겠어." 그가 말했다.

재무이사는 고개를 저었다.

"그건 안 돼요." 그는 참을성 있게 말했다. "주식을 시장에 내놓으면 주가가 바닥을 치게 될 거예요. 기존 차입금은 주식을 담보로 하고 있는데, 주식 가치가 더 떨어지면 내일 당장 문을 닫게 될 겁니다."

"젠장." CEO가 말했다. "이제 6주 남았어. 빌어먹을 그 6주 때문에 이 모든 걸 잃고 싶진 않아. 그깟 100만 달러 때문에. 완전 하찮은 금액인데."

"우리가 가지고 있지 않은 하찮은 금액이죠."

"구할 수 있는 곳이 어딘가에 있을 거야."

재무이사는 아무런 답변도 하지 않았다. 하지만 그는 뭔가 더 할 말이 있다는 듯 앉아 있었다.

"왜 그래?" CEO가 그에게 물었다.

"지인들이 수다 떠는 데서 들은 얘기가 있는데," 그가 말했다. "한번 가 볼 만한 곳이 있어요. 6주 동안이니까, 그만한 가치가 있을지도요. 급전을 빌려주는 최종 대부업자라고 들었어요."

"수준이 어떤 것 같아?"

"겉보기엔," 재무이사가 말했다. "꽤 괜찮아 보여요. 세계무역센터에 사무실이 크게 있더군요. 이런 케이스를 전문으로 한답니다."

CEO는 화면을 뚫어지게 보았다.

"어떤 케이스?"

"이런 케이스요." 재무이사가 반복했다. "문제를 거의 다 해결했는데 은행들이 더 이상 지원을 안 해 주는 빡빡한 케이스."

CEO는 고개를 끄덕이며 사무실을 둘러보았다. 아름다운 곳이었다. 자신의 사무실은 두 층 더 높은 코너에 있었고 훨씬 더 아름다웠다.

"좋아." 그가 말했다. "해 봐."

"전 못해요." 재무이사가 말했다. "이 사람은 CEO 밑으로는 거래하지 않아요. 직접 하셔야 해요."

스트립 바는 한산했다. 6월의 주중 저녁, 북부에서 추위를 피해 내려온 사람에게나 봄방학 휴가로는 너무 늦었고, 선탠을 하러 여름 휴가객이 내려오기에는 너무 이른 시기였다. 밤새 마흔 명도 채 오지 않았다. 바 뒤에서 여자 두 명, 앞에서 여자 세 명이 춤을 추고 있었다. 리처는 크리스털이라는 여자를 지켜보고 있었다. 그는 그것이 그녀의 본명이 아닐 거라고 생각했지만 물어본 적은 없었다. 그녀는 최고였다. 그녀는 헌병대 소령 때 리처가 벌던 것보다 훨씬 많은 돈을 벌었다. 그녀는 수입의 일정 부분을 검은색 구형 포르쉐를 유지하는 데 썼다. 가끔 이른 오후에 리처가 일하고 있는 동네에서 이 차가 부르릉거리는 엔진 소리와 경적을 울리며 돌아다니는 소리를 들었다.

바는 2층의 좁고 긴 공간으로, 런웨이와 반짝이는 금속 폴이 세워진 작은 원형 무대가 있었다. 런웨이와 무대 주변에는 의자가 줄지어 놓여 있었다. 사방에 거울이 있었고, 거울이 없는 곳은 새까만 벽이었다. 여섯 개의 스피커에서 흘러나오는 커다란 음악이 에어컨의 굉음을 덮어버릴 만큼 시끄럽게 쿵쾅거렸다.

리처는 실내로 3분의 1 정도 들어간 위치에서 바에 등을 기대고 있었다. 문 근처라 입구를 바로 볼 수 있고, 실내로 충분히 들어가 있어서 사람들이 그를 의식하지 않을 수 없는 거리였다. 크리스털이라는 여자가 세 번째 쇼를 마치고 20달러짜리 개인 쇼를 위해 만만해 보이는 남자를 무대 뒤로 데려가려는 때, 리처는 계단 맨 위로 남자 둘이 올라오는 것을 보았다. 북쪽에서 온 낯선 사람들. 서른 살 정도에 덩치가 크고 흰 얼굴. 위협적인 표정. 천 달러짜리 정장을 입고 구두에 광을 내어 신는 북부의 터프가이들. 급히 내려오느라 도시의 사무실 출근 복장 그대로였다. 그들은 입구 데스크 앞에서 입장료 3달러를 두고 따지기 시작했다. 데스크의 여자가 불안한 눈길로 리처를 쳐다보았다. 그가 스툴을 밀어내고 걸어 나갔다.

"친구들, 무슨 문제라도?" 리처가 물었다.

리처는 자신이 '대딩 걷기'라고 이름 붙인 기술을 썼다. 그는 대학생들이 근육에 잔뜩 힘을 주고 뒤뚱거리는 동작으로 걷는 것에 주목했다. 특히 백사장에서 반바지를 입고 걸을 때 그랬다. 마치 근육이 너무 크고 단단해서 일반적인 방식으로는 팔다리를 움직이지 못한다는 것처럼. 그는 60킬로그램의 10대들이 우스꽝스럽다고 생각했다. 그러나 195센티에 110킬로인 그가 그렇게 걸으면 상당히 무섭게 보일 거라는 걸 깨달았다. 대딩 걷기는 그의 새로운 직장에서 사용하는 도구 중 하나였다. 그리고 잘 작동하는 도구였다. 천 달러짜리 정장을 입은 두 남자도 분명히 강렬한 인상을 받은 것 같았다.

"문제 있나?" 그가 다시 물었다.

보통은 그 한마디면 충분했다. 대부분의 남자들은 그 시점에서 물러났다. 하지만 이 두 사람은 그러지 않았다. 가까이 서니 그들에게서 위협과 자신감이 혼합된 느낌이 전해졌다. 오만함도 좀 있는 것 같았다. 보통은 자기 방식대로 행동했지만 지금은 집에서 멀리 떨어져 있었다. 자기네 영역에서 멀리 떨어져 있어 나름 조심스럽게 행동하는 것 같았다.

"문제없어요, 타잔." 둘 중 왼손잡이가 말했다.

리처는 미소를 지었다. 그는 많은 별명으로 불렸지만 그 별명은 처음 들어보는 것이었다.

"들어오려면 3달러, 돌아서 내려가는 건 무료."

"누굴 좀 물어보기만 하면 되는데." 나머지 오른손잡이가 말했다.

두 사람 모두 뉴욕 어딘가의 악센트였다. 리처는 어깨를 으쓱했다.

"여기선 말 길게 안 해." 그가 말했다. "음악이 시끄럽잖아."

"이름이 뭐요?" 왼손잡이가 물었다.

리처는 다시 미소를 지었다.

"타잔."

"우리는 리처라는 사람을 찾고 있어요." 왼손잡이가 말했다. "잭 리처. 그런 사람 알아요?"

리처는 고개를 저었다.

"들어본 적도 없는데."

"그럼 여자애들이랑 얘기 좀 합시다." 왼손잡이가 말했다. "여자들이 그 사람을 알지도 모른다고 들었거든."

리처는 다시 고개를 저었다.

"여자들도 몰라."

오른손잡이는 리처의 어깨 너머로 길고 좁은 실내를 들여다보고 있었다. 그는 바 뒤에 있는 여자들을 흘끗 쳐다보았다. 그는 리처를 혼자 근무 중인 경비원으로 생각했다.

"타잔, 비켜." 그가 말했다. "우린 들어가야겠어."

"글자 읽을 줄 아시나?" 리처가 물었다. "큰 글자부터 전부 읽어 봐."

그는 데스크 위에 걸려 있는 표지판을 가리켰다. 검은색 바탕에 큰 형광색 글자가 적혀 있었다. 거기에는 관리자는 입장을 거부할 권리를 보유한다고 명시되어 있었다.

"내가 관리자야." 리처가 말했다. "입장을 거부한다."

오른손잡이는 표지판과 리처의 얼굴을 번갈아 보았다.

"통역이 필요하신가?" 리처가 그에게 물었다. "한마디로, 내가 주인이니까 들어오면 안 된다는 뜻이야."

"그만하시지, 타잔." 오른손잡이가 말했다.

리처는 그가 지나가는 동안 수평을 맞춰 어깨에 어깨를 맞대었다. 그런 다음 왼손을 들어 남자의 팔꿈치를 잡았다. 그는 손바닥으로 관절을 곧게 펴고 손가락으로 남자의 삼두근 하단의 부드러운 신경을 파고 들었다. 그 남자는 전기에 감전된 것처럼 펄쩍 뛰었다.

"아래층으로 내려가." 리처가 부드럽게 말했다.

왼손잡이는 서둘러 확률을 계산하고 있었다. 리처는 그 모습을 보고 완전하고 깔끔한 마무리가 필요하다고 생각했다. 그는 오른손을 눈높이에 맞춰 들어 올려 자유롭게 활동할 준비가 마친 것을 확인시켰다. 삽질로 굳은살이 박인 갈색의 거대한 손이 보이자 왼손잡이는 메시지를 알아챘다. 그는 어깨를 으쓱하고 계단을 내려가기 시작했다. 리처는 팔을 펴서 오른손잡이가 친구 뒤를 따라가도록 했다.

"두고 보자고." 왼손잡이가 말했다.

"친구들 모두 데려와!" 리처가 외쳤다. "입장료는 3달러씩이야!"

리처는 다시 실내로 들어갔다. 바로 뒤에 크리스털이라는 댄서가 서 있었다.

"그들이 원하는 게 뭐죠?" 그녀가 물었다.

그는 어깨를 으쓱했다.

"누굴 좀 찾고 있던데."

"리처라는 사람?"

그는 고개를 끄덕였다.

"오늘만 두 번째예요." 그녀가 말했다. "아까 전에도 노인 한 명이 여기 왔었어요. 그 사람은 3달러 냈고요. 저 사람들 쫓아가 보고 싶어요? 확인해 볼래요?"

리처는 망설였다. 그녀가 스툴에서 셔츠를 집어 들어 그에게 건넸다.

"가 봐요." 그녀가 말했다. "여긴 괜찮을 거예요. 손님도 별로 없잖아요."

그는 셔츠를 받았다. 소매를 바깥으로 빼냈다.

"고마워, 크리스털." 리처가 말했다.

그는 셔츠를 입고 단추를 채운 뒤 계단으로 향했다.

"천만에요, 리처!" 그녀가 뒤에서 소리쳤다.

그가 뒤를 돌아봤지만 그녀는 이미 무대를 향해 다시 걸어가고 있었다. 그는 멍하니 데스크 여직원을 바라보다가 거리로 향했다.

밤 11시가 되면 키 웨스트는 최고로 활기가 넘친다. 밤을 반쯤 보낸 사람도 있고, 이제 막 시작한 사람도 있다. 듀발은 섬을 동서로 가로지르는 메인 스트리트로, 빛과 소음으로 가득했다. 리처는 듀발에서 그를 기다리는 녀석들을 걱정하지는 않았다. 너무 붐볐다. 그들이 복수를 마음먹었다면 더 조용한 장소를 선택할 것이었다. 깔끔한 선택지가 있었다. 듀발을 벗어나면, 특히 북쪽으로 가면 금방 조용해진다. 마을은 좁고 블록은 작다. 조금만 걸어가면 20블록 정도를 지나 리처가 교외라고 생각했던 지역으로 올라살 수 있다. 리처가 작은 집의 작은 뒷마당에 수영장을 파고 있는 곳이었다. 가로등은 띄엄띄엄 켜져 있고 술집의 소음은 윙윙거리는 밤벌레 소리에 묻힌다. 맥주와 담배 냄새는 정원에서 피어나고 썩어가는 열대 식물의 지독한 악취로 대체된다.

그는 어둠 속을 일종의 나선형으로 걸었다. 무작위로 모퉁이를 돌고 조용한 지역을 4등분해 나아갔다. 주변에는 아무도 없었다. 그는 길 한가운데로 걸어갔다. 현관문에 숨어 있을지도 모를 누군가에 대비해 3미터 정도의 공간을 확보했다. 총에 맞을 걱정은 하지 않았다. 그놈들은 총이 없었다. 놈들의 정장이 그걸 증명했다. 무기를 감추기엔 너무 꽉 끼었다. 그리고 그 정장은 놈들이 서둘러 남쪽으로 왔다는 것을 의미했다. 비행기를 타고 내려왔는데, 주머니에 총을 넣은 채로 비행기를 타는 것은 쉬운 일이 아니다.

그는 1킬로미터쯤 가다가 포기했다. 비록 작은 마을이었지만 두 사람이 숨어들기에는 충분히 큰 마을이었다. 그는 묘지 가장자리를 따라 왼쪽으로 돌아서 다시 소음이 들리는 방향으로 향했다. 한 남자가 인도에서 철조망 울타리에 기대어 있었다. 축 처진 채 움직이지 않았다. 키 웨스트에서는 흔히 볼 수 있는 광경이지만 뭔가 이상한 것이 있었다. 그리고 익숙한 것도 있었다. 이상한 것은 그 남자의 팔이었다. 팔이 그의 몸 아래에 깔려 있었다. 아무리 술이나 마약에 취했어도 어깨 신경이 세게 비명을 질렀을 것이다. 익숙한 것은 낡은 베이지색 재킷의 창백한 광택이었다. 남자의 상반신은 밝고 하반신은 어두웠다. 베이지색 재킷, 연회색 바지. 리처는 잠시 멈춰서 주위를 둘러봤다. 가까이 다가가서 몸을 기울였다.

코스텔로였다. 얼굴이 짓이겨져서 피투성이가 되어 있었다. 셔츠의 목부분에 드러난 도시인의 청백색 피부에는 피가 흘러내려 말라붙은 핏줄기가 퍼져 있었다. 리처는 귀 뒤쪽의 맥박을 짚어 보았다. 움직임이 전혀 없었다. 피부에 손등을 갖다 댔다. 차가웠다. 더운 밤이라서 사후경직은 아직 나타나지 않았다. 죽은 지 한 시간쯤 지난 것 같았다.

재킷 안을 확인했다. 빵빵하게 부풀어 있던 지갑은 사라졌다. 손에는 손가락 끝이 다 잘려 나간 상태였다. 열 손가락 모두. 깔끔하고 날카로운 무언가를 사용한 빠르고 효율적인 정확한 각도의 절단이었다. 메스는 아니었다. 더 넓은 칼날. 바닥재 절단용 칼일지도 몰랐다.

2

"내 잘못이야." 리처가 말했다.

크리스털이 고개를 저었다.

"당신이 죽인 게 아니잖아요." 그녀가 말했다.

그러고는 그를 날카롭게 쳐다보았다. "죽였어요?"

"내가 죽인 거나 마찬가지야." 리처가 말했다. "다를 게 있나?"

바는 1시에 문을 닫았고, 그들은 빈 무대 옆 의자 두 개에 나란히 앉아 있었다. 불도 꺼졌고 음악도 들리지 않았다. 4분의 1 속도로 작동하며 퀴퀴한 연기와 땀을 빨아들여서 키 웨스트의 가라앉은 밤공기로 내뱉는 에어컨의 윙윙거리는 소리 외에는 아무 소리도 들리지 않았다.

"말했어야 했어." 리처가 말했다. "그냥 내가 잭 리처라고 말했어야 했어. 내게 할 말이 있으면 뭐든 말했을 거고, 지금쯤이면 그는 집으로 돌아갔을 텐데. 그가 뭐라 하든 다 무시해 버리면 되는 거였는데. 나는 더 나빠질 게 없었을 거고 그는 여전히 살아 있을 텐데."

크리스털은 흰색 티셔츠 한 장 말고는 아무것도 입고 있지 않았다. 긴 티셔츠였지만 다 가리기에는 충분하지 않았다.

리처는 그녀를 쳐다보지 않았다.

"왜 신경 써요?" 그녀가 물었다.

키 웨스트 사람다운 질문이었다. 냉정하다기보다는, 다른 지방에서 내려온 낯선 사람을 걱정하는 리처의 모습에 신기해 할 뿐이었다. 그는 그녀를 쳐다보았다.

"책임감을 느껴."

"아니, 죄책감인 것 같은데." 그녀가 말했다.

그는 고개를 끄덕였다.

"그러지 말아요." 그녀가 말했다. "당신이 죽인 것도 아닌데."

"다를 게 있나?" 그가 다시 물었다.

"당연히 다르죠. 그 사람은 누구였어요?"

"사립탐정. 나를 찾고 있었지."

"왜요?"

그는 고개를 저었다.

"모르겠어."

"아까 그 남자들은 일행인가요?"

그는 다시 고개를 저었다.

"아니." 그가 말했다. "그놈들이 그를 죽인 거야."

그녀가 깜짝 놀라며 리처를 쳐다보았다. "그 남자들이?"

"내 추측이야. 그놈들이 일행이 아닌 건 확실해. 놈들은 더 젊고 돈이 많았어. 그 정장만 봐도 그의 부하들처럼 보이진 않았지. 어쨌든 그는 혼자 움직이는 걸로 보였어. 그 두 놈은 다른 사람 밑에서 일하고 있을 거야. 아마도 여기까지 따라와서 그가 도대체 무슨 일을 하는지 알아내라고 했겠지. 북쪽에서 누군가의 발을 밟아서 문제를 일으켰을 거야. 그래서 여기까지 추적당한 거고. 그놈들은 그를 잡고 두들겨 패서 누구를 찾는지 알아냈어. 그런 다음 여기까지 찾아 온 거지."

"당신 이름을 알아내려고 그를 죽였다고요?"

"그런 것 같아." 리처가 말했다.

"경찰에 신고할 건가요?"

또 다른 키 웨스트식 질문이었다. 경찰을 개입시키는 것은 오랫동안 진지하게 논의해야 할 문제였다. 그는 세 번째로 고개를 저었다.

"아니." 그는 말했다.

"경찰이 그를 추적하면 곧 당신도 찾아낼 거예요."

"당장은 아니야." 그는 말했다. "시신에는 신분증이 없었어. 지문도 없고. 그 사람이 누군지 알아내기까지 한두 주는 걸릴 거야."

"그래서 이제 어떻게 할 건데요?"

"제이콥 부인을 찾아야겠어." 그가 말했다. "탐정의 의뢰인. 그 여자가 나를 찾고 있다더군."

"그 여자를 알아요?"

"아니. 하지만 그녀를 찾을 거야."

"왜요?"

그는 어깨를 으쓱했다.

"무슨 일이 일어나고 있는지 알아야겠으니까."

"왜요?" 그녀가 다시 물었다.

그는 일어서서 벽에 걸린 거울을 통해 그녀를 바라보았다. 그는 갑자기 매우 초조해졌다. 갑자기 현실로 돌아갈 준비가 되었다.

"왜 그런지 알잖아. 그 사람이 나와 관련된 일 때문에 살해당했으니 나도 연루된 거나 마찬가지야."

그녀는 그가 방금 비운 의자에 긴 맨다리를 뻗었다. 그가 관여하려는 게 마치 낯선 취미처럼 잘 이해가 가지 않아 곰곰 생각했다. 합법적이지만 낯선, 마치 민속 무용 같은 느낌이었다.

"좋아요. 어떻게요?" 그녀가 물었다.

"그의 사무실로 가 봐야지." 그가 말했다. "아마 비서가 있을 거야. 최소한 거기엔 기록이 있을 테니. 전화번호, 주소, 계약서 같은 것. 이 제이콥 부인 건은 아마도 가장 최근에 맡은 사건이었을 거야. 서류 더미 맨 위에 올려져 있겠지."

"그의 사무실은 어디죠?"

"아직은 몰라." 그가 말했다. "그의 악센트로 봐서 뉴욕 어디인 것 같아. 난 그의 이름을 알아. 전직 경찰인 것도 알고. 코스텔로라는 60세가량의 전직 경찰. 찾기 어렵진 않을 거야."

"전직 경찰이라고요?" 그녀가 물었다. "뭘 보고?"

"사립탐정들은 대부분 다 그러니까." 그는 말했다. "일찍 은퇴해서 돈이 없으니 1인 사무실 간판을 내걸고, 주로 이혼 사건이나 사람 찾는 일을 맡지. 그는 내 은행 거래에 관해 모든 세부사항을 알고 있었어. 아직 현직에 있는 옛 친구의 도움 없이 그런 것까지 알 순 없지."

그녀는 살짝 관심을 보이며 미소를 지었다. 바 근처로 몸을 옮겨 리처 가까이로 갔다. 그의 허벅지에 엉덩이를 바짝 붙이고 섰다.

"이 복잡한 것들을 어떻게 다 알아요?"

그는 송풍구를 통해 흘러나오는 바람 소리에 귀를 기울였다.

"나도 수사관이었거든." 그가 말했다. "헌병대. 13년 동안 꽤 잘했지. 난 그냥 잘생기기만 한 게 아니야."

"당신 절대 잘생기지 않았거든요. 자백하지 말아요." 그녀가 받아쳤다.
"그럼 언제부터 시작할 건가요?"

그는 어둠 속에서 주위를 둘러보았다.

"지금 당장. 마이애미에서 일찍 비행기를 타야겠어."

그녀는 다시 미소를 지었다. 이번에는 조심스럽게.

"그럼 마이애미까지는 어떻게 갈 거죠?" 그녀가 물었다. "이 밤중에?"

그는 그녀에게 미소를 지었다. 자신만만하게.

"당신이 날 태워다 줘야지."

"옷 입을 시간은 있나요?"

"신발만 신어."

그는 그녀의 구형 포르쉐가 숨겨져 있는 차고로 함께 걸어갔다. 그가 차 문을 열자 그녀가 미끄러져 들어가 시동을 걸었다. 그녀는 북쪽으로 800미터 떨어진 그의 모텔까지 엔진을 워밍업 시키면서 천천히 달렸다. 큰 타이어가 깨진 포장도로에서 덜컹거리며 움푹 패인 곳에 쿵쿵 부딪혔다. 그녀는 네온사인이 켜진 로비 맞은편에 차를 세웠다. 엔진은 아직 초크가 작동 중이라 빠르게 돌아가고 있었다. 그는 차 문을 열었다가 다시 부드럽게 닫았다.

"그냥 가자고." 그가 말했다. "가져갈 게 아무것도 없어."

그녀가 대시보드의 불빛 속에서 고개를 끄덕였다.

"좋아요. 안전벨트." 그녀가 말했다.

부드럽게 1단 변속을 하고 나서 그녀는 마을을 빠져나갔다. 노스 루즈 벨트 도로를 길게 달리다 계기판을 확인하고 해안 둑길로 좌회전했다. 경찰 레이더 탐지기를 켰다. 가속 페달을 바닥까지 밟자 차 뒷부분이 지면을 세게 파고들었다. 마치 전투기를 타고 키 웨스트를 떠나는 것처럼 리처의 등이 뒤로 밀려 가죽시트에 밀착되었다.

그녀는 북쪽 키 라르고까지 포르쉐를 세 자릿수 속도로 유지했다. 리처는 드라이브를 즐기고 있었다. 그녀는 훌륭한 드라이버였다. 부드럽고 경제적인 움직임이었다. 섬세하게 기어 박스를 위아래로 조작했고, 커다란 엔진 소리 속에서 작은 차를 차로 중앙에 유지하고, 코너링의 힘으로 가속을 붙여 직선 도로로 달려 나갔다. 미소 짓고 있는 그녀의 얼굴은 빨간 계기판 불빛 속에서 완벽하게 빛나고 있었다. 빠르게 운전하기 쉬운 차는 아니었다. 무거운 엔진이 후방 차축 뒤쪽에 위치하고 있어서 악마의 진자처럼 흔들리기 쉽고, 운전자가 한 순간이라도 잘못하면 바로 함정에 빠질 수 있었다. 하지만 그녀는 제대로 해내고 있었다. 이동 거리로 보면 그녀는 경비행기만큼 빠르게 달리고 있었다.

그때 레이더 탐지기가 비명을 지르기 시작했고 키 라르고의 불빛이 1킬로미터 앞에 나타났다. 그녀는 브레이크를 세게 밟고 부릉거리며 마을을 통과한 뒤 다시 바다를 박차고 어두운 지평선을 향해 북쪽으로 돌진했다. 왼쪽으로 급커브를 돌아 다리를 건너 미국 본토로 향하는, 늪지대를 가로지르는 평평한 직선 도로를 따라 북쪽의 홈스테드라는 마을로 향했다. 그런 다음 오른쪽으로 급하게 꺾어 고속도로로 진입해 레이더 탐지기를 최대로 켜고 계속 고속으로 달려 새벽 5시 직전에 마이애미 공항 출발층에 도착했다. 그녀는 승하차 구역에 급히 차를 세우고 시동을 켠 채로 기다렸다.

"태워다 줘서 고마워." 리처가 그녀에게 말했다.

그녀는 웃었다.

"별거 아니에요." 그녀가 말했다. "정말로요."

그는 문을 열고 앉아서 앞을 바라보았다.

"그래." 그가 말했다. "나중에 봐."

그녀는 고개를 저었다.

"됐네요." 그녀가 말했다. "당신 같은 사람은 절대 돌아오지 않아요. 떠나면 다시는 돌아오지 않죠."

그는 그녀 차의 온기 속에 앉아 있었다. 엔진이 퐁퐁거리며 돌아갔다. 소음기가 식으면서 탁탁 소리를 냈다. 그녀가 그에게 몸을 기울였다. 클러치를 밟고 기어 레버를 1단으로 밀어 넣어 가까이 다가갈 수 있는 공간을 만들었다. 손을 그의 머리 뒤로 넣고 그의 입술에 강하게 키스했다.

"잘 가요, 리처." 그녀가 말했다. "적어도 당신의 이름을 알게 돼서 기뻐요."

그는 그녀에게 강하고 길게 키스했다.

"그래서 당신 이름은?" 그가 물었다.

"크리스털." 그녀는 이렇게 말하고 웃었다.

그는 그녀와 함께 웃다가 몸을 일으켜 차에서 내렸다. 그녀는 몸을 숙여 그의 뒤로 문을 닫았다. 그리고 속도를 올려 달려 나갔다. 그는 보도에 홀로 서서 그녀가 떠나는 모습을 지켜보았다. 그녀는 호텔 버스 앞에서 방향을 틀어 시야에서 사라졌다. 그의 인생 3개월이 그녀와 함께 배기가스 연기처럼 사라졌다.

새벽 5시, 뉴욕시에서 북쪽으로 80킬로미터 떨어진 곳, CEO는 잠에서 깨어나 천장을 바라보며 침대에 누워 있었다. 최근에 페인트칠이 끝난 천장이었다. 집 전체가 최근에 페인트칠을 한 상태였다. 그는 인테리어 디자이너에게 그의 직원들이 1년간 벌어들이는 돈보다 더 많은 돈을 지불했다. 실제로 그가 돈을 지불한 것은 아니었다. 청구서를 조작하여 회사가 그들에게 돈을 지불한 것이다. 그 비용은 비밀 스프레드시트 어딘가 일곱 자리 숫자의 일부에 '건물 유지보수비'라는 명목으로 숨겨져 있었다. 회계장부 부채 항목의 일곱 자리 총계는 무거운 화물이 기울어진 배를 가라앉히듯 그의 사업을 끌어내리고 있었다. 마치 지푸라기라도 낙타의 등을 부러뜨릴 수 있을 만큼 위급한 상황이었다.

그의 이름은 체스터 스톤이었다. 그의 아버지의 이름도 체스터 스톤이었고, 할아버지의 이름도 체스터 스톤이었다. 그의 할아버지는 스프레드시트가 장부라고 불리웠고, 펜으로 수기 장부를 작성할 때 그 회사를 만든 사람이었다. 할아버지의 장부에는 자산 항목이 큰 숫자로 기록되어 있었다. 그는 시계 제작자로서 막 도래한 영화의 매력을 일찍이 알아챈 사람이었다. 그는 톱니바퀴와 정밀기계에 대한 전문 지식을 활용하여 영사기를 제작했다. 이어서 그는 독일에서 대형 렌즈를 연마해 올 수 있는 파트너를 영입했다. 그들은 함께 시장을 장악하고 큰돈을 벌었다. 파트너는 상속인 없이 젊은 나이에 사망했다. 영화는 동부 해안에서 서부 해안까지 전국적으로 호황을 누렸다. 수백 개의 영화관이 생겼다. 수백 대의 영사기, 그다음에는 수천 대. 그다음에는 수만 대. 그다음에는 유성영화. 그다음에는 시네마 스코프 대형 화면. 장부의 자산 항목에 큰 숫자들이 기입되었다.

다음은 텔레비전의 시대. 영화관은 문을 닫고 몇몇은 낡은 장비가 망가질 때까지 버티고 있었다. 그의 아버지 체스터 스톤 2세가 경영권을 물려

받아 다각화를 시도했다. 그는 홈 무비의 매력에 주목했다. 8밀리미터 프로젝터. 수동 태엽 카메라. 생생한 코닥크롬의 시대. 자푸르더 필름자푸르더라는 아마추어가 8밀리 필름 카메라로 찍은 케네디 대통령 암살 순간의 동영상. 이후 가정용 8밀리 촬영이 큰 유행이 되었음을 암시. 새로운 제조 공장. 초기 IBM 대형 컴퓨터의 느리게 돌아가는 넓은 자기 테이프에 큰 수익이 기록되고 있었다.

그리고 영화가 부활했다. 아버지가 죽고 어린 체스터 스톤 3세가 지휘봉을 잡았다. 여기저기 멀티플렉스 영화관이 생겨났다. 예전에는 한 대면 되었던 프로젝터가 여섯 대, 열두 대, 열여섯 대로 늘어났다. 그리고 스테레오 설비의 도입. 5채널, 돌비, 돌비 디지털. 부와 성공. 결혼. 대저택으로의 이사. 럭셔리 카 구입.

그리고 비디오의 등장. 8밀리 홈 무비는 여태까지 사라진 어떤 것보다 더 확실하게 죽어 버렸다. 경쟁의 시작. 독일과 일본, 한국과 대만의 신규 업체들이 치열한 입찰 경쟁을 벌이며 그에게서 멀티플렉스 사업을 빼앗아 갔다. 작은 판금 조각과 정밀하게 깎은 톱니바퀴로 무엇이든 만들어 내는 치열한 노력. 그 기계적인 것들이 과거의 것이 되어 버렸다는 소름 끼치는 깨달음. 반도체 칩, RAM, 비디오 게임기의 폭발적인 증가. 그는 제조 방법을 전혀 모르는 물건들이 막대한 수익을 창출했다. 그의 데스크톱 컴퓨터의 조용한 소프트웨어 내부에 큰 적자가 쌓이고 있었다.

그의 아내가 옆에서 몸을 뒤척였다. 그녀는 눈을 깜빡이며 고개를 좌우로 돌리다, 먼저 시계를 확인하고 나서 남편을 쳐다봤다. 그녀는 그의 시선이 천장에 고정된 것을 보았다.

"잠이 안 와요?" 그녀가 조용히 물었다.

그는 아무 대답도 하지 않았다. 그녀는 고개를 돌렸다. 그녀의 이름은 마릴린이었다. 마릴린 스톤. 그녀는 오래전에 체스터와 결혼했다. 뭐든 알기에 충분한 기간. 그녀는 모든 것을 알고 있었다. 실제 세부사항이나 실제 증거가 있는 것은 아니었지만 어쨌든 그녀는 모든 것을 알고 있었다. 어떻게 모를 수가 있겠는가? 그녀는 눈과 두뇌를 가지고 있었다. 남편 회사의 제품이 매장에 당당히 진열된 것을 본 지가 오래되었다. 멀티플렉스 소유주가 대규모 신규 주문을 축하하자고 그들을 저녁 식사에 초대한 것도 오래전 일이었다. 체스터가 잠을 제대로 못 자는 것도 오래되었다. 그래서 그녀는 알고 있었다.

하지만 그녀는 신경 쓰지 않았다. '부자일 때나 가난할 때나'라고 서약했고 그것이 그녀의 뜻이었다. 부자는 좋았지만 가난해도 좋을 수 있다. 그러나 그들이 가난해진다 해도 다른 가난한 사람들처럼 가난할 일은 없을 것이었다. 그 망할 놈의 집을 팔아서 난장판을 싹 정리해 버리면 그들은 여전히 그녀가 예상하는 것보다도 훨씬 더 편안하게 살 수 있을 것이었다. 그들은 아직 젊었다. 뭐, 정확히 따지면 젊지는 않았지만 그렇다고 늙지도 않았다. 건강했다. 그들은 서로 존중하고 이해했다. 체스터는 가치가 있었다. 비록 회색빛이 깃들기 시작했지만, 여전히 날렵한 몸매에 단단하고 활기찼다. 그녀는 그를 사랑했고 그도 그녀를 사랑했다. 그리고 그녀는 자신이 여전히 가질 가치가 있는 여자라는 걸 알고 있었다. 40대지만 머릿속에선 스물아홉이었다. 여전히 날씬하고, 여전히 금발이며, 여전히 흥미롭고 모험심이 넘치는 여자. 어떤 의미에서든 여전히 가치가 있는 여자였다. 다 잘될 것이다. 마릴린 스톤은 깊은 숨을 쉬고 몸을 돌렸다. 매트리스에 몸을 밀착시켰다. 새벽 5시 30분, 그녀는 다시 잠들었고, 남편은 옆에 누워 조용히 천장을 바라보고 있었다.

리처는 출발 터미널 안에 서서 답답한 공기를 마시며, 햇볕에 그을린 그의 갈색 피부가 형광등 불빛 때문에 노랗게 보인다고 생각했다. 그는 여기저기서 들려오는 스페인어 속에서 모니터를 확인했다. 예상했던 대로 뉴욕이 목록의 맨 위에 있었다. 그날 첫 번째 비행기는 30분 뒤 출발하는 애틀랜타 경유 라과디아행 델타항공이었다. 두 번째는 남쪽으로 향하는 멕시카나항공, 세 번째는 역시 라과디아로 가는 유나이티드항공이었고, 직항편으로 한 시간 뒤 출발 예정이었다. 그는 유나이티드 카운터로 가서 편도 탑승권 가격을 물었다. 고개를 끄덕이고 자리를 떴다.

그는 화장실로 걸어가 거울 앞에 섰다. 주머니에서 현금뭉치를 꺼내 소액권 지폐들로 아까 들은 가격의 금액을 맞췄다. 그런 다음 셔츠 단추를 끝까지 채우고 손바닥으로 머리를 쓸어내렸다. 다시 밖으로 나와 델타항공 카운터로 걸어갔다.

티켓 가격은 유나이티드와 같았다. 그럴 거라고 생각했던 대로였다. 어떻게든 항상 그렇다. 그는 1달러, 10달러, 5달러짜리를 꺼내어 돈을 세었다. 카운터 여직원이 지폐를 모두 가져가서 펴고 금액별로 정리했다.

"성함이 어떻게 되시죠?" 그녀가 물었다.

"트루먼." 리처가 말했다. "대통령과 같은."

여직원은 아무 생각 없는 표정이었다. 그녀는 아마도 닉슨의 임기 마지막 날1974년 8월 9일 즈음 해외에서 태어났을 것이다. 혹은 카터의 첫 해1977년쯤이거나. 리처는 신경 쓰지 않았다. 그는 케네디 대통령 임기 초1961년에 해외에서 태어났다 그는 아무 말도 하지 않았다. 트루먼은 그에게도 오래된 역사였다. 여직원이 단말기에 이름을 입력하자 티켓이 인쇄되어 나왔다. 그녀는 빨간색과 파란색의 로고가 그려진 폴더에 티켓을 넣었다가 바로 뜯어서 꺼냈다.

"지금 바로 체크인할 수 있어요." 그녀가 말했다.

리처는 고개를 끄덕였다. 항공권을 현금으로 결제할 때 문제가 되는 것은, 특히 마이애미 국제공항 같은 데서, 마약 거래에 연루된 게 아닌가 하는 의심 때문이다. 만약 그가 건들거리며 카운터로 가서 100달러짜리 지폐뭉치를 꺼냈다면 그 여직원은 카운터 아래 바닥에 있는 작은 비밀 버튼을 밟아야 했을 것이다. 그리고 경찰이 올 때까지 키보드를 만지작거리며 일하는 척하고 있었을 것이다. 경찰은 햇볕에 그을린 채 현금뭉치를 들고 있는 덩치 큰 거친 남자를 보고 바로 현금 배달책이라고 생각했을 것이다. 경찰의 전략은 물론 마약을 쫓는 것이지만, 동시에 돈도 추적한다. 은행에 넣지 못하게 하고, 쉽사리 쓸 수 없게 만든다. 경찰은 일반 시민들이 큰돈을 지불할 때는 신용카드를 사용한다고 가정한다. 특히 여행할 때는. 특히 이륙 20분 전의 공항 데스크에서는. 그리고 이러한 가정은 리처가 늘 피하고 싶어하는 지연과 번거로움, 서류 작업으로 이어질 수 있었다. 그래서 그는 신중한 행동을 고안해 냈다. 신용카드를 갖고 싶어도 발급받지 못하는 사람, 운이 없어 파산한 일용직 인부처럼 보이게 한 것이다. 셔츠 단추를 잠그고 소액 지폐를 조심스럽게 세는 것이 바로 그런 행동이다. 그는 수줍고 어설픈 모습을 연출했다. 이로써 카운터 직원들은 그의 편이 되었다. 그들 또한 모두 임금이 부족했고, 한도 초과된 신용카드 문제로 어려움을 겪고 있었다. 그런데 고개를 들어 보니 자신들보다 못한 남자가 눈앞에 있는 것이다. 의심이 아닌 동정심은 그들의 본능적 반응이었다.

"B6번 게이트입니다, 손님. 창가 자리로 드렸어요."

"고맙습니다." 리처가 말했다.

그는 게이트까지 걸어갔고 15분 뒤에는 활주로를 질주하고 있었다. 크리스털의 포르쉐를 타고 있을 때와 거의 같은 느낌이었다. 다리 공간이 훨씬 좁고 옆자리가 비어 있다는 것만 빼고.

체스터 스톤은 6시에 일어났다. 알람 시간 30분 전에 알람을 끄고 마릴린을 깨우지 않으려고 조용히 침대에서 미끄러져 내려왔다. 그는 옷걸이에 걸린 가운을 빼내 입고 침실을 나와 아래층 주방으로 내려갔다. 아침을 먹기에는 속이 좀 불편해서 커피로 때우고, 시끄러운 소리가 나도 침실까지는 들리지 않는 게스트 룸의 샤워실로 향했다. 그는 마릴린이 잘 자도록 하고 싶었고, 그가 잘 못 자는 것을 알게 하고 싶지 않았다. 그녀가 매일 밤 깨어나서 잠 못 들고 누워 있는 남편에 대해 뭐라고 말하고는 했지만, 그러고 나면 별말이 없었기에, 그는 그녀가 아침까지 기억하지 못하거나 아니면 꿈을 꾼 걸로 치부해 버렸을 거라 생각했다. 그는 그녀가 아무것도 모른다고 거의 확신했다. 자신의 문제에 대처하는 것만으로도 너무 힘들었기 때문에 그녀가 걱정하는 것에 대해서까지는 걱정하지 않고 그 상태를 유지하는 것이 편했다.

그는 면도를 하고 샤워하는 동안 무엇을 입고 어떻게 행동할지 생각했다. 사실 무릎을 꿇고라도 그 남자에게 다가가야 할 판이었다. 최종 대부업자. 마지막 희망, 마지막 기회. 자신의 모든 미래를 손바닥 안에 쥐고 있는 사람. 그렇다면 그런 사람에게 어떻게 접근하지? 무릎을 꿇는 건 안 된다. 비즈니스에서 게임은 그런 식으로 진행되지 않는다. 대출이 정말 필요한 것처럼 보이면 대출을 받을 수 없다. 별거 아닌 문제라서 그다지 필요하지 않은 것처럼 보이는 경우에만 받을 수 있다. 다음 모퉁이만 돌면 터질 막대한 수익의 일부를 공유하는 데 그를 동승시켜 줄지 말지를 서로 50대 50으로 결정하는 것처럼 보여야 한다. 누구의 대출 제안을 받아들이느냐가 가장 큰 고민인 것처럼 보여야 한다.

흰색 셔츠와 차분한 넥타이는 당연하고, 양복은? 이태리제 양복들은 너무 화려할 수도 있다. 아르마니는 아니다. 진지한 사람처럼 보여야 했다. 물론 아르마니를 십수 벌 살 만큼 부유하지만, 매우 진지해서 그렇게는 하지 않는 사람이어야 했다. 매디슨 애비뉴에서 쇼핑으로 시간을 보내기보다는 진지하게 중요한 일에 몰두하는 사람.

그는 전통성을 어필 포인트로 결정했다. 3대에 걸쳐 이어져 온 비즈니스 성공의 전통. 옷차림에도 그것이 반영되어야 했다. 마치 할아버지가 아버지를 재단사에게 데려가 소개해 주고, 아버지는 차례로 자신을 데려간 것처럼. 그러다 브룩스 브라더스 미국에서 역사가 가장 오래된 보수적 스타일의 기성복 브랜드 정장이 떠올랐다. 오래됐지만 멋지고 차분한 체크 무늬, 6월에 입긴 약간 덥지만 통풍이 잘 되니까 괜찮을 것이다. 브룩스 브라더스 정장이 영리한 이중 속임수가 될 수 있을까? 마치 너무 부유하고 성공해서 내가 뭘 입든 상관없다고 말하는 것처럼 보일까? 아니면 루저처럼 보일까?

그는 그것을 옷장에서 꺼내어 몸에 대 보았다. 클래식하지만 다소 올드패션이었다. 다시 넣었다. 런던 새빌 로우 런던 웨스트 엔드의 거리 이름. 고급 맞춤 양복점들이 모여 있는 곳으로 보수적이면서도 우아한 패션을 추구의 회색 정장을 대 봤다. 완벽했다. 그를 실속 있는 신사처럼 보이게 만들었다. 지혜롭고 세련되며 믿을 수 있는 인상. 그는 무늬가 옅은 넥타이와 검정색 구두를 골랐다. 이 모든 것을 착용하고 거울 앞에서 좌우로 돌면서 비춰 보았다. 이보다 더 좋을 순 없었다. 그 정도면 자신 스스로도 자신을 믿지 않을 수 없을 것이다. 그는 커피를 다 마시고 입술을 닦으며 차고로 들어갔다. 벤츠에 시동을 걸고 6시 45분에 아직 혼잡하지 않은 메리트 파크웨이에 올라탔다.

리처는 애틀랜타에서 50분 동안 지상에 머물렀다 다시 이륙해 북동쪽으로 뉴욕을 향해 날아갔다. 해는 대서양 너머로 떠올라 고도가 높은 새벽의 차가운 여명이 오른쪽 창문을 통해 밝게 들어오고 있었다. 그는 커피를 마시고 있었다. 승무원이 그에게 물을 마실지 물었고 그는 커피를 달라고 했다. 뇌에 연료를 공급하기 위해 진한 블랙커피가 필요했다. 제이콥 부인이 누구인지 알아내려 애썼고 왜 그녀가 코스텔로에게 돈을 주고 그를 찾아 전국을 다니게 했는지 파악하려 했다.

비행기들이 라과디아 상공에서 착륙 대기 중이었다. 리처는 그걸 좋아했다. 밝은 아침 햇살을 받으며 맨해튼 상공을 낮게 천천히 선회하는 모습. 마치 사운드트랙을 제거한 수많은 영화 속 장면 같은. 비행기가 흔들리며 기울어졌다. 그 아래로 고층 빌딩들이 햇살에 금빛으로 물들며 지나갔다. 쌍둥이 빌딩. 엠파이어 스테이트 빌딩. 그가 가장 좋아하는 크라이슬러. 시티코프. 그런 다음 한 바퀴 빙 돌아 퀸즈 북쪽 해안을 향해 하강해서 착륙했다. 기체가 터미널로 이동하는 동안 강 건너 미드타운의 건물들이 작은 창문 너머로 스쳐 지나갔다.

약속은 9시였다. 그는 그게 싫었다. 시간 때문은 아니었다. 9시는 대부분의 맨해튼 비즈니스계에서는 아침의 절반이 지난 시간이었다. 시간 때문에 괴로운 것이 아니었다. 약속이 있다는 것 자체가 싫었다. 체스터 스톤이 누군가를 만나기 위해 약속을 잡은 것은 정말 오래전의 일이었다. 사실 누군가를 만나기 위해 약속을 잡은 적이 있었는지조차 정확히 기억나지 않았다. 아마 그의 할아버지는 사업 초창기에 그랬을지도 모른다. 그 이후로는 늘 반대 방향으로 작동했다. 1세, 2세, 3세 체스터 스톤 모두 그들을 만나기를 간청하는 사람들을 바쁜 일정 속에서 조정하기 위한 비서들이 있었다. 사람들은 혹시 날지도 모를 자투리 시간을 위해 며칠을 기다렸고 그런 뒤에도 대기실에서 몇 시간을 기다려야 하는 경우도 많았다. 하지만 지금은 달라졌다. 그것이 그를 괴롭히고 있었다.

그는 초조해서 일찍 나왔다. 사무실에서 40분 동안 자신의 선택지를 검토했다. 사실 선택지는 없었다. 어떤 식으로 생각해 봐도 성공까지는 110만 달러와 6주가 모자랐다. 거대한 파열과 화염은 아니고 전면적 재앙은 아니었기에 더욱 목이 졸렸다. 거의 다 도달했는데 조금 모자란 시장에 대한 계산되고 현실적인 대응이었다. 멋진 티 샷이 그린에 몇 센티 짧게 떨어진 것과 같았다. 아주, 아주 가깝지만 충분히 가깝지는 않았다.

아침 9시, 세계무역센터는 그 자체로 뉴욕주에서 여섯 번째로 큰 도시라고 할 수 있다. 올버니보다 더 크다. 부지는 65,000제곱미터에 불과하지만 주간 인구는 13만 명에 달한다. 체스터 스톤은 광장에 서 있는 동안 그 사람들 대부분이 자신의 주위를 맴돌고 있는 것처럼 느꼈다. 그의 할아버지 때는 허드슨 강이었던 자리였다. 체스터 자신은 사무실 창문 너머로 매립지가 물 위로 조금씩 뻗어가고 마른 강바닥에서 거대한 빌딩이 솟아오르는 모습을 지켜보았었다. 그는 시계를 확인하고 안으로 들어갔다. 엘리베이터를 타고 88층으로 올라가 조용하고 썰렁한 복도로 나섰다. 천장이 낮은 좁은 공간이었다. 사무실 출입문은 잠겨 있었다. 중앙에서 벗어난 곳에 작은 직사각형의 철망이 쳐진 유리창이 있었다. 그는 맞는 문을 찾아 유리창 너머로 흘긋 쳐다본 뒤 버저를 눌렀다. 자물쇠가 풀렸다. 그는 리셉션 공간으로 들어갔다. 일반적인 사무실처럼 보였다. 놀랍도록 평범했다. 호화로운 분위기를 내기 위한 황동과 오크로 만든 리셉션 카운터가 있었고, 그 뒤에 남자 접수원이 서 있었다. 그는 잠시 멈춰 서서 허리를 곧게 펴고 그에게 다가갔다.

"체스터 스톤입니다." 그가 단호하게 말했다. "하비 씨와 9시에 약속이 있습니다."

접수원이 남자라는게 첫 번째 놀라운 점이었다. 당연히 여자일 거라 생각했다. 두 번째 놀라운 점은 그가 곧장 안으로 안내받았다는 것이었다. 그는 기다리지 않았다. 그는 리셉션에서 불편한 의자에 앉아 한동안 기다려야 할 것으로 예상했다. 자신이라면 그렇게 했을 것이다. 만약 어떤 절박한 사람이 최후의 수단으로 대출을 받으러 왔다면 그는 20분 정도는 그 사람이 땀을 흘리게 내버려두었을 것이다. 그게 기본적인 심리적 전술이 아닌가?

안쪽 사무실은 매우 넓었다. 내벽은 다 제거되었고 어두웠다. 한쪽 벽은 전체가 창문이었는데 버티칼 블라인드로 가려진 채 좁은 틈만 열려 있었다. 큰 책상이 있었다. 마주 보고 세 개의 소파가 사각형을 이루며 놓여 있었다. 각 소파의 양쪽 끝에 램프 테이블이 있었다. 중앙에는 황동과 유리로 된 거대한 사각형 커피테이블이 러그 위에 놓여 있었다. 모든 것이 마치 가구 매장 쇼윈도의 거실 디스플레이처럼 보였다.

책상 뒤에 한 남자가 있었다. 스톤은 멀리 있는 그 남자를 향해 걸음을 내딛기 시작했다. 그는 소파와 커피테이블 사이를 이리저리 돌아서 책상으로 다가갔다. 오른손을 내밀었다.

"하비 씨?" 그가 말했다. "체스터 스톤입니다."

책상 뒤에는 화상을 입은 남자가 있었다. 얼굴 한쪽 면이 전부 흉터였다. 파충류의 피부처럼 울퉁불퉁하게 갈라져 있었다. 스톤은 공포에 질려 남자의 뒤쪽 먼 곳을 바라보았지만, 여전히 눈꼬리에는 그 모습이 보였다. 화상 자국은 푹 익힌 닭발 같은 질감에 부자연스러운 분홍빛이 감돌았다. 두피 위까지 올라온 흉터 부분에는 머리카락이 없었다. 그 위로는 몇 가닥이 뭉쳐 있었는데 다른 쪽의 제대로 난 머리카락으로 가려져 있었다. 머리카락은 회색이었다. 흉터는 딱딱하고 울룩불룩했지만, 화상을 입지 않은 쪽의 피부는 부드럽고 주름져 있었다. 쉰이나 쉰다섯 살 정도로 보였다. 그는 의자를 책상에 바짝 밀착시킨 채 무릎에 손을 얹고 앉아 있었다. 스톤은 고개를 돌리지 않으려고 애쓰며 서서 오른손을 책상 위로 내밀었다.

매우 어색한 순간이었다. 악수를 하려고 손을 내밀었는데 손짓이 무시되는 것보다 더 어색한 것은 없다. 그렇게 계속 서 있는 것도 어리석은 일이지만, 손을 거둬들이는 것은 더 나쁘다. 그래서 그는 계속 기다렸다. 그러자 남자가 움직였다. 그는 왼손으로 책상을 밀며 뒤로 물러났다. 스톤의 손을 잡기 위해 오른손을 들었다. 그런데 손이 아니었다. 반짝이는 금속 갈고리였다. 그의 팔목에서부터 아래로 달려 있었다. 의수나 정교한 보조 장치가 아닌, 반짝이는 스테인리스 스틸 재질의 조각처럼 광택이 나는 J자 모양의 단순한 갈고리였다. 스톤은 하마터면 그것을 잡으러 다가갈 뻔했지만 뒤로 물러났고 그대로 얼어붙었다. 남자는 움직일 수 있는 얼굴의 반쪽으로 관대한 미소를 짧게 지었다. 그에게는 아무 일도 아닌 것처럼.

"사람들은 저를 갈고리 하비라고 부릅니다."

그는 얼굴이 경직된 채 갈고리를 검사 대상처럼 들고 앉아 있었다. 스톤은 침을 삼키며 평정을 되찾으려 애썼다. 대신 왼손을 내밀어야 할지 궁금했다. 일부 사람들이 그렇게 하는 경우가 있다는 것을 알고 있었다. 그의 큰할아버지가 뇌졸중으로 쓰러진 적이 있었는데, 인생의 마지막 10년 동안 그는 항상 왼손으로 악수했다.

"앉으세요." 갈고리 하비가 말했다.

스톤은 고맙다는 뜻으로 고개를 끄덕이며 뒤로 물러나 소파 끝에 앉았다. 비록 옆으로 비켜 앉은 위치였지만 그는 무엇인가가 진행되고 있다는 것만으로도 기뻤다. 하비는 그를 쳐다보며 팔을 책상 위에 올렸다. 갈고리가 나무에 부딪히며 작게 금속성의 소리가 났다.

"돈을 빌리고 싶다고요?" 그가 말했다.

화상을 입은 쪽 얼굴은 전혀 움직이지 않았다. 마치 악어 등처럼 두껍고 단단했다. 스톤은 위에서 신물이 나오는 것을 느끼며 커피테이블을 똑바로 내려다보았다. 그러고는 고개를 끄덕이며 손바닥으로 바지 무릎을 쓰다듬었다. 그는 다시 고개를 끄덕이며 준비한 대본을 기억해 내려고 애썼다.

"날짜를 맞출 단기차입이 필요합니다. 6주, 110만 달러."

"은행은요?" 하비가 물었다.

스톤은 바닥을 응시했다. 탁자 위는 유리로 되어 있었고, 그 아래에는 무늬가 있는 러그가 깔려 있었다. 그는 한 번의 몸짓으로 마치 수백 가지의 난해한 비즈니스 전략을 현명하게 설명하는 것처럼 어깨를 으쓱하며, 이런 일에 도통한 사람과 대화하고 있으며 그를 절대 모욕하고 싶지 않다고 암시했다.

"그러고 싶지 않아서요." 그가 말했다. "물론 기존 대출이 있지요. 이자율이 굉장히 낮은 대출인데 고정 금액, 고정 기간 조건으로 중도 변동이 안 되는 대출입니다. 이런 사소한 금액으로 그 조건을 깨고 싶지 않다는 점을 이해해 주시면 감사하겠습니다."

하비는 오른팔을 움직였다. 갈고리가 나무 위로 끌렸다.

"헛소리 마시오, 스톤 씨." 그가 조용히 말했다.

스톤은 아무 대답도 하지 않았다. 그는 갈고리의 말을 듣는 중이었다.

"군대에 있었소?" 하비가 물었다.

"뭐라고요?"

"징집됐었소? 베트남에?"

스톤은 침을 꿀꺽했다. 화상과 갈고리.

"저는 못 갔습니다." 그는 말했다. "대학생이라 연기됐죠. 물론 저는 정말 가고 싶었어요. 하지만 제가 졸업할 때쯤에는 전쟁이 끝났습니다."

하비는 천천히 고개를 끄덕였다.

"나는 갔었소. 그리고 그곳에서 배운 것 중 하나가 정보 수집의 가치였지. 내가 비즈니스에 적용하는 교훈이오."

어두운 사무실에 정적이 흘렀다. 스톤은 고개를 끄덕였다. 고개를 움직여 책상 가장자리를 응시했다. 대본을 변경했다.

"알겠습니다." 그가 말했다. "센 척하려고 한 제 입장을 이해는 하시죠?"

"당신은 상당히 깊은 수렁에 빠졌소." 하비가 말했다. "사실, 이자는 최고율에다가 은행은 추가 자금 지원을 안 해줄 테지. 그런데 당신네는 잘 처신해서 수렁에서 벗어나려 하고 있소. 이제 거의 벗어났을 거고."

"거의요." 스톤이 동의했다. "6주 동안 110만 달러면 됩니다."

"나는 전문가요." 하비가 말했다. "누구나 전문 분야가 있지. 내 분야는 정확히 당신네와 똑같은 케이스요. 펀더멘탈은 건전한 기업이지만 일시적이고 제한적으로 문제에 노출된 케이스. 은행이 해결할 수 없는 문제지. 저쪽은 저쪽대로 특화된 분야가 있소. 멍청하고 상상력이 없는 돌대가리들이지만."

그는 책상을 긁으며 갈고리를 다시 움직였다.

"우리 수수료는 합리적이오." 그가 말했다. "난 고리대금업자가 아니니까. 우린 수백 퍼센트의 이자를 요구하진 않소. 일주일당 1퍼센트로 쳐서 6주에 6퍼센트, 이 정도면 될 것 같소만."

스톤은 다시 손바닥으로 허벅지를 문질렀다. 6주에 6퍼센트? 연이율로 몇 퍼센트지? 거의 52퍼센트다. 지금 110만 달러를 빌리면 6주 후에 66,000달러의 이자를 더해 한꺼번에 갚아야 한다. 일주일당 11,000달러. 고리대금업 정도의 조건은 아니지만 썩 큰 차이도 없었다. 하지만 적어도 이 남자는 '된다'라고 말했다.

"담보는요?" 스톤이 물었다.

"주식을 잡을 거요." 하비가 말했다.

스톤은 가까스로 고개를 들어 그를 바라보았다. 그는 이것이 자신에 대한 일종의 테스트라고 생각했다. 그는 마른침을 삼켰다. 거의 다 된 것 같으니, 정직이 최선의 정책이었다.

"주식은 아무 가치가 없어요." 그가 조용히 말했다.

하비는 대답이 마음에 든다는 듯 그의 끔찍한 머리를 끄덕였다.

"지금 당장이야 없겠지." 그가 말했다. "하지만 곧 그만한 가치가 생길 거요. 그렇지 않소?"

"위험 요소가 해소된 다음에는요." 스톤이 말했다. "상호모순입니다. 제가 그 돈을 다 갚아야만 주식이 다시 오르니까요."

"그럼 그때 나도 혜택을 받겠지." 하비가 말했다. "주식을 일시적으로 맡아 두겠다는 게 아니오. 지분으로 취득하고 계속 유지할 거요."

"지분이요?" 스톤이 말했다. 그는 목소리에 놀라움을 감추지 못했다. 연이율 52퍼센트에 회사 지분까지?

"난 항상 그렇게 해 왔소." 하비가 말했다. "그건 감성의 문제요. 나는 내가 도와주는 모든 사업체의 적은 부분이나마 갖는 걸 좋아하오. 대부분의 사람들이 기꺼이 그렇게 하겠다고 하던데."

스톤은 침을 삼켰다. 그는 고개를 돌렸다. 자신의 선택지를 검토하고는 어깨를 으쓱했다.

"그래요." 그가 말했다. "괜찮을 것 같네요."

하비는 왼쪽으로 손을 뻗어 서랍을 열고 인쇄된 서류 양식을 꺼냈다. 그걸 밀어서 책상 앞쪽으로 건넸다.

"내가 만들어 두었소."

스톤은 소파에서 앞으로 몸을 숙여 그것을 집어 들었다. 대출약정서였다. 110만 달러, 6주, 6퍼센트 그리고 표준 주식 양도 양식이었다. 얼마 전까지만 해도 100만 달러의 가치가 있던 지분이었고, 앞으로 곧 또 그렇게 될 것이었다. 아주 곧. 그는 눈을 깜빡였다.

"다른 방법은 없소." 하비가 말했다. "말했지만, 나는 전문가요. 시장의 이런 구석을 잘 알지. 다른 어디에서도 더 나은 방법은 없을 거요. 사실 다른 데서는 땡전 한 푼 구할 수 없을 테지."

하비는 2미터 정도 떨어진 책상 뒤에 있었지만, 스톤은 그가 소파 바로 옆에 앉아 그 끔찍한 얼굴을 비비면서 번쩍이는 그의 갈고리로 자신의 배를 찢는 듯한 느낌을 받았다. 그는 고개를 희미하게 움직여 끄덕이고 정장 윗도리 안에서 굵은 몽블랑 만년필을 꺼냈다. 손을 뻗어 커피테이블의 차갑고 딱딱한 바닥에 대고 서류 양쪽에 사인을 했다. 하비가 그를 바라보며 고개를 끄덕였다.

"주거래 계좌로 돈을 받겠소?" 그가 물었다. "다른 은행에서 못 보게 말이지."

스톤은 멍한 표정으로 다시 고개를 끄덕였다.

"그게 좋겠습니다." 그가 말했다.

하비가 메모를 했다. "한 시간 안에 입금될 거요."

"감사합니다." 스톤이 말했다. 잘 끝난 것 같았다.

"이제 위험에 노출된 사람은 나요." 하비가 말했다. "6주 동안 제대로 된 담보도 없으니. 상당히 찜찜한 일이오."

"아무 문제 없을 겁니다." 스톤이 아래를 내려다보며 말했다.

하비는 고개를 끄덕였다.

"그럴 일은 없을 거라고 나도 믿소." 그가 말했다. 그는 몸을 숙여 앞에 있는 인터폰을 눌렀다. 밖의 대기실에서 울리는 버저 소리가 희미하게 들렸다.

"'스톤 파일' 가지고 와." 하비가 인터폰에 대고 말했다.

잠시 침묵이 흐르더니 문이 열렸다. 남자 접수원이 얇은 녹색 파일을 든고 책상으로 걸어왔다. 그는 허리를 굽혀서 하비 앞에 파일을 놔두고 다시 나가며 조용히 문을 닫았다. 하비는 갈고리로 파일을 책상 앞쪽 가장자리로 밀었다.

"열어 보시오." 그가 말했다.

스톤은 몸을 앞으로 굽히고 파일을 가져가 열었다. 사진이 들어 있었다. 8×10 크기의 유광 흑백사진 여러 장. 첫 번째 사진은 그의 집이었다. 진입로 입구에 차를 세우고 차 안에서 찍은 것이 분명했다. 두 번째는 그의 아내 마릴린이었다. 그녀가 정원 꽃밭을 거니는 모습을 망원렌즈로 찍은 것이었다. 세 번째는 동네 미용실에서 나오는 마릴린의 모습이었다. 거친 입자의 원거리 촬영본. 은밀한 감시 사진이었다. 네 번째 사진은 그녀의 BMW 번호판을 근접 촬영한 것이었다.

다섯 번째 사진도 마릴린의 것이었다. 밤에 침실 창문을 통해 찍힌 사진이었다. 그녀는 목욕가운을 입고 있었다. 머리카락이 축축하게 풀려 있었다. 스톤은 그것을 바라보았다. 이 사진을 찍으려면 촬영자는 집 뒤편 잔디밭에 서 있었을 것이다. 그는 눈앞이 흐릿해지고 귀가 멍하니 아득해졌다. 그는 사진을 추려서 파일을 닫고 천천히 책상에 다시 올려 놓았다. 하비는 앞으로 몸을 숙여 갈고리 끝을 두꺼운 파일에 대고 눌렀다. 그는 갈고리로 파일을 자기 쪽으로 다시 당겼다. 정적 속에서 갈고리가 나무를 긁는 소리가 크게 울렸다.

"그게 내 담보요, 스톤 씨." 하비가 말했다. "하지만 방금 당신이 말한 것처럼 아무 문제 없을 거라고 믿소."

체스터 스톤은 아무 말도 하지 않았다. 그냥 일어서서 모든 가구 사이를 헤치고 문으로 향했다. 대기실을 통과해 복도를 지나 엘리베이터로 들어갔다. 88층을 내려가 밖으로 나가면 밝은 아침 햇살이 얼굴을 강타하듯 내리쬘 것이다.

3

미니 캡개인이 택시 면허 없이 사적으로 영업하는 차량 뒷좌석에 앉아 맨해튼으로 향하는 리처의 목 뒤에도 같은 태양이 비치고 있었다. 선택의 여지가 있는 경우, 그는 미등록 운전자들을 선호했다. 그것이 그의 은밀한 행동습관에 부합했다. 누군가가 택시기사에게 확인하여 그의 동선을 파악할 수 있게 할 이유가 전혀 없었다. 자신이 택시기사임을 인정하지 않는 기사가 가장 안전했다. 그리고 요금에도 협상의 여지가 약간 있었다. 노란 정규 택시의 미터기는 협상의 여지가 별로 없다.

트라이보로 브리지를 건너 125번가를 통해 맨해튼으로 진입해서 루즈벨트 광장까지 교통체증을 뚫고 서쪽으로 이동했다. 리처는 잠시 주위를 살피며 생각을 해 보고 기사에게 저쪽에 차를 세우라고 했다. 저렴한 호텔을 생각하고 있었지만 전화기는 작동되는 호텔이어야 했다. 그리고 훼손되지 않은 전화번호부도. 그 근처 호텔들은 세 가지 요건을 모두 충족할 수 없다는 것이 그의 판단이었다. 하지만 그는 내려서 기사에게 요금을 지불했다.

그는 어디를 가든 마지막 구간 얼마간은 걸어갔다. 사람들로부터 떨어지는 시간. 그것이 그의 행동습관에 부합했다.

구깃해진 천 달러짜리 정장을 입은 두 남자는 체스터 스톤이 자리를 완전히 비울 때까지 기다렸다. 그리고 그들은 안쪽 사무실로 들어가 가구 사이를 헤치고 책상 앞에 조용히 섰다. 하비가 그들을 올려다보며 서랍을 열었다. 서명한 약정서를 사진과 함께 치우고 노란 새 메모장을 꺼냈다. 그런 다음 그는 책상 위에 갈고리를 올려놓고 의자를 돌려 창문의 희미한 빛이 얼굴의 정상적인 면을 비추도록 했다.

"왔나?"

"네, 지금 막 도착했어요." 첫 번째 남자가 말했다.

"내가 말한 정보는 손에 넣었나?"

두 번째 남자가 고개를 끄덕이며 소파에 앉았다.

"그는 잭 리처라는 사람을 찾고 있었어요."

하비는 노란색 메모장에 이름을 적었다. "그게 누군데?"

잠시 침묵이 흘렀다.

"저희도 몰라요." 첫 번째 남자가 말했다.

하비는 천천히 고개를 끄덕였다. "코스텔로의 의뢰인은 누구였지?"

다시 짧은 침묵.

"그것도 몰라요." 첫 번째 남자가 말했다.

"아주 기본적인 질문이잖아." 하비가 말했다.

첫 번째 남자가 불안한 표정으로 침묵을 뚫고 그를 바라보았다.

"이런 아주 기본적인 걸 물어볼 생각을 안 했나?"

두 번째 남자가 고개를 끄덕였다. "물어봤어요. 죽어라 물어봤어요."

"그런데 코스텔로가 대답을 안 했나?"

"하려고 했는데." 첫 번째 남자가 말했다.

"했는데?"

"우리 때문에 죽었어요." 두 번째 남자가 말했다. "그냥 갑자기 죽었어요. 그는 늙은 데다가 과체중이었어요. 아마 심장마비였던 것 같아요. 죄송합니다."

하비는 다시 천천히 고개를 끄덕였다. "흔적은?"

"전혀요." 첫 번째 남자가 말했다. "신원 식별은 안 될 거예요."

하비는 자신의 왼손 손끝을 내려다보았다. "칼은?"

"바다 속이요." 두 번째 남자가 말했다.

하비는 팔을 움직여 갈고리 끝으로 리듬을 타며 책상 위를 살짝 두드렸다. 곰곰이 생각한 뒤 다시 단호하게 고개를 끄덕였다.

"그래. 너희 잘못은 아니야. 심장이 약했던 건데 어쩔 수 없지."

첫 번째 남자는 긴장을 풀고 파트너와 소파에 앉았다. 그들은 갈고리에서 벗어났고 그 사무실에서는 그것이 특별한 의미가 있는 일이었다.

"의뢰인을 찾아야 해." 하비가 침묵 속에서 말했다.

두 남자는 고개를 끄덕이며 기다렸다.

"코스텔로에게 비서가 있었을 거야. 그렇지?" 하비가 말했다. "그 여자는 의뢰인이 누구인지 알 거야. 그 여자를 내게 데려와."

두 남자는 소파에 그대로 앉아 있었다.

"또 뭐야?"

"이 잭 리처라는 사람 말예요." 첫 번째 남자가 말했다. "키 웨스트에서 석 달 있었던 덩치라는데요. 코스텔로가 석 달 전부터 밤에 바에서 일하는 덩치 큰 놈이 있다고 사람들한테 들었답니다. 그래서 그놈을 만나러 갔지요. 덩치 크고 센 놈이긴 했는데, 자기는 잭 리처가 아니라고 하더군요."

"그래서?"

"마이애미 공항에서," 두 번째 남자가 말했다. "직항이라서 유나이티드를 선택했어요. 그런데 더 이른 시간에 곧 출발할 애틀랜타 경유 뉴욕행 델타항공이 있더라고요."

"그런데?"

"바에 있던 그 덩치 큰 놈이 게이트로 내려가는 걸 봤어요."

"확실해?"

첫 번째 남자가 고개를 끄덕였다. "99퍼센트 확실해요. 멀리 있긴 했지만 워낙 덩치가 큰 놈이라서요. 못 알아보기 어렵죠."

하비가 다시 갈고리로 책상을 두드리기 시작했다. 생각에 잠겼다.

"좋아. 그놈이 리처군." 그가 말했다. "그럴 수밖에 없어. 안 그래? 코스텔로가 여기저기 묻고 다니고 너희들도 같은 날 묻고. 그래서 겁을 먹고 도망친 거야. 하지만 어디로? 여기로?"

두 번째 남자가 고개를 끄덕였다. "애틀랜타에서 내리지 않았다면 여기로 온 거겠죠."

"그런데 왜?" 하비가 물었다. "도대체 어떤 놈이야?"

그는 잠시 생각한 뒤 자신의 질문에 스스로 답을 했다.

"비서가 의뢰인이 누군지 알려줄 거야. 그렇지?"

그러면서 그는 미소를 지었다.

"그리고 그 의뢰인이 이 리처라는 놈이 누군지 말해줄 거야."

딱 맞는 정장을 입은 두 남자는 조용히 고개를 끄덕이고 자리에서 일어났다. 그들은 가구 주위를 돌아서 사무실을 나섰다.

리처는 센트럴 파크를 통과해 남쪽으로 걸어가고 있었다. 자신이 설정한 과제의 규모를 파악하려고 노력하고 있었다. 그는 자신이 도시를 제대로 찾아왔다고 확신했다. 코스텔로와 두 남자의 악센트가 결정적이었다. 하지만 수많은 사람을 헤쳐 나가야 했다. 다섯 개의 자치구에 흩어져 있는 750만 명의 사람들, 광역까지 확대하면 1,800만 명일 수도 있었다. 빠르고 솜씨 좋은 사립탐정과 같은 전문화된 도시형 서비스를 원할 때 도시로 몰릴 1,800만 명의 사람들이 가까이에 있었다. 그의 본능적인 촉은 코스텔로의 사무실은 맨해튼에 있을 것이고 제이콥 부인은 교외에 살고 있을 게 확실하다고 말하고 있었다. 교외 어딘가에 사는 여성에게 사립탐정이 필요하다면 어디에서 찾을 수 있을까? 슈퍼마켓이나 비디오 대여점 옆은 아니다. 옷가게 옆의 쇼핑몰에도 없다. 가장 가까운 대도시의 전화번호부를 펼쳐 전화를 걸기 시작한다. 첫 번째 통화를 하고 난 뒤 탐정이 차를 몰고 만나러 올 수도 있고 아니면 본인이 기차를 타고 그에게 갈 수도 있다. 수백 제곱킬로미터에 달하는 인구 밀집지역 어디서나 가능한 이야기이다.

그는 호텔을 포기했다. 많은 시간을 투자할 필요가 없었기 때문이다. 들어갔다 한 시간 안에 나올 수도 있었다. 그리고 호텔이 제공하는 것보다 더 많은 정보를 활용해야 할 수도 있었다. 다섯 개의 자치구와 교외 지역 모두의 전화번호부가 필요했다. 호텔은 이 모든 걸 다 갖추고 있지는 않는다. 게다가 호텔에서 부과하는 전화요금을 낼 필요가 없었다. 수영장 좀 파는 걸로 부자가 된 것은 아니었다.

그래서 그는 공공 도서관으로 향하고 있었다. 42번가와 5번가. 세계에서 가장 크다고? 그는 잘 몰랐다. 그럴 수도 있고 아닐 수도 있고. 하지만 그가 필요로 하는 모든 전화번호부를 보유할 만큼은 충분히 컸고, 크고 넓은 테이블과 편안한 의자를 갖추고 있었다. 루즈벨트 광장에서 7킬로미터, 도보로 한 시간 거리, 지체될 거라고는 횡단보도의 신호 대기와 노트와 연필을 사기 위해 사무용품점에 잠시 들르는 것뿐이다.

다음으로 하비의 사무실에 들어온 사람은 접수원이었다. 그는 안으로 들어와 문을 잠갔다. 책상에서 가장 가까운 소파로 걸어가 끝에 앉았다. 하비를 오래, 뚫어지게 그리고 조용히 바라보았다.

"뭐야?" 하비는 알고 있었지만 그에게 물었다.

"나가셔야 해요." 접수원이 말했다. "지금 위험해요."

하비는 아무 대답도 하지 않았다. 단지 왼손으로 갈고리를 잡고 손가락으로 금속의 곡선만 쓰다듬고 있었다.

"계획하셨잖아요." 접수원이 말했다. "약속하셨잖아요. 하기로 한 것을 하지 않으면 계획과 약속은 의미가 없어요."

하비는 어깨만 으쓱했다. 아무 말도 하지 않았다.

"하와이에서 신호가 왔죠?" 접수원이 말했다. "하와이에서 신호가 오면 즉시 빠져나간다고 계획하셨죠?"

"코스텔로는 하와이에 간 적이 없어." 하비가 말했다. "확인했어."

"그게 더 나쁜 상황이에요. 다른 누군가가 하와이에 갔어요. 우리가 모르는 누군가가."

"꼭 지켜야 하는 루틴이야. 생각해 봐. 다른 쪽에서 신호를 듣기 전까지는 누구도 하와이에 가야 할 이유가 없어. 이게 순서잖아. 다른 쪽에서 신호를 듣고, 하와이에서 신호를 듣고, 1단계, 2단계, 그러면 떠나야 할 시간이지. 그 전에는 아니야."

"약속하셨잖아요." 접수원이 다시 말했다.

"너무 일러." 하비가 말했다. "논리적이지 않아. 생각해 봐. 어떤 사람이 총과 실탄 한 박스를 사서 널 겨누면 넌 무서워?"

"물론이죠."

"난 아니야." 하비가 말했다. "왜냐하면 아직 장전하지 않기 때문이지. 1단계가 총과 총알을 구입하는 것, 2단계가 장전. 다른 쪽에서 신호를 듣기 전까지는 하와이는 빈 총이야."

접수원은 고개를 뒤로 젖히고 천장을 올려다보았다.

"왜 이러시는 거죠?"

하비가 서랍을 열고 스톤의 파일을 끄집어 냈다. 서명된 약정서를 꺼냈다. 창문의 희미한 빛이 밝은 파란색 잉크로 한두 개의 서명을 비출 때까지 종이를 기울였다.

"6주." 그가 말했다. "어쩌면 더 짧을 수도 있고. 그게 내게 필요한 전부야."

접수원은 다시 고개를 쳐들고 눈을 가늘게 떴다.

"뭣 때문에 필요하신데요?"

"내 인생에서 가장 큰 득점." 하비가 말했다.

그는 책상 위에서 종이를 정사각형으로 접어 갈고리 아래에 끼워 넣었다.

"스톤이 방금 회사 전체를 나에게 넘겼어. 3대에 걸친 땀과 노력을, 그 멍청한 놈이 몽땅 접시에 담아 건네줬다고."

"아뇨, 접시에 똥을 담아 건네줬어요. 쓸모없는 종이와 맞바꾸는 대가로 110만 달러를 내준 셈이죠."

하비가 미소 지었다.

"진정해. 생각은 내가 할게. 알았지? 그게 내가 잘하는 거잖아?"

"좋아요. 어떻게 할 건데요?" 접수원이 물었다.

"스톤이 뭘 갖고 있는지 알아? 롱 아일랜드에 있는 큰 공장과 파운드 리지에 있는 대저택. 공장 주변에는 500채의 주택이 밀집해 있지. 개발이 절실한 롱 아일랜드의 해안가 노른자위 땅이 모두 합쳐 1,200만 제곱미터 야."

"그 주택들은 그의 소유가 아니잖아요." 접수원이 반박했다.

하비는 고개를 끄덕였다. "그렇지. 대부분 브루클린의 작은 은행에 저당 잡혀 있지."

"맞아요. 그런데 어떻게요?" 접수원이 다시 물었다.

"단순하게 생각해 봐." 하비가 말했다. "내가 이 주식을 시장에 풀어버 린다고 가정하면?"

"완전히 똥값이 되겠죠." 접수원이 대답했다. "완전 휴지조각."

"정확해. 완전 휴지조각이야. 하지만 그의 거래 은행들은 아직 그걸 모 르지. 스톤은 은행에 거짓말을 했어. 문제를 숨기려고. 아니면 왜 나를 찾 아왔겠어? 그런데 내가 주식을 던지면 은행이 자신들이 잡은 담보 가치가 얼마나 형편없게 됐는지 정확히 알게 되겠지. 거래소에서 직접 나오는 가 치 평가 말이야. '알려드립니다. 이 주식은 정확히 똥보다 가치가 낮습니 다.' 그럼 어떻게 될까?"

"패닉이죠." 접수원이 말했다.

"맞아." 하비가 말했다. "패닉 상태지. 깡통담보에 노출된 거니까. 전전 긍긍하고 있는 그들 앞에 갈고리 하비가 나타나 달러당 20센트로 쳐서 스톤의 빚을 대신 갚아 주겠다고 제안하는 거야."

"그걸 받을까요? 달러당 20센트?"

하비가 미소 지었다. 그의 흉터 조직에 주름이 잡혔다.

"받을 거야." 그가 말했다. "그렇게만 해 주면 내 다른 손이라도 핥을 거야. 물론 그들이 보유한 모든 주식이 거래에 포함되는 거고."

"좋아요. 그런데 주택들은 뭐죠?"

"똑같아." 하비가 말했다. "내가 주식을 소유하고 있고, 거기에 그 공장을 갖고 있는데, 공장을 폐쇄해 버려. 일자리는 없어지고 담보대출은 500건이 연체되어 있어. 브루클린 은행은 엄청 불안해지겠지. 그 대출 건을 달러당 10센트에 사서 다 압류한 뒤 철거해 버릴 거야. 불도저 두 대면 나는 롱 아일랜드 해안 근처의 노른자위 땅을 1,200만 제곱미터 갖게 되는 거지. 파운드 리지의 대저택까지 더해서. 총비용은 810만 달러 언저리일 거야. 저택만 해도 200만은 되지. 그러면 610만이 들어가는데 제대로만 하면 시장에서 1억 달러 받을 수 있는 패키지야."

접수원이 그를 쳐다보고 있었다.

"그래서 6주가 필요한 거야." 하비가 말했다.

그러자 접수원이 고개를 절레절레 흔들었다.

"안 될 거예요." 그가 말했다. "그건 오래된 가족 사업이에요. 스톤이 여전히 주식 대부분을 직접 보유하고 있다고요. 모든 주식을 거래한 게 아니에요. 그의 거래 은행도 일부만 가지고 있어요. 사장님은 소수 주주일 뿐이죠. 그런 일이 벌어지게 그가 내버려두지 않을 거예요."

하비는 차례로 고개를 저었다.

"그는 팔 거야. 전부. 깡그리 다."

"안 팔 걸요."

"팔 거야."

공공 도서관에는 좋은 소식과 나쁜 소식이 있었다. 엄청나게 많은 제이콥이 맨해튼, 브롱크스, 브루클린, 퀸즈, 스태튼 아일랜드, 롱 아일랜드, 웨스트체스터, 뉴저지 해안, 코네티컷주 전화번호부에 올라가 있었다. 리처는 뉴욕시에서 한 시간 이내의 반경을 설정했다. 도시에서 한 시간 거리 내에 있는 사람들은 무언가를 필요로 할 때 본능적으로 도시를 찾는다. 그보다 멀리 떨어지지는 않을 것이다. 그는 노트에 연필로 표시를 하며 걱정거리가 있는 제이콥 부인을 위한 잠재적 후보자로 129명을 추려냈다.

하지만 황색페이지비즈니스 및 서비스 업체가 분류별로 나열되어 있는 섹션에 코스텔로라는 사립탐정은 없었다. 백색페이지개인 및 가정에 대한 전화번호가 나와 있는 섹션에는 코스텔로가 많이 나와 있었지만 직업이 등록된 건 없었다. 리처는 한숨을 쉬었다. 실망스러웠지만 놀랄 일은 아니었다. 책을 펼치자마자 이런 구절이 나타났으면 좋았을 테지만. **코스텔로 탐정 사무실-키 웨스트의 전직 헌병 찾기 전문**. 많은 사무실이 일반적인 이름이었는데, 그중에서도 많은 사무실이 알파벳 순서의 목록에서 앞자리를 차지하기 위해 첫 글자를 대문자 A로 시작하는 경쟁을 하고 있었다. Ace, Acme, A-One, AA Investigators 등등. 다른 사무실은 맨해튼이나 브롱크스처럼 명확한 지리적 의미를 나타내기도 했다. 일부는 '법률 조력 서비스'라는 단어를 사용하며 고급 시장을 공략하고 있었다. 두 곳은 여성으로만 직원이 구성된 여성전용사무실이었다. 리처는 백색페이지를 덮고 노트에 뉴욕경찰분서의 전화번호 열다섯 개를 적어 넣었다. 앉아서 잠시 선택지를 따져 보았다. 그런 다음 밖

으로 나가 웅크리고 있는 거대한 사자상을 지나 인도에 있는 공중전화박
스로 들어갔다. 그는 노트를 전화기 위에 올려놓고 주머니 안의 동전을 몽
땅 써가며 작성한 경찰서 목록을 훑어 내려가기 시작했다. 각 경찰서의 행
정실을 찾았다. 알아야 할 모든 것을 다 알고 있는 희끗희끗한 내근 경사
와 연결되길 기대했다.

그는 네 번째 통화에서 안타를 쳤다. 처음 세 곳의 경찰서는 별다른 유
감 표명도 없이 도움을 주지 못했다. 네 번째 통화도 같은 방식으로 시작
되었다. 벨 소리, 재빨리 타 부서로 넘기기, 긴 대기. 그리고 나서 지저분한
서류 보관실 깊숙한 곳에서 쌕쌕거리는 응답 소리가 들렸다.

"코스텔로라는 사람을 찾고 있습니다." 리처가 말했다. "일에서 은퇴하
고 개인 사무실을 시작했습니다. 혼자서 아니면 누군가와 함께요. 60세가
량 되었고요."

"네, 그런데 누구시죠?" 어떤 목소리가 대답했다. 똑같은 악센트. 전화
상으로는 코스텔로 본인 같았다.

"제 이름은 카터입니다." 리처가 말했다. "대통령과 같은."

"그래서 코스텔로에게 원하는 게 뭐죠, 카터 씨?"

"그에게 줄 게 있는데 명함을 잃어버렸습니다." 리처가 말했다. "전화
번호부에서 찾을 수가 없군요."

"코스텔로는 전화번호부에 나오지 않으니까요. 그는 변호사를 위해서
만 일합니다. 일반 고객은 안 받아요."

"그를 아십니까?"

"당연히 알죠. 그는 이 건물에서 15년 동안 형사로 일했어요. 내가 그를
아는 건 놀랍지도 않죠."

"그럼 그의 사무실이 어디 있는지 아시겠군요?"

"그리니치 빌리지 아래쪽 어딘가에." 그 목소리가 말하더니 멈췄다.

리처는 전화기를 멀리하고 한숨을 내쉬었다. 이빨이라도 뽑듯 힘이 들었다.

"빌리지 어딘지 아십니까?"

"내 기억으로는 그리니치 애비뉴예요."

"주소가 있습니까?"

"아뇨."

"전화번호는요?"

"없어요."

"혹시 제이콥이라는 여자를 아십니까?"

"아뇨, 내가 알아야 하나요?"

"뭐라도 떠올려 보시죠." 리처가 말했다. "그녀는 그의 고객이었습니다."

"들어본 적 없어요."

"네, 도와주셔서 감사합니다." 리처가 말했다.

"그래요." 목소리가 말했다.

리처는 전화를 끊고 다시 계단을 올라가 안으로 걸어 들어갔다. 그리니치 애비뉴의 코스텔로를 찾기 위해 맨해튼의 백색페이지를 다시 뒤졌다. 이름이 없었다. 그는 전화번호부를 서가에 다시 올려놓고 햇볕이 내리쬐는 곳으로 나가 걷기 시작했다.

그리니치 애비뉴는 14번가에서 남동쪽으로 8번가부터 6번가까지 대각선으로 길게 뻗은 직선 도로이다. 양쪽으로 쾌적한 저층 건물이 늘어서 있는데, 그중 일부는 반 지하층을 만들어 작은 상점이나 갤러리로 사용하고 있다. 리처는 먼저 북쪽을 걸었지만 아무것도 찾아내지 못했다. 아래쪽의 교통체증을 피해 다른 쪽을 걷다가 정확히 길 중간에서 출입구 돌기둥에 고정된 작은 황동 명판을 찾았다. 명판 여러 개 중 잘 닦인 직사각형 명판에 '코스텔로'라고 적혀 있었다. 문은 검은색이었고 열려 있었다. 안은 작은 로비였고 칸이 그려진 펠트천의 게시판에 하얀 플라스틱 글자가 박혀 있었다. 이 건물이 열 개의 작은 사무실 공간으로 나뉘어져 있음을 보여주었다. 5호실에 '코스텔로'라고 표시되어 있었다. 로비 너머에는 유리문이 있는데 잠겨 있었다. 리처가 5호실 버저를 눌렀다. 응답이 없었다. 손가락 관절로 두드렸지만 아무 소용이 없었다. 그래서 그는 6호실을 눌렀다. 뒤틀린 목소리가 돌아왔다.

"누구세요?"

"UPS미국의 국제적 운송업체입니다." 그가 말하자 유리문이 윙윙거리더니 딸깍 소리를 내며 열렸다.

3층짜리 건물이었는데, 지하실까지 합치면 네 개층이었다. 1~3호실은 1층에 있었다. 계단을 올라가서 왼쪽이 4호실, 오른쪽이 6호실이었고 안쪽의 5호실은 3층으로 올라가는 계단의 경사 아래에 문이 숨겨져 있었다.

광택이 나는 마호가니 문은 열려 있었다. 활짝 열려 있지는 않지만 분명히 열려 있었다. 리처가 발끝으로 밀자 경첩이 움직이며 모텔 객실 크기만 한 작고 조용한 리셉션 공간이 드러났다. 연회색과 연청색의 중간 정도인 파스텔 색상으로 꾸며져 있었다. 바닥에는 두꺼운 카펫이 깔려 있었다. L자 형태의 비서용 책상 위에는 다기능 전화기와 최신 컴퓨터가 놓여 있었다. 서류 캐비닛과 소파도 있었다. 무늬유리로 된 칸막이가 있었고, 안쪽 사무실로 바로 이어지는 또 다른 문이 있었다.

리셉션 공간은 텅 비어 있었고 조용했다. 리처는 안으로 들어가 발뒤꿈치로 문을 닫았다. 업무 시작을 위해 잠금장치를 풀어 놓은 것처럼 사무실은 열려 있었다. 그는 카펫을 가로질러 안쪽 문으로 이동했다. 셔츠 자락으로 손을 감싸고 손잡이를 돌렸다. 같은 크기의 두 번째 방으로 들어섰다. 코스텔로의 방. 키 웨스트에서 만났던 그의 젊은 시절과, 그가 경찰청장, 서장, 리처는 모르는 지역 정치인 들과 함께 찍은 흑백사진이 액자 속에 있었다. 코스텔로는 예전에는 날씬한 남자였다. 사진은 그가 나이 먹을수록 살찌는 모습을 보여 주었는데, 마치 거꾸로 된 다이어트 광고처럼 보였다. 사진들은 책상 오른쪽 벽에 모여 있었다. 책상 위에는 압지와 구식 잉크병, 전화기가 놓여 있었다. 그리고 그 뒤에는 육중한 남자의 체형대로 찌그러진 가죽 의자가 있었다. 왼쪽 벽에는 더 불투명한 유리창과 잠긴 캐비닛이 일렬로 서 있었다. 책상 앞에는 편안한 두 개의 고객용 의자가 대칭적인 각도로 깔끔하게 놓여 있었다.

리처는 바깥 사무실로 다시 나갔다. 공기 중에서 향수 냄새가 났다. 비서의 책상을 살펴보다 핸드백을 발견했다. 열린 채로 의자 왼쪽의 수납공간에 깔끔하게 놓여 있었다. 덮개는 뒤로 접혀 있었고 부드러운 가죽 지갑과 비닐 포장된 티슈 팩이 보였다. 그는 연필을 꺼내 지우개가 달린 끝 부분으로 티슈 팩을 옆으로 제쳤다. 그 밑에는 화장품들과 열쇠뭉치가 있었고 값비싼 향수의 은은한 향기가 풍겨 나왔다.

컴퓨터 모니터는 물결 모양의 화면 보호기로 일렁이고 있었다. 연필로 마우스를 살짝 움직였다. 화면이 정리되면서 반쯤 쓰다 만 메일이 나타났다. 미처 완성되지 않은 단어의 중간에서 커서가 참을성 있게 깜박이고 있었다. 그날 아침의 날짜가 편지머리 아래에 적혀 있었다. 리처는 코스텔로의 시신이 키 웨스트 묘지 옆 인도에 퍼져 있던 모습을 떠올렸고 부재 중인 여성의 깔끔하게 놓여 있는 핸드백과 열린 문, 미완성인 단어를 번갈아 힐끗 보며 전율을 느꼈다.

그런 다음 연필을 사용하여 워드프로세서를 종료했다. 창이 열리고 편지의 변경 사항을 저장할 것인지 묻는 메시지가 표시되었다. 그는 잠시 멈추었다가 'NO'를 눌렀다. 파일관리자 화면을 열고 디렉토리를 확인했다. 그는 청구서를 찾고 있었다. 주위를 둘러보니 코스텔로가 사무실을 깔끔하게 운영하고 있었다는 것을 확실히 알 수 있었다. 잭 리처를 찾으러 가기 전에 선수금 청구서를 보낼 만큼 깔끔했다. 그런데 그 탐색은 언제부터 시작됐을까? 명확한 순서를 따랐을 것이 분명했다. 처음에 제이콥 부인에게서 의뢰가 왔을 때는 이름과 대강의 신체 사이즈 그리고 군복무 사실 외에는 아무것도 없었을 것이다. 그런 다음 코스텔로는 군의 중앙기록보관소에 전화를 걸었을 것이다. 세인트루이스에 있는 이 복합시설은 제복을 입고 복무한 모든 남성과 여성에 관한 서류를 한 장이라도 모두 보관하고 있다. 이곳은 두 가지 방법으로 신중하게 보호되고 있다. 문과 철조망으로 물리적으로 보호하고 경솔한 접근을 막기 위해 관료적으로 두꺼운 차단층을 설치했다. 인내심을 발휘한 조사 끝에 그는 명예 전역 사실을 알게 되었을 것이다. 그러고는 막다른 골목을 바라보며 혼란스러워 일시 정지를 했을 것이다. 그런 다음 은행 계좌 찾는 걸 시도해 보기로 하고 선을 찾아 옛 친구에게 전화해 부탁했을 것이다. 버지니아에서 보낸 흐릿한 팩스일 수도 있고, 전화로 입출금 내역을 한 줄 한 줄 불러줬을 수도 있다. 그리고 남쪽으로의 급한 비행, 듀발 스트리트에서의 질문, 두 남자, 주먹, 바닥재 절단용 칼.

간격은 짧았지만, 세인트루이스와 버지니아의 일은 시간이 상당히 걸렸을 것이다. 리처는 코스텔로와 같은 민간인이 기록보관소에서 제대로 된 정보를 얻으려면 사나흘은 걸렸을 것이라고 추측했다. 버지니아 은행도 그보다 빠를 수는 없었을 것이다. 호의라는 것은 제때 발휘되는 것이 아니다. 타이밍이 맞아야 한다. 관료주의적 지연에 일주일, 중간에 생각할 시간 하루, 거기에 시작일과 종료일 하루씩을 더한다. 이러면 제이콥 부인이 이 모든 일이 벌어지게 만든 지 열흘 정도 지났을 것이다.

그는 '청구서'라는 이름의 하위 디렉토리를 클릭했다. 화면의 오른쪽에 파일 이름이 길게 나열된 필드가 나타났다. 그는 커서를 목록 아래로 내리면서 아래에서 위로 끌어올렸다. J항목에 제이콥이 없었다. 대부분 이니셜이거나 로펌 상호를 의미하는 긴 약어였다. 날짜를 확인했다. 정확히 열흘 전의 것은 없었다. 하지만 9일 전의 것이 있었다. 코스텔로가 생각보다 빨랐거나 비서가 더 느렸을 수도 있었다. 'SGR&T-09'라는 이름이 붙어 있었다. 그 파일을 클릭하자 하드 드라이브가 윙윙거리더니 화면에 실종자 수사에 대한 천 달러의 착수금 청구 내역이 떴다. '스펜서 구트만 리커 앤드 탤보트SGR&T, Spencer Gutman Ricker and Talbot'라는 월스트리트 소재 로펌에 청구한 것이었다. 청구서 수신 주소는 있었지만 전화번호는 없었다.

파일관리자를 종료하고 데이터베이스로 들어갔다. SGR&T를 다시 검색하자 같은 주소가 표기된 페이지가 나왔는데 이번에는 전화, 팩스, 텔렉스 그리고 이메일 주소가 함께 나와 있었다. 몸을 숙여 엄지손가락과 검지손가락으로 비서의 핸드백에서 휴지 두 장을 꺼냈다. 한 장은 전화 수화기에 감고 다른 한 장은 평평하게 펴서 번호 키패드 위에 올려놓았다. 번호를 눌러 전화를 걸었다. 벨소리가 울리고 1초 후에 연결이 되었다.

"스펜서 구트만입니다." 밝은 목소리였다. "무엇을 도와드릴까요?"

"제이콥 부인 부탁합니다." 리처가 바쁘게 말했다.

"잠시만요."

나지막한 음악이 울리고 난 뒤 남자 목소리가 들렸다. 말은 빨랐지만 공손한 말투였다. 비서인 것 같았다.

"제이콥 부인 부탁합니다." 리처가 다시 말했다.

남자는 분주하고 피곤한 것처럼 들렸다. "부인은 이미 개리슨으로 떠났고, 언제 다시 사무실에 돌아올지 모르겠어요."

"부인의 개리슨 주소가 있습니까?"

"부인의 주소요?" 남자가 놀라며 말했다. "아니면 그의 주소 말인가요?"

남자가 놀라는 것을 듣고 리처는 잠시 멈췄다가 기회를 잡았다.

"그의, 내 말은 그 남자 주소요. 그걸 잃어버린 것 같아요."

"잃어버리신 게 차라리 다행입니다." 남자가 다시 대답했다. "죄송하지만 인쇄가 잘못된 것 같아요. 오늘 오전에 적어도 50명 이상에게 다시 안내해 드린 것 같습니다."

남자는 기억하고 있던 주소를 불러주었다. 뉴욕주 개리슨은 허드슨 강의 약 100킬로미터 상류에 있는 작은 동네로, 리처가 긴 4년을 보냈던 웨스트포인트미 육군사관학교의 정확히 건너편이다.

"서두르셔야 할 것 같네요." 남자가 말했다.

"그러죠." 리처는 전화를 끊으며 혼란스러웠다.

데이터베이스를 닫고 화면을 비워 두었다. 부재 중인 비서의 열려 있는 가방에 한 번 더 눈길을 주고 방을 나서면서 그녀의 향수 냄새를 한 번 더 맡았다.

비서는 하비가 그녀에게 갈고리를 쓴 지 약 5분 뒤에 제이콥 부인의 신원을 실토했고 그로부터 약 5분 뒤에 죽었다. 그들은 88층에 있는 사무실 안의 임원용 화장실에 있었다. 이상적인 위치였다. 화장실 치고는 너무 큰 가로세로 5미터의 공간이었다. 어떤 비싼 인테리어 업자가 벽, 바닥 및 천장의 여섯 개 표면 모두에 반짝이는 회색 화강암 타일을 붙였다. 스테인리스 스틸 레일에 투명한 비닐 커튼이 달린 대형 샤워 부스도 있었다. 레일은 이탈리아산으로, 투명 비닐 커튼을 달아 놓기에는 지나치게 고사양이었다. 하비는 그 레일이 의식을 잃은 사람을 수갑으로 채워 매달아 놓아도 그 무게를 견딜 수 있다는 것을 알았다. 간혹 이 비서보다 체중이 더 무거운 사람들이 화급한 질문이나 특정하게 행동해야 하는 지혜를 요구 받을 때 거기 매달려 있었다.

유일한 문제는 방음이었다. 그는 그 정도면 괜찮다고 확신했다. 견고한 건물이었다. 쌍둥이 빌딩의 무게는 각각 50만 톤이 넘는다. 강철과 콘크리트를 아끼지 않고 써서 벽이 두꺼웠다. 게다가 호기심 많은 이웃도 없었다. 88층 사무실의 대부분은 잘 알려지지 않은 작은 외국의 무역대표부가 임대하고 있었는데 몇 안 되는 직원들은 대부분의 시간을 UN본부에서 보냈다. 87층과 89층도 같은 상황이었다. 그가 거기를 선택한 이유였다. 하지만 하비는 피할 수만 있다면 추가적인 위험은 절대 용납하지 않는 사람이었다. 결론은 덕트 테이프. 시작하기 전에 그는 항상 15센티 정도 길이로 테이프를 몇 개 잘라서 타일에 살짝 붙여 두었다. 그중 하나는 입을 덮을 것이었다.

누구든 눈이 불거지며 고개를 마구 흔들기 시작하면, 그는 테이프를 떼어 내고 답을 기다렸다. 비명을 지르면 그는 다음 테이프로 입을 막고 다시 작업을 시작했다. 보통 두 번째 테이프를 떼면 원하는 답이 나왔다.

그런 다음에는 타일 바닥이라 간단하게 물청소를 끝냈다. 샤워기를 세게 틀고 물을 몇 양동이 뿌리고 걸레질을 바쁘게 하면 물이 하수구로 빠져서 88층 아래로 사라지는 속도만큼이나 빠르게 안전한 공간이 되었다. 하비가 직접 걸레질을 하지는 않았다. 걸레질에는 두 손이 필요하다. 두 번째 남자가 비싼 바지를 걷어 올리고 양말과 구두를 벗은 채 걸레질을 하고 있었다. 하비는 밖의 책상에 앉아 첫 번째 남자에게 말을 하고 있었다.

"제이콥 부인의 주소를 줄 테니 그 여자를 데려와. 알겠나?"

"그러죠." 남자가 말했다. "저건 어떻게 하시려고요?"

그는 화장실 문을 고개로 가리켰다. 하비가 그의 시선을 따라갔다.

"오늘 밤까지 기다려. 옷을 다시 입히고 배로 옮겨. 만에서 몇 킬로미터 나가서 던져 버려."

"다시 밀려올 수도 있어요. 며칠 후에요."

하비는 어깨를 으쓱했다.

"상관없어. 며칠만 지나면 퉁퉁 불 거야. 모터보트에서 떨어진 줄 알겠지. 저 상처들은 프로펠러에 다친 거라고 생각할 거야."

은밀한 행동습관에는 장점도 있지만 문제도 있었다. 개리슨으로 빨리 가려면 렌터카를 빌려 즉시 출발하는 것이 가장 좋은 방법이었다. 하지만 신용카드를 사용하지 않고 운전면허증이 없는 사람은 이런 선택지가 없다. 그래서 리처는 다시 택시를 타고 그랜드 센트럴역으로 갔다. 거기까지 가는 허드슨 라인의 기차가 있을 거라고 거의 확신했다. 통근자들은 때때로 그곳 멀리 북쪽에 살기도 했다. 그렇지 않으면 올버니와 캐나다까지 가는 큰 암트랙 열차가 거기서 설 수도 있었다.

그는 택시비를 주고 나서 인파를 헤치며 문으로 향했다. 긴 경사로를 내려가 거대한 중앙 홀로 들어갔다. 주위를 훑어보다가 고개를 들어 출발 안내 화면을 읽었다. 지리를 떠올리려 애썼다. 크로톤-하먼 라인은 너무 남쪽에서 끝나 좋지 않았다. 최소한 포킵시까지는 가야 했다. 나머지 열차 편을 살펴보았다. 아무것도 없었다. 앞으로 한 시간 반 안에 출발하는 기차 중에 개리슨으로 갈 수 있는 것은 없었다.

그들은 늘 하던 대로 했다. 둘 중 한 명이 90층 아래의 지하 적하장으로 내려가서 쓰레기 더미에서 빈 상자를 찾았다. 냉장고나 탄산음료 기계 포장 상자가 가장 적합했는데 한번은 35인치 텔레비전 박스로 해 본 적도 있었다. 이번에는 서류 캐비닛 상자를 발견했다. 그는 상차장에서 청소부용 카트를 가져와 싣고 화물용 엘리베이터를 타고 88층으로 올라갔다.

다른 한 명은 화장실에서 비서를 보디백시체 운반용 가방에 넣고 지퍼를 잠그고 있었다. 그들은 보디백을 접어 상자에 넣고 남은 덕트 테이프를 뜯어 상자에 단단히 붙였다. 그런 다음 카트에 상자를 싣고 다시 엘리베이터로 향했다. 이번에는 주차장으로 내려갔다. 상자를 검은색 서버번쉐보레의 대형 SUV으로 옮겼다. 하나, 둘, 셋에 들어 올려 차 뒤쪽에 던져 넣었다. 뒷문을 쾅 닫고 차 키를 눌렀다. 걸어가면서 뒤를 흘끗 돌아보았다. 차 유리창의 짙은 선팅, 어두운 주차장. 문제될 게 없었다.

"있잖아." 첫 번째 남자가 말했다. "시트를 접으면 제이콥 부인도 들어갈 수 있어. 오늘 밤 한 번에 다 해치우자. 웬만하면 그 배를 또 타고 싶지 않아."

"그러자고." 두 번째 남자가 말했다. "상자가 더 있나?"

"저게 딱이야. 제이콥 부인이 크냐 작으냐에 따라 다르겠지만."

"오늘 밤 안에 그 여자를 끝장내느냐에 따라 달라지겠지."

"꼭 끝내야지 무슨 소리야? 오늘 그의 기분을 봤잖아?"

그들은 같이 다른 주차칸으로 어슬렁거리며 다가가 검은색 쉐비 타호의 문을 열었다. 타호는 서버번의 동생 격이지만 그래도 거대한 차량이다.

"그래서 그 여자는 어딨어?" 두 번째 남자가 물었다.

"개리슨이라는 동네에." 첫 번째 남자가 말했다. "허드슨 강을 쭉 올라가다 싱싱_{뉴욕주 최고 보안등급 교도소}을 지나서. 한 시간이나 한 시간 반 정도."

급히 후진해 주차칸에서 빠져나온 타호는 타이어 소리를 내면서 주차장을 돌았다. 그러고는 경사로를 튀어 올라가 햇살을 받으며 웨스트 스트리트로 나가서 우회전을 하고 북쪽으로 가속을 시작했다.

4

웨스트 스트리트는 56번 부두 바로 맞은편에서 11번가가 되는데, 14번가에서 서쪽 방향으로의 교통량이 쏟아져 들어와 북쪽으로 향하는 곳이다. 커다란 검은색 타호는 교통체증에 휘말린 채 높은 빌딩에 부딪혀 강 위로 메아리치는 불만스러운 경적 소리들에 또 하나의 경적을 보냈다. 그들은 아홉 블록을 기어가다가 23번가에서 좌회전한 뒤 다시 12번가에서 북쪽으로 방향을 틀었다. 재비츠 컨벤션 센터 뒤쪽을 지날 때는 보행 속도보다는 빨리 달렸는데, 웨스트 42번가에서 쏟아져 나오는 차들로 다시 막혔다. 12번가가 밀러 하이웨이로 합류되었지만 여전히 막힌 채로 거대하고 어수선한 옛 철도야적장 끝까지 올라갔다. 거기서 밀러 하이웨이는 헨리 허드슨 파크웨이로 바뀌었다. 느린 도로이지만 헨리 허드슨은 공식적으로는 9A번 국도이다. 크로톤빌에서 9A번 국도가 되어 북쪽으로 개리슨까지 이어진다. 어디로도 꺾이지 않는 직선이었지만 그들은 여전히 맨해튼에 있었고, 출발한 지 30분이 지났는데도 여전히 리버사이드 공원에 갇혀 있었다.

그중 가장 의미 있는 것은 워드프로세서였다. 단어 중간에서 참을성 있게 깜박이는 커서. 열려 있는 문과 방치된 핸드백도 설득력이 있었지만 결정적인 것은 아니었다. 사무원들은 보통 자신의 물건을 잘 챙기고 문도 잘 닫지만 항상 그런 것은 아니다. 단지 그 비서가 복도를 지나가다가 복사용지를 빌려 달라거나 복사기를 한번 봐 달라거나 하는 사소한 요청을 받았을 수도 있다. 그러면 커피 한 잔과 함께 간밤의 달콤한 데이트로 이야기가 이어진다. 2분만 자리를 비우리라 생각한 사람이 핸드백을 놔두고 문을 열어 둔 채 30분 동안 자리를 비울 수도 있다. 하지만 컴퓨터 작업을 저장하지 않은 채로 자리를 뜨는 사람은 아무도 없다. 단 1분이라도. 그런데 이 여자는 그랬다. 기계는 그녀에게 '변경사항을 저장하시겠습니까?'라고 물었다. 즉, 그녀는 '저장' 아이콘을 클릭하지 않고 책상에서 일어났다는 뜻인데, 소프트웨어와 하루 종일 씨름하는 사람들에게 '저장'은 숨 쉬는 것만큼이나 자동적인 습성이다.

이런 정황으로 보아 전반적인 상황이 매우 좋지 않았다. 리처는 그랜드 센트럴역의 다른 큰 홀로 들어가 가판대에서 600밀리짜리 블랙커피를 샀다. 뚜껑을 꽉 닫고 호주머니 속의 현금뭉치를 꾹 쥐었다. 해야 할 일에 충분한 두께였다. 그는 다시 뒤돌아 이리저리 달려 다음 크로톤행 열차가 출발을 기다리는 플랫폼으로 갔다.

헨리 허드슨 파크웨이는 170번가 주변에서 구불구불한 진출로로 갈라지고, 북쪽 차선은 다시 리버사이드 드라이브라는 이름이 된다. 같은 도로, 같은 방향, 회전도 없지만 과다한 교통량의 복잡한 역학관계로 인해 운전자 한 명이 평균보다 속도를 늦추면 고속도로가 급격히 정체되어 수백 명이 정체될 수 있다. 모든 것은 1킬로미터 전방의 외지인이 잠시 헷갈렸기 때문이었다. 커다란 검은색 타호는 워싱턴 요새 건너편에서는 완전히 멈춰 섰고, 조지워싱턴 브리지 아래에서는 내내 가다 서다를 반복하며 통과했다. 그러다 리버사이드 드라이브가 넓어졌지만 3단 기어로 변속하기도 전에 도로명이 헨리 허드슨으로 다시 바뀌었고 교통 흐름은 톨게이트 광장에서 다시 멈추었다. 맨해튼 섬을 떠나 브롱크스를 지나 북쪽으로 향하려면 통행료를 내기 위해 줄을 서서 기다려야 했다.

그랜드 센트럴과 크로톤-하먼 사이에서 허드슨 강을 오르내리는 열차는 일반과 급행 두 종류가 있다. 급행은 속도 면에서 더 빨리 달리지는 않지만 정차하는 횟수가 적고 49분에서 52분 사이에 주파한다. 모든 역에서 정차하는 일반열차는 정지, 대기, 출발을 반복하다 보면 65분에서 73분이 걸린다. 급행으로 누리는 이점은 최대 24분까지이다.

리처는 일반을 탔다. 그는 검표원에게 비수시간대 편도 요금으로 5.5달러를 내고 비어 있는 3인용 좌석에 앉았다. 커피를 너무 많이 마셔서 살짝 흥분된 상태로 머리를 차창에 기대고 도대체 정확히 어디로 가고 있는지, 왜 가는지, 그리고 거기 도착하면 무엇을 할 것인지에 대해 생각했다. 그리고 그게 무엇이든 그 일을 할 수 있을 제시간에 도착할지 궁금해 했다.

9A번은 9번 도로가 되어 강에서 우아하게 구부러져 캠프 스미스 뒤로 이어졌다. 웨스트체스터로 들어서자 충분히 빠른 속도가 나왔다. 엄밀히 말해 경주로 정도는 아니었다. 계속 고속 주행을 하기에는 커브가 많았고 노면 반동도 심했지만 길은 깨끗하고 비어 있었다. 오래된 구간과 새로운 구간이 숲을 가로질러 파고들어 조각보처럼 얽혀 있었다. 여기저기서 주택단지 개발이 진행되고 있었다. 높은 목재 울타리와 깔끔하게 칠해진 외

벽, 그리고 입구의 큰 바위에 새겨진 희망적이고 긍정적인 단지명들이 있었다. 한 명은 운전하고 다른 한 명은 무릎에 지도를 편 상태로 타호는 급히 달렸다.

그들은 픽스킬을 지나 좌회전할 곳을 찾기 시작했다. 찾고 나서 앞에 있는 풍경의 빈틈을 감지하고 강을 향해 머리를 돌렸다. 그들은 개리슨에 들어가서 주소를 찾기 시작했다. 찾기가 쉽지 않았다. 주거 지역이 흩어져 있었다. 우편번호가 개리슨 지역이라 하더라도 아주 멀리 떨어진 곳에 살 수도 있었다. 그 점은 분명했다. 그러나 그들은 맞는 도로를 찾았고 정확히 이리저리 회전해서 올바른 거리를 찾았다. 우편함을 살펴보며 성긴 숲을 지나 강 위쪽으로 저속 주행을 했다. 길이 구부러지며 앞이 탁 트였다. 계속 저속으로 움직였다. 그러다 바로 앞에 찾던 집을 발견하고 급히 속도를 줄인 뒤 길가에 차를 세웠다.

리처는 기차에 탄 지 71분 만에 크로톤에 도착해 기차에서 내렸다. 그는 계단을 뛰어 올라 건너편으로 가서 택시 승강장으로 내려갔다. 택시 네 대가 역 입구 쪽으로 자동차 앞부분을 향한 채 줄지어 서 있었다. 모두 측면에 인조 목재 장식을 댄 구형 카프리스 왜건이었다. 제일 먼저 반응한 기사는 주의 깊게 들을 준비가 되었다는 듯 고개를 위로 젖힌 건장한 체격의 여성이었다.

"개리슨 갑니까?" 리처가 물었다.

"개리슨?" 그녀가 말했다. "거긴 장거리예요. 30킬로 정도 되죠."

"어딘지는 압니다." 그가 말했다.

"40달러는 나올 것 같은데요."

"50달러 드리죠." 그가 말했다. "총알같이 갑시다."

그는 앞좌석, 기사 옆에 앉았다. 차 안에서는 오래된 택시 특유의 지나치게 달콤한 방향제와 시트 청소제 냄새가 났다. 주행거리는 거의 100만 킬로미터였고, 여자 기사가 마구 밟으면서 주차장을 헤쳐 나가 9번 국도를 타고 북쪽으로 달리는 동안 차는 마치 파도 위의 배처럼 흔들렸다.

"주소는 갖고 있어요?" 그녀가 도로를 주시하며 물었다.

리처는 로펌의 비서가 했던 말을 반복했다. 여자는 고개를 끄덕이며 고속 주행 태세를 갖췄다.

"강이 내려다보이는 곳이네요." 그녀가 말했다.

그녀는 15분 동안 주행하다가 픽스킬을 지나고 나서 좌회전 지점을 찾아 속도를 줄였다. 화물을 가득 실은 거대한 배가 서쪽을 향했다. 리처는 숲 속에서 1킬로 폭의 강이 흐르는 것을 느낄 수 있었다. 그녀는 자기가 가는 곳을 잘 알고 있었다. 강가까지 갔다가 시골길에서 북쪽으로 방향을 틀었다. 철로가 그들과 강 사이에 평행하게 이어져 있었다. 기차는 안 보였다. 땅이 사라지고 리처의 앞과 왼쪽으로 푸른 강 건너 1킬로 지점에 웨스트포인트가 보였다.

"여기 어디쯤이에요." 그녀가 말했다.

좁은 시골길이었다. 다듬지 않은 목재로 목장 울타리를 치고 갓길은 잔디를 깎고 조경수를 심어 가꾼 상태였다. 100미터 떨어진 곳에 우편함이 있었고, 나무 꼭대기를 통과하는 전선이 걸려 있는 전봇대가 있었다.

"음," 여자가 말했다. "다 온 것 같네요."

이미 좁은 도로가 이제는 거의 통행이 불가능할 정도로 좁아져 있었다. 갓길에 차들이 길게 줄을 이뤄 주차되어 있었다. 대부분 검은색이거나 군

청색인 자동차가 마흔 대 정도였다. 전부 깔끔한 최신형 세단 아니면 대형 SUV 차량들이었다. 여자는 택시를 진입로에 세웠다. 주차된 차량의 행렬이 집 앞까지 꼬리에 꼬리를 물고 이어져 있었다. 차고 앞마당에도 열두어 대의 차가 주차되어 있었다. 그중 두 대는 평범한 디트로이트산 세단이었는데, 녹색 단색이었다. 육군 차량. 국방부에 관한 것이라면 리처는 1킬로밖에서도 알아볼 수 있었다.

"됐죠?" 여자가 물었다.

"그런 것 같군요." 그가 조심스럽게 말했다.

그는 현금뭉치에서 50달러 지폐를 꺼내 그녀에게 건넸다. 어리둥절한 채로 택시에서 내려 진입로에 섰다. 택시가 후진으로 멀어져 가는 소리가 났다. 그는 다시 도로로 걸어갔다. 길게 늘어선 차들을 바라보았다. 우편함을 살펴보았다. 위쪽에 알루미늄으로 작은 글자가 적혀 있었다. 이름은 가버렸다. 리처가 자신의 이름만큼이나 잘 알고 있는 이름이었다.

집은 자연스러움과 방치된 상태의 중간 정도 되는 느낌으로 과하지 않게 조경된 넓은 부지에 자리잡고 있었다. 집 자체는 낮고 넓게 퍼져 있는 구조였는데, 짙은 삼나무 벽면에, 창문에는 짙은 색 커튼과 커다란 석조 굴뚝이 있었고, 교외의 소박함과 아늑함의 중간 정도 느낌인 별장이었다. 매우 조용했다. 공기는 덥고 습하고 땅의 기운이 충만한 냄새가 났다. 덤불 밑에 모여드는 곤충 소리를 들을 수 있을 정도였다. 그는 집 너머의 강을 감지할 수 있었다. 1킬로 폭의 공간이 흩어지는 소리들을 남쪽으로 끌고 내려가고 있었다.

그가 더 가까이 다가가 보니 집 뒤에서 어렴풋한 말소리가 들렸다. 제법 많은 사람들이 목소리를 낮춰서 이야기를 나누고 있었다. 그는 소리 나는 쪽으로 걸어 내려가 차고 옆으로 나왔다. 시멘트 계단 꼭대기에서 뒷마당을 가로질러 서쪽을 보았다. 햇빛 아래 눈부시게 푸르른 강이 보였다. 물안개 속 1킬로 멀리, 그의 오른쪽 약간 북서쪽으로, 낮고 잿빛의 웨스트포인트가 있었다.

뒷마당은 절벽 꼭대기에 있는 숲을 깎아내 평평하게 조성한 공간이었다. 덮여 있던 거친 풀은 짧게 깎여 있었는데 거기에 100명 정도의 사람들이 엄숙하게 모여 있었다. 남녀 모두 검은색 옷을 입고 있었다. 정복을 갖춰 입은 대여섯 명의 육군 장교를 제외하고는 전부 검은 정장, 넥타이, 블라우스와 구두를 착용하고 있었다. 와인 잔과 뷔페 음식이 담긴 종이 접시를 들고 모두가 조용하고 차분하게 이야기를 나누고 있었다. 그들의 어깨 위로 슬픔이 묻어 나왔다.

장례식. 그는 장례식에 난입한 것이었다. 그는 어제 키 웨스트에서 급하게 대충 입었던 옷차림 그대로 색이 바랜 면바지와 구겨진 옅은 노란색 셔츠를 입고 있었다. 양말을 신지 않은 신발은 흠집이 나 있었고, 햇빛에 변색된 머리카락은 삐죽삐죽 솟아 있었으며, 하루치 수염이 나 있는 어색한 모습으로 하늘을 등지고 우뚝 서 있었다. 그가 조문객들을 내려다 보자, 마치 그가 주목하라는 손뼉이라도 친 것처럼 모두들 말을 멈추고 고개를 돌려 그를 쳐다보았다. 그는 얼어붙었다. 그들은 모두 조용히 호기심 어린 눈으로 그를 주목했고 그는 멍하니 그들을 바라보았다. 침묵이 흘렀다. 정적. 그러다 한 여자가 움직였다. 그녀는 종이 접시와 잔을 바로 옆의 일행에게 건네고 앞으로 나섰다.

서른 살 정도로 보이는 젊은 여자는 다른 사람들과 마찬가지로 단정한 검은색 정장을 입고 있었다. 그녀는 창백하고 긴장한 듯했지만 매우 아름다웠다. 엄청나게 아름다웠다. 매우 날씬하고, 큰 키에 힐을 신고 긴 다리에는 얇은 검정색 스타킹을 신은 모습이었다.

고운 금발의 스타일링하지 않은 긴 머리, 파란 눈, 곧은 골격. 그녀는 잔디밭을 세련되게 가로질러 가서 마치 그가 그녀에게 내려오기를 기다리는 것처럼 시멘트 계단 아래에서 멈추었다.

"안녕, 리처." 그녀가 부드럽게 말했다.

그는 그녀를 내려다봤다. 그녀는 그가 누군지 알고 있었다. 그리고 그도 그녀가 누군지 알고 있었다. 한 번 눈길을 주는 것만으로 15년이란 세월이 영화 속 스톱모션 기법처럼 폭발해 다가왔다. 그의 눈 앞에서 순식간에 10대 소녀가 아름다운 여인으로 성장해 꽃을 피웠다. 가버. 우편함에 적힌 이름. 수년 동안 그의 지휘관이었던 레온 가버. 리처는 필리핀의 덥고 습한 저녁에 뒤뜰 바비큐 파티에서 두 사람이 서로를 알아가던 초창기 시절을 떠올렸다. 가녀린 소녀가 황량한 기지 내 주택 주위의 그늘 사이로 들락날락한다. 열다섯 살인데도 충분히 완전하게 매혹적인 여자였지만, 완전히 금지된 대상인 이유도 충분했다. 조디, 가버의 딸. 그의 하나뿐인 아이. 그의 삶의 빛. 15년 후, 다 자란 아름다운 모습으로 시멘트 계단 아래에서 그를 기다리고 있는 것은 조디 가버였다.

그는 사람들을 한 번 쳐다보고 계단을 내려가 잔디밭으로 향했다.

"안녕, 리처." 그녀가 다시 말했다.

낮고 경직된 목소리였다. 그녀를 둘러싼 광경처럼 슬퍼 보였다.

"안녕, 조디." 그가 말했다.

그는 '누가 죽었지?'라고 묻고 싶었다. 하지만 어떻게 구성하더라도 냉정하거나 멍청하게 들리지 않는 문장을 만들 수가 없었다. 그녀는 그가 고민하는 모습을 보고 고개를 끄덕였다.

"아빠가." 그녀는 간단하게 말했다.

"언제?" 그가 물었다.

"5일 전에요." 그녀가 말했다. "몇 달 동안 편찮으시긴 했지만 마지막에
는 갑자기 돌아가셨어요. 깜짝 놀랐죠."

그는 천천히 고개를 끄덕였다.

"무슨 말을 해야 할지 모르겠군." 그가 말했다.

그는 강을 한 번 바라봤고, 눈앞에 펼쳐진 백 개의 얼굴이 백 개의 레온
가버 얼굴이 되었다. 작은 키에 몸집이 단단한 강인한 남자. 그는 기쁠 때
나 짜증날 때나 위험할 때도 항상 활짝 웃는 얼굴이었다. 육체적으로나 정
신적으로나 용감한 사람. 훌륭한 리더. 정직, 공정, 통찰력. 지금의 리처를
있게 한 롤 모델. 그의 멘토이자 후원자. 보호자. 그는 위험을 부담해가면
서까지 리처를 18개월 동안 두 번이나 진급시켜 리처를 모두가 기억하는
평화시의 역대 최연소 소령으로 만들었다. 그런 다음 그는 두툼한 손을 활
짝 펴고 미소를 지으며 자신은 리처의 성공에 기여한 바가 하나도 없다고
한사코 부인했다.

"무슨 말을 해야 할지 모르겠어." 그가 다시 말했다.

그녀는 조용히 고개를 끄덕였다.

"믿을 수가 없어." 그가 말했다. "받아들일 수가 없어. 뵌 지 1년도 채
안 됐는데. 그때만 해도 건강해 보이셨는데. 편찮으셨다고?"

그녀는 다시 고개를 끄덕였지만 여전히 침묵했다.

"하지만 언제나 강한 분이셨어."

그녀는 슬프게 고개를 끄덕였다. "그랬죠. 항상 강인하셨어요."

"연세도 그리 안 많으셨잖아." 그가 말했다.

"예순넷이었어요."

"그런데 왜 그렇게 되신 거지?"

"심장이," 그녀가 말했다. "결국에는 심장 때문이에요. 아빠가 항상 심장이 없는 척하셨던 것 기억해요?"

리처는 고개를 저었다. "그 누구보다 큰 심장을 가진 분이셨지."

"나도 그렇게 생각했어요." 그녀가 말했다. "엄마가 돌아가시고 우린 10년 동안 절친한 친구였어요. 난 아빠를 사랑했죠."

"나도 레온을 사랑했어." 리처가 말했다. "마치 네 아빠가 아니라 내 아버지인 것처럼."

그녀는 다시 고개를 끄덕였다. "아빤 언제나 당신에 대해 이야기했어요."

리처는 시선을 돌렸다. 안개 속에 잿빛으로 흐릿하게 보이는 웨스트포인트 건물을 바라보았다. 아무런 감각이 없었다. 리처는 자신이 아는 사람들이 세상을 떠난 나이대에 있었다. 아버지도 죽었고, 어머니도 죽었고, 형도 죽었다. 이제 친족을 대신할 수 있는 가장 가까운 존재마저 죽었다.

"6개월 전에 심장마비가 왔었어요." 조디가 말했다. 그녀는 눈물이 그렁한 채로 긴 생머리를 귀 뒤로 넘겼다. "잠시 동안 회복된 듯했는데 실제로는 급속히 나빠졌어요. 심장우회수술을 고려하고 있었는데 상태가 악화되더니 너무 빨리 쓰러지셨어요. 아마 수술도 견뎌내지 못했을 거예요."

"무슨 말을 해야 할지 모르겠군." 그는 세 번째로 말했다.

그녀는 그의 옆으로 돌아서서 팔짱을 꼈다.

"슬퍼하지 말아요." 그녀가 말했다. "아빠는 늘 만족스러운 삶을 살았던 분이었어요. 빨리 가시는 게 더 좋았을 거예요. 오래 끈다고 더 행복하시진 않았을 테니까."

리처의 머릿속에 가버의 옛 모습이 번쩍 떠올랐다. 분주하고 격렬하며 불덩어리 에너지를 가졌던 그에게 무능력자가 되는 것이 얼마나 절망적이었을지 이해했다. 과부하가 걸린 늙은 심장이 마침내 투쟁을 포기한 것도 이해했다. 그는 안타까운 마음으로 고개를 끄덕였다.

"이리 와서 사람들과 인사해요." 조디가 말했다. "아는 사람이 있을지도 몰라요."

"옷차림도 안 맞고," 그가 말했다. "그럴 기분이 아니야. 가 봐야겠어."

"상관없어요." 그녀가 말했다. "아빠가 신경이나 쓸 것 같아요?"

그에게 구겨진 카키색 낡은 옷과 낡은 모자를 쓴 가버가 보였다. 그는 미 육군에서 옷을 제일 못 입는 장교였다. 리처가 그의 밑에서 근무한 13년 내내. 그는 짧게 미소 지었다.

"신경 안 쓰시겠지."

그녀는 그를 잔디밭으로 안내했다. 백 명 정도 중에 여섯 명 정도가 그가 알 만한 사람이었다. 제복을 입은 두 명은 낯이 익었고, 정장을 한 몇몇은 지난 시절 이곳저곳에서 함께 일한 적 있는 사람들이었다. 그는 수십 명의 사람들과 악수를 나누며 이름을 들으려고 노력했지만 한 귀로 들어와 다른 귀로 흘러나갔다. 사람들이 다시 조용한 대화를 나누며 음식을 먹고 술을 마시기 시작했고, 그의 주위로 모였고, 엉망이었던 도착했을 때의 그의 감정은 슬그머니 사라져 있었다. 조디는 여전히 그의 팔을 잡고 있었다. 그녀의 손이 피부에 시원하게 느껴졌다.

"누굴 좀 찾고 있어." 그가 말했다. "그래서 여기 온 거야."

"알아요." 그녀가 말했다. "제이콥 부인. 맞죠?"

그는 고개를 끄덕였다.

"여기 있어?" 그가 물었다.

"내가 바로 그 사람이에요."

검은색 타호를 탄 두 남자가 카폰이 전파 방해를 안 받도록 전선 밑에서 비켜나 주차 행렬 뒤에 차를 댔다. 운전자가 번호를 누르자 벨 소리가 조용한 차 안을 가득 채웠다. 남쪽으로 90킬로미터 떨어진 빌딩 88층에서 전화를 받았다.

"문제가 생겼어요, 사장님." 운전자가 말했다. "여기 뭔가가 있는데요. 장례식이나 뭐 그런 거요. 100명 정도는 몰려 있는 것 같아요. 제이콥 부인을 잡지는 못하겠어요. 여자만 해도 수십 명인데 그중 누구인지도 모르겠고요."

스피커에서 하비의 투덜거림이 들려왔다. "그리고?"

"키 웨스트의 바에 있던 그놈이 망할 놈의 택시를 타고 우리가 도착하고 10분 뒤에 여기에 들어왔어요."

스피커가 지직거렸다. 뚜렷한 응답이 없었다.

"어떻게 할까요?" 운전자가 물었다.

"붙어 있어." 하비가 말했다. "차를 숨기고 어딘가에 짱 박혀 있으라고. 다들 뜰 때까지 기다려. 내가 알기로는 거기가 그 여자 집이야. 가족 소유거나 주말 별장일 수도 있어. 그러니 사람들이 다 떠나면 그 여자만 남을 거야. 그 여자 없이는 오지마. 알겠나?"

"그 덩치 큰 놈은 어떻게 하죠?"

"사람들과 떠나면 그냥 보내고, 아니면 처리해. 하지만 제이콥이라는 여자는 데려와."

"네가 제이콥 부인이라고?" 리처가 물었다.

조디 가버가 고개를 끄덕였다.

"그래요. 그랬었죠." 그녀가 말했다. "이혼했지만 업무상 그 이름을 그대로 쓰고 있어요."

"전남편은 뭐하는 사람이지?"

그녀는 어깨를 으쓱했다.

"나처럼 변호사예요. 당시에는 좋은 생각인 것 같았었는데."

"얼마 동안이나?"

"시작에서 끝까지 3년. 로스쿨에서 만나 직장을 구하면서 결혼했어요. 나는 월스트리트에 남았지만 그는 몇 년 전에 워싱턴 D.C.에 있는 로펌으로 옮겼어요. 결혼 생활을 함께하지 못하면서 그냥 좀 시들해졌죠. 서류는 작년 가을에 왔어요. 이제는 앨런 제이콥이라는 이름말고는 누군지 거의 기억도 안 나요."

리처는 햇볕이 잘 드는 마당에 서서 그녀를 바라보았다. 그는 그녀가 결혼했었다는 사실에 화가 났다는 것을 깨달았다. 그녀는 깡마른 아이였지만 열다섯 살이 되자 완전히 아름다워졌다. 자신감 넘치고 순수하며 그 모든 것에 대해 약간 수줍어하는 면을 동시에 가지고 있었다. 그는 그녀가 곁에 앉아서 삶과 죽음, 선과 악에 대해 그에게 용기를 내어 이야기하려고 할 때 그녀의 수줍음과 호기심 사이에 벌어지는 싸움을 지켜본 적이 있다. 그런 다음 그녀는 뼈가 앙상한 자신의 무릎을 끌어안고 안절부절못하며 사랑과 성, 남자와 여자로 대화를 이어갔다. 그러고 나서 그녀는 부끄러워하며 가 버렸다. 그는 혼자 남아서 내면의 냉정을 유지한 채 그녀에게 매혹당한 자신에게 화를 냈다. 며칠 지나서까지 기지 주변 어딘가에서 여전히 심하게 부끄러워하고 있는 그녀가 보였다. 그 후 15년이 지난 지금, 그녀는 대학과 로스쿨을 졸업하고 결혼과 이혼을 했고, 아름답고 차분하고 우아한 성인이 되어 돌아가신 아버지의 집 마당에 그와 팔짱을 끼고 서 있다.

"결혼했어요?" 그녀가 물었다.

그는 고개를 저었다. "아니."

"그래도 행복해요?"

"난 항상 행복해." 그가 말했다. "전에도 그랬고, 앞으로도 그럴 거야."

"무슨 일 해요?"

그는 어깨를 으쓱했다.

"특별히 하는 일은 없어."

그는 그녀의 머리 위를 흘깃 쳐다보며 모여 있는 사람들의 얼굴을 훑어보았다. 늘 바쁜 사람들, 풍요로운 삶들, 빛나는 경력자들. 이 모든 사람들이 무엇 하나 소홀함 없이 꾸준히 움직인다. 그는 그들을 바라보며 그들이 바보인지, 아니면 자신이 바보인지 궁금해 했다. 그는 코스텔로의 얼굴 표정이 떠올랐다.

"난 방금까지 키 웨스트에 있었어." 그가 말했다. "삽으로 수영장을 파고 있었지."

그녀의 얼굴에 표정 변화는 없었다. 그녀는 손으로 그의 팔뚝을 꽉 쥐려고 했지만 손은 너무 작았고 그의 팔은 너무 굵어서 손바닥으로 가볍게 누르는 느낌 정도였다.

"코스텔로가 거기서 당신을 찾았나요?" 그녀가 물었다.

그가 나를 장례식에 초대하기 위해 찾은 것은 아니야. 그는 생각했다.

"코스텔로에 대해 이야기를 좀 해야 해." 그가 말했다.

"그는 꽤 일을 잘해요. 그렇죠?"

충분히는 아니었어. 그는 생각했다. 그녀는 조문객 사이를 돌기 위해 자리를 옮겼다. 사람들은 한 번 더 조의를 표하기 위해 기다리고 있었다. 와인 탓에 풀어진 사람들은 목소리가 조금 더 커지고 더 감상적이 되어 갔다. 리처는 하얀 천으로 덮인 긴 테이블에 음식이 놓여 있는 파티오로 향했다. 그는 종이 접시에 차가운 닭고기와 밥을 담고 물 한 잔을 따라 왔다. 녹회색의 나무 진이 잔뜩 떨어져 다른 사람들이 앉지 않은 오래된 파티오 가구 세트가 있었다. 파라솔은 뻑뻑하고 하얗게 바래 있었다. 리처는 그 아래로 들어가 더러운 의자 위에 조용히 앉았다.

그는 식사를 하면서 조문객들을 바라보았다. 사람들은 자리를 떠나려고 하지 않았다. 레온 가버에 대한 애정이 뚜렷이 느껴졌다. 그런 남자는 다른 사람에게 애정을 불러 일으키는 법인데, 그 사람 면전에서 표현하기에는 너무 감정이 깊어서 나중에 터져 나오게 되는 것이다. 조디는 고개를 끄덕이고 손을 맞잡고 슬프게 미소 지으며 조문객 사이를 오가고 있었다. 모두가 그녀에게 해 줄 이야기가 하나씩은 있었는데, 거칠고 까칠한 그의 모습을 뚫고 나온 따뜻한 마음을 목격했다는 일화들이었다. 리처도 몇 가지 덧붙일 이야기가 있었다. 하지만 조디에게 아버지가 좋은 분이셨다는 것을 설명할 필요가 없었기 때문에 하지 않았다. 그녀는 평생 그 노인을 사랑했고 다시 그 사랑을 돌려받은 사람이 가질 수 있는 평온한 모습이었다. 그녀는 무엇이든 아버지에게 다 말했고, 그도 그녀에게 뭐든 다 말했다. 사람은 살고, 또 죽는다. 이 두 가지 일만 제대로 하면 후회할 일은 별로 없다.

그들은 같은 도로에서 주말 별장으로 보이는, 문이 굳게 닫혀 있고 사람이 없는 곳을 찾아냈다. 타호를 길에서 보이지 않는 차고 옆에 바로 쫓아갈 수 있도록 후진으로 댔다. 글로브 박스에서 9밀리 권총을 꺼내 윗도리 주머니에 넣었다. 도로로 다시 나와서 숲으로 기어 들어갔다.

힘들었다. 맨해튼에서 북쪽으로 90킬로 떨어진 곳이었는데 마치 보르네오의 정글에 있는 것 같았다. 사방에 얽혀 있는 구불구불한 덩굴이 잡아당기고, 걸려 자빠지게 하고 얼굴과 손을 채찍질해 댔다. 거칠게 자란 토종 활엽수들이었는데 그냥 잡목이라서 가지가 엄청나게 낮은 각도로 뻗어 있었다. 그들은 뒤로 돌아서 겨우겨우 헤쳐 나갔다. 가버의 집 진입로에 간신히 이르렀을 때는 이끼와 녹색 꽃가루 먼지로 범벅이 된 채였다. 부지 안으로 들어간 그들은 땅이 움푹 파인 곳을 발견하고 그곳에 몸을 숨겼다. 뒷마당에서 올라온 진입로의 시야를 확보하기 위해 몸을 웅크리고 좌우로 움직였다. 사람들은 떠날 준비를 하며 밖으로 향하고 있었다.

누가 제이콥 부인인지 분명해졌다. 하비의 말이 맞고 이곳이 그녀의 집이라면, 떠나는 사람들이 모두 자신의 손님인 양 악수하고 작별 인사를 하는 저 날씬한 금발 여인이 분명할 것이다. 사람들은 떠나는데 그녀는 남아 있었다. 그녀가 제이콥 부인이었다. 그들은 모두의 관심이 쏠려 있는 그녀가 힘을 내어 웃고, 포옹하고, 손을 흔드는 모습을 지켜보았다. 사람들이 하나둘 진입로를 따라 늘어섰고, 이윽고 더 많은 인원이 모여 들었다. 차들이 시동을 걸었다. 푸른 배기가스가 흩어졌다. 빽빽한 주차열에서 빠져

나가느라 파워 스티어링 돌아가는 소리가 들려왔다. 포장도로와 타이어의 마찰음. 가속해서 멀어져 가는 엔진 소리. 일은 쉽게 진행될 것이다. 곧 그녀는 목이 메고 슬픔에 잠긴 채 혼자 서 있게 될 것이다. 그리고 두 명의 방문객을 추가로 맞게 될 것이다. 그녀는 아마도 그들을 보고 늦게 도착한 조문객으로 여길 것이다. 무엇보다도 그들은 검은 정장에 넥타이를 맸다. 맨해튼 금융 지구의 복장은 장례식에 딱 어울리는 복장이었다.

리처는 마지막 두 손님을 따라 시멘트 계단을 올라 마당 밖으로 나갔다. 한 명은 대령이었고 다른 한 명은 별 두 개짜리 장군이었는데, 둘 다 깔끔한 정복을 입고 있었다. 예상했던 대로였다. 음식과 음료가 무료로 제공되는 곳이라면 언제나 군인들이 가장 늦게까지 남아 있다. 그는 대령은 몰랐지만 장군은 어렴풋이 알 것도 같았다. 장군도 그를 알아보는 것 같았는데 두 사람은 모두 거기서 멈췄다. 길고 복잡한, '그래서 지금은 어디서 무슨 일을 하십니까' 따위의 질문에 붙잡히고 싶지 않았다.

높으신 분들은 조디와 절도 있게 악수를 나눈 뒤 차렷자세로 경례를 했다. 각 잡힌 제식 동작, 광이 나는 군화와 도로 표면과의 부딪힘, 먼 데를 쳐다보는 엄격한 눈길, 교외 주택 진입로의 고요함 속에서는 꽤 기이한 광경이었다. 그들은 차고 앞마당에 남은 마지막 차, 집과 가장 가까운 안쪽에 주차했던 녹색 승용차 중 한 대에 탔다. **가장 먼저 도착해서 가장 늦게 떠난다.** 냉전이 없는 평화시에는 하루 종일 할 일이 없다. 그래서 리처는 육군이 그를 놓아주었을 때 행복해 했고, 녹색 차가 돌아서서 나가는 것을 보면서 자신이 행복할 권리가 있다는 것을 알았다.

조디가 그의 옆으로 다가와 팔을 다시 그의 팔에 끼웠다.

"자," 그녀가 조용히 말했다. "이제 끝났네요."

녹색 자동차의 소음이 도로를 따라 사라지고 나자 정적만이 감돌았다.

"어디로 모셨어?" 리처가 물었다.

"마을 공동묘지요. 물론 알링턴미국 국립묘지으로 모실 수도 있었지만 원하지 않으셨어요. 올라가 볼래요?"

그는 고개를 저었다.

"아니. 그런 거 안 해. 그런다고 뭐가 달라지겠어? 내가 그리워할 걸 알고 계셔. 내가 오래전에 말씀드렸거든."

그녀는 고개를 끄덕였다.

"코스텔로에 대해 얘기해 보자고." 그가 다시 말했다.

"왜요?" 그녀가 물었다. "그가 당신에게 메시지를 전하지 않았나요?"

그는 고개를 저었다.

"그가 나를 찾긴 했는데 경계하느라 잭 리처가 아니라고 했어."

그녀는 깜짝 놀라 그를 올려다보았다. "아니, 왜요?"

그는 어깨를 으쓱했다.

"습관이지. 어디에든 엮이는 걸 피하는 거야. 제이콥이라는 이름을 몰랐기 때문에 그를 그냥 무시했어. 난 행복하게 거기서 조용히 살고 있었거든."

그녀는 계속 그를 바라보았다.

"가버리고 할 걸 그랬군요." 그녀가 말했다. "어차피 내 일이 아니라 아빠의 일이었어요. 그런데 회사를 통해 일을 한 거라, 거기에 대해서는 전혀 생각 못 했어요. 가버리고 했으면 그의 말을 들었을 텐데. 그렇죠?"

"물론이지."

"걱정할 필요 없어요. 별거 아닌 일이었어요."

"안으로 들어가서 마저 얘기해도 될까?" 그가 물었다.

그녀는 또다시 놀랐다. "왜요?"

"그게, 아주 큰 사건이 돼 버렸어."

그들은 그녀가 리처를 앞문으로 안내하는 것을 보았다. 그녀가 방충망을 당기고 리처가 붙잡고 있는 사이 그녀가 손잡이를 돌려서 문을 열었다. 짙은 갈색 목재의 커다란 현관문이었다. 그들은 안으로 들어갔고 뒤에서 문이 닫혔다. 10초 후 왼쪽 멀리 떨어진 창문에 희미한 불빛이 들어왔다. 바깥에 손댈 수 없게 자란 식물들로 인해 그늘이 져서 한낮에도 조명을 켜야 하는 거실이나 서재 같았다. 그들은 축축한 웅덩이에 웅크리고 앉아 기다렸다. 곤충들이 햇살 속에서 사방으로 날아다니고 있었다. 그들은 서로를 쳐다보며 열심히 귀를 기울였다. 아무 소리도 나지 않았다. 그들은 땅바닥에서 나와 진입로로 밀고 들어갔다. 몸을 낮추고 차고 모퉁이로 뛰어갔다. 외벽에 몸을 바싹 대고 미끄러지듯 앞쪽으로 나아갔다. 앞쪽을 가로질러 집 쪽으로 움직였다. 윗도리 속에 손을 넣어 권총을 꺼냈다. 총구는 땅으로 향한 채 한 명씩 현관으로 이동했다. 그들은 다시 전열을 가다듬고 낡은 목재를 넘어갔다. 마침내 현관문 양쪽에 한 명씩 권총을 들고 집에 등을 대고 쪼그리고 앉아서 기다렸다. 그녀는 이리로 들어갔다. 다시 이리로 나올 것이다. 단지 시간문제였다.

"그가 살해당했다고요?" 조디가 물었다.

"아마 그의 비서도." 리처가 말했다.

"말도 안 돼." 그녀가 말했다. "왜죠?"

그녀는 그를 어두운 복도를 지나 집 맨 안쪽 구석에 있는 작은 서재로 안내했다. 작은 창문과 짙은 색 나무벽, 짙은 갈색 가죽 가구로 꾸며져 우울한 분위기였는데 그녀가 작은 탁상등을 켜자 리처가 유럽에서 봤던 전쟁 전의 술집처럼 아늑한 남자의 공간으로 바뀌었다. 수십 년 전에 통신판매로 구입한 염가판 책들이 책장에 꽂혀 있었고 선반 앞에는 모서리가 말리고 빛이 바랜 사진들이 압정으로 꽂혀 있었다. 평범한 책상이 있었는데, 나이 든 실직자가 직장이 있을 때를 흉내 내어 각종 청구서와 세금 계산서를 정리하는 곳처럼 보였다.

"이유를 모르겠어." 리처가 말했다. "난 아무것도 몰라. 네가 왜 나를 찾으러 그를 보냈는지도 모르겠고."

"아빠가 원했어요." 그녀가 말했다. "아빠는 이유를 말해 주지는 않았어요. 난 바빴고요. 복잡한 소송을 몇 달 동안 진행하느라 정신이 없었어요. 내가 아는 건 아빠가 아프고 나서 심장 전문의에게 다녔다는 것뿐이에요. 알겠죠? 거기서 누군가를 만나 뭔가에 말려든 것 같아요. 그것 때문에 걱정을 했어요. 어떤 커다란 의무감을 느끼는 것 같았죠. 그러다 나중에 건강 상태가 나빠지자 거기서 손을 떼야 한다고 느꼈고, 당신을 찾아가서 당신에게 그걸 한번 들여다보게 하겠다고 말하기 시작했어요. 아마도 당신이 그 일에서 뭔가를 할 수 있을 거라고 생각한 것 같아요. 아빠는 점점 불안해져 가고 있는데, 그렇게 하는 건 정말 나쁜 생각이었어요. 그래서 코스텔로에게 당신을 찾으라고 했죠. 회사에서 늘 그에게 의뢰하는데, 최소한 그렇게라도 해야 할 것 같았어요."

어느 정도 이해가 되긴 했지만, 리처의 첫 번째 생각은 '왜 나지?'였다.

그는 가버의 문제를 이해할 수 있었다. 무언가를 하는 도중에 건강이 나빠졌는데 그 의무는 포기하고 싶지 않다, 그래서 도움이 필요하다. 하지만 가버 정도 되면 어디서든 도움을 받을 수 있다. 맨해튼 전화번호부에는 탐정들이 넘쳐났다. 만약 그 문제가 시내의 탐정들에게는 너무 까다롭거나 개인적인 것이라면 전화기를 드는 순간 달려올 헌병대 친구가 십수 명이 될 터였다. 50명. 100명. 그들 모두 다 자신의 경력 전반에 걸쳐 이어진 가버의 수많은 친절과 호의에 보답하고 싶어하는 의지와 열망을 가진 사람들이었다. 그래서 리처는 거기 앉아서 스스로에게 물었다. **왜 하필 나지?**

"심장병 클리닉에서 만난 사람은 누구였어?"

불행하게도 그녀는 어깨를 으쓱했다.

"모르겠어요. 나는 딴 일에 정신이 없었어요. 실제로 그 일에 대해 진지하게 이야기해 본 적은 없어요."

"코스텔로가 여기로 왔었어? 그와 직접 논의했던 거야?"

그녀는 고개를 끄덕였다. "내가 그에게 전화를 걸어 회사를 통해 지불하겠다고 말하니까 이리로 와서 세부사항을 받아 가겠다고 했어요. 하루가 이틀 뒤에 전화가 왔는데 아빠와 상의한 결과 당신을 찾으면 모든 게 해결되는 것으로 결론이 났다고 하더군요. 그가 비용이 많이 들지 모른다며 공식 문서로 계약하기를 원해서 당연히 그렇게 했어요. 아빠가 비용 문제든 뭐든 걱정하지 않았으면 해서요."

"그래서 그가 나한테 자기 의뢰인이 제이콥 부인이라고 말한 거야." 리처가 말했다. "레온 가버가 아니라. 그 때문에 내가 모른 척했지. 어쨌거나 내가 그를 죽인 거야."

그녀는 고개를 흔들며 그가 마치 엉망진창으로 초안을 작성한 신입이라도 되는 듯이 날카롭게 쳐다보았다. 그는 깜짝 놀랐다. 그는 여전히 그녀를 오래 걸리는 복잡한 소송에 정신을 빼앗기며 사는 서른 살의 변호사가 아니라 열다섯 살 소녀로 생각하고 있었다.

"불합리한 추론이에요." 그녀가 말했다. "무슨 일이 있었는지 뻔하지 않아요? 아빠가 코스텔로에게 이야기를 했고, 코스텔로는 당신을 찾으러 가기 전에 일종의 지름길을 시도했죠. 그러다 돌을 잘못 뒤집어서 누군가에게 비상벨을 울린 거예요. 그 누군가는 누가 당신을 찾고 있는지, 왜 찾고 있는지 알아내려고 코스텔로를 죽였어요. 당신이 코스텔로에게 사실대로 말했어도 달라질 건 없었을 거예요. 그들은 코스텔로를 찾아가서 누가 당신을 찾고 있는지 물어봤을 테니까요. 결국 그를 죽게 만든 건 나예요."

리처는 고개를 저었다. "레온이야. 널 통해서 그렇게 된 것뿐이고."

그녀가 이어서 고개를 저었다. "심장병 클리닉의 그 사람이에요. 그 사람이, 아빠를 통해, 나를 통해 그렇게 하게 된 거니까."

"그 사람을 찾아야겠어." 그가 말했다.

"지금 그게 중요한 거예요?"

"내 생각은 그래. 레온이 걱정하는 게 있다면 그건 내 걱정거리이기도 해. 그게 우리 둘 사이에서 작동하는 방식이야."

조디는 조용히 고개를 끄덕였다. 재빨리 일어나서 책꽂이 쪽으로 걸어갔다. 그녀는 손톱을 세워 사진 한 장에서 압정을 뽑아냈다. 그 사진을 한참 들여다본 뒤 그에게 건넸다.

"기억나요?"

사진은 15년 전 것이 틀림없었는데 오래된 코닥 인화지가 세월과 햇빛 탓에 색이 파스텔 톤으로 옅어지고 있었다. 흙마당 위로 마닐라의 거칠고 밝은 하늘이 펼쳐져 있었다. 왼쪽에 쉰 살쯤 된 레온 가버가 구겨진 올리브색 군용 작업복을 입고 서 있었다. 리처는 가버의 오른쪽에 있었다. 중위, 스물네 살. 가버보다 30센티 정도 더 큰 키에 젊음의 활기가 넘치게 활짝 웃고 있었다. 두 사람 사이에는 열다섯 살의 조디가 여름 원피스를 입고 한 팔은 아버지의 어깨에 두르고 한 팔은 리처의 허리를 감고 서 있었다. 그녀는 햇볕에 눈을 가늘게 뜨고 미소를 지으며 깡마른 갈색 체구로 온 힘을 다해 리처를 껴안는 것처럼 리처 쪽으로 몸을 기울이고 있었다.

"기억나요? 아빠가 그때 PX에서 니콘 카메라 사왔던 거. 셀프 타이머 달린 거요. 빨리 찍어 보고 싶다고 삼각대도 빌려 오고."

리처는 고개를 끄덕였다. 그는 기억했다. 그날 뜨거운 태평양의 태양 아래에서의 그녀의 머리카락 냄새를 기억했다. 깨끗하고 생기 있는 머리카락. 자신의 몸에 닿은 그녀의 몸의 감촉을 기억했다. 자신의 허리를 감싸고 있던 그녀의 가늘고 긴 팔의 감촉을 기억했다. 그는 스스로에게 소리질렀던 것을 기억했다. 진정해 친구, 조디는 겨우 열다섯 살이고 네 직속상관의 딸이야!

"아빠는 그걸 '가족 사진'이라고 불렀어요." 그녀가 말했다. "항상 그랬죠."

그는 다시 고개를 끄덕였다. "그래. 바로 그게 우리 사이를 지켜 줬지."

한참 사진을 응시하던 그녀의 얼굴에 무언가가 떠올랐다.

"그의 비서." 리처가 그녀에게 말했다. "그 비서에게 의뢰인이 누구인지 물어봤을 거야. 그녀는 놈들에게 말했겠지. 말하지 않았더라도 놈들은 어떻게든 알아냈을 거고. 나도 전화 한 통으로 알아내는 데 30초밖에 안 걸렸어. 이제 놈들이 널 찾아와서 이 모든 일의 배후에 누가 있는지 물어볼 거야."

그녀는 멍한 표정으로 낡은 사진을 책상 위에 올려놓았다.

"하지만 누군지 모르겠어요."

"놈들이 그 말을 믿을 것 같아?"

그녀는 어렴풋이 고개를 끄덕이며 창문 쪽으로 시선을 돌렸다.

"그럼 난 이제 어떻게 해야 하죠?"

"여기서 나가야지." 그가 말했다. "당연하잖아. 여긴 너무 외지고 고립되어 있어. 시내에 거처가 있어?"

"그럼요." 그녀가 말했다. "브로드웨이 남쪽에 로프트예전의 공장 등을 개조한 아파트가 있어요."

"여기 차는 있어?"

그녀는 고개를 끄덕였다. "차고에요. 하지만 오늘 밤은 여기서 지내려고 했는데. 유언장을 찾아서 서류 작업을 하고 일을 마무리해야 해서요. 그러고는 내일 아침 일찍 떠날 예정이었어요."

"모두 지금 당장 끝내." 그가 말했다. "가능한 한 빨리 끝내고 나가. 진심이야, 조디. 이놈들이 누구든 장난치는 게 아니야."

그의 표정이 말로 하는 것보다 더 많은 것을 알려 주었다. 그녀는 재빨리 고개를 끄덕이고 일어섰다.

"알았어요. 그럼 책상으로. 나 좀 도와줘요."

고등학교의 주니어 ROTC 시절부터 건강이 악화되어 전역할 때까지 레온 가버는 거의 50년 동안 어떤 형태로든 군복무를 했다. 그의 책상이 그걸 보여 주고 있었다. 상단 서랍에는 펜과 연필, 자 등이 줄을 맞춰 깔끔하게 정리되어 있었다. 높이가 두 배인 하단 서랍에는 깔끔한 막대에 색인 파일들이 걸려 있었다. 파일 각각에는 세심한 손글씨 라벨이 붙어 있었다. 세금, 전화, 전기, 난방 연료, 정원 작업, 가전제품 보증서. 다른 색깔의 더 최근에 쓴 라벨도 있었다. 마지막 유언장. 조디는 파일을 훑어보다가 결국 서랍에서 색인 파일 전체를 꺼내 들었다. 리처가 서재 장식장에서 낡은 가죽 여행가방을 찾아와서 그 안에 파일들을 쏟아 넣었다. 힘을 주어 가방을 눌러 닫고 꽉 잠갔다. 리처는 책상에서 낡은 사진을 집어 들고 다시 들여다보았다.

"원망했었어?" 그가 물었다. "레온이 나를 생각하는 방식을? 가족으로 말이야."

그녀는 문간에 잠시 멈춰 서서 고개를 끄덕였다.

"미치도록 원망스러웠어요." 그녀가 말했다. "언젠가 그 이유를 정확히 말해 줄게요."

그가 멍해서 쳐다보자 그녀는 돌아서서 복도를 따라 사라졌다.

"짐 가져올게요!" 그녀가 외쳤다. "5분이면 돼요. 알았죠?"

그는 책장으로 가서 낡은 사진을 원래 위치에 다시 붙였다. 그러고는 불을 끄고 여행가방을 들고 방 밖으로 나갔다. 조용한 복도에 서서 주위를 둘러보았다. 쾌적한 집이었다. 어느 단계에선가 증축을 한 게 분명했다. 배치상 어떤 의미가 있는 중심되는 방들이 있었고 그런 다음 그가 서 있는 구부러진 복도가 뻗어 나가면서 더 많은 방이 있었다. 그 방들은 내부의 작은 로비에서 무작위로 뻗어 나갔다. 미로라고 하기에는 너무 작았지만, 전체 모습을 그려 보기에는 너무 컸다. 그는 더듬으며 거실을 찾아 향했다. 창문으로 마당과 강이 내려다보였고, 벽난로 끝에서 비스듬히 웨스트포인트 건물이 보였다. 공기는 고요했고 오래된 광택제 냄새가 났다. 색이 바랜 장식은 처음부터 소박한 색이었다. 무늬 없는 나무 바닥, 크림색 벽, 무거운 가구, 낡은 TV. 비디오는 없었다. 책, 그림, 더 많은 사진. 모두 다 따로였다. 의도되지 않은 스스로 진화한 편안한 공간이었다. 사람이 살아가던 곳이었다.

가버는 30년 전에 이 집을 샀을 것이다. 아마도 아내가 조디를 임신했을 때. 일반적인 일이었다. 가족이 있는 기혼 장교는 보통 첫 근무지 근처나 자신의 삶에 중심지가 될 것으로 예상되는 장소 인근에, 이를테면 웨스트포인트 근처에, 집을 사는 경우가 많았다. 해외 근무를 나가면 사 둔 집은 대개 비워 두었다. 핵심은 모든 걸 끝내면 그들이 돌아갈 곳을 알 수 있도록 닻을 내려 두는 것이었다. 또는 해외 파견지가 가족의 생활에 부적합한 경우나 일관성 있는 자녀 교육을 위해 가족이 거주하는 곳이었다.

리처의 부모는 그런 길을 택하지 않았다. 그들은 집을 산 적이 없었다. 리처는 집에서 살았던 적이 없었다. 그가 살았던 곳은 썰렁한 군용 방갈로와 군대 막사, 그리고 그 이후에는 값싼 모텔이었다. 그리고 그는 결코 다른 것을 원하지 않았다. 그는 집에서 살고 싶지 않다고 확신했다. 욕망은 그를 그냥 지나쳐 갔다. 뭔가 필요하면 엮여야 한다는 것이 그를 겁먹게 했다. 그것은 손에 들린 여행가방과 똑같은 물리적 무게였다. 청구서, 재산세, 보험, 보증, 수리, 유지보수, 결정, 새 지붕이나 새 난로, 카펫이나 러그, 예산, 정원 일. 그는 창으로 가서 밖의 잔디밭을 바라보았다. 정원 일은 모든 쓸데없는 절차가 집약된 것이다. 먼저 많은 시간과 비용을 들여 잔디를 키우고, 얼마 지나지 않아서는 잔디를 깎는 데 많은 시간과 비용을 들이게 된다. 너무 자라면 욕을 하다가 너무 짧으면 걱정하면서 여름 내내 비싼 물을 뿌리고 가을에는 비싼 화학물질을 뿌리게 된다.

미친 짓이다. 하지만 그의 마음을 바꿀 수 있는 집이 있다면 가버의 집일 것 같았다. 아주 소박하고 부담스럽지 않았다. 마치 유용한 방치를 통해 번영한 것처럼 보였다. 그는 그 안에서 사는 것을 상상해 보았다. 그 경치는 강력했다. 도도히 흘러가는 넓은 허드슨 강의 실제 존재가 안정감을 주었다. 그 오래된 강은 강둑에 점점이 박혀 있는 집과 마당에서 누가 무엇을 하든 유유히 흘러갈 것이다.

"준비된 것 같아요!" 조디가 외쳤다.

그녀가 거실 문간에 나타났다. 검정 장례식 정장은 갈아입고 가죽 옷가방을 들고 있었다. 그녀는 물 빠진 리바이스와 리처는 해독할 수 없는 작은 로고가 새겨진 연청색의 스웨트 셔츠를 입고 있었다. 빗질을 했는데 정전기로 인해 머리카락 몇 가닥이 삐져 나와서 손으로 귀 뒤로 넘겨 놓았다. 연청색 셔츠는 그녀의 눈을 돋보이게 하고 그녀의 하얀 꿀 피부를 부각시켰다. 지난 15년의 세월은 그녀를 전혀 침범하지 못했다.

그들은 부엌으로 가 마당으로 통하는 문을 잠갔다. 그리고 눈에 보이는 모든 가전제품의 전원을 끄고 수도꼭지를 단단히 잠갔다. 다시 복도로 나와 현관문을 열었다.

5

여러 가지 이유로 리처가 먼저 문을 나섰다. 그의 세대는 아직 미국식 에티켓의 마지막 흔적을 지키고 있어서 보통은 조디가 먼저 나가도록 배려했을 테지만, 그는 함께 있는 여성이 어떻게 반응할지 정확히 알기 전까지는 기사도를 발휘하는 것을 경계하는 습관을 갖고 있었다. 그리고 어쨌든 그의 집이 아니라 그녀의 집이었기 때문에 그녀가 뒤에 남아 열쇠로 문을 잠가야 해서 움직임이 달라졌다. 이런 모든 이유로 리처가 문밖으로 가장 먼저 나간 사람이었고, 두 놈이 가장 먼저 본 사람도 리처였다.

덩치는 처리하고 제이콥 부인은 데려와. 하비는 이렇게 지시했었다. 왼쪽에 있는 놈이 앉은 자세에서 재빨리 반응했다. 긴장을 하고 준비된 상태였기 때문에 뇌가 시신경이 제공하는 정보를 처리하는 데 1초도 걸리지 않았다. 그는 현관문이 열리는 것을 느꼈고, 방충망이 벌어지는 것을 보았고, 누군가 문밖으로 나오는 것을 보았다. 먼저 나오는 사람이 덩치인 것을 보고 총을 쐈다.

오른쪽에 있는 놈은 멍청한 자세를 취하고 있었다. 방충망이 그의 얼굴 바로 앞에서 삐걱거리며 열렸다. 벌레를 막기 위해 고안된 촘촘한 나일론 망사는 총알을 막는 능력은 거의 없어서 그 자체로는 장애물이 아니었지만, 그는 오른손잡이였고 방충망 프레임이 제자리로 돌아갈 때 총을 든 손과 직접 충돌하는 경로로 움직이고 있었기 때문이었다. 그래서 그는 잠시 망설이다가 프레임의 원호 밖으로 돌며 일어나 앞으로 나아갔다. 그는 왼손으로 방충망을 잡고 몸쪽으로 끌어당긴 다음 몸을 굽히고 오른손을 들어 제자리를 잡았다.

그때까지 리처는 무의식적이고 본능적으로 행동하고 있었다. 서른아홉 살이 된 그의 기억은 가장 어린 시절의 희미한 조각까지 거슬러 올라가는 35년간의 군복무, 아버지의 군복무, 친구 아버지의 군복무, 자신의 군복무, 친구의 군복무 말고는 아무것도 없었다. 그는 한 학교를 1년 내내 다닌 적이 없었고, 월요일부터 금요일까지 9시부터 5시까지 근무한 적도 없었고, 안정이라는 것을 몰랐기 때문에 돌발과 예측 불가능성 외에는 그 어떤 것도 믿어본 적이 없었다. 그의 뇌에는 마치 기괴할 정도로 과도하게 단련된 근육처럼 비례에 맞지 않게 발달한 부분이 있었기 때문에, 조용한 뉴욕 교외 마을의 문밖으로 나가서 3천 킬로 떨어진 키 웨스트에서 마지막으로 본 두 남자가 웅크린 채 자신을 향해 9밀리 권총을 휘두르고 있는 것을 내려다보는 것도 전적으로 합리적인 상황처럼 보였다. 충격도, 놀라움도, 얼어붙는 듯한 공포나 패닉도 없었다. 잠깐 멈춤도, 망설임도, 억제도 없었다. 그저 시간과 공간, 각도, 단단한 총알과 부드러운 살이 포함된 기하학적 도표처럼 눈앞에 펼쳐진 순전히 기계적인 문제에 대한 즉각적인 반응이 있었을 뿐이다.

왼손에 들고 있는 무거운 여행가방은 그가 문턱을 힘겹게 넘어가면서 앞으로 흔들렸다. 그는 동시에 두 가지 일을 했다. 먼저 그는 왼쪽 어깨에 새로 생긴 힘을 모두 사용해 가방을 앞뒤로 계속 흔들었다. 두 번째로 그는 오른팔을 크게 돌려 뒤로 뻗어서 조디의 가슴을 밀쳐 현관 안으로 밀어

넣었다. 조디는 비틀거리며 한 걸음 뒤로 물러났고 움직이는 여행가방이 첫 번째 총알을 막아냈다. 가방을 잡은 손에서 총알의 충격이 느껴졌다.

그는 마치 차가운 수영장에 뛰어들기를 주저하는 다이버처럼 문간으로 몸을 기울이고 여행가방을 최대한으로 흔들어 왼손잡이의 얼굴에 대각선으로 강타했다. 놈은 반쯤 앉고 반쯤 선 엉거주춤하고 불안정한 자세에서 여행가방의 타격 한 방으로 뒤로 굴러 떨어지면서 리처의 시야 밖으로 사라졌다.

하지만 리처의 시선은 총을 15도 정도 빗겨 겨누고 방충망 주위를 돌고 있는 다른 놈을 주시하고 있었기 때문에 왼손잡이가 쓰러지는 것은 보지 못했다. 리처는 흔들리는 여행가방의 추진력을 이용해 몸을 앞으로 내던졌다. 그는 여행가방의 손잡이에 손가락을 갈고리 모양으로 걸어 가방을 놓아주면서 오른팔을 뒤로 가속시켜 놈을 직선으로 지나치며 문간을 가로질러 몸을 앞으로 던졌다. 총이 젖혀지면서 리처의 가슴을 옆으로 내리쳤다. 총이 발사되는 소리를 들었고 피부에 뜨거운 폭발이 느껴졌다. 총알은 리처가 들어 올린 왼팔 아래에서 옆으로 발사되어 오른쪽 팔꿈치가 놈의 얼굴을 때리는 것과 동시에 멀리 떨어진 차고에 명중했다.

다이빙하는 110킬로그램의 체중이 얹혀져 빠르게 움직이는 팔꿈치는 많은 타격을 입힌다. 팔꿈치가 방충망 프레임을 스치듯 지나가면서 오른손잡이의 턱을 쳤다. 충격파는 턱관절을 통해 뒤에서 위로 올라갔고, 턱관절은 충분히 튼튼해서 그 힘은 감소되지 않고 놈의 뇌로 전달되었다. 리처는 놈이 등을 대고 퍼져 있는 모습에서 잠시 의식을 잃은 것을 알았다. 방충망이 스프링에 의해 삐걱거리며 닫혔고, 왼손잡이는 문간 바닥을 더듬어 가며 자꾸만 손에서 미끄러지는 총을 잡으려고 애썼다. 조디가 현관 복도에서 두 팔을 가슴에 깍지 낀 채 숨을 몰아쉬고 있는 모습이 보였다. 낡은 여행가방은 앞마당 잔디밭의 끝까지 굴러가 있었다.

조디가 문제였다. 그는 그녀와 2미터 정도 떨어져 있었고, 그 사이에 왼손잡이가 있었다. 그놈이 미끄러지는 총을 잡아서 오른쪽을 겨냥하면 그곳이 바로 조디가 있는 위치였다. 리처는 의식을 잃은 오른손잡이를 밀쳐내고 문으로 몸을 던졌다. 방충망이 부서지면서 안으로 떨어졌다. 리처는 조디를 안쪽 복도로 1미터 끌고 간 뒤 문을 쾅 닫았다. 왼손잡이가 리처를 쫓아 쏜 세 발의 총탄에 문이 흔들렸고 먼지와 나무 조각이 공중으로 날렸다. 그는 자물쇠를 잠그고 조디를 바닥으로 끌어서 주방으로 옮겼다.

"차고로 갈 수 있어?"

"옥외복도로요." 그녀가 숨을 헐떡이며 말했다.

6월이었기 때문에 방풍창은 내려져 있었고 옥외복도는 양쪽에 바닥에서 천장까지 방충망만 쳐 있는 넓은 통로일 뿐이었다. 왼손잡이는 M9 베레타를 썼는데, 처음에는 열다섯 발의 탄환이 들어 있었을 것이었다. 놈은 네 발을 발사했고, 한 발은 여행가방에, 세 발은 문에 맞았다. 열한 발이 남아 있는데 놈을 가로막고 있는 것이 겨우 몇 제곱미터의 나일론 그물뿐이라는 생각에 마음이 불편했다.

"차 키는?"

그녀는 가방을 더듬어 열쇠뭉치를 꺼냈다. 그가 받아서 손 안에 꽉 쥐었다. 주방 문에는 유리 패널이 있었고 그 유리를 통해 옥외복도를 직선으로 보면 바로 맞은편에 차고로 연결되는 똑같은 문이 보였다.

"저 문 잠겨 있어?"

그녀는 숨을 죽이며 고개를 끄덕였다. "녹색이에요. 차고용은."

열쇠뭉치를 살폈다. 녹색 페인트의 얼룩이 점점이 남아 있는 낡은 예일 _{미국의 열쇠 브랜드} 열쇠가 있었다. 리처는 주방 문을 열고 무릎을 꿇고 보통 사람의 예상보다 더 낮은 자세로 고개를 내밀었다. 양쪽을 둘러보았다. 밖에서 기다리고 있는 기척은 없었다. 그는 녹색 열쇠를 골라 작은 창처럼 정면을 향해 똑바로 내밀었다. 그러고는 박차고 일어나 전력 질주했다. 열쇠를 확인하고 구멍에 꽂은 다음 돌리고 다시 빼냈다. 문을 밀어 열고 조디에게 따라오라고 손짓했다. 조디가 차고로 뛰어 들어왔고 그녀 뒤로 문을 쾅 닫았다. 잠그고 귀를 기울였다. 아무 소리도 없었다.

차고는 서까래와 골조가 노출되어 있는 넓고 어두운 공간이었는데, 오래된 엔진 오일과 목재 방부제 냄새가 났다. 차고에는 예초기와 호스, 접이식 의자 등이 잔뜩 있었지만 20년 전부터는 장비를 사들이지 않은 남자의 오래된 물건들뿐이었다. 차고 문도 수동으로 말아 올리는 금속 셔터였다. 기계장치도 전기 개폐장치도 없었다. 바닥은 매끄럽게 타설된 콘크리트였고, 오래되고 닳아서 광택이 났다. 조디의 차는 짙은 녹색에 금색 장식이 붙어 있는 신형 올즈모빌 브라바다_{GM의 중형 SUV}였다. 차는 어둠 속에 웅크린 채 뒷벽에 바짝 붙어 있었다. 트렁크 문에 사륜구동과 V-6 엔진을 자랑하는 마크가 붙어 있었다. 사륜구동은 유용할 것 같았고, V-6 엔진이 얼마나 빨리 시동이 걸릴 지가 관건이었다.

"뒤에 타." 그가 속삭였다. "바닥에 엎드려. 알았지?"

그녀는 머리부터 기어들어가 기어박스를 건너가 바닥에 누웠다. 그는 차고를 가로질러 마당으로 통하는 문 열쇠를 찾았다. 문을 열고 밖을 내다보며 귀를 기울였다. 아무런 움직임도, 소리도 없었다. 그런 다음 차 안으로 돌아와서 키를 꽂고 전기만 켜서 전동 시트를 뺄 수 있는 만큼 뺐다.

"금방 출발할 거야." 그가 속삭였다.

가버의 작업 공간은 그의 책상만큼이나 깔끔하게 정리되어 있었다. 1 ×2미터 크기의 보드에 가정용 공구들이 가지런히 정리되어 있었다. 리처는 무거운 목수용 망치 하나를 골라 집어 들었다. 그러고는 마당으로 나가 망치를 머리 위로 들어 집 바로 위 대각선으로 던졌다. 망치는 앞쪽에서 보았던 수풀로 떨어지면서 소리를 냈다. 그는 놈이 소리를 듣고 반응하여 현재 숨어 있는 곳에서 그쪽으로 달려갈 시간을 주기 위해 다섯까지 세었다. 그런 다음 다시 안으로 들어와서 차 옆에 웅크렸다. 열린 차 문 옆에 서서 팔을 최대한으로 뻗어 키를 돌렸다. 시동이 걸렸다. 엔진이 즉시 돌아갔다. 그는 뒤로 돌진해 롤러 셔터를 위로 올렸다. 운전석에 몸을 던져 기어를 후진에 넣고 가속 페달을 밟았다. 네 개의 타이어가 모두 울부짖으며 매끄러운 콘크리트에 물렸고 차는 차고 밖으로 튕겨져 나갔다.

리처는 베레타를 든 놈이 앞 잔디밭 왼쪽에서 그들을 쳐다보려 몸을 돌리는 것을 얼핏 보았다. 그는 진입로 끝까지 가속해서 후진으로 도로로 튀어 들어갔다. 그런 다음 급브레이크를 밟고 핸들을 돌리고 기어를 드라이브로 바꾼 뒤 푸른 타이어 연기를 내뿜으며 출발했다.

그는 50미터를 세게 가속한 다음 가속 페달에서 발을 뗐다. 이웃집 진입로 바로 너머에서 완만하게 멈췄다. 그런 다음 후진 기어로 바꿔 잡목들 사이로 내려갔다. 차를 정렬하고 엔진을 껐다. 그의 뒤에서 조디가 바닥에서 힘겹게 일어나 그를 쳐다보았다.

"대체 왜 여기 멈춰 있는 거죠?" 그녀가 물었다.

"기다리는 중이야."

"뭘요?"

"그놈들이 거기서 나오는 걸."

그녀는 분노와 놀라움의 중간 상태로 숨이 막혔다.

"기다릴 필요 없어요, 리처. 바로 경찰서로 가요."

그는 다시 키를 돌려 창문이 작동되게 했다. 창문을 끝까지 내려서 바깥 소리를 들었다.

"이대로 경찰에 갈 수는 없어." 그는 그녀를 쳐다보지 않고 말했다.

"도대체 왜 안 되는 거죠?"

"경찰이 나를 코스텔로 살해 용의자로 볼 테니까."

"당신은 코스텔로를 죽이지 않았어요."

"경찰이 그 말을 믿어 줄까?"

"믿겠죠. 당신이 한 짓이 아니니까. 간단한 거잖아요."

"더 적합한 사람을 찾는 데 시간이 걸릴 수도 있겠지."

그녀는 잠시 멈칫했다. "그래서 무슨 말을 하려는 거예요?"

"경찰과 멀리 떨어져 있는 것이 모든 면에서 유리하다는 말이야."

그녀가 고개를 저었다. 그는 백미러로 그것을 보았다.

"아니에요, 리처. 우린 경찰이 필요해요."

그는 거울에 비친 그녀를 계속 주시했다.

"레온이 했던 말 기억해? '망할, 내가 바로 경찰이야!'"

"아빠도 그랬고, 당신도 그랬죠. 하지만 그건 오래전 일이에요."

"얼마 전까지만 해도 우리 둘 다 그랬어."

그녀는 조용해졌다. 몸을 앞으로 하고 앉아서 리처 쪽으로 몸을 기대었다. "경찰서에 가기 싫은 거죠? 맞죠? 갈 수 없는 게 아니라 그냥 가기 싫은 거라고요."

그는 그녀를 똑바로 볼 수 있도록 운전석에서 반쯤 돌아앉았다. 그녀의 눈이 그의 셔츠에 있는 불 탄 자국으로 향하는 것을 보았다. 긴 눈물방울 모양과 검은 그을음 얼룩, 면 옷감에 문신처럼 새겨진 화약 입자가 있었다. 그는 단추를 풀고 셔츠를 벌렸다. 눈을 가늘게 뜨고 내려다 봤다. 똑같은 눈물방울 모양으로 화상을 입었고, 털은 부스스하게 말려 있었고, 물집은 이미 부풀어 올라 빨갛게 성이 나 있었다. 그는 엄지손가락에 침을 발라 물집 부위를 누르며 얼굴을 찡그렸다.

"그놈들이 날 건드렸으니 내가 답을 해 줘야지."

그녀는 그를 쳐다보았다. "정말 믿을 수가 없네요. 그거 알아요? 당신은 우리 아빠만큼이나 지독해요. 경찰서에 가야 해요, 리처."

"그럴 순 없어. 나를 감옥에 집어넣을 거야."

"가야 해요." 그녀가 다시 말했다.

하지만 그녀의 말투는 약해졌다. 그는 고개를 절레절레 흔들며 아무 대답도 하지 않았다. 그녀를 유심히 지켜봤다. 그녀는 변호사이기도 했지만 레온의 딸이기도 했고, 바깥의 현실 세계가 어떻게 돌아가는지 잘 알고 있었다. 그녀는 한참을 조용히 있다가 힘없이 어깨를 으쓱하며 쓰라린 듯 손을 자신의 가슴뼈에 얹고 문질렀다.

"괜찮아?" 그가 물었다.

"당신이 좀 세게 밀쳤어요." 그녀가 말했다.

내가 문질러 주면 나아질 것 같은데. 그는 생각했다.

"저 사람들은 누구죠?"

"코스텔로를 죽인 놈들."

그녀는 고개를 끄덕였다. 그리고 한숨을 쉬었다. 그녀의 파란 눈동자가 좌우를 훑었다.

"이제 우린 어디로 가죠?"

그는 긴장을 풀었다. 그리고 미소를 지었다. "놈들이 찾지 못할 곳이 어디일까?"

그녀는 어깨를 으쓱했다. 가슴에서 손을 떼어 머리를 쓸어 넘겼다.

"맨해튼?" 그녀가 말했다.

"방금 그 집." 그가 말했다. "놈들은 우리가 도망치는 걸 봤으니 우리가 다시 돌아갈 거라고는 생각하지 않을 거야."

"말도 안 돼요."

"여행가방이 필요해. 레온이 메모를 남겼을지도 몰라."

그녀는 멍한 표정으로 고개를 흔들었다.

"그리고 다시 문을 닫아야 해. 차고를 열어둘 수는 없어. 너구리가 득시글거리게 될 거야. 그놈들 가족 전체가."

그러고 나서 그는 손을 들었다. 입술에 손가락을 댔다. 엔진 시동 소리가 들렸다. 아마도 200미터쯤 떨어진 곳에서 대형 V-8 엔진에 시동이 걸리는 소리 같았다. 거리가 있는 자갈 깔린 진입로에서 큰 타이어가 덜거덕거리는 소리가 들렸다. 가속의 굉음. 그 뒤 검은색 형상이 시야에 스쳐 지나갔다. 대형 검정 SUV에 알루미늄 휠. 유콘이나 타호, 뒷면에 GMC라고 쓰여 있는지 아니면 쉐보레라고 쓰여 있는지에 따라 다르지만. 차에는 검은색 정장을 입은 두 남자가 타고 있었다. 한 명은 운전 중이었고 다른 한 명은 좌석에 쓰러져 있었다. 리처는 창밖으로 머리를 완전히 내밀고 소리가 마을 방향으로 사라지는 것에 귀를 기울였다.

체스터 스톤은 자신의 집무실에서 한 시간 이상 기다린 뒤 아래층에 전화를 걸어 재무이사에게 은행에 연락해 운영 계좌를 확인하도록 했다. 계좌에는 케이맨 신탁회사에서 50분 전에 송금한 110만 달러가 입금되어 있었다.

"들어왔어요." 재무이사가 말했다. "마술을 부리셨네요, 사장님."

스톤은 전화기를 붙잡고 자신이 정확히 어떤 마술을 부린 건지 궁금해했다.

"내려갈게." 그가 말했다. "숫자를 좀 보고 싶군."

"숫자 좋아요." 재무이사가 말했다. "걱정하지 마세요."

"어쨌든 내려갈 거야." 스톤이 말했다.

그는 엘리베이터를 타고 두 층을 내려가 재무이사와 고급스러운 안쪽 사무실에서 합류했다. 암호를 입력하고 비밀 스프레드시트를 불러왔다. 재무이사가 이어받아 운영 계좌의 새 잔액을 입력했다. 소프트웨어가 실행되고 계산을 마치니 6주 후까지 정확히 일치하는 결과가 나왔다.

"보셨죠?" 재무이사가 말했다. "빙고."

"이자 지급은 어떻게 하지?" 스톤이 물었다.

"6주 동안 주당 11,000달러라고 하셨죠? 꽤 세네요?"

"지급할 수 있을까?"

그는 자신 있게 고개를 끄덕였다. "물론이죠. 두 협력업체에 73,000달러가 미지급되어 있어요. 그걸 우리가 갖고 있고요. 준비된 거죠. 청구서를 잃어 버렸으니 재발급하라고 하면 그 돈을 한동안 쓸 수 있어요."

그가 화면을 두드리며 이미 받은 청구서에 대한 미지급금을 가리켰다.

"6주 동안 매주 11,000달러씩 빼면 7천 달러가 남아요. 저녁 몇 번은

먹으러 갈 만하네요."

"다시 돌려 봐." 스톤이 말했다. "이중 확인."

재무이사는 그를 한 번 쳐다보았지만 다시 실행했다. 그는 110만을 빼고 적자를 냈다가 다시 넣어서 손익을 맞췄다. 그가 송장에 대한 미지급금을 취소하고 매주 11,000달러를 차감하자 6주 동안의 기간이 7천 달러의 영업 흑자로 마감됐다.

"아슬아슬해요." 그가 말했다. "그래도 플러스 쪽이니까요."

"원금은 어떻게 상환하지?" 스톤이 물었다. "6주 뒤까지 110만 달러를 준비해야 해."

"문제없어요." 재무이사가 말했다. "다 계획이 있어요. 날짜 맞출 수 있어요."

"보여줘 봐. 어서."

"자, 여기 보이시죠?" 그가 두드리는 화면의 다른 줄에는 고객들이 지불해야 할 미수금 내역이 나열되어 있었다. "이 두 도매업체로부터의 미수금이 정확히 1,173,000달러인데 원금에 분실 청구서를 더한 금액과 정확히 일치하고 기한도 오늘로부터 정확히 6주 뒤예요."

"제때 수금이 될까?"

남자는 어깨를 으쓱했다. "그럼요. 항상 들어왔었어요."

스톤은 화면을 응시했다. 그의 눈이 위아래, 좌우로 움직였다.

"다시 실행해 봐. 삼중 확인."

"걱정 마세요, 사장님. 계산 끝났어요."

"하라면 해. 알겠어?"

그는 고개를 끄덕였다. 결국 스톤의 회사였으니까. 그가 처음부터 끝까지 계산을 다시 실행했고, 결과는 똑같았다. 하비의 110만 달러는 급여 수표의 눈사태를 막느라 사라지고, 두 협력업체가 굶자 이자가 지급되었고, 도매상의 대금이 들어오니까 하비가 110만 달러를 돌려 받고 협력업체는 늦게나마 대금을 받았으며, 결국 시트에는 7천 달러라는 소액의 흑자가 기록되는 것이 보여졌다.

"걱정하지 마세요." 그가 다시 말했다. "잘될 거예요."

스톤은 그 7천 달러로 마릴린에게 유럽 여행을 선물할 수 있을지 궁금해 하며 화면을 바라보고 있었다. 아마 안 될 거였다. 어쨌든 6주 짜리의 여행은 안 될 것이었다. 그러면 그녀가 경계심을 가질 것이다. 걱정할 것이다. 왜 난데없는 여행이냐고 묻겠지. 그러면 스톤은 그녀에게 다 말할 수밖에 없을 것이다. 그녀는 아주 똑똑했다. 남편에게서 어떤 식으로든 정보를 알아낼 만큼 똑똑했다. 그러고 나면 유럽에 가는 걸 거부할 테고 결국 6주 동안 매일 밤 그녀도 잠을 설치게 될 것이다.

여행가방은 여전히 앞마당 잔디밭에 놓여 있었다. 한쪽 끝에 총알 구멍이 뚫려 있었다. 관통된 구멍은 없었다. 총알은 가죽을 뚫고 튼튼한 합판 골격을 관통하고 짐 속의 종이에 박힌 게 틀림없었다. 리처는 미소를 지으며 차고에 있는 조디와 합류하기 위해 가방을 들고 갔다.

그들은 차를 아스팔트 앞마당에 세워두고 나왔을 때와 같은 길로 들어갔다. 롤러 셔터를 닫고 옥외복도 쪽으로 걸어갔다. 녹색 열쇠로 안쪽 문을 잠그고 주방으로 걸어 들어갔다. 뒤의 문을 잠그고 조디가 복도에 팽개쳐 둔 옷가방을 지나쳤다. 리처는 여행가방을 거실로 옮겼다. 서재보다 더 넓었고 밝았다.

그는 가방을 열고 색인 파일들을 빼내어 바닥에 놓았다. 그 속에서 총알이 떨어져 러그에 튕겼다. 총알은 표준 9밀리미터 파라벨룸, 구리 탄두였다. 오래된 합판과의 충돌로 코 부분이 약간 납작해졌지만 그 외에는 흠집이 없었다. 종이가 총알 속도를 감소시켜서 약 45센티 들어간 공간에서 정지시켰다. 파일 절반에 구멍이 뚫려 있는 것이 보였다. 그가 총알을 손바닥에 올려 놓고 무게를 가늠하고 있는데 문 앞에 있는 조디가 그것을 보았다. 그는 총알을 그녀에게 던졌다. 그녀가 한 손으로 그것을 받았다.

"기념품." 그가 말했다.

그녀는 그것이 마치 뜨겁기라도 하듯 양손으로 저글링하다가 벽난로에 떨어뜨렸다. 그녀는 러그 위에서 엉덩이를 맞대고 리처와 함께 종이 더미 앞에 꿇어앉았다. 그녀에게서 향수 냄새가 풍겨왔는데 무엇인지는 모르겠지만 미묘하고 강렬하게 여성적이었다. 스웨트 셔츠는 그녀에게 너무 커서 형태가 안 잡히지만 묘하게 그녀의 몸매를 강조했다. 소매는 손등 반쯤까지 내려와 거의 손가락에 닿을 정도였다. 리바이스 바지는 벨트로 가는 허리에 꽉 조여져 있었고, 바지통은 약간 헐렁했다. 그녀는 연약해 보였지만 그는 그녀의 팔에서 느껴지던 힘을 기억할 수 있었다. 가늘지만 탄탄한 느낌. 그녀가 서류를 보려고 고개를 숙이자 머리카락이 앞으로 쏟아졌고, 그는 15년 전과 똑같은 부드러운 냄새를 맡았다.

"우리가 찾는 게 뭐죠?" 그녀가 물었다.

그는 어깨를 으쓱했다. "찾으면 알 수 있겠지."

그들은 열심히 찾았지만 아무것도 찾지 못했다. 아무것도 없었다. 최신정보도, 의미 있는 정보도. 이제는 끝난 가정생활의 흔적을 고스란히 간직한 채 갑자기 오래되고 하찮아 보이는 의미 없는 서류 더미들. 가장 최근의 파일은 유언장이었는데, 별도의 칸에 따로 보관되어 있었고 깔끔한 글씨가 적힌 봉투에 봉인되어 있었다. 깔끔하지만, 첫 번째 심장마비를 겪은 뒤 병원에서 막 돌아온 한 남자의 약간 느리고 떨리는 글씨였다. 조디는 그 파일을 복도로 가지고 나와 옷 가방의 주머니에 밀어 넣었다.

"미납된 청구서가 있나요?" 그녀가 물었다.

'보류'라고 표시된 칸이 있었다. 비어 있었다.

"아무것도 없어." 그가 답했다. "몇 개는 날아올 것 같지? 매달 오는 건가?"

그녀는 출입구에서 그를 바라보며 미소를 지었다.

"네, 맞아요." 그녀가 말했다. "매달."

'의료비'라고 적힌 칸이 있었다. 그 안에는 병원과 클리닉에서 받은 영수증과 보험사에서 보낸 효율적인 편지로 넘치게 차 있었다. 리처는 그 모든 것을 훑어보았다.

"맙소사, 이게 다 얼마야?"

조디가 돌아와서 고개를 숙여 살펴보았다.

"그렇죠?" 그녀가 말했다. "보험 있어요?"

그는 멍하니 그녀를 바라보았다.

"보훈병원에서 보험 처리가 될 거야. 적어도 일정 기간만이라도."

"한번 확인해 봐요." 그녀가 말했다. "확실하게요."

그는 어깨를 으쓱했다. "난 괜찮아."

"아빠도 그렇게 말했어요." 그녀가 말했다. "63년하고 반년 내내."

그녀는 다시 그의 옆에 무릎을 꿇었고, 그는 그녀의 눈에 구름이 끼어 흐려지는 것을 보았다. 그가 그녀의 팔에 부드럽게 손을 얹었다.

"엿 같은 하루였어, 그렇지?" 그가 말했다.

그녀는 고개를 끄덕이며 눈을 깜빡였다. 그러고는 살짝 찡그리며 미소 지었다.

"믿을 수 없을 정도로요." 그녀가 말했다. "아빠를 묻고, 살인자 두 명에게 총알 세례를 받고, 셀 수도 없을 정도로 많은 중범죄를 신고하지 않아 법을 어기고, 사적 처벌을 벌이려는 어떤 거친 남자와 엮이게 됐죠. 아빠가 나한테 뭐라고 하셨을 것 같아요?"

"글쎄."

그녀는 입술을 다물고 목소리를 낮춰 가버의 선량한 으르렁거림을 거의 비슷하게 흉내 냈다. "하루치 일일 뿐이야, 얘야. 하루치 일.' 나한테 그렇게 말했을 거예요."

리처는 그녀에게 환한 미소를 보내고 그녀의 팔을 다시 꽉 쥐었다. 그리고 의료비 관련 쓰레기 더미를 뒤져 편지지 하나를 골라냈다.

"이 클리닉으로 가 보자고." 그가 말했다.

타호 차 안에서는 아예 돌아가야 하는지에 대해 치열한 논쟁이 벌어지고 있었다. 실패는 하비가 좋아하는 단어가 아니었다. 자리를 떠서 사라지는 게 나을 수도 있었다. 그냥 꺼져버리는 것. 그게 매력적인 전망이었다. 하지만 그들은 하비가 그들을 찾아낼 거라고 확신했다. 당장은 아닐지라도 언젠가는 찾아낼 것이다. 그것은 매력적인 전망이 아니었다.

그래서 그들은 피해를 줄이는 것으로 관심을 돌렸다. 그들이 해야 할 일은 명확했다. 그들은 필요한 곳에서 정차하고 9번 국도의 남쪽 방향에 있는 한 식당에서 의도적으로 시간을 흘려 보냈다. 교통체증과 싸우면서 맨해튼의 남쪽 끝으로 다시 내려왔을 때쯤에는 전체 이야기의 정리를 다 마쳤다.

"머리 쓸 게 없는 일이었어요." 첫 번째 남자가 말했다. "몇 시간 동안 기다리느라 이렇게 늦게 돌아왔네요. 문제는 그곳에, 장례를 치르는 것 같았는데, 군인들이 무더기로 있어서 사방에 소총이 있었다는 거예요."

"몇이나?" 하비가 물었다.

"군인요?" 두 번째 남자가 말했다. "최소 열 명은 넘었어요. 열다섯 정도? 다들 어슬렁거려서 정확히 세기가 어려웠어요. 의장대 같았어요."

"그 여자는 그들과 함께 떠났어요." 첫 번째 남자가 말했다. "묘지에서 그들과 같이 내려와서 뒤따라 어디론가로 가 버렸어요."

"쫓아갈 생각은 안 했나?"

"방법이 없었어요." 두 번째 남자가 말했다. "차들이 길게 늘어선 채로 천천히 달리고 있었어요. 장례 행렬 말이에요. 순식간에 우리를 알아챘을 거예요. 장례 행렬 끝에 붙어서 따라갈 수는 없잖아요?"

"키 웨스트에서 본 덩치는 어떻게 됐지?"

"그자는 아주 일찍 떠났어요. 그래서 그냥 보내줬죠. 우리는 제이콥 부인을 지켜봐야 했으니까요. 그때 쯤에는 누가 그녀인지 꽤 분명해졌거든요. 그녀는 주변에 머물다가 군인들 무리에 둘러싸여 떠났어요."

"그래서, 그다음엔?"

"집을 확인했어요." 첫 번째 남자가 말했다. "굳게 잠겼더군요. 그래서 마을에 들어가서 부동산 소유권을 확인했죠. 공공 도서관에 모든 것이 등록되어 있었어요. 그 집은 레온 가버라는 사람 명의로 등록되어 있었어요. 사서에게 아는 게 있냐고 물었더니 지역 신문을 건네주더군요. 3면에 그 사람에 대한 기사가 있었어요. 며칠 전에 심장병으로 죽었대요. 유망한 금융 변호사로 월스트리트의 스펜서 구트만 리커 앤드 탤보트에서 일하는 조디, 전 제이콥 부인, 그녀가 홀아비였던 그 사람의 유일한 유족이고 뉴욕의 브로드웨이 남쪽에 살고 있다는 내용이었어요."

하비는 천천히 고개를 끄덕이며 뾰족한 갈고리 끝으로 불안하고 조급한 리듬으로 책상을 두드렸다.

"레온 가버는 정확히 누구지? 왜 그렇게 많은 군인들이 그의 장례식에 모인 건가?"

"헌병이었답니다." 첫 번째 남자가 말했다.

두 번째 남자가 고개를 끄덕였다. "중장으로 전역했고 셀 수 없을 만큼 많은 훈장을 받았답니다. 40년 동안 한국, 베트남 등 모든 곳에서 근무했다네요."

하비가 두드림을 멈췄다. 가만히 있는데 얼굴에서 핏기가 빠져나갔고, 어둠 속에서 선명하게 빛나는 반짝이는 분홍색 화상 흉터를 제외하고는 피부가 시체처럼 하얗게 변했다.

"헌병이라고." 그가 조용히 되뇌었다.

그는 그 말을 입술에 머금고 한참을 앉아 있었다. 그저 앉아서 공간을 응시하다가 책상에서 갈고리를 들어 올려 눈앞에서 돌렸다. 천천히 돌리면서 블라인드에서 나오는 얇은 빛줄기가 갈고리의 곡선과 윤곽을 잡아내도록 하며 점검을 했다. 떨리고 있었기 때문에 그는 왼손으로 갈고리를 잡아서 고정시켰다.

"헌병이란 말이지." 그는 다시 말하며 갈고리를 쳐다보았다. 그런 다음 그는 소파에 앉은 두 남자에게 시선을 옮겼다.

"넌 나가 있어." 그가 두 번째 남자에게 말했다.

두 번째 남자는 파트너를 한 번 흘끗 쳐다보고는 밖으로 나가 문을 살며시 닫았다. 하비는 의자를 뒤로 밀고 일어섰다. 그는 책상 뒤에서 나와 감히 뒤돌아 보지 못하고 소파에 가만히 앉아 있는 첫 번째 남자 바로 뒤에 멈춰 섰다.

하비는 목둘레 16사이즈를 입었는데, 그러면 목의 지름이 13센티 정도 되는 것이었다. 사람의 목을 어느 정도 균일한 원통형이라고 가정했을 때 그 정도면 하비가 만족할 만한 근사치였다. 하비의 갈고리는 대문자 J와 비슷한 형태의 단순한 강철 곡선으로 넉넉한 크기였다. 곡선의 내경은 12센티였다. 그는 재빨리 갈고리를 내밀어 뒤에서 남자의 목에 강제로 걸었다. 그는 뒤로 물러나며 온 힘을 다해 당겼다. 남자는 위아래로 몸을 버둥대며 기도에 가해지는 압력을 줄이기 위해 손가락을 차가운 금속 아래로 넣어 움켜잡았다. 하비는 미소를 지으며 더 세게 당겼다. 갈고리는 견고한 가죽 컵과 거기에 맞는 모양의 코르셋에 리벳으로 고정되어 있었는데, 컵은 팔 앞쪽의 남아 있는 부위에 끼워져 있었고 코르셋은 팔꿈치 위의 이두박근에 단단히 조여져 있었다. 앞 팔뚝의 장치들은 단지 흔들리지 않게 하는 역할에 불과했다. 팔꿈치 관절의 돌출부보다 작은 상부 코르셋이 모든 힘을 감당하고 갈고리가 팔에서 빠져나가지 않게 만들어져 있었다. 그는 켁켁 소리가 깨진 듯한 쌕쌕거림으로 바뀌고 붉어진 남자의 얼굴색이 푸르게 변하기 시작할 때까지 당겼다. 그런 다음 그는 2센티 정도를 늦추고 남자의 귀 가까이로 몸을 숙였다.

"저놈 얼굴에 큰 멍이 들어 있던데 도대체 무슨 일이 있었던 거지?"

남자는 쌕쌕거리며 알아들을 수 없는 몸짓을 했다. 하비는 갈고리를 돌려 성대에 가해지는 압력을 낮춰주는 대신 귀 밑의 부드러운 부위에 갈고리 끝을 갖다 댔다.

"도대체 무슨 일이 있었던 거야?" 그가 다시 물었다.

남자는 갈고리가 그 각도에 있으면 후방에서 조금만 압력이 가해져도 턱 뒤쪽의 취약한 삼각형 부위에 갈고리 끝이 피부를 뚫고 들어가게 된다는 것을 알고 있었다. 그는 해부학에 대해서는 잘 몰랐지만, 자신이 죽음으로부터 1센티 거리에 있다는 것은 알고 있었다.

"말할게요." 그가 쌕쌕거렸다. "다 말할게요."

하비는 귀 뒤에 갈고리를 대고 남자의 말이 끊길 때마다 갈고리를 돌려대며 처음부터 끝까지 전모를 이야기하는 데 3분이 채 안 걸리게 했다.

"네놈이 일을 그르쳤어." 하비가 말했다.

"네, 그랬어요." 남자가 숨을 헐떡였다. "하지만 저놈의 잘못이었어요. 저놈은 방충망 뒤에 얽혀만 있었어요. 아무 쓸모가 없었다고요."

하비가 갈고리를 휘둘렀다.

"무엇과 비교해서 저놈은 쓸모없고 너는 쓸모 있다는 거지?"

"저놈 잘못이었어요." 남자는 다시 숨을 헐떡였다. "전 아직 쓸모가 있어요."

"그걸 내게 증명해 봐."

"어떻게요?" 남자가 숨을 헐떡였다. "제발, 어떻게요? 말씀만 하세요."

"쉬워. 네가 나에게 뭔가를 해 주면 돼."

"그럴게요." 남자가 숨을 헐떡였다. "뭐든지요."

"제이콥 부인을 끌고 와!" 하비가 그에게 소리쳤다.

"네!" 남자가 소리쳐 답했다.

"그리고 다시는 망치지 마!" 하비가 소리쳤다.

"네!" 남자가 헐떡였다. "이제 우린 제대로 할 거예요. 맹세해요!"

하비는 그의 말에 맞춰 갈고리를 두 번, 세 번 다시 휘둘렀다.

"'우리'가 아니라 '너'만. 너는 다른 일 하나를 더 해야 하니까."

"뭔데요?" 남자가 쌕쌕거렸다. "뭔데요? 뭐든지 할게요."

"쓸모없는 네 파트너를 없애버려." 하비가 속삭였다. "오늘 밤, 배 위에서."

남자는 갈고리가 고개를 움직일 수 있게 허용하는 한도 내에서 힘차게 고개를 끄덕였다. 하비는 몸을 앞으로 숙여 갈고리를 빼냈다. 남자는 옆으로 쓰러져 숨을 헐떡이며 소파의 천에 얼굴을 박고 헛구역질을 했다.

"그리고 놈의 오른손을 가져와." 하비가 속삭였다. "증거로."

그들은 레온이 다니던 클리닉이 그 자체로 독립된 병원이 아니라 퍼트넘 카운티 남부 전역을 담당하는 거대한 사설 병원 시설이 관할하는 부서라는 사실을 알게 되었다. 공원 지대에 자리 잡은 10층짜리 흰색 건물이 있었고, 그곳을 중심으로 주변에 온갖 종류의 의료 기관이 모여 있었다. 작은 도로가 세련된 조경 사이로 뻗어 있었고, 의사와 치과의사를 위한 낮은 진료실로 둘러싸인 작은 막다른 골목으로 이어졌다. 진료실에서 처리할 수 없는 환자들은 본관 내부의 임대 병상으로 옮겨졌다. 따라서 심장병 클리닉은 누가 아프고 얼마나 증상이 심각한지에 따라 이동하는 의사와 환자들로 구성된 개념적인 실체였다. 레온의 교신자료에 따르면 그는 처음에는 중환자실로 들어갔다가 회복 병동으로, 그다음에는 외래 진료실 중 한 곳으로, 그리고 마지막 방문 때는 다시 중환자실로 이동하는 등 물리적으로 다른 여러 장소에서 진료를 받은 것으로 나타났다.

주치의인 심장 전문의 닥터 맥배너맨의 이름만이 서류 전체에서 유일하게 일관되게 적혀 있었다. 리처는 머릿속으로 백발에 풍부한 학식, 현명하고 공감 능력이 뛰어난 옛 스코틀랜드계의 친절한 노인을 떠올렸지만, 닥터 맥배너맨을 여러 번 만났던 조디는 그가 볼티모어 출신의 서른다섯 살가량의 여성이라고 말했다. 조디가 진료실을 찾기 위해 좌우를 살피는 동안, 리처는 작은 커브길 이리저리로 조디의 차를 몰았다. 조디가 막다른 골목 끝에서 낮은 벽돌 구조에 백색 테두리가 둘러져 있고 왠지 소독제의 후광이 비치는 듯한 건물을 찾아냈다. 밖에는 여섯 대의 차량이 주차되어 있었고, 리처는 빈칸에 후진 주차를 했다. 나이 들고 뚱뚱한 접수원이 조디를 동정심 어린 표정으로 맞이했다. 그녀는 맥배너맨의 진료실 안에서 기다리라고 안내했는데, 그 바람에 대기실의 다른 환자들로부터 따가운 눈총을 받았다. 진료실은 무균 상태의 조용한 백색 공간이었는데, 작은 검진용 테이블이 있고 책상 뒤 벽에는 커다란 컬러판 심장 해부도가 걸려 있었다. 조디는 마치 '결국 어느 부위가 문제였을까?'라고 묻는 듯이 해부도를 응시하고 있었다. 리처는 거대하고 근육질인 자신의 심장이 가슴에서 부드럽게 쿵쿵거리는 것을 느낄 수 있었다. 혈액이 심장에서 분출되어 손목과 목에서 맥박이 뛰는 것을 느낄 수 있었다.

그렇게 10분을 기다리자 안쪽 문이 열리고 닥터 맥배너맨이 들어왔다. 흰 가운을 입은 평범한 검은 머리의 여성으로 목걸이형 사원증처럼 청진기를 목에 걸었고 얼굴에는 걱정이 묻어나 있었다.

"조디," 그녀가 말했다. "레온 일은 정말 유감이에요."

99퍼센트는 진심이었지만 우려의 기미가 약간은 묻어나왔다. 리처는 그녀가 의료과실 소송을 걱정한다고 생각했다. 환자의 딸이 변호사인데, 장례식이 끝나자마자 바로 진료실로 달려왔기 때문이다. 조디도 그걸 알아차리고는 고개를 끄덕이며 그녀를 안심시키려는 듯한 작은 제스처를 보였다.

"그냥 감사 인사를 드리러 왔어요. 모든 과정이 정말 훌륭했어요. 그보다 더 잘 돌봐주실 수는 없었을 거예요."

맥배너맨이 긴장을 풀었다. 1퍼센트의 염려가 사라졌다. 그녀는 미소를 지었고 조디는 다시 커다란 해부도를 올려다보았다.

"그래서 결국 어느 부위가 문제였나요?" 그녀가 물었다.

맥배너맨은 그녀의 시선을 따라 부드럽게 어깨를 으쓱했다.

"글쎄요. 전부 다였어요, 안타깝게도. 심장은 크고 복잡한 근육이에요. 1년에 3천만 번씩이나 뛰고 또 뜁니다. 그게 27억 번, 즉 90년 동안 지속되면 노화라고 이야기하죠. 그런데 18억 번, 그러니까 60년만 지속되면 그건 조기 심장질환이라고 말해요. 이게 미국의 가장 큰 보건 문제라고 하지만 사실 우리가 할 수 있는 말은 늦든 빠르든 언젠가는 심장이 멈춘다는 거예요."

그녀는 잠시 멈추고 리처를 똑바로 바라보았다. 잠시 그는 그녀가 자신에게서 어떤 증상을 발견했다고 생각했다. 그러다 그녀가 소개를 기다리고 있다는 것을 깨달았다.

"잭 리처입니다." 그가 말했다. "레온의 오랜 친구였습니다."

그녀는 방금 퍼즐이 풀린 것처럼 천천히 고개를 끄덕였다.

"그 유명한 리처 소령님이시군요. 그가 당신에 대해 자주 이야기했었어요."

그녀는 앉아서 대놓고 관심을 보이며 그를 바라보았다. 그녀는 그의 얼굴을 훑어보다가 그의 가슴에 시선을 고정했다. 그는 그것이 그녀의 전문성 때문인지, 아니면 총구 폭발로 인한 그을린 자국을 보고 있는 것인지 알 수 없었다.

"아빠가 다른 얘기도 했었나요?" 조디가 물었다. "뭔가 걱정하고 계시다는 인상을 받았었거든요."

맥배너맨은 속으로 '제 환자들은 모두들 삶과 죽음 같은 문제로 늘 걱정해요'라는 생각을 하는 것처럼 의아한 표정으로 그녀를 바라보았다.

"어떤 얘기요?"

"잘 모르겠어요." 조디가 말했다. "다른 환자 중 누군가와 관련된 일이 있었던 건지도요."

맥배너맨은 이를 무시하려는 듯 어깨를 으쓱하며 멍한 표정을 지었지만, 곧 뭔가를 기억해내는 모습을 보였다.

"글쎄요. 그가 뭔가를 말하긴 했어요. 새로운 과제가 생겼다고 했죠."

"그게 뭔지 얘기하셨나요?"

맥배너맨은 고개를 저었다.

"자세한 내용은 언급하지 않았어요. 처음에는 지루해하는 것 같았어요. 말하길 꺼려 했죠. 마치 누군가 그에게 따분한 일을 떠넘긴 것처럼요. 하지만 나중에는 훨씬 더 관심을 갖게 되었죠. 심장을 과도하게 자극하는 지경에 이르렀어요. 심전도 수치가 너무 올라갔고 저는 그 부분에 대해 걱정했어요."

"다른 환자와 관련이 있습니까?" 리처가 그녀에게 물었다.

그녀는 다시 고개를 저었다.

"정말 모르겠어요. 그럴 수도 있다고 봐요. 환자들은 대기실에서 많은 시간을 함께 보내면서 서로 얘길 나눠요. 안타깝게도 너무 심심하고 외로운 노인들이니까요."

질책처럼 들렸다. 조디가 얼굴을 붉혔다.

"언제 그 문제에 대해 처음 언급했습니까?" 리처가 재빨리 물었다.

"3월?" 맥배너맨이 말했다. "4월? 어쨌든 그가 외래환자가 된 직후였어요. 그가 하와이로 가기 얼마 전에요."

조디는 깜짝 놀라 그녀를 쳐다보았다. "하와이에 갔다고요? 난 몰랐어요."

맥배너맨은 고개를 끄덕였다. "진료일에 안 오셔서 무슨 일 있냐고 물었더니 며칠 전에 하와이에 다녀왔다고 하더군요."

"하와이? 왜 저한테 말도 없이 하와이에 가셨을까요?"

"왜 가셨는지는 모르겠네요." 맥배너맨이 말했다.

"여행할 수 있을 만큼 건강하셨습니까?" 리처가 그녀에게 물었다.

그녀는 고개를 저었다.

"아뇨, 그도 무모하다는 걸 알고 있었던 것 같아요. 그래서 사전에 말하지 않았을지도 모르죠."

"언제부터 외래환자가 되셨습니까?" 리처가 물었다.

"3월 초에요."

"그럼 하와이는 언제 가신 거죠?"

"4월 중순인 것 같아요."

"알겠습니다. 그 기간 동안의 다른 환자들의 명단을 알려 주실 수 있습니까? 3월과 4월, 그와 대화를 나눴을지도 모르는 사람들 말입니다."

맥배너맨은 이미 고개를 절레절레 흔들고 있었다.

"아뇨, 죄송하지만 그건 안 돼요. 개인정보 보호 문제니까요."

그녀는 조디에게 의사 대 변호사로, 여성 대 여성으로, 당신도 잘 알고 있는 일이라는 눈빛으로 호소했다. 조디는 공감하며 고개를 끄덕였다.

"그냥 접수원에게 물어보는 건요? 아빠가 다른 사람과 얘기하는 걸 봤는지 물어보는 건 괜찮지 않을까요? 그건 제삼자 간의 대화일 뿐이고 정보 보호 문제도 없으니까요. 제가 알기론 확실해요."

맥배너맨은 상황 파악에 능숙했다. 그녀는 인터폰을 누르고 접수원을 안으로 불러 들였다. 질문을 받은 그녀는 질문이 끝나기도 전에 연신 고개를 끄덕이며 대답하기 시작했다.

"네, 물론이죠. 가버 씨는 항상 그 멋진 노부부와 대화를 나누셨어요. 아시죠? 판막에 문제가 있는 남자분. 우심실 상부인가? 더 이상 운전을 못해서 부인이 매번 모시고 오는 환자요. 심하게 낡은 차로요. 가버 씨는 그분들을 위해 뭔가를 하고 있었다고 저는 확신해요. 그들은 항상 가버 씨에게 오래된 사진과 서류 조각들을 보여 주고 있었어요."

"하비 씨 부부?" 맥배너맨이 물었다.

"맞아요. 가버 씨와 연로한 하비 씨와 하비 부인. 이 세 분은 엄청 가까운 사이였어요."

6

갈고리 하비는 88층 그의 사무실에서 거대한 빌딩의 조용한 배경음을 들으며 곰곰이 생각하다 마음을 바꾸었다. 그는 융통성 없는 사람이 아니었다. 그는 그 점에 자부심을 가지고 있었다. 그는 자신이 변화하고 적응하고 경청하고 배울 수 있는 방식에 대해 커다란 자부심을 가졌다. 그는 그것이 자신을 뛰어나게 만들고 차별화시킨다고 생각했다.

그는 자신의 능력에 대해 거의 모른 채 베트남으로 갔었다. 당시에는 너무 어렸기 때문에 아무것도 몰랐다. 그뿐만 아니라 다양한 경험을 쌓을 여지가 없는 억압되고 진공 상태처럼 고요한 교외에서 자란 탓도 있었다.

베트남은 그를 변화시켰다. 그를 망가뜨릴 수도 있었다. 다른 사람들은 많이 망가졌다. 그의 주변에는 산산조각이 난 사람들도 있었다. 그와 같은 어린 친구들뿐만 아니라 나이 든 사람들, 군대에서 오랫동안 복무한 직업 군인들도 마찬가지였다. 베트남 전쟁은 무거운 추처럼 사람들에게 떨어졌다. 어떤 사람들은 금이 가고 어떤 사람들은 그렇지 않았다.

그는 그렇지 않은 쪽이었다. 그는 주변을 둘러보고 변화하고 적응했다. 경청하고 배웠다. 죽이는 것은 쉬웠다. 그는 집 근처 낙엽 쌓인 길에서 다람쥐와 토끼, 가끔씩 악취를 풍기는 스컹크의 로드킬 외에는 그때까지 살면서 죽은 것을 본 적이 없는 사람이었다. 베트남에 도착한 첫날 그는 여덟 구의 미국인 시체를 보았다. 박격포의 집중포격에 속절없이 당한 도보 순찰대였다. 여덟 명, 스물아홉 조각, 그중 몇 개는 큰 조각이었다. 그의 인생에 결정적인 순간이었다. 그의 동료들은 말을 잃고 토했고, 절망적이고 믿을 수 없는 상황에 신음했다. 그는 동요되지 않았다.

그는 장사꾼으로 나섰다. 모두 무언가를 원하고 있었다. 모두 자신에게 없는 것에 대해 불평하고 있었다. 그 일은 너무도 쉬웠다. 조금만 귀를 기울이면 되었다. 담배는 피우지만 술은 마시지 않는 사람이 있었다. 맥주는 좋아하지만 담배는 피우지 않는 사람이 있었다. 한쪽의 담배를 가져다 다른 한쪽의 맥주와 교환했다. 중개 거래였다. 소소한 몇 퍼센트는 본인 몫으로 남겼다. 너무 쉽고 너무 뻔한 거라서 그들이 왜 스스로 그걸 하지 않는지 믿을 수 없었다. 그는 이 거래가 결코 지속될 수 없다고 확신했기 때문에 진지하게 생각하지는 않았다. 얼마 지나지 않아 모두가 눈치를 채고 중간 다리인 그를 잘라버렸다.

하지만 그들은 결코 깨닫지 못했다. 그것은 그의 첫 번째 수업이었다. 그는 다른 사람들이 할 수 없는 일을 할 수 있었다. 남들이 알아차리지 못하는 것을 알아챌 수 있었다. 그래서 더 열심히 귀를 기울였다. 그들이 또 뭘 원하지? 많은 것들이 있었다. 여자, 음식, 페니실린, 음반, 화장실 청소 없는 본부 근무, 군화, 벌레 퇴치제, 크롬으로 도금한 개인용 무기, 시체에서 잘라 말린 베트콩의 귀 기념품, 마리화나, 아스피린, 헤로인, 깨끗한 주삿바늘, 귀국 전 마지막 100일 동안의 안전 근무. 그는 듣고 배우고 찾고 파악했다.

그러고 나서 그는 큰 돌파구를 만들었다. 그것은 그가 항상 엄청난 자부심을 가지고 되돌아보는 개념적 도약이었다. 이는 이후 그가 이룬 다른 큰 도약의 본보기가 되었다. 그것은 그가 직면한 몇 가지 문제에 대한 대응책으로 나온 것이었다. 첫 번째 문제는 모든 일이 너무 힘들다는 것이었다. 특정한 물리적 물건을 찾는 것은 때로 까다로웠다. 병에 걸리지 않은 여자를 찾는 것은 매우 어려워졌고 처녀를 찾는 것은 불가능해졌다. 마약을 안정적으로 공급받는 것도 위험했다. 다른 것들은 시간이 걸렸다. 번쩍이는 무기, 베트콩 기념품, 심지어 괜찮은 군화까지도 구하는 데 시간이 걸렸다. 교대 근무차 새로 온 장교들이 안전한 비전투지역에서의 그의 꿀빠는 장사를 망치고 있었다.

두 번째 문제는 경쟁이었다. 그는 자신이 독특하지 않다는 사실을 깨닫게 되었다. 희귀하긴 하지만 유일무이하지는 않았다. 다른 사람들이 게임에 뛰어들고 있었다. 자유시장이 발달하고 있었다. 그의 거래가 때때로 거절당했다. 사람들은 다른 데 가면 더 좋은 조건으로 거래할 수 있다며 자리를 떴다. 그는 충격을 받았다.

변화와 적응. 그는 깊이 생각했다. 혼자서 저녁 내내 숙소의 좁은 침대에 누워 곰곰이 생각했다. 그는 돌파구를 마련했다. 이미 찾기도 어렵고 구하기는 더 어려워진 물리적인 물건들을 왜 찾아다녀야 하는가? 왜 어떤 위생병에게 가서 삶아서 피부를 벗긴 베트콩의 해골과 교환하는 대가로 원하는 게 뭔지 물어봐야 하나? 왜 그 위생병이 원하는 물건을 구하기 위해 뭐든 물물교환을 한 다음 다시 해골을 들고 나가야 하나? 왜 모두 물물교환으로만 거래를 하지? 그냥 베트남 전역에서 가장 흔하고 자유롭게 구할 수 있는 것으로 거래하면 되지 않나?

미국 달러. 그는 돈장사를 시작했다. 그는 훗날 회복기에 접어들어 책 읽을 시간이 생겼을 때 애석해 하며 웃었다. 지극히 고전적인 진화였다.

원시사회는 물물교환으로 시작해서 현금경제로 발전한다. 베트남에서의 미국의 존재는 원시사회에서 시작되었다. 그건 절대적으로 확실했다. 원시적이고, 즉흥적이고, 조직화되지 않은 채, 그 끔찍한 나라의 진흙탕 위에 그냥 쭈그려 앉아 있었다. 그러다 시간이 지나면서 더 크고, 더 안정되고, 더 성숙해졌다. 미국의 존재가 성장하면서 그는 그 성장과 함께 성장하는 최초의 사람이었다. 최초일 뿐만 아니라 아주 오랫동안 유일한 존재였다. 그것은 그에게 엄청난 자부심의 원천이었다. 자신이 남들보다 뛰어나다는 것을 증명한 것이었다. 더 똑똑하고, 더 상상력이 풍부하고, 더 잘 변화하고 적응하며 더 번영할 수 있었다.

현금이 모든 것의 열쇠였다. 누군가 군화나 헤로인이나 열두 살짜리 처녀를 원하면 하비에게 빌린 돈으로 살 수 있었다. 그들은 오늘치 욕망을 채우고 다음 주에 몇 퍼센트의 이자를 더해 갚는다. 하비는 거미줄 중앙에 있는 살찌고 게으른 거미처럼 그냥 앉아 있기만 하면 되었다. 다리품을 팔지 않아도 되고 귀찮은 일도 없었다. 그는 이 부분에 많은 생각을 했다. 숫자의 심리적인 힘을 일찍 깨달았다. 9와 같이 작은 숫자는 사소하고 친근하게 들렸다. 9퍼센트는 그가 가장 좋아하는 비율이었다. 마치 아무것도 아닌 것처럼 들렸다. 약간 흘려 쓴 선에 불과한 9. 한자릿수. 10보다 작다. 정말 아무것도 아니다. 그게 다른 땅개grunt, 미 육군 전투 보병을 일컫는 속어들의 생각이었다. 하지만 일주일에 9퍼센트는 1년에 468퍼센트다. 일주일 동안 빚을 내버려두면 복리 이자가 적용되어서 468퍼센트가 순식간에 1,000퍼센트로 올라갔다. 하지만 아무도 그걸 보지 않았다. 하비만 빼고. 모두 다 9를, 한자릿수의 작고 부담 없는 숫자로만 보았다.

첫 번째 채무불이행자는 덩치가 크고 야만적이고 사나운 데다 지능이 정상 이하인 녀석이었다. 하비는 웃어 넘겼다. 그의 빚을 탕감해 주었다. 그리고 자신과 함께 손잡고 행동대원 역할을 맡아 관대함에 보답하는 것이 어떻겠냐고 제안했다. 그 후로 채무불이행자는 더 이상 나오지 않았다. 정확한 억제 수단을 확보하기는 쉽지 않았다. 팔이나 다리가 부러지면 후방의 야전병원으로 후송되었고, 안전한 그곳에서 백의의 간호사들에게 둘러싸여 부상당한 경위에 대해 뻥이나 치다 퇴원할 수 있었다. 심하게 다치면 아예 군복무가 면제되어 미국으로 돌아갈 수도 있었다. 그래서는 아무런 억제력이 없었다. 전혀 억지력이 없었다. 그래서 하비는 행동대원에게 편지 스파이크를 쓰게 했다. 베트콩이 발명한 편지 스파이크는 고기 꼬치 같은 작고 뾰족한 나무못에 독성이 있는 물소 똥을 묻혀 놓은 것이었다. 베트콩이 이것을 얕은 구덩이에 묻어 놓으면 미군들이 밟고 발에 심각한 염증성 부상을 입었다. 하비의 행동대원은 채무불이행자의 고환에 이것을 쓰려고 했다. 하비의 고객들은 아무리 빚과 군복에서 벗어날 수 있다고 해도 그런 장기적인 의학적 결과는 감수할 가치가 없다고 생각했다.

화상을 입고 팔을 잃었을 무렵 하비는 엄청난 부자였다. 그의 다음 성공은 자신의 전 재산을 들키지 않고 모두 집으로 가져가는 것이었다. 누구나 할 수 있는 일은 아니었다. 그가 처한 특별한 상황에서는 더욱 그랬다. 그것은 그의 위대함을 증명하는 또 다른 증거였다. 그의 이후 역사도 마찬가지였다. 그는 신체와 외모가 손상된 채로 우여곡절 끝에 뉴욕에 도착했는데, 곧바로 고향 같은 편안함을 느꼈다. 맨해튼은 인도차이나의 정글과 다를 바 없는 정글이었다. 그래서 그는 다르게 행동할 이유가 없었다. 업종을 바꿀 이유도 없었다. 게다가 이번에는 막대한 비축자본을 가지고 시작하는 것이었다. 그는 아무것도 없이 시작하는 게 아니었다.

그는 수년간 불법사채업을 했다. 그는 사업을 거대하게 키웠다. 그에게는 자본도 있었고 이미지도 있었다. 화상 흉터와 갈고리는 시각적으로 큰 의미가 있었다. 그는 엄청나게 많은 조력자들을 끌어들였다. 그는 눈에 띄게 늘어나는 이민자들의 물결 속에서 이민 세대와 빈곤층으로부터 이익을 취했다. 사업을 위해서 이탈리아인들과 싸웠다. 눈에 띄지 않으려고 경찰과 검찰 모두를 매수했다.

그런 다음 그는 두 번째 위대한 돌파구를 만들어 냈다. 첫 번째와 비슷했다. 그것은 깊고 급진적인 사고의 과정이었다. 문제에 대한 대응. 문제는 미쳐버리게 엄청난 규모에 있었다. 수백만 달러를 거리에 깔아 놓았지만 모두 푼돈 거래였다. 수천 개의 개별 거래를 통해 여기는 100달러 저기는 150달러, 일주일에 9나 10퍼센트, 1년에 500 내지 1,000퍼센트. 엄청난 서류 작업과 많은 문제들, 그리고 이를 처리하기 위해 항상 빨리 뛰어야만 했다. 그러다 문득 '적은 것이 더 많을 수 있다'는 사실을 깨달았다. 깨달음은 섬광처럼 찾아왔다. 어떤 기업의 100만 달러에 대한 일주일에 5퍼센트가 길바닥의 똥에서 나오는 500퍼센트보다 더 가치 있다는 것을 알았다. 그는 열광했다. 그는 모든 신규 대출을 중단하고 기존 대출금을 모두 회수하기 위해 압박을 가했다. 정장을 사고 사무실을 임대했다. 하룻밤 사이에 기업 대출업체가 되었다.

그것은 진정 천재적인 행동이었다. 그는 표준적 상업 관행에서 약간 벗어난 회색 지대의 냄새를 맡았다. 은행의 대출 허용 기준선 밖으로 막 미끄러지는 거대한 차입자 집단을 발견했다. 거대한 집단. 절망에 빠진 집단. 무엇보다도 유순한 집단. 손쉬운 대상. 정장 차림의 교양 있는 남성이 100만 달러를 빌리러 방문하는 것이 더러운 속옷 차림의 사람이 지저분한 다가구주택에서 문 뒤에 광견병 걸린 개를 데리고 100달러를 빌리려 하는 것보다 훨씬 덜 위험한 법이었다. 겁주기도 쉬운 유순한 대상. 삶의 가혹한 현실에 익숙치 않은 대상. 그는 행동대원들을 내보내고 편안히 물러 앉아 손에 잡히는 소수의 고객만으로도 평균 대출액이 100만 배로 증가하고, 이자율은 극도로 낮아졌지만 수익은 상상 이상으로 커 가는 것을 지켜 보았다. 적은 것이 더 많았다.

새로운 사업에 뛰어든 것은 정말 멋진 일이었다. 물론 가끔 문제가 발생하기도 했지만 충분히 관리할 수 있는 수준이었다. 그는 억제 전략을 바꿨다. 이 고상한 신규 대출자들은 가족이 취약점이었다. 아내, 딸, 아들. 보통은 위협으로 충분했다. 가끔은 행동을 취해야 할 때도 있었다. 가끔은 재미있었다. 교외에 사는 유순한 아내와 딸은 재미있었다. 추가 보너스였다. 멋진 사업. 끊임없이 변화하고 적응하려는 의지가 있었기에 가능했다. 그는 유연성에 대한 자신의 재능이 그의 가장 큰 장점이라는 것을 알고 있었다. 그는 그 사실을 절대 잊지 않겠다고 다짐했다. 그래서 88층에 있는 자신의 사무실에 홀로 남아 거대한 빌딩의 조용한 배경음을 들으며 곰곰이 생각하다가 마음을 바꾸었다.

북쪽으로 80킬로미터 떨어진 파운드 리지에서 마릴린 스톤도 마음을 바꾸고 있었다. 그녀는 영리한 여자였다. 체스터가 재정적으로 곤경에 처해 있다는 것을 알고 있었다. 다른 이유가 있을 리 없었다. 외도 문제는 아니었다. 그녀는 그걸 알고 있었다. 남자들이 외도를 할 때 나타나는 정황들이 있는데 체스터에게는 그런 것들이 없었다. 그가 걱정할 다른 문제가 있을 리 없었다. 그러니 그것은 재정적인 문제였다.

그녀의 원래 의도는 기다리는 것이었다. 그가 마침내 가슴속에서 모든 것을 꺼내어 그녀에게 모든 것을 말하는 날까지 가만히 앉아서 기다리는 것이었다. 그날까지 기다렸다가 그때 개입할 생각이었다. 정확히 어디까지이든 간에 그녀는 부채, 연체, 심지어 파산에 이르기까지 상황을 잘 다룰 수 있었다. 여자는 상황관리에 능숙하다. 남자보다 낫다. 그녀는 실질적인 조치를 취할 수 있었고, 필요한 지원을 제공할 수 있었으며, 체스터가 느낄 자존심이 무너지는 절망감 없이 폐허 속에서 길을 찾을 수 있었다.

하지만 이제 그녀는 마음을 바꾸고 있었다. 더 이상 기다릴 수 없었다. 체스터는 걱정으로 죽어가고 있었다. 그래서 단호하게 뭔가 조치를 취해야 했다. 그와 얘기해봤자 소용없을 터였다. 그는 본능적으로 문제를 감추려고 했다. 그녀에게 걱정을 끼치고 싶어하지 않았다. 모든 것을 부인할 것이고 상황은 점점 더 악화될 것이다. 그래서 단호하게 혼자 행동해야 했다. 그를 위해서, 그녀 자신을 위해서.

분명한 첫 번째 단계는 부동산 중개인에게 집을 내놓는 것이었다. 정확히 어느 정도의 문제인지는 모르지만 집은 팔아야 할 것 같았다. 그 정도로 충분할지 알 길은 없었다. 그걸로 문제가 해결될 수도 있고, 그렇지 않을 수도 있었다. 하지만 거기서 시작해야 한다는 것은 분명했다.

마릴린처럼 파운드 리지에 사는 부유한 여성은 부동산 업계에 많은 인맥을 가지고 있다. 그 한 단계 아래 계층에는 부자는 아니어도 편안한 삶을 위하여 많은 여성들이 부동산 중개업자에게 고용되어 일한다. 그들은 대개 부동산 업무에 파트타임으로 일하면서 순전히 돈을 벌기 위한 목적이라기보다는 인테리어에 대한 열정으로 취미로 하는 것처럼 보이려고 한다. 마릴린은 자신의 네트워크에서 자신을 도울 좋은 친구 네 명을 쉽게 꼽을 수 있었다. 그녀는 그중 한 명을 선택하려고 전화기에 손을 얹고 있었다. 마침내 그녀는 네 명 중 가장 잘 알지는 못하지만 가장 유능하다고 생각되는 셰릴이라는 여성을 선택했다. 마릴린은 이 문제를 진지하게 생각하고 있었고 자신이 선택한 부동산업자도 그러기를 기대했다. 굳게 결심한 뒤 그녀는 셰릴의 번호를 눌렀다.

"마릴린?" 셰릴이 응답했다. "목소리 듣게 되어 얼마나 좋은지 모르겠네요. 무슨 일이에요?"

마릴린은 심호흡을 했다.

"집을 팔려고 해요." 그녀가 말했다.

"그래서 저를 찾았군요? 마릴린, 고마워요. 그런데 도대체 왜 팔 생각이에요? 지금 계신 곳 너무 좋은데. 다른 주로 이사 가세요?"

마릴린은 다시 심호흡을 했다. "체스터가 파산할 것 같아요. 이 얘기는 하고 싶지 않지만 비상 계획을 세워야 할 것 같아요."

멈춤이 없었다. 망설임도, 부끄러움도 없었다.

"현명하시네요." 셰릴이 말했다. "대다수 사람들은 너무 오래 버티다가 급매로 내놓게 되고 결국 손해를 보죠."

"대다수가요? 이런 일이 자주 일어나나요?"

"그럼요. 이런 일 늘 봐요. 일찍 터트리고 제값을 받는 게 낫죠. 잘하고 계신 거예요. 절 믿으세요. 이런 건 보통 여자들이 하죠. 우리가 남자들보다 이런 일은 더 잘 처리하니까요. 안 그래요?"

마릴린은 숨을 내쉬며 전화기에 대고 미소를 지었다.

그녀가 정확하게 제대로 일을 한다는 느낌이었고, 그 일을 해낼 적임자라는 생각이 들었다.

"바로 매물 등록 할게요." 셰릴이 말했다. "호가는 200만 달러에서 1달러 뺀 가격으로 하고 목표가는 190만 달러로 잡죠. 가능한 가격이고, 꽤 빨리 성사될 거예요."

"얼마나 빨리요?"

"현재 시장 상황에서 주택 위치를 고려하면, 6주? 네, 6주 이내에 거의 확실하게 매수 제안이 들어올 것 같아요."

닥터 맥배너맨은 정보 보호 문제에 대해 끝까지 엄격한 자세여서 하비 부부의 주소는 알려 주었지만 전화번호까지는 알려 주지 않았다. 거기에 아무런 법률적 논리가 없다는 것을 조디는 알았지만 그래야 의사가 만족할 것 같아서 더 이상 따지지 않았다. 조디는 악수만 하고 대기실을 서둘러 헤치고 밖으로 나가 차에 올라탔고, 리처는 그 뒤를 따랐다.

"이상해요." 그녀가 그에게 말했다. "저 사람들 봤어요? 접수대에서?"

"정확히." 리처가 대답했다. "반쯤은 이미 죽은 노인들."

"아빠도 마지막에 가서는 저런 모습이었어요. 안타깝게도 딱 저런 모습이었죠. 아마 이 늙은 하비 씨도 다르지 않을 것 같네요. 그런데 그들이 함께 무슨 일을 했길래 사람들이 죽어나가는 걸까요?"

그들은 함께 브라바다에 올라탔고, 그녀는 조수석에서 몸을 숙여 카폰을 꺼냈다. 리처는 시동을 걸어 공기를 순환시켰다. 그녀는 전화번호안내에 전화를 걸었다. 하비 부부는 개리슨 북쪽, 기차로 다음 마을인 브라이튼을 지난 곳에 살고 있었다. 그녀는 수첩에 연필로 그들의 전화번호를 적고 바로 전화를 걸었다. 한참 동안 벨이 울리더니 한 여성의 목소리가 응답했다.

"여보세요······?" 망설이는 목소리였다.

"하비 부인이신가요?" 조디가 물었다.

"네······." 다시 흔들리는 목소리였다. 조디는 오래된 음식과 가구 왁스 냄새가 나는 낡고 어두운 집에서 골동품 수화기를 들고 있는, 백발의 마른 체구에 꽃무늬 홈웨어를 입은 늙고 병약한 여인의 모습을 떠올렸다.

"하비 부인, 저는 레온 가버의 딸 조디 가버입니다."

"아······." 여자가 말했다.

"아빠 안타깝게도 5일 전에 돌아가셨어요."

"네, 알아요······." 슬퍼하는 목소리였다. "닥터 맥배너맨의 접수 담당자가 어제 진료 때 말해 주더군요. 정말 안타까워요. 그분은 좋은 사람이었어요. 우리에게 아주 친절하셨죠. 그분은 우릴 도와주고 있었어요. 그리고 당신에 대해 얘기해 줬어요. 변호사라고요. 고인의 명복을 빕니다."

"고맙습니다." 조디가 말했다. "그런데 아빠가 뭘 도와드린 건지 말씀해 주실 수 있나요?"

"글쎄요······ 이제 그건 중요하지 않아요."

"왜죠?"

"당신 아버지가 돌아가셨으니까요. 있잖아요, 그는 정말로 우리의 마지막 희망이었어요."

그녀의 말은 진심인 것처럼 들렸다. 그녀의 목소리는 낮았다. 문장이 끝날 때 체념한 듯이 떨어졌고, 마치 오랫동안 고대해 오던 무언가를 포기한 것 같은 일종의 비극적인 리듬이 느껴졌다. 조디는 전화기를 얼굴에 대고 있는 뼈만 앙상한 손, 마르고 창백한 뺨에 눈물을 흘리고 있는 그녀의 모습을 떠올렸다.

"아빠 이제 못하시지만," 그녀가 말했다. "제가 도와드릴 수 있을지도 모르죠."

전화기 저편에서 정적이 흘렀다. 희미한 쉬익 소리만 들렸다.

"글쎄요. 그건 아닌 것 같은데요. 변호사가 일반적으로 처리할 수 있는 일이 아닌 것 같아요."

"무슨 일인데요?"

"이제는 어쩔 수 없는 일이라고 생각해요." 그녀가 말했다.

"조금이라도 말씀해 주실 수는 없을까요?"

"아뇨, 이제 다 끝난 것 같아요." 그녀는 자신의 늙은 가슴이 찢어지는 듯이 말했다.

그리고 다시 침묵이 흘렀다. 조디는 전면 유리를 통해 맥배너맨의 진료실을 흘깃 쳐다보았다. "그런데 아빠 어떻게 부인을 도울 수 있었나요? 아빠가 특별히 잘 아는 분야였나요? 아빠가 군인이었기 때문이었나요? 그런 쪽인가요? 군대와 관련된 무언가?"

"맞아요. 그러니 변호사로서 우리를 도와줄 수는 없을 것 같다는 생각이 들어요. 변호사는 이미 써 봤어요. 내 생각엔 군대와 연결된 사람이 필요해요. 그래도 그렇게 얘기해 줘서 정말 고마워요. 정말 너그러우시군요."

"다른 사람이 있어요." 조디가 말했다. "여기 지금 저와 함께 있어요. 그는 육군에서 아빠와 함께 일했었죠. 그는 자신이 할 수 있는 일이라면 기꺼이 부인을 도와드릴 거예요."

다시 전화기 저편에 침묵이 흘렀다. 희미한 쉬익 소리와 숨소리만 들렸다. 누부인이 생각 중이라는 듯이, 새로운 고려사항에 적응할 시간이 필요하다는 듯이.

"리처 소령이라는 사람이에요." 조디가 침묵 속에 말했다. "혹시 아빠가 이 이름을 언급하신 적 없나요? 두 사람은 오랫동안 함께 복무했어요. 아빤 그 일을 더 이상 계속할 수 없다는 것을 깨닫고는 그를 불러오라고 했어요."

"그 사람을 불러오라고 했다고요?" 여자가 말했다.

"네, 그가 와서 아빠를 대신해 계속 도와드릴 수 있을 거라고 생각하신 것 같아요."

"그 사람도 헌병대 소속이었나요?"

"네, 맞아요. 그게 중요한가요?"

"꼭 그렇진 않을 수도 있고요." 그녀가 말했다.

그녀는 다시 조용해졌다. 전화기를 가까이 대고 숨을 쉬고 있었다.

"그분이 우리 집에 오실 수 있을까요?" 그녀가 갑자기 물었다.

"우리 둘 다 갈게요." 조디가 말했다. "지금 바로 갈까요?"

다시 침묵이 흘렀다. 숨을 쉬고, 생각하고.

"남편이 방금 약을 먹었어요." 여자가 말했다. "지금 자고 있어요. 그이는 많이 아파요, 알다시피."

조디는 차 안에서 고개를 끄덕였다. 답답한 마음에 다른쪽 손을 쥐었다 폈다 했다.

"하비 부인, 무슨 일인지 말씀해 주실 수는 없나요?"

침묵. 호흡, 생각.

"남편더러 말하라고 하는 게 좋겠어요. 남편이 저보다 더 잘 설명할 수 있을 것 같아요. 이야기가 길어서 가끔 헷갈릴 때가 있거든요."

"알겠어요. 하비 씨는 언제 일어나실까요? 좀 이따가 들르면 될까요?"

또 한 번의 일시정지.

"남편은 약을 먹고 나면 대개 바로 곯아떨어져요." 그녀가 말했다. "정말 축복이라고 생각해요. 아버님 친구분이 내일 아침에 일찍 오실 수 있을까요?"

하비는 갈고리 끝으로 책상에 있는 인터폰 버저를 눌렀다. 그러고는 몸을 앞으로 숙여 접수원에게 소리쳤다. 하비는 보통 스트레스를 받으면 상대의 이름을 부르는데, 하비로서는 이례적인 친밀감의 표시였다.

"토니, 얘기 좀 해."

토니는 로비에 있는 황동과 오크 소재의 리셉션 카운터에서 나와 커피 테이블을 돌아 소파에 앉았다.

"하와이에 간 사람은 가버렸어요." 그가 말했다.

"확실해?" 하비가 물었다.

토니는 고개를 끄덕였다. "아메리칸항공으로, 화이트 플레인스에서 시카고, 시카고에서 호놀룰루로 4월 15일에. 다음 날인 4월 16일에 같은 경로로 귀환. 아멕스 카드로 지불. 모든 게 컴퓨터에 있습니다."

"그런데 거기서 뭘 한 거지?" 하비가 혼잣말로 물었다.

"모르죠." 토니가 중얼거렸다. "하지만 짐작은 할 수 있지 않나요?"

사무실에는 불길한 침묵이 감돌았다. 토니는 하비의 화상을 입지 않은 쪽 얼굴을 바라보며 대답을 기다렸다.

"하노이에서 소식이 왔어." 하비가 침묵 속에서 말했다.

"만스사, 언제요?"

"10분 전에."

"세상에, 하노이에서요?" 토니가 말했다. "젠장, 젠장, 젠장!"

"30년이야." 하비가 말했다. "그리고 이제 일어났어."

토니는 자리에서 일어나 책상 뒤로 걸어갔다. 그는 손가락으로 블라인드 살 두 개를 젖혔다. 오후의 햇살이 방을 가로질러 쏟아졌다.

"그러니까 지금 당장 나가야 해요. 이제 너무, 너무 위험해졌어요."

하비는 아무 말도 하지 않았다. 그는 왼손 손가락으로 갈고리를 꽉 쥐었다.

"약속했잖아요!" 토니가 다급하게 말했다. "1단계, 2단계, 모두 일어났잖아요. 방금 두 단계 모두 일어났다고요, 젠장!"

"시간이 좀 더 걸릴 거야." 하비가 말했다. "그렇지 않겠어? 지금 당장은, 그들도 아직 아무것도 모를 테니까."

토니는 고개를 저었다. "가버는 바보가 아니었어요. 그는 뭔가를 알고 있었어요. 그가 하와이에 갔다면 그럴 만한 이유가 있었을 겁니다."

하비는 왼팔의 근육을 이용해 갈고리를 얼굴에 갖다 댔다. 그는 매끄럽고 차가운 강철을 흉터 조직에 대고 문질렀다. 가끔씩은, 딱딱한 곡선의 압력이 가려움증을 완화시켜 주었다.

"그 리처라는 놈은?" 그가 물었다. "뭐 좀 알아냈나?"

토니는 88층 위에서 블라인드 틈새로 밖을 힐끔 내다봤다.

"세인트루이스에 전화를 걸었어요." 그가 말했다. "그놈도 헌병이었고, 13년 동안 가버와 함께 근무했었어요. 열흘 전에 같은 건으로 또 다른 문의가 들어왔었대요. 아마 코스텔로였겠죠."

"그렇다 치고 왜?" 하비가 물었다. "가버 가족이 옛 군대 친구를 추적하라고 코스텔로에게 돈을 줬다고? 왜? 도대체 뭣 때문에?"

"모르겠어요." 토니가 말했다. "그놈은 떠돌이예요. 코스텔로가 갔던 지역에서 수영장 파는 일을 하고 있었어요."

하비는 어렴풋이 고개를 끄덕였다. 그는 골똘히 생각하고 있었다.

"헌병이라고." 그는 혼잣말로 말했다. "그런데 이젠 떠돌이라."

"나가야 해요." 토니가 다시 한번 말했다.

"난 헌병이 싫어." 하비가 말했다.

"알고 있어요."

"그런데 그 방해꾼 새끼는 여기서 뭘 하고 있는 거지?"

"나가야 해요." 토니가 세 번째로 말했다.

하비는 고개를 끄덕였다.

"난 유연한 사람이야." 그가 말했다. "너도 알잖아."

토니는 블라인드를 다시 제자리로 돌려 놓았다. 방이 어두워졌다. "융통성을 발휘하라는 게 아니에요. 원래 세웠던 계획을 고수하라는 거지."

"계획을 바꿨어. 난 스톤에게서 득점을 올려야겠어."

토니는 책상을 돌아서 소파에 앉았다. "여기 눌러 있기엔 너무 위험해요. 지금 두 신호가 다 들어왔어요, 베트남과 하와이에서. 망할!"

"나도 알아." 하비가 말했다. "그래서 계획을 다시 변경했어."

"예전으로 돌아가는 건가요?"

하비는 어깨를 으쓱하며 고개를 저었다. "둘을 조합하는 거지. 분명히 나갈 거지만, 반드시 스톤을 잡은 뒤여야 해."

토니는 한숨을 쉬며 손바닥을 위로 보인 채 소파에 손을 얹었다. "6주는 너무 길어요. 가버가 이미 하와이에 갔다고요. 제발요. 그는 잘나가는 장군이었어요. 분명 뭔가 아는 게 있었을 거예요. 안 그러면 왜 거기까지 갔겠어요?"

하비는 고개를 끄덕이고 있었다. 그의 머리가 가느다란 빛줄기 사이로 들락날락하고 있었고, 그 빛줄기가 그의 거친 회색 머리카락 뭉치를 드러 내고 있었다. "그는 뭘 알고 있었어. 그건 인정. 하지만 병에 걸려서 죽었 어. 그자가 알고 있던 것도 같이 죽었지. 안 그러면 왜 그 딸이 반푼이 같 은 탐정놈이나 실업자 떠돌이에게 의지하겠어?"

"그래서 어쩌자는 말씀이세요?"

하비는 갈고리를 책상 아래로 내리고 성한 손으로 턱을 받쳤다. 그러고 는 손가락을 위로 벌려 흉터를 덮었다. 수용적이고 위협적이지 않아 보이 려고 할 때 그가 무의식적으로 취하는 몸짓이었다.

"스톤 득점을 포기할 수는 없어." 그가 말했다. "너도 보이지? 그냥 저 기 앉아서 먹어치워 달라고 애원하고 있잖아. 그걸 포기하면 남은 평생을 나답게 살 수 없어. 그건 비겁한 거야. 도망치는 게 현명하다는 건 나도 동 의해. 그런데 너무 일찍, 꼭 필요한 때보다 일찍 도망치면 그건 비겁한 거 야. 난 겁쟁이가 아니야, 토니. 너도 알지? 그렇지?"

"그래서 어쩌자고요?" 토니가 다시 물었다.

"두 가지 일을 동시에, 하지만 더 빠르게 진행해야겠지. 나도 6주는 너 무 길다는 데 동의해. 6주 전에 빠져나가야 해. 하지만 스톤 득점 없이는 나갈 수 없으니 속도를 내야지."

"좋아요. 어떻게요?"

"주식을 오늘 시장에 내놓는 거야." 하비가 말했다. "폐장 90분 전에 던 질 거야. 그 정도면 은행에 메시지가 전달되기에 충분할 거야. 내일 아침 에 스톤이 열받아서 오겠지. 난 내일 여기 없을 테니 네가 우리가 원하는 게 뭔지, 안 되면 어떻게 할 건지 말해줘. 길어야 이틀 안에 모든 게 마무리될 거야. 나는 롱 아일랜드의 자산을 미리 매각해서 그것 때문에 지연되지 않게 하겠어. 그사이에 너는 여기 일을 마무리해."

"좋아요. 어떻게요?" 토니가 다시 물었다.

하비는 어두운 사무실을 네 모퉁이 모두 둘러보았다.

"그냥 나가자. 6개월치 임대료를 버리는 거지만 뭐 어때. 내 행동대원 노릇을 하는 저 두 바보 놈은 문제가 안 될 거야. 한 놈은 오늘 밤에 다른 한 놈이 처리할 거고, 넌 제이콥 부인을 잡을 때까지 나머지 놈과 함께 움직이다가 그 후에 그놈과 그년을 함께 처리해 버려. 배도 팔고, 차도 팔고, 여길 뜨는 거야. 남겨진 골칫거리 없이. 일주일 안에 끝내자고. 딱 일주일. 그 정도 여유는 있을 것 같은데. 안 그래?"

토니는 고개를 끄덕였다. 행동계획에 안도하며 몸을 앞으로 숙였다.

"이 리처라는 놈은 어쩌죠? 그놈은 여전히 골칫거리잖아요."

하비는 의자에 앉아 어깨를 으쓱했다. "그놈에 대해서는 별도의 계획이 있어."

"우린 그놈을 못 찾아요." 토니가 말했다. "우리 둘이서만, 일주일 내에. 우린 그놈을 찾아다닐 시간이 없다고요."

"그럴 필요 없어."

토니는 그를 쳐다보았다. "찾아야 돼요. 뒤에 남은 골칫거리라고요."

하비는 고개를 저었다. 그러고는 얼굴에서 손을 떼고 책상 아래에 있던 갈고리도 드러냈다. "효율적인 방법으로 할 거야. 그놈을 찾느라 내 에너지를 낭비할 이유가 없어. 그놈이 날 찾아오게 할 거야. 그는 거기에 응할 거고. 난 헌병들이 어떤지 잘 알아."

"그다음은요?"

하비가 미소 지었다.

"그런 다음 오래오래 행복하게 잘 살겠지." 그가 말했다. "적어도 30년 이상은."

"이제 뭘 하지?" 리처가 물었다.

그들은 여전히 맥배녀맨의 길고 낮은 진료실 밖 주차장에 엔진을 공회전시키며 있었고, 브라바다의 짙은 녹색 페인트에 내리쬐는 햇볕에 맞서기 위해 에어컨은 으르렁거리고 있었다. 차량의 통풍구는 각 방향으로 향하고 있었고, 그는 프레온이 냉각시킨 공기에 섞인 조디의 은은한 향수 냄새를 맡고 있었다. 그 순간 그는 오래된 환상을 실현한 행복한 사람이었다. 과거에 그는 조디가 성인이 되었을 때 그녀와 닿을 수 있는 거리에 있으면 어떤 느낌일지 여러 번 상상했었다. 하지만 그것은 실제로 경험하게 될 것이라고는 전혀 기대하지 못한 그 무엇이었다. 그는 그녀와 길이 어긋난 뒤 다시는 볼 수 없을 거라고 생각했었다. 시간이 지나면 감정이 사라질 것이라 생각했었다. 그런데 그가 지금 그녀 바로 옆에 앉아 그녀의 향기를 맡으며 차 바닥까지 쭉 뻗은 긴 다리를 옆눈으로 흘깃거리고 있었다. 그는 항상 그녀가 꽤 멋지게 자랄 거라고 추측했다. 그런데 이제는 자신이 그녀가 얼마나 아름다워질지 과소평가한 것에 대해 약간의 죄책감을 느끼고 있었다. 그의 환상은 그녀를 제대로 반영하지 못한 것이었다.

"문제가 있어요." 그녀가 말했다. "난 내일 거기 갈 수 없어요. 더 이상 시간을 낼 수 없다고요. 시간당 청구서가 계속 발생하고 있어요. 엄청나게 바쁜 때라고요."

15년. 길다면 길고, 짧다면 짧은 시간. 그 정도면 사람이 바뀔까? 그에게는 짧은 시간처럼 느껴졌다. 그는 자신이 15년 전과 근본적으로 달라졌다고는 생각하지 않았다. 같은 사람이고, 같은 방식으로 생각하고, 같은 능력을 가지고 있었다. 그 세월 동안 경험치가 더 쌓였고, 더 나이가 들었고, 더 갈고닦았다. 하지만 같은 사람이었다. 그는 그녀는 달랐어야 한다고 생각했다. 그래야만 했다. 그녀의 15년은 더 큰 변화를 겪었던 더 큰 도약의 시기였다. 고등학교, 대학, 로스쿨, 결혼, 이혼, 파트너로의 승진, 청구서가 발행되는 시간들. 이제 그는 15년 전 어렸을 때 그녀의 실제 모습, 그리고 그녀가 어떻게 변했을까 상상했던 모습, 그리고 실제로 그녀가 변한 모습, 이렇게 머릿속에서 서로 경쟁하는 세 가지 모습을 모두 다루고 있었기 때문에 그녀와 어떻게 관계를 맺어야 할지 전혀 알 수 없는 미지의 바다에 있다고 느꼈다. 그중 두 가지는 모두 알고 있었지만 세 번째에 대해서는 알지 못했다. 그 아이는 알고 있었다. 자신이 머릿속에서 만들어낸 어른도 알고 있었다. 하지만 현재는 정확히 알지 못했기에, 갑자기 어떤 거라도 그녀에게 어리석은 실수가 생기는 것을 피하고 싶어졌다.

"당신 혼자 가야 해요." 그녀가 말했다. "괜찮겠어요?"

"물론. 그건 문제되지 않아. 넌 네 스스로를 챙겨야 해."

그녀는 고개를 끄덕였다. 그녀는 소매 안으로 손을 집어넣고 자신을 껴안았다. 그는 그녀가 왜 그렇게 하는지 몰랐다.

"난 괜찮을 거예요." 그녀가 말했다.

"사무실이 어디야?"

"일스트리트의 로어 브로드웨이 근처."

"거기가 집이지? 로어 브로드웨이?"

그녀는 고개를 끄덕였다. "열세 블록이에요. 주로 걸어다니죠."

"내일은 안 돼." 그가 말했다. "내가 태워다 줄게."

그녀는 놀란 표정이었다. "태워다 준다고요?"

"그래, 태워다 준다고." 그가 말했다. "걸어서 열세 블록? 꿈도 꾸지마, 조디. 집에서야 충분히 안전하다고 쳐도 길거리에서 잡힐 수도 있어. 사무실은 어때? 안전해?"

그녀는 다시 고개를 끄덕였다. "예약과 신분증 없이는 아무도 못 들어와요."

"좋아. 내가 밤새 네 아파트에 있다가 아침에 사무실 문 앞까지 태워다 줄게. 그리고 다시 여기로 돌아와서 하비 씨 부부를 만날게. 내가 다시 데리러 갈 때까지 넌 사무실에 그대로 있어. 오케이?"

그녀는 침묵했다. 그는 자신이 했던 말을 되짚어 보며 검토했다.

"그러니까 내 말은, 남는 방이 있겠지?"

"그럼요. 남는 방 있어요."

"그래서, 그래도 괜찮아?"

그녀는 조용히 고개를 끄덕였다.

"그럼 지금부터 뭘 해야 되지?" 그가 물었다. 그녀는 좌석에서 옆으로 몸을 돌렸다. 중앙 통풍구에서 불어오는 바람이 그녀의 머리카락을 잡아 얼굴 위로 날렸다. 그녀는 머리카락을 귀 뒤로 넘기고 그를 위아래로 휙휙 훑어보았다. 그러고는 미소를 지었다.

"쇼핑하러 가야겠어요." 그녀가 말했다.

"쇼핑? 뭐 때문에? 뭐가 필요한데?"

"내가 필요한 게 아니라, 당신에게 필요한 거요."

그는 걱정스러운 표정으로 그녀를 바라보았다. "내가 뭐가 필요한데?"

"옷이요. 해변 부랑자와 보르네오의 야생인을 합쳐놓은 것 같은 몰골로 그 노인들을 방문할 수는 없잖아요?"

그런 다음 그녀는 옆으로 몸을 기울여 손끝으로 그의 셔츠의 총탄 자국을 만졌다.

"그리고 약국도 가야 하고요. 화상 부위에 바를 게 필요해요."

"도대체 무슨 짓을 한 거예요?" 재무이사가 소리를 질렀다.

그는 자신의 사무실보다 두 층 위인 체스터 스톤의 사무실 문간에서 양 손으로 문틀을 잡고 호흡 곤란과 분노로 헐떡이고 있었다. 그는 엘리베이 터를 기다리지 않았다. 비상계단을 뛰어 올라갔다. 스톤이 아무 생각 없이 그를 쳐다보았다.

"빌어먹을!" 그가 소리쳤다. "내가 그러지 말랬잖아요!"

"무슨 소리야?" 스톤이 되물었다.

"주식을 시장에 내놨잖아요!" 재무이사가 소리쳤다. "내가 그러지 말랬 는데도!"

"안 그랬어." 스톤이 말했다. "시장에는 주식이 없다고."

"망할, 분명 거기 있다고요!" 재무이사가 말했다. "그것도 아주 큰 덩어 리가 나와 있어요. 아무도 손도 안 대고 내팽개쳐져 있는 덩어리가. 사람 들이 방사능 물질이라도 보는 것처럼 기피하고 있다고요!"

"뭐?"

재무이사는 숨을 들이마셨다. 그는 고용주를 응시했다. 우스꽝스러운 영국제 정장을 입은 작고 얼굴이 일그러진 남자가 책상에 앉아 있는 것을 보았다. 이제 그 책상 하나의 가치만 해도 회사 전체 순자산의 100배에 달하게 되었다.

"하…… 내가 그러지 말랬잖아요. 그냥 『월스트리트 저널』 한 페이지를 사서 '여러분, 우리 회사의 가치는 이제 똥값도 안 됩니다'라고 광고하지 그래요?"

"대체 무슨 소릴 하는 거야?" 스톤이 물었다.

"은행에서 전화가 왔어요." 재무이사가 말했다. "시세판을 보고 있는데, 한 시간 전에 스톤 주식이 왕창 풀렸고, 망할 놈의 컴퓨터가 따라갈 수 없을 정도로 빠르게 주가가 빠지고 있다는 거예요. 팔리지도 않는다고. 당신이 어처구니없는 메시지를 보낸 거예요. 당신이 파산했다고 말한 거라고요. 빌어먹을 16센트도 안 되는 담보로 1,600만 달러를 빚지고 있다고 말한 거라고요."

"난 주식을 시장에 내놓지 않았어." 스톤이 다시 말했다.

재무이사는 냉소적으로 고개를 끄덕였다.

"그럼 도대체 누가 그랬을까나? 뿔 달린 도깨비?"

"하비." 스톤이 말했다. "틀림없어. 맙소사, 왜지?"

"하비?" 재무이사가 반복했다.

스톤은 고개를 끄덕였다.

"하비라고요?" 재무이사는 믿을 수 없다는 표정으로 다시 말했다. "제기랄, 주식을 줬단 말이에요?"

"그래야만 했어." 스톤이 말했다. "방법이 없었다고."

"미치겠네." 재무이사가 다시 헐떡이며 말했다. "그놈이 지금 뭘 하고 있는지 알겠어요?"

스톤은 멍한 표정을 지었다가 겁에 질려 고개를 끄덕였다.

"우린 이제 어떻게 해야 되지?"

재무이사는 문틀에서 손을 떼고 등을 돌렸다.

"우리? 아뇨, 더 이상 '우리'는 없어요. 난 그만둘 거예요. 여기서 나간
다고. 당신이 직접 수습해요."

"당신이 그 자식을 추천했잖아!" 스톤이 소리쳤다.

"주식을 주라고 하진 않았잖아요! 멍청하긴!" 재무이사가 다시 소리쳤
다. "당신 바보예요? 내가 피라냐 물고기를 보러 수족관에 가라고 추천하
면, 수조에 손가락을 집어넣을 건가요?"

"……도와줘." 스톤이 말했다.

재무이사는 고개를 절레절레 흔들었다. "당신 혼자 알아서 해요. 난 나
갈 거니까. 지금 당장 내가 추천할 게 있다면 내 사무실이었던 곳으로 내
려가서 일을 시작하는 거예요. 내 책상이었던 자리의 모든 전화가 울리고
있을 테니까. 내 추천은 어떤 거든 제일 시끄러운 놈부터 받으라는 거고."

"잠깐만!" 스톤이 소리쳤다. "당신 도움이 필요하다고!"

"하비를 상대로?" 재무이사가 소리쳤다. "꿈 깨시죠!"

그러더니 그는 가 버렸다. 바로 돌아서서 비서실을 통해 걸어 나가더니
사라져 버렸다. 스톤은 책상에서 일어나 나와 출입구에 서서 그가 가는 모
습을 지켜보았다. 집무실은 조용했다. 그의 비서는 떠났다. 그녀의 퇴근 시
간보다 더 일찍. 그는 복도로 걸어 나갔다. 오른쪽의 영업 부서는 사막이
었다. 왼쪽의 마케팅 부서도 비어 있었다. 복사기도 조용했다. 그는 엘리베
이터를 호출했고 그 작동음만 조용한 가운데 매우 크게 들렸다. 그는 혼자
타고 두 층을 내려갔다. 재무이사실은 비어 있었다. 서랍은 열려 있었다.

개인 물품은 모두 사라졌다. 그는 둘러보며 안쪽 사무실로 들어갔다. 이탈리아제 책상 조명이 빛나고 있었다. 컴퓨터는 꺼져 있었다. 수화기는 본체에서 떨어져 책상 위에 놓여 있었다. 그는 그중 하나를 집어 들었다.

"여보세요?" 그가 전화기에 대고 말했다. "체스터 스톤입니다."

아무 소리도 안 나는 전화기에 대고 그 말을 두 번 반복했다. 그러자 한 여자가 받아서 잠시만 기다려 달라고 했다. 딸깍거리는 소리와 윙윙거리는 소리가 들렸다. 대기 음악이 흘러나왔다.

"스톤 씨?" 새로운 목소리가 말했다. "파산 담당 부서입니다."

스톤은 눈을 감고 전화기를 꽉 잡았다.

"담당 이사님을 바꿔드릴 테니 잠시만 기다려주세요." 목소리가 말했다.

음악이 더 오랫동안 들려왔다. 격렬한 바로크 바이올린곡을 쉴 새 없이 긁어 댔다.

"스톤 씨?" 낮은 목소리였다. "담당 이사입니다."

"안녕하세요." 스톤이 말했다. 그가 할 수 있는 말은 그것뿐이었다.

"우리는 절차를 밟고 있습니다." 목소리가 말했다. "우리의 입장을 이해하시리라 믿습니다."

"네." 스톤이 말했다. 그는 어떤 절차를 생각 중이었을까? 소송? 감옥?

"우리는 위험에서 벗어나기 위해 내일부터 일을 시작할 겁니다." 목소리가 말했다.

"위험에서 벗어난다고요? 어떻게요?"

"당연히 부채를 팔아야죠."

"팔아요?" 스톤은 반복했다. "이해가 안 되네요."

"우리는 더 이상 그걸 원하지 않습니다." 목소리가 말했다. "당신도 이해할 겁니다. 우리가 감내할 수 있는 한계를 <u>스스로</u> 벗어나 버렸으니까요. 그래서 우리는 그걸 팔고 있습니다. 다들 그렇게 하는 거잖아요? 더 이상 원하지 않는 물건이 있으면, 팔죠. 받을 수 있는 최상의 가격으로."

"누구한테 팔려고요?" 스톤이 멍한 상태로 물었다.

"케이맨 신탁회사. 거기서 인수 제안을 했어요."

"그럼 이제 우리는 어디로 가는 거죠?"

"우리?" 당황한 목소리가 반복됐다. "우린 어디로도 가지 않아요. 우리에 대한 당신의 의무는 종료되었습니다. 더 이상 '우리'는 없어요. 우리 관계는 끝났습니다. 내 유일한 조언은 당신이 그것을 다시 원복시키려고 하지 말라는 것입니다. 그러면 우리는 상처에 소금을 뿌린 것으로 간주할 겁니다."

"그럼 이제 나는 누구에게 빚을 진 건가요?"

"케이맨 신탁회사입니다." 목소리가 참을성 있게 말했다. "뒤에 누가 있든 곧 그쪽의 상환요구서와 함께 연락이 갈 겁니다."

조디가 운전했다. 리처는 차에서 내려 후드 앞을 돌아서 조수석에 다시 탔다. 조디는 센터콘솔 위로 넘어 들어가 좌석을 앞으로 당겼다. 햇볕이 내리쬐는 크로톤 저수지를 지나 화이트 플레인스시를 향해 남쪽으로 내려갔다. 리처는 몸을 돌려서 뒤쪽을 살폈다. 따라오는 차는 없었다. 수상한 것도 없었다. 교외의 완벽한 6월의 나른한 오후였다. 셔츠 사이로 보이는 문집은 만져 보아야만 자신에게 무슨 일이 있었는지 겨우 생각이 났다.

그녀는 큰 쇼핑몰로 향했다. 실제 경기장 크기만 한 건물이 교통량이 많은 도로의 교차점에 우뚝 솟은 오피스 타워와 어깨를 나란히 하고 서 있었다. 그녀는 좌우로 차선을 바꿔가며 움직이다 경사로를 따라 지하 주차장으로 들어갔다. 지하는 어둡고 먼지와 기름때로 뒤덮인 콘크리트였지만, 저 멀리 매장으로 이어지는 황동과 유리로 된 출입구가 있었고, 출입구는 약속의 땅처럼 하얀 불빛으로 환하게 빛나고 있었다. 50미터 떨어진 곳에 빈 주차칸이 있었다. 조디는 차를 천천히 대고 주차 티켓 발행기로 갔다가 돌아와서 앞 유리를 통해 읽을 수 있도록 대시보드 위에 작은 티켓을 올려놓았다.

"자," 그녀가 말했다. "어디부터 갈까요?"

리처는 어깨를 으쓱했다. 그것은 그의 전문 분야가 아니었다. 지난 2년 동안 옷을 많이 사긴 했지만, 그것은 입던 옷을 세탁하는 대신 새 옷을 사는 습관을 들였기 때문이었다. 그것은 방어적인 습관이었다. 큰 가방을 들고 다니지 않아도 되도록 방어해 주었고, 정확한 세탁 기술을 배울 필요가 없게 방어해 주었다. 빨래방에 대해 알고는 있었지만, 빨래방에 혼자 있을 때 정확한 이용 방법을 잘 몰라 헤맬까 봐 조금은 걱정스러웠다. 세탁소에 옷을 맡긴다는 것은 어떤 미래의 시간에 같은 물리적 장소에 다시 오겠다는 약속을 내포하는 것이었는데, 그런 약속은 그가 꺼리는 것이었다. 가장 간단한 방법은 새것을 사고 헌것을 버리는 것이었다. 그래서 그는 옷을 사긴 샀지만 정확히 어디서 샀는지는 거의 기억하지 못했다. 일반적으로 그냥 매장 쇼윈도에서 옷을 보고 들어가서 구입한 뒤, 자신이 방문한 매장이 어떤 곳인지도 제대로 모르는 채 다시 나왔다.

"시카고에서 갔던 매장이 있었는데," 그가 말했다. "체인점이었던 것 같은데, 이름이 짧았어. 홀? 갭? 뭐 그런 거였는데. 사이즈가 딱 맞았어."

조디는 웃었다. 그녀는 자신의 팔을 그의 팔에 끼웠다.

"갭." 그녀가 말했다. "여기에도 있어요."

황동과 유리로 된 출입구는 곧바로 백화점으로 이어졌다. 공기는 차갑고 비누와 향수 냄새가 났다. 그들은 화장품 매장을 지나 매대 위에 파스텔 톤의 면 여름 옷이 쌓여 있는 구역으로 들어갔다. 그런 다음 쇼핑몰의 메인 통로로 나갔다. 경마장처럼 타원형이고 작은 상점들로 둘러싸여 있었으며, 그 위 두 층까지 전체 배치가 반복되어 있었다. 통로에는 카펫이 깔려 있었고 음악이 흘러나오고 사람들이 사방으로 몰려 다니고 있었다.

"갭은 위층에 있는 것 같아요." 조디가 말했다.

리처는 커피 냄새를 맡았다. 건너편 점포 중 하나는 이탈리아의 길거리 커피 바처럼 꾸며져 있었다. 내부 벽은 외벽처럼 칠해져 있었고, 천장은 하늘로 사라지는 것처럼 보이게 한 듯 검정 단색이었다. 카펫이 깔려 있는 것만 빼면 쇼핑몰 외부처럼 보이려고 노력한, 외부 공간처럼 보이는 내부 공간이었다.

"커피 마실래?" 그가 물었다.

조디는 미소를 지으며 고개를 저었다. "쇼핑부터 하고 마셔요."

그녀는 그를 에스컬레이터 쪽으로 이끌었다. 그는 미소 지었다. 그는 그녀가 어떤 기분인지 알았다. 그도 15년 전에 같은 감정을 느꼈다. 그의 마닐라 군 교도소 정기 방문에 동행했을 때, 그녀는 긴장하고 조심스러운 모습이었다. 그에게는 전혀 아무것도 아닌 익숙한 영역이고, 일상이었다. 하지만 그녀에게는 새롭고 생소했다. 그는 마음이 바쁘고 행복하고 어떤 면에서는 교육적이라고 느꼈다. 그녀와 함께 있고, 그녀에게 구경시켜주는 것이 즐거웠다. 지금 그녀도 같은 기분이었다. 이 쇼핑몰의 모든 것은 그녀에게 아무것도 아니었다. 그녀는 오래전에 미국으로 돌아와서 쇼핑몰에 대해 자세히 알고 있었다. 이제 그가 그녀 영역의 생소한 사람이었다.

"여긴 어때요?" 그녀가 물었다.

갭이 아니었다. 오래된 헛간에서 구한 풍화된 지붕 널과 목재로 독특하게 디자인된 단독 매장이었다. 두꺼운 면으로 만들어서 차분한 색상으로 염색된 옷들이 철테를 두른 바퀴가 달린 오래된 농장 수레 바닥에 예술적으로 진열되어 있었다.

그는 어깨를 으쓱했다. "괜찮아 보여."

그녀는 그의 손을 잡았다. 차갑고 얇은 그녀의 손바닥이 그의 손바닥으로 느껴졌다. 그녀는 그를 안으로 데리고 들어가서 머리를 귀 뒤로 넘기고 허리를 굽혀 진열대를 살펴보기 시작했다. 그가 다른 여자들이 하는 것을 보았던 대로 그녀도 했다. 그녀는 손목을 가볍게 움직여서 다양한 아이템을 조합했다. 접혀 있는 바지 한 벌을 셔츠의 아래쪽 절반 위에 겹쳐 놓았다. 셔츠는 위쪽에 바지는 아래쪽에 보이도록 하고 재킷은 옆으로 눕혀 놓았다. 반쯤 감은 눈, 앙다문 입술. 그녀는 고개를 흔들었다. 다른 셔츠. 이번엔 고개를 끄덕였다. 진짜 쇼핑이었다.

"어때요?" 그녀가 물었다.

그녀는 카키색이지만 대부분의 치노 팬츠보다 조금 더 짙은 색 바지를 골랐다. 녹색과 갈색의 잔잔한 체크무늬 셔츠도 그리고 나머지 옷들과 꽤 잘 어울리는 듯한 짙은 갈색의 얇은 재킷. 그는 고개를 끄덕였다.

"괜찮아 보여." 그가 다시 말했다.

가격은 옷에 끈으로 묶어둔 작은 쪽지에 손글씨로 적혀 있었다. 그는 손가락으로 한 장을 획 넘겨보았다.

"맙소사." 그가 말했다. "이걸 어떻게 사?"

"그만한 가치가 있어요." 그녀가 말했다. "품질이 좋거든요."

"난 그만한 여유가 없어, 조디."

셔츠 하나만 해도 그가 지금까지 산 옷 전체에 지불한 돈의 두 배였다. 그 옷을 입으려면 하루 종일 수영장을 파서 번 돈과 맞먹는 돈이 들었다. 열 시간, 4톤의 모래와 돌 그리고 흙.

"내가 사 줄게요."

그는 손에 셔츠를 들고 머뭇거리며 서 있었다.

"그 목걸이 기억나요?" 그녀가 물었다.

그는 고개를 끄덕였다. 기억하고 있었다. 그녀는 마닐라 보석상에서 특정한 목걸이에 꽂혔었다. 약간 이집트풍의, 밧줄처럼 생긴 단순한 디자인의 금목걸이였다. 아주 비싸지는 않았지만 그녀의 능력 밖이었다. 레온은 그녀에게 자기절제를 강조했기 때문에 그런 목걸이를 선뜻 사 줄 리 없었다. 그래서 리처가 그걸 사 주었다. 생일 선물이나 그런 게 아니고 그냥 그가 그녀를 좋아했고 그녀가 그것을 좋아했기 때문이었다.

"진짜 행복했었어요." 그녀가 말했다. "가슴이 터질 것 같았죠. 아직도 가지고 있고, 지금도 하고 있어요. 그러니 이번엔 내가 갚을게요. 괜찮죠?"

그는 생각해 봤다. 고개를 끄덕였다.

"그래." 그가 말했다.

그녀는 여유가 있었다. 그녀는 변호사였다. 아마 돈을 많이 벌었을 것이다. 15년간의 물가 상승, 가격 대비 소득을 고려하면 그것은 공정한 거래였나.

"그래." 그가 다시 말했다. "고마워, 조디."

"양말이랑 속옷도 필요하죠?"

카키색 양말 한 켤레와 흰색 사각팬티 한 장을 골랐다. 그녀는 계산대로 가서 골드카드를 냈다. 그는 피팅룸으로 가서 가격표를 모두 떼어내고 갈아 입었다. 바지 주머니에서 현금을 빼 옮겨 넣고 헌 옷들은 쓰레기통에 버렸다. 새 옷은 뻣뻣한 느낌이 들었지만, 검게 탄 것에 비하면 거울에 비친 모습은 꽤 괜찮아 보였다. 그는 다시 나왔다.

"좋아요." 조디가 말했다. "다음은 약국."

"그다음은 커피." 그가 말했다.

그는 면도기와 쉐이빙 폼, 칫솔과 치약을 샀다. 그리고 작은 화상용 연고도 샀다. 그는 모든 것을 손수 지불하고 갈색 종이 봉투에 담아 들었다. 약국 근처에 푸드코트가 있었다. 맛있는 냄새가 풍겨 오는 갈비집이 보였다.

"이제 저녁을 먹자고." 그가 말했다. "커피만이 아니라. 내가 살게."

"그래요." 그녀가 말하며 다시 팔짱을 꼈다.

둘이서 저녁을 먹는데 새 셔츠 한 벌 값이 나왔지만, 그는 그다지 과하다고 생각하지 않았다. 디저트와 커피를 마시고 나니 작은 가게 몇 군데는 하루를 마감하고 있었다.

"이젠, 집으로." 그가 말했다. "그리고 지금부터는 정말 조심스럽게 움직여야 돼."

그들은 먼저 파스텔 여름 면 옷, 다음으로는 강렬한 화장품 냄새를 밑으며 진열대를 반대로 걸어서 백화점을 빠져나왔다. 그는 황동과 유리로 된 문 안쪽에 그녀를 멈추게 한 뒤 덥고 습한 주차장을 앞서 둘러보았다. 100만 분의 1의 가능성이지만 고려해볼 만한 가치가 있었다. 불룩한 쇼핑백들을 차 뒤에 서둘러 싣는 사람들 말고는 아무도 없었다. 그들은 함께 브라바다로 걸어갔고 그녀가 운전석에 올라탔다. 그는 그녀 옆에 탔다.

"평소에는 어떤 길로 가?"

"여기서부터라면 FDR 드라이브?"

"오케이. 그럼 라과디아로 가. 그다음 브루클린을 통해 내려갈 거야. 브루클린 브리지를 건너서."

그녀는 그를 바라보았다. "진짜로요? 관광을 하고 싶다면 브롱크스와 브루클린보다 더 좋은 곳이 많아요."

"첫 번째 규칙. 예측 가능성은 위험하다. 평소의 경로가 있다면 오늘은 다른 경로를 택한다."

"진짜예요?"

"당연하지. 내가 예전에 VIP 경호일을 했었거든."

"나 이제 VIP예요?"

"당연하지." 그가 다시 한번 말했다.

한 시간 뒤 날이 어두워져 브루클린 브리지를 이용하기에 가장 좋은 상황이 되었다. 램프를 따라 빠르게 돌아 교각 사이의 고개를 넘어가자 갑자기 온 사방에 수십억 개의 불빛이 빛나는 로어 맨해튼이 나타났다. 리처는 관광객이 된 듯한 기분이 들었다. 그간 대부분의 경쟁 장소를 가 봤지만 여기가 세계 최고의 광경 중 하나라고 생각했다.

"북쪽으로 몇 블록 가." 그가 말했다. "우리는 멀리 돌아서 갈 거야. 그 놈들은 우리가 곧장 집으로 갈 거라고 예상하고 있을 테니까."

그녀는 오른쪽으로 크게 꺾어 라파예트 스트리트에서 북쪽으로 향했다. 그리고 다시 왼쪽으로 급하게 꺾고 또 한 번 꺾은 뒤 다시 브로드웨이를 따라 남쪽으로 이동했다. 레너드 스트리트의 신호등은 빨간불이었다. 리처는 네온 불빛 속에서 전방을 살폈다.

"세 블록 남았어요." 조디가 말했다.

"주차는 어디다 해?"

"건물 아래 차고에다가."

"좋아. 한 블록 전에 세워." 그가 말했다. "내가 확인해 볼게. 한 바퀴 돌아와서 다시 나를 태워. 내가 인도에 없으면 바로 경찰서로 가."

그녀는 토마스 스트리트에서 우회전했다. 차를 멈추고 그를 내려줬다. 그가 차 지붕을 가볍게 두드리자 그녀는 다시 출발했다. 그는 모퉁이를 돌아서 그녀의 아파트 건물을 찾았다. 커다란 정사각형으로, 로비는 무거운 유리문과 커다란 자물쇠로 리노베이션했고, 작은 플라스틱 덮개 뒤에 이름이 적힌 열다섯 개의 버저가 수직으로 늘어서 있었다. 12호 아파트에는 '제이콥/가버'라고 적혀 있어서, 마치 두 사람이 살고 있는 것처럼 보였다. 거리에는 사람들이 있었는데, 몇몇은 무리를 지어 서성이고 몇몇은 걷고 있었지만 주의를 기울여야 할 사람은 없었다. 주차장 입구는 인도를 따라 좀 떨어져 있었다. 어둠 속으로 내려가는 급경사였다. 그는 걸어 내려갔다. 조용하고 조명이 어두웠다. 주차칸은 여덟 칸씩 두 줄, 도로로 올라가는 경사로가 열여섯 번째 주차칸을 잡아먹어서, 총 열다섯 칸이 있었다. 차는 열한 대가 주차되어 있었다. 그는 주차장 전체를 확인했다. 아무도 숨어 있지 않았다. 그는 다시 경사로로 올라가서 토마스 스트리트로 달렸다. 차들을 피하고 길을 건너서 기다렸다. 그녀는 불빛을 뚫고 남쪽으로 그를 향해 오고 있었다. 그녀는 그를 보고 차를 세웠고 그는 다시 그녀 옆에 앉았다.

"전체 이상 무." 그가 말했다.

그녀는 다시 교통 흐름 속으로 들어갔다가 오른쪽으로 차를 꺾어 경사로를 내려갔다. 헤드라이트가 좌우상하로 흔들렸다. 그녀는 중앙 통로에 멈췄다가 자기 칸으로 후진했다. 시동과 조명을 껐다.

"위층으로는 어떻게 올라가?" 그가 물었다.

그녀가 가리켰다. "저 문을 통해 로비로요."

철제 계단을 올라가면 문 위에 철판을 리벳으로 고정한 커다란 업무용 문이 있었다. 문에는 거리로 통하는 유리문과 마찬가지로 커다란 자물쇠가 달려 있었다. 그들은 차에서 내린 뒤 문을 잠갔다. 그는 그녀의 옷가방을 들었다. 그들은 계단으로 가서 문으로 올라갔다. 그녀가 자물쇠를 조작했고 그는 문을 열었다. 로비는 텅 비어 있었다. 맞은편에 엘리베이터 한 대가 있었다.

"4층이에요." 그녀가 말했다.

그는 5층을 눌렀다.

"위에서 계단으로 내려 가자고." 그가 말했다. "만약을 대비해서."

그들은 비상계단을 이용해서 다시 4층으로 내려왔다. 그는 그녀에게 층계참에서 기다리게 한 뒤 밖을 살펴보았다. 텅 빈 복도는 층고가 높고 좁았다. 왼쪽은 10호, 오른쪽은 11호, 직진하면 12호 아파트였다.

"가자고." 그가 말했다.

그녀 집의 문은 검고 두꺼웠다. 눈높이에 스파이홀_{문에 있는 방문자 확인용 작은 렌즈}이 있고 자물쇠는 두 개였다. 그녀가 열쇠로 열고 안으로 들어갔다. 그녀는 다시 자물쇠를 잠그고 문 전체를 가로지르는 경첩이 달린 차단봉을 꺼냈다. 리처는 그 차단봉을 받침대에 끼웠다. 막대는 철제였고, 그것이 있는 한 아무도 들어올 수 없었다. 그는 그녀의 옷가방을 벽에 붙여 놓았다. 그녀가 스위치를 누르자 불이 켜졌다. 그녀는 리처가 앞서 걸어가는 동안 문옆에서 기다렸다. 복도, 거실, 주방, 침실, 욕실, 침실, 욕실, 옷장. 방은 크고 층고는 높았다. 아무도 없었다. 그는 거실로 돌아와 새 재킷을 벗어 의자위에 던져 놓고 그녀 쪽을 돌아보며 긴장을 풀었다.

하지만 그녀는 긴장을 풀지 않았다. 그녀가 하루 종일 그랬던 것보다 더 긴장해 있는 것이 그의 눈에 보였다. 그녀는 소맷단이 손까지 내려오는 스웨트 셔츠를 입고 거실 복도에 서서 안절부절못하고 있었다. 그는 그녀에게 무슨 문제가 있는지 알 수 없었다.

"괜찮아?" 그가 물었다.

그녀는 고개를 이리저리 움직여 머리카락을 어깨 뒤로 넘겼다.

"샤워를 해야겠어요. 그런 다음, 이불 속으로 들어가야죠."

"정말 힘든 하루였지?"

"너무나도요."

그녀는 거리를 유지하면서 그의 주위를 옆걸음으로 돌아서 거실을 빠져나갔다. 그녀는 스웨트 셔츠 소매 끝에서 손가락만 살짝 내보이며 수줍은 손인사를 했다.

"내일 몇 시에 나가면 되지?" 그가 물었다.

"7시 반이면 될 거예요."

"알았어. 잘 자, 조디."

그녀는 고개를 끄덕이고는 안쪽 복도로 사라졌다. 그는 그녀의 침실 문이 열렸다 닫히는 소리를 들었다. 그는 놀라서 한참 동안 그녀를 눈으로 좇았다. 그런 다음 소파에 앉아 신발을 벗었다. 너무 신경이 곤두서 있어서 바로 잠을 잘 수 없었다. 그는 새 양말을 신고 살금살금 아파트를 둘러보았다.

사실 진짜 로프트 'loft'에는 '다락방'이라는 뜻도 있음는 아니었다. 그저 천장이 매우 높은 오래된 건물이었을 뿐이었다. 외벽은 원형 그대로였다. 아마도 공장으로 쓰였던 것 같았다. 외벽은 모래분사 가공 벽돌로, 내벽은 매끄럽고 깨끗한 석고로 되어 있었다. 창문은 거대했다. 아마도 100년 전에 재봉기계 작업이나 그 비슷한 것의 조명을 위하여 설치되었을 것이다.

벽의 벽돌 부분은 원래의 따뜻한 벽돌색이었지만 나머지 부분은 모두 흰색이었다. 바닥은 옅은 단풍나무 재질이었다. 인테리어는 갤러리처럼 시원하고 튀지 않았다. 한 명 이상이 살았다는 흔적은 전혀 보이지 않았다. 두 사람의 취향이 경쟁한 흔적이 없었다. 전체가 매우 통일되어 있었다. 흰색 소파, 흰색 의자, 단순한 정육면체 칸으로 만들어진 책장도 벽에 사용된 것과 같은 흰색 페인트로 칠해져 있었다. 커다란 증기 파이프와 낡은 라디에이터도 모두 흰색으로 칠해져 있었다. 거실의 유일한 유채색은 가장 큰 소파 위 벽에 걸린 실물 크기의 몬드리안 복제품이었다. 캔버스에 유화 수작업으로 그려진 이 작품은 정확한 색채가 재현된 정통 복제품이었다. 현란한 빨강, 파랑, 노랑이 아니라 제대로 가라앉은 톤이었다. 흰색에는 진품의 작은 균열과 잡티까지 있어 회색에 더 가까워 보였다. 그는 너무 놀란 채 한참 동안 서서 그림을 바라보았다. 피에트 몬드리안은 그가 가장 좋아하는 인생화가였고, 바로 이 그림이 그가 가장 좋아하는 인생그림이었다. 제목은 〈빨강, 파랑, 노랑의 구성〉. 몬드리안은 1930년에 원작을 그렸고, 리치는 스위스 취리히에서 그 그림을 본 적이 있었다.

가장 작은 소파 맞은편에는 다른 것과 같이 흰색으로 칠해진 키 큰 장식장이 있었다. 그 안에는 작은 TV, 비디오, 셋톱 박스, 커다란 헤드폰이 잭에 꽂혀 있는 CD 플레이어가 있었다. 그가 미치도록까지는 아니지만 꽤 좋아하는 50년대 재즈 음악이 대부분인 작은 CD 더미가 있었다.

창문 너머로는 로어 브로드웨이가 보였다. 끊임없이 웅웅거리는 자동차 소음과 도로 위아래로 퍼지는 네온 불빛, 그리고 가끔씩 블록 사이의 틈으로 사이렌 소리가 시끄럽게 울려 퍼졌다. 투명한 플라스틱 막대를 돌려 블라인드를 올리고 인도를 내려다보았다. 여전히 많은 사람들이 무리를 지어 서성거리고 있었다. 그가 신경 쓸 만한 것은 없었다. 그는 블라인드를 다시 꽉 닫았다.

주방은 거대했고 높았다. 모든 수납장은 나무로 되어 있고 흰색으로 칠해져 있었으며, 피자 오븐과 같은 주방기기들은 스테인리스 스틸로 된 업소용 크기였다. 그는 거기에 있는 냉장고보다 더 작은 공간에 산 적도 있었다. 냉장고 문을 여니 리처가 키 웨스트에서 좋아하게 된 상표의 생수 열두 개들이 한 묶음이 보였다. 그중 한 병의 마개를 따서 게스트 룸 침실로 가져갔다.

거기도 다른 모든 곳과 마찬가지로 흰색이었다. 가구는 목재였는데, 처음에는 다른 마감이었지만 지금은 벽과 마찬가지로 흰색이었다. 그는 침대 협탁에 물을 놓고 화장실로 들어갔다. 흰색 타일, 흰색 세면대, 흰색 욕조, 모두 오래된 에나멜 도자과 타일. 그는 다시 돌아와 새 옷을 벗어서 옷장 선반에 개어 놓았다. 이불을 걷고 침대에 들어가 생각에 잠겼다.

착각과 실제. 9년의 세월은 대체 뭘까? 그녀가 열다섯 살, 그가 스물네 살이었을 때는 나이 차이가 크다고 생각했지만 지금은 어떤가? 그는 서른 아홉, 그녀는 서른 살이다. 무슨 문제라도 있나? **왜 아무것도 하지 않지?** 아마 나이 때문은 아닐 것이다. 레온 때문인지도 모른다. 그녀는 그의 딸이었고, 앞으로도 언제나 그렇다. 그 사실은 리처에게 그녀가 여동생과 조카 사이 어딘가의 존재나 다름없으니 그 이상의 마음을 품어서는 안 된다는 생각을 하게 만들었다. 그 명백함은 그로 하여금 금욕적인 감정을 갖게 했지만, 그것은 단지 그의 착각일 뿐이었다. 그렇지 않은가? 그녀는 그저 오랜 친구의 가족이었을 뿐이다. 지금은 죽고 없는 옛 친구. 그런데 왜 그녀를 바라보며 그녀의 스웨트 셔츠를 벗기고 허리를 감싼 벨트를 푸는 것을 상상하는 자신이 불쾌하게 느껴진 걸까? **왜 아무것도 하지 않지?** 왜 벽 건너편에 있는 침대에 그녀와 함께 있지 않고 게스트 룸에 있는 거지? 과거의 무수히 많은 잊힌 밤들 내내, 어떤 땐 부끄럽고 어떤 땐 그리워하며 마음 아팠던 때처럼.

왜냐하면 그녀 또한 리처와 비슷한 착각에 빠져 있을 테니까. 여동생이나 조카는 자기보다 나이 많은 남자를 오빠나 삼촌이라고 부른다. 리처는 좋아하는 삼촌으로서 그녀가 자신을 좋아한다고 생각했다. 거기에는 많은 애정이 있었다. 그러나 그것은 상황을 악화시켰을 뿐이다. 좋아하는 삼촌에 대한 애정이란 특정한 유형의 애정이었다. 좋아하는 삼촌은 쇼핑이나 응석 받아주기 등 가족 내의 일들 같은 특정 유형의 일을 위해 존재했다. 좋아하는 삼촌은 들이대는 존재가 아니었다. 그가 갑자기 그런다는 것은 충격적인 배신일 수도 있었다. 끔찍하고, 달갑잖으며, 근친상간적인, 정신적 손상을 불러올지도 모르는.

그녀는 벽 반대편에 있었다. 하지만 그가 할 수 있는 일은 아무것도 없었다. 아무것도. 그런 일은 절대 일어나지 않을 것이었다. 그게 자신을 미치게 할 거라는 사실을 알았기 때문에 그는 그녀에 대한 생각을 억지로 털어

내고 다른 것들을 생각하기 시작했다. 착각이 아닌 확실한 실제의 문제들. 그 두 놈이 누군지는 모른다. 하지만 놈들은 지금쯤 그녀의 주소를 알고 있을 것이다. 누군가가 어디에 사는지 알아내는 방법은 수십 가지다. 놈들은 바로 지금 건물 밖에 있을 수도 있다. 그는 머릿속으로 아파트 건물을 되짚어 보았다. 로비 문, 잠김. 주차장 문, 잠김. 아파트 현관문, 잠금 후 차단봉. 창문, 모두 닫힘, 블라인드, 모두 내려짐. 그러면 오늘 밤은 안전했다. 그러나 내일 아침은 위험할 수도 있다. 어쩌면 아주 위험할지도 모른다. 그는 잠이 들면서 두 놈을 머릿속에 뚜렷하게 그려 보는 데 집중했다. 그들의 차량, 복장, 체격, 얼굴을.

하지만 바로 그 순간, 두 놈 중 한 명의 얼굴만이 남았다. 그들은 남쪽 뉴욕항의 검은 물을 출발해서 리처가 누워 있는 곳에서 15킬로미터 떨어진 위치까지 함께 항해했다. 그들은 함께 보디백의 지퍼를 열고 차가워진 비서의 시체를 기름이 둥둥 떠 있는 대서양의 파도 속으로 가라앉혔다. 썰렁한 농담을 던지며 한 놈이 몸을 돌리는데 다른 놈이 소음기 달린 베레타로 그자의 얼굴을 바로 쐈 버렸다. 그리고 한 발, 또 한 발. 각각 다른 부위에 세 발의 총탄을 맞고 그의 몸이 천천히 쓰러졌다. 짙은 어둠 속이어서 얼굴에 치명상이 집중되었다. 오른팔을 마호가니 레일에 올려놓고 훔친 식당용 도끼로 손을 잘랐다. 도끼질 다섯 번. 지저분하고 잔인한 작업이었다. 손은 비닐봉지에 들어갔고 시체는 소리 없이 물속으로 미끄러져 들어갔다. 비서가 이미 가라앉은 데에서 채 20미터도 떨어지지 않은 위치였다.

7

조디는 그날 아침 평소와 달리 일찍 일어났다. 보통은 알람이 울릴 때까지 푹 자다가 꾸물거리며 침대에서 일어나 아직 덜 깬 걸음으로 화장실로 갔었다. 하지만 그날 아침, 그녀는 평소보다 한 시간 일찍 깨어났는데도 정신이 번쩍 들었다. 숨이 약간 가빴고, 심장이 조금 빨리 뛰고 있었다.

그녀의 침실은 다른 방과 마찬가지로 흰색이었고, 흰색 나무 프레임의 킹 사이즈 침대는 창문 반대편 벽 쪽으로 머리를 대고 놓여 있었다. 그녀의 방 바로 옆의 게스트 룸은 좌우만 바뀐 채 대칭으로 정확히 같은 방식으로 배치되어 있었다. 그것은 그의 머리가 그녀의 머리로부터 약 30센티 정도 떨어져 있다는 뜻이었다. 단지 벽 하나를 사이에 두고.

그녀는 벽이 무엇으로 만들어졌는지 알고 있었다. 그녀는 완공되기 전에 아파트를 구입했었다. 몇 달 동안 드나들며 개조 과정을 지켜보았다. 두 침실 사이의 벽은 100년이나 된 것이었다. 바닥을 가로질러 커다란 목재를 놓고 그 위에다 천장까지 벽돌을 쌓았다. 건축업자는 벽돌이 약한 부분을 유럽에서 하듯 석회를 발라서 보강하고 마감했다. 건축가는 이것이 올바른 방법이라고 생각했다. 외피에 견고함을 더하고 더 나은 내화성과 방음 효과를 제공했다. 그러나 그것은 또한 그녀와 리처 사이에 30센티 두께의 석회-벽돌-석회 샌드위치를 제공한 셈이었다.

그녀는 그를 사랑했다. 그녀는 그것을 의심하지 않았다. 전혀 의심하지 않았다. 그녀는 처음부터 항상 그랬다. 하지만 괜찮은 걸까? 내 마음대로 그를 사랑해도 괜찮은 걸까? 그녀는 전에 그 질문으로 고민한 적이 있었다. 오래전에 밤잠을 설치며 고민한 적이 있었다. 그녀는 자신의 감정에 대해 부끄러움으로 불타고 있었다. 아홉 살이라는 나이 차이는 부도덕했다. 부끄러운 일이었다. 그녀는 그것을 알고 있었다. 열다섯 살짜리가 아버지의 동료 장교에 대해 그런 감정을 가져서는 안 되었다. 육군 관례상 근친상간이나 다름없었다. 삼촌에게 그런 감정을 느끼는 것과 같았다. 그녀의 아버지에 대해 그런 감정을 느끼는 것과 거의 같았다. 하지만 그녀는 그를 사랑했다. 의심의 여지가 없었다

그녀는 기회가 있을 때마다 그와 함께했다. 틈만 나면 그와 이야기를 나누고, 만질 수 있을 때마다 그를 만졌다. 그녀는 마닐라에서 팔로 그의 허리를 감싸고 셀프타이머로 찍은 사진을 가지고 있었다. 그녀는 그 사진을 책갈피 속에 15년 동안 꼭꼭 간직하고 있었다. 셀 수도 없이 들여다보았다. 오랫동안 그녀는 카메라를 향해 서서 그를 만지고 꽉 껴안은 느낌을 계속 느끼며 살아왔다. 그녀는 아직도 그의 넓고 단단한 몸, 그의 냄새를 정확히 기억하고 있었다.

그 감정은 결코 사라지지 않았다. 그녀는 사라지길 바랐다. 그저 사춘기 때의 일, 10대의 짝사랑이길 바랐다, 하지만 그렇지 않았다. 그녀는 그 감정이 오래 지속될 것을 알았다. 그는 사라졌고, 그녀는 성장하고 앞으로 나아갔지만, 그 감정은 항상 거기에 있었다. 그 감정은 결코 사라지지 않은 채 결국 그녀의 삶의 주된 흐름과 나란히 움직였다. 항상 그 자리에 있었고, 항상 실재했으며, 항상 강렬했지만, 더 이상 그녀의 일상적인 현실과

꼭 연결되지는 않았다. 그녀가 아는 사람들, 변호사나 은행원이지만 진심은 댄서나 야구선수가 되고 싶었던 친구들처럼. 비록 현실과 연결되지 않은 과거의 꿈이지만, 그 꿈은 한 사람의 정체성을 절대적으로 규정하는 것이기도 하다. 무용수가 되고 싶었던 변호사. 야구선수가 되고 싶었던 은행원. 항상 잭 리처와 함께하길 원했던 서른 살의 이혼녀.

어제는 그녀의 인생 최악의 날이었어야 했다. 그녀는 지구상에 마지막 남은 친족인 아버지를 묻었다. 총을 든 남자들에게 공격을 당했다. 그녀의 지인들은 그보다 훨씬 가벼운 이유만으로도 심리 치료를 받고 있었다. 그녀는 슬픔과 충격으로 쓰러져 있어야 마땅했다. 하지만 그러지 않았다. 어제는 그녀 인생 최고의 날이었다. 마당 위, 차고 뒤 계단으로 그가 계시처럼 나타났다. 정오의 태양이 그의 머리 위로 쏟아지고, 그는 빛났다. 심장이 쿵쾅거리고, 옛 감정이 마치 혈관을 휘감는 마약처럼, 울부짖는 천둥처럼, 그 어느 때보다 격렬하고 강력하게 다시 삶의 한가운데로 쇄도했다.

그러나 그 모든 것은 시간 낭비였다. 그녀는 알고 있었다. 그녀는 그것을 직시해야만 했다. 그는 그녀를 조카나 여동생처럼 바라봤다. 아홉 살의 나이 차가 여전히 뭔가 의미가 있는 것처럼. 하지만 더 이상은 아니었다. 열다섯 살과 스물네 살의 커플은 분명 문제가 될 수 있었다. 그러나 서른 살과 서른아홉 살은 아무런 문제가 없었다. 그보다 나이 차가 많은 커플은 수천 쌍이 있었다. 수백만이 있었다. 일흔 살 남자가 스무 살짜리 아내를 맞이하는 경우도 있었다. 그러나 그에게는 아직 의미가 있는 것 같았다. 어쩌면 레온의 딸로 보는 게 너무 익숙해서였을 수도 있다. 마치 조카처럼. 지속상관의 딸이니까 사회의 규범이나 육군의 관례가 그녀를 다른 시각으로 볼 수 있는 가능성을 가려 버린 것이다. 그녀는 항상 그것에 대해 심하게 분통이 나 있었다. 지금도 마찬가지였다. 레온의 그에 대한 애정, 그는 내 사람이라는 주장이 그녀에게서 그를 뺏아갔다. 처음부터 불가능하게 만들었다.

그들은 그날 하루도 삼촌과 조카처럼, 남매처럼 보냈다. 그러고 나서 그는 마치 그녀가 자신의 직업적 책무인 것처럼 경호원으로 정말로 진지하게 변신했다. 그들은 재미있는 시간을 보냈고, 그가 그녀의 신체적 안전을 지켜 주었지만 그 이상은 없었다. 그리고 그녀가 할 수 있는 일도 아무것도 없었다. 아무것도. 그녀는 남자들과 데이트를 해 왔다. 또래의 여자들은 다 그랬다. 허용된 것이었다. 받아들여지는 것이고 심지어 정상적인 것이었다. 하지만 그녀가 그에게 뭐라고 말할 수 있을까? 여동생이 오빠에게, 조카가 삼촌에게, 분노와 충격과 혐오를 불러일으키지 않으면서 거기에 대해 말할 수 있을까? 그래서 그런 일은 일어나지 않았고, 그녀가 할 수 있는 일은 결코 아무것도 없었다.

그녀는 침대에서 몸을 쭉 뻗고 두 손을 머리 위로 올렸다. 손바닥을 가로막은 벽에 부드럽게 대었다. 어쨌든 그는 그녀의 아파트에 있었고, 최소한 그녀는 꿈은 꿀 수 있었다.

그자는 혼자 배를 몰고 부두로 돌아가서 배를 정리하고 도시를 가로질러 침대로 돌아가느라 세 시간도 채 자지 못했다. 그는 6시에 일어나 샤워만 간단히 하고 아침도 거른 채 6시 20분쯤 다시 거리로 나섰다. 손을 담은 비닐봉지는 어제 자 신문으로 싸서 예전에 집에서 저녁을 만들어 먹으려고 장 볼 때 받았던 자바스 식료품점 쇼핑백에 넣었다.

그는 검은색 타호를 타고 이른 아침의 배달원들을 지나쳐 빠르게 이동했다. 지하에 주차하고 88층으로 올라갔다. 접수원 토니는 이미 카운터에 나와 있었다. 하지만 조용한 걸 보고 아무도 없다는 것을 알았다. 그는 자바스 쇼핑백을 트로피처럼 들어 올렸다.

"하비 사장님께 드릴 겁니다." 그가 말했다.

"사장님은 오늘 여기 안 계셔." 토니가 말했다.

"그렇군요." 그가 아쉬워하며 말했다.

"냉장고에 쨍박아 둬." 토니가 말했다.

리셉션 로비에 작은 탕비실이 있었다. 대부분의 탕비실이 그렇듯 비좁고 지저분했다. 카운터 위에는 동그랗게 커피잔 자국이 있었고 머그잔 안쪽에는 얼룩이 져 있었다. 카운터 밑에 작은 냉장고가 놓여 있었다. 그는 우유와 맥주팩을 밀어제치고 남은 공간에 쇼핑백을 구겨 넣었다.

"오늘의 타겟은 제이콥 부인이야." 토니가 탕비실 문간에 서서 말했다. "그 여자가 어디 사는지 알아. 시청 북쪽 로어 브로드웨이. 여기서 여덟 블록이야. 이웃들 말로는 항상 7시 20분에 걸어서 출근한다더군."

"정확히 어디죠?" 남자가 물었다.

"월스트리트와 브로드웨이 근처." 토니가 말했다. "내가 운전할 테니 넌 그 여잘 잡아."

체스터 스톤은 평소와 다름없이 집으로 돌아왔다. 마릴린에게는 아무 말도 하지 않았다. 아무 말도 할 수 없었다. 붕괴되는 속도에 그는 완전히 당황했다. 그의 모든 세상이 단 24시간 만에 완전히 뒤집혔다. 도저히 감당할 수 없었다. 그는 아침까지는 덮어두고 그다음에 하비를 만나서 이성적으로 대화를 나누어 보겠다고 작정했다. 마음속으로 자신을 구할 수 없다고 믿지는 않았다. 무려 90년이나 된 회사였다. 체스터 스톤 3대. 하룻밤 사이에 모든 것이 사라지기에는 거기에 너무 많은 것이 있었다. 그래서 그는 아무 말도 하지 않고 멍한 상태로 저녁을 보냈다.

마릴린 스톤 또한 체스터에게 아무 말도 하지 않았다. 체스터에게 그녀가 지휘봉을 잡겠다는 사실을 알리는 것은 시기상조였다. 그런 논의를 하려면 상황이 적절해야 했다. 그것은 자존심 문제였다. 마릴린은 평소처럼 저녁에 하던 일을 하며 분주하게 움직이고 나서 잠을 청했는데, 체스터는 천장만 쳐다보며 그녀 옆에서 잠들지 못하고 있었다.

조디가 가로막힌 벽에 손바닥을 대고 있을 때 리처는 샤워 중이었다. 그는 확실하게 다른 세 가지 샤워 루틴을 정해 놓고 매일 아침 어떤 루틴을 사용할지 선택했다. 첫 번째는 그냥 샤워로, 별 다른 게 없었다. 시간은 11분이 걸렸다. 두 번째는 면도와 샤워를 함께하는 것으로, 22분이 걸렸다. 세 번째는 흔치 않은 특별한 절차였다. 먼저 샤워를 한 번 하고 나서 면도를 한 다음 다시 샤워를 하는 것이었다. 30분 이상 걸렸지만 보습 효과가 좋다는 장점이 있었다. 어떤 여자가 피부가 충분히 촉촉한 상태에서 면도를 하면 더 좋다고 설명해 주었다. 그리고 샴푸를 두 번 하는 것도 전혀 해롭지 않다고 했다.

그는 특별한 절차를 채택했다. 샤워, 면도, 다시 샤워. 기분이 좋았다. 조디의 손님용 욕실은 크고 높았으며, 샤워 헤드는 그가 그 아래에 똑바로 설 수 있을 정도로 특이하게 높이 설치되어 있었다. 샴푸 병들이 가지런히 놓여 있었다. 그는 그것들이 그녀가 써 보고 마음에 들지 않아서 손님방으로 밀려난 브랜드일 거라고 생각했다. 하지만 신경 쓰지 않았다. 그는 건조하고 햇볕에 손상된 모발을 위한 것이라고 주장하는 제품을 발견했다. 그는 그게 바로 자신에게 필요한 거라고 생각했다. 그걸 바르고 거품을 냈다. 노란 비누 같은 것으로 온몸을 문지르고 헹궜다. 세면대에서 면도를 하는 동안 온 바닥에 물을 흘렸다. 그는 쇄골 위로부터 코 아래와 옆, 앞으로 뒤로 꼼꼼하게 면도를 했다. 그러고는 샤워를 하러 다시 샤워실로 들어갔다.

그는 새 칫솔로 5분 동안 이를 닦았다. 칫솔모가 꼿꼿해서 입 안에서 뭔가 좋은 일을 하고 있다는 느낌이 들었다. 그런 다음 물기를 닦고 털어서 새 옷의 구김을 폈다. 셔츠는 안 입고 바지만 입은 뒤 주방으로 먹을 것을 찾으러 갔다.

조디가 거기 있었다. 그녀도 막 샤워를 하고 나온 상태였다. 물기에 젖어 머리카락 색깔은 짙어졌고 곧게 늘어져 있었다. 그녀는 무릎 위로 3센티 올라오는 흰색 오버사이즈 티셔츠를 입고 있었다. 소재는 얇았다. 다리는 길고 매끈했다. 맨발이었다. 그녀는 그러지 말아야 할 데를 빼고는 날씬했다. 그는 숨이 멎었다.

"잘 잤어요, 리처?" 그녀가 말했다.

"잘 잤어, 조디?" 그가 답했다.

그녀는 그를 바라보고 있었다. 그녀의 눈이 리처의 온몸을 훑었다. 얼굴에 뭔가가 떠올랐다.

"그 물집, 상태가 더 나빠졌네요."

그는 눈을 가늘게 뜨고 내려다보았다. 여전히 빨갛고 성이 나 있었다. 약간 더 커지고 부풀어 올라 있었다.

"연고는 발랐어요?" 그녀가 물었다.

그는 고개를 저었다.

"깜빡했어."

"가지고 와요."

그는 욕실로 돌아가 갈색 봉지에서 연고를 꺼내 주방으로 다시 가져 갔다. 그녀가 그걸 받아서 마개를 돌려 열었다. 뾰족한 플라스틱으로 금속 봉인을 뚫고 연고를 검지 바닥에 짰다. 그녀는 이빨 사이로 혀를 내밀고 집중하고 있었다. 그녀는 그 앞에 다가가 손을 들어 올렸다. 물집을 부드럽게 만지고 손가락 끝으로 문지르기 시작했다. 그는 꼼짝하지 않고 그녀의 머리 위를 응시했다. 그녀는 그에게서 30센티 정도 떨어져 있었다. 셔츠 아래로는 알몸이었다. 손끝으로 그의 벌거벗은 가슴을 문지르고 있었다. 그는 그녀를 품에 안고 싶었다. 그녀의 목부터 시작해서 부드럽게 키스하고 싶었다. 얼굴을 돌리고 입술에 키스하고 싶었다. 그녀는 작은 원을 그리며 그의 가슴을 부드럽게 문지르고 있었다. 그는 촉촉하고 윤기 나는 그녀의 머리카락과 살결에서 나는 향기를 맡을 수 있었다. 그녀는 손가락으로 화상의 길이를 재고 있었다. 그에게서 30센티 떨어져 있는 그녀는 셔츠 아래로는 알몸이었다. 그는 숨이 가빠져서 그녀의 손을 움켜쥐었다. 그녀가 뒤로 물러났다.

"아파요?" 그녀가 물었다.

"뭐라고?"

"아팠냐고요."

그는 연고 때문에 반짝이는 그녀의 손가락 끝을 보았다.

"조금." 그가 말했다.

그녀는 고개를 끄덕였다.

"미안해요." 그녀가 말했다. "하지만 연고는 발라야 하니까요."

그는 고개를 끄덕였다.

"그래."

그렇게 위기는 지나갔다. 그녀는 연고의 마개를 다시 닫았고 그는 그대로 있을 수 없어서 마지못해 움직였다. 냉장고 문을 열고 물 한 병을 꺼냈다. 카운터에 있는 그릇에서 바나나를 집었다. 그녀는 연고를 테이블 위에 놓았다.

"옷 입고 올게요." 그녀가 말했다. "이제 움직여야 해요."

"알았어." 그가 말했다. "준비할게."

그녀는 침실로 다시 사라졌고 그는 물을 마시고 바나나를 먹었다. 그러고는 침실로 돌아가서 셔츠를 어깨에 걸치고 머리를 집어넣었다. 양말과 신발, 재킷을 신고 입었다. 거실로 걸어가 기다렸다. 그는 블라인드를 끝까지 올리고 잠금을 풀고 창문을 밀어 올렸다. 그러고는 밖으로 몸을 곧게 내밀어 4층 아래 거리를 살폈다.

햇살 속의 이른 아침은 매우 달랐다. 반짝이던 네온사인은 사라지고 맞은편 건물 너머로 햇빛이 쏟아져 들어와 거리를 밝게 비추고 있었다. 느긋한 밤의 인파도 사라지고 종이컵에 담긴 커피와 냅킨에 싼 머핀을 손에 쥐고 북쪽과 남쪽을 향해 목적을 갖고 걸어가는 사람들로 바뀌어 있었다. 택시들은 교통체증 속에 느리게 움직이고 신호등이 바뀌라고 경적을 울려댔다. 산들바람이 불어와 강 냄새가 났다.

건물은 로어 브로드웨이의 서쪽에 있었다. 교통은 남쪽으로 일방통행이었고, 창문 아래 왼쪽에서 오른쪽으로 이어졌다. 평소 출근길에 조디는 로비를 나가 우회전해 교통 흐름과 나란히 걸었다. 조디는 햇볕을 쬐기 위해 오른쪽 인도를 계속 이용했었다. 그녀는 아마도 여섯 혹은 일곱 블록 아래의 신호에서 브로드웨이를 건널 것이다. 나머지 한두 블록은 왼쪽 인도로 걷다가 좌회전하여 월스트리트를 동쪽으로 내려가면 그녀의 사무실이었다.

그렇다면 그놈들은 어떻게 그녀를 잡으려 할까? 적처럼 생각하라. 두 놈처럼 생각하라. 몸으로 때우고, 거칠고, 직접 부딪히는 편을 좋아하고, 적극적이고 위협적이지만 아마추어의 열정을 넘어설 만큼의 훈련을 받지는 않았다. 그들이 어떻게 할 것인지는 꽤 명확했다. 아마도 남쪽으로 세 블록 정도 떨어진 측면 도로에, 급히 브로드웨이로 우회전이 가능하도록 동쪽을 향해 오른쪽 차선에 4도어 차량을 세워 두고 있을 것이다. 놈들은 앞 좌석에서 조용히 함께 기다리고 있을 것이다. 앞 유리를 통해 왼쪽에서 오른쪽으로 훑어보며 앞의 횡단보도를 주시하고 있을 것이다. 그들은 그녀가 서둘러 건너거나 잠시 멈춰서 신호를 기다리는 모습을 기대할 것이다. 그들은 잠시 기다렸다가 천천히 주행해 우회전할 것이다. 서행 운전. 그녀의 뒤를 따른다. 옆에 다다른다. 앞지른다. 그러면 조수석에 앉은 놈이 내려서 그녀를 붙잡고 뒷문을 열어 강제로 안으로 밀어 넣은 다음 뒤따라 탄다. 매끄럽고 거친 한 번의 동작. 조잡한 전술이지만 어렵지 않다. 전혀 어렵지 않다. 대상과 조심하는 정도에 따라 다르지만 성공은 어느 정도 보장되어 있다. 리처는 조디보다 더 크고, 더 강하고, 더 조심하고 있는 목표를 상대로 같은 일을 여러 번 해 본 적이 있었다. 한번은 레온이 직접 운전대를 잡고 있을 때 한 적도 있었다.

그는 허리를 앞으로 굽혀 상반신 전체를 창문 밖으로 내밀었다. 머리를 오른쪽으로 돌려 거리를 내려다보았다. 남쪽으로 두 블록, 세 블록, 네 블록 떨어진 모퉁이를 유심히 살폈다. 그중 하나일 것이다.

"가요." 조디가 그를 불렀다.

그들은 함께 90층을 내려가 지하 주차장으로 갔다. 하비가 사무실과 같이 임대한 주차칸이 있는 구역으로 걸어갔다.

"서버번을 타야 해요." 행동대원이 말했다. "그게 더 크니까."

"그래." 토니가 말했다. 그는 차 문을 열고 운전석에 앉았다. 행동대원은 조수석에 몸을 실었다. 그러고는 텅 빈 짐칸을 흘끗 돌아보았다. 토니는 시동을 걸고 거리로 향하는 경사로를 향해 천천히 나아갔다.

"자, 이제 어떻게 해야 되지?" 토니가 물었다.

그자가 자신 있게 웃었다. "너무 쉽죠. 그 여자는 브로드웨이에서 남쪽으로 걸어갈 겁니다. 우리는 그녀가 보일 때까지 모퉁이에서 기다리면 되고요. 그녀의 집에서 남쪽으로 몇 블록 떨어진 곳에서요. 횡단보도에서 그녀가 건너는 것을 보고 모퉁이를 돌아서 그 옆에 다가가면, 상황 끝. 맞죠?"

"틀렸어." 토니가 말했다. "다르게 할 거야."

그자가 건너편에서 쳐다봤다. "왜요?"

토니는 큰 차를 끌고 올라가 햇빛이 비치는 곳으로 나갔다.

"넌 별로 똑똑하지 않으니까." 토니가 말했다. "네 수법이 그거라면 더 나은 방법이 있을 거야. 안 그래? 넌 개리슨에서 일을 망쳤어. 여기서도 망칠 거야. 그녀는 아마도 그 리처라는 놈과 함께 있을 거야. 그가 거기서 널 이겼듯, 여기서도 널 이길 거야. 그러니 네가 최선이라고 생각하는 방법이 뭐든 그건 우리가 절대 쓰면 안 되는 방법이지."

"그럼 어떻게 할까요?"

"진짜 자세하게 설명해 줄게." 토니가 말했다. "정말 간단하게 처리할 거야."

리처는 창문을 다시 아래로 내렸다. 자물쇠를 잠그고 블라인드를 덜컥 거리며 제자리로 내려놓았다. 샤워 때문에 아직 머리카락 색이 짙은 그녀는 심플한 민소매 원피스에 맨다리에 편안한 구두를 신은 차림으로 현관 문간에 서 있었다. 원피스는 젖은 머리와 같은 색이었지만 머리가 마르면 더 색이 짙어 보일 것이다. 그녀는 지갑과 민항기 조종사들이 사용하는 것 과 비슷한 크기의 커다란 가죽 서류가방을 들고 있었다. 무거울 것 같았 다. 그녀는 그것을 내려놓고 전날 밤에 그가 던져 놓았던 벽 옆 바닥에 있 는 자신의 옷가방으로 몸을 굽혔다. 그녀는 레온의 유언장이 들어 있는 봉 투를 꺼내 서류가방의 입구를 열고 그 안에 넣었다.

"내가 들고 갈까?" 그가 물었다.

그녀는 미소를 지으며 고개를 저었다.

"노동조합의 도시예요." 그녀가 말했다. "경호원 업무에 그런 건 포함 되지 않아요."

"꽤 무거워 보이는데."

"난 이제 다 컸어요." 그녀가 그를 바라보며 대답했다.

그는 고개를 끄덕였다. 오래된 철제 차단봉을 받침대에서 들어 올려 똑 바로 세웠다. 그녀는 그를 지나쳐 자물쇠를 돌렸다. 같은 향수, 은은하고 여성스러운 향기. 원피스를 입은 그녀의 어깨는 가늘고 날씬했다. 무거운 가방의 균형을 잡기 위해 왼팔에는 작은 근육들이 솟아 있었다.

"거기에 무슨 법들을 담고 다녀?" 그가 물었다.

"금융 쪽이요." 그녀가 말했다.

그는 문을 살며시 열었다. 밖을 내다봤다. 복도는 텅 비어 있었다. 엘리베이터 표시등은 누군가 3층에서 아래로 내려가는 것을 보여 주고 있었다.

"어떤 종류의 금융?"

그들은 건너편으로 걸어가 엘리베이터를 호출했다.

"주로 채무 재조정이요. 난 실제로는 변호사라기보다는 협상가예요. 컨설턴트나 중재자에 가깝죠. 무슨 말인지 알겠어요?"

그는 알 수 없었다. 그는 빚을 진 적이 없었다. 타고난 미덕이 있어서가 아니라 단순히 그럴 일이 없었기 때문이었다. 모든 기본 생활은 육군에서 다 제공해 주었다. 머리 위에는 지붕, 접시 위에는 음식. 그는 더 많은 것을 원하는 습관을 가져 본 적이 없었다. 하지만 그의 지인 중에는 곤경에 처한 이들도 있었다. 그들은 주택담보대출을 받아 집을 사고 할부로 자동차를 샀다. 때때로 그들은 연체했다. 그러면 중대 행정병이 해결해 주곤 했다. 은행과 이야기한 뒤, 당사자의 급여에서 필요한 금액을 바로 공제했다. 하지만 그 정도는 그녀가 다루어야 하는 일에 비하면 사소한 것일 거라 생각했다.

"백만 단위?" 그가 물었다.

엘리베이터가 도착했다. 문이 미끄러지듯 열렸다.

"적어도. 보통은 천만, 때로는 억 단위죠."

엘리베이터는 비어 있었다. 그들은 안으로 들어갔다.

"재밌어?"

엘리베이터가 윙 하며 내려갔다.

"물론이죠. 사람에게는 직업이 필요하고, 나한텐 이게 최선의 직업이에 요."

엘리베이터가 바닥에 닿으며 멈췄다.

"잘해?"

그녀는 고개를 끄덕였다.

"그럼요." 그녀는 짧게 대답했다. "월스트리트에서 최고죠. 의심의 여지 없이요."

그는 웃었다. 그녀는 영락없는 레온의 딸이었다.

엘리베이터 문이 미끄러지듯 열렸다. 로비는 텅 비었고, 거리 쪽 출입문이 닫히고 있었다. 체격이 큰 여인이 계단을 천천히 내려가 보도로 향하고 있었다.

"차 키는?" 그가 말했다.

그녀는 키를 손에 들고 있었다. 놋쇠 고리에 열쇠뭉치가 달려 있었다.

"여기서 기다려." 그가 말했다. "계단까지 살펴볼게. 1분만."

로비에서 차고로 통하는 문은 안쪽에서 푸시 바를 밀어서 열었다. 그는 금속 계단을 통과해 내려가면서 어둠 속을 훑어보았다. 아무도 없었다. 적어도 눈에 보이는 사람은 없었다. 그는 조디의 브라바다에서 두 칸 떨어진 곳에 있는 짙은 색의 대형 크라이슬러 쪽으로 자신 있게 걸어갔다. 그는 바닥에 납작 엎드려서 차 밑 공간을 통해 건너편을 살펴보았다. 아무것도 없었다. 바닥에 숨어 있는 놈은 없었다. 그는 다시 일어나서 크라이슬러의 보닛에 딱 붙어서 돌았다. 옆에 있는 차도 돌았다. 그는 다시 바닥에 엎드려 브라바다 꽁무니와 벽 사이로 비집고 들어갔다. 고개를 숙여서 있어서는 안 되는 전선이 있는지 살폈다. 이상 무. 함정은 없었다.

그는 차에 타고 시동을 걸어 천천히 통로로 진입했다. 계단 아래와 높이가 맞도록 후진했다. 차 안에서 몸을 기울여 조수석 문을 열자 그녀가 로비에서 나왔다. 그녀는 한 번의 매끄러운 동작으로 계단을 건너뛰어 곧장 차에 올라탔다. 그녀가 문을 쾅 닫자 그는 앞으로 출발해서 우회전으로 경사로를 올라 도로로 우회전했다.

동쪽의 아침 해가 그의 눈에 한 번 스쳐 지나갔고, 그는 그것을 통과해 남쪽으로 향했다. 첫 번째 코너는 30미터 앞에 있었다. 교통은 느렸다. 멈춘 건 아니고 그냥 느렸다. 코너를 돌기 세 차 뒤에서 신호등에 걸렸다. 그는 오른쪽 차선에 있었는데, 교차로 입구를 볼 수 있는 각이 안 나왔다. 자동차 세 대 앞의 교차로 입구에서 차들이 오른쪽에서 왼쪽으로 쏟아져 나왔다. 어떤 장애물 옆을 지나느라 먼 거리의 교통 흐름이 느려진 것이 보였다. 아마 주차된 차량인 것 같았다. 뭔가를 마냥 기다리고 있는 4도어 차량이 주차하고 있을 수도 있었다. 그리고 옆으로 나오는 도로의 흐름이 멈추고 브로드웨이의 신호가 녹색으로 바뀌었다.

그는 고개를 돌려 한쪽 눈으로는 앞을 보고 다른 눈은 옆길에 주의를 집중한 채 교차로를 통과했다. 아무것도 없었다. 4도어 차량은 없었다. 장애물은 열려 있는 맨홀에 놓인 공사 중 표지판이었다. 거리 아래로 10미터 내려간 곳에 전력회사 트럭이 있었다. 한 무리의 인부들이 인도에서 캔에 든 탄산음료를 마시고 있었다. 차는 굴러갔다. 다음 신호에서 다시 멈췄다. 그는 네 대 뒤에 있었다.

이 거리는 아니었다. 교통 흐름이 맞지 않았다. 그의 앞에서 서쪽 방향으로, 안쪽에서 오른쪽으로 흐르고 있었다. 왼쪽이 시야가 좋았다. 50미터 아래까지 볼 수 있었다. 아무것도 없었다. 이 거리가 아니다. 다음 거리가 될 것이다.

마음 같아서는 두 놈을 그냥 지나치지 않고 그 이상을 하고 싶었다. 좋은 아이디어는 블록을 돌아서 놈들 뒤로 접근하는 것이었다. 차를 100미터 떨어진 곳에 버려두고 걸어서 놈들에게 조용히 다가간다. 그들은 목을 앞으로 내밀고 앞 유리를 통해 횡단보도를 바라보고 있을 것이다. 원한다면 얼마든지 오래 놈들을 잘 볼 수 있다. 심지어 놈들의 차에 슬쩍 올라탈 수도 있다. 뒷문은 당연히 열려 있을 것이다. 놈들은 앞에서 서쪽으로, 왼쪽에서 오른쪽으로 정면만 뚫어져라 보고 있겠지. 놈들 뒤로 슬그머니 들어가서 양쪽 머리 옆에 손을 얹고 연주자가 심벌즈를 두드리듯 머리 두 개를 쾅 부딪히게 할 수 있다. 그런 다음 놈들이 기본적인 질문에 대답하기 시작할 때까지 몇 번이고 박치기를 반복할 수 있다.

하지만 그는 그렇게 하지 않았다. 당면한 일에 집중하는 것이 그의 규칙이었다. 당면한 임무는 조디를 안전하게 사무실로 데려다 주는 것이었다. 경호의 본질은 방어다. 거기에 공격이 섞이기 시작하면 어느 것도 제대로 이루어질 수 없다. 그녀에게 말했듯이 그는 이 일을 직업으로 했었다. 그는 훈련된 사람이었다. 훈련도 잘 받았고 경험도 많았다. 그래서 그는 방어적인 태도를 유지하고, 그녀가 사무실 문을 통해 안전하게 들어가는 것을 큰 승리로 생각했다. 그리고 그녀가 얼마나 큰 곤경에 처했는지에 대해서는 침묵을 지킬 것이었다. 그는 그녀가 거정하는 것을 인치 않았다. 그것이 무엇이든 레온이 시작했다고 해서 그 일이 결국 그녀에게 어떤 종류의 고통을 안겨야 할 이유는 없었다. 레온은 그런 걸 원치 않았을 것이다. 레온은 그저 그가 모든 걸 처리해 주길 바랐을 것이다. 그래서 그는 그렇게 하려고 했다. 구구절절한 설명이나 우울한 경고 없이 그녀를 사무실

문 앞까지 데려다 주면 된다.

신호등이 녹색으로 바뀌었다. 첫 번째 차가 출발하고 이어서 두 번째 차. 그리고 세 번째 차까지 출발했다. 그는 천천히 앞으로 나아갔다. 전방의 간격을 확인하고 고개를 오른쪽으로 돌렸다. 놈들이 거기 있을까? 교차로는 좁았다. 두 차선이 멈춘 채 신호를 기다리고 있었다. 우측 차선에 주차된 차는 없었다. 기다리는 것은 없었다. 놈들은 거기 없었다. 그는 오른쪽을 살피며 교차로 전체 폭을 천천히 이동했다. 아무도 없었다. 숨을 내쉬고 긴장을 풀고 정면을 바라봤다. 거대한 금속성 폭발음이 났다. 엄청나게 강한 금속성 펀치가 그의 등을 강타했다. 차체의 판금이 찢어지고 순간적으로 격렬한 가속이 일어났다. 브라바다는 앞으로 튕겨져 나가 앞차를 들이받고 멈춰 섰다. 에어백이 터졌다. 조디가 좌석에서 튕겨져 나왔다 안전벨트의 장력에 잡히면서 몸은 갑자기 멈추고 머리는 여전히 대포알처럼 튀어나오는 것이 보였다. 그리고 에어백에서 뒤로 튕겨져 나와 뒤쪽 헤드 레스트에 세게 부딪혔다. 자신의 머리도 그녀와 똑같이 움직이고 있었기 때문에 그녀의 얼굴은 자신의 얼굴과 정확히 같은 위치에 있었다. 충격으로 차 안이 흐릿하게 보이고 눈앞이 빙글빙글 돌았다.

두 번의 충격으로 리처는 운전대를 놓쳤다. 눈앞의 에어백에서 바람이 빠지고 있었다. 그는 백미러로 눈을 돌렸고 거대한 검은색 보닛이 브라바다 뒤에 박힌 것이 보였다. 광택 나는 크롬 그릴의 꼭대기 부분이 충격으로 휘어져 있었다. 거대한 사륜구동 트럭이었다. 선팅된 창 너머로 한 사람이 보였는데, 모르는 사람이었다. 뒤에서 차들이 경적을 울리고 있었고, 카든은 충돌로 생겨난 장애물을 피하려 이리저리 핸들을 돌리고 있었다. 가까이 있는 차들은 그 상황을 구경하고 있었다. 어딘가에서 쉬익 하고 큰 소리가 났다. 라디에이터에서 증기가 새는 소리일 수도, 갑작스러운 충격의 여진일 수도 있었다. 뒤 차의 운전자가 걱정과 두려움이 가득한 얼굴 표정을 하고 손으로 미안하다는 제스처를 취하며 트럭에서 내렸다. 그는 느려진 교통 흐름을 조심스럽게 헤치고 구겨진 금속 조각을 힐끗 보면서 리처의 창문으로 다가왔다. 앞의 세단에서는 한 여자가 멍하고 화난 표정으로 내리고 있었다. 주변 교통이 사고 현장을 피해 가려고 막히고 있었다. 공기는 과열된 엔진 냄새로 탁해졌고 경적은 쉼없이 울려 댔다. 조디는 좌석에 똑바로 앉아 손가락으로 목 뒤쪽을 만져 보고 있었다.

"괜찮아?" 그가 그녀에게 물었다.

그녀는 한참을 생각하다 고개를 끄덕였다.

"난 괜찮아요. 당신은요?"

"멀쩡해."

그녀는 신기해 하며 터진 에어백을 손가락으로 찔렀다.

"이거 정말 효과가 있네요. 안 그래요?"

"나도 터진 건 처음 봤어." 그가 말했다.

"나도요."

그때 운전석 쪽 창문을 두드리는 소리가 들렸다. 뒤 차에서 온 남자가 주먹으로 급하게 노크를 하고 있었다. 리처는 그를 쳐다보았다. 그 남자는 뭔가를 염려하듯 빨리 창문을 열라고 급하게 손짓하고 있었다.

"젠장!" 리처가 소리쳤다.

그는 가속 페달을 밟았다. 브라바다가 힘겹게 전진하며 여자의 부서진 세단을 밀어붙였다. 철판이 긁히는 소리가 났고 브라바다는 왼쪽으로 휘청거리며 1미터 정도를 나아갔다.

"뭐 하는 거예요?" 조디가 비명을 질렀다.

뒤 차 남자가 한 손으로 차 문손잡이를 잡았다. 다른 손은 주머니에 넣은 채였다.

"엎드려!" 리처가 소리쳤다.

그는 후진 기어를 넣고 부르릉거리며 새로 생긴 1미터 공간을 후진해 사륜구동차를 들이받았다. 새로운 충격으로 공간이 좀 더 생겼다. 그는 기어를 드라이브에 놓고 핸들을 돌려 왼쪽으로 강하게 밀어붙였다. 세단의 뒷부분을 들이받으며 깨진 유리가 쏟아져 내렸다.

뒤에 있던 차들이 다시 방향을 이리저리 틀어 대고 있었다. 오른쪽을 힐끗 보니 키 웨스트와 개리슨에서 봤던 2인조 중 한 놈이 조디 쪽 차 문을 잡고 있었다. 리처는 핸들을 돌리며 가속 페달을 밟고 강하게 후진했다. 놈은 차 문을 꼭 잡은 채 몸이 팔에 매달려서 뒤로 던져졌고 격렬한 움직임으로 발은 땅에서 떨어졌다. 리처는 검은색 트럭을 뒤로 완전히 들이받고 다시 앞으로 튕겨 나갈 때 페달을 세게 밟으면서 핸들을 돌렸다. 놈은 다시 일어났는데, 마치 놈이 카우보이이고 브라바다가 올가미에서 벗어나려 죽도록 싸우는 젊은 야생 황소인 것처럼 한 손은 차 문을 여전히 움켜쥐고 당기면서 나머지 팔다리는 버둥거리고 있었다. 리처는 가속 페달을 밟으며 앞쪽에서 각도를 틀어 여자가 타고 있던 부서진 세단의 후방 모서리에 차를 붙여서 놈을 트렁크에 갈았다. 놈은 펜더에 무릎이 부딪히면서 공중제비를 돌아 뒤 유리에 머리를 부딪쳤다. 그리고 그 운동량으로 팔다리를 흐느적거리며 차 지붕 위로 내던져지는 모습이 거울로 보였다. 그러고는 찜찐 시야에서 사라졌다가 뒤쪽 보도 위로 널브러졌다.

"조심해요!" 조디가 비명을 질렀다.

트럭에서 나온 남자는 여전히 운전석 창문 옆에 있었다. 리처는 교통 흐름을 따라 움직였지만 흐름은 느렸고 남자는 주머니에서 뭔가를 꺼내려 애쓰며 옆에서 계속 빠르게 달리고 있었다. 리처는 왼쪽으로 급히 핸들을 꺾어 다음 차선의 탑차와 나란히 움직였다. 남자는 여전히 옆에서 나란히 뛰면서 문손잡이를 잡고 주머니에서 뭔가를 꺼내고 있었다. 리처는 다시 왼쪽으로 틀어서 그를 탑차 측면에 세게 부딪히게 했다. 그의 머리가 금속에 부딪히는 둔탁한 소리가 났고 그는 사라졌다. 탑차는 패닉 상태에 빠져 멈춰 섰고 리처는 왼쪽으로 핸들을 꺾어 그 차 앞으로 들어갔다. 브로드웨이는 교통체증으로 꽉 막혀 있었다. 그의 눈앞에서 햇빛에 반짝이는 메탈릭 컬러의 차 지붕들이 좌우로 피하며 앞으로 기어가고 연기를 내뿜고 경적을 울려 대고 있었다. 그는 다시 왼쪽으로 꺾어서 신호를 무시하고 횡단보도를 지나갔다. 사람들은 서로 부딪히며 재빠르게 길을 내주었다. 브라바다가 흔들리고 튕기며 오른쪽으로 세게 당겨졌다. 온도 게이지가 눈금을 벗어났다. 찌그러진 후드 틈새로 증기가 끓어 올라오고 있었다. 터진 에어백이 그의 무릎까지 내려와 있었다. 그는 차를 앞으로 확 몰았다가 다시 왼쪽으로 꺾어 식당에서 내놓은 쓰레기로 가득 찬 골목길로 비집고 들어갔다. 상자, 빈 식용유 드럼통, 상한 채소가 쌓인 거친 나무 쟁반 등이 부서진 후드 위로 흘러내려 앞 유리에 튕겨 나갔다. 그는 엔진을 끄고 열쇠를 뽑았다.

차를 너무 벽에 가까이 붙여 세워서 조디 쪽 문이 열리지 않았다. 리처는 그녀의 서류가방과 핸드백을 집어 자기 쪽 차 문 밖으로 던졌다. 그 뒤를 쫓아 몸을 겨우 빼내고는 조디 쪽을 돌아보았다. 그녀는 뒷좌석으로 급히 넘어가고 있었다. 그녀의 원피스가 말려 올라갔다. 그가 그녀의 허리를 잡고 그녀가 그의 어깨에 고개를 묻자 그는 그 틈새로 그녀를 들어 올렸다. 그녀는 맨다리로 그의 허리를 꽉 감았다. 그는 몸을 돌려 그녀를 2미터 떨어진 곳으로 옮겼다. 그녀의 체중은 전혀 느껴지지 않았다. 그는 그녀를 내려놓고 가방을 집으려고 뒤쪽으로 몸을 숙였다. 그녀는 가쁘게 숨 쉬며 허벅지 위로 원피스를 매만졌다. 머리카락은 온통 젖어 있었다.

"어떻게 알았어요?" 그녀가 숨을 헐떡였다. "사고가 아니란 걸요."

그는 그녀에게 핸드백을 건네고 무거운 서류가방은 직접 들었다. 아드레날린이 솟구쳐 헐떡이는 그녀의 손을 잡고 골목을 빠져나와 거리로 돌아왔다.

"걸으면서 얘기해."

그들은 좌회전하여 동쪽의 라파예트 스트리트로 향했다. 아침 햇살이 눈에 들어오고 강바람이 얼굴에 닿았다. 뒤로는 브로드웨이의 교통체증 소리가 들렸다. 그들은 가쁜 숨을 몰아쉬며 진정해 가면서 50미터를 함께 걸었다.

"어떻게 알았어요?"

"통계상 그럴 것 같았어. 우리를 찾는 놈들이 있다고 생각한 바로 그날 아침에 자동차 사고가 날 확률이 얼마나 될까? 기껏해야 100만 분의 1일 걸."

그녀는 고개를 끄덕였다. 얼굴에 살짝 미소를 지었다. 고개를 들고, 어깨를 뒤로 젖히고, 빠르게 회복 중이었다. 충격의 흔적도 없었다. 영락없이 레온의 딸이었다.

"당신 정말 대단했어요." 그녀가 말했다. "정말 빠르게 반응하더군요."

그는 걸으면서 고개를 저었다.

"아니, 한심했어." 그가 말했다. "완전 바보였지. 실수 연발에. 그놈들은 사람을 바꿨어. 새로운 인력이 투입됐지. 거기에 대해 생각조차 못했어. 원래의 두 멍청이들이 무슨 짓을 할지만 생각했지, 더 똑똑한 놈이 들어올 거라고는 생각도 못 했어. 그놈이 누구든 꽤 똑똑했어. 좋은 계획이었고 거의 성공할 뻔했지. 난 전혀 예상 못 했어. 게다가 막상 일이 벌어졌을 때 망할 에어백이 터진 것에 대해 얘기하느라 시간을 허비했어."

"기분 나쁘게 생각하지 마요."

"기분이 나빠. 레온에게는 '제대로 하라'는 기본 원칙이 있었어. 그가 그 난장판을 보지 못해서 다행이야. 날 수치스러워하셨을 테니까."

그는 그녀의 얼굴이 흐려지는 것을 보았다. 자신이 무슨 말을 했는지 깨달았다.

"미안해. 돌아가신 게 아직 믿기지 않아서."

그들은 라파예트 스트리트로 나왔다. 조디는 길가에 서서 택시를 잡으려고 했다.

"괜찮아요." 그녀가 부드럽게 말했다. "익숙해지겠죠. 아마도."

그는 고개를 끄덕였다. "그리고 차가 그렇게 된 것도 미안. 예상했어야 했는데."

그녀는 어깨를 으쓱했다. "그냥 리스한 건데요, 뭐. 똑같은 걸 하나 더 보내달라고 할게요. 그 차가 충돌에 강하다는 건 알았어요. 그렇죠? 이번 엔 빨간색으로 할까?"

"도난 신고를 해야 해." 그가 말했다. "경찰에 전화해서 오늘 아침에 차고에 갔을 때 차가 없었다고 말해."

"그건 사기예요." 그녀가 말했다.

"아냐. 그렇게 하는 게 좋아. 경찰이 내게 질문을 해 대면 난 대답할 말이 없어. 난 운전면허증도 없다고."

그녀는 잠시 생각했다. 그러고는 미소 지었다. 마치 여동생이 오빠의 엉뚱한 짓을 눈감아 줄 때 짓는 것 같은 미소군. 그는 생각했다.

"알았어요." 그녀가 말했다. "사무실에서 전화할게요."

"사무실? 거긴 가면 안 돼."

"왜요?" 그녀가 깜짝 놀라며 말했다.

그는 대충 서쪽으로, 뒤로 브로드웨이를 향해 손짓했다.

"저기서 좀 전에 그런 일이 있었는데? 내가 볼 수 있는 곳에 있는 게 좋겠어, 조디."

"난 일하러 가야 해요, 리처. 그리고 논리적으로 생각해 봐요. 저기서 일어난 일 때문에 사무실이 안전하지 않은 건 아니잖아요. 완전히 별개의 문제예요. 사무실은 언제나 그랬던 것처럼 지금도 여전히 안전해요. 그리고 전엔 가도 된다고 했었잖아요. 뭐 달라진 게 있나요?"

그는 그녀를 바라봤다. 그는 '모든 것이 바뀌었다'고 말하고 싶었다. 왜냐하면 레온이 심장병 클리닉의 노부부와 함께 시작한 일이 무엇이든 간에 이제는 절반 정도 실력은 되는 프로들이 끼어 들었기 때문이다. 그 절반의 프로들은 오늘 아침 승리까지 0.5초밖에 떨어져 있지 않은 실력이었다. 그리고 그는 말하고 싶었다. 나는 너를 사랑하고, 넌 위험에 처해 있고, 난 내가 너를 지켜볼 수 없는 어느 곳으로도 널 보내지 않겠다고. 하지만 그는 그 중 어떤 말도 할 수 없었다. 왜냐하면 그는 모든 것을 그녀에게서 떼어 놓기도 결심했기 때문이다. 사랑과 위험, 그 모든 것을. 그래서 그는 그저 어깨만 어정쩡하게 으쓱했다.

"나랑 같이 가." 그가 말했다.

"왜요? 도움이 필요해요?"

그는 고개를 끄덕였다. "그래. 내가 그분들 상대하는 걸 좀 도와줘. 넌 레온의 딸이니까 그분들이 쉽게 입을 열 거야."

"내가 레온의 딸이라서 나랑 같이 가고 싶다고요?"

그는 다시 고개를 끄덕였다. 그녀는 빈 택시를 발견하고 손을 흔들었다.

"오답이에요, 리처."

그는 그녀와 논쟁을 벌였지만 아무 소용이 없었다. 그녀는 이미 마음을 정했고, 바꿀 생각이 없었다. 그가 할 수 있는 최선은 당장의 문제를 해결하기 위해 그녀의 골드카드와 면허증으로 차를 렌트하는 것이었다. 그들은 택시를 타고 미드타운으로 가서 허츠글로벌 렌터카 업체 사무실을 찾았다. 리처는 햇볕이 내리쬐는 밖에서 15분 동안 기다렸고 곧 그녀가 신형 토러스를 타고 블록을 돌아와서 그를 태웠다. 그녀는 브로드웨이의 다운타운까지 차를 몰고 되돌아갔다. 그들은 그녀의 사무실 건물을 지나 남쪽으로 세 블록 떨어진 기습 현장을 지나쳤다. 파손된 차량들은 사라졌다. 배수로에는 유리 파편이, 아스팔트에는 기름 얼룩이 있었지만 그게 전부였다. 그녀는 남쪽으로 차를 몰고 가서 사무실 출입문 맞은편 소화전에 주차했다. 시동을 켜둔 채 시트를 끝까지 뒤로 밀어서 운전자를 교체할 준비를 했다.

"다 됐어요." 그녀가 말했다. "이리로 데리러 와요. 7시쯤?"

"그렇게 늦게?"

"늦게 시작하니까, 늦게까지 일해야죠."

"건물 밖으로 나가지 마. 알았지?"

그는 보도로 나와서 그녀가 안으로 들어가는 것을 지켜보았다. 건물 앞에는 포장된 넓은 공간이 있었다. 그녀는 원피스 아래 윤이 나는 맨다리로 춤을 추듯 경쾌하게 건너갔다. 그녀는 돌아서서 웃으며 손을 흔들었다. 무거운 가방을 흔들며 회전문을 밀고 들어갔다. 60층 정도 되는 높은 건물이었다. 아마도 수십 개의 개별 회사에 수십 개의 사무공간이 임대되어 있을 것이고, 어쩌면 수백 개일 수도 있었다. 하지만 충분히 안전해 보이는 상태였다. 회전문 바로 안쪽에 넓은 리셉션 카운터가 있었다. 그 뒤에는 보안요원들이 한 줄로 앉아 있었고, 그 뒤는 벽에서 벽, 바닥에서 천장까지 튼튼한 유리벽으로 막혀 있었다. 유리벽에는 카운터 아래에 달린 버저로 작동하는 문 하나가 있었다. 유리벽 뒤에는 엘리베이터가 있었다. 보안요원이 허락하지 않는 한 들어갈 수 없었다. 그는 혼자서 고개를 끄덕였다. 충분히 안전할 수도 있을 것이다. 어쩌면. 그것은 경비원의 성실함에 달렸다. 그는 그녀가 고개를 숙이고 금발 머리를 앞으로 떨어트리며 경비원 중 한 명과 이야기하는 것을 보았다. 그리고 그녀는 유리벽의 문으로 가서 기다렸다가 밀었다. 그녀는 엘리베이터로 걸어갔다. 버튼을 눌렀다. 문이 열렸다. 그녀는 양손으로 가방을 문턱에 걸치며 뒷걸음으로 들어갔다. 문이 닫혔다.

그는 포장된 공간에서 잠시 기다렸다. 그러고는 서둘러 건너가서 회전문에 어깨를 들이밀었다. 그러고는 늘 하던 행동인 것처럼 카운터로 걸어갔다. 가장 나이 많은 보안요원을 골랐다. 대개 가장 나이 많은 요원들이 가장 엉성하다. 젊은 친구들은 승진에 대한 희망을 품고 있기 때문이다.

"스펜서 구트만에서 호출했습니다." 그가 시계를 보며 말했다.

"이름이?" 나이 든 요원이 물었다.

"링컨." 리처가 말했다.

머리가 희끗한 보안요원은 피곤했지만 자신이 해야 할 일을 했다. 그는 클립보드를 꺼내서 살펴보았다.

"약속을 했소?"

"방금 호출이 왔습니다." 리처가 말했다. "뭔가 급한 일인 것 같은데."

"링컨, 차 이름하고 같은?"

"대통령 이름하고 같은." 리처가 말했다.

나이 든 요원은 고개를 끄덕이며 두꺼운 손가락으로 긴 이름 목록을 훑었다.

"명단에 없는데." 그가 말했다. "명단에 없으니 출입은 불가능하오."

"전 코스텔로 사무실에서 일합니다." 리처가 말했다. "지금 당장 위층에서 제가 필요하답니다."

"전화로 확인해 보겠소." 남자가 말했다. "호출한 사람이?"

리처는 어깨를 으쓱했다. "스펜서 씨. 아마도요. 그분이 절 자주 찾으십니다."

그는 화난 얼굴이 되었다. 클립보드를 다시 넣었다.

"스펜서 씨는 10년 전에 돌아가셨소. 들어가고 싶으면 제대로 약속을 잡으시오. 알겠소?"

리처는 고개를 끄덕였다. 그곳은 충분히 안전했다. 그는 말뒤꿈치를 돌려 다시 차로 향했다.

마릴린 스톤은 체스터의 벤츠가 시야에서 사라질 때까지 기다렸다가 집으로 돌아와 일을 시작했다. 그녀는 꼼꼼한 여성이었기 때문에, 매물 등록과 매매 성사 사이의 최장 6주 정도의 간격 동안 성심을 다한 노력이 필요할 것을 알고 있었다.

첫 번째 전화는 청소업체 호출이었다. 집은 이미 완벽하게 깨끗했지만 일부 가구를 빼내려고 했다. 가구가 약간 비어 있는 집을 보여 주면 공간이 더 넓어 보이는 인상을 줄 수 있다고 생각했다. 그렇게 하면 실제보다 더 넓어 보일 수 있다. 또한 잠재적 구매자가 어떤 것이 어울리고 어떤 것이 어울리지 않을지에 대한 선입견에 사로잡히지 않도록 할 수 있다. 예를 들어, 복도에 있는 이탈리아산 크레덴자윤이 나는 목재로 만들어진 장식장는 복도에 딱 맞는 가구이지만, 잠재적 구매자가 복도에 다른 가구는 어울리지 않을 거라고 생각하게 하고 싶지 않았다. 차라리 아무것도 놓지 않고 구매자의 상상력이나 어쩌면 구매자가 이미 갖고 있는 가구로 그 공백을 채우는 것이 더 낫다고 생각했다.

그렇게 가구를 빼내고 나면 뒤에 남겨진 공간에 대한 청소 서비스가 필요했다. 가구가 조금 비니까 넓어 보이긴 했지만, 빠진 자리가 눈에 띄어 슬픈 느낌을 주었다. 그래서 그녀는 청소업체에 전화를 걸었고, 빼낸 물건들을 어딘가에는 두어야 했기 때문에 이사 및 보관업체에도 전화를 걸었다. 그런 다음 그녀는 수영장 관리회사와 정원사에게 전화를 걸었다. 그녀는 추후 통지가 있을 때까지 매일 아침 한 시간씩의 작업을 의뢰했다. 그녀는 정원을 완벽히 최상의 상태로 만들어 놓고 싶었다. 고가 주택 시장에서도 보도에서 보이는 외관의 매력이 제일이라는 것을 잘 알고 있었다. 그런 다음 그녀는 자신이 읽었던 것이나 사람들이 말해 준 것들을 생각해 내려 애썼다. 낭언히 집 인 곳곳에 꽃병을 놓고 꽃을 꽂아 두어야 했다, 그녀는 플로리스트에게 전화했다. 그녀는 창문 세정제를 접시에 담아 두면 집 안에서 나는 소소한 냄새들을 모두 중화시킨다고 누군가 한 말을 기억해 냈다. 암모니아 작용이라고 했던 것 같았다. 그녀는 커피 원두 한 줌을 오 븐에 넣어 뜨겁게 달구면 손님맞이에 걸맞은 기분 좋은 냄새가 난다는 글을 읽은 기억이 났다. 그래서 그녀는 새 봉지를 주방용품 서랍에 넣어 두었다. 셰릴에게서 고객을 대동하고 방문한다는 전화가 올 때마다 오븐에 넣으면 향기 측면에서 적절한 타이밍이 될 거라고 생각했다.

8

체스터 스톤의 하루는 평범하게 시작되었다. 그는 평소와 같은 시간에 차를 몰고 출근했다. 벤츠는 보통 때처럼 편안했다. 6월의 날씨답게 햇살은 빛나고 있었다. 도시로 향하는 길은 평소와 다름없었다. 그 이상도 이하도 아닌 늘 있는 교통체증. 톨게이트 입구에는 늘 보던 장미 행상과 신문판매원들이 있었다. 맨해튼을 통과하는 동안 교통체증이 점차 풀리는 것이, 그가 평소처럼 시간을 잘 맞췄다는 반증이었다. 그는 사무실 건물 지하 주차장의 임대 주차칸에 평소대로 주차하고 엘리베이터를 타고 사무실로 올라갔다. 그의 하루 중 평범한 것은 거기서 끝이 났다.

그곳은 사막이었다. 마치 그의 회사가 하룻밤 사이에 사라진 것 같았다. 직원들은 침몰하는 배에서 탈출하는 쥐처럼 본능적으로 모두 사라져 버렸다. 멀리 떨어진 책상 위에서 전화기 한 대가 울리고 있었다. 전화를 받을 사람은 아무도 없었다. 컴퓨터는 모두 꺼져 있었다. 모니터 화면은 천장의 조명을 반사하여 칙칙한 회색이었다. 그의 내부 집무실은 항상 조용했지만 이제는 이상한 적막감이 감돌았다. 사무실에 들어선 그는 마치 무덤 속에 들어간 것 같았다.

"저는 체스터 스톤입니다." 그가 침묵 속에서 말했다.

그냥 소리를 좀 내기 위해 그렇게 말한 것이었는데, 그 소리가 목이 막혀 껵껵거리는 소리처럼 나왔다. 두꺼운 카펫과 섬유판 벽이 스펀지처럼 소리를 흡수했기 때문에 반향이 없었다. 그의 목소리는 그냥 허공으로 사라지고 말았다.

"빌어먹을."

그는 화가 났다. 자신의 비서에게 가장 많이 화가 났다. 그녀는 그와 오랫동안 함께 일했던 사람이었다. 그녀는 그의 어깨에 수줍은 손을 얹고, 눈빛을 반짝이며, 무슨 일이 있어도 끝까지 남아서 역경을 이겨 내겠다는 충성스러운 약속을 할 거라고 그가 기대한 직원이었다. 하지만 그녀도 다른 모든 사람들과 똑같이 행동했다. 그녀는 재무 부서에서 흘러나온, 회사가 파산했고, 급여 수표도 부도날 거라는 소문을 듣고 몇몇 오래된 파일들을 상자에서 꺼내고 싸구려 황동 액자에 담긴 망할 조카들의 사진과 책상에 있던 오래된 허접한 접란 화분, 서랍에 있던 잡동사니들을 모두 박스에 담아 지하철을 타고 집으로, 도대체 어디 있는지 모를 그녀의 깔끔한 작은 아파트로 옮겼다. 그녀의 깔끔한 작은 아파트는 그가 잘나갈 때 준 급여 수표로 마련한 장식과 가구가 갖춰져 있을 터였다. 그녀는 지금쯤 목욕 가운을 입고 앉아 천천히 커피를 마시며 예상치 못한 아침 휴가를 보내고 있을 것이다. 다시는 그에게 돌아오지 않을 것이고, 아마도 신문 뒷면의 구인공고를 훑어보며 다음 기항지를 고르고 있을지도 몰랐다.

"빌어먹을." 그가 다시 뱉었다.

그는 발을 돌려 씩씩거리며 비서 공간을 통과해 엘리베이터로 단숨에 돌아갔다. 거리로 내려가 햇살 아래로 걸어 나갔다. 그는 분노에 휩싸여 심장이 쿵쾅거리는 채로 서쪽으로 방향을 틀어 빠르게 걷기 시작했다. 빛이 나는 쌍둥이 빌딩의 거대한 덩어리가 위협적으로 다가왔다. 그는 서둘러 광장을 가로질러 엘리베이터로 향했다. 그는 땀을 흘렸다. 로비의 차가운 공기가 그의 재킷을 뚫고 들어왔다. 그는 급행 엘리베이터를 타고 88층까지 올라갔다. 엘리베이터에서 내려 좁은 복도를 지나서 24시간 안에 두 번째로 하비의 로비로 들어갔다.

남자 접수원이 카운터 뒤에 앉아 있었다. 로비 안쪽에서는 비싼 정장을 입은 땅딸한 남자가 한 손에 머그잔 두 개를 들고 탕비실에서 나오고 있었다. 커피 향이 났다. 머그잔에서 김이 모락모락 피어오르고 갈색 거품이 소용돌이치는 것을 볼 수 있었다. 그는 두 남자를 번갈아 흘깃 쳐다보았다.

"하비 씨를 만나야겠어요." 그가 말했다.

그들은 그를 무시했다. 땅딸한 남자가 카운터로 가더니 머그잔 하나를 접수원 앞에 놓았다. 그러고는 스톤 뒤로 걸어가서 스톤과 로비 입구 사이에 섰다. 접수원은 앞으로 몸을 숙여 커피잔을 돌리면서 손잡이 각도를 조심스럽게 조절하여 손에 편안하게 잡힐 때까지 커피잔을 돌렸다.

"하비 씨를 만나야겠어요." 스톤이 다시 똑바로 쳐다보며 말했다.

"난 토니라고 해요." 접수원이 그에게 말했다.

스톤은 고개를 돌려 아무 생각 없이 그를 바라보았다. 새로 생긴 멍인 듯 이마에 붉은 자국이 있었다. 관자놀이의 머리카락은 방금 빗질했지만 찬 수건으로 머리를 누른 것처럼 젖어 있었다.

"하비 씨를 만나야겠어요." 스톤이 세 번째로 말했다.

"하비 사장님은 오늘 사무실에 안 계세요." 토니가 말했다. "당분간은 내가 당신 일을 처리할 거예요. 상의할 문제가 있죠?"

"물론 있죠." 스톤이 말했다.

"그럼 안으로 들어갈까요?" 토니가 말하며 자리에서 일어났다.

그가 다른 남자에게 고개를 끄덕였고, 남자는 카운터를 돌아 의자에 앉았다. 토니가 나와서 안쪽 문으로 걸어갔다. 문을 열어 주자 스톤은 전날과 같은 어둠 속으로 걸어 들어갔다. 블라인드는 여전히 닫혀 있었다. 토니는 어둠을 뚫고 책상 앞으로 걸어갔다. 그는 책상 주위를 걸어가 하비의의자에 앉았다. 정적 속에서 바닥의 스프링이 삐걱거렸다. 스톤은 그 뒤를따랐다. 걸음을 멈추고 왼쪽과 오른쪽을 힐끗거리며 어디에 앉아야 할지고민했다.

"계속 서 있어요." 토니가 그에게 말했다.

"뭐라고요?" 스톤이 대답했다.

"상담이 진행되는 동안 계속 서 있으라고요."

"뭐라고요?" 스톤이 깜짝 놀라서 다시 물었다.

"책상 앞에 똑바로 서요."

스톤은 입도 뻥끗 못 하고 그냥 서 있었다.

"양팔은 몸에 붙이고." 토니가 말했다. "차렷자세로."

그는 감정이 완전히 배제된 목소리로 전혀 흔들림 없이 차분하고 조용히 말했다. 그런 다음 정적이 흘렀다. 건물 어딘가에서 희미하게 들리는배경 소음과 스톤의 가슴에서 쿵쿵거리는 소리만이 들렸다. 그의 눈은 어둠에 적응하고 있었다. 하비의 갈고리로 인해 생긴 책상 위의 자국을 볼수 있었다. 자국은 나무 깊숙이까지 성난 흔적을 남기고 있었다. 침묵이그를 당황하게 했다. 그는 이 상황에 어떻게 반응해야 할지 전혀 감을 잡지 못했다. 왼쪽에 있는 소파를 힐끗 쳐다봤다. 서 있기가 창피했다. 망할접수원 놈의 지시를 받자니 두 배는 더 창피했다. 오른쪽 소파를 힐끗 쳐다보았다. 그는 자신이 반격해야 한다는 것을 알았다. 그냥 가서 소파 중 하나에 앉아야 한다. 그냥 왼쪽이나 오른쪽으로 발을 내디디며 가서 앉으면 된다. 저 놈은 무시해. 그냥 해. 그냥 앉아서 놈에게 누가 위인지 보여줘. 경기를 끝내는 리턴 샷을 치거나 서브 에이스를 넣듯이. 앉으라고, 제발. 그는 스스로에게 말했다. 하지만 다리가 움직이지 않았다. 마치 마비된 것 같았다. 그는 분노와 모욕감으로 경직되어 책상 1미터 앞에 꼼짝없이 서 있었다. 두려움 탓이었다.

"하비 씨의 재킷을 입고 있군요." 토니가 말했다. "그 옷 좀 벗어 주시겠 습니까?"

스톤은 그를 응시했다. 그러고는 재킷을 내려다봤다. 새빌 로우 재킷이 었다. 그는 생애 처음, 실수로 이틀 연속 같은 옷을 입었다는 사실을 깨달 았다.

"이건 내 재킷인데요."

"아뇨, 하비 사장님 겁니다."

스톤은 고개를 저었다. "런던에서 샀어요. 확실히 내 재킷이에요."

토니는 어둠 속에서 미소를 지었다.

"이해를 못 하는군요. 그렇죠?"

"뭘 이해 못 해요?" 스톤이 멍하니 말했다.

"이제 하비 사장님이 당신을 소유한다는 걸요. 당신은 하비 사장님 겁 니다. 당신이 갖고 있는 모든 것이 다 그분 겁니다."

스톤은 그를 응시했다. 방 안에는 정적이 흘렀다. 건물에서 나는 희미한 배경 소음과 스톤의 가슴에서 쿵쿵거리는 소리만 들렸다.

"그러니까 하비 사장님의 재킷을 벗어요." 토니가 조용히 말했다.

스톤은 입을 벌렸다가 아무 소리도 못 내고 다시 다물며 그저 그를 바라보았다.

"벗어요. 그건 당신 소유물이 아니에요. 다른 사람의 재킷을 입고 거기서 있으면 안 되죠."

그의 목소리는 조용했지만 그 안에는 위협이 담겨 있었다. 스톤의 얼굴은 충격으로 굳어 있었지만 갑자기 팔이 의식의 통제 밖에 있는 것처럼 움직이기 시작했다. 그는 마치 남성복 매장에서 입어 보았다가 마음에 들지 않는 옷을 반품하는 것처럼 재킷을 힘겹게 벗어 옷깃을 잡고 내밀었다.

"책상 위에 올려놔요." 토니가 말했다.

스톤은 재킷을 책상 위에 펴놓았다. 그는 재킷을 반반하게 펴면서 거친 표면에 미세한 울섬유가 걸리는 것을 느꼈다. 토니는 재킷을 자기 가까이로 끌어가서 주머니를 차례로 뒤졌다. 그는 내용물을 모아 자기 앞에 작은 더미를 만들었다. 재킷은 돌돌 말더니 책상 너머 왼쪽 소파에 아무렇지도 않게 던졌다.

그는 몽블랑 만년필을 집어 들었다. 입으로 감탄하는 모습을 짓고는 자신의 주머니에 넣었다. 그러고는 열쇠 다발을 집어 들었다. 책상 위에 부채꼴로 펴놓고 열쇠를 한 번에 하나씩 가려냈다. 자동차 열쇠를 골라 검지와 엄지로 잡아 들어 올렸다.

"벤츠?"

스톤은 멍하니 고개를 끄덕였다.

"모델은?"

"500SEL." 스톤이 중얼거렸다.

"신형?"

스톤은 어깨를 으쓱했다. "1년 됐어요."

"색깔은?"

"진한 청색."

"어디 있죠?"

"내 사무실에요." 스톤이 중얼거렸다. "주차장에."

"이따가 다시 얘기하죠." 토니가 말했다.

그는 서랍을 열고 열쇠를 그 안에 넣었다. 서랍을 닫고 지갑으로 시선을 돌렸다. 그는 지갑을 거꾸로 들고 흔들며 손가락으로 내용물을 빼냈다. 지갑이 비자 책상 밑으로 던져 버렸다. 스톤은 지갑이 쓰레기통에 부딪히는 소리를 들었다. 토니는 마릴린의 사진을 한 번 흘깃 쳐다보고는 지갑에 뒤이어 던졌다. 스톤은 딱딱한 인화지가 금속에 부딪히는 희미한 소리를 들었다. 토니는 카지노 딜러처럼 세 손가락으로 신용카드를 차곡차곡 쌓은 다음, 한쪽으로 밀어 놓았다.

"우리가 아는 친구가 이걸 100달러에 산다고 하더라고요." 토니가 말했다.

그런 다음 그는 지폐를 추려서 액면별로 분류했다. 지폐를 센 뒤 클립을 끼웠다. 그리고 열쇠와 같은 서랍에 넣었다.

"당신네가 원하는 게 뭡니까?" 스톤이 물었다.

토니가 그를 올려다보았다.

"당신이 하비 사장님의 넥타이를 풀어서 나한테 주길 원해요." 그가 말했다.

스톤은 무력하게 어깨를 으쓱했다.

"아니, 진짜로 당신네가 나한테 원하는 게 뭐냐고요?"

"1,710만 달러. 그게 당신이 우리한테 빚진 금액이니까."

스톤은 고개를 끄덕였다. "알겠어요. 돈 드릴게요."

"언제요?" 토니가 물었다.

"글쎄요. 시간이 좀 필요하겠죠." 스톤이 말했다.

토니는 고개를 끄덕였다. "좋아요. 한 시간 드리죠."

스톤이 그를 쳐다보았다. "아뇨, 한 시간 이상 필요해요."

"한 시간이 최대한인데?"

"한 시간 안에는 할 수 없어요."

"나도 네가 못 한다는 거 알아." 토니가 말했다. "넌 똥통에 빠져 못 나오는 쓸모없는 똥덩어리니까. 한 시간, 하루, 일주일, 한 달, 일 년을 줘도 못 해. 안 그래?"

"뭐요?"

"넌 수치스러운 놈이야, 스톤. 할아버지가 고생해서 일구고 아버지가 더 크게 키워낸 사업을 가져가서 변기에 처박았으니 진짜 멍청한 놈이지. 안 그래?"

스톤은 멍한 채 어깨를 으쓱했다. 그러고는 침을 삼켰다.

"그래, 난 몇 번 타격을 받았어." 그가 말했다. "하지만 내가 뭘 할 수 있었을까?"

"넥타이 풀라고!" 토니가 소리쳤다.

스톤이 놀라서 손을 번쩍 들어 올렸다. 허둥지둥 매듭을 풀기 위해 몸부림쳤다.

"빨리 풀어, 이 쓰레기 같은 놈아!" 토니가 소리쳤다.

그가 넥타이를 잡아챘다. 헝클어진 채로 책상 위에 떨어뜨렸다.

"고맙군요, 스톤 씨." 토니가 조용히 말했다.

"당신네들, 뭘 원하는 겁니까?" 스톤이 작은 소리로 물었다.

토니는 다른 서랍을 열고 손으로 쓴 종이 한 장을 꺼냈다. 노란 종이에 갈겨 적은 글자가 빽빽하게 가득했다. 페이지 하단에 숫자가 합산된 무엇인가에 대한 목록이었다.

"우린 당신 회사의 지분을 39퍼센트 소유하고 있어." 그가 말했다. "오늘 아침 기준으로. 우린 12퍼센트를 더 원해."

스톤은 그를 응시했다. 머릿속으로 계산을 했다. "지배지분?"

"맞아." 토니가 말했다. "우린 39퍼센트를 보유하고 있고, 12퍼센트를 추가하면 51퍼센트가 되니까 실제로 지배지분이 되는 거지."

스톤은 다시 침을 삼키며 고개를 저었다.

"안 돼요." 그가 말했다. "그렇게는 못 해요."

"좋아. 그럼 한 시간 안에 1,710만 달러를 내놔."

스톤은 멀뚱히 서서 좌우만 번갈아 흘깃거렸다.

뒤에서 문이 열리고 비싼 정장을 입은 덩치가 들어와 카펫을 소리 없이 밟으며 건너오더니 토니의 왼쪽 어깨 뒤에 팔짱을 끼고 섰다.

"시계 풀어." 토니가 말했다.

스톤은 자신의 왼쪽 손목을 흘깃 보았다. 롤렉스였다. 스테인레스 스틸처럼 보였지만 백금이었다. 제네바에서 산 것이었다. 그는 시계줄을 풀고 넘겨주었다. 토니는 고개를 끄덕이며 다른 서랍에 넣었다.

"이제 하비 사장님의 셔츠를 벗어."

"이런다고 너희가 주식을 더 갖게는 못 해." 스톤이 말했다.

"한 수 있을 것 같은데 셔츠 벗어, 오케이?"

"이봐, 난 겁먹지 않아." 스톤이 최대한 자신 있게 말했다.

"이미 겁먹었는데." 토니가 대답했다. "안 그래? 하비 사장님의 바지를 엉망으로 만들려고 하잖아. 그런데 그건 큰 실수야. 왜냐면 그걸 네가 다 치워야 할 테니까."

스톤은 아무 말도 하지 않았다. 그냥 두 사람 사이의 허공만 쳐다봤다.

"지분의 12퍼센트." 토니가 부드럽게 말했다. "왜 안 되지? 아무 가치도 없는 건데. 그리고 여전히 49퍼센트는 남아 있을 거고."

"……변호사와 상의해 볼게요." 스톤이 말했다.

"오케이. 해 봐."

스톤은 필사적으로 방 안을 둘러보았다.

"전화기 어딨죠?"

"여긴 전화기가 없어." 토니가 말했다. "하비 사장님은 전화기를 좋아하지 않거든."

"그럼 어떻게 상의하죠?"

"악을 써." 토니가 말했다. "정말 크게 악을 쓰면 변호사가 들을지도 모르잖아?"

"뭐요?"

"악을 쓰라고." 토니가 다시 말했다. "그렇게 이해가 안 돼? 상황을 보고 판단해. 여긴 전화도 없고 방을 나갈 수도 없는데 변호사와 상담은 하고 싶으니 악을 쓰는 수밖에 없잖아?"

스톤이 멍한 눈으로 허공을 응시했다.

"악을 쓰라고, 이 멍청아!" 토니가 그에게 소리쳤다.

"아뇨, 안 해요." 스톤이 무력하게 말했다. "당신이 무슨 말을 하는지 모르겠어요."

"셔츠 벗어!" 토니가 소리쳤다.

스톤은 심하게 흔들렸다. 두 팔을 반쯤 허공에 올린 채 망설였다.

"벗어, 이 개자식아!" 토니가 소리쳤다.

스톤의 손이 위로 튀어 올라 단추를 아래까지 다 풀었다. 그는 셔츠를 벗어서 손에 들고 속옷만 입고 떨면서 그 자리에 서 있었다.

"깔끔하게 접어." 토니가 말했다. "하비 사장님은 깔끔한 걸 좋아하시니까."

스톤은 최선을 다했다. 그는 옷깃을 잡고 흔들어서 반으로 접고 다시 반으로 접었다. 그는 허리를 굽혀 소파의 재킷 위에 셔츠를 사각형으로 올려놓았다.

"12퍼센트를 포기해." 토니가 말했다.

"못 해요." 스톤이 손을 꽉 쥐며 대답했다.

침묵이 흘렀다. 침묵과 어둠.

"효율성." 토니가 조용히 말했다. "그게 우리가 여기서 추구하는 겁니다. 효율성에 좀 더 신경을 썼어야죠, 스톤 씨. 그랬더라면 당신 사업이 지금처럼 폭망하진 않았을 거예요. 자, 그렇다면 우리가 이 일을 처리하는 데 가장 효율적인 방법은 뭘까요?"

스톤은 힘없이 어깨를 으쓱했다. "무슨 말인지 모르겠어요."

"그럼 내가 설명해 드리죠." 토니가 말했다. "우린 당신의 수락을 원하고 있어요. 우린 당신이 서류에 서명해 주길 원한다고. 그럼 우리가 그걸 어떻게 얻어낼까?"

"절대 못 얻을 거야, 이 나쁜 자식아!" 스톤이 말했다. "빌어먹을, 내가 먼저 파산해 버릴 거니까! 파산법에 따르면, 너흰 나에게서 땡전 하나 얻지 못할 거야. 하나도 못 가져가. 최소 5년은 법정다툼을 해야 할걸?"

토니는 마치 오랜 경력의 초등학교 선생님이 100번째로 틀린 답을 듣는 것처럼 참을성 있게 고개를 저었다.

"너희들이 아무리 갖고 싶어 해도 내 회사를 넘겨주진 않을 거야." 스톤이 그에게 말했다.

"우린 당신을 해칠 수 있어." 토니가 말했다.

스톤의 시선이 어둠을 뚫고 책상 위로 떨어졌다. 그의 넥타이가 갈고리로 인해 거칠게 패인 자국 바로 위에 그대로 놓여 있었다.

"하비 사장님의 바지를 벗어." 토니가 말했다.

"아니, 안 해! 이 망할!" 스톤이 다시 소리쳤다.

토니의 어깨 옆에 서 있던 놈이 팔 아래로 손을 넣었다. 가죽끼리 비벼지는 소리가 났다. 스톤은 믿을 수 없다는 표정으로 그를 쳐다보았다. 놈은 작은 검은색 권총을 꺼내 들었다. 한쪽 팔로 눈높이에서 똑바로 조준했다. 놈은 책상 주위를 돌아 스톤을 향해 다가갔다. 그는 점점 더 가까이 다가갔다. 스톤은 눈이 크게 벌어진 채 그걸 바라보았다. 총에 시선이 고정되었다. 총은 그의 얼굴을 조준했다. 그는 떨면서 식은땀을 흘리고 있었다. 놈은 조용히 걸음을 옮겼고, 총은 점점 더 가까이 다가왔고, 스톤의 눈은 양쪽을 따라 교차하며 움직였다. 총구가 그의 이마에 닿았다. 놈은 총으로 이마를 누르고 있었다. 총구는 딱딱하고 차가웠다. 스톤은 떨고 있었다. 압력 때문에 몸이 뒤로 젖혀졌다. 비틀거리며 총인 것 같은 검은색 흐린 물체에 초점을 맞추려고 애썼다. 그는 놈이 다른 손으로 주먹을 쥐는 것을 보지 못했다. 펀치가 날아오는 것도 보지 못했다. 주먹이 그의 배를 세게 내리쳤고, 그는 무릎이 꺾인 채 꿈틀거리고 숨을 헐떡이고 켁켁거리며 빈 자루처럼 쓰러졌다.

"바지 벗으라고, 이 개자식아!" 토니가 그를 내려보며 소리쳤다.

덩치가 난폭하게 발길질을 하자 스톤은 비명을 지르며 거북이처럼 엎
드려 이리저리 구르면서 숨을 헐떡이고 기침을 하며 벨트를 잡아당겼다.
그는 단추와 지퍼를 더듬어서 벨트를 풀었다. 그는 바지를 다리 아래로 내
렸다. 바지가 구두에 걸리자 그는 바지를 잡아당겨 뒤집어 벗겼다.

"일어나시죠, 스톤 씨." 토니가 조용히 말했다.

스톤은 비틀거리며 일어나 고개를 앞으로 숙인 채 헐떡이며 무릎에 손
을 얹고 불안정하게 섰다. 배는 오르락내리락, 팬티 아래로 털이 없는 가
느다란 흰색 다리가, 발에는 검은 양말과 구두가 신겨져 있는 모습이 우스
꽝스러웠다.

"우린 당신을 해칠 수도 있어요." 토니가 말했다. "이제 알겠어요?"

스톤은 고개를 끄덕이며 숨을 헐떡였다. 그는 두 팔로 자신의 배를 누
르고 있었다. 숨을 헐떡이며 기침을 해댔다.

"이제 이해했겠죠?" 토니가 다시 물었다.

스톤이 마지못해 고개를 끄덕였다.

"말해 봐요, 스톤 씨." 토니가 말했다. "우리가 당신을 해칠 수 있다고
말해 봐요."

"당신들은 날 해칠 수 있어요." 스톤은 숨을 헐떡였다.

"하지만 우린 그러지 않을 거예요. 하비 사장님은 그렇게 하는 걸 좋아
하지 않거든요."

스톤은 손을 들어 눈에서 흐르는 눈물을 닦으며 희망에 찬 표정으로 그
를 올려다보았다.

"하비 사장님은 아내 쪽을 해치는 걸 더 좋아해요." 토니가 말했다. "효율성. 그쪽이 더 결과가 빠르거든. 그러니 이 시점에서 당신은 정말로 마릴린을 생각해야 해요."

렌트한 토러스는 브라바다보다 훨씬 빨랐다. 6월의 한적한 도로에서는 경쟁할 차가 없었다. 1월의 눈이나 2월의 진눈깨비가 내릴 때는 상시 사륜구동이 좋았을지 모르지만, 6월의 허드슨 강 강변을 빠르게 달리는 여정에서는 일반 세단이 SUV보다 그야말로 훨씬 더 좋았다. 차체가 낮아 안정적이었고, 잘 달렸으며, 자동차가 그래야 하듯 굴곡을 따라 잘 움직였다. 그리고 조용했다. 그는 라디오를 뉴욕 시내의 방송국에 맞춰 놓았는데, 위노나 쥬드라는 여자가 〈왜 나는 아닌가요?Why Not Me〉라고 소리쳐 묻고 있었다. 그는 위노나 쥬드가 자신이 그렇게까지 좋아할 만한 가수는 아니라고 생각했다. 왜냐하면 누군가가 그에게 애절한 사랑 노래를 부르는 컨트리 가수를 좋아하냐고 묻는다면 자신의 선입견에 따라 아니라고 대답했을 것이기 때문이다. 하지만 그녀의 목소리는 끝내줬고, 기타 파트도 끝내줬다. 그리고 위노나 쥬드가 아니라 조디가 자신에게 노래를 불러준다고 상상했기 때문에 더 가사가 마음에 와 닿았다. 당신이 점점 나이 들어가는 지금, 왜 나는 아닌가요? 왜 나는 아닌가요? 그는 치솟는 콘트랄토테너와 메조소프라노 사이에 위치하는 여성이 가장 낮은 음역에 그의 기칠고 울림이 있는 베이스를 깔아 따라 부르기 시작했고, 노래가 작아지면서 광고가 시작되자 그도 다른 사람들처럼 집과 스테레오가 있으면 그 음반을 사겠다고 생각했다. 왜 나는 아닌가요?

그는 9번 국도를 타고 북쪽으로 향하고 있었는데, 옆에 펼쳐놓은 허츠

렌터카 회사의 지도가 브라이튼이 픽스킬과 포킵시 사이의 중간 지점, 서쪽 허드슨 강 강변에 있다는 것을 알려 주었다. 그 옆에는 맥배너맨의 진료실에서 가져온 의료용 패드에 노부부의 주소가 적혀 있었다. 그는 토러스를 시속 100킬로로, 목적지에 제시간에 도착할 수 있을 만큼은 빠르고, 숲이 우거진 모퉁이마다 숨어서 레이더 총과 과속 딱지를 들고 시 수입을 늘리려고 기다리는 교통 경찰의 눈을 피할 수 있을 만큼은 느리게 달렸다.

개리슨과 다시 평행하게 올라가는 데 한 시간이 걸렸고, 북쪽으로 가면 강을 건너 서쪽으로 뉴버그로 향하던 기억이 있는 큰 고속도로가 나올 거라 생각했다. 허드슨 강을 건너자마자 그 도로를 벗어나면 브라이튼에 떨어질 것 같았다. 그런 다음에는 주소를 찾는 일만 남는데, 그건 쉽지 않을 수도 있었다.

하지만 어렵지 않았다. 동서 고속도로에서 브라이튼으로 남하하는 길은 노부부의 주소 두 번째 줄에 있는 도로명과 같은 길이었기 때문에 쉽게 찾을 수 있었다. 그는 우편함과 집 번호를 확인하며 남쪽으로 천천히 운전했다. 그러다 점점 더 어려워지기 시작했다. 우편함은 여섯 개씩 묶여서, 수백 미터 간격으로 떨어진 곳에 모여 있었으며, 특정한 집과 뚜렷한 연결 고리 없이 독립적으로 서 있었다. 사실 집은 거의 보이지 않았다. 모두 작은 시골길을 따라 떨어져 있는 것으로 보였다. 자갈길이나 포장된 아스팔트길이 이쪽저쪽 숲 속으로 터널처럼 뻗어 있었다.

그는 맞는 우편함을 찾아냈다. 우편함은 날씨와 서리 탓에 부식되어 기울어가는 나무 기둥 위에 세워져 있었다. 그 주위에는 활기찬 녹색 덩굴과 기 덩굴이 뒤엉켜 있었다. 우편함은 칙칙한 커다란 녹색 상자였고, 옆면에 희미하지만 깔끔한 손글씨로 집 번호가 적혀 있었다. 상자가 우편물로 가득 차서 문이 열려 있었다. 그는 모든 우편물을 꺼내 옆에 있는 조수석에 사각형으로 쌓았다. 우편함의 문을 삐걱거리며 닫자 앞면에 깔끔한 손글씨로 적은 빛바랜 이름이 보였다. 하비.

우편함은 집배원의 편의를 위해 모두 도로의 오른쪽에 있었지만, 시골 길은 양쪽으로 뻗어 있었다. 그가 멈춘 곳에서 네 개의 시골길이 보였는데 그중 두 개는 왼쪽으로, 두 개는 오른쪽으로 향하고 있었다. 그는 어깨를 으쓱하고는 오른쪽으로 이어지는 첫 번째 길로 내려가 강 쪽으로 향했다.

잘못 든 길이었다. 그 길 아래 북쪽과 남쪽에 각각 한 채씩 집이 있었다. 그중 한 집 대문에 문패가 중복으로 붙어 있었다. 코진스키. 다른 집은 차고에 달아 놓은 새 농구 골대 아래에 새빨간 폰티악 파이어버드가 주차되어 있었다. 그리고 어린이용 자전거가 잔디밭에 널브러져 있었다. 노인이 살고 있다는 증거로는 설득력이 없었다.

왼쪽의 첫 번째도 잘못 든 길이었다. 그는 오른쪽 두 번째 길에서 맞는 집을 찾았다. 강과 평행하게 남쪽으로 이어지는 초목이 무성한 진입로가 있었다. 대문에는 우편 서비스가 집 가까이까지 오던 시절에 썼던 낡고 녹슨 우체통이 있었다. 같은 칙칙한 초록색이지만 훨씬 더 빛이 바래 있었다. 똑같이 깔끔한 손글씨지만 유령처럼 희미하게 이름이 쓰여 있었다. 하비. 전기선과 전화선이 연결되어 있었고, 덩굴이 커튼처럼 늘어져 있었다. 그는 투러스를 몰고 양쪽의 초목들을 쓸어가며 진입로로 들어가 치고 이래에 비스듬히 주차된 낡은 쉐보레 세단 뒤에 세웠다. 그 낡은 차는 보닛과 트렁크가 항공모함의 비행갑판만 한 풀 사이즈였는데, 모든 낡은 자동차가 그렇듯 칙칙한 갈색의 작은 구멍들이 생겨나고 있었다.

그는 시동을 끄고 정적 속에서 밖으로 나왔다. 그러고는 다시 차 안으

210

로 들어가 우편물 더미를 집어 들고 나와 그대로 서 있었다. 집은 낮은 단층집이었으며, 그가 있는 곳에서 서쪽으로 강을 향해 자리 잡고 있었다. 집은 자동차와 같은 갈색이었고, 외벽과 지붕은 낡아빠져 있었다. 마당은 엉망진창이었다. 잘 가꾸어진 정원이 습한 봄과 더운 여름을 지내며 15년 동안 손길이 닿지 않으면 어떻게 되는지를 보여 주고 있었다. 차고에서 현관문으로 이어지던 넓은 길이 있었지만, 덤불이 우거져 좁은 길로 변해 버렸다. 그는 주위를 둘러보며 정원사보다는 화염방사기를 갖춘 보병 소대가 더 유용할 것이라고 생각했다.

그는 발목을 감고 잡아당기는 덤불을 헤치고 문 앞에 이르렀다. 초인종이 있었지만 녹투성이였다. 그는 몸을 앞으로 숙여 손가락 마디로 나무문을 두드렸다. 그리고 기다렸다. 아무 반응이 없었다. 다시 두드렸다. 그는 뒤에서 요란하게 나는 정글의 소리를 들을 수 있었다. 곤충 소리. 그리고 진입로 위의 토러스 하부에서 소음기가 식으면서 끼긱거리는 소리. 그는 다시 노크를 했다. 기다렸다. 집 안에서 마루판이 삐걱거리는 소리가 났다. 소리가 누군가의 발걸음보다 앞서서 그에게 흘러나오고 있었다. 문 반대편에서 발걸음이 멈추고 나무문에 막혀서 잘 들리지 않는 가냘픈 여자 목소리가 들렸다.

"거기 누구세요?" 안에서 소리쳤다.

"가버 장군의 친구 리처입니다." 그가 말했다.

그의 목소리는 컸다. 뒤쪽의 덤불 속에서 겁에 질려 허둥대는 소리가 들렸다. 숨어 사는 동물들이 도망치고 있었다. 앞에서는 빽빽한 자물쇠가 돌아가며 걸쇠가 풀리는 소리가 들렸다. 문이 삐걱거리며 열렸다. 아으 어둠이었다. 처마 그늘로 한 발짝 다가서자 한 노부인이 기다리고 있는 것이 보였다. 여든은 넘은 것 같았고, 가늘고 흰 머리에 구부정한 자세로 나일론 페티코트 위에 허리에서부터 확 퍼지는 색바랜 꽃무늬 드레스를 입고 있었다. 50년대와 60년대 교외 가든 파티에 참석한 여성들의 사진에서 그가 본 종류의 드레스였다. 그런 종류의 드레스는 긴 흰 장갑과 챙이 넓은 모자를 쓰고 만족스러운 부르주아 미소를 지으며 입는 게 보통이었다.

"기다리고 있었어요." 그녀가 말했다.

그녀는 돌아서 옆으로 섰다. 그는 고개를 끄덕이며 안으로 들어갔다. 스커트의 넓은 폭 때문에 그는 나일론이 바스락거리는 소리를 내는 치마폭을 밀고 지나가야 했다.

"우편물을 가져왔습니다." 그가 그녀에게 말했다. "우편함이 꽉 찼더군요."

그는 두툼하게 말려 있는 봉투 더미를 들고 기다렸다.

"고마워요." 그녀가 말했다. "정말 친절하시네요. 거기까지 걸어가는 건 꽤 멀고, 혹시라도 추돌 사고가 날까 봐 차는 세우고 싶지 않거든요. 아주 번잡한 길이에요. 사람들이 무섭게 빨리 달려요. 내 생각엔 규정 속도보다 더 빠르게요."

리처는 고개를 끄덕였다. 그 도로는 그가 본 것 중 가장 한적한 도로였다. 누군가 노란 선 바로 위에서 밤새 잔다고 해도 아침까지 살아남을 확률이 높았다. 그는 여전히 우편물을 들고 있었다. 노부인은 그것에 대해 아무런 관심을 보이지 않았다.

"어디에 놔 드릴까요?"

"부엌에 놔 주실래요?"

복도는 짙은 색 나무 패널로 된 어두운 공간이었다. 부엌은 더 심각했다. 노란 무늬유리로 된 작은 창문이 하나 있었다. 짙은 무광 무늬목으로 된 가구들이 맥락없이 여기저기 세워져 있었고, 민트색과 회색 에나멜 도장 작업이 된 오래되고 이상하게 생긴 가전제품들이 짧은 다리로 서 있었다. 방 전체에서 오래된 음식과 달궈진 오븐 냄새가 났지만 그곳은 깨끗하고 정돈되어 있었다. 닳아 버린 리놀륨 위에는 해진 러그가 깔려 있었고, 알이 두꺼운 안경 한 쌍은 깨진 도자기 머그잔에 세로로 세워져 있었다. 그는 머그잔 옆에 우편물 뭉치를 놓았다. 방문객이 가고 나면 그녀는 즉시 자신의 가장 좋은 옷을 좀약과 함께 옷장에 다시 넣은 뒤 우편물을 읽기 위해 안경을 쓸 것이다.

"케이크 좀 드릴까요?" 그녀가 물었다.

그는 레인지 위를 흘긋 쳐다보았다. 거기에는 낡은 리넨 천으로 덮인 도자기 접시가 놓여 있었다. 그녀가 그를 위해 무언가를 구워 놓은 것이었다.

"커피도 있어요."

레인지 옆에는 민트 그린 에나멜 도장, 상단에 녹색 유리 손잡이가 있는 골동품 같은 커피 여과기가 닳은 직물 절연 코드로 콘센트에 연결되어 있었다. 그는 고개를 끄덕였다.

"둘 다 아주 좋아합니다." 그가 말했다.

그녀는 기뻐하며 고개를 끄덕였다. 그녀는 치마폭으로 오븐 문을 쓸며 바삐 움직였다. 떨리는 가느다란 엄지로 여과기의 스위치를 조작했다. 미리 다 채워 준비를 해 두었다.

"시간이 조금 걸려요." 그녀가 말했다. 그런 다음 그녀는 잠시 멈춰 서서 귀를 기울였다. 오래된 여과기가 큰 소리로 꿀럭거리기 시작했다. "그동안 우리 남편을 만나러 가요. 지금 깨어났고, 당신 만나는 걸 고대하고 있어요. 커피 머신이 작동되기를 기다리는 동안에요."

그녀는 복도를 지나 안쪽에 있는 작은 응접실로 그를 안내했다. 12제곱미터 남짓한 공간에 안락의자와 소파, 유리로 된 가슴 높이의 캐비닛들이 도자기 장식품으로 가득 차 있었다. 의자 중 하나에 노인이 앉아 있었다. 그는 뻣뻣한 혼방 청색 양복을 입고 있었는데, 군데군데 닳아서 광택이 났고, 쪼그라든 몸집에 비해 적어도 세 사이즈는 더 컸다. 그의 셔츠 깃은 넓고 뻣뻣한 고리가 되어 창백하고 앙상한 목을 감싸고 있었다. 머리카락은 흰색의 부드러운 솜털 몇 가닥이 전부였다. 손목은 양복 소맷자락에서 튀어나온 연필처럼 보였다. 손은 가늘고 뼈만 남은 채 의자 팔에 느슨하게 놓여 있었다. 그는 투명 플라스틱 관을 귀에 걸고 늘어뜨려 코에 꽂고 있었다. 그의 뒤쪽에는 바퀴 달린 카트 위에 산소통이 놓여 있었다. 그는 손을 들어 올릴 힘을 내기 위해 머리를 들어 산소를 길고 깊게 흡입했다.

"리처 소령님." 그가 말했다. "만나서 정말 반갑습니다."

리처는 앞으로 다가가 손을 잡고 흔들었다. 차갑고 건조해서 마치 해골의 손을 플란넬 천으로 감싼 것 같은 느낌이 들었다. 노인은 잠시 숨을 멈추고 산소를 더 들이마신 뒤 다시 말했다.

"톰 하비입니다, 소령님. 그리고 이 사랑스러운 여자는 내 아내 메리입니다."

리처는 고개를 끄덕였다

"두 분을 만나 반갑습니다." 그가 말했습니다. "하지만 저는 이제 소령이 아닙니다."

노인은 고개를 끄덕이며 코로 산소를 빨아들였다.

"복무를 했으니까 당신을 계급으로 불러도 된다고 생각해요."

한쪽 벽 중앙에 잡석으로 낮게 쌓은 벽난로가 있었다. 벽난로 위에는 화려한 은색 액자에 담긴 사진들이 빼곡히 걸려 있었다. 대부분 같은 피사체, 올리브색 군용 작업복을 입은 젊은 남성이 다양한 포즈와 상황에서 찍은 컬러 스냅 사진들이었다. 그중에는 제복을 입은 다른 남자의 에어브러시 처리된 오래된 흑백 사진 한 장이 있었는데, 큰 키에 똑바로 서서 미소를 짓고 있는 다른 병역 세대의 일등병이었다. 망가진 심장이 몸속에서부터 그를 죽이기 시작하기 전에 찍은 하비 씨의 사진 같았지만, 리처가 알아보기는 어려웠다. 닮은 구석이 전혀 없었다.

"나예요." 하비가 그의 시선을 따라가서 확인해 주었다.

"2차 세계대전 때인가요?" 리처가 물었다.

노인은 고개를 끄덕였다. 그의 눈에는 슬픔이 가득했다.

"난 해외에 나가 본 적이 없어요." 그가 말했다. "징집 영장이 나오기 한참 전에 자원했지만 그때도 난 심장이 약했어요. 날 보내 주지 않았죠. 그래서 뉴저지의 한 창고에서 보충역으로 근무했어요."

리처는 고개를 끄덕였다. 하비는 팔을 뒤로 빼고 실린더 밸브를 만지작거려서 산소의 흐름을 늘렸다.

"지금 커피를 가져올게요." 노부인이 말했다. "그리고 케이크도요."

"뭐 좀 도와드릴까요?" 리처가 물었다.

"아뇨, 괜찮아요." 그녀는 천천히 방을 빠져나가며 말했다.

"편히 앉으세요, 소령님." 톰 하비가 말했다.

리처는 고개를 끄덕이고 정적 속에서 노인의 사그러드는 목소리를 들을 수 있을 정도로 가까운 작은 안락의자에 앉았다. 노인의 쌕쌕거리는 숨소리가 들렸다. 산소통 위에서 나는 희미한 쉬익 소리와 주방에서 도자기가 달그락거리는 소리만 들릴 뿐이었다. 환자와 가정의 평온한 소음. 창문에는 연두색 플라스틱 가로형 블라인드가 있었는데, 햇빛을 가리기 위해 기울인 상태였다. 강은 잡초가 무성한 마당 너머 어딘가에 있는 것 같았다. 아마 레온 가버의 집에서 50킬로 정도 상류인 듯했다.

"가져갈게요." 하비 부인이 복도에서 말했다.

그녀는 바퀴 달린 카트를 끌고 다시 응접실로 돌아오고 있었다. 그 위에는 잔과 받침, 접시가 같은 짝인 도자기 세트가 작은 우유 주전자와 설탕 그릇과 함께 놓여 있었다. 리넨 커버가 벗겨진 접시 위에 노란 크림이 입혀진 파운드케이크가 보였다. 레몬 크림인 것 같았다. 골동품 여과기도 커피향을 풍기며 거기에 있었다.

"어떻게 마셔요?"

"우유, 설탕 다 안 넣습니다." 리처가 말했다.

그녀는 가느다란 손목이 떨릴 정도로 힘겹게 커피를 잔에 따랐다. 그녀가 잔을 건네는 동안 잔이 잔받침 위에서 덜거거렸다. 그녀는 케이크의 4분의 1을 접시에 담아 건넸다. 접시가 흔들렸다. 산소통에서 쉭쉭 소리가 났다. 노인은 케이크를 잘게 자르고, 한 조각을 먹을 수 있을 만큼의 충분한 산소를 흡입하면서, 자신의 이야기를 정확하게 전달하려 정리하고 있었다.

"난 인쇄소를 운영했었어요." 그가 갑자기 말했다. "내 가게를 운영했지요. 메리는 내 대형 거래처에서 근무했었고요. 우리는 사귀다가 47년 봄에 결혼했어요. 우리 아들은 48년 6월에 태어났고요."

그는 돌아서서 진열된 사진의 줄을 따라 시선을 옮겼다.

"우리 아들이에요. 빅터 트루먼 하비."

응접실이 마치 의식을 치르는 듯 조용해졌다.

"난 국방의 의무를 다하려 했어요." 노인이 말했다. "그런데 전투 수행에 적합하지 않아서 회한이 많아요. 몹시 한스러워요, 소령님. 하지만 나 나름의 방식으로 조국에 헌신하려 했고 그렇게 해서 기뻤어요. 우리 아들도 똑같이 조국을 사랑하고 조국을 위해 헌신하도록 키웠지요. 빅터는 베트남전에 자원했어요."

하비 노인은 입을 다물고 코로 산소를 두 번 빨아들인 다음 옆쪽 바닥으로 몸을 숙여 가죽 장정된 폴더를 꺼냈다. 그는 뼈만 앙상한 다리에 그 폴더를 걸치고 펼쳐서 열었다. 그중 사진 한 장을 꺼내 떨리는 손으로 건넸다. 리처는 잔과 접시의 위치를 옮긴 뒤 앞으로 몸을 기울여 사진을 받았다. 그것은 뒷마당에서 찍은 한 소년의 빛바랜 컬러 사진이었다. 통통하고, 주근깨가 많은 아홉 살에서 열 살 정도의 소년이, 금속 그릇을 머리에 거꾸로 뒤집어 쓰고 어깨에는 장난감 소총을 메고 뺏뻣한 데님 바지는 양말 안에 집어넣어 마치 군복처럼 연출한 채, 이를 환하게 드러내고 웃고 있었다.

"그 아인 군인이 되고 싶어 했어요." 노인이 말했다. "항상요. 녀석의 포부였죠. 물론 그 당시에는 나도 동의했어요. 우리는 다른 아이를 가질 수 없었기 때문에 빅터는 외아들이었고 우리 삶의 빛이었지요. 난 군인이 되어 조국을 위해 헌신하는 것은 애국적인 아버지의 외아들로서 훌륭한 포부라고 생각했어요."

다시 정적이 흘렀다. 기침 소리. 쉭쉭거리는 산소통 소리. 정적.

"소령님, 베트남전에 찬성하셨나요?" 누이가 갑자기 물었다.

리처는 어깨를 으쓱했다.

"그때 전 너무 어렸기 때문에 의견이랄 게 없었습니다. 하지만 지금 제가 아는 것을 그때도 알았다면 찬성은 하지 않았을 겁니다."

"왜요?"

"잘못된 장소였으니까요." 리처가 말했다. "잘못된 시기, 잘못된 이유, 잘못된 수단, 잘못된 접근 방식, 잘못된 리더십. 진정한 지원도, 승리에 대한 진정한 의지도, 일관된 전략도 없었습니다."

"당신이라면 갔을까요?"

리처는 고개를 끄덕였다.

"네, 저는 갔을 겁니다." 그가 말했다. "선택의 여지가 없었을 겁니다. 저도 군인의 아들이었으니까요. 하지만 아버지 세대가 부러웠을 겁니다. 2차 대전이 훨씬 쉬웠으니까요."

"빅터는 헬리콥터를 조종하고 싶어 했어요. 거기에 푹 빠졌지요. 또 내 탓이 아닌가 싶습니다만, 내가 그 아일 지역 축제에 데려가서 2달러를 내고 헬기를 처음 태워 줬어요. 벨 헬리콥터사에서 만든 낡은 농사용 기종이었죠. 그 후로 헬리콥터 조종사는 녀석이 되고 싶어 하는 것의 전부였어요. 그리고 빅터는 육군이 그걸 배우기에 가장 좋은 곳이라고 생각했지요."

그는 폴더에서 다른 사진을 꺼내 건넸다. 같은 소년이 이제 나이를 두 배로 먹고 키가 자라서 새 군복을 입고 여전히 웃는 얼굴로 육군 헬리콥터 앞에 서 있는 모습이 담겨 있었다. 헬기는 구형 훈련기인 H-23 힐러였다.

"거긴 포트 월터스예요." 노인이 말했다. "텍사스로 한참 내려가면 있지요. 미 육군 초등 헬리콥터 학교예요."

리처는 고개를 끄덕였다. "베트남에서 헬기를 몰았다고요?"

"빅터는 훈련 과정을 차석으로 통과했어요." 노인이 말했다.

"우리에겐 놀랍지 않았어요. 그 아인 고등학교 때까지 항상 우등생이었으니까요. 특히 수학에 특별한 재능이 있었지요. 회계를 알더라고요. 난 녀석이 대학을 마치고 나와 함께 일하면서 장부 업무를 맡아주는 걸 상상해봤어요. 사실 간절히 기대했었지요. 소령님, 난 학교 생활이 힘들었어요. 이제 와서 부끄러워할 것도 없지요. 난 교육받은 사람이 아니에요. 빅터가 잘하는 모습을 보는 건 내게 항상 큰 기쁨이었어요. 녀석은 아주 똑똑했어요. 그리고 아주 착했지요. 똑똑하고, 친절하고, 마음씨도 착한, 완벽한 아들, 세상 하나뿐인 우리 아들."

노부인은 침묵했다. 케이크도 먹지 않고 커피도 마시지 않았다.

"수료식은 포트 러커에서 열렸어요." 노인이 말했다. "저 아래 앨라배마에서요. 우린 그걸 보러 거기에 갔었지요."

그는 다음 사진으로 넘어갔다. 벽난로에 걸려 있던 액자 사진 중 하나를 복사한 것이었다. 희미한 파스텔 톤의 잔디와 하늘, 눈이 가릴 정도로 모자를 깊숙이 쓰고 정복을 입은 키 큰 청년이 프린트 원피스를 입은 보다 나이 든 여성을 팔로 감싸고 있었다. 여자는 날씬하고 예뻤다. 사진의 초점이 약간 맞지 않았고 수평이 조금 기울어져 있었다. 남편이자 아버지가 자랑스러움에 숨을 가빠하며 서툴게 찍은 사진이었다.

"빅터와 메리예요." 노인이 말했다. "그날부터 지금까지 조금도 변하지 않았어요. 그렇지요?"

"네, 조금도요." 리처가 거짓말을 했다.

"우린 그 아일 사랑했어요." 노부인이 조용히 말했다. "이 사진을 찍고 2주 후에 빅터는 해외로 파병됐답니다."

"68년 7월이었어요." 노인이 말했다. "그 아이가 스무 살 때."

"무슨 일이 있었던 겁니까?" 리처가 물었다.

"빅터는 만기 귀향을 했어요." 노인이 말했다. "두 번이나 표창을 받았지요. 훈장을 달고 집으로 돌아왔어요. 난 인쇄소에서 장부 관리나 하는 건 그 아이에게 너무 작은 일이라는 걸 바로 알 수 있었지요. 난 녀석이 병역을 마치면 석유 시추용 헬리콥터 조종 일을 하게 될 거라고 생각했어요. 저 아래 멕시코 만 그런 데에서. 당시엔 육군 조종사들이 큰돈을 받았거든요. 물론 해군이나 공군 출신도 마찬가지였고요."

"하지만 그 아인 다시 그곳으로 갔어요." 노부인이 말했다. "다시 베트남으로요."

"재입대에 서명한 거예요." 노인이 말했다. "그렇게까지 할 필요는 없었어요. 하지만 빅터는 그게 자신의 의무라고 했어요. 전쟁이 여전히 계속되고 있으니, 거기에 참여하는 것이 자신의 의무라고 했지요. 그게 진정한 애국심이라고 말했어요."

"그러고는 무슨 일이 있었습니까?" 리처가 물었다.

긴 침묵의 시간이 이어졌다.

"빅터는 돌아오지 않았어요." 노인이 말했다.

침묵이 방 전체를 무겁게 눌렀다. 어딘가에서 시계가 똑딱거리고 있었다. 그 소리는 망치질하는 소리처럼 방 안 공기를 가득 채울 때까지 점점 더 커졌다.

"난 망가져 버렸어요." 노인이 조용히 말했다.

잠긴 목구멍을 통해 산소가 쌕쌕거리며 들고 나곤 했다.

"난 그냥 망가져 버렸어요. 하루만 더 그 녀석과 함께할 수 있다면 내

남은 인생을 다 그 하루와 바꾸겠다는 말만 입에 달고 살았어요."

"내 남은 인생을 다요." 그의 부인이 메아리처럼 따라 했다. "하루만 더 그 아이와 함께할 수 있다면."

"진심이었어요." 노인이 말했다. "그리고 아직도, 여전히 그래요, 소령님. 지금 내 꼴을 보면 그게 그렇게 대단한 거래는 아니겠지요. 내게 남은 인생이 얼마 남지 않았으니까요. 하지만 난 그때 그 말을 했고, 30년 동안 매일 그 말을 했고, 그때마다 진심으로 했어요. 하느님이 증인이에요. 내 남은 인생, 단 하루라도 더 그 아이와 함께하고 싶다고요."

"언제 전사했습니까?" 리처가 부드럽게 물었다.

"죽은 게 아니에요." 노인이 말했다. "붙잡힌 거예요."

"포로가 됐다는 겁니까?"

노인은 고개를 끄덕였다. "처음에 군은 빅터가 실종됐다고 말했어요. 우린 그 아이가 죽었다고 생각했다가 희망을 품고 매달렸죠. 빅터는 실종 처리 되었고 계속 실종 상태로 남아 있어요. 우린 빅터가 죽었다는 공식적인 통보는 받지 못했어요."

"그래서 우린 기다렸어요." 노부인이 말했다. "우린 몇 년이고 하염없이 계속 기다렸어요. 그러다 물어봤지요. 그랬더니 빅터는 실종되었고 전사한 것으로 추정된다고 하더군요. 그 말이 다였어요. 빅터의 헬리콥터가 정글에서 격추되었고, 잔해를 찾지 못했다고 했어요."

"그땐 그 말을 받아들였어요." 노인이 말했다. "우리도 그 정도는 알고 있었어요. 많은 군인들이 무덤도 없이 죽었지요. 전쟁터에선 항상 그랬으니까."

"그러다 추모 시설이 세워졌어요." 노부인이 말했다. "보셨나요?"

"워싱턴 D.C.에 있는 참전용사 추모의 벽 말씀입니까?" 리처가 말했다. "네, 저도 가서 봤습니다. 아주 감동적이었어요."

"군은 빅터의 이름을 넣는 걸 거부했어요." 노인이 말했다.

"왜죠?"

"설명해 주지 않았어요. 우린 묻고 애원했지만 정확한 이유를 절대 말해 주지 않았어요. 단지 그는 더 이상 사상자로 간주되지 않는다고만 말했어요."

"그래서 우린 그럼 빅터가 뭘로 간주되는지 물었어요." 노부인이 말했다. "그랬더니 그냥 작전 중 실종이라고만 대답하더군요."

"하지만 다른 실종자들의 이름은 벽에 있어요." 노인이 말했다.

다시 침묵이 흘렀다. 다른 방에서 시계가 망치질을 하고 있었다.

"가버 장군은 이에 대해 뭐라고 말씀하시던가요?" 리처가 물었다.

"그분은 이해하지 못했어요." 노인이 말했다. "전혀 이해하지 못했죠. 그분은 돌아가실 때까지 우릴 위해 그걸 확인하고 있었어요."

다시 침묵이 흘렀다. 산소통이 쉭쉭거리고 시계가 망치질을 했다.

"하지만 우리는 무슨 일이 있었는지 알아요." 노부인이 말했다.

"아신다고요?" 리처가 물었다. "그게 뭡니까?"

"들어맞는 건 딱 하나예요." 그녀가 말했다. "빅터는 포로로 잡힌 거예요."

"그리고 절대 풀려나지 못한 거고." 노인이 덧붙여 말했다.

"그래서 육군이 그걸 은폐하고 있는 거예요." 노부인이 말했다. "정부는 수치스러워하고 있어요. 사실 우리 군인들 중 일부가 석방되지 못한 거예요. 베트남 정부는 전쟁이 끝난 후에도 미국으로부터 원조와 교역 승인과 차관을 받기 위해 이들을 인질처럼 붙잡아 두었어요. 협박하듯이요. 정부는 우리 아이들이 여전히 포로로 잡혀 있음에도 불구하고 계속 버티고 있어요. 그러니 인정할 수가 없죠. 그 대신 그 사실을 숨기고 거기에 대해 언급하지 않는 거예요."

"하지만 지금은 증명할 수 있어요." 노인이 말했다.

그는 폴더에서 다른 사진을 꺼내서 건넸다. 더 최근의 사진이었다. 색이 선명하고 광택이 났다. 열대 초목 사이로 찍은 망원 사진이었다. 대나무 울타리 기둥에 철조망이 쳐져 있었다. 거기에 갈색 제복을 입고 이마에 두건을 두른 동양인이 있었다. 그의 손에는 소총이 들려 있었다. 소련제 AK-47 소총이 분명했다. 의심의 여지가 없었다. 사진 속에는 또 다른 인물이 있었다. 쉰 살 정도로 보이는 키가 큰 백인이었는데, 쇠약해져서 뼈가 앙상했다. 허옇게 바랜 해진 군복을 입고 구부정한 채로 아시아인 군인을 제대로 쳐다보지도 못하고 움추린 모습이었다.

"빅터예요." 노부인이 말했다. "우리 아들. 사진은 작년에 찍은 거고요."

"우린 30년 동안이나 빅터를 수소문했어요." 노인이 말했다. "아무도 우릴 도와주지 않았어요. 우린 모든 사람에게 물었지요. 그러다 비밀 수용소에 대해 알려 준 한 남자를 만났어요. 수용소는 많지 않아요. 손가락으로 셀 수 있을 정도지요. 포로 대부분은 이미 죽었어요. 늙어서 죽거나 굶어 죽었죠. 이 남자는 베트남에 가서 우릴 위해 확인해 줬어요. 이 사진을 찍을 수 있을 정도로 가까이 접근했죠. 그는 심지어 다른 포로들과 철조망 너머로 대화까지 나눴어요. 밤에 몰래 말이죠. 아주 위험한 일이었어요. 그는 방금 촬영된 포로의 이름을 물었어요. 그 포로는 제1기병대 헬기 주종사 빅터 하비였어요."

"그 남자는 빅터를 구조할 돈이 없었어요." 노부인이 말했다. "우린 이미 첫 번째 출장비로 우리가 가진 돈을 몽땅 썼어요. 더 이상 가진 게 없었지요. 그래서 병원에서 가버 장군님을 만났을 때 우리 이야기를 들려주고 정부에서 비용을 지불하도록 힘써 달라고 부탁했어요."

리처는 그 사진을 유심히 보았다. 납빛 얼굴의 초췌한 남자.

"이 사진을 또 누가 봤습니까?"

"가버 장군님뿐이에요." 노부인이 대답했다. "그 사진을 찍어다 준 사람이 비밀로 하라고 했어요. 정치적으로 매우 민감한 일이니까요. 너무 위험하지요. 이 나라의 역사에 묻힌 끔찍한 일이잖아요. 하지만 가버 장군님은 우릴 도울 수 있는 위치에 있는 분이었기 때문에 보여 드려야 했어요."

"그래서 제가 어떻게 하길 원하십니까?" 리처가 물었다.

정적 속에서 산소통이 쉭쉭거렸다. 투명한 플라스틱 관을 통해 산소가 들락날락했다. 노인의 입이 움직이고 있었다.

"난 그저 빅터가 돌아오길 바랄 뿐이에요. 죽기 전에 하루만이라도 빅터를 다시 보고 싶어요."

그 후 노부부는 대화를 끝냈다. 그들은 함께 뒤로 몸을 돌려 벽난로 위에 걸린 사진에 희미한 시선을 고정시켰다. 리처는 침묵 속에 앉아 있었다. 노인이 몸을 되돌려 양손으로 가죽 장정된 폴더를 뼈만 앙상한 무릎에서 들어 올려 내밀었다. 리처는 앞으로 몸을 숙여 그것을 받아들었다. 리처는 처음에는 노인이 그 폴더를 건네는 이유가 세 장의 사진을 다시 넣어 달라는 뜻으로 짐작했었다. 그러다 그는 바통이 자신에게 넘어왔다는 것을 깨달았다. 마치 의식처럼. 노부부의 추적은 레온의 임무가 되었다가, 이제 그의 것이 되었다.

폴더는 얇았다. 그가 본 세 장의 사진을 제외하고는 그들의 아들이 훈련을 받으며 가끔씩 집으로 보낸 편지와 육군부에서 보낸 공식 서신만 들어 있었다. 그리고 루터라는 사람이 이끄는 베트남 정찰 임무를 위한 자금 마련을 위해 부부가 평생 모은 저축을 정리해서 브롱크스에 있는 주소로 18,000달러를 자기앞수표로 송금했다는 서류 뭉치도 있었다.

그 아들은 훈련을 받는 동안 딕스, 포크, 월터스, 러커, 벨부아, 베닝을 거치면서 남부의 여러 지역에서 짧은 편지를 보내 왔다. 그리고 앨라배마 주 모빌에서 파나마 운하를 통과해 태평양을 건너 인도차이나로 향하는 한 달간의 항해를 시작한다고 보낸 간단한 쪽지가 있었다. 그다음에는 베트남 현지에서 보낸 얇은 육군 군사우편이 있었는데, 첫 번째 파병에서 여덟 통, 두 번째 파병에서 여섯 통이었다. 30년이나 된 종이는 고대 파피루스처럼 뻣뻣하고 건조했다. 뭔가 고고학자들이 발견한 것 같았다.

그는 그다지 훌륭한 통신원은 아니었다. 편지에는 젊은 군인이 고향에 보내는 평범한 문구들로 채워져 있었다. 세상에는 이 같은 오래된 편지를 보물로 간직하고 있는 부모가 수억 명에 달할 것이다. 시대가 다르고, 전쟁이 다르고, 언어는 다르지만 동일한 메시지가 담겨 있다. 음식, 날씨, 작전, 안심.

육군부로부터의 답신은 30년 동안의 사무용 기술의 발전을 보여 주었다. 처음에는 구형 수동 타자기로부터 시작되었는데, 일부 글자는 줄이 안 맞았고, 일부는 간격이 틀렸으며, 잉크가 묻어 있는 리본이 미끄러져 글자가 흐릿하게 찍히기도 했다. 다음이 전동 타자기는 더 선명하고 균일했다. 그리고 워드프로세서는 더 좋은 종이에 완벽하게 인쇄되었다. 하지만 메시지는 모두 동일했다. 정보 부재, 작전 중 실종, 전사 추정, 애도, 추가 정보 무.

루터라는 사람과의 거래로 그들은 무일푼이 되었다. 소액의 뮤추얼 펀드와 약간의 현금 예금이 있었다. 노부인이 떨리는 손으로 적은 것으로 보이는 종이 한 장이 있었는데, 매월 필요한 생활비를 합산해 보고 줄이고 또 줄여서 사회보장연금 금액에 맞춘 뒤, 보유 자산을 깬 흔적이었다. 뮤추얼 펀드는 18개월 전에 현금화되어 보유 현금과 합쳐진 후 전액 브롱크스로 이체되었다. 곧 떠날 예정인 정찰 여행 비용에 대해 공식적으로 입금 처리되었다는, 루터 측의 영수증이 있었다. 그리고 군번과 복무 기록, 사진 등을 포함해 도움이 될 만한 정보는 무엇이든 모두 달라는 요청이 있었다. 그로부터 3개월 후의 날짜가 찍힌 서신이 있었는데, 외딴 수용소의 발견, 위험한 비밀 사진 촬영, 철조망 너머로의 은밀한 대화 등에 대한 세부사항이 기재되어 있었다. 또한 하비 부부에게 45,000달러 예산의 상세한 구출 작전 계획서가 제출되어 있었다. 그러나 그들에게는 그만한 돈이 없었다.

"우릴 도와주시겠어요?" 노부인이 침묵을 뚫고 물었다. "더 아셔야 할 게 있나요?"

그가 노부인을 힐끗 보았더니 그녀는 문건에 대한 그의 반응을 확인하고 있었다. 그는 폴더를 닫고 낡은 가죽 커버를 내려다보았다. 그때 그가 더 알고 싶었던 유일한 것은 이것이었다. **도대체 레온은 왜 이 사람들에게 진실을 말하지 않았을까?**

9

마릴린 스톤은 바빠서 점심을 거르긴 했지만, 집이 보기 좋게 달라지기 시작한 것이 기뻤기 때문에 신경 쓰지 않았다. 그녀는, 불과 몇 년 전에 신중하게 고민하고 설레는 마음으로 선택했던 자신의 집을, 다른 것도 아니고 팔려고 준비하는 것에, 자신이 매우 냉정하게 전반적인 일을 처리하고 있음을 깨닫고 조금은 놀라웠다. 그곳은 그녀가 꿈꿔 왔던 곳이었다. 그녀가 기대해 왔던 것보다 훨씬 크고 좋았다. 당시에는 단지 생각만 해도 너무 좋아서 몸이 떨릴 정도였다. 그곳으로 이사하는 순간 그녀는 죽어서 천국에 간 것처럼 느껴졌다. 이제 그녀는 그 집을 그저 전시용처럼, 마케팅 제안서처럼 바라보고 있었다. 자신이 직접 꾸미고 살면서 감격하고 즐거워했던 공간을 보는 것이 아니었다. 아무런 고통도 없었다. 체스터와 함께 장난치고 웃고 먹고 자던 공간에 대한 아쉬운 시선도 없었다. 그저 이 모든 것을 거부할 수 없는 새로운 정점까지 끌어올리겠다는 활동적인 사업가적 결심뿐이었다.

계획대로 가구 이사업체가 먼저 도착했다. 그녀는 복도에서 크레덴자를 빼내고 거실에서 체스터의 안락의자를 치우라고 했다. 품질이 떨어져서기 아니었다. 어분이 가구였기 때문이다. 그것은 스타일과 조화보다는 편안함과 친숙함을 선호하는 남자들의 방식으로 선택한, 체스터가 가장 좋아하던 의자였다. 전에 살던 집에서 가져온 유일한 가구였다. 그는 그것을 벽난로 옆에 각도를 틀어 놓아두었다. 일상에서 그녀는 그 의자를 꽤 좋아했었다. 방을 품격 있고 편안한, 사람 사는 공간으로 만들어 주었다. 방을 잡지용 전시물에서 가족이 사는 집으로 바꾼 것이 바로 그 분위기였다. 그렇기 때문에 그 의자는 확실하게 사라져야만 했다.

그녀는 이사업체 직원들에게 주방에서 고기 손질용 대형 테이블도 치우라고 했다. 그녀는 그 테이블에 대해 오랫동안 심사숙고했다. 그것은 확실히 주방을, 식사가 진지하게 계획되고 실행되기에 적절한 작업장으로, 직관적으로 보이게 했다. 하지만 그걸 치우면 창문까지 이어지는 타일 바닥이 10미터나 길게 펼쳐진다. 그녀는 타일에 새로 광을 내면 창문에서 들어오는 빛이 10미터 범위 전체를 바다 같은 공간으로 변모시킬 것을 알았다. 그녀는 예비 구매자의 입장이 되어 어느 쪽이 더 인상적일지 스스로에게 물어보았다. 일 제대로 하는 주방? 아니면 엄청나게 넓은 주방? 그래서 그 대형 테이블은 이삿짐 트럭에 실리게 되었다.

서재에 있던 TV도 트럭 안으로 들어갔다. 체스터에게 TV 세트는 문제였다. 비디오가 그의 사업에서 홈 무비 부문을 죽여 버렸고 때문에 그는 경쟁사의 최신 및 최고 제품을 구매할 의욕이 없었다. 그래서 그는 TV장도 없이 구식 RCA TV를 봤다. 화면 주위에는 반짝이는 가짜 크롬 장식이 있었고 회색 어항처럼 튀어나와 있었다. 그녀는 125번가 역에 정차한 기차에서 그보다 더 좋은 TV가 길가에 버려진 것을 본 적도 있었다. 그래서 그녀는 이사업자에게 서재에서 TV를 치우고 손님방에서 책장을 가지고 내려와 그 공간을 채우도록 했다. 그녀는 방이 훨씬 더 나아 보인다고 생각했다. 책장과 가죽 소파, 어두운 전등갓만 있으면 문화생활을 즐기는 방처럼 보이니까. 지적인 공간이었다. 그렇게 선망하는 공간으로 만들었다. 구매자가 단순히 집이 아니라 라이프스타일을 구매하는 것처럼 만들려고 노력했다.

그녀는 커피테이블에 놓을 책을 고르는 데 약간의 시간을 들였다. 그러자 플로리스트가 꽃이 가득 담긴 납작한 골판지 상자를 들고 왔다. 그녀는 플로리스트에게 꽃병을 모두 세척하도록 시킨 뒤 유럽 잡지의 꽃꽂이 스타일을 따라 하라고 지시하고 혼자 두었다. 셰릴의 사무실 직원이 가져온 매물 표지판은 우편함 옆 갓길에 세우라고 했다. 정원 관리인들이 이사업체 직원들이 떠나려는 순간에 도착해서, 진입로에서 약간 엉키는 일이 있었다. 그녀는 정원 관리조장을 이끌고 정원을 돌아다니며 해야 할 일을 설명한 다음 잔디 깎는 기계의 굉음이 울리기 전에 집 안으로 다시 들어갔다. 청소업체 직원들과 수영장 관리인이 동시에 문 앞에 도착했다. 그녀는 순간적으로 당황하여 누구부터 시작해야 할지 몰라 양쪽을 번갈아 쳐다보았다. 하지만 그녀는 단호하게 고개를 끄덕이고 청소부들에게 기다리라고 말한 뒤, 수영장 관리인을 이끌고 수영장으로 가서 무엇을 해야 하는지 보여 주었다. 그녀는 점심 식사를 놓쳤다는 사실을 깨닫고 배가 고팠지만 자신이 이루어 낸 발전에 대한 만족감으로 환하게 빛나는 얼굴을 하며 집 안으로 돌아왔다.

노부부는 그가 떠나는 모습을 보기 위해 복도로 따라 나왔다. 노인은 의자에서 일어나 나갈 수 있을 만큼 오랫동안 산소를 흡입한 다음, 산소통을 앞으로 전진히 힘껏으로는 기깡이처럼 이지하고 화펴으로는 수동 골프 카트처럼 밀었다. 그의 아내는 치마로 양쪽 문틀과 좁은 통로 양쪽을 스치면서 바스락거리며 그를 앞서 갔다. 리처는 가죽 폴더를 팔 아래에 끼우고 그 뒤를 따랐다. 부인은 문의 자물쇠를 열었고, 노인은 숨을 헐떡이며 수레의 손잡이를 잡고 서 있었다. 문이 열리자 맑고 신선한 공기가 들어왔다.

"빅터의 옛 친구들이 아직 이 근처에 살고 있습니까?" 리처가 물었다.

"그게 중요한가요, 소령님?"

리처는 어깨를 으쓱했다. 그는 사람들을 나쁜 소식에 대비하게 하는 가장 좋은 방법은 처음부터 철저한 모습을 보이는 것이라는 걸 오래전에 배웠다. 사람들은 내가 모든 가능성을 다 고려하고 있다고 생각하면 내 말을 더 잘 듣는다.

"배경을 좀 더 파악해 두려고요." 그가 말했다.

그들은 의아해하는 표정이었지만, 그가 마지막 희망이었기 때문에 머리를 짜내고 있는 것처럼 보였다. 그는 말 그대로 아들의 목숨을 손에 쥐고 있었다.

"에드 스티븐. 철물점을 하고 있어요." 노인이 마침내 말했다. "유치원부터 12학년까지 빅터와 그야말로 단짝이었어요. 하지만 그건 35년 전 일이에요, 소령님. 지금 그게 왜 중요한지 모르겠네요."

리처는 고개를 끄덕였다. 지금 그게 중요하지 않았기 때문이다.

"댁의 전화번호를 갖고 있으니 뭔가 알게 되는 대로 바로 연락 드리겠습니다."

"당신밖에 의지할 데가 없어요." 노부인이 말했다.

리처는 다시 고개를 끄덕였다.

"두 분을 만나서 반가웠습니다. 커피와 케이크 감사했습니다. 그리고 처하신 상황에 대해 매우 유감입니다."

그들은 아무런 대답도 하지 않았다. 그 말은 희망이 없는 말이었다. 그들의 30년 동안의 고통과 처한 상황에 대해 유감이라고? 그는 그저 돌아서서 그들의 연약한 손과 악수하고 밖으로 나와 다시 풀이 무성한 길로 나섰다. 폴더를 들고 앞만 바라보며 토러스로 돌아갔다.

그는 양쪽의 초목을 스치며 진입로를 후진하여 시골길을 빠져나왔다. 우회전해서 집을 찾기 위해 빠져나왔던 그 한적한 도로를 따라 남쪽으로 향했다. 브라이튼 시내가 눈앞에 펼쳐졌다. 길은 점점 넓어지고 평탄해졌다. 주유소와 소방서가 있었다. 리틀 리그 야구장이 있는 작은 시립공원, 대형 주차장이 있는 슈퍼마켓, 은행, 길에서 뒤로 물러나 정면 공간을 공유하는 소형 점포들이 줄지어 있었다.

슈퍼마켓 주차장은 마을의 지리적 중심지처럼 보였다. 그는 천천히 지나가다가 햇빛에 무지개를 만들고 있는 스프링클러 아래 화분에 담긴 관목들이 줄지어 있는 묘목장을 보았다. 그다음 집은 자가 건물인 듯한 칙칙한 빨간색 페인트가 칠해진 커다란 창고였다. 스티븐의 철물점. 그는 토러스를 꺾어 들어가 뒤편에 있는 목재상점 옆에 주차했다.

입구는 창고 끝 벽에 있는 초라한 문이었다. 그 문은 미로 같은 통로로 이어졌고, 그 안에는 그가 살 일이 없었던 온갖 종류의 물건들이 빼곡히 들어차 있었다. 나사, 못, 볼트, 수공구, 전동 공구, 쓰레기통, 우편함, 유리판, 창문 부품, 문짝, 페인트 통. 미로는 밝은 형광등 아래 네 개의 계산대가 정사각형으로 배치된 중앙의 중심부로 이어졌다. 계산대 안에는 청바지와 셔츠, 멜빵 재미스 앞치마를 입은 한 남자와 두 청년이 있었다 마르고 작은 체구의 남자는 50대로 보였고, 18세와 20세 정도의 청년들은 얼굴과 체격이 같아 그의 아들들이 분명했다.

"에드 스티븐 씨?" 리처가 물었다.

남자는 영업사원과 고객들의 문의를 30년 동안 처리해 온 사람답게 고개를 끄덕인 뒤 고개를 비스듬히 세우고 눈썹을 치켜올렸다.

"빅터 하비 씨에 대해 얘기 좀 할 수 있을까요?"

그는 잠시 멍해졌다가 아들들을 옆으로 힐끗 쳐다보았다. 마치 아들들의 삶을 거슬러 올라갔다 더 나아가 빅터 하비를 마지막으로 알았던 때로 되돌아가는 것처럼 보였다.

"그 친구는 베트남에서 죽었어요. 아시죠?" 그가 말했다.

"배경 지식이 좀 필요해서요."

"빅터의 부모님 때문에 확인하러 온 건가요?" 그는 놀라지 않고 말했고, 그 말 속에는 피곤함도 묻어났다. 마치 하비 부부의 문제가 마을에 잘 알려져 있고 기꺼이 용납은 되지만 더 이상 간절한 동정심은 불러일으키지 않는 것처럼 보였다.

리처는 고개를 끄덕였다. "빅터 씨가 어떤 사람인지 알았으면 해서요. 선생께서 빅터 씨와 꽤 친했다고 들었습니다."

스티븐은 다시 멍한 표정을 지었다. "글쎄요. 그랬던 것 같긴 한데. 하지만 어릴 때라서요. 고등학교 졸업 후에는 한 번밖에 못 봤어요."

"빅터 씨에 대해 말씀해 주시겠습니까?"

"내가 지금 좀 바빠요. 물건을 내려야 해서."

"제가 도와드릴 수 있습니다. 일하면서 얘기 나누시죠."

스티븐은 괜찮다고 얘기하려다가 리처의 체격을 보고는 지게차 공짜 사용을 제안받은 노동자처럼 미소를 지었다.

"좋아요. 그럼 뒤쪽으로."

그는 계산대에서 나와 리처를 뒷문으로 안내했다. 양철 지붕의 개방형 창고 옆에 먼지가 쌓인 픽업트럭 한 대가 햇볕을 받으며 주차되어 있었다. 픽업트럭에는 시멘트 포대가 가득 실려 있었다. 개방형 창고의 선반은 비어 있었다. 리처는 재킷을 벗어 트럭의 후드 위에 올려놓았다.

포대는 두꺼운 종이로 만들어졌다. 그는 수영장 파는 일을 하면서 두 손으로 포대 가운데를 잡으면 포대 양쪽이 접히면서 가운데가 찢어진다는 것을 알고 있었다. 올바른 방법은 손바닥으로 모서리를 단단히 받치고 한 손으로 들어 올려야 한다. 그래야 새 셔츠에 먼지도 묻지 않을 것이다. 포대 하나의 무게가 45킬로그램이었는데도 그는 한 번에 두 개씩 양손에 하나씩 들고 몸의 균형을 잃지 않았다. 스티븐은 마치 서커스의 변외 쇼라도 보는 것처럼 그를 지켜보았다.

"이제 빅터 하비 씨에 대해 말씀해 주시겠습니까?" 리처가 힘을 쓰며 말했다.

스티븐은 어깨를 으쓱했다. 그는 햇볕을 피해 양철 지붕 아래 기둥에 기대어 있었다.

"오래전 일인데." 그가 말했다. "무슨 말을 해줘야 되나? 우린 그냥 어린애였어요. 우리 아버지들이 상공회의소의 같은 회원이셨고요. 그 친구 아버지는 인쇄소를 했고 당시에는 저 뒤에 있는 제재소뿐이었지만 우리 아버지는 이곳을 운영하셨죠. 우린 학창 시절 내내 같이 다녔어요. 같은 날 유치원에 입학했고 같은 날 고등학교를 졸업했죠. 그 후 육군에서 제대하고 집에 왔을 때 딱 한 번 봤어요. 베트남에서 1년 있었는데 다시 돌아갈 예정이라고 했고."

"그래서 빅터 씨는 어떤 사람이었습니까?"

스티븐은 다시 어깨를 으쓱했다. "의견을 얘기하기는 좀 조심스러운데."

"왜요? 나쁜 의견이라도 있습니까?"

"아뇨, 그런 건 아니에요." 스티븐이 말했다. "숨길 건 없어요. 빅터는 좋은 아이였으니까. 하지만 35년 전의 다른 아이에 대한 한 아이의 의견을 얘기하는 거잖아요. 믿을 만한 의견이 아닐 수도 있어요."

리처는 양손에 각각 45킬로그램짜리 포대를 들고 잠시 멈칫했다. 스티븐을 흘깃 쳐다보았다. 마르고 탄탄한 체형의 그는 빨간 앞치마를 두르고 기둥에 기대어 있었다. 리처가 생각했던 전형적인 신중한 소도시 양키 사업가의 모습 그대로였다. 판단력이 상당히 탄탄할 것 같은 그런 사람. 그는 고개를 끄덕였다.

"네, 그렇죠. 고려하겠습니다."

스티븐은 이제 속에 있는 말을 해도 되겠다는 듯, 고개를 끄덕였다. "당신 나이가?"

"서른아홉입니다." 리처가 말했다.

"이 근처에 사는 분인가요?"

리처는 고개를 저었다. "이 지역은 처음입니다."

"몇 가지 알아 두어야 할 게 있어요." 스티븐이 말했다. "여기는 교외의 작은 마을이고 빅터와 나는 48년에 여기서 태어났어요. 케네디가 총에 맞았을 때 우리는 이미 열다섯 살이었고, 비틀스가 등장하기 전에 열여섯 살, 시카고와 LA에서 폭동이 벌어진 게 스무 살 때였죠. 무슨 말인지 알겠어요?"

"지금과는 다른 세상이었겠군요." 리처가 말했다.

"그래요." 스티븐이 대답했다. "우린 지금과는 다른 세상에서 자랐어요. 어린 시절 내내. 손 놓고 자전거를 타는 정도면 진짜 대담한 녀석으로 인정받았죠. 내 말을 들을 때 그 점을 염두에 둬야 해요."

리처는 고개를 끄덕였다. 아홉 번째와 열 번째 포대를 픽업 짐칸에서 꺼냈다. 그는 가볍게 땀을 흘리며 조디가 나중에 보게 될 셔츠 상태를 걱정했다.

"빅터는 아주 반듯한 아이였어요." 스티븐이 말했다. "아주 반듯하고 평범한 아이였죠. 비교를 위해 말하자면, 그 시절 빅터를 제외한 우리 나머지 애들은 토요일 밤 9시 반까지 밀크셰이크를 마시며 노는 게 최고라고 생각했었어요."

"빅터 씨의 관심사는 뭐였습니까?" 리처가 물었다.

스티븐은 볼을 부풀렸다 내쉬며 어깨를 으쓱했다. "뭘 말해야 하나? 나머지 우리 모두와 같았을 거예요. 야구와 미키 맨틀전 뉴욕 양키스 소속 야구 선수. 엘비스도 좋아했고. 아이스크림, 론 레인저서부극 라디오 드라마 속 등장인물. 뭐 그런 거죠. 평범한 거."

"하비 씨는 아들이 항상 군인이 되고 싶어 했다고 하셨습니다."

"우리 모두가 그랬죠. 처음에는 카우보이와 인디언이었고 그다음에는 군인."

"그럼 베트남에 가셨었나요?"

스티븐은 고개를 저었다. "아뇨, 난 군대 쪽은 처다보지도 않았어요. 반대해서가 아니에요. 상빌이 유행이기도 훨씬 건위 인기라는 걸 알아야 해요. 아무도 군대에 반대하진 않았죠. 나도 군대가 두렵지 않았고. 그땐 두려워할 게 없었어요. 우린 미합중국이었으니까. 그 쫙 찢어진 눈의 노랑이 놈들을 길어도 6개월 안에 엉덩이를 걷어차 혼내 줄 거라고 생각했어요. 아무도 거기 가는 걸 걱정하지 않았죠. 그냥 고루해 보였어요. 우리 모두 그걸 존중하고 그 이야기를 좋아했지만 어제의 일 같았죠. 무슨 말인지 알겠어요? 난 사업을 하고 싶었어요. 아버지의 마당을 큰 회사로 키우고 싶었죠. 그게 내가 해야 할 일인 것 같았고 내게는 군대에 가는 것보다 더 미국적인 일처럼 보였어요. 그 당시에는 그게 애국적인 것처럼 보였죠."

"그럼 징집면제를 받으셨습니까?" 리처가 물었다.

스티븐은 고개를 끄덕였다. "징집위원회에서 소집통지서가 왔지만 대학 지원서가 계류 중이어서 그냥 넘어갔어요. 아버지가 위원장과 가까웠기 때문에 별로 문제가 되지 않았던 것 같군요."

"빅터 씨는 어떻게 반응했습니까?"

"그는 괜찮게 받아들였어요. 아무런 문제가 없었죠. 나는 전쟁에 반대하거나 그런 게 아니었어요. 나도 다른 사람들과 마찬가지로 베트남을 지지했죠. 어제의 일이냐 내일의 일이냐는 개인적 선택이었을 뿐. 나는 내일의 일을 원했고 빅터는 육군을 원했어요. 빅터도 그게 고루하다는 걸 알고 있었어요. 사실 빅터는 자기 아버지 영향을 많이 받았죠. 하비 씨는 2차 대전 때 4급 보충역이었어요. 우리 아버지는 보병으로 태평양에 갔었고, 빅터는 가족이 제 몫을 다하지 못했다고 생각했어요. 그래서 의무삼으로 그 일을 하고 싶었던 겁니다. 지금은 답답하게 들리죠? 의무감이라니? 하지만 그땐 우리 모두 그렇게 생각했어요. 요즘 아이들과는 전혀 비교가 안 되죠. 이 동네에 사는 우리 모두는 꽤 진지하고 구식이었어요. 빅터는 우리 나머지 애들보다 조금 더 진지했던 것 같아요. 아주 진지하고, 아주 열심이었죠. 하지만 정말로 남다른 것은 그다지 없었어요."

리처는 포대의 4분의 3을 날랐다. 그는 잠시 멈추고 픽업 문에 기대어 섰다. "그가 똑똑했었나요?"

"상당히요. 세상을 뒤흔들 정도는 아니었지만 공부를 잘했어요. 몇 년에 걸쳐 이곳에서 변호사나 의사가 된 아이들이 몇 명 나왔었어요. 빅터와 나보다 조금 어린 친구 한 명은 나사NASA에 갔죠. 빅터는 상당히 똑똑했지만, 내 기억으로는 성적을 올리기 위해 나름 노력을 많이 했어요."

리처는 다시 포대를 옮기기 시작했다. 팔뚝이 쑤셔오기 시작해서 가장 먼 선반부터 채웠던 게 그나마 다행이었다.

"빅터 씨가 어떤 종류의 문제를 일으킨 적은 없습니까?"

스티븐은 짜증을 냈다. "문제요? 내 말을 제대로 안 들었군요. 그 당시에 가장 나쁜 녀석이라도 지금은 완벽한 천사로 보일 텐데, 빅터는 그때에도 화살처럼 똑바른 아이였어요."

포대 여섯 개가 남았다. 리처는 바지에 손바닥을 닦았다.

"마지막으로 만났을 때 빅터 씨는 어땠습니까? 첫 번째 파병 후 돌아왔을 때 말입니다."

스티븐은 잠시 생각에 잠겼다. "좀 더 어른이 된 것 같았어요. 나는 한 살 더 자랐고, 그는 다섯 살 더 자란 것 같았죠. 하지만 그 친구는 달라지지 않았어요. 똑같았죠. 여전히 진지하고, 여전히 열심이고. 훈장을 받았기 때문에 집에 돌아왔을 때 퍼레이드를 해 줬는데, 정말 부끄러워하면서 훈장은 아무것도 아니라고 말했어요. 그러고는 다시 떠났고 다시는 돌아오지 않았죠."

"그 부분에 대해서는 어떠셨나요?"

스티븐은 다시 멈칫했다. "정말 안 좋았죠. 내 평생을 알고 지낸 친구였어요. 물론 그가 돌아왔다면 더 좋았겠지만, 다른 많은 사람들처럼 휠체어 같은 걸 타고 돌아오지 않아서 다행이라고도 생각했어요."

리처는 작업을 마쳤다. 그는 마지막 포대를 선반에 끼워 넣고 스티븐이 서 있는 맞은편 기둥에 기대었다.

"빅터 씨에게 일어난 일에 대한 미스터리는 어떻게 된 걸까요?"

스티븐은 고개를 절레절레 흔들며 슬픈 미소를 지었다. "미스터리는 없어요. 그는 전사했어요. 세 가지 불쾌한 진실을 받아들이기를 거부하는 두 노인이 있다는 게 전부죠."

"세 가지 불쾌한 진실?"

"간단해요." 스티븐이 말했다. "첫 번째 진실은 아들이 죽었다는 것. 두 번째 진실은 그가 접근할 수 없는 지랄 맞은 정글에서 죽어서 아무도 찾을 수 없다는 것. 세 번째 진실은 그 무렵에 정부가 부정직해졌고, 합리적인 숫자를 유지하기 위해 실종자를 사상자로 분류하는 것을 중단했다는 것. 거기에…… 몇 명이라더라? 빅터의 헬기가 추락했을 때 열 명 정도 타고 있었던가? 뉴스에서 그 열 명의 이름을 빼 버렸어요. 그건 방침이었고, 어느 것도 지금 와서 인정하기엔 너무 늦었죠."

"그렇게 생각하십니까?"

"그래요." 스티븐이 말했다. "전황이 나빠지면서 정부도 함께 나빠졌어요. 우리 세대는 용납하기 힘든 일이었죠. 댁 같은 젊은 친구들은 그걸 용납하기가 더 쉽겠지만. 이건 확실히 알아야 해요. 하비 씨 부부 같은 노인들은 절대 받아들이지 않을 거라는 거."

그는 말을 멈추고 빈 픽업과 가득 찬 선반 사이를 무심히 번갈아 훑어보았다. "시멘트 1톤을 다 옮겼네요. 들어와서 씻고 음료수 한잔할래요?"

"밥부터 먹어야겠습니다." 리처가 말했다. "점심을 걸러서요."

스티븐은 고개를 끄덕이고는 아쉬운 미소를 지었다. "남쪽으로 가 봐요. 기차역 바로 뒤에 식당이 있어요. 토요일 밤 9시 반까지 밀크셰이크를 마시며 우리가 마치 프랭크 시나트라라도 된 것 같은 착각에 빠지곤 했던 곳이죠."

양손을 놓고 자전거를 타는 대담한 소년들이 토요일 밤에 밀크셰이크를 마시던 시절부터 식당은 여러 번 바뀌었다. 지금은 낮은 사각형의 벽돌 외관에 녹색 지붕을 얹은 70년대 스타일의 식당이었다. 90년대 스타일로 창문마다 정교한 진한 핑크와 블루 컬러의 네온사인이 켜져 있어 광채가 가득했다. 리처는 가죽 장정 폴더를 들고 문을 열고 프레온과 햄버거, 그리고 테이블을 닦기 전에 뿌리는 세정제의 냄새가 강하게 나는 서늘한 공기 속으로 들어갔다. 그가 카운터에 앉자 20대의 쾌활하고 덩치 큰 여자가 식기와 냅킨을 놓아주며 음식 설명이 적힌 사진이 붙어 있는 광고판만한 메뉴판을 건네주었다. 그는 하프 파운드 버거, 스위스치즈, 레어, 코울슬로, 어니언 링이라고 주문한 뒤 사진과 전혀 비슷하지 않을 거라고 자신과 꽤 큰 내기를 걸었다. 그는 얼음물을 마시고 리필을 받은 다음 폴더를 열었다.

그는 빅터가 부모에게 보낸 편지에 집중했다. 총 스물일곱 통의 편지가 있었는데, 그중 열세 통은 훈련 기지에서 보냈고, 열네 통은 베트남에서 보낸 것이었다. 편지들은 에드 스티븐에게 들었던 것을 그대로 입증했다. 정확한 문법, 정확한 철자, 간결하고 직설적인 문체. 1920~60년대 사이에 미국에서 교육을 받은 모든 사람이 사용하는 것과 동일한 필기체였는데 뒤로 약간 기울어져 있었다. 왼손잡이. 스물일곱 통의 편지는 모두 한 페이지를 넘기고 몇 줄씩이 더 쓰여 있었다. 의무감을 지닌 사람. 개인적인 편지를 첫 페이지에서 끝내는 것이 무례한 일이라는 것을 알고 있는 사람. 예의 바르고, 성실하고, 왼손잡이이고, 고지식하고, 보수적이고, 평범한 사람. 충실하게 교육은 받았지만 로켓 과학자 같은 부류는 아닌 사람.

여자가 햄버거를 가져왔다. 그 자체로 충분했지만 메뉴판의 사진에 있는 성대한 연회와는 매우 달랐다. 코울슬로는 종이컵에 담긴 하얀 식초에 둥둥 떠 있었고, 어니언 링은 작은 갈색 자동차 타이어처럼 부풀어 있고 크기가 똑같았다. 스위스치즈는 너무 얇게 썰어서 투명할 정도였지만 그래도 치즈 맛은 났다.

포트 러커에서 수료식이 끝난 후 찍은 사진은 해석하기 어려웠다. 초점이 맞지 않았고, 모자챙 때문에 빅터의 눈이 짙은 그림자에 가려져 있었다. 어깨는 뒤로 젖혀지고 몸은 긴장된 상태였다. 자부심이 넘쳤는지, 아니면 어머니 때문에 당황한 것인지 판단하기 어려웠다. 결국 리처는 입 모양 때문에 자부심에 표를 던졌다. 입꼬리가 살짝 내려간 단단한 라인이었고, 큰 기쁨의 미소를 멈추려면 얼굴 근육을 단단히 통제해야만 하는 그런 입술이었다. 지금까지의 인생의 정점에 있는 한 남자의 사진이었다. 모든 목표가 달성되고 모든 꿈이 실현되었디. 2주 후, 그는 해외로 떠났다. 리처는 모빌에서 보낸 쪽지를 찾으려 편지를 뒤졌다. 출항 전 잠자리에서 쓴 것이었다. 앨라배마에 있는 회사 사무원이 보낸 것이었다. 냉정한 문구들, 한 페이지와 4분의 1 분량. 감정은 엄격하게 통제되었다. 아무것도 전달되지 않았다.

그는 계산을 마치고 쾌활한 여자에게 줄 팁을 2달러 놓았다. 그녀라면 배를 타고 전쟁터로 떠나는 날, 집에다가 야박하게 겨우 1과 4분의 1 페이지짜리 편지를 보냈을까? 아니, 그녀는 결코 전쟁터로 떠나지 않을 것이다. 빅터의 헬리콥터가 추락한 건 아마 그녀가 태어나기 7년 전쯤의 일이고, 베트남 전쟁은 11학년 역사 시간에 고생했던 별거 아닌 일이었다.

월스트리트로 곧바로 돌아가기에는 너무 이른 시간이었다. 조디는 7시라고 했다. 최소한 두 시간은 시간을 죽이고 있어야 했다. 그는 토러스에 몸을 싣고 바람을 세게 틀어 더위를 날려 버렸다. 그런 다음 폴더의 딱딱한 가죽 위에 지도를 펼쳐 놓고 브라이튼에서 빠져나가는 경로를 찾아보았다. 9번 국도를 타고 남쪽으로 가면 베어 마운틴 파크웨이가 나오고 거기서 동쪽으로 가면 타코닉, 타코닉에서 남쪽으로 가면 스프레인, 스프레인을 따라가면 브롱크스 리버 파크웨이에 떨어질 수 있었다. 그 길은 그가 한 번도 가 본 적이 없지만 가 보고 싶었던 식물원으로 곧장 이어졌다.

마릴린은 3시가 조금 지나서야 점심을 먹었다. 그녀는 청소부들이 떠나기 전에 작업을 점검했다. 완벽했다. 그들은 복도 카펫에 스팀 청소기를 사용했는데, 더러워서가 아니라 크레덴자의 발에 눌린 자국을 가장 잘 없앨 수 있는 방법이었기 때문이다. 증기가 양모 섬유를 부풀려서 진공청소기로 깨끗이 청소한 후에는 아무도 무거운 가구가 그 위에 놓여 있었다는 사실을 알아차리지 못할 것이다.

그녀는 오래 샤워를 하고 종이 타월로 부스를 닦아내어 타일을 건조하고 반짝거리게 했다. 그녀는 머리를 빗고 바람에 자연스럽게 마르도록 그냥 두었다. 6월의 습도 때문에 머리카락에 약간의 컬이 생길 것을 알고 있었다. 그런 다음 그녀는 맨몸 위에 드레스를 입었다. 그녀는 체스터가 가장 좋아하는 짙은 분홍색 실크 드레스를 입었는데, 이 옷은 안에 아무것도 입지 않았을 때 가장 빛을 발했다. 무릎 바로 위까지 올라오는 길이였고, 꼭 끼는 것은 아니면서 마치 그녀를 위해 만들어진 것처럼, 사실은 그녀를 위해 만들어졌지만, 적재적소에 딱 맞았다. 체스터는 그 사실을 몰랐다. 체스터는 그저 운 좋게 딱 맞는 기성복을 샀다고 생각했다. 그녀는 돈 때문이 아니라 그런 섹시한 옷을 맞춤 제작했다는 사실을 인정하는 것이 조금 뻔뻔스럽게 느껴졌기 때문에 그가 그렇게 생각하도록 기꺼이 내버려두었다. 그리고 솔직히 말하자면 그 효과는 대단했다. 마치 방아쇠 같았다. 그녀는 그가 보상받아야 한다고 생각할 때 그 옷을 입었다. 혹은 그의 마음을 돌려야 할 때. 오늘 밤 그녀는 그의 마음을 돌릴 필요가 있었다. 그가 집에 도착하면 아내가 주도해서 집을 매물로 내놓았다는 것을 알게 될 것이었다. 어떤 식으로 생각하든 힘든 저녁이 될 것이 분명했고, 이를 극복하기 위해 모든 수단을 동원할 준비가 되어 있었다. 뻔뻔하든 아니든. 그녀는 드레스의 색상과 어울리고 다리를 길어 보이게 하는 구찌 힐을 선택했다. 그런 다음 부엌으로 내려가 점심으로 사과 한 개와 저지방 치즈 한 조각을 먹고 다시 위층으로 올라가 양치질을 하면서 메이크업을 어떻게 할지 생각했다. 드레스 아래는 알몸이고 머리를 자연스럽게 풀어헤친 상태에서는 노메이크업이 최선이었지만, 이젠 그렇게 할 수 없는 나이임을 인정하기로 하고 화장하지 않은 것처럼 보이기 위해 장시간의 메이크업에 돌입했다.

20분 정도 걸렸고, 손톱과 발톱도 중요할 것 같아 다듬었다. 왜냐하면 구두를 일찍 벗을 것 같았기 때문이다. 그런 다음 그녀는 자신이 가장 좋아하는 향수를 과하지 않으면서도 그가 알아차릴 정도로 뿌렸다. 그때 전화가 울렸다. 셰릴이었다.

"마릴린?" 그녀가 말했다. "내놓은 지 여섯 시간 만에 물었어!"

"정말? 근데 누가? 어떻게 알고?"

"그러게 말야. 딴 데에는 아직 등록도 안 했는데. 진짜 대박이지? 가족과 함께 이사를 하려는 신사분이 이 지역의 분위기를 알아보려고 동네를 둘러보다가 당신 집의 매물 간판을 보셨대. 그 길로 이리로 와서 세부사항을 물어보셨어. 준비 됐어? 바로 모셔가도 될까?"

"어머, 지금 바로? 벌써? 정말 빠르네, 그치? 그래도 어, 와도 될 것 같아. 어떤 분일까, 셰릴? 진짜 구매를 할까?"

"난 확신해. 하지만 오늘밤에 시간이 없으시대. 오늘 밤 서부로 돌아가셔야 한대."

"알았어. 그럼 모셔와. 준비할게."

그녀는 자신이 무의식적으로 전체 루틴을 연습하고 있었다는 사실을 깨달았다. 그녀는 빠르게 움직였지만 당황하지 않았다. 그녀는 전화를 끊고 곧장 부엌으로 뛰어 내려가 오븐을 약불로 맞췄다. 그리고 접시에 커피 원두를 한 무더기 떠서 가운데 칸에 넣었다. 오븐 문을 닫고 싱크대로 향했다. 사과심을 쓰레기통에 버리고 접시를 식기세척기에 넣었다. 종이 타월로 싱크대를 닦고 뒤로 물러서서 엉덩이에 손을 얹고 방을 훑어보았다. 그러고는 창문으로 걸어가 바닥에 햇빛이 들어올 때까지 블라인드를 기울였다.

"완벽해." 그녀는 혼잣말을 했다.

그녀는 다시 계단을 뛰어 올라가 집 꼭대기부터 시작했다. 방마다 들어가서 살피고, 확인하고, 꽃을 매만지고, 블라인드를 조절하고, 베개를 더 푹신하게 만들었다. 모든 곳에 조명을 켰다. 구매자가 이미 방에 들어온 후에 전등을 켜는 것은 집이 어둡다는 분명한 메시지라는 것을 읽었기 때문이다. 처음부터 켜 놓는 것이 더 좋다고 생각했고, 그것이 뜨겁게 환영한다는 분명한 메시지였다.

그녀는 다시 계단을 뛰어 내려갔다. 가족실에서는 수영장을 자랑하기 위해 블라인드를 완전히 열었다. 서재에서는 독서등을 켜고 블라인드를 거의 닫아서 어둡고 편안한 분위기를 연출했다. 그런 다음 거실로 들어갔다. 젠장, 체스터의 사이드 테이블이 안락의자가 있던 바로 옆에 그대로 있었다. 어떻게 이걸 놓칠 수 있었을까? 그녀는 두 손으로 테이블을 잡아 들고 지하실 계단으로 달려갔다. 셰릴의 차가 자갈길을 달려오는 소리가 들렸다. 그녀는 지하실 문을 열고 뛰어 내려가 테이블을 버리고 다시 뛰어 올라갔다. 그리고 문을 닫고 파우더 룸으로 들어갔다. 손님용 수건을 곧게 펴고 머리카락을 가볍게 털며 거울로 자신을 확인했다. 맙소사! 그녀는 실크 드레스를 입고 있었다. 안에 아무것도 입지 않은 채로. 실크가 그녀의 피부에 착 달라붙어 있었다. 도대체 그 남자가 무슨 생각을 할까?

초인종이 울렸다. 그녀는 얼어붙어 있었다. 옷 갈아입을 시간이 있을까? 당연히 없었다. 그들은 지금 문 앞에서 벨을 누르고 있었다. 재킷이나 뭐 그런 거라도? 초인종이 다시 울렸다. 그녀는 숨을 들이마시고 엉덩이를 흔들어 붙은 옷을 떼고 복도를 걸어 내려갔다. 다시 한번 숨을 들이마시고 문을 열었다.

셰릴이 눈총을 주며 들어왔지만 마릴린의 눈은 이미 구매자를 향해 있었다. 그는 쉰이나 쉰다섯 살 정도의 키가 크고 짙은 회색 정장을 입은 남자였는데, 자동차 진입로를 따라 심어진 나무를 바라보며 옆으로 서 있었다. 체스터가 항상 부와 출신은 발에서 나타난다고 말했기에 그녀는 그의 신발을 흘긋 내려다보았다. 꽤 괜찮아 보였다. 견고한 옥스퍼드 구두가 반짝반짝 빛이 났다. 그녀는 미소가 지어졌다. 이렇게 되는 거야? 여섯 시간 만에 팔린다고? 대박이야. 그녀는 셰릴과 함께 빠르게 공모자의 미소를 지으며 남자에게로 향했다.

"들어오세요." 그녀가 밝게 웃으며 손을 내밀었다.

그는 정원에서 돌아서서 그녀를 마주했다. 그는 노골적으로 대놓고 그녀를 똑바로 쳐다보았다. 그녀는 그의 시선 아래에서 벌거벗은 느낌이 들었다. 사실상 벌거벗은 상태나 마찬가지였다. 그러나 그녀는 그를 똑바로 쳐다볼 수밖에 없었다. 그의 끔찍한 화상 자국 때문이었다. 그의 머리 한쪽은 반들반들한 분홍색 흉터 덩어리였다. 그녀는 얼어붙은 채로 예의 바른 미소를 유지하며 그를 향해 손을 뻗었다. 그는 멈칫했다. 그리고 그녀의 손을 맞으려 손을 내밀었다. 하지만 그것은 손이 아니었다. 빛이 나는 금속 갈고리였다. 의수도 아니고, 정교한 인공손 장치도 아닌, 그저 빛나는 강철로 만들어진 위협적인 느낌의 금속 곡선이었다.

7시 10분 전, 리처는 월스트리트에 있는 60층짜리 건물 밖 도로변에 있었다. 그는 시동을 켜고, 건물 출입문에 중심점을 찍고 옆 광장을 가로질러 그가 가기 전에 누군가가 그녀에게 접근할 수 있는 거리 너머까지 삼각형으로 훑어보았다. 삼각형 안에는 경계해야 할 사람이 아무도 없었다. 가만히 있는 사람도, 지켜보는 사람도 없었다. 재킷을 팔에 걸치고 부피가 큰 서류가방을 손에 든 채 거리로 바삐 나오는 직장인들만 눈에 띄었다.

그들 대부분은 인도에서 좌회전하여 지하철역으로 향했다. 몇몇은 교통 흐름 속에서 택시를 잡기 위해 도로변의 차들 사이를 헤집고 있었다.

주차된 차들은 안전했다. 두 대 앞에는 택배 트럭 한 대가 있었고, 그 앞에는 리무진 기사 둘이 자기 손님들이 나오나 확인하며 서 있었다. 바쁜 하루의 피곤한 끝자락에서 느껴지는 평온한 분주함. 리처는 운전석 등받이에 기대어 앉아 기다리면서 좌우, 앞뒤로 눈을 돌리다가 다시 회전문으로 시선을 향했다.

그녀는 예상보다 이른 7시 전에 나왔다. 그는 로비의 유리를 통해 그녀를 보았다. 그는 그녀의 머리카락과 원피스, 그리고 윤기 나는 그녀의 다리가 출구를 향해 옆걸음으로 경쾌하게 움직이는 것을 보았다. 그는 잠시 그녀가 고층에서 기다리고 있었는지 궁금해 했다. 타이밍은 맞았다. 그녀가 창문으로 차를 보고 곧장 엘리베이터로 갔으면 되었으니까. 그녀는 문을 밀고 광장으로 나왔다. 그는 차에서 내려 보닛을 돌아 인도로 가서 기다렸다. 그녀는 무거운 가죽 서류가방을 들고 있었다. 그녀는 햇살을 뚫고 다가왔고 후광이 비치는 것처럼 머리카락이 빛났다. 그에게서 10미터 떨어진 곳에서 그녀는 미소를 지었다.

"왔어요?" 그녀가 인사했다.

"그래, 조디." 그가 말했다.

그녀는 뭔가를 알고 있었다. 그녀의 얼굴에 쓰여 있었다. 그녀는 그에게 말해 줄 큰 뉴스가 있었지만, 그것을 가지고 그를 놀리려는 듯이 웃고 있었다.

"뭔데?" 그가 물었다.

그녀는 다시 미소 지으며 고개를 저었다. "당신 먼저. 알았죠?"

그들은 차에 앉았다. 그는 노부부가 말한 것을 전부 빠짐없이 그녀에게 말했다. 그녀의 미소는 사라지고 그녀는 침울해졌다. 그는 그녀에게 가죽 장정 폴더를 건네주고 그녀가 그것을 훑어보는 동안, 시계 반대 방향으로 도는 좁은 로터리에서 좌회전하여 브로드웨이 남쪽의 그녀 집에서 두 블록 떨어진 곳으로 가기 위해 교통체증과 씨름했다. 그는 에스프레소 바 앞 도로변에 차를 세웠다. 그녀는 루터가 보낸 정찰 보고서를 읽으며 쇠약해진 백발의 남자와 동양인 병사의 사진을 살펴보고 있었다.

"놀랍네요." 그녀가 조용히 말했다.

"열쇠 줘." 그가 말했다. "커피 한 잔 마시고 있어. 건물이 괜찮은지 확인되면 그때 같이 올라가."

그녀는 이의를 제기하지 않았다. 그 사진은 그녀를 뒤흔들었다. 그녀는 가방에서 열쇠를 꺼내주고 차에서 내려 인도를 가로질러 커피숍으로 곧장 들어갔다. 그는 그녀가 안으로 들어가는 것을 지켜보고 나서 길을 따라 남쪽으로 천천히 내려갔다. 바로 그녀의 차고로 향했다. 그들이 타고 온 건 렌트한 차였기에, 누군가 차고에서 기다리고 있더라도 바로 그를 알아채진 못할 것이다. 따라서 그에게 유리한 상황이 만들어질 때까지 그들은 한참을 머뭇거리고 있게 될 것이다. 하지만 차고는 조용했다. 하루 종일 움직이지 않은 것처럼 보이는 똑같은 차량들이 주차되어 있었다. 그는 토러스를 지정 주차칸에 넣고 금속 계단을 통해 로비로 올라갔다. 아무도 없었다. 엘리베이터에도 아무도 없었고 4층 복도에도 아무도 없었다. 문은 손상되지 않았다. 그는 문을 열고 안으로 들어갔다. 조용하고 가라앉은 공기. 아무도 없었다.

그는 비상계단을 이용해 로비로 돌아가서 유리문을 통해 거리로 나갔다. 북쪽으로 두 블록을 걸어가 커피숍으로 들어가자 조디는 크롬 테이블에 홀로 앉아 팔꿈치 옆에 마시지도 않은 에스프레소를 놓아둔 채 빅터 하비의 편지를 읽고 있었다.

"그거 마실 거야?" 그가 물었다.

그녀가 편지 위에 정글 사진을 올려놓았다.

"이거 파장이 클 것 같아요." 그녀가 말했다.

그는 그 말을 안 마신다는 뜻으로 받아들이고 컵을 끌어당겨 커피를 한 입에 삼켰다. 약간 식은 커피는 놀라울 정도로 진했다.

"가요." 그녀가 말했다. 그녀는 그에게 가방을 들게 하고 그의 팔을 붙잡고 두 블록을 걸어갔다. 그는 정문에서 그녀의 열쇠를 돌려주었고, 둘은 함께 로비를 지나 엘리베이터를 타고 조용히 올라갔다. 그녀는 아파트 문을 열고 그보다 먼저 안으로 들어갔다.

"그래서 정부 사람들이 우리를 쫓고 있군요." 그녀가 말했다.

그는 아무 대답도 하지 않았다. 그냥 새 재킷을 벗어 몬드리안 복제품 아래의 소파에 내려놓았다.

"틀림없이."

그는 창문으로 걸어가 블라인드를 열었다. 햇살이 쏟아져 들어와 하얀 방이 환하게 빛났다.

"우린 이 수용소의 비밀에 거의 다가갔어요." 그녀가 말했다. "그래서 정부가 우리 입을 막으려는 거예요. CIA나 누군가가."

그는 주방으로 걸어갔다. 냉장고 문을 열고 물 한 병을 꺼냈다.

"우린 심각한 위험에 처해 있어요. 그런데 당신은 별로 걱정하지 않는 것 같네요."

그는 어깨를 으쓱하며 물 한 모금을 삼켰다. 너무 차가웠다. 그는 상온의 물이 더 좋았다.

"걱정하고 있기에는 인생이 너무 짧아."

"아빠는 걱정하고 계셨어요. 그게 심장을 더 악화시켰고."

그는 고개를 끄덕였다. "알아. 미안해."

"그런데 왜 심각하게 받아들이지 않아요? 믿지 않는 거예요?"

"믿어." 그가 말했다. "그들이 말한 모든 걸 믿어."

"사진이 증명해요. 그곳이 분명 존재한다는 걸."

"그곳이 존재하는 걸 알아." 그가 말했다. "나도 가 봤어."

그녀는 그를 쳐다보았다. "거기 가 봤다고요? 언제? 어떻게요?"

"그리 오래되지 않았어." 그가 말했다. "나도 루터라는 남자와 거의 비슷한 정도로 접근했었어."

"맙소사, 리처." 그녀가 말했다. "그래서 어떻게 할 건가요?"

"총을 사러 갈 거야."

"아뇨, 경찰에 신고해야 해요. 아니면 신문사에 가야죠. 정부가 이래서는 안 돼요."

"여기서 기다려. 알았지?"

"어디 가려고요?"

"총 사러. 그리고 피자도 좀 사 올게."

"뉴욕시에서 어떻게 당장 총을 사요? 법이란 게 있어요. 신분증과 허가증, 그런 것들이 있어야 하고 어쨌든 5일은 기다려야 해요."

"난 어디서든 냉큼 총을 살 수 있어." 그가 말했다. "특히 뉴욕시에서라면. 피자 토핑은 뭘로 할까?"

"돈은 있어요?"

"피자 살 돈?"

"총 살 돈이요."

"피자보다 총이 더 쌀걸." 그가 말했다. "나 나가면 문 잠가. 알았지? 그리고 스파이홀에 내가 보이지 않으면 절대 문 열어 주지 마."

그는 그녀를 주방 가운데 세워두고 떠났다. 그는 비상계단을 타고 로비로 내려가 인도의 북적이는 사람들 틈에서 충분한 시간을 들여 동선을 설정했다. 블록 남쪽에 피자 가게가 있었다. 그는 안으로 들어가 피자 라지 사이즈에 절반은 안초비와 케이퍼, 절반은 핫 페퍼로니로 주문하고 30분 안에 가지러 오겠다고 했다. 그런 다음 브로드웨이의 교통 혼잡을 피해 동쪽으로 향했다. 그는 뉴욕에 충분히 많이 와 봤기 때문에 사람들의 말이 사실이라는 것을 알았다. 뉴욕에서는 모든 것이 빠르다. 사물이 빠르게 변한다. 시간적으로도 빠르고 지리적으로도 빠르게. 두 블록만 가면 한 동네가 다른 동네로 바뀐다. 때때로 건물 앞쪽은 중산층의 낙원인데, 뒤로 돌아가면 골목길에 부랑자들이 잠을 자고 있다. 그는 속보로 10분만 걸어가면 조디의 비싼 아파트가 있는 블록과는 다른 세계에 다다른다는 것을 알고 있었다.

그는 브루클린 브리지 진입로 아래 그늘 속에서 자신이 찾고 있던 것을 발견했다. 그곳에는 난잡히게 뒤엉킨 도로가 웅크리고 있었고, 북쪽과 농쪽으로는 거대한 공공 주택단지가 펼쳐져 있었다. 허름하고 너저분한 가게들이 어지럽게 널브러져 있었고, 농구 코트에는 골대 밑에 그물 대신 쇠사슬이 달려 있었다. 공기는 덥고 습했으며 매연과 소음으로 가득 차 있었다. 그는 모퉁이를 돌아서 농구 코트의 소음을 뒤로한 채 철망 울타리에 기대어 서서 두 세계가 충돌하는 모습을 지켜보았다. 빠르게 달리는 차량과 빠르게 걷는 사람들이 있고 같은 수의 차량이 멈춰서 공회전하고 사람들은 무리지어 서 있었다. 달리는 차들은 정차한 차들을 급히 피하며 경적을 울리고 핸들을 급회전했고 보행자들은 밀치고 불평하다가 길에서 어슬렁거리고 있는 무리 때문에 배수로로 피했다. 가끔 차가 짧게 멈추면 소년이 운전석 창문으로 달려가곤 했다. 짧은 대화가 오간 뒤 마술처럼 돈이 오가고 소년은 다시 문으로 달려가 사라졌다. 잠시 후 소년이 다시 나타나 서둘러 차에 올라탔다. 운전자는 좌우를 흘긋 살펴보고 작은 포장을 받아든 뒤 소년이 차에서 내리면 배기 가스와 경적 소리와 함께 다시 교통 흐름 속으로 비집고 들어갔다. 그러면 소년은 인도로 돌아와서 또 기다렸다.

때로는 보행자와 거래하기도 했지만 시스템은 항상 동일했다. 소년들이 중간 다리였다. 그들은 돈을 받고 물건을 줬는데, 재판을 받기에는 너무 어렸다. 리처는 그들이 블록 정면을 따라 나 있는 특정한 세 개의 출입구를 이용하는 것을 지켜보고 있었다. 세 곳 중 중앙에서 가장 바빠 거래를 하고 있었다. 거래량으로 따지면 2대 1 정도였다. 남쪽 모퉁이에서부터 세었을 때 열한 번째 건물이었다. 그는 울타리에서 몸을 떼고 동쪽으로 향했다. 앞에는 공터가 있었고 그곳에서 강이 보였다. 브루클린 브리지가 그의 머리 위로 솟아 있었다. 그는 북쪽으로 방향을 돌려 건물 뒤의 좁은 골목으로 다가갔다. 걸으면서 전방을 살피고 열한 개의 화재 대피 계단을 세었다. 지상으로 시선을 돌리자 열한 번째 후문 출입구 바깥의 좁은 공간을 검은색 세단 한 대가 꽉 막고 있는 것이 보였다. 열아홉 살 정도로 보이는 한 소년이 휴대전화를 손에 들고 드렁그 뚜껑 위에 앉아 있었다. 후문 경비원. 인도를 가로지르며 왔다 갔다 배달하는 동생들보다 승진 사다리의 한 단계 위. 주변에는 아무도 없었다. 소년은 혼자였다. 리처는 골목으로 들어섰다. 방법은 빠르게 걸으면서 목표물 너머에 있는 무언가에 집중하는 것이다. 상대방이 자신과는 아무런 관계가 없는 것처럼 느끼게 만드는 것. 리처는 손목시계를 확인하며 먼 곳을 응시하는 척했다. 그는 거의 뛰다시피 서둘러 걸었다. 마지막 순간, 그는 갑자기 장애물에 의해 현실로 다시 끌려온 것처럼 시선을 차 쪽으로 떨어뜨렸다. 소년은 그를 지켜보고 있었다. 리처는 왼쪽으로 피했지만, 차의 각도 때문에 통과할 수 없다는 것을 알았다. 그는 바쁜 걸음을 성가신 일에 방해받아 짜증이 난 듯 화를 내며 멈추고 오른쪽으로 피하며 몸을 돌렸다. 그는 회전과 함께 왼팔을 휘둘러 소년의 머리 옆을 정확히 가격했다. 소년은 넘어졌고 그는 오른손 짧은 잽으로 상대적으로 약하게 소년을 다시 때렸다. 굳이 병원에 입원시킬 이유는 없었다.

그는 소년이 얼마나 멀리 떨어지는지 보려고 트렁크 뚜껑에서 혼자 떨어지게 놔두었다. 의식이 있으면 떨어지면서 충격을 완화시킬 텐데 소년은 그러지 않았다. 소년은 먼지를 풀썩 날리며 골목 바닥에 부딪혔다. 리처는 소년의 몸을 바로 눕혀서 주머니를 확인했다. 총이 들어 있었지만 만족스럽게 집으로 돌아갈 수 있는 종류의 총은 아니었다. 다른 총을 모방한 소련의 총을 다시 모방한 중국제 22구경 권총이었는데, 일을 시작하기에는 쓸모없는 총이었다. 그 총은 손이 닿지 않는 치 밑으로 던져 버렸다.

그는 다세대주택의 뒷문이 열려 있다는 것을 알고 있었다. 경찰본부에서 남쪽으로 150미터 정도 떨어진 곳에서 활발히 거래를 할 때는 뒷문이 열려 있다는 것이 포인트였다. 누가 앞문으로 들어와도 열쇠를 더듬지 않고 뒷문으로 나갈 수 있어야 한다. 그는 발끝으로 문을 몇 센티미터 밀어 열고 어둠 속을 응시하며 서 있었다. 뒤쪽 복도에 안으로 향하는 문이 있었고, 오른쪽으로 가면 안에 불이 켜진 방이 나왔다. 열 걸음 정도 떨어져 있었다.

기다릴 필요가 없었다. 그들이 곧 저녁 식사 휴식을 취하려는 것은 아니었다. 그는 앞으로 열 걸음 가서 문 앞에서 멈췄다. 건물은 썩은 냄새와 땀과 오줌 냄새가 났다. 조용했다. 버려진 건물. 그는 귀를 기울였다. 방 안에서 낮은 목소리가 들렸다. 그리고 대답이 있었다. 최소 두 명.

문을 활짝 열고 서서 내부 상황을 살피는 것은 올바른 방법이 아니다. 단 0.1초라도 늦는 사람은 동급생들보다 먼저 죽는다. 리처의 추측상 다세대주택의 폭은 5미터 정도였고, 그중 그가 서 있는 복도는 1미터 정도였다. 그래서 그는 그들이 그가 거기에 있다는 것을 알아채기 전에 나머지 4미터인 방으로 들어가는 것을 목표로 삼았다. 그들은 그래도 여전히 문을 바라보며, 그의 뒤로 누가 따라 들어오는지 궁금해 할 것이다.

그는 숨을 들이마시고는 문이 원래 없었던 것처럼 문을 박차고 들어갔다. 문이 경첩에 부딪혀 다시 튕겨 나오고 그는 크게 두 걸음으로 방을 가로질렀다. 희미한 불빛. 전구 하나. 두 남자. 탁자 위의 꾸러미들. 탁자 위의 돈. 탁자 위의 권총 한 자루. 그는 크게 휘두르는 돌려치기로 첫 번째 놈의 관자놀이를 정확히 가격했다. 옆으로 쓰러진 놈의 배를 무릎으로 내리찍으면서, 놀라서 눈을 크게 뜨고 입을 벌린 채 의자에서 일어나고 있던 두 번째 놈에게 향했다. 리처는 높은 곳을 조준하고 눈썹과 헤어라인 사이에 정확히 수평을 이루는 부위를 팔뚝으로 쳤다. 적당히 세게 때리면 한 시간 동안은 쓰러져 있겠지만 두개골은 깨지지 않는다. 이것은 사형 집행이 아니라 쇼핑 여행이어야 했다.

그는 가만히 서서 문 너머로 귀를 기울였다. 아무것도 없었다. 골목에 있던 놈은 뻗어 있었고, 거리의 소음이 인도에 있던 아이들을 압도하고 있었다.

테이블에 놓인 권총이 콜트 디텍티브 스페셜이었기 때문에 그는 테이블을 힐끗 쳐다보다가 다시 시선을 돌렸다. 푸른빛 도는 강철에 검은색 플라스틱 그립이 달린 6연발 38구경 리볼버. 짤막한 5센티 총열. 이것도 그가 찾던 것과는 거리가 멀었다. 총열이 짧은 것도 단점이었고 구경도 실망스러웠다. 그는 예전에 만났던 루이지애나주의 도시 밖 작은 관할 구역의 서장이었던 한 경찰을 떠올렸다. 그 경찰관은 헌병대에 총기 관련 조언을 구하러 왔고, 리처가 맡아 자세한 상담을 해 준 적이 있었다. 그는 자기 부하들이 사용하는 38구경 리볼버에 대해 온갖 불평을 늘어놓았다. 그는 마약에 잔뜩 취한 채 달려드는 놈을 제압할 때는 38에 의존해서는 안 된다고 했다. 그는 자살자에 대해서도 이야기했었다. 38로 머리를 다섯 발이나 쏴서 겨우 죽었다고. 리처는 그 남자의 비참했을 얼굴에 충격을 받아 그 자리에서 38구경을 멀리하기로 결심했는데, 그 결심은 지금도 바뀌지 않은 방침이었다. 그래서 그는 테이블에 등을 돌리고 가만히 서서 다시 귀를 기울였다. 아무것도 없었다. 그는 머리를 맞은 놈 옆에 쪼그리고 앉아 재킷을 뒤지기 시작했다.

가장 바쁜 딜러가 가장 많은 돈을 벌고, 가장 많은 돈이 가장 좋은 장난감을 사게 한다는 것이 그 녀석이 거리 위아래에 있는 느린 라이벌들과 달리 이 건물에 있는 이유였다. 그는 놈의 왼쪽 안주머니에서 정확히 원하는 것을 찾았다. 허접한 38구경 디텍티브 스페셜보다 훨씬 더 좋은 권총이었다. 그것은 그의 경력 대부분 동안 특수부대 친구들이 가장 좋아했던 잘생긴 9밀리짜리 검은색 대형 자동 권총, 슈타이어 GB였다.

그는 총을 꺼내서 꼼꼼하게 점검했다. 탄창에는 열여덟 발의 탄환이 전부 들어 있었고, 약실은 한 번도 발사된 적이 없는 것 같은 냄새가 났다. 그는 방아쇠를 당겨 작동 상태를 확인했다. 그리고 총을 다시 조립하여 허리춤에 끼우고 미소를 지었다. 의식을 잃은 녀석 옆에 엎드려서 속삭이듯 말했다. "네 슈타이어를 1달러에 사지. 문제 있으면 고개 저어. 오케이?"

그러고는 다시 미소를 지으며 일어섰다. 그는 돈뭉치에서 1달러 지폐 한 장을 꺼내 탁자 위에 두고 디텍티브 스페셜로 눌러 놓았다. 복도로 돌아갔다. 모두 조용했다. 뒤로 열 걸음 걸어서 불빛 속으로 나왔다. 골목을 좌우 위아래로 살피고 주차된 세단 쪽으로 다가갔다. 운전석 문을 열고 레버를 돌려서 트렁크를 열었다. 그 안에 속이 비어 있는 검은색 나일론 스포츠 가방이 있었다. 엉켜 있는 빨간색과 검은색 점프선 밑의 작은 골판지 상자 안에 재장전용 9밀리 탄약이 들어 있었다. 그는 탄약을 그 가방에 넣고 걸어 나갔다. 다시 브로드웨이에 도착하니 피자가 그를 기다리고 있었다.

갑작스러웠다. 경고도 없이 일어난 일이었다. 두 사람이 집 안에 들어가고 문이 닫히자마자 그 남자는 빈 소매 안에 있던 무언가로 셰릴의 얼굴을 악랄하게 백핸드로 후려쳤다. 마릴린은 충격으로 얼어붙었다. 그녀는 남자가 격렬하게 비틀며 반짝이는 갈고리를 휘두르는 것을 보았고, 팔이 셰릴의 얼굴에 부딪히면서 뭔가 터지는 소리가 나는 것을 들었다. 그녀는 어떻게든 비명을 지르지 않는 것이 중요하다는 듯이 두 손으로 입을 꽉 막았다. 그녀는 남자가 그녀를 향해 돌아서서 오른쪽 겨드랑이 아래로 손을 빼어 왼손으로 총을 꺼내 드는 것을 보았다. 셰릴이 뒤로 넘어가서 스팀 청소로 인해 아직 축축한 카펫 위에 널브러져 있는 것이 보였다. 그녀는 총이 바로 전과 정확히 같은 반지름을 그리며 반대 방향의 그녀에게로 곧장 향하는 것을 보았다. 어두운 회색 금속제 총은 기름칠이 되어 있었다. 칙칙했지만 광이 났다. 총이 가슴과 수평을 이루며 멈췄고, 그녀는 총의 색을 내려다보며 '청회색이 바로 저런 색이구나'라는 생각밖에 나지 않았다.

"가까이 와." 남자가 말했다.

그녀는 마비 상태였다. 그녀의 손은 얼굴에 고정되어 있었고 눈은 너무 크게 떠서 얼굴 피부가 찢어질 것 같았다.

"가까이 오라고." 남자가 다시 말했다.

그녀는 셰릴을 내려다보았다. 그녀는 팔꿈치를 짚고 일어나려 애쓰고 있었다. 눈이 돌아가 있었고 코에서 피가 흐르고 있었다. 윗입술이 부어오르고 턱에서 피가 뚝뚝 떨어지고 있었다. 무릎은 들려 있고 치마는 구겨져 있었다. 그녀의 팬티스타킹이 얇았다가 두껍게 바뀌는 부분이 보였다. 그녀의 호흡이 거칠어졌다. 그러다 다시 팔꿈치에 힘이 풀리면서 앞으로 미끄러지고 무릎이 벌어졌다. 그녀의 머리가 부드러운 쿵 소리와 함께 바닥에 부딪히며 옆으로 돌아갔다.

"가까이 와." 남자가 말했다.

그녀는 그의 얼굴을 쳐다봤다. 딱딱해 보였다. 흉터는 딱딱한 플라스틱 같았다. 한쪽 눈은 엄지손가락만큼 두껍고 거친 눈꺼풀로 가려져 있었다. 다른 쪽 눈은 차갑고 깜빡이지 않았다. 그녀는 총을 봤다. 총은 그녀의 가슴에서 30센티 정도 떨어져 있었다. 움직이지 않았다. 총을 잡은 손은 매끄러웠다. 손톱은 잘 다듬어져 있었다. 그녀는 4분의 1 걸음 앞으로 갔다.

"더 가까이."

그녀는 총이 드레스 천에 닿을 때까지 발을 앞으로 내밀었다. 얇은 실크를 통해 회색 금속의 단단함과 차가움이 느껴졌다.

"더."

그녀는 그를 쳐다봤다. 그의 얼굴은 그녀에게서 30센티 정도 떨어져 있었다. 왼쪽 피부는 회색에 주름 져 있었다. 성한 눈은 주름으로 덮여 있었다. 오른쪽 눈이 깜빡였다. 눈꺼풀은 둔하고 무거웠다. 눈꺼풀은 의도적인 것처럼 기계적으로 아래로 내려갔다가 위로 올라갔다. 그녀는 몸을 2센티 더 앞으로 향했다. 총이 그녀의 가슴을 눌렀다.

"더."

그녀가 발을 움직였다. 그는 그에 상응하는 총의 압력으로 화답했다. 금속이 그녀의 부드러운 살을 세게 눌렀다. 그녀의 유방이 짓눌렸다. 실크 천이 깊은 분화구처럼 푹 들어갔다. 유두가 옆으로 잡아당겨졌다. 아팠다. 남자가 오른팔을 들어 올렸다. 갈고리. 그는 그것을 그녀의 눈앞에 들이댔다. 광택이 날 때까지 문지르고 닦은 평범한 강철 곡선이었다. 그는 팔뚝을 어색하게 움직이며 천천히 고리를 돌렸다. 그녀에게 그의 소매 안에서 나는 가죽 소리가 들렸다. 갈고리의 끝은 뾰족하게 가공되어 있었다. 그는 갈고리 끝을 돌려서 곡선의 평평한 부분을 그녀의 이마에 대었다. 그녀는 움찔했다. 차가웠다. 그걸로 그녀의 이마를 긁어내리고 코 밑까지 코의 곡선을 따라 내려갔다. 그녀의 윗입술에 대고 입이 벌어질 때까지 눌렀다. 그녀의 이빨을 갈고리로 톡톡 두드렸다. 입술이 건조해서 아랫입술에 갈고리가 달라붙었다. 그는 부드럽고 탄력 있는 살에 닿아 갈고리가 떨어질 때까지 그녀의 입술을 아래로 끌어내렸다. 그는 그녀의 턱의 곡선에 대고 턱 아래에서 목까지 내려갔다. 다시 2센티 정도 위로 올라갔다가 다시 턱 밑에 대고 어깨에 힘을 주어 그녀의 고개를 들어 올렸다. 그는 그녀의 눈을 빤히 쳐다봤다.

"난 하비라고 해." 그가 말했다.

그녀는 목구멍의 압력을 덜어내려고 까치발로 섰다. 그녀가 컥컥거리기 시작했다. 그녀는 문을 연 이후로 숨을 쉬어 보지 않은 것 같았다.

"체스터가 내 얘기를 하던가?"

그녀의 고개가 위로 들려 있었다. 천장을 쳐다보고 있었다. 총은 그녀의 가슴을 파고들고 있었다. 이제는 더 이상 차갑지 않았다. 그녀의 몸의 열기로 따뜻해진 상태였다. 그녀는 갈고리의 압력에 균형을 맞추려 작고 다급한 동작으로 고개를 흔들었다.

"내 얘길 안 했어?"

"안 했어요." 그녀가 숨을 헐떡였다. "왜요? 꼭 했어야 할 얘기였나요?"

"평소에 감추는 게 많은가?"

그녀는 다시 고개를 흔들었다. 똑같은 작고 다급한 동작으로 고개를 흔들자 목의 피부가 금속에 닿았다.

"남편이 사업 문제에 대해 말 안 했나?"

그녀는 눈을 깜빡였다. 다시 고개를 저었다.

"그럼 감추는게 많은 사람이구만."

"어쩌면요." 그녀는 숨을 헐떡였다. "하지만 어쨌든 알고는 있었어요."

"그에게 여자가 있나?"

그녀는 다시 눈을 깜빡였다. 고개를 저었다.

"어떻게 확신하지?" 하비가 물었다. "감추는 게 많은 사람인데?"

"원하는 게 뭐죠?" 그녀는 숨을 헐떡였다.

"내 생각에 여자는 없었겠어. 와이프가 이렇게 미인이니."

그녀는 다시 눈을 깜빡였다. 그녀는 발끝으로 섰다. 구찌 힐이 바닥에서 떨어졌다.

"칭찬한 거야." 하비가 말했다. "답사를 해야 하지 않나? 정중하게?"

그가 압력을 높였다. 강철이 목의 살을 파고들었다. 한쪽 발이 땅에서 떨어졌다.

"⋯⋯감사합니다." 그녀는 숨을 헐떡였다.

갈고리가 느슨해졌다. 시선의 방향이 다시 수평으로 돌아왔고 힐이 카펫에 닿았다. 숨이 쉬어지기 시작했다. 그녀는 헐떡거리며 숨을 들이쉬고 내쉬고 또 쉬었다.

"아주 예쁘군."

그녀의 목에서 갈고리가 떨어졌다. 갈고리가 그녀의 허리에 닿았다. 엉덩이의 곡선을 따라 내려갔다. 허벅지 위로 내려갔다. 그는 그녀의 얼굴을 바라보고 있었다. 총은 그녀의 살에 단단히 박혀 있다. 갈고리가 돌아가서 곡선의 납작한 면은 허벅지에서 떨어져 뾰족한 끝만 닿아 있었다. 아래쪽을 따라 내려갔다. 그녀는 옷에서 미끄러져 맨다리로 떨어지는 것을 느꼈다. 날카로웠다. 바늘 같지는 않았다. 연필심 같았다. 움직임을 멈췄다. 다시 움직이기 시작했다. 그는 그걸로 약하게 누르고 있었다. 그녀를 베지는 않을 정도였다. 그녀는 그걸 알고 있었다. 그러나 피부의 탄력을 깊게 파고들고 있었다. 다시 위로 움직였다. 실크 천 아래로 미끄러져 들어왔다. 허벅지 피부에서 금속이 느껴졌다. 더 위로 올라갔다. 그녀는 갈고리의 고비 안에 드레스의 실크 천이 뭉쳐 모이는 것을 느낄 수 있었다. 갈고리가 위로 움직였다. 뒤쪽 치마단이 그녀의 다리 뒤쪽에서 당겨져 올라갔다. 세릴이 바닥에서 꿈틀거렸다. 갈고리가 멈추고 하비의 징그러운 오른쪽 눈이 천천히 옆으로 돌아가더니 아래를 쳐다봤다.

"내 주머니에 손을 넣어." 그가 말했다.

그녀는 그를 응시했다.

"네 왼손을 내 오른쪽 주머니에 넣으라고."

그녀는 더 가까이 다가가서 그의 팔 사이로 손을 뻗어야 했다. 그녀의 얼굴이 그의 얼굴에 가까워졌다. 비누 냄새가 났다. 그녀는 그의 주머니를 더듬어 찾았다. 손가락을 안으로 얼른 넣었다 빼서 작은 원통을 꺼냈다. 지름이 3센티쯤 되는 사용감이 있는 은색 덕트 테이프였다. 남은 길이는 5미터 정도. 하비가 그녀에게서 떨어졌다.

"셰릴의 두 손목을 테이프로 감아." 그가 말했다.

그녀는 엉덩이를 흔들어 드레스 자락이 제자리에 떨어지도록 했다. 그가 그녀의 동작을 보고 미소를 지었다. 그녀는 은색 테이프와 바닥에 쓰러져 있는 셰릴을 번갈아 쳐다보았다.

"뒤집어." 그가 말했다.

창문으로 들어오는 빛이 총을 비추고 있었다. 그녀는 셰릴 옆에 무릎을 꿇었다. 한쪽 어깨를 당기고 다른 쪽 어깨는 밀어서 몸의 앞부분이 바닥으로 향하게 뒤집었다.

"팔꿈치를 붙여." 그가 말했다.

그녀가 망설이자 그는 총과 갈고리를 살짝 들어 올리고 양팔을 활짝 벌려 무기의 위력을 과시했다. 그녀는 얼굴을 찡그렸다. 셰릴이 다시 몸을 꿈틀거렸다. 피가 카펫에 고여 있었다. 갈색으로 변해 끈적끈적했다. 마릴린은 양손으로 셰릴의 등 뒤로 그녀의 팔꿈치를 억지로 모았다. 하비가 내려다보고 있었다.

"바짝 붙여." 그가 말했다.

그녀는 손톱으로 테이프를 뜯었다. 그러고는 셰릴의 팔꿈치 바로 아래를 여러 번 감았다.

"딱 붙여." 그가 말했다. "끝까지."

그녀는 셰릴의 팔꿈치에서 손목까지 테이프를 감고 또 감았다. 셰릴은 몸부림치며 발버둥치고 있었다.

"좋아. 이제 앉혀." 하비가 말했다.

그녀는 테이프로 팔이 묶인 셰릴을 앉은 자세 그대로 끌고 갔다. 셰릴의 얼굴은 피로 뒤덮여 있었다. 코가 부어 파랗게 변해 있었다. 입술은 퉁퉁 부어 있었다.

"입에도 테이프를 붙여." 하비가 말했다.

그녀는 이빨로 15센티 정도를 끊어냈다. 셰릴이 초점을 맞추려고 눈을 깜빡였다. 마릴린은 어쩔 수 없는 사과의 뜻으로 안타깝게 어깨를 으쓱하고 테이프를 그녀의 입에 붙였다. 튼튼한 강화 실에 은색 비닐이 코팅된 두꺼운 테이프였다. 코팅되어 광택이 돌긴 했지만 격자 형태로 실이 돌출되어 있어 매끄럽지는 않았다. 그녀는 손가락으로 테이프를 좌우로 문질러서 잘 붙였다. 셰릴의 코에서 거품이 일기 시작했고 겁에 질려 눈이 크게 벌어졌다.

"맙소사, 숨을 못 쉬어요." 마릴린이 숨가쁘게 말했다.

그녀는 다시 테이프를 뜯어내려고 했지만 하비가 손을 걷어찼다.

"코가 부러졌어요." 마릴린이 말했다. "숨을 못 쉰다고요."

총이 그녀의 머리를 겨누고 있었다. 안정적인 자세. 50센티 거리.

"저렇게 두면 죽어요." 마릴린이 말했다.

"당연히 뒈지겠지." 하비가 대답했다.

그녀는 공포에 질려 그를 쳐다보았다. 셰릴의 파열된 기도에서 피가 거친 소리와 함께 거품을 일으키며 흘러나오고 있었다. 그녀의 눈은 공포에 질려 있었다. 가슴이 들썩거리고 있었다. 하비의 눈이 마릴린의 얼굴을 향했다.

"내가 잘해 주길 바라나?" 그가 물었다.

그녀는 정신없이 고개를 끄덕였다.

"너도 나한테 잘해 줄 거야?"

그녀는 친구를 쳐다봤다. 셰릴의 가슴이 모자란 공기를 채우려 경련을 일으키고 있었다. 셰릴의 머리가 좌우로 흔들렸다. 하비가 몸을 숙이고 갈고리를 돌려서 셰릴이 머리를 마구 흔드는 것을 이용해 뾰쪽한 갈고리 끝으로 셰릴의 입에 붙인 테이프를 찍 하고 그었다. 그런 다음 그는 갈고리 끝을 세게 찔러 넣어 은색 테이프를 뚫었다. 셰릴은 얼어붙었다. 하비가 좌우상하로 팔을 움직였다. 갈고리를 다시 빼냈다. 테이프에는 울퉁불퉁한 구멍이 났고, 공기가 휘익거리며 드나들었다. 셰릴이 숨을 헐떡이며 몰아쉴 때마다 테이프가 그녀의 입술에 닿았다 떨어졌다 했다.

"내가 잘해 줬으니까," 하비가 말했다. "너 나한테 빚진 거야. 오케이?"

셰릴이 숨이 테이프에 난 구멍을 통해 세게 빨려 들이기고 있었다. 그녀는 거기에 집중하고 있었다. 그녀는 마치 사용할 공기가 앞에 있음을 확인하는 것처럼 눈을 가늘게 뜨고 내려다보고 있었다. 마릴린은 공포로 몸이 굳은 채 뒤로 물러나 앉으며 그녀를 쳐다보고 있었다.

"차에 실어." 하비가 말했다.

10

체스터 스톤은 88층 화장실에 혼자 있었다. 토니가 강제로 들어가게 했다. 물리적으로는 아니었다. 토니는 서서 조용히 가리키기만 했고, 스톤이 러닝셔츠와 팬티 차림에 검은 양말과 번쩍거리는 구두를 신고 허겁지겁 화장실 안으로 들어갔다. 그러자 토니는 가리키던 팔을 내리고 안에 있으라고 말하고 문을 닫았다. 바깥 사무실에서 두런거리는 소리가 들린 몇 분 뒤에 문이 닫히는 소리와 가까이에서 엘리베이터 작동 소리가 났기 때문에 두 남자가 자리를 뜬 것이 분명했다. 사무실은 어두워지고 고요해졌다.

그는 회색 화강암 타일에 등을 기대고 욕실 바닥에 앉아 정적 속을 응시했다. 욕실 문은 잠겨 있지 않았다. 그는 그것을 알고 있었다. 문을 닫을 때 뭘 돌리거나 딸깍거리는 소리는 없었다. 추웠다. 바닥은 딱딱한 타일이었고, 얇은 면 팬티를 뚫고 한기가 스며들고 있었다. 떨리기 시작했다. 배가 고프고 목이 말랐다.

그는 주의 깊게 귀를 기울였다. 아무 소리도 없었다. 그는 바닥에서 몸을 일으켜 세면대로 향했다. 수도꼭지를 틀고 쫄쫄 떨어지는 물소리 너머를 다시 들어봤다. 아무것도 없었다. 입을 대고 물을 마셨다. 이빨이 수도꼭지의 금속에 닿자 수돗물의 염소 맛이 느껴졌다. 그는 한 모금을 입 안에 가득 머금고 마른 혀에 흠뻑 적셨다. 그런 다음 물을 꿀꺽 삼키고 수돗

물을 잠갔다.

한 시간이 지났다. 한 시간 내내 바닥에 앉아 잠기지 않은 문을 바라보며 정적 속에 있었다. 맞은 자리가 아팠다. 주먹이 갈비뼈를 스쳐 지나가기만 했는데도 심하게 아팠다. 뼈와 뼈가 부딪히며 세게 찌릿찌릿했다. 그리고 주먹이 가닿은 복부에서는 약하지만 메스꺼움이 올라왔다. 타격이 가해진 곳의 배에서 연한 메스꺼움이 느껴졌다. 그는 통증을 느끼지 않으려고 문에 눈을 고정시켰다. 그 건물에는 많은 사람들이 있고 약하게나마 웅성거리는 소리도 들렸지만 마치 다른 세상의 사람들처럼 그들은 멀리 떨어져 있었다. 엘리베이터와 에어컨 소리, 배관의 물소리, 창문을 스치는 바람 소리가 더해졌다가 사라지기를 반복하며 낮고 편안한 속삭임으로 아주 작게 들려왔다. 아마도 88층 아래에서 엘리베이터 문이 열리고 닫히는 소리가 통로를 통해 약한 베이스 드럼 소리처럼 들려온다고 생각했다.

그는 춥고, 쑤시고, 배고프고, 아프고, 겁이 났다. 그는 쑤시고 아픈 몸을 구부린 채 일어서서 귀를 기울였다. 아무 소리도 없었다. 그는 가죽 밑창이라 미끄러운 타일 위를 가로질렀다. 문고리에 손을 얹고 섰다. 주의 깊게 소리를 들었다. 여전히 아무 소리도 없었다. 문을 열었다. 넓디넓은 사무실은 어둡고 고요했다. 텅 비었다. 그는 카펫을 가로질러 리셉션 구역으로 통하는 문 근처에서 멈춰 섰다. 이제 그는 엘리베이터에 가까워졌다. 그는 통로 안에서 엘리베이터가 위아래로 움직이는 소리를 들을 수 있었다. 그는 문 쪽에 귀를 기울였다. 아무 소리도 없었다. 문을 열었다. 리셉션 공간은 어둡고 적막했다. 오크는 옅게 빛났고 황동으로 장식된 부분은 여기저기 번쩍였다. 오른쪽에 있는 탕비실 냉장고 안의 모터가 돌아가는 소리가 들려왔다. 오래전에 차갑게 식어버린 커피 냄새가 났다.

로비로 나가는 문은 잠겨 있었다. 크고 두꺼운 문이었는데, 아마도 엄격한 시 당국 규정에 따른 방화문일 것이다. 문은 옅은 오크색으로 마감되어 있었고, 문틀과 맞닿은 틈새로 강철의 희미한 광택이 보였다. 손잡이를 흔들어 보았지만 전혀 움직이지 않았다.

　그는 문 쪽을 향해 한참을 서서 작은 철망 유리창 너머로 10미터 떨어져 있는 엘리베이터 버튼과 자유를 쳐다보았다. 그러고는 다시 카운터로 돌아섰다.

　정면에서 봤을 때 가슴 높이였다. 뒤쪽은 책상 높이였고, 가슴 높이까지는 사무용 문구류와 폴더가 깔끔하게 쌓여 있는 작은 칸들이 있었다. 토니의 의자 앞 책상 위에 전화기가 있었다. 전화기는 왼쪽에는 수화기가 있고 오른쪽에는 가로가 긴 작은 직사각형 창 아래에 버튼들이 달려 있는 복잡한 키폰이었다. 회색 LCD 창에는 '꺼짐'이라고 표시되어 있었다. 수화기를 들었지만 귀에서 피가 쉭쉭거리는 듯한 소리 외에는 아무것도 들리지 않았다. 그는 아무 버튼이나 눌렀다. 아무 반응도 없었다. 그는 버튼 구역을 4등분하여 손가락으로 모든 버튼을 왼쪽에서 오른쪽으로 짚어가며 확인했다. 그는 '작동'이라고 표시된 버튼을 발견했다. 그가 그것을 누르자 작은 화면이 '코드 입력'으로 바뀌었다. 무작위로 숫자를 누르자 화면이 다시 '꺼짐'으로 바뀌었다.

　책상 아래에는 작은 오크 문짝이 달려 있는 수납장이 몇 개 있었다. 모두 잠겨 있었다. 문을 하나씩 흔들어 보았는데, 금속 자물쇠가 덜컥거리는 소리만 들렸다. 그는 다시 하비의 사무실로 들어갔다. 가구 사이를 지나 꽤 오랫동안 뒤졌다. 소파에는 아무것도 없었다. 그의 옷도 사라졌다. 책상 위에도 아무것도 없었다. 책상 서랍은 잠겨 있었다. 갈고리에 찍혀서 홈은

낮지만 견고한 고가의 책상이었다. 서랍 자물쇠도 꽉 잠겨 있었다. 그는 속옷 차림으로 우스꽝스럽게 쪼그리고 앉아 손잡이를 잡아당겼다. 조금 덜컥거리고 끝이었다. 그는 책상 밑에 있는 쓰레기통을 보았다. 높이가 낮은 황동 원통이었다. 쓰레기통을 기울여 보았다. 안에 그의 텅 빈 지갑이 쓸쓸히 버려져 있었다.

그 옆에는 마릴린의 사진이 뒤집혀 있었다. 인화지 뒷면에 코닥이란 글자가 반복해서 인쇄되어 있었다. 그는 쓰레기통 안에 손을 뻗어 그것을 집어 들었다. 사진을 뒤집었다. 그녀가 그를 향해 웃고 있었다. 가볍게 찍은 상반신 사진이었다. 그녀는 실크 드레스를 입고 있었다. 그녀가 맞춤 제작한 섹시한 드레스였다. 그녀는 그것을 맞춤 제작했다는 것을 그가 알고 있다는 사실을 모르고 있었다. 그가 집에 혼자 있을 때 옷가게에서 전화가 왔었다. 그는 다시 전화하라고 말했고, 그녀에게 자신이 기성복이라고 알고 있다고 믿게 했다. 그녀가 그 옷을 처음 입고 찍은 사진이었다. 그녀는 수줍게 웃고 있지만 눈빛은 대담했다. 렌즈를 너무 낮게, 얇은 실크가 가슴에 달라붙는 곳까지는 내리지 말라고 말하고 있었다. 그는 손바닥에 사진을 올려놓고 쳐다보다가 다시 쓰레기통에 넣었다. 그에게는 주머니가 하나도 없었다.

그는 급히 일어나서 가죽 의자를 돌아 창문 벽으로 걸어갔다. 양손으로 블라인드 칸막이를 걷어내고 밖을 내디보았다. 그는 뭔가 해야만 했다. 하지만 그는 88층 위에 있었다. 강과 뉴저지 외에는 보이는 게 없었다. 긴급하게 손짓할 만한 건너편 이웃도 없었다. 애팔래치아 산맥이 펜실베이니아주에 닿을 때까지는 건너편에 아무것도 없었다. 그는 블라인드를 다시 내리고 사무실 구석구석, 리셉션 공간 구석구석을 돌아보고 다시 사무실로 돌아와 그 모든 것을 되풀이했다. 절망적이었다. 그는 감옥에 갇혀 있었다. 바다 가운데 서서 떨고 있으면서 그 무엇에도 집중할 데가 없었다.

배가 고팠다. 지금이 몇 시인지도 몰랐다. 사무실에는 시계가 없었고 그도 시계가 없었다. 해는 서쪽으로 기울어 가고 있었다. 늦은 오후나 이른 저녁일 텐데 아직 점심도 못 먹었다. 그는 사무실 출입문으로 살금살금 다가갔다. 다시 귀를 기울였다. 건물의 평온하고 낮은 소음과 냉장고 모터의 진동 소리 외에는 아무것도 들리지 않았다. 그는 물러나와 탕비실로 건너갔다. 조명 스위치에 손가락을 대고 잠시 멈췄다가 과감하게 스위치를 켰다. 형광등이 켜졌다. 형광등은 잠시 깜빡이더니 방 안을 환하게 비췄고 회로에서는 화난 듯 윙윙거리는 소리가 났다. 탕비실은 작았고, 무늬만 싱크대인 스테인리스 스틸제의 카운터가 있었다. 헹궈서 뒤집어 놓은 머그잔과 오랫동안 커피를 내려 타르가 낀 커피 머신. 카운터 아래의 작은 냉장고. 그 안에 우유와 맥주 여섯 캔, 그리고 깔끔하게 접힌 자바스 쇼핑백이 들어 있었다. 그는 그것을 꺼냈다. 신문지에 싸인 무언가가 있었다. 무겁고 단단했다. 그는 일어서서 카운터 위에 신문을 펼쳤다. 그 안에는 비닐봉지가 들어 있었다. 그가 봉지 바닥을 잡아서 들자 잘린 손이 카운터 위에 쿵 하고 떨어졌다. 손가락은 하얗게 말려 있었고, 손목에는 스펀지 같은 보라색 살과 끊어진 하얀 뼈, 빈 파란색 혈관이 붙어 있었다. 눈앞에서 형광등 불빛이 빙글빙글 돌았고, 그는 정신을 잃고 바닥에 쓰러졌다.

리처는 피자 상자를 엘리베이터 바닥에 내려놓고 허리춤에서 총을 꺼내 여분의 탄창과 같이 스포츠 가방에 집어넣었다. 그런 다음 그는 엘리베이터 문이 4층에서 열리는 시간에 맞춰 몸을 굽혀 피자를 다시 집어 들었다. 그가 문에 달린 스파이홀의 시야 안에 들어가자마자 아파트 문이 열렸다. 조디가 그를 기다리며 문 바로 안쪽에 서 있었다. 그녀는 여전히 리넨 원피스를 입고 있었다. 하루 종일 앉아 있었기 때문에 엉덩이 부분이 약간 구겨져 있었다. 그녀는 한쪽 발을 다른 발 앞에 놓아 긴 갈색 다리를 교차시키고 있었다.

"저녁을 가져왔어." 그가 말했다.

그녀는 피자가 아니라 스포츠 가방을 바라보았다.

"마지막 기회예요, 리처. 이 모든 것에 대해 누군가와 이야기해야 해요."

"아니." 그가 말했다.

그는 가방을 바닥에 내려놓았고 그녀는 그의 뒤로 가서 문을 잠갔다.

"알겠어요." 그녀가 말했다. "정부가 무슨 짓을 하는 거라면 당신 말이 맞을지도 몰라요. 경찰은 멀리해야겠죠."

"맞아."

"그렇다면 나도 당신과 함께할게요."

"먹자." 그가 말했다.

그는 피자를 들고 주방으로 걸어갔다. 그녀는 식탁을 차렸다. 서로 마주보는 두 개의 상차림이었다. 접시, 나이프와 포크, 종이 냅킨, 얼음물. 마치 두 사람이 아파트에 거주하는 것 같았다. 그가 피자 상자를 카운터 위에 올려놓고 열었다.

"먼저 골라." 그가 말했다.

그녀는 그의 바로 뒤에 서 있었다. 그는 그녀를 느낄 수 있었다. 그녀의 향수 냄새를 맡을 수 있었다. 그녀의 손바닥이 등에 닿는 것을 느꼈다. 뜨거웠다. 그녀는 그 손을 잠시 그대로 두었다가 그 손으로 그를 옆으로 밀었다.

"나눠 먹어요." 그녀가 말했다.

그녀는 상자의 균형을 잡아 팔에 얹어서 테이블로 옮겼다. 상자가 기울어지고 흔들리는 동안 피자를 서로 떼어냈다. 접시 두 개에 나눠 담았다. 그는 앉아서 물을 한 모금 마시며 그녀를 지켜보았다. 그녀는 날씬하고 활기찼으며 평범한 동작도 우아한 발레처럼 보이게 만들었다. 그녀는 몸을 돌려 기름 묻은 상자를 버리고 돌아왔다. 원피스가 그녀와 함께 뒤틀리고 흘러내렸다. 그녀는 자리에 앉았다. 피부에 닿는 리넨의 사각거리는 소리가 들리는 것과 동시에 테이블 밑에서 그녀의 발이 그의 무릎을 쳤다.

"미안." 그녀가 말했다.

그녀는 냅킨에 손가락을 닦고 머리카락을 어깨 뒤로 넘기고 머리를 비스듬히 하고 첫입을 베어 물었다. 그녀는 왼손으로 피자 조각을 돌돌 말아서 허겁지겁 먹었다.

"점심을 걸렀어요." 그녀가 말했다. "건물 밖으로 나가지 말라고 했잖아요."

그녀는 혀를 내밀어 늘어진 치즈 가닥을 잡았다. 그녀는 입술 사이로 치즈를 다시 집어넣으면서 쑥스러운 듯 미소를 지었다. 입술이 기름으로 번들거렸다. 그녀는 물을 한 모금 쭈욱 들이켰다.

"안초비네요. 이거 내가 제일 좋아하는 토핑인데, 어떻게 알았어요? 근데 나중에 갈증이 날 것 같아. 안 그래요? 좀 짜요."

민소매를 입고 있어서 그는 쇄골에서부터 내려오는 그녀의 팔 전체를 볼 수 있었다. 팔은 날씬하고 갈색에 가늘었다. 근육은 거의 없고 힘줄 같은 작은 이두박근만 있었다. 그녀의 아름다움은 그의 숨을 멎게 했지만 신체적으로는 수수께끼 같은 존재였다. 키는 컸지만 몸집이 너무 작아서 몸 안에 모든 필수 장기가 들어갈 공간이 있을 것 같지 않았다. 그녀는 막대기처럼 가늘었지만 활기차고 단단하고 강해 보였다. 수수께끼였다. 그는 15년 전, 그녀의 팔이 자신의 허리를 감싸고 있던 느낌을 기억했다. 누군가가 그를 굵은 밧줄로 조이는 것 같았다.

"오늘 밤은 여기 있을 수 없어." 그가 말했다.

그녀가 그를 쳐다보았다. "왜요? 당신이 뭔가 할 일이 있으면 나도 가서 함께할 거예요. 내가 말했잖아요. 난 당신과 함께할 거라고요."

"안 돼. 더는 여기 머무를 수 없어."

"왜요?" 그녀가 다시 물었다.

그는 심호흡을 하고 참았다. 그녀의 머리카락이 불빛에 반짝거리고 있었다.

"내가 여기 묵는 게 옳지 않은 것 같아."

"그게 왜요?"

그는 부끄러워하며 어깨를 으쓱했다. "그냥, 조디. 넌 레온 때문에 날 오빠나 삼촌처럼 생각하겠지만, 난 그렇지가 않잖아. 안 그래?"

그녀가 그를 뚫어지게 쳐다보았다.

"미안해." 그가 말했다.

그녀의 눈이 크게 떠졌다. "뭐가요?"

"이건 옳지 않아." 그가 부드럽게 말했다. "넌 내 여동생도 아니고 조카도 아니야. 그건 내가 레온과 가까웠기 때문에 생긴 착각일 뿐이야. 나에게 넌 아름다운 여자이고, 그래서 여기 너와 단둘이 있을 수 없어."

"왜 안 돼요?" 그녀는 숨을 몰아쉬며 물었다.

"맙소사, 조디, 왜 안 되냐니? 옳지 않으니 안 되는 거지. 상세한 설명을 다 할 수는 없어. 넌 내 여동생도 아니고 조카도 아닌데 계속 그런 척할 수는 없다고. 그런 척하려니 미쳐버리겠어."

그녀는 꼼짝도 안 하고 그를 뚫어져라 쳐다보았다. 여전히 가쁜 숨을 쉬고 있었다.

"언제부터 그런 기분이 들었어요?" 그녀가 물었다.

그는 다시 부끄러워하며 어깨를 으쓱했다. "항상 그랬던 것 같아. 널 처음 만났을 때부터. 조디, 그때도 넌 나한테 어린애가 아니었어. 난 레온보다 네 나이에 더 가까웠으니까."

그녀는 침묵했다. 그는 숨을 죽이며, 눈물을 기다렸다. 분노, 트라우마도. 그녀는 그저 그를 쳐다보고 있었다. 그는 이미 말을 꺼낸 것을 후회하고 있었다. 망할 놈의 입을 꾹 다물고 참았어야 했다. 입술을 깨물고 견뎌냈어야 했다. 이보다 더 나쁜 일을 겪었겠지만 언제 어디서 겪었는지는 정확히 기억나지 않았다.

"미안해." 그가 다시 말했다.

그녀의 얼굴은 멍해 있었다. 크고 파란 눈이 그를 바라보고 있었다. 그녀의 팔꿈치는 테이블 위에 있었다. 원피스 천이 앞쪽에서 뭉쳐져 앞으로 솟아 있었다. 그녀의 어깨 피부에 닿은 얇고 하얀 브래지어 끈이 보였다. 그는 그녀의 고뇌에 찬 얼굴을 쳐다보고는 눈을 감고 절망의 한숨을 내쉬었다. 정직이 최선의 정책이라고? 전혀 아니다.

그런데 그녀가 이상한 행동을 했다. 천천히 일어서더니 몸을 돌려 의자를 치웠다. 앞으로 나아가 양손으로 테이블 가장자리를 잡았다. 가느다란 근육이 끈처럼 불거졌다. 그녀는 테이블을 한쪽으로 끌어당겼다. 그런 다음 그녀는 자세를 바꾸고 돌아서서 카운터에 닿을 때까지 허벅지로 밀었다. 리처는 의자에 앉은 채 갑자기 방 한가운데 고립되어 남겨졌다. 그녀는 뒤로 물러나 그의 앞에 섰다. 그의 가슴속에서 숨이 얼어붙었다.

"날 단지 여자로만 생각한다는 거예요?" 그녀가 물었다. 천천히.

그는 고개를 끄덕였다.

"여동생처럼이 아니고? 조카처럼이 아니고?"

그는 고개를 끄덕였다. 그녀는 잠시 멈칫했다.

"성적으로요?" 그녀가 조용히 물었다.

그는 여전히 부끄러워하며 고개를 끄덕이며 항복했다. "물론 성적으로. 무슨 생각을 하는 거야? 네 모습을 봐봐. 나 간밤에 한숨도 못 잤어."

그녀는 그냥 거기 서 있었다.

"어쩔 수 없이 말한 거야." 그가 말했다. "정말 미안해, 조디."

그녀는 눈을 감았다. 꼭 감았다. 그런데 그에게 미소가 보였다. 미소가 그녀의 얼굴 전체에 퍼졌다. 그녀는 양손을 옆구리에 꽉 쥐었다. 그녀는 폭발하듯 앞으로 나아가 그에게 돌진했다. 그녀는 그의 무릎 위로 몸을 던진 뒤 팔로 그의 머리를 꽉 조이며 멈추면 죽기라도 할 것처럼 그에게 키스했다.

셰릴의 차였지만 그는 마릴린에게 운전을 시켰다. 그는 마릴린의 뒤쪽 좌석에 앉았고, 셰릴은 팔이 뒤로 돌려 묶인 채로 그 옆에 있었다. 테이프가 여전히 그녀의 입에 붙어 있었고 그녀는 가쁜 숨을 몰아쉬고 있었다. 그는 갈고리를 그녀의 무릎 위에 올려놓고 있었는데 갈고리 끝이 허벅지 살에 파고든 상태였다. 왼손에는 총을 쥐고 있었다. 그는 총이 있다는 사실을 마릴린이 잊지 않도록 자주 총을 목 뒤쪽에 갖다 댔다.

토니가 지하 주차장에서 그들을 만났다. 업무 시간이 지나서 건물은 조용했다. 토니는 셰릴을 끌고, 하비는 마릴린을 데리고 네 사람은 화물용 엘리베이터를 타고 올라갔다. 하비는 복도에서 문을 열고 리셉션 공간으로 들어갔다. 탕비실 불이 켜져 있었다. 스톤이 속옷만 입고 바닥에 널브러져 있었다. 마릴린은 헉 소리를 내고 그에게 달려갔다. 하비는 얇은 드레스 아래서 흔들리는 그녀의 몸을 보며 미소를 지었다. 뒤돌아서서 문을 잠갔다. 열쇠와 총을 주머니에 넣었다. 마릴린이 갑자기 걸음을 멈추고 다시 손을 입에 대고 눈을 크게 뜨고 공포에 질린 얼굴로 탕비실을 바라보고 있었다. 하비는 그녀의 시선을 따라갔다. 동냥하듯 손가락이 말린 손이 손바닥을 위로 하고 카운터에 놓여 있었다. 마릴린은 공포에 질려 아래를 내려다보고 있었다.

"걱정하지 마." 하비가 말했다. "네 남편 손 아니니까. 하지만 생각은 해 둬. 알겠어? 내가 원하는 대로 하지 않으면 손을 자를 수도 있으니까."

마릴린은 그를 노려보았다.

"아니면 네 팔을 잘라버릴 수도 있고." 그가 그녀에게 말했다. "남편이 보는 앞에서. 아니면 남편에게 시킬 수도 있지."

"당신 미쳤군요." 마릴린이 말했다.

하비가 말했다. "시키면 뭐든 할걸. 한심한 놈이야. 속옷만 입고 있는 꼬라지를 봐. 속옷이 잘 어울린다고 생각하지 않아?"

그녀는 아무 말도 하기 않았다.

"넌 어때?" 하비가 물었다. "속옷이 잘 어울리나? 그 드레스 벗고 나한테 보여 줄래?"

그녀는 얼빠진 표정으로 그를 쳐다보았다.

"싫어?" 그가 말했다. "뭐, 나중에 하지. 그럼 부동산 중개인은 어때? 속옷이 잘 어울릴 것 같아?"

그는 셰릴을 향했다. 그녀는 물러나면서 문에 등을 대고 테이프로 묶인 팔로 버티려 하고 있었다. 그녀는 굳어 버렸다.

"어때?" 그가 그녀에게 말했다. "속옷이 잘 어울려?"

그녀는 그를 쳐다보면서 고개를 정신없이 흔들었다. 그녀의 숨소리가 테이프의 구멍 사이로 휘파람 소리처럼 났다. 하비는 가까이 다가가서 그녀를 문에 고정시키고 갈고리 끝을 스커트 허리춤에 밀어 넣었다.

"확인해 볼까?"

그가 갈고리를 세게 당기자 셰릴이 균형을 잃고 비틀거리며 천이 찢어졌다. 단추가 튿어지고 그녀는 무릎을 꿇었다. 그는 발을 들어 신발 바닥의 평평한 면으로 그녀를 완전히 넘어뜨렸다. 그는 토니에게 고개를 끄덕였다. 토니는 몸을 숙여 허우적대는 그녀의 다리에서 찢어진 스커트를 끌어내렸다.

"팬티스타킹이네." 하비가 말했다. "제기랄, 난 팬티스타킹이 싫어. 전혀 로맨틱하지 않아."

그는 몸을 구부려 갈고리 끝으로 스타킹을 갈기갈기 찢어버렸다. 그녀의 신발이 벗겨졌다. 토니는 스커트와 신발, 찢어진 스타킹을 뭉뚱그려 주방으로 가져가서 쓰레기통에 버렸다. 셰릴은 맨다리를 더듬거리면서 테이프 틈으로 숨을 헐떡이며 앉아 있었다. 그녀는 작은 흰색 팬티를 입고 있었는데 블라우스 자락으로 가리려고 애쓰고 있었다. 마릴린은 공포에 질려 입을 벌린 채 그녀를 바라보고 있었다.

"좋아. 이제야 좀 재미있네." 하비가 말했다. "안 그래?"

"그렇네요." 토니가 말했다. "하지만 앞으로 누릴 즐거움만큼은 아니죠."

하비가 웃는데 스톤이 몸을 꿈틀댔다. 마릴린이 몸을 숙여 그가 바닥에 앉을 자세를 잡도록 도왔다. 하비가 다가와서 카운터에서 잘린 손을 집어 들었다.

"일전에 나를 짜증나게 했던 놈 거야." 그가 말했다.

스톤은 눈을 닦아내면 장면이 바뀔 것처럼 눈을 떴다 감았다 했다. 그런 다음 그는 셰릴을 쳐다보았다. 마릴린은 그가 그녀를 한 번도 본 적이 없다는 것을 깨달았다. 그는 그녀가 누군지 몰랐다.

"화장실로 가." 하비가 말했다.

토니는 셰릴을 일으켜 세웠고 마릴린은 체스터를 도왔다. 하비는 그들 뒤로 걸어갔다. 그들은 큰 사무실로 들어가서 화장실로 가로질러 갔다.

"안으로." 하비가 말했다.

스톤이 선두에 섰다. 여자들은 그를 따랐다. 하비는 그들이 가는 걸 지켜보고 문 앞에 섰다. 스톤에게 고개를 끄덕였다. "토니가 오늘 밤 여기서 소파에서 잘 거야. 그러니 다시는 나오지 마. 그리고 시간을 알차게 보내라고 아내와 얘기해 봐. 내일 주식 양수도를 할 거니까. 서로 동의하는 분위기에서 하는 게 아내에게 훨씬 좋을 거야. 훨씬 낫지. 다른 방법으로는 나쁜 결과를 초래할 수 있거든. 내 말 무슨 말인지 알지?"

스톤은 그서 그를 쳐다보기만 했다. 하비는 여자들을 힐끔 쳐다보더니 잘린 손을 흔들어 작별 인사를 하고 문을 닫았다.

조디의 하얀 침실은 빛으로 가득 찼다. 6월의 매일 저녁 5분 동안 해가 서쪽으로 기울면서 맨해튼의 높은 빌딩 사이로 가느다란 직진 경로를 찾아 조디의 창문을 강렬하게 비췄다. 블라인드가 백열등처럼 타올랐고, 벽이 그 빛을 받아 전체 공간이 부드러운 백색 폭발처럼 빛나도록 이리저리 반사시켰다. 리처는 이 상황이 전적으로 적절하다고 생각했다. 그는 그의 기억 속 그 어느 때보다 행복하게 누워 있었다.

만약 그가 그것에 대해 생각했다면, 그는 걱정했을지도 모른다. 그는 '원하는 것을 얻은 사람을 불쌍히 여겨라'나, '희망을 품고 여행하는 것이 도착하는 것보다 더 낫다' 같은 짧은 경구를 떠올렸을 것이다. 15년 동안 원하던 것을 얻는다는 것이 이상하게 느껴졌을 수도 있었다. 하지만 그렇지 않았다. 마치 존재하는지도 몰랐던 곳으로 떠나는 행복한 로켓 여행처럼 느껴졌다. 그것은 그가 꿈꿔왔던 모든 것에 100만 배를 곱한 것이었다. 그녀는 신화 속 인물이 아니었다. 그녀는 살아 숨 쉬는 생명체였고, 단단하고 강인하고 근력이 있고 향기로우며 따뜻하고 수줍어 하며 베풀 줄 아는 존재였다.

그녀는 그의 팔꿈치 안에 안겨 누워 있었고, 머리카락이 그의 얼굴에 떨어져 덮고 있었다. 숨을 쉬면 머리카락이 입에 들어왔다. 그의 손은 그녀의 등에 얹혀 있었다. 그는 그녀의 갈비뼈를 만지며 손을 앞뒤로 움직였다. 그녀의 등뼈는 길고 얕은 근육으로 형성된 틈새에 있었다. 그는 손가락으로 대고 그 홈을 따라 내려갔다. 그녀는 눈을 감고 미소 짓고 있었다. 그는 그것을 알고 있었다. 그는 그녀의 속눈썹이 목에 닿아 긁는 것을 느꼈고, 어깨로는 그녀의 입 모양을 느낄 수 있었다. 그녀의 얼굴 근육의 느껌도 해독할 수 있었다. 그녀는 웃고 있었다. 그는 손을 움직였다. 그녀의 피부는 시원하고 부드러웠다.

"난 지금 울고 있어야 해요." 그녀가 조용히 말했다. "항상 그럴 거라고 생각했어요. 만약에, 만약 이런 일이 생기면 울 거라고 생각하곤 했죠."

그는 그녀를 더 꽉 껴안았다. "왜 울어야 하지?"

"그 많은 세월을 낭비했기 때문이죠." 그녀가 말했다.

"안 하는 것보단 늦는 게 낫지." 그가 말했다.

그녀가 그의 팔꿈치 위로 올라왔다. 반쯤 그의 위로 올라간 그녀의 가슴이 그의 가슴에 눌렸다. "당신이 내게 했던 그 말들, 나도 당신에게 정확히 한마디 한마디 할 수 있었어요. 오래전에 그렇게 하고 싶었는데. 하지만 못했어요."

"나도 못했어. 그러면 안 된다고 생각했으니까."

"나도 마찬가지였어요."

그녀는 몸을 일으켜서 등을 곧게 펴고 웃으며 그의 옆에 앉았다.

"하지만 이젠 아니에요."

"나도 그래."

그녀는 팔을 높이 뻗어 크게 하품을 시작했고 그 하품은 만족스러운 미소로 끝났다. 그는 그녀의 가는 허리에 손을 얹었다. 그리고 그녀의 가슴을 따라 위로 올라갔다. 그녀의 미소가 놀라움으로 바뀌었다. "또?"

그는 엉덩이로 그녀를 살짝 옆으로 밀고 그녀를 굴려 침대에 부드럽게 눕혔다. "우린 따라잡기를 하고 있는 거야. 그동안 낭비했던 세월 전부를."

그녀는 고개를 끄덕였다. 작은 움직임 속에 미소를 지으며 머리카락을 베개에 비볐다.

마릴린이 주도권을 잡았다. 그녀는 자신이 강한 사람이라고 느꼈다. 체스터와 셰릴은 넋이 나가 있었는데, 그들은 폭력을 당했기 때문에 그럴 수 있다고 마릴린은 생각했다. 그녀는 그들이 옷을 반쯤만 입은 채 얼마나 취약한 상태일지 짐작할 수 있었다. 자신도 옷을 반은 벗고 있는 것 같았지만 지금은 그런 걱정은 하지 않기로 했다.

그녀는 셰릴의 입에서 테이프를 떼어내고 울고 있는 셰릴을 안아 주었다. 그런 다음 그녀 뒤로 몸을 굽혀 손목의 결박을 풀고 팔꿈치까지 다 풀어 주었다. 그녀는 풀어낸 테이프를 덩어리로 뭉쳐서 쓰레기통에 버리고 그녀의 등 뒤로 가서 어깨를 주물러 주었다. 그리고 세면대에 뜨거운 물을 받아 수건에 적셔 셰릴의 얼굴에 묻은 피를 닦아냈다. 코가 부어오르고 시커멓게 변해가고 있었다. 그녀는 셰릴을 의사에게 데려가는 것에 대해 걱정하기 시작했다. 그녀는 머릿속으로 리허설을 해 보았다. 그녀는 인질이 납치되는 영화를 몇 편 본 적이 있었다. 영화에서는 항상 누군가가 스스로를 대변인으로 선출하여 '경찰은 모르게 한다'고 말하고 아픈 사람들을 병원으로 데려간다. 하지만 그렇게 하려면 정확히 어떻게 해야 하는 걸까?

그녀는 바에서 수건을 가져왔다. 셰릴에게는 치마를 대신할 수 있도록 목욕 타월을 주었다. 그런 다음 나머지 수건을 세 더미로 나누어 바닥에 깔았다. 그녀는 타일이 치기워질 거라는 걸 알고 있었다. 단열이 중요해질 것이었다. 그녀는 세 개의 수건 더미를 벽에 일렬로 붙였다. 그녀는 문에 등을 대고 앉아서 체스터를 왼쪽에, 셰릴을 오른쪽에 앉혔다. 그녀는 두 사람의 손을 잡고 세게 쥐었다. 체스터가 같이 쥐어왔다.

"미안해." 그가 말했다.

"얼마를 빚진 거야?" 그녀가 물었다.

"1,700만이 넘어."

그녀는 그가 갚을 수 있는지 물어서 괴롭히지 않았다. 갚을 수 있다면 화장실 바닥에 반쯤 벗은 채로 있지는 않을 테니까.

"그자가 원하는 게 뭐야?" 그녀가 물었다.

그는 비참한 표정으로 그녀에게 어깨를 으쓱했다.

"전부 다." 그가 말했다. "회사 전체를 원해."

그녀는 고개를 끄덕이며 싱크대 아래 배관만 쳐다보았다.

"그럼 우리에겐 뭐가 남지?"

그는 잠시 멈췄다가 다시 어깨를 으쓱했다. "부스러기라도 던져 줄까? 아마 전혀 없을 거야."

"집은?" 그녀가 물었다. "집이 있잖아. 안 그래? 매물로 내놨어. 이 여자가 중개인이야. 거의 200만 달러는 받을 거라고 하던데."

스톤은 셰릴을 힐끗 쳐다보았다. 그러고는 머리를 저었다. "집도 회사 소유야. 기술적인 문제였어. 그렇게 하는 게 자금 조달이 더 쉬웠거든. 그래서 하비가 다른 것 전부와 집까지 가져갈 거야."

그녀는 고개를 끄덕이고 허공을 쳐다보았다. 그녀의 오른쪽에는 셰릴이 앉은 채로 잠을 자고 있었다. 공포가 그녀를 지치게 했다.

"당신도 좀 자." 그녀가 말했다. "내가 뭐든지 좀 찾아볼게."

그는 다시 그녀의 손을 꽉 쥐고 고개를 뒤로 젖혔다. 눈을 감았다.

"정말 미안해." 그가 다시 말했다.

그녀는 아무 대답도 하지 않았다. 그서 얇은 실크 드레스를 허벅지 위로 끌어내리고 정면을 똑바로 응시하며 골똘히 생각에 잠겼다.

두 번째가 끝나기도 전에 해는 사라졌다. 해는 창문에서 옆으로 미끄러지는 밝은 막대가 되었다. 그러더니 좁은 수평 광선이 되어 흰 벽을 가로질러 천천히 이동했고, 그 속에서 먼지들이 춤을 추었다. 그러고는 전등이 꺼지듯 사라져 버렸고, 방 안에는 저녁의 서늘하고 침침한 빛만 남았다. 둘은 이불에 뒤엉킨 채로 몸을 늘어뜨리고 깊은 숨을 천천히 쉬며 누워 있었다. 그는 다시 그녀의 미소를 느꼈다. 그녀가 한쪽 팔꿈치를 짚고서 사무실 건물 밖에서 보았던 것과 같은 놀리는 듯한 미소를 지으며 그를 바라보았다.

"뭔데?" 그가 물었다.

"말해줄 게 있어요." 그녀가 말했다.

그는 기다렸다.

"내 공식 자격으로."

그는 그녀의 얼굴에 집중했다. 그녀는 여전히 웃고 있었다. 그녀의 치아는 하얗고 눈동자는 서늘한 어둠 속에서도 선명하게 푸른 빛을 띠고 있었다. 그는 무슨 공식 자격일까 생각했다. 그녀는 누군가가 누군가에게 1억 달러를 빚졌을 때 그 일을 해결해 주는 변호사였다.

"난 빚진 게 없는데. 그리고 나에게 빚진 사람도 아무도 없고."

그녀는 고개를 저었다. 여전히 웃고 있었다. "아버지의 유언 집행인으로서요."

그는 고개를 끄덕였다. 레온이 그녀에게 위임하는 것은 당연했다. 가족이 변호사였으니 당연한 선택이었다.

"유언장을 읽었어요. 오늘, 직장에서요."

"그래서 그 안에 뭐라 적혀 있었어? 그가 비밀 속 수전노였나? 감춰진 억만장자?"

그녀는 다시 고개를 저었다. 아무 말도 하지 않았다.

"빅터 하비에게 무슨 일이 일어났는지 알아내고 유언장에 다 적었 두셨어?"

그녀는 여전히 웃고 있었다. "당신에게 뭔가를 남겼어요. 유산을요."

그는 다시 천천히 고개를 끄덕였다. 그것도 말이 되었다. 레온은 그런 사람이었다. 기억을 되살려서 감성적인 이유로 사소한 어떤 것을 골랐을 것이다. 그런데 뭘? 그는 되짚어 보았다. 아마 기념품이겠지. 어쩌면 그의 훈장? 한국에서 가져온 저격용 소총일지도 몰랐다. 원래 독일제인 오래된 마우저 소총이었는데, 아마도 동부전선에서 소련군이 탈취했다 10년 후 한국 고객들에게 판매했을 것으로 추정되는 정말 멋진 놈이었다. 레온과 그는 그 기계가 어떤 동작을 했을지 여러 번 추측했었다. 가지고 있으면 좋을 것 같았다. 좋은 기념이 될 것이다. 하지만 도대체 어디에 보관하지?

"아빠는 당신에게 집을 남겼어요." 그녀가 말했다.

"뭘 남겨?"

"집이요." 그녀가 다시 말했다. "우리가 있었던 곳. 개리슨에 있는 아빠의 집."

그는 멍하니 그녀를 쳐다보았다. "레온의 집?"

그녀는 고개를 끄덕였다. 여전히 웃고 있었다.

"못 믿겠는데." 그가 말했다. "그리고 난 그걸 받아들일 수 없어. 내가 그걸로 뭘 할 수 있겠어?"

"그걸로 뭘 하긴요? 거기서 살아야죠, 리처. 그게 집의 목적이잖아요.

안 그래요?"

"하지만 난 집에서 살지 않아." 그가 말했다. "난 집에서 살아 본 적이 없어."

"그럼 이제 한번 살아 보겠네요."

그는 침묵했다. 그러고는 고개를 저었다. "조디, 도저히 받아들일 수 없어. 그건 네가 받아야 해. 너에게 남겨 둬야 했던 거야. 그건 너의 유산이야."

"필요 없어요." 그녀는 간단히 말했다. "아빠 그걸 알고 계셨어요. 난 도시가 더 좋아요."

"좋아. 그럼 팔자. 하여튼 네 거잖아? 팔아서 돈으로 가져."

"돈은 필요 없어요. 아빠도 그걸 알고 있었어요. 내가 일 년 동안 버는 돈보다 집값이 더 싸니까."

그는 그녀를 바라보았다. "거긴 강변이라 집값이 비싼 지역인 줄 알았는데?"

그녀는 고개를 끄덕였다. "그건 맞아요."

그는 혼란스러워하며 잠시 멈칫했다.

"집을 남겼다고?" 그가 다시 물었다.

그녀는 고개를 끄덕였다.

"아빠가 이렇게 할 서라는 걸 알고 있었어?"

"꼭 그렇진 않았어요." 그녀가 말했다. "하지만 나한테 남기진 않으실 거라는 건 알았어요. 내가 팔아서 그 돈을 자선단체에 기부하길 바랄지도 모른다고는 생각했어요. 퇴역 군인 단체 같은 곳에요."

"그래. 그럼 그렇게 하는 게 좋겠네."

그녀는 다시 웃었다. "리처, 난 못해요. 내가 결정할 일이 아니니까. 그건 유언장의 구속력 있는 지시예요. 난 거기에 따라야 해요."

"집이라." 그가 작게 말했다. "그가 나에게 집을 남겼다고."

"아빠는 당신을 걱정했어요. 2년 내내 걱정하고 있었죠. 군이 당신을 풀어준 이후로요. 평생을 군에 몸담고 있다가 갑자기 아무것도 가진 게 없다는 걸 알았을 테니까요. 아빠는 당신이 어떻게 살고 있는지 걱정하고 있었어요."

"하지만 그는 내가 어떻게 살고 있는지 몰랐어." 그가 말했다.

그녀는 다시 고개를 끄덕였다. "하지만 짐작은 하셨겠죠? 똑똑한 노인이었어요. 아빠는 당신이 어딘가를 떠돌아다닐 거라는 걸 알고 있었어요. 3, 4년 정도는 떠돌아다니는 것도 좋다고 말하곤 했죠. 하지만 쉰 살이 되면 어떨까? 예순? 일흔이 되면? 아빠는 그 생각을 하고 있었어요."

리처는 어깨를 으쓱거리며 알몸으로 누워 천장을 올려다 봤다.

"거기에 대해선 한 번도 생각해 본 적이 없는데. '하루하루 살자'가 내 모토거든."

그녀는 아무 대답도 하지 않았다. 그냥 고개를 숙이고 그의 가슴에 키스했다.

"너에게서 훔치는 것 같은 느낌이야." 그가 말했다. "그 집은 네 유산이야, 조디. 네가 가져야 해."

그녀는 그에게 다시 키스했다. "아빠 집이었어요. 설사 내가 갖고 싶어 했다고 해도 우린 그 의사를 존중해야 해요. 그런데 팩트는 난 그걸 원하지 않는다는 거예요. 결코 원하지 않았어요. 아빠 그걸 알고 있었죠. 아빠는 아빠가 원하는 것은 무엇이든 할 수 있는 자유가 있었어요. 그리고 그렇게 하셨어요. 당신이 가지길 원해서 당신에게 남긴 거예요."

그는 천장을 쳐다보고 있었지만 마음속으로는 그 집 안을 돌아다니고 있었다. 진입로로 내려가서, 나무들 사이를 지나, 오른쪽에는 차고, 옥외복도, 왼쪽으로 나지막한 집. 서재, 거실, 넓은 허드슨 강이 느리게 지나가는 모습, 가구들. 꽤 편안해 보였던. 스테레오를 장만할 수도 있겠지. 책 몇 권도. 집. 그의 집. 그는 머릿속으로 외쳤다. 내 집. 내 집. 그는 어떻게 말해야 할지 몰랐다. 내 집. 그는 몸서리를 쳤다.

"아빠는 당신이 그 집을 갖길 원했어요." 그녀가 다시 말했다. "유산이에요. 당신은 그것에 대해 왈가왈부할 수 없어요. 이미 일어난 일이에요. 그리고 나한테는 전혀 문제가 되지 않아요. 약속해요. 알았죠?"

그는 천천히 고개를 끄덕였다.

"알았어." 그가 말했다. "알았어. 하지만 이상해. 정말, 정말 이상해."

"커피 마실래요?" 그녀가 물었다.

그는 고개를 돌려 그녀의 얼굴에 집중했다. 자신의 커피 머신을 갖출 수 있다. 자신의 주방에. 자신의 집에. 전기에 연결해서. 자신의 집 전기에.

"커피?" 그녀가 다시 물었다.

"응."

그녀는 침대에서 미끄러져 내려와 신발을 찾았다.

"블랙에 설탕 없이. 맞죠?"

그녀는 신발만 신고 알몸으로 서 있었다. 가죽 하이힐. 그녀는 그가 자신을 바라보는 것을 보았다.

"주방 바닥이 차가워요. 그래서 항상 신발을 신어요."

"커피는 나중에 마실까?"

그들은 간밤 내내 새벽이 훨씬 지나도록 그녀의 침대에서 잤다. 리처가 먼저 일어나서 그녀 밑에서 팔을 빼고 시계를 확인했다. 거의 7시였다. 그는 아홉 시간을 잤다. 그의 인생에서 가장 잘 잔 잠이었다. 최고의 침대였다. 그는 수많은 침대에서 잠을 잤다. 수백, 어쩌면 수천 개. 이 침대가 그중에서 최고였다. 조디는 그의 옆에서 자고 있었다. 그녀는 밤새 이불을 벗어 던져 버리고 엎드려 자고 있었다. 그녀의 등은 허리까지 다 드러나 있었다. 그녀의 몸 아래에 부풀어 오른 가슴이 보였다. 머리카락은 어깨 너머로 흘러내렸다. 한쪽 무릎을 끌어올려 그의 허벅지에 얹어 놓았다. 그녀의 머리는 베개 위에서 앞으로 숙이고 무릎의 방향을 따라 안으로 굽혀져 있었다. 그녀는 작고 탄력 있는 모습으로 보였다. 그는 그녀의 목에 키스했다. 그녀가 꿈틀거렸다.

"굿모닝, 조디." 그가 말했다.

그녀는 눈을 떴다. 그리고 눈을 감았다가 다시 떴다. 그녀는 웃었다. 따뜻한 아침의 미소.

"꿈을 꾼 걸까 봐 두려웠어요." 그녀가 말했다. "한때, 그러곤 했었죠."

그는 다시 그녀에게 키스했다. 뺨에 부드럽게. 그런 다음 덜 부드럽게 입에 키스했다. 그녀의 팔이 그의 뒤로 돌아왔고 그는 그녀와 함께 굴렀다. 그들은 다시, 15년 만에 네 번째로 사랑을 나눴다. 그러고 나서 그들은 난생처음으로 함께 샤워를 했다. 그리고 아침을 먹었다. 굶주렸던 것처럼 먹었다.

"브롱크스에 가야겠어." 그가 말했다.

그녀는 고개를 끄덕였다. "그 루터라는 사람? 내가 운전할게요. 어딘지

대충 알아요."

"일은 어떡하고? 출근해야 하는 줄 알았는데."

그녀는 그를 의아한 표정으로 바라보았다.

"처리해야 할 일이 많다고 했잖아?" 그가 말했다. "정말 바쁜 것 같더니."

그녀는 수줍게 웃었다. "내가 지어낸 이야기예요. 일은 미리 많이 쳐냈어요. 사무실에서는 일주일 내내 쉬라고 하더군요. 그냥 그런 감정을 느끼면서 당신과 함께 있고 싶지 않았어요. 그래서 첫날 밤에 바로 침대로 도망간 거예요. 제대로 된 안주인처럼 방을 보여줬어야 했는데. 하지만 당신과 침실에 단둘이 있고 싶지 않았어요. 그랬으면 아마 미쳐버렸을 거예요. 너무 가까운데 너무 멀고, 내 말이 무슨 뜻인지 알죠?"

그는 고개를 끄덕였다. "그럼 하루 종일 사무실에서 뭘 했어?"

그녀가 킥킥 웃었다. "아무것도 안 했어요. 그냥 하루 종일 앉아서 아무것도 안 했어요."

"말도 안 돼." 그가 말했다. "왜 그냥 말하지 않았어?"

"당신은 왜 그냥 말하지 않았어요?"

"말했잖아."

"마침내." 그녀가 말했다. "15년 후에야."

그는 고개를 끄덕였다. "일아. 하시만 석정이 됐어. 네가 상처받거나 그럴까 봐. 네가 절대 듣고 싶지 않은 말일 거라고 생각했으니까."

"나도 마찬가지예요." 그녀가 말했다. "당신이 날 영원히 싫어하게 될 줄 알았어요."

그들은 서로를 바라보며 미소를 지었다. 그러고는 킥킥거렸다. 5분 동안 정신없이 깔깔거렸다.

"옷 입으러 갈게요." 그녀는 여전히 웃으며 말했다. 그가 그녀를 따라 침실로 들어갔더니 바닥에 자신의 옷이 있었다. 그녀는 반쯤 옷장 안으로 들어가서 깨끗한 옷을 고르고 있었다. 그는 그녀를 바라보며 레온의 집에도 옷장이 있는지 궁금해졌다. 아니, 자신의 집에 옷장이 있는지. 당연히 있겠지. 모든 집에는 옷장이 있잖아? 그럼 그걸 다 채우려고 뭔가를 모아야만 한다는 뜻이잖아?

그녀는 청바지와 셔츠를 선택하고 가죽 벨트와 비싼 구두로 마무리했다. 그는 새 재킷을 복도로 가지고 나가 스포츠 가방에서 꺼낸 슈타이어를 집어넣었다. 반대편 주머니에는 재장전용 실탄 스무 발을 넣었다. 금속들 탓에 재킷이 무거워졌다. 그녀는 가죽 장정 폴더를 들고 그에게로 왔다. 루터의 주소를 확인하고 있었다.

"준비됐어요?" 그녀가 물었다.

"최상으로." 그가 말했다.

그는 매 단계마다 그녀를 기다리게 하면서 앞을 확인했다. 전날과 정확히 똑같은 절차를 밟았다. 그때는 그녀의 안전이 중요하게 느껴졌다. 지금은 목숨처럼 느껴졌다. 모든 것이 깨끗하고 조용했다. 텅 빈 복도, 텅 빈 엘리베이터, 텅 빈 로비, 텅 빈 차고. 두 사람은 함께 토러스에 올라탔다. 그녀는 북쪽으로 블록을 돌아 동쪽으로 향했다.

"이스트 리버 드라이브에서 I-95를 타면 되겠죠?" 그녀가 물었다.

"동쪽으로 가면 브롱크스 횡단 고속도로야."

그는 어깨를 으쓱거리며 렌너가의 시토를 떠올리려 했다.

"거기서 브롱크스 리버 파크웨이를 북쪽으로 타. 동물원에 가야 해."

"동물원? 루터가 있는 곳은 동물원 근처가 아닌데."

"정확히는 동물원이 아니라 식물원. 그리로 가야 해."

그녀는 그를 옆으로 흘끗 쳐다본 뒤 운전에 집중했다. 교통체증은 심했지만 러시아워가 막 지났기 때문에 조금씩 빠지고 있었다. 강을 따라 북쪽으로 가다가 북서쪽으로 조지워싱턴 브리지에 이르러, 다리를 등지고 동쪽 브롱크스로 향했다. 고속도로는 느렸지만 파크웨이 북쪽 방향은 빨랐다. 그쪽이 외곽 방향이고 그 시간대에는 뉴욕이 사람들을 안으로 빨아들이고 있었기 때문이다. 중앙분리대 건너 남쪽으로 향하는 교통은 꽉 막혀 있었다.

"자, 이제 어디로?" 그녀가 물었다.

"포드햄 대학교를 지나. 온실을 지나서 꼭대기에 주차해."

그녀는 고개를 끄덕이며 차선을 바꿨다. 왼쪽으로 포드햄이 지나갔고 오른쪽으로 온실이 나타났다. 그녀는 박물관 입구를 이용했고 들어가자마자 주차장이 있었다. 대부분이 비어 있었다.

"이제 뭘 해요?"

그가 가죽 장정 폴더를 가져갔다.

"그냥 부딪혀 보자고."

온실은 그들보다 100미터 앞에 있었다. 그는 전날 무료 전단지를 통해 그곳에 대한 모든 것을 읽었다. 이니드 하우푸트라는 사람의 이름을 딴 이 온실은 1902년에 막대한 비용을 들여 지었고, 95년 후 리노베이션에 열 배의 비용이 들었지만, 그 결과가 훌륭했으니 그 값어치가 충분했다. 거대하고 화려한 이 건물은 철과 유백색 유리로 구현된 도시 기부활동의 절대적인 표상이었다.

내부는 덥고 습도가 높았다. 리처는 조디를 이끌고 그가 찾던 장소로 향했다. 작은 벽과 난간으로 둘러싸인 거대한 화단에는 이국적인 식물들이 무리지어 있었다. 산책로 가장자리에는 벤치가 설치되어 있었다. 유백색 유리가 햇빛을 걸러내어 구름에 가린 해 정도의 밝기였다. 습기를 많이 머금은 흙냄새와 자극적인 꽃 향기가 강하게 났다.

"뭐 하는 거예요?" 그녀가 물었다. 그녀는 반쯤은 즐거워하면서 반쯤은 조급해 했다. 그는 자신이 찾던 벤치를 발견하고는 벤치에서 한 걸음 물러나 낮은 벽으로 다가섰다. 적절한 위치를 잡으려고 반 발짝씩 왼쪽으로 이동했다.

"여기 서 봐." 그가 말했다.

그는 뒤에서 그녀의 어깨를 잡고 방금 전에 잡았던 위치로 그녀를 옮겼다. 그는 그녀의 눈높이에 맞추기 위해 고개를 숙이고 확인했다.

"까치발로 서 봐. 정면을 똑바로 보고." 그녀는 키를 높이고 정면을 응시했다. 등이 곧게 펴지고 머리카락은 어깨에 흘러내렸다.

"좋아." 그가 말했다. "뭐가 보이는지 말해줘."

"별거 없어요." 그녀가 말했다. "글쎄요, 식물들과 기타 등등?"

그는 고개를 끄덕이며 가죽 폴더를 열었다. 그는 잿빛의 수척한 서양인이 경비병의 소총 앞에서 움추리고 있는 광택 나는 사진을 꺼냈다. 그는 그녀의 시야 바로 가장자리에다 팔 길이만큼 사진을 내밀었다. 그녀는 사진을 바라봤다.

"뭐 하는 거예요?" 그녀는 반은 즐겁고 반은 헷갈리는 표정으로 다시 물었다.

"비교해 봐." 그가 말했다.

그녀는 머리를 고정시키고 눈만 좌우로 번갈아 깜빡이며 사진과 앞의 광경을 보았다. 그녀가 그에게서 사진을 빼앗아 자신의 팔 길이만큼 앞에 직접 들었다. 그녀의 눈이 커지고 얼굴이 창백해졌다.

"맙소사." 그녀가 말했다. "망할, 이 사진이 여기서 찍힌 거예요? 바로 여기서? 맞죠? 이 식물들, 모두 정확히 똑같아요."

그는 다시 몸을 숙이고 한 번 더 확인했다. 그녀는 식물들의 형상이 정확히 일치하도록 사진을 들고 있었다. 왼쪽에는 5미터 높이의 여러 야자수들이, 오른쪽과 뒤쪽에는 양치류 잎이 얽히고설킨 채 뒤엉켜 있었다. 두 인물은 7미터 정도 떨어진 빽빽한 화단 안에 있었고, 망원렌즈로 찍었기 때문에 원근감이 압축되고 가까운 식물은 초점이 흐려졌다. 뒤쪽에는 카메라에서 정글 속 원경처럼 처리된 활엽수가 있었는데 실제로는 다른 화단에서 자라고 있었다.

"말도 안 돼." 그녀가 다시 말했다. "이럴 순 없어요."

빛도 적절했다. 위에 있는 유백색 유리가 정글의 흐린 날씨를 꽤나 잘 구현해 주었다. 베트남은 대부분 흐린 날씨이다. 뾰족뾰족한 산들이 구름을 빨아들이고, 땅 자체가 김을 모락모락 풍기는 것처럼 안개와 습기가 가득한 곳이다. 조디는 사진과 눈앞의 현실 사이를 오가며 좌우로 조금씩 움직여 가면서 완벽하게 맞춰 보려고 애썼다.

"근데 철조망은? 대나무 기둥은? 진짜처럼 보이는데요?"

"무대 소품이야." 그가 말했다. "기둥 세 개, 철조망 10미터. 그거 구하기가 뭐 어렵겠어? 아마 돌돌 말아서 가져왔을 거야."

"하지만 언제? 어떻게?"

그는 어깨를 으쓱했다. "어느 날 아침 일찍? 아직 문을 열지 않았을 때?

여기서 일하는 사람을 알고 있을지도 모르지. 리노베이션을 위해 문을 닫았을 때 찍었을 수도 있고."

그녀는 눈 가까이에 사진을 대고 보았다. "잠깐만, 젠장, 저 벤치가 보여요. 저기 너머에 있는 벤치 귀퉁이가."

그녀는 사진의 광택이 나는 표면에 손톱을 정확히 갖다 대며 자신이 무슨 말을 하는지 그에게 보여 주었다. 흰색의 작은 사각형이 흐리게 보였다. 그것은 화면 중심부 뒤 오른쪽에 있는 철제 벤치 귀퉁이였다. 망원렌즈의 프레임을 쭉 당겼지만 충분히 당겨지지 않았다.

"그건 몰랐는데." 그가 말했다. "점점 잘하고 있군."

그녀는 그를 향해 돌아섰다. "네, 점점 잘하니까 점점 더 돌아버릴 것 같아요, 리처. 이 루터라는 놈은 가짜 사진 한 장에 18,000달러를 받았어요."

"그것보다 더 나쁜 건, 그들에게 거짓 희망을 주었다는 거야."

"이제 어떻게 할까요?"

"만나러 가야지."

그들은 토러스에서 내린 지 16분 만에 다시 돌아왔다. 조디는 손가락으로 운전대를 두드리며 파크웨이를 향해 다시 돌아가면서 빠르게 말을 걸었다. "하지만 당신은 사진을 믿는다면서요. 내가 그 사진이 그 장소의 존재를 증명한다고 하니까 당신도 동의했잖아요. 얼마 전에 거기에 갔었고 루터와 거의 가깝게 접근했었다고."

"모두 사실이야." 리처가 말했다. "난 식물원이 존재한다고 믿었어. 난 거기에 있었어. 그리고 루터만큼 가까이 접근했지. 난 그놈이 사진을 찍었을 작은 벽 바로 옆에 서 있었어."

"맙소사, 리처, 뭐 하자는 거예요? 이거 게임이에요?"

그는 어깨를 으쓱했다. "어제는 뭘 해야 할지 몰랐어. 내 말은, 당신과 어디까지 이 사실을 공유해야 할지를 몰랐다는 거야."

그녀는 격앙된 표정 속에서도 고개를 끄덕이며 미소를 지었다.

그녀는 어제와 오늘의 차이를 떠올렸다. "그런데 도대체 어떻게 그런 짓을 할 생각을 했을까요? 뉴욕 식물원의 온실에서 말이죠. 세상에나."

그는 좌석에서 몸을 폈다. 양팔을 앞 유리창으로 쭉 뻗었다.

"심리학." 그가 말했다. "모든 사기의 기본이지. 그 대상이 듣고 싶어 하는 말을 해 주는 거. 그 노인들은 아들이 아직 살아 있다는 소식을 듣고 싶어 했어. 그래서 그는 아들이 살아 있을 거라고 말해 줬지. 거기에 노인들은 많은 희망과 돈을 투자하고 3개월 내내 조마조마하며 기다렸는데, 그가 그들에게 사진을 줬으니 기본적으로 그들은 보고 싶은 걸 보게 된 거야. 게다가 그는 영리하기까지 했어. 정확한 이름과 소속부대를 요청했고, 아들의 원래 사진을 받았기 때문에 사진에 적합한 크기와 모습을 가진 중년 남성을 고를 수 있었고, 정확한 이름과 소속부대를 다시 알려 줄 수 있었지. 심리학이야. 사람들은 보고 싶은 것만 봐. 그가 사진에 고릴라 복장을 한 사람을 집어넣었어도 노인들은 그게 그 지역 야생 동물을 대표한다고 믿었을 거야."

"그래서 어떻게 찾아냈어요?"

"같은 방식으로." 그가 말했다. "같은 심리학이지만 반대로 적용했지. 난 안 믿고 싶었어. 그게 사실일 리가 없다는 걸 알았으니까. 그래서 뭔가 잘못된 것처럼 보이는 게 있는지 찾아봤어. 그 남자가 입고 있던 군복이 바로 그랬지. 알아챘어? 낡아서 해진 미 육군 군복 말이야. 그 친구는 30

년 전에 거기 떨어졌어. 정글에서 30년을 버틸 수 있는 군복은 절대 없지. 6주 만에 썩어 버릴 테니까."

"그럼 그 장소는 어떻게? 식물원을 찾게 된 계기가 뭐죠?"

그는 손가락을 앞 유리에 펴고 어깨의 긴장을 풀기 위해 밀었다. "저런 초목을 또 찾을 수 있는 데가 어디일까? 아마도 하와이. 하지만 문만 열고 나가면 무료로 이용할 수 있는 곳이 있는데 왜 세 사람의 항공료를 지출해야 하지?"

"그럼 베트남 사람은요?"

"아마 대학생이겠지." 그가 말했다. "아마 여기 포드햄 학생일 거야. 아니면 컬럼비아나. 어쩌면 전혀 베트남인이 아니었을 수도 있어. 중국 식당의 웨이터였을 수도. 루터는 그에게 사진 한 장에 20달러를 줬을 거야. 아마 네 명의 친구가 번갈아 가며 미국인 포로 역을 맡았겠지. 덩치 큰 백인, 덩치 작은 백인, 덩치 큰 흑인, 덩치 작은 흑인, 모든 경우를 커버했을 거야. 모두 부랑자라서 깡마르고 초라해 보였을 거고. 돈은 버번으로 지불했겠지. 모든 사진을 한꺼번에 찍어서 필요에 따라 사용했을 거야. 정확히 똑같은 사진을 수십 번도 더 팔아먹었을 거야. 누구든 실종된 아들이 키가 크고 백인이라면 같은 사진을 받았을 거야. 그자는 이게 정부의 음모니까 모두 비밀로 하라고 서약을 받았을 테니, 이후에는 누구도 보고서를 비교해 보지 않았을 테고."

"역겨운 놈이네요." 그녀가 말했다.

그는 고개를 끄덕였다. "엿 같지만 그렇지. BNR 가족은 여전히 크고 취약한 시장이고, 그놈은 그걸 구더기처럼 파먹고 있어."

"BNR?" 그녀가 물었다.

"시신 미수습Body Not Recovered." 그가 말했다. "이게 바로 그거야. KIAKilled In Action/BNR. 작전 중 사망/시신 미수습."

"죽었다고요? 아직 포로가 남아 있다고 생각하지는 않아요?"

그는 고개를 저었다.

"포로는 없어, 조디. 지금은 없어. 그건 다 헛소리야."

"정말요?"

"완전히 확실해."

"어떻게 확신할 수 있죠?"

"그냥 알아. 하늘은 파랗고 잔디는 푸르며 당신 엉덩이는 멋지다는 걸 아는 것처럼."

그녀는 운전하면서 미소를 지었다. "난 변호사예요, 리처. 그런 건 증거로 쓰일 수가 없어요."

"역사적 사실이야." 그가 말했다. "우선 미국의 원조를 받기 위해 인질을 잡았다는 이야기부터가 다 헛소리야. 그들은 우리가 그곳에서 나오자마자 호치민 루트를 따라 남쪽으로 내려올 계획이었는데, 이게 파리협정 위반이었기 때문에 어떻게 해도 원조를 받을 수 없다는 걸 알고 있었어. 그래서 73년에 모든 포로들을 풀어줬어. 조금 느리긴 했지만, 그래도 풀어줬지. 75년에 우리가 떠났을 때 약 100명의 낙오자들을 잡았다가 곧바로 돌려보냈는데, 이선 어떤 인질 전략과도 맞지 않아. 게다가 그들은 우리가 그들 항구의 기뢰를 제거해 주길 간절히 원했기 때문에 어리석은 게임을 하지 않았어."

"그들은 유해 송환에 소극적이었어요." 그녀가 말했다. "우리 군인들이 비행기 추락이나 전투에서 전사했어요. 그들은 그걸 가지고 어리석은 게임을 했어요."

그는 고개를 끄덕였다. "그들은 그걸 정말 이해하지 못 했어. 우리에겐 중요한 일이었지만. 우리는 2천 구의 시신을 되찾고 싶었어. 그들은 왜 그러는지 이해를 못 했지. 그들은 40년 넘게 전쟁을 치렀어. 일본, 프랑스, 미국, 중국. 전쟁 중에 실종된 사람이 100만 명은 됐을 거야. 우리의 시신 2천 구는 정말 새 발의 피였지. 게다가 그들은 공산주의자였거든. 그들은 우리가 개인에게 부여하는 가치를 공유하지 않았어. 이건 다시 심리학적인 문제야. 그렇다고 이게 그들이 비밀 수용소에 비밀 포로를 가뒀다는 뜻은 아니니까."

"그다지 결정적 논거는 못 되네요." 그녀가 건조하게 말했다.

그는 다시 고개를 끄덕였다. "레온이 결정적 논거야. 레온과 같은 사람들. 난 그런 사람들을 알아. 용감하고 명예로운 사람들이야, 조디. 그들은 그곳에서 싸웠고 나중에 권력과 명성을 얻었지. 펜타곤이 개자식들로 가득 차 있다는 건 나도 잘 알고 있지만 레온 같은 사람이 충분히 있어서 정직할 수 있었어. 내 질문에 대답해 봐. 베트남에 여전히 포로들이 갇혀 있다는 사실을 레온이 알았다면 그가 어떻게 했을까?"

그녀는 어깨를 으쓱했다. "모르겠어요. 뭔가는 했겠죠, 분명히."

"장담하건데, 레온은 모든 포로들이 안전하게 집으로 돌아올 때까지 백악관을 벽돌 한 장 한 장 찢어 버렸을 거야. 하지만 그는 그러지 않았어. 그가 몰랐기 때문이 아니야. 레온은 알아야 할 모든 것을 알고 있었어. 어떤 일이든 언제든 그런 일을 레온에게 비밀로 할 수는 없어. 정부가 여섯 번 바뀌는 동안 감춰 온 거대한 음모? 레온 같은 사람들이 냄새 맡지 못한 음모? 아니야. 이 세상의 레온들이 반응하지 않았으니까, 그런 일은 없었던 거야. 내가 생각하기엔 이게 결정적인 증거야, 조디."

"아니, 그건 믿음이에요." 그녀가 말했다.

"뭐든 간에, 나에겐 그걸로 충분해."

그녀는 전방의 교통 상황을 지켜보며 생각에 잠겼다. 이윽고 그녀는 고개를 끄덕였다. 결국 아버지에 대한 믿음은 그녀에게도 충분한 증거였기 때문이다.

"그럼 빅터 하비는 전사한 건가요?"

리처는 고개를 끄덕였다. "그랬겠지. 작전 중 사망, 시신 미수습."

그녀는 천천히 차를 몰았다. 그들은 남쪽으로 향하고 있었고 교통체증이 심했다.

"그럼, 포로도 없고 수용소도 없는 거네요." 그녀가 말했다. "정부의 음모는 없었어요. 그러니까 우리에게 총을 쏘고 차를 들이받은 놈들은 정부 사람들이 아니었어요."

"난 그렇게 생각한 적이 없어. 내가 만난 대부분의 정부 사람들은 그보다 훨씬 더 효율적이었어. 말하자면 나도 정부 사람이었으니까. 내가 이틀 연속 실패할 것 같아?"

그녀는 차를 오른쪽으로 돌리고 갓길에 멈춰 섰다. 그녀는 파란 눈을 크게 뜨고 그를 향해 얼굴을 돌렸다.

"그럼 루터가 확실하네요." 그녀가 말했다. "다른 누가 있겠어요? 놈은 수익성 높은 사기를 치고 있어요. 그리고 그걸 지킬 준비가 되어 있고, 놈은 우리가 그걸 폭로할 거라고 생각하고, 그래서 우릴 찾고 있어요. 그런데 지금 우린 놈의 품으로 걸어 들어갈 계획이고요."

리처가 웃었다.

"사는 건 어차피 위험천만이야." 그가 말했다.

마릴린은 문으로 들려오는 소리에 뻣뻣하고 차가운 몸을 일으켰다. 깜빡 잠이 들었던 것이 틀림없었다. 화장실에는 창문이 없어서 지금이 몇 시인지도 몰랐다. 한동안 자고 있었던 것 같았기 때문에 아침일 거라고 생각했다. 왼쪽 옆의 체스터는 세면대 아래 설비들 너머 수천 킬로미터 떨어진 곳에 시선을 고정하고 우주를 응시하고 있었다. 그는 움직임이 없었다. 그녀가 고개를 돌려 그를 똑바로 쳐다봤지만 전혀 반응이 없었다. 그녀의 오른쪽에는 셰릴이 바닥에 웅크리고 있었다. 그녀는 입으로 가쁜 숨을 몰아쉬고 있었다. 그녀의 코는 검게 변했고 탱탱하게 부어올랐다. 마릴린은 그녀를 바라보며 침을 삼켰다. 다시 몸을 돌려 문에 귀를 갖다 댔다. 열심히 들었다.

밖에서 두 남자가 낮은 목소리로 조심스럽게 말하는 소리가 들렸다. 멀리서 엘리베이터 소리도 들렸다. 간간이 울리는 사이렌 소리와 함께 매우 약한 교통 소음이 들려왔다 서서히 정적 속으로 사라졌다. JFK 공항의 대형 제트기가 항구를 가로질러 서쪽으로 날아가는 듯한 항공기 소음도 들렸다. 그녀는 바닥에서 몸을 일으켰다.

밤새 신발이 벗겨져 있었다. 그녀는 수건 더미 아래에서 흠집난 구두를 찾았다. 신발을 신고 조용히 세면대로 걸어갔다. 체스터의 시선은 그녀를 통과해 멀리 닿아 있었다. 그녀는 거울로 자신의 모습을 확인했다. 나쁘지 않다고 생각했다. 그녀가 마지막으로 화장실 바닥에서 밤을 보낸 것은 20여 년 전 여학생 클럽 파티 후였는데, 지금이 그때보다 더 나빠 보이시는 않았다. 그녀는 손가락으로 머리를 빗고 물을 묻혀 눈을 두드렸다. 그러고는 문으로 조심스럽게 돌아와서 다시 귀를 기울였다.

남자 둘이었지만 하비는 아니라고 확신했다. 대화의 톤이 어느 정도 동등했다. 명령과 복종이 아니라 서로 주고받는 대화였다. 그녀는 수건 더미를 발로 뒤로 밀치고 심호흡을 한 뒤 문을 열었다.

두 남자가 하던 말을 멈추고 고개를 돌려 그녀를 쳐다보았다. 토니라는 사람은 책상 앞 소파에 옆으로 앉아 있었다. 그 옆에는 처음 보는 사람이 커피테이블에 걸터 앉아 있었다. 짙은 색 정장을 입은 땅딸한 남자였고, 키는 크지 않았지만 몸무게가 좀 나가 보였다. 책상에는 아무도 앉아 있지 않았다. 하비의 흔적은 없었다. 닫혀 있는 창문 블라인드의 틈새로 바깥의 밝은 햇살을 볼 수 있었다. 생각보다 늦은 시간이었다. 그녀는 소파로 시선을 돌렸고 토니가 그녀를 보며 웃고 있는 것을 보았다.

"잘 잤나?" 그가 물었다.

그녀는 아무 대답도 하지 않았다. 토니의 미소가 사라질 때까지 그녀는 아무런 내색을 하지 않았다. 1점 득점. 그녀는 생각했다.

"남편과 상의했어요." 그녀가 거짓말을 했다.

토니는 기대에 찬 표정으로 그녀를 바라보며 그녀가 말을 이어가기를 기다렸다. 그녀는 그를 기다리게 했다. 2점. 그녀는 생각했다.

"지분 양도에 동의할게요." 그녀가 말했다. "하지만 복잡할 거예요. 시산이 좀 설릴 거고요. 당신 측이 수용하기 힘든 여건들이 있어요. 하지만 할 테니까 그 과정에서 당신 측에서 최소한의 협조는 해 줄 거라고 기대할게요."

토니는 고개를 끄덕였다. "어떤 협조?"

"하비 씨와 논의하겠어요." 그녀가 말했다. "당신과는 안 돼요."

사무실에 정적이 흘렀다. 바깥세상의 희미한 소음만 들렸다. 그녀는 자신의 호흡에 집중했다. 들이쉬고 내쉬고, 들이쉬고 내쉬고.

"오케이." 토니가 말했다.

3점.

"커피 마시고 싶어요." 그녀가 말했다. "세 잔, 크림이랑 설탕도요."

더 오랜 침묵이 흘렀다. 마침내 토니가 고개를 끄덕이자 땅딸한 남자가 일어섰다. 그는 눈을 돌려 사무실을 나가서 탕비실로 걸어갔다. 4점. 그녀는 생각했다.

루터의 편지에 적힌 반송 주소는 도시 재개발의 희망이 거의 없는, 몇 블록 남쪽에 있는 낡은 상점가에 해당했다. 수십 년 전에는 공장이나 창고로 쓰였을지도 모르는 무너져 가는 4층짜리 벽돌 건물 사이에 끼어 있는 목조 건물이었다. 루터의 가게는 왼쪽에 지저분한 창문이 있고 중앙에 출입구가 있었다. 오른쪽의 열려 있는 셔터 안으로 좁은 차고 공간이 노출되어 있었다. 그 공간에 신형 링컨 내비게이터가 가까스로 들어가 있었다. 광고에서 본 적이 있는 모델이었다. 링컨 사업부로 승격하기 위해 사치스러운 광택을 강조한 거대한 사륜구동 포드였다. 차는 메탈릭 블랙 색상이었고, 아마도 주변 부동산보다 더 가치가 있을 것 같았다.

조디는 움푹 패인 도로 위를 빠르지도 느리지도 않은 도시 거리의 속도에 맞춰 차를 몰아 건물 앞을 완전히 지나쳤다. 리처는 고개를 돌려가며 건물의 분위기를 살폈다. 조디는 좌회전을 해서 한 블록을 돌아 원래 위치로 돌아왔다. 리처는 건물 뒤에 한 줄로 나 있는 뒷골목을 흘끔 보았다. 쓰레기 더미 위로 녹슨 비상계단이 있었다.

"이제 어떻게 해요?" 조디가 그에게 물었다.

"바로 걸어 들어가야지. 먼저 그자의 반응을 보자고. 우리가 누군지 알아보면 이 방법을 쓰고, 만약 모르면 저 방법을 쓰고."

그녀는 건물 정면에서 남쪽으로 두 칸 지나서, 시커매진 벽돌 창고 그늘에 주차했다. 차를 잠그고 그들은 함께 북쪽으로 걸어갔다. 보도에서 더러운 창문 너머로 무엇이 있는지 알 수 있었다. 육군의 잉여 장비, 먼지가 쌓인 낡은 위장복, 수통과 군화 등이 어설프게 전시되어 있었다. 야전 무전기와 전투식량, 보병용 철모도 있었다. 그중 일부는 리처가 웨스트포인트를 졸업하기 전부터 이미 사용되지 않는 것들이었다.

문은 빽빽했고 열릴 때 종소리가 났다. 움직이는 문이 스프링을 튕기면 벨이 울려 소리가 나는 조잡한 기계식 시스템이었다. 가게는 텅 비어 있었다. 오른쪽에 카운터가 있었고 그 뒤에 차고로 통하는 문이 있었다. 크롬제 회전 랙에는 옷이 진열되어 있었고, 선반 위에는 뒤섞인 잡동사니가 높게 쌓여 있었다. 골목으로 통하는 뒷문은 잠겨 있었고 경보 장치가 있었다. 뒷문 옆에는 푹신한 비닐 의자 다섯 개가 일렬로 놓여 있었다. 의자 주변에는 담배꽁초와 빈 맥주병이 흩어져 있었다. 침침한 조명 아래지만 모든 곳에서 세월의 먼지가 눈에 띄었다.

리처는 조디보다 앞서 걸었다. 바닥이 삐걱거렸다. 안으로 두 걸음 들어가자, 카운터 너머로 바닥에 달린 지하실문이 열려 있는 것이 보였다. 오래된 소나무 판자로 만든 튼튼한 문은 놋쇠 경첩이 달려 있었고, 여러 세대에 걸쳐 손때가 묻어 반질거렸다. 구멍 안쪽으로 바닥 받침목이 보였고, 같은 오래된 나무로 만든 좁은 계단이 켜져 있는 전깃불을 향해 내려가고 있었다. 그 아래 지하실 시멘트 바닥에 발이 긁히는 소리가 들려왔다.

"대체 누군지 모르겠지만 금방 올라가겠소!" 구멍에서 목소리가 들려왔다.

놀라움과 짜증이 섞여 있는 중년 남자의 목소리였다. 누가 부를 것을 전혀 예상치 못한 남자의 목소리. 조디는 리처를 쳐다봤고, 리처는 주머니에 있는 슈타이어의 손잡이를 감싸 쥐었다.

한 남자의 머리가 바닥 높이로 올라왔고, 어깨가 그리고 몸통이 사다리를 타고 차례로 나타났다. 덩치가 커서 구멍에서 쉽사리 빠져나오지 못했다. 그는 빛바랜 올리브색 군복을 입고 있었다. 떡진 회색 머리카락과 덥수룩한 회색 수염, 살찐 얼굴에 눈이 작았다. 그는 손과 무릎을 써서 빠져나와 일어섰다.

"무슨 일이쇼?" 그가 물었다.

뒤따라 다른 머리와 어깨가 나타났다. 그리고 또 하나. 그리고 또 하나. 그리고 또 하나. 네 명의 남자가 지하실에서 사다리를 밟고 올라왔다. 각자 몸을 펴고 잠시 멈춰 서서 리처와 조디를 뚫어져라 쳐다본 다음 의자 쪽으로 물러났다.

모두 큰 덩치에 문신을 하고 비슷한 낡은 군복을 입고 있었다. 그들은 큰 팔을 큰 배 위에 올려 팔짱을 끼고 앉았다.

"무슨 일이쇼?" 첫 번째 남자가 다시 물었다.

"당신이 루터 씨입니까?" 리처가 물었다.

남자는 고개를 끄덕였다. 그를 알아본 것 같은 눈치는 없었다. 리처는 의자에 앉아 있는 남자들을 흘끗 쳐다보았다. 그들은 그가 예상하지 못했던 복잡함을 의미했다.

"원하는 게 뭐요?" 루터가 물었다.

리처는 계획을 변경했다. 그 가게 거래의 본질과 지하실에 쌓여 있는 물건의 정체를 추측해 보았다.

"소음기가 필요합니다." 그가 말했다. "슈타이어 GB용."

루터는 턱을 벌리고 웃으며 즐거움에 눈이 빛났다.

"내가 팔아도 법을 어기는 거고, 당신이 가져도 법을 어기는 거고-."

그가 노래하듯 말하는 방식은 자신이 그것을 가지고 있고 팔았다는 것을 노골적으로 고백하는 것이었다. 그 말투의 밑바탕에는 '네가 원하는 것을 내가 가지고 있고 그래서 내가 너보다 우위에 있다'라는 오만이 흐르고 있었다.

그의 목소리에는 조심스러움이 없었다. 리처가 그를 함정에 빠뜨리려는 경찰이라는 의심도 없었다. 아무도 리처가 경찰이라고 생각하지 않았다. 그는 너무 크고 거칠었다. 그는 경찰 특유의 흰 피부나 사람들이 무의식적으로 경찰과 연관 짓는 도시적 은밀함이 없었다. 루터는 리처를 걱정하지 않았다. 그는 조디를 걱정했다. 그는 그녀가 무엇인지 몰랐다. 그는 말은 리처와 나누었지만 시선은 그녀에게 가 있었다. 그녀는 차분하게 그 시선을 되돌려 주었다.

"어떤 법을 어기는 거죠?" 그녀가 무심하게 물었다.

루터는 수염을 긁었다. "비싸지게 만드는군."

"무엇과 비교해서요?" 그녀가 물었다.

리처는 혼자 미소를 지었다. 루터는 그녀에 대해 잘 몰랐고, 단 두 번의 대답으로 그는 자녀에 대한 납치 위협을 걱정하는 맨해튼 사교계 인사부터 조기 상속을 노리는 억만장자의 아내, 복잡한 삼각관계에서 살아남으려는 로터리클럽 회원의 아내까지 그녀가 어떤 모습도 될 수 있다고 생각되어 혼란에 빠졌다. 그녀는 누구로부터의 반대도 받지 않고 자신의 길을 걸어 온 여성처럼 그를 바라보고 있었다. 확실히 법으로부터도 아니고, 지저분한 브롱크스의 장사꾼들로부터도 아니었다.

"슈타이어 GB?" 루터가 물었다. "오스트리아산 정품을 원하오?"

리처는 사소한 세부사항이나 처리하는 사람처럼 고개를 끄덕였다. 루터가 손가락을 튕기자 의자에 한 줄로 앉아 있던 덩치 중 한 명이 천천히 일어나 구멍 아래로 내려갔다. 잠시 후 그는 총기 기름이 배어 투명하게 변한 종이에 싸인 검은색 원통을 들고 다시 올라왔다.

"2천 달러." 루터가 말했다.

리처는 고개를 끄덕였다. 가격은 공정했다. 권총은 더 이상 생산되지 않지만, 리처는 최근 800~900달러 정도에 거래되었을 거라고 생각했다. 소음기의 최종 공장 출고가는 아마 200달러 이상이었을 것이다. 단종된 지 10년 후의 불법 거래였고 공장 정문에서 7천 킬로미터 떨어진 거래임을 감안하면 2천 달러는 합리적인 가격이었다.

"좀 봅시다." 리처가 말했다.

루터는 자기 바지에 소음기를 닦아서 넘겨줬다. 리처가 총을 꺼내서 소음기를 제자리에 끼웠다. 영화와는 달랐다. 총을 눈앞에 들고 천천히, 신중하고 사랑스럽게 조이는 것이 아니다. 카메라에 렌즈를 끼우듯 가볍게 빠르게 누르고 반 바퀴 돌리면 딸깍 소리가 나면서 끼워진다.

무기는 개선되었다. 밸런스를 개선했다. 권총은 반동으로 인해 총구가 위로 튀어 오르기 때문에 100번 중 99번은 높이 발사된다. 소음기의 무게는 그러한 가능성은 상세시켜 준 수 있다. 그리고 소음기는 가스 폭발을 상대적으로 천천히 분산시키는 것이 작동 방식인데, 그로써 제일 먼저 반동을 약화시켜 준다.

"정말 잘 작동합니까?" 리처가 물었다.

"물론이오." 루터가 말했다. "오리지널 공장에서 만든 정품이니까."

그걸 가지고 올라온 녀석이 다시 의자에 앉았다. 네 녀석에 의자 다섯. 패거리를 깨부수는 방법은 리더를 먼저 때려잡는 것이다. 그것은 보편적인 진리이다. 리처는 네 살 때 그것을 배웠다. 리더가 누구인지 파악하고, 그를 먼저 제압하되, 강력하게 제압해라. 이번 상황은 다르게 전개될 것이었다. 리더는 루터였지만 리처가 다른 계획을 세우고 있었기 때문에 루터는 당분간은 손대지 말아야 했다.

"2천 달러." 루터가 다시 말했다.

"현장 테스트 좀 해 보죠." 리처가 말했다.

슈타이어 GB에는 안전잠금장치가 없다. 처음 당길 때는 방아쇠에 6킬로그램의 압력을 가해야 하는데, 6킬로라면 매우 의도적인 당김이기 때문에 총을 떨어뜨렸을 때 실수로 발사되는 것은 충분히 방지된다고 판단되었다. 따라서 별도의 안전장치는 없다. 리처는 손을 왼쪽으로 휙 돌려서 6킬로의 압력을 가했다. 총이 발사되고 빈 의자가 날아갔다. 소리가 컸다. 영화와는 달랐다. 작게 내는 기침 소리가 아니었다. 예의 바르게 침 뱉는 소리도 아니었다. 맨해튼 전화번호부를 머리 위로 들어 올려 온 힘을 다해 책상을 내려치는 소리와 같았다. 조용한 소리는 아니었다. 하지만 이보다 더 조용할 수는 없었다.

놈들은 충격으로 얼어붙었다. 갈기갈기 찢어진 비닐과 더러운 말총이 공중을 떠다니고 있었다. 루터는 움직이지도 못하고 멍하니 쳐다보고 있었다. 리처는 놈의 배를 왼손으로 세게 때리고 발을 걸어차 바닥에 내동댕

이쳤다. 그러고는 부서진 의자 옆에 앉은 녀석에게 슈타이어를 조준했다.

"아래층으로." 그가 말했다. "네놈들 전부. 지금 당장."

아무도 움직이지 않았다. 그래서 리처는 큰 소리로 하나, 둘을 세고 셋에 다시 쐈다. 커다란 폭발음이 똑같이 났다. 첫 번째 놈의 발밑에서 마루판이 쪼개졌다. 하나, 둘, 리처가 다시 쐈다. 그리고 다시 하나, 둘 그리고 발사. 먼지와 나무 파편이 위로 날아올랐다. 반복되는 총성의 소음은 압도적이었다. 소음기 내부에서 짙은 화약 냄새와 뜨거운 강철 섬유 냄새가 심하게 풍겨 나왔다. 세 번째 총성이 울리자 놈들은 한꺼번에 움직였다. 그들은 싸우면서 구멍으로 몰려들었다. 서로 부딪히며 굴러 떨어졌다. 리처는 문을 떨어뜨려 닫고 문 위로 카운터를 끌어당겨 눌러 놓았다. 루터가 손과 무릎을 짚고 일어났다. 리처는 루터를 걷어차서 뒤로 쓰러뜨리고 계속 발로 차서 루터가 등으로 뒤척이며 물러나다 머리가 카운터에 세게 부딪힐 때까지 계속 찼다.

조디가 조작된 사진을 손에 쥐고 있었다. 그녀는 몸을 숙여서 놈에게 내밀었다. 놈이 눈을 깜빡이며 사진에 집중했다. 입은 움직이고 있었지만, 수염 사이에 거칠게 난 구멍으로만 보일 뿐이었다. 리처는 몸을 숙여 놈의 왼쪽 손목을 잡았다. 손을 위로 끌어올려 새끼손가락을 잡았다.

"지금부터 내가 질문을 할 거야." 그가 말했다. "네놈이 거짓말을 할 때마다 손가락을 하나씩 부러뜨릴 거야."

루터는 온 힘을 다해 몸을 비틀며 벗어나려고 했다. 리처가 다시 한번 배를 강하게 가격했고, 루터는 다시 쓰러졌다.

"우리가 누군지 알고 있니?"

"몰라." 루터가 숨을 헐떡였다.

"이 사진은 어디서 찍었지?"

"비밀 수용소." 루터는 숨을 헐떡이며 말했다. "베트남."

리처는 새끼손가락을 부러뜨렸다. 그냥 옆으로 꺾어서 관절을 부러뜨렸다. 옆으로 꺾는 게 뒤로 구부리는 것보다 쉽다. 루터는 고통에 비명을 질렀다. 리처가 다음 손가락을 잡았다. 금반지가 끼워져 있었다.

"어디라고?"

"브롱크스 동물원." 루터가 헐떡이며 말했다.

"저 남자애는 누구지?"

"그냥 애야."

"저 남자는 누구?"

"친구." 루터가 숨을 헐떡였다.

"몇 번이나 이 짓을 했지?"

"아마 열다섯 번 정도." 루터가 말했다.

리처는 반지 낀 손가락을 옆으로 구부렸다.

"진짜야!" 루터가 외쳤다. "열다섯 번 넘지는 않아. 맹세해. 그리고 당신들한테는 아무 짓도 안 했어. 난 당신을 알지도 못해."

"하비 씨 가족을 아나?" 리처가 물었다. "저 위쪽 브라이트에 사는?"

그는 루터가 오락가락하는 상태로 머릿속 목록을 뒤적이는 것을 보았다. 그리고 그가 기억해 내는 것을 보았다. 그러고는 그 보잘 것 없는 늙은 빈대들이 어떻게 이 모든 상황을 만들 수 있었는지 파악하려고 머리를 굴리는 모습도 보았다.

"넌 정말 구역질 나는 개새끼야. 안 그래?"

루터는 당황한 나머지 머리를 좌우로 마구 흔들었다.

"복창해, 루터!" 리처가 소리쳤다.

"난 개새끼다!" 루터가 훌쩍거리며 말했다.

"네 거래 은행이 어디지?"

"내 거래 은행?" 루터가 멍하니 반문했다.

"네 거래 은행." 리처가 말했다.

루터가 망설였다. 리처는 손가락에 다시 무게를 실었다.

"10블록!" 루터가 비명을 질렀다.

"차량 소유권 증서는?"

"서랍에."

리처가 조디에게 고개를 끄덕였다. 그녀는 일어서서 카운터 뒤로 돌아갔다. 서랍을 덜컹거리며 열더니 서류 뭉치를 들고 나왔다. 그녀는 서류를 훑어보고 고개를 끄덕였다. "등록 명의가 맞네요. 가액은 4만 달러."

리처는 손을 바꿔 루터의 목을 잡았다. 어깨에 힘을 주고 손 가운데가 루터의 턱 밑을 파고들어갈 때까지 세게 밀었다.

"내가 1달러에 네 차를 사려고 해." 리처가 말했다. "문제 있으면 고개 저어. 오케이?

루터는 꼼짝 안 하고 있었다. 리처가 그의 목을 움켜쥔 힘에 그의 눈이 불거지고 있었다.

"네 거래 은행까지 태워다 주지." 리처가 말했다. "내 새 차로 말이야. 네가 18,000달러를 현금으로 인출해서 나한테 주면 내가 하비 씨 부부에게 돌려줄 거야."

"아뇨. 소니가 날썼나. "19,650딸러네요. 원래 그 돈은 안전한 펀드에 들어 있었어요. 복리로 6퍼센트, 1년 반."

"좋아." 리처가 말했다. 그는 손의 압력을 높였다.

"하비 씨 부부에게 19,650. 우리에게도 19,650."

루터의 눈은 리처의 얼굴을 찾고 있었다. 애원. 이해 불가.

"네놈은 그들을 속였어." 리처가 말했다. "넌 그들에게 아들에게 무슨 일이 일어났는지 알아봐 주겠다고 했지. 그런데 그렇게 하지 않았어. 그러니 이제 우리가 알아봐 줘야 해. 그 경비가 필요해."

루터는 얼굴이 파랗게 변해가고 있었다. 그는 손으로 리처의 손목을 꽉 움켜쥐고 필사적으로 압력을 완화하려고 애썼다.

"알겠나?" 리처가 물었다. "그럼 그렇게 하자고. 어떤 부분에서든 문제가 있으면 고개를 저어."

루터는 리처의 손목을 세게 잡아당겼지만 고개는 움직이지 않았다.

"일종의 세금이라고 생각해." 리처가 말했다. "남을 속이는 치사한 개새끼들에 대한 세금이라고."

그는 손을 거칠게 떼어내고 일어섰다. 15분 뒤, 그는 루터의 거래 은행에 있었다. 루터는 왼손은 주머니에 넣어 감추고 오른손으로 수표에 서명하고 있었다. 5분 뒤, 리처는 39,300달러의 현금을 스포츠 가방에 넣었다. 15분 뒤, 루터를 그의 가게 뒷골목에 내려주고 1달러 지폐 두 장을 루터의 입에 넣어 주었다. 소음기 값 1달러와 차 값 1달러. 5분 뒤, 그는 조디의 토러스 차량을 다고 라과디아 공항의 렌터카 반납상으로 샀다. 15분 뒤, 두 사람은 함께 새 링컨을 타고 맨해튼으로 향했다.

11

하노이의 저녁은 뉴욕보다 정확히 열두 시간 일찍 찾아온다. 그래서 리처와 조디가 브롱크스를 떠날 때만 해도 아직 높게 떠 있던 해는 이미 노이바이 공항에서 서쪽으로 350킬로미터 떨어진 라오스 북부의 고원지대 뒤로 사라졌다. 하늘은 주황색으로 빛나고 있었고, 늦은 오후의 긴 그림자는 열대지방에 땅거미가 지며 갑작스럽게 칙칙한 어둠으로 대체되었다. 도시와 정글의 냄새는 항공유 냄새에 가려지고, 자동차 경적 소리와 밤벌레 소리는 제트 엔진의 공회전 소리에 날아가 버렸다.

거대한 미 공군 C-141 스타리프터 수송기가 대기장에 서 있었다. 붐비는 여객 터미널에서 1킬로미터 떨어진, 아무런 표시가 없는 격납고 옆이었다. 비행기의 후방 램프_{화물 적재나 항공기 탑승 등을 위한 경사면}는 내려져 있었고, 엔진은 실내 조명을 충분히 켤 수 있을 만큼 빠르게 작동하고 있었다. 미표시 격납고 안에도 불이 켜져 있었다. 골판 금속 지붕 아래 높이 매달려 있는 백 개의 아크 조명이 밝은 노란색 빛으로 동굴 같은 공간을 물들이고 있었다.

격납고는 경기장만큼이나 컸지만 안에는 일곱 개의 상자 말고는 아무 것도 없었다. 상자의 길이는 각각 2미터였고, 고광택 가공된 골판 알루미늄으로 만들어져서 관의 모양과 거의 비슷했는데, 그것은 바로 각각의 실

309

제 관이었다. 받침대 위에 칼같이 일렬로 서 있었고, 각각의 관 위에는 성조기가 놓여 있었다. 국기는 새로 세탁하여 뽀송하게 다려진 상태였고, 각 깃발의 중앙 줄무늬는 각 관의 중앙 골에 정확하게 맞춰져 있었다.

격납고 안에는 남자 아홉 명과 여자 두 명이 일곱 개의 알루미늄 관 옆에 서 있었다. 그중 여섯 명은 의장대였다. 그들은 미 육군의 정규 병사들로, 새로 면도를 하고 티끌 한 점 없는 예복을 입고 다른 다섯 명과는 거리를 두고 엄숙한 자세로 서 있었다. 다섯 중 셋은 베트남인 남자 둘과 여자 한 명이었는데 키가 작고 까맣고 무표정했다. 그들도 제복을 입고 있었지만 예복이 아닌 일상복이었다. 짙은 올리브색 천이 닳고 구겨져 있었고, 그들의 생소한 계급장과 함께 휘장이 여기저기 달려 있었다.

나머지 두 사람은 민간인 복장을 한 미국인이었지만, 그 어떤 군복 못지않게 군인임을 분명하게 드러내는 민간인 복장이었다. 젊은 여성은 중간 길이의 캔버스 천으로 된 스커트와 긴팔 카키색 블라우스를 입고 무거운 갈색 신발을 신고 있었다. 남성은 키가 크고 은발에 55세 정도로 보였으며, 가벼운 벨트형 우비 안에 열대 카키색 옷을 입고 있었다. 손에는 낡은 갈색 가죽 서류가방을 들고 있었고, 발밑에는 비슷하게 낡은 옷 가방이 놓여 있었다.

키가 큰 은발의 남자가 의장대를 향해 거의 알아차릴 수 없는 작은 신호로 고개를 끄넉였다. 선임병이 조용히 명령을 내렸고, 여섯 명의 병사가 세 명씩 두 줄로 늘어섰다. 그들은 앞으로 천천히 행진했다가 우회전하고 다시 천천히 행진하여 첫 번째 관의 양쪽에 세 명씩 정확하게 정렬했다. 그들은 한 박자 멈췄다가 몸을 굽혀 부드러운 동작으로 관을 한 번에 어깨에 올렸다. 상관이 다시 뭐라고 하자 그들은 관의 수평을 정확히 유지한

채 격납고 문을 향해 천천히 행진했다. 군화가 콘크리트 바닥에 닿는 소리
와 대기 중인 엔진 소리만이 들려왔다.

그들은 대기장에서 우회전하여 뜨거운 제트 분사를 뚫고 천천히 반원
을 그려 스타리프터의 램프에 일직선으로 섰다. 의장대는 램프의 정중앙
을 향해 천천히 전진했다. 램프에 볼트로 고정된 금속 요철 바닥을 발로
조심스럽게 느끼며 비행기의 적재 공간으로 올라갔다. 조종사가 그들을
기다리고 있었다. 그녀는 열대 기후용 비행복을 입은 미 공군 대위였다.
부기장, 비행 엔지니어, 항법사, 통신사 등의 승무원들이 그녀와 함께 대기
하고 있었다. 그 맞은편에는 녹색 군복을 입은 탑재 책임자와 그의 부하들
이 침묵 속에 서 있었다. 얼굴을 마주 보고 서 있는 두 줄 사이를 의장대가
천천히 행진해 앞쪽 적재 공간까지 올라갔다. 거기서 그들은 무릎을 굽혀
동체 벽을 따라 설치된 선반 위에 관을 조심스럽게 내려놓았다. 네 명의
남자는 뒤로 물러나 머리를 숙였다. 앞뒤 남자가 함께 관을 제자리에 밀어
넣었다. 탑재 책임자가 앞으로 나와 고무 스트랩으로 관을 고정했다. 그리
고 뒤로 물러나 의장대와 합류하여 긴 침묵의 경례를 했다.

일곱 개의 관을 모두 싣는 데 한 시간이 걸렸다. 격납고 안에 있던 사람
들은 내내 조용히 서 있다가 일곱 번째 관을 따라 대기장으로 나섰다. 의
장대의 느린 걸음에 맞춰 걸어가 덥고 소란스러운 저녁의 습기 속에 스
타리프터 램프 아래에서 기다렸다. 의장대가 임무를 마치고 나왔다. 키가
큰 은발의 미국인은 그들에게 경례를 하고 세 명의 베트남 장교들과 악수
를 나눈 뒤 미국인 여성에게 고개를 끄덕였다. 아무 말도 주고받지 않았
다. 그는 옷 가방을 어깨에 메고 램프를 지나 기내로 가볍게 뛰어 올라갔
다. 강력한 엔진이 천천히 윙윙거리고 램프가 그의 뒤에서 닫혔다. 엔진이

속도를 내고 거대한 비행기는 브레이크를 해제한 후 지상 주행을 하기 시작했다. 비행기는 왼쪽으로 크게 선회해서 격납고 뒤로 사라졌다. 소음이 점점 약해졌다. 그러다 멀리서부터 커진 소음과 함께 활주로를 따라 다시 돌아와서 엔진이 비명을 지르며 강력하게 가속하면서 이륙했다. 수송기는 오른쪽으로 선회하면서 빠르게 상승하여 날개를 기울인 후에 사라졌다. 멀리서 깜빡이는 삼각형의 작은 불빛과 항공유의 검은 연기가 비행기 항적을 따라 곡선을 그리며 밤하늘로 퍼져나가는 모습만 희미하게 보였다.

빠르게 정적이 찾아오자 의장대는 해산했고, 미국인 여성은 세 명의 베트남 장교와 악수를 나눈 뒤 자신의 차로 돌아갔다. 세 명의 베트남 장교는 다른 방향에 주차된 차로 돌아갔다. 일본제 세단이었는데 칙칙한 군용 녹색으로 도색이 되어 있었다. 여자가 운전하고 두 남자는 뒷좌석에 앉았다. 하노이 중심부까지 가는 짧은 여정이었다. 여자는 모래색으로 칠해진 낮은 콘크리트 건물 뒤편 철망 울타리 안의 주차장에 차를 세웠다. 두 남자는 말없이 차에서 내려 표시가 없는 문을 통해 안으로 들어갔다. 여성은 차를 잠그고 건물을 돌아 다른 입구로 걸어갔다. 그녀는 안으로 들어가 짧은 계단을 올라가 사무실로 향했다. 그녀의 책상 위에는 제본된 장부가 펼쳐져 있었다. 그녀는 화물의 안전한 배송을 깔끔한 필체로 기록하고 장부를 닫았다. 그녀는 장부를 사무실 문 옆에 있는 서류 캐비닛에 넣었다. 그녀는 문을 통해 복도를 위아래로 훑어보고 캐비닛을 잠갔다. 그러고는 책상으로 돌아와 전화기를 들고 18,000킬로미터 떨어진 뉴욕에 전화를 걸었다.

땅딸한 놈이 화장실로 커피를 들고 들어오기 전에 마릴린은 셰릴을 깨웠고 체스터는 어느 정도 의식이 돌아왔다. 그는 머그잔에 담긴 커피를 한 손에 두 잔, 다른 한 손에는 한 잔을 들고 있었다. 어디에 놓아야 할지 몰라서 잠시 멈췄다 세면대 거울 아래의 좁은 틈에 나란히 내려놓았다. 그러고는 말없이 돌아서 나가버렸다. 문을 쾅 소리내어 닫지 않고 꽉 잡아당겨 닫았다.

마릴린은 두 잔을 한꺼번에 주려면 흘릴 것 같아서 한 번에 한 잔씩 나누어 주었다. 그녀는 쪼그리고 앉아 첫 번째 머그잔을 셰릴에게 건네고 첫 모금을 마실 수 있도록 도와주었다. 그런 다음 그녀는 체스터에게 잔을 주었다. 체스터는 멍하니 그녀에게서 잔을 받아들고 그게 뭔지 모르겠다는 듯이 쳐다보았다. 그녀는 세 번째 잔을 자신의 몫으로 들고 세면대에 기대어 서서 목이 말랐다는 듯 마셨다. 맛있었다. 크림과 설탕이 에너지가 되었다.

"주식 증서는 어디 있어?" 그녀가 속삭였다.

체스터는 무기력하게 그녀를 올려다보았다. "내 은행에, 내 대여금고에."

마릴린은 고개를 끄덕였다. 체스터의 은행이 어디인지 모른다는 사실뿐 아니라 그 은행이 어디에 있는지, 주식 증서가 무엇인지도 모른다는 사실에 맞닥뜨렸다.

"거기에 몇 장이나 있어?"

그는 어깨를 으쓱했다. "원래는 1,000장. 대출에 대한 담보로 300장을 제공했어. 일시적으로 대출 기관에 넘겨야 했어."

"이제 하비한테 넘어갔고?"

그가 고개를 끄덕였다. "그가 부채를 인수했어. 대출 기관은 아마도 오늘 그에게 주식을 전달할 거야. 더 이상 필요가 없거든. 그리고 나는 그에게 90장을 더 약속했어. 아직 금고에 있어. 곧 전달해야 할 것 같아."

"그러면 실제 양수도는 어떻게 하는 거야?"

그는 다시 지친 듯 애매하게 어깨를 으쓱했다. "내가 주식을 넘겨주면 그가 주식 증서를 받아 거래소에 등록하고, 그의 명의로 501장이 등록되면 그가 대주주가 되는 거야."

"그런데 은행은 어디야?"

체스터는 처음으로 커피를 한 모금 마셨다. "여기서 세 블록 정도. 걸어서 한 5분. 그리고 거래소는 거기서 5분만 더 가면 돼. 시작부터 끝까지 10분이면 무일푼에 길거리 노숙자가 되는 거야."

그는 머그잔을 바닥에 내려놓고 다시 멍한 눈이 되었다. 셰릴은 움직임이 없었다. 커피를 마시지 않았다. 피부는 차게 식은 듯 보였다. 뇌진탕이나 그 비슷한 상태인 것 같았다. 아직 쇼크 상태일 수도 있었다. 마릴린은 경험이 없어 알 수가 없었다. 셰릴의 코는 끔찍했다. 검고 부어올랐다. 멍이 눈 밑으로 퍼지고 있었다. 밤새 입으로 숨을 쉬느라 입술이 건조해지고 갈라져 버렸다.

"커피 좀 더 마셔 봐." 그녀가 말했다. "한결 나아질 거야."

그녀는 옆에 쪼그리고 앉아 셰릴의 손을 입으로 끌었다. 머그잔을 기울였다. 셰릴은 한 모금을 마셨다. 뜨거운 액체 일부가 턱을 타고 흘러내렸다. 그녀는 한 모금을 더 마셨다. 그녀는 눈에 무엇인가를 담은 채 마릴린을 올려다보았다. 마릴린은 그게 뭔지 몰랐지만, 그래도 격려를 담아 환한 미소를 지었다.

"병원에 데려다 줄게." 그녀가 속삭였다.

셰릴은 갑자기 안도감이 밀려오는 듯 눈을 감고 고개를 끄덕였다. 마릴린은 그녀의 옆에 무릎을 꿇고 그녀의 손을 잡고 문을 바라보며 어떻게 그 약속을 지킬 수 있을지 생각했다.

"이걸 계속 타고 다닐 거예요?" 조디가 물었다

그녀는 링컨 내비게이터에 대해 이야기하고 있었다.

리처는 기다리면서 거기에 대해 생각했다. 그들은 트라이보로로 가는 길목에서 꽉 막혀 있었다.

"아마도."

거의 새 차 같았다. 아주 조용하고 부드러웠다. 외부는 검은색 메탈릭, 내부는 황갈색 가죽, 주행 거리는 700킬로미터, 여전히 새 가죽과 새 시트 냄새, 그리고 새 차에서 나는 플라스틱 냄새가 강하게 났다. 운전석과 똑같은 넓은 좌석, 용량이 큰 음료수 홀더와 비밀 수납공간을 연상시키는 작은 뚜껑이 달린 두툼한 콘솔도 좋았다.

"너무 크고, 역겨워요." 그녀가 말했다.

그는 웃었다. "무엇과 비교해서? 네가 운전하던 그 조그만 차에 비해서?"

"그 차는 이것보다 훨씬 작죠."

"넌 나보다 훨씬 작고."

그녀는 잠시 조용했다.

"루터 차였어요." 그녀가 말했다. "더럽다고요."

차가 움직이다가 할렘 강 중간 쯤에서 다시 멈췄다. 왼쪽으로 널리 미드타운의 건물들이 희미한 약속처럼 흐릿하게 보였다.

"이건 그냥 도구일 뿐이야. 도구에는 기억이 없어."

"그놈이 너무 싫어요. 그 누구보다 더 나쁜 놈이에요."

그는 고개를 끄덕였다.

"알아." 그가 말했다. "거기에 있는 내내 브라이튼의 작은 집에 외로이 있는 하비 씨 부부의 눈빛이 떠올랐어. 하나뿐인 아들을 전쟁터에 보내는 것 자체가 엿 같은 일인데, 그 후에 거짓말과 사기까지 당하다니. 조디, 그 건 용서의 여지가 없어. 족보가 바뀌었다면 우리 가족일 수도 있었어. 그 리고 그놈은 그 짓을 열다섯 번이나 했어. 더 작살을 냈어야 했는데."

"그가 다시는 그런 짓을 하지 못하게요." 그녀가 말했다.

그는 고개를 끄덕였다. "목표 대상의 목록이 줄어들고 있어. 속아 넘어 갈 실종자 가족이 이제는 별로 많지 않아."

그들은 다리를 건너 2번가 남쪽으로 향했다. 60블럭을 달리는 동안 앞 이 훤히 뚫려 있었다.

"그런데 우리를 쫓아온 건 그놈이 아니었어요." 그녀가 조용히 말했다. "그놈은 우리가 누군지 몰랐잖아요."

리처가 다시 고개를 끄덕였다. "맞아. 쉐보레 서버번을 부숴먹으려면 가짜 사진을 도대체 몇 장을 팔아야겠어? 처음부터 다시 제대로 분석해야 해, 조디. 풀타임 직원 두 명을 키 웨스트와 개리슨으로 보냈어. 그 두 명 에게 월급과 무기, 항공료 등을 지급하고 타호를 타고 다니면서 서버번을 길바닥에 버려도 되는 세 번째 직원이 나타난다고? 엄청난 금액인데 아마 그것도 빙산의 일각에 불과할 것 같아. 수백만 달러의 가치가 있는 무언가 를 암시하고 있어. 루터가 노인들을 상대로 한 방에 18,000달러를 받는 사 기를 치면서 절대 그런 돈을 벌진 못해."

"도대체 이게 다 무슨 일이죠?"

리처는 어깨만 으쓱하고 운전을 하는 내내 백미러를 살폈다.

하비는 하노이에서 걸려온 전화를 집에서 받았다. 그는 베트남 여성의 짧은 보고를 듣고는 아무 말없이 전화를 끊었다. 그런 다음 그는 거실 중앙에서 고개를 한쪽으로 기울이고 안 다친 눈을 가늘게 뜨고 눈앞에서 일어나는 물리적 현상을 보고 있는 것처럼 서 있었다. 마치 야구공이 내야에서 날아올라 밝은 빛 속으로 올라가 공중을 비행하는 것을 지켜보는 듯했다. 외야수가 그 아래를 따라가고, 펜스가 가까워지고, 글러브가 올라가고, 공이 날아오고, 펜스가 다가오고, 외야수가 뛰어오른다. 공이 펜스를 넘어갈까? 아니면 못 넘어갈까? 하비는 알 수 없었다.

그는 거실을 가로질러 테라스로 나갔다. 테라스는 30층 높이에서 공원을 가로질러 서쪽을 바라보고 있었다. 나무들이 어린 시절을 떠올리게 해서 그가 싫어하는 전망이었다. 하지만 그것이 그의 부동산 가치를 높여 주었고 그것이 게임의 핵심이었다. 그는 다른 사람들의 취향이 시장을 주도하는 것에 대해 상관하지 않았다. 단지 그들로부터 이익을 얻기 위해 그곳에 살고 있을 뿐이었다. 그는 자신의 사무실 건물이 보이는 왼쪽으로 고개를 돌려 저 멀리 시내까지 바라보았다. 지구의 곡률 때문에 쌍둥이 빌딩은 실제보다 낮아 보였다. 그는 다시 안으로 들어가 문을 닫았다. 아파트를 거쳐 엘리베이터로 나갔다. 엘리베이터를 타고 주차장까지 한 번에 내려갔다.

그는 장애가 있다고 해서 어떤 식으로도 차를 개조하지 않았다. 시동 장치와 기어가 운전대 오른쪽에 달려 있는 최신형 캐딜락 세단이었다. 왼손으로 몸을 기울여 키를 집어넣고 돌려야 했기 때문에 키를 사용하는 것이 어색했지만 그 후로는 큰 문제가 없었다. 그는 갈고리로 조작해서 기어를 드라이브에 넣고 나서 갈고리는 무릎에 내려놓고 왼손으로만 차를 몰아 밖으로 나갔다.

59번가 남쪽에 다다르자 기분이 나아졌다. 공원은 사라지고 그는 미드타운의 시끄러운 협곡 깊숙이 들어와 있었다. 교통체증이 그를 편안하게 해 주었다. 캐딜락의 에어컨은 그의 흉터 아래 가려움을 덜어 주었다. 6월은 최악의 시기였다. 더위와 습도의 특정한 조합은 그를 미치게 만들었다. 하지만 캐딜락 덕분에 상황이 나아졌다. 그는 스톤의 벤츠가 이만큼 좋을지 멍하니 생각해 보았다. 그렇지 않다고 생각했다. 그는 외제차의 공조 장치를 신뢰하지 않았다. 그래서 그것을 현금으로 바꿀 생각이었다. 퀸즈에 있는, 돈을 낼 만한 녀석을 알고 있었다. 하지만 그것은 목록에 있는 또 다른 일이었다. 할 일은 많고 시간은 별로 없었다. 외야수는 바로 거기 공 아래에서 펜스를 등지고 뛰어올랐다.

그는 지하 주차장, 이전에 서버번이 사용하던 칸에 주차를 했다. 그는 손을 가로로 뻗어 열쇠를 뽑고 캐딜락을 잠갔다. 급행 엘리베이터를 타고 위층으로 올라갔다. 토니가 리셉션 카운터에 있었다.

"하노이에서 다시 전화가 왔어." 하비가 그에게 말했다. "하늘에 있대."

토니가 고개를 들렸다.

"어떻게 할까?" 하비가 물었다.

"그럼 이 스톤 건은 그냥 포기해야겠네요."

"며칠 걸리겠지?"

"며칠로는 충분하지 않을 수도 있어요." 토니가 말했다. "복잡한 문제가 있대요. 여자가 남편과 이야기를 나눴고 거래를 할 거라고 했지만 우리가 모르는 복잡한 문제가 있답니다."

"무슨 문제?"

토니는 고개를 저었다. "나랑은 말 안 한대요. 사장님께 직접 말하겠답니다."

하비는 사무실 문을 바라보았다. "농담하는 거지? 농담이 아니면 죽을 줄 알라 그래. 지금은 뭐든 복잡한 일이 있어서는 안 돼. 방금 부지를 사전 매각했어. 세 건의 별도 거래로. 이미 약속했어. 차가 이미 출발했다고. 무슨 문제래?"

토니가 다시 말했다. "나랑은 말 안 한다고 했다고요."

하비는 얼굴이 가려웠다. 차고에는 에어컨이 없었다. 엘리베이터까지 조금만 걸어가도 피부가 뒤집어졌다. 그는 이마에 갈고리를 대고 금속의 차가움으로 조금이나마 덜어 보려 했다. 하지만 갈고리도 따뜻했다.

"그년은 어때?" 그가 물었다.

"밤새 집에 있었어요." 토니가 말했다. "그 리처라는 놈과 함께요. 제가 확인했어요. 오늘 아침에 뭔가에 대해 큰 소리로 웃더군요. 복도까지 그 소리가 들렸어요. 그리고 FDR 드라이브 북쪽 어딘가로 운전해 갔어요. 아마도 개리슨으로 돌아가는 것 같았어요."

"개리슨에 그년이 가 있으면 안 돼. 바로 여기에 그년이 필요해. 그놈도."

토니는 침묵했다.

"스톤 부인을 데려와." 하비가 말했다.

그는 사무실로 들어가 책상으로 향했다. 토니는 반대 방향인 화장실로 갔다. 잠시 후 마릴린을 앞으로 밀며 밖으로 나왔다. 그녀는 피곤해 보였다. 실크 드레스가 상황에 맞지 않아 우스꽝스러워 보였다. 마치 파티에 참석했다가 눈보라에 휩쓸려 다음 날 아침까지 마을에 발이 묶인 사람 같았다.

하비가 소파를 가리켰다.

"앉아, 마릴린." 그가 말했다.

그녀는 계속 서 있었다. 소파가 너무 낮았다. 짧은 드레스를 입고 앉기에는 너무 낮았고, 그녀가 필요로 하는 심리적 이점을 얻기에도 너무 낮았다. 그러나 그의 책상 앞에 서 있는 것도 안 좋긴 마찬가지였다. 너무 굴복하는 모양새였다. 그녀는 창으로 걸어갔다. 블라인드를 벌리고 바깥의 아침을 바라보았다. 그런 다음 그녀는 몸을 돌려 창문 난간에 몸을 기대었다. 그로 하여금 의자를 돌려서 그녀를 향하게 했다.

"뭐가 복잡하다는 거지?" 그가 물었다.

그녀는 그를 바라보며 심호흡을 했다.

"그건 나중에요." 그녀가 말했다. "우선 셰릴을 병원에 데려가야겠어요."

정적이 흘렀다. 사람들로 가득 찬 건물에서 나는 웅웅거림이나 다른 소음 외에는 어떤 소리도 들리지 않았다. 서쪽 멀리서 사이렌 소리가 희미하게 들렸다. 아마도 저 멀리 저지 시티에서 들려오는 것 같았다.

"뭐가 복잡하다는 거냐고?" 그가 말했다. 똑같은 목소리에 똑같은 억양으로 말했다. 그는 그녀의 실수를 한 번은 봐주려고 하는 것으로 보였다.

"병원 먼저요."

침묵은 계속되었다. 하비는 토니를 돌아봤다.

"스톤을 화장실에서 데려와." 그가 말했다.

스톤은 속옷 차림으로 토니의 주먹에 등을 떠밀리며 비틀비틀 책상 쪽으로 갔다. 가다가 정강이를 커피테이블에 부딪혀 고통에 헐떡였다.

"복잡하다는 게 뭐야?" 하비가 그에게 물었다.

그는 너무 겁이 나서 말할 태세가 안 되어 있다는 듯이 눈알만 좌우로 빠르게 굴리고 있었다. 하비는 기다렸다. 그러고는 고개를 끄덕였다.

"다리를 분질러." 그가 말했다.

그는 고개를 돌려 마릴린을 바라보았다. 정적이 흘렀다. 스톤의 거친 숨소리와 건물의 희미한 소음 외에는 어떤 소리도 들리지 않았다. 하비는 마릴린을 쳐다봤다. 그녀도 그를 맞받아 쳐다봤다.

"어서요." 그녀가 조용히 말했다. "남편의 망할 놈의 다리를 분질러요. 내가 왜 신경 써야 하죠? 그는 날 무일푼으로 만들었어요. 내 인생을 망쳤다고요. 하고 싶으면 두 다리 다 분질러요. 하지만 그런다고 해서 당신네가 원하는 걸 더 빨리 얻진 못해요. 복잡한 상황이 있고 그걸 우리가 빨리 해결할수록 당신네한테도 좋을 거예요. 그런데 셰릴이 병원에 입원하기 전까지는 그 상황을 해결할 수 없어요."

그녀는 창문 난간에 기대어 손바닥을 짚고 팔을 어깨에 고정했다. 긴장하지 않고 평온해 보이길 바랐지만 사실은 바닥으로 넘어지지 않기 위해서였다.

"병원이 먼저예요." 그녀가 다시 말했다. 그녀는 목소리에 너무 집중하고 있었기 때문에 다른 사람 목소리처럼 들렸다. 만족스러웠다. 괜찮게 들렸다. 낮고 단호한 목소리는 사무실의 정적 속에서 안정적이고 고요했다.

"거래는," 그녀가 말했다. "당신의 선택에 달렸어요."

외야수가 글러브를 높이 들고 뛰어 올랐지만 공은 떨어지고 있었다. 글러브가 펜스보다 높았다. 공의 궤적이 너무 가까워서 판정하기 어려웠다. 하비는 갈고리로 책상을 두드렸다. 소리가 컸다. 스톤이 그를 쳐다보고 있었다. 하비는 그를 무시하고 토니를 올려다보았다.

"그년을 병원으로 데려가." 그가 마지못해 말했다.

"체스터가 같이 가야 해요." 마릴린이 말했다. "확인을 위해서요. 그가 그녀 혼자서 응급실로 들어가는 걸 봐야 해요. 난 담보로 여기 있을게요."

하비가 두드림을 멈췄다. 그녀를 바라보며 웃었다.

"날 못 믿겠나?"

"네, 못 믿어요. 이렇게 하지 않으면, 셰릴을 여기서 데리고 나가서 그냥 다른 곳에 가둘 것 같아요."

하비는 여전히 웃고 있었다. "내 생각과는 완전히 다른데. 토니에게 그년을 쏴서 바다에 버리라고 할 건데."

다시 침묵이 흘렀다. 마릴린은 속으로 떨고 있었다.

"꼭 그렇게 해야겠어?" 하비가 물었다. "그년이 병원 사람들한테 입만 뺑긋해도 죽는다는 거 알지?"

마릴린은 고개를 끄덕였다. "셰릴은 누구에게도 아무 말도 하지 않을 거예요. 내가 아직 여기 있다는 걸 알고 있을 테니까요."

"안 그러긴 기도하는 게 좋을 거야."

"안 그럴 거예요. 이건 우리 문제가 아니라 셰릴과 관련된 문제예요. 셰릴은 치료를 받아야 해요."

그녀는 현기증 속에서 등을 기대며 그를 바라보았다. 그녀는 그의 얼굴에서 연민의 표시를 찾고 있었다. 자신의 책임을 인정하는 표정. 그는 그녀를 다시 쳐다보았다. 그의 얼굴에 연민은 없었다. 짜증 외에는 아무것도 없었다. 그녀는 침을 삼키고 심호흡을 했다.

"그리고 치마가 필요해요. 치마 없이는 나갈 수 없어요. 의심스러워 보일 거라고요. 병원에서 경찰에 신고할 거예요. 우리 둘 다 그걸 원하지 않잖아요. 그러니까 토니가 나가서 새 치마를 사 줘야 해요."

"네 드레스를 빌려 줘." 하비가 말했다. "벗어서 그년한테 줘."

긴 침묵이 흘렀다.

"안 맞을 거예요." 마릴린이 말했다.

"그게 진짜 이유는 아니지?"

그녀는 아무 대답도 하지 않았다. 침묵. 하비가 어깨를 으쓱했다.

"좋아." 그가 말했다.

그녀는 다시 침을 삼켰다. "그리고 신발도요."

"뭐?"

"신발이 필요해요." 마릴린이 말했다. "신발 안 신고는 못 가요."

"맙소사." 하비가 말했다. "도대체 다음은 뭐지?"

"다음은, 우리의 거래죠. 체스터가 돌아와서 그녀가 혼자서 무사히 들어가는 걸 봤다고 말해 주면 그다음에 거래하자고요."

하비는 왼손 손가락을 갈고리의 곡선을 따라 움직였다.

"제법 똑똑하네." 그가 말했다.

나도 알아. 마릴린은 생각했다. 그게 첫 번째 너의 복잡한 문제야.

리처는 몬드리안 목제품 아래의 흰색 소파에 스포츠 가방을 놓았다. 그는 지퍼를 열고 뒤집어 5천 달러짜리 돈다발을 쏟아냈다. 현금 39,300달러였다. 그는 돈다발을 소파의 양끝, 왼쪽과 오른쪽으로 번갈아 던져 반으로 나누었다. 매우 인상적인 두 개의 덩어리로 마무리했다.

"은행에 네 번 가야겠어요." 조디가 말했다. "국세청 보고 규정이 적용되지 않게 1만 달러 미만으로 처리해야 하는데 당신은 자금 출처에 대해 답변하기 싫을 테니까. 내 계좌로 입금하고 하비 씨 부부에게 자기앞수표로 19,650달러를 끊어서 드릴게요. 나머지 절반은 내 골드카드로 쓰자고요. 알겠죠?"

리처는 고개를 끄덕였다. "미주리주 세인트루이스로 가는 항공료와 호텔비로 써야 해. 은행에 19,000달러가 있으니 괜찮은 곳에 묵고, 비즈니스로 갈 수 있겠네."

"최선의 선택이에요." 그녀가 말했다. 그녀는 그의 허리에 두 팔을 감고 까치발로 그의 입술에 키스했다. 그는 그녀에게 다시 세게 키스했다.

"이거 재미있네요." 그녀가 말했다.

"우린 그렇다고 쳐도, 하비 씨 부부에게는 아니지."

두 사람은 함께 세 곳의 별도 은행을 들른 뒤, 네 번째 은행에서 최종적으로 입금을 하고 하비 부부 앞으로 19,650달러짜리 자기앞수표를 발행했다. 은행 직원이 크림색 봉투에 넣어 건네 준 수표를 그녀의 핸드백에 넣고 잠갔다. 그리고 그녀의 짐을 챙기기 위해 두 사람은 손을 잡고 브로드웨이로 힘게 걸어 돌아갔다. 그녀는 은행 봉투를 사무실에 갖다 두었고, 그는 전화를 걸어 그 시간대 세인트루이스로 가는 항공편은 JFK발 유나이티드항공이 최선의 선택이라는 것을 확인했다.

"택시로?" 그녀가 물었다.

그는 고개를 저었다. "차로 가자고."

지하 차고에서 대형 V-8 엔진이 엄청난 소리를 냈다. 그는 액셀을 두 번 밟고는 미소를 지었다. 강력한 마력 탓에 무거운 차체가 스프링 위에서 좌우로 흔들렸다.

"남자들의 장난감 가격." 조디가 말했다.

그는 그녀를 바라보았다.

"그런 말 못 들어봤어요?" 그녀가 말했다. "남자 어른과 남자 아이의 차이는 장난감 가격의 차이라는 말."

그가 액셀을 다시 밟으며 웃었다. "이 장난감의 가격은 1달러야."

"그리고 당신은 방금 2달러어치 기름을 날렸어요." 그녀가 말했다.

그는 기어를 드라이브에 넣고 경사로를 올라갔다. 동쪽으로 돌아서 미드타운 터널을 거쳐 495번 도로를 타고 밴 윅으로 이동해 JFK 공항으로 내려갔다.

"단기 주차장으로 가요." 그녀가 말했다.

슈타이어와 소음기는 두고 가야 했다. 주머니에 커다란 금속 무기를 넣고 공항 보안 검색대를 통과할 수 있는 방법은 없다. 그것들을 운전석 아래에 숨겼다. 차를 유나이티드 빌딩 바로 맞은편 주차장에 세워 두고 5분 뒤 카운터에서 세인트루이스행 비즈니스석 편도 티켓 두 장을 구매했다. 비싼 항공권 덕분에 특별 라운지에서 제복을 입은 직원이 사기로 된 잔받침에 받쳐 가져다 주는 맛있는 커피와 함께 무료 제공 『월스트리트 저널』을 읽으며 기다릴 수 있었다. 그런 다음 리처는 조디의 가방을 들고 이동 통로를 따라 비행기에 탑승했다. 그들의 비즈니스 클래스 좌석은 한쪽에 두 개씩 배치된 앞쪽 6열이었다. 넓고 편안한 좌석이었다. 리처는 미소를 지었다.

"처음 타 보는 거야." 그가 말했다.

그는 창가 좌석으로 들어갔다. 몸을 뻗고도 공간이 약간 남았다. 조디는 자리에 푹 파묻혀 안 보일 지경이었다. 그녀 옆 공간에 한 명 더 앉아도 될 정도였다. 승무원은 비행기가 활주로로 이동하기도 전에 주스를 가져다주었다. 몇 분 후 그들은 하늘로 날아올라 맨해튼 남단을 가로질러 서쪽으로 날아갔다.

토니는 광택이 있는 빨간색 탈보츠미국의 여성 의류 체인점 쇼핑백과 갈색 발리 종이백을 손에 들고 사무실로 돌아왔다. 마릴린이 그 둘을 들고 화장실로 들어갔고 5분 뒤 셰릴이 나왔다. 새 치마는 사이즈는 맞았지만 색상이 어울리지 않았다. 그녀는 손을 살짝 움직여 치마 엉덩이 쪽을 다듬고 있었다. 새 신발은 치마와 어울리지 않았고 너무 컸다. 그녀의 얼굴은 끔찍했다. 마릴린이 그래야 한다고 시켰던 대로 그녀의 눈은 멍하고 무표정했다.

"의사에게 뭐라고 말해야 한다?" 하비가 셰릴에게 물었다.

그녀는 고개를 돌리고 마릴린이 일러 준 대본에 집중했다.

"문에 부딪혔어요." 그녀가 말했다.

목소리는 가라앉았고 코맹맹이 소리가 났다. 아직 충격에서 벗어나지 못한 듯 또렷하지 않았다.

"경찰을 부를 건가?"

그녀는 고개를 저었다. "아뇨, 안 부를 거예요."

하비는 고개를 끄덕였다. "그렇게 하면 어떻게 된다고 했지?"

"모르겠어요." 그녀가 대답했다. 얼이 빠진 채 웅얼거렸다.

"네 친구 마릴린이 끔찍한 고통 속에서 죽게 될 거야. 알겠어?"

그는 갈고리를 들어 올려 방 건너편의 마릴린에게 주목하도록 했다. 그런 다음 책상 뒤에서 나와서 마릴린 바로 뒤에 섰다. 왼손으로 그녀의 머리카락을 옆으로 들어 올렸다. 그의 손이 그녀의 피부를 쓰다듬었다. 그녀는 몸이 굳었다. 그는 갈고리의 곡선부로 그녀의 뺨을 만졌다. 셰릴이 힘없이 고개를 끄덕였다.

"네, 알아들었어요."

셰릴은 새 치마와 구두를 신었지만 체스터는 여전히 팬티와 러닝셔츠 차림이었기 때문에 잼싸게 움직여야 했다. 토니는 화물용 엘리베이터가 도착할 때까지 두 사람을 리셉션에서 기다리게 한 다음, 서둘러 복도를 통과해 엘리베이터 안으로 들어가게 했다. 그는 차고로 나와서 앞을 살폈다. 그러고는 둘을 재빨리 타호로 끌고 가서 체스터는 뒷좌석에, 셰릴은 앞좌석에 밀어 넣었다. 그는 시동을 걸고 차 문을 잠갔다. 그다음 경사로에 올라 거리로 나갔다.

그는 맨해튼에 병원이 대략 스무 곳 이상 있고, 대부분의 병원에 응급실이 있다는 것을 알고 있었다. 그는 본능적으로 100번가의 마운트 시나이 병원까지 북쪽으로 차를 몰고 가서 셰릴이 있는 곳과 사무실과의 거리를 두는 것이 더 안전할 거라고 생각했다. 하지만 시간이 촉박했다. 업타운까지 운전해서 갔다가 돌아오려면 한 시간 이상 걸릴 수도 있었다. 한 시간도 여유가 없었다. 그래서 그는 11번가와 7번가에 위치한 성 빈센트 병원으로 결정했다. 27번가과 1번가에 있는 벨뷰 병원이 지리적으로 더 낫긴 했지만, 벨뷰는 이런저런 이유로 경찰이 들끓었다. 경험상 그랬다. 경찰들은 거의 거기서 살다시피 했다. 그래서 그는 성 빈센트 병원을 선택했다. 그리고 그는 성 빈센트 병원의 응급실 입구를 마주 보고 있는 넓은 공간이 그리니치 애비뉴와 7번가를 가로지르는 위치에 있다는 것을 알고 있었다. 코스텔로의 비서를 잡으러 갔을 때의 지리를 기억하고 있었다. 크고 넓은 공간, 거의 광장 같았다. 너무 가까이 서 있지 않아도 안으로 들어가는 것을 지켜볼 수 있었다.

운전은 8분 걸렸다. 그는 7번가 서쪽 편 연석에 차를 세우고 버튼을 눌러 차 문을 열었다.

"내려." 토니가 말했다.

셰릴은 문을 열고 인도로 내려갔다. 머뭇거리며 서 있다가 뒤돌아보지도 않고 횡단보도로 발걸음을 옮겼다. 토니는 몸을 앞으로 숙여 그녀의 뒤에서 차 문을 쾅 닫았다. 그러고는 스톤을 향해 몸을 돌렸다.

"잘 봐." 토니가 말했다.

스톤은 이미 그녀를 지켜보고 있었다. 차들이 멈추고 신호등이 바뀌었다. 그는 그녀가 멍한 표정으로 사람들 틈에 끼어 앞으로 걸어가는 것을 보았다. 큰 신발을 헐떡이며 다른 사람들보다 느리게 걸었다. 그녀는 손으로 얼굴을 가리고 있었다. 그녀는 보행 신호등이 다시 빨간불로 바뀐 후에야 건너편 인도에 도착했다. 참을성 없는 트럭 한 대가 오른쪽으로 그녀를 피해 지나갔다. 그녀는 넓은 인도를 가로질러 병원 입구를 향해 걸어갔다. 구급차전용 정차구역에 들어섰다. 그녀의 앞에 흠집이 많이 난 접히는 플라스틱 이중문이 있었다. 문 옆에서 세 명의 간호사가 담배를 피우며 쉬고 있었다. 그녀는 간호사들을 지나쳐 문으로 천천히 걸어갔다. 그녀는 양손으로 조심스럽게 문을 밀었다. 문이 열렸다. 안으로 들어갔다. 그녀의 뒤에서 문이 닫혔다.

"자, 봤지?"

스톤이 고개를 끄덕였다. "네, 봤어요. 안으로 들어갔어요."

토니는 백미러를 확인하며 교통 흐름 속으로 끼어들었다. 토니가 남쪽으로 100미터 정도 갔을 때 셰릴은 환자 분류 줄에서 기다리면서, 마릴린이 지시한 내용을 머릿속으로 되새기고 있었다.

세인트루이스 공항에서 국립인사기록물센터 건물까지는 택시요금이 별로 많이 안 나오는 가까운 거리였고, 리처에게는 익숙한 지역이었다. 국내 근무 때마다 어떠한 이유든지 적어도 한 번 이상은 기록물센터를 방문해 시간을 거슬러 올라가서 이런저런 자료를 찾았었기 때문이다. 하지만 이번에는 다를 것이다. 그는 민간인 신분으로 들어갈 예정이었다. 소령의 군복을 입고 들어가는 것과는 전혀 다르다. 완전히 다르다. 그는 그 점을 분명히 알고 있었다.

일반인의 출입은 로비에 있는 카운터 요원이 통제한다. 전체 기록물은 엄밀히 말하면 공공 기록물의 일부지만, 요원들은 민간인이 기록물을 열람할 수 있다는 사실을 교묘히 감추기 위해 많은 노력을 기울인다. 과거에 리처는 주저 없이 그런 전략에 동의했었다. 군사 기록은 아주 노골적으로 작성되기 때문에, 엄격한 맥락에서 읽고 해석되어야 한다. 그는 항상 군 기록이 민간에게 거리를 두는 것을 반겼었다. 하지만 이제 그는 민간인이 되었고, 일이 어떻게 진행될지 궁금했다. 수십 개의 거대한 창고에 수백만 개의 파일이 쌓여 있었고, 요원들이 미친 듯이 뛰어다니며 최선을 다하는 것처럼 보여도, 무언가를 찾기까지는 며칠 또는 몇 주를 기다려야 했다. 그는 이런 일을 내부에서 여러 번 목격했다. 매우 그럴듯한 연기였다.

그는 얼굴에 씁쓸한 미소를 지으며 그 광경을 지켜보았었다.

그래서 그들은 택시비를 지불한 뒤 미주리의 뜨거운 햇살 아래 잠시 멈춰 서서 어떻게 할 것인지에 대해 의견을 모았다. 안으로 들어가자 큰 표지판이 있었다. 한 번에 한 파일. 그들은 직원 앞에 줄을 서서 기다렸다. 그녀는 상사 제복을 입고 있는 중년의 몸집 큰 여성이었는데, 사람들을 일이 끝날 때까지 기다리게 하는 것 말고는 아무것도 하는 일이 없도록 설계된 업무로 바빴다. 잠시 후 그녀는 카운터 위에 빈 양식 두 개를 올려놓고 끈으로 연필을 묶어 놓은 책상을 가리켰다.

그 양식은 접근 요청서였다. 조디는 자신의 성을 '제이콥'이라 기재하고 '미 육군 범죄수사단 소속 잭-중간 이름 없음-리처 소령'에 대한 모든 정보를 요청했다. 리처는 그녀에게서 연필을 받아 '레온 제롬 가버 중장'에 대한 모든 정보를 요청했다. 리처는 두 장의 서류를 상사에게 다시 내밀었고, 상사는 흘깃 쳐다보고 나서 접수함에 떨어뜨렸다. 그러고는 팔꿈치로 벨을 누르고 다시 업무로 돌아갔다. 이것은 어떤 사병이 벨소리를 듣고 양식을 가져가서 참을성 있게 파일 검색 작업을 시작한다는 의미였다.

"오늘 당직사관은 누구입니까?" 리처가 물었다.

직설적인 질문이었다. 상사는 대답을 피할 방법을 찾았지만 찾을 수 없었다.

"시어도어 콘래드 소령입니다." 그녀가 마지못해 말했다.

리처는 고개를 끄덕였다. 콘래드? 그가 기억하는 이름은 아니었다.

"잠깐 뵙고 싶다고 전해 주시겠습니까? 그리고 그 파일들은 그의 사무실로 전달해 주시겠습니까?"

그의 말투는 유쾌하고 정중한 요청과 무언의 명령의 딱 중간이었다. 상사들에게 항상 유용하게 작동된다고 느꼈던 목소리 톤이었다. 상사는 수화기를 들고 전화를 걸었다.

"당신을 직접 위층으로 안내해 주시겠다고 합니다." 그녀는 콘래드가 이렇게 큰 호의를 베풀어 준다는 사실에 놀란 표정으로 말했다.

"괜찮습니다." 리처가 말했다. "어디인지 압니다. 전에도 가 본 적이 있습니다."

그는 조디에게 로비에서 계단을 올라가 2층의 넓은 사무실로 가는 길을 안내했다. 시어도어 콘래드 소령이 문 앞에서 기다리고 있었다. 하절기 제복의 가슴 주머니 위 아세테이트 판에 그의 이름이 새겨져 있었다. 그는 친근한 사람처럼 보였지만, 보직 때문에 약간 속상한 것 같았다. 마흔다섯 살 정도였는데, 마흔다섯 살에 여전히 기록물센터 2층에서 소령으로 근무하고 있다는 것은 많이 지체된 것이었다. 그는 잠시 멈춰 섰다. 한 병사가 두꺼운 파일 두 개를 손에 들고 복도를 따라 자신을 향해 달려오고 있었기 때문이다. 리처는 혼자 웃었다. 그들은 A급 서비스를 받고 있었다. 이들이 빨리 끝내고 싶을 때는 정말 빨리 끝낸다. 콘래드는 파일을 받아들고 달려온 병사를 돌려보냈다.

"두 분께 뭘 도와드리면 되겠습니까?" 그가 물었다. 그의 악센트는 미시시피 출신인 듯 느리고 또렷하지 않았지만 충분히 호의적이었다.

"귀관의 도움이 절실히 필요합니다, 소령님." 리처가 말했다. "그런데 그 파일을 읽으면 기꺼이 포기하고 싶다는 생각이 드실 겁니다."

콘래드는 손에 든 파일을 보고 옆으로 비켜서서 사무실로 두 사람을 안내했다. 사무실은 판넬로 된 조용한 공간이었다. 그는 두 사람에 맞게 가죽 안락의자 두 개를 내어주고 자기 책상으로 다가갔다. 자리에 앉아서 파일을 책상 위에 각 잡아 정리하고 그 위에 나머지 파일을 올렸다. 그는 첫 번째 파일인 레온의 파일을 열고 훑어보기 시작했다.

필요한 것을 확인하는 데 10분이 걸렸다. 리처와 조디는 창밖을 바라보며 앉아 있었다. 도시는 작열하는 태양 아래서 구워지고 있었다. 콘래드는 파일 검토를 마치고 요청서에 적힌 이름을 살폈다. 그리고 고개를 들어 그들을 바라보았다.

"두 기록 모두 대단히 훌륭하군요." 그가 말했다. "아주, 아주 인상적입니다. 그리고 요점을 알겠습니다. 당신은 분명 잭-중간 이름 없음-리처 본인이고, 여기 있는 조디 제이콥 부인은 파일에서 장군의 딸로 언급된 조디 가버라고 생각됩니다. 내 말이 맞습니까?"

조디는 고개를 끄덕이며 미소를 지었다.

"그럴 줄 알았습니다." 콘래드가 말했다. "다시 말해, 가족이라고 하면 보관 기록에 더 빨리 더 많이 접근할 수 있을 거라고 생각한 겁니까?"

리처는 엄숙하게 고개를 저었다.

"그런 생각은 한 번도 해 본 적이 없습니다." 그가 말했다. "우린 모든 접근 요청이 절대적으로 동등하게 취급된다는 것을 알고 있습니다."

콘래드는 미소를 짓다가 큰 소리로 웃었다.

"표정 하나 안 바뀌는군요." 그가 말했다. "아주, 아주 좋습니다. 포커를 많이 칩니까? 치면 엄청 잘할 것 같은데. 그나저나 뭘 도와드리면 되겠습니까?"

"빅터 트루먼 하비의 정보가 필요합니다." 리처가 말했다.

"베트남?"

"아시는 이름입니까?" 리처가 깜짝 놀라 물었다.

콘래드는 황당한 표정이었다. "들어본 적도 없습니다. 하지만 트루먼이라는 중간 이름을 가졌다면 그는 1945년에서 1952년 사이 어디에선가 태어났을 겁니다. 한국전 때는 너무 어리고 걸프전 때는 너무 늦었겠죠."

리처는 고개를 끄덕였다. 그는 시어도어 콘래드가 마음에 들기 시작했다. 그는 예리한 사람이었다. 리처는 나이 마흔다섯까지 그를 미주리의 책상에 소령으로 묶어 두고 있는 이유가 무엇인지 그의 파일을 꺼내 보고 싶었다.

"우리가 늘 하는 일입니다." 콘래드가 말했다. "기꺼이 도와드리겠습니다."

그는 전화를 들고 프런트 데스크의 상사를 거치지 않고 바로 보관실로 전화를 걸었다. 그는 리처에게 윙크를 하며 하비 파일을 주문했다. 그리고 5분 뒤 병사가 폴더를 가지고 달려 들어올 때까지 둘은 침묵 속에 편안하게 앉아 있었다.

"엄청 빠르네요." 조디가 말했다.

"사실 조금 느렸습니다." 콘래드가 대답했다.

"병사의 시점으로 생각해 봅시다. 제가 하비의 H를 말하는 것을 듣고 H구역으로 달려가 이름과 중간 이니셜로 파일을 찾아서 들고 이리로 달려옵니다. 우리 병사들은 육군의 일반적인 체력 기준을 따르기 때문에 1킬로미터를 5분 안에 달릴 수 있습니다. 그리고 이곳이 비록 매우 넓은 곳이긴 하지만 그의 책상과 H구역, 그리고 이 사무실 사이의 삼각형은 1킬로도 채 안 되는 거리입니다. 그러니 저 친구는 실제로는 조금 늦은 겁니다. 상사가 날 골탕 먹이려고 방해한 짓 빼고요."

빅터 하비의 파일 표지는 낡고 닳아 있었으며, 표지의 인쇄된 네모칸에는 깔끔한 손글씨로 접근 요청 내역이 기록되어 있었다. 딱 두 개뿐이었다. 콘래드는 손가락으로 요청자 이름을 짚었다.

"전화로 요청이 있었습니다." 그가 말했다. "올해 4월에 가버 장군이 직접 전화한 겁니다. 그리고 지난주 초에는 뉴욕에서 코스텔로라는 사람이 전화를 했었군요. 왜들 갑자기 이 사람에게 관심을 보이는 겁니까?"

"그게 바로 우리가 찾고자 하는 것입니다." 리처가 말했다.

전투요원, 특히 30년 전에 전투에 나섰던 전투요원의 파일은 두껍다. 30년이라는 시간은 모든 보고서와 메모가 정확한 위치에 놓이기에 충분한 시간이다. 빅터 하비의 서류는 약 5센티 두께로 압축된 덩어리였다. 낡은 표지가 그 주위를 단단히 감싸고 있었다. 리처는 키 웨스트의 바에서 본 코스텔로의 검은색 가죽 지갑을 떠올렸다. 그는 자신의 의자를 조디의 의자와 콘래드의 책상 앞쪽 가장자리로 더 가까이 끌어당겼다. 콘래드는 파일을 반짝이는 책상 위에 내려놓고 뒤집어서, 관심 있는 감정가에게 희귀한 보물을 보여 주듯 펼쳐 놓았다.

마릴린의 지시는 정확했고 셰릴은 그 지시를 그대로 따랐다. 첫 번째 단계는 치료를 받는 것이었다. 그녀는 데스크에 접수를 하고 환자 분류 구역의 딱딱한 플라스틱 의자에 앉아 기다렸다. 성 빈센트 병원의 응급실은 평소보다 덜 붐볐고, 그녀는 10분 만에 밀뻴의 나이로 보이는 젊은 의사의 진료를 받았다.

"어떻게 오셨어요?" 의사가 물었다.

"문에 부딪혔어요." 셰릴이 말했다.

의사는 그녀를 커튼이 쳐진 공간으로 안내하고 진찰 테이블에 앉혔다.

팔다리의 반사 반응을 확인하기 시작했다.

"문에요? 확실해요?"

셰릴은 고개를 끄덕였다. 자신의 이야기를 고수했다. 마릴린이 그녀가 그렇게 해 줄 거라고 믿고 있었다.

"반쯤 열려 있었어요. 뒤돌아 서 있어서 못 봤어요."

의사는 아무 말도 하지 않고 셰릴의 왼쪽 눈에 불빛을 비춘 다음 오른쪽 눈을 비췄다.

"시야가 흐려지지 않았나요?"

셰릴은 고개를 끄덕였다. "조금요."

"두통은요?"

"말도 못 해요."

의사는 잠시 멈춰서서 내원기록을 면밀히 살폈다.

"좋아요. 얼굴 뼈의 엑스레이는 당연히 찍어야 하고 두개골 전체 촬영과 CT 스캔도 필요해요. 정확히 무슨 일이 있었는지 확인해야 합니다. 좋은 보험에 가입해 두셨으니 외과의사에게 바로 진찰을 받을 수 있도록 할게요. 재건 수술이 필요한 경우 나중에 하는 것보다는 빨리 하는 게 훨씬 나으니까요. 아시겠죠? 그러니 가운을 입고 누우세요. 두통을 낫게 해 줄 진통제를 드릴게요."

셰릴은 '진통제를 먹기 전에 전화를 걸지 않으면 정신을 잃고 잊어버릴 거'라는 마릴린의 말을 기억했다.

"전화를 해야겠어요." 그녀는 걱정하며 말했다.

"원하신다면 남편에게 전화해 드릴 수 있어요." 의사가 말했다.

"아뇨, 저 결혼 안 했어요. 변호사, 변호사한테 전화해야 돼요."

의사는 그녀를 바라보며 어깨를 으쓱했다.

"그러세요. 복도 끝에 있어요. 하지만 짧게 하세요."

셰릴은 환자 분류대 맞은편에 있는 전화 부스로 걸어갔다. 그녀는 마릴린이 시킨 대로 교환원에게 전화를 걸어 수신자 부담 통화를 신청했다. 외워둔 번호를 반복했다. 두 번째 벨이 울리자 저쪽에서 전화를 받았다.

"포스터 앤드 아벨스타인 사무실입니다." 밝은 목소리가 말했다. "무엇을 도와드릴까요?"

"체스터 스톤 씨를 대신해 전화를 걸었습니다." 셰릴이 말했다. "그분 변호사와 통화하고 싶어요."

"포스터 변호사일 겁니다." 밝은 목소리가 말했다. "잠시만요."

셰릴이 통화 대기 음악을 듣고 있는 동안 의사는 6미터 떨어진 메인 데스크에서 전화를 걸고 있었다. 그녀의 통화에는 음악이 나오지 않았다. 뉴욕 경찰의 가정 폭력 부서로 건 전화였다.

"성 빈센트인데요. 또 다른 건이 생겼어요. 여자 하나가 망할 놈의 문에 부딪혔다고 말하고 있어요. 결혼했다는 사실도 인정하지 않고 남편에게 맞은 것도 아니래요. 언제든 와서 얘기해 봐요."

파일의 첫 번째 항목은 빅터 하비의 육군 입대 지원서 원본이었다. 세월 탓에 기장자리가 갈색으로 변하고 길라진 지원서는 브라이튼의 집으로 보낸 편지에서 보았던 것과 같은 왼손잡이 학생의 깔끔한 글씨체가 쓰여 있었다. 편지에는 그의 학력과 헬리콥터 조종이란 희망사항만 적혀 있을 뿐 그 외에는 별다른 내용이 없었다. 표면적으로 볼 때 그는 눈에 띄는 지원자는 아니었다. 하지만 그 시기는 지원 장정 한 명당 캐나다행 그레이

하운드 편도 티켓을 구입하는 인원이 스무 명씩 늘어날 때여서미군 징집을 피해 캐나다로 피신하기 위해 표를 샀다는 의미, 육군 신병 모집 담당자는 하비를 두 손으로 떠받들고 곧장 병원으로 보냈다.

그는 특히 시력과 균형 감각에 관해서 표준 신체검사보다 더 까다로운 비행 신체검사를 받았다. 그는 A-1을 통과했다. 키 185센티, 몸무게 77킬로, 시력 좌우 모두 2.0, 폐활량 양호, 감염성 질환 없음. 신검 날짜는 초봄이었는데, 뉴욕의 겨울 날씨로 인해 창백해진 청년이 줄자를 가슴에 팽팽하게 두르고 팬티 차림으로 맨발로 마룻바닥에 서 있는 모습이 리처에게 그려졌다.

파일의 다음 항목에는 군의 명령에 따라 여행 바우처를 수령했으며, 2주 후에 포트 딕스뉴저지주에 위치한 미 육군 주둔지에 신고하라는 명령이 적혀 있었다. 그다음 서류 뭉치는 포트 딕스에서 시작되었다. 그가 도착해서 미 육군에 충성스럽게 복무하겠다는 불가역적 서약에 서명한 양식이 첫 번째 서류였다. 포트 딕스에서는 12주간 기본 훈련을 받았다. 여섯 번의 숙련도 평가가 있었고, 그는 모든 평가에서 평균 이상의 점수를 받았다. 첨가된 의견은 없었다.

그다음으로는 포트 폴크행 여행 바우처 요청서와 한 달간의 보병 고급 훈련을 받기 위해 그곳에 신고하라는 명령서 사본이 함께 나왔다. 그의 무기 숙련도에 대한 기록도 있었다. 그는 좋은 평가를 받았는데 이는 포트 폴크에서는 특별한 의미가 있었다. 포트 딕스에서는 10미터 거리에서 소총을 알아볼 수만 있으면 좋은 평가를 받았다. 폴크에서의 평가는 손과 눈의 협응력이 뛰어나고, 근육을 안정적으로 소셜아버, 차분한 기길을 가졌다고 적혀 있었다. 리처는 비행 전문가는 아니었지만, 교관들은 결국 이

병사를 헬리콥터로 보내는 것에 대해 상당히 긍정적이었을 거라고 짐작했다.

여행 바우처가 더 있었는데, 이번에는 미 육군 초등 헬리콥터 학교가 있는 텍사스의 포트 월터스로 가는 것이었다. 폴크 사령부에서 첨부한 메모에는 하비가 일주일 휴가를 반납하고 바로 그곳으로 향한다는 내용이 적혀 있었다. 단순한 내용이었지만 세월이 흐른 뒤에도 큰 울림을 주는 것이었다. 여기, 떠나고 싶어 온몸이 근질거리는 한 남자가 있는 것이다.

월터스의 서류 작업은 더 두꺼워졌다. 5개월간 대학에 버금가는 진지한 코스였다. 먼저 한 달간의 비행 전 훈련이 있었는데, 물리학과 항공학, 항법에 대한 집중적인 학업 과정이 교실 수업으로 진행되었다. 다음 과정을 위해서는 반드시 통과해야 했다. 하비에게는 누워서 떡 먹기였다. 그의 아버지가 자신을 회계사로 활용하려고 했던 수학 재능을 발휘하여 교과 과목을 휩쓸어 버렸다. 그는 비행 전 훈련을 수석으로 통과했다. 유일한 부정평가는 그의 태도에 관한 짧은 메모였다. 어떤 교관이 그가 학습 지도와 호의를 거래한다고 비난한 것이었다. 하비는 복잡한 방정식을 푸는 데 어려움을 겪는 동료들을 도와주고 그 대가로 그들은 그의 군화를 닦아주고 관물을 정리해 주었다. 리처는 혼자서 어깨를 으쓱했다. 그 교관은 분명히 한심한 친구였다. 하비의 훈련 목표는 헬리콥터 조종사였지 빌어먹을 성지기 아니었는데 말이나.

월터스에서의 이후 4개월은 초급 비행 훈련의 공중 훈련으로, H-23 힐러를 타는 것으로 시작되었다. 하비의 첫 교관의 이름은 래나크였다. 그의 훈련 노트는 거친 필체로 군대 기록 같지 않게 이야기를 하듯 쓰여졌고 가끔은 웃기기도 했다. 그는 헬리콥터 조종법을 배우는 것이 어릴 때 자전거

타는 법을 배우는 것과 같다고 했다. 실패하고 실패하고 계속 실패한 다음에 갑자기 성공하고 다시는 절대 잊지 않는 것이라 했다.

래나크의 생각에 하비는 숙달하는 데 예상보다 오랜 시간이 걸렸을지 모르지만, 그 후로 그의 발전은 우수함에서 탁월함으로 나아갔다. 그는 그를 힐러에서 내리고 H-19 시코르스키에 태웠는데, 이는 마치 10단 기어가 장착된 영국제 경주용 자전거로 업그레이드하는 것과 같았다. 그는 힐러에서보다 시코르스키에서 더 좋은 성적을 냈다. 그는 타고난 조종사였고, 기계가 더 복잡해질수록 더 잘 해나가고 있었다.

그는 A. A. 드윗이라는 에이스에 이어 월터스 전체 2위를 차지하며 뛰어난 성적을 거뒀다. 추가 여행 바우처를 받은 두 사람은 앨라배마의 포트 러커로 함께 떠나 4개월 동안 고급 비행 훈련을 받았다.

"드윗이라는 사람에 대해 들어본 적이 있습니까?" 리처가 물었다.

"감이 오는 이름이군요."

콘래드는 진행 상황을 거꾸로 따라가고 있었다.

"드윗 장군일 수도 있습니다." 그가 말했다. "지금 월터스로 돌아와서 헬리콥터 학교를 맡고 있죠. 논리적으로 말이 되지 않습니까? 내가 알아보죠."

그는 보관실로 직접 전화를 걸어 드윗 소장의 자료를 요청했다. 전화기를 내려놓고 그는 시계를 확인했다. "D구역이 H구역보다 책상에서 더 가까우니 이번엔 더 빠를 겁니다. 망할 상사가 또 방해만 하지 않는다면 말이죠."

리처는 잠시 미소를 지으며 30년 전의 하비와 다시 만났다. 포트 디커는 진짜였다. 훈련기를 대신할 새로운 최전방 공격용 헬리콥터인 벨

UH-1 이로쿼이가 배치된 기지였다. '휴이'라는 별명을 가진 크고 강력한 기계였다. 가스 터빈 엔진, 길이 15미터, 폭 34센티미터의 회전날개가 내는 잊을 수 없는 폼-폼-폼 소리. 17주 동안 앨라배마 하늘을 날아다닌 뒤, 젊은 빅터 하비는 수료식에서 학점과 표창을 받고 아버지가 촬영한 퍼레이드에 등장한다.

"3분 40초." 콘래드가 속삭였다.

병사가 드윗 파일을 들고 달려오고 있었다. 콘래드는 앞으로 몸을 숙여 파일을 낚아챘다.

병사는 경례를 하고 다시 밖으로 나갔다.

"이걸 보여드릴 수는 없습니다." 콘래드가 말했다. "장군은 아직 현역이니까. 아시죠? 하지만 같은 드윗인지 아닌지는 알려드리죠."

그가 파일을 열자 첫 부분에 하비의 것과 같은 종이가 반짝이는 것이 보였다. 콘래드는 주욱 훑어보고 고개를 끄덕였다. "같은 드윗입니다. 그는 정글에서 살아남았고 그 후에도 계속 헬기에 탑승했습니다. 완전 헬리콥터 중독자군요. 내 생각에 그는 월터스에서 퇴역할 듯합니다."

리처는 고개를 끄덕였다. 창밖을 내다봤다. 태양은 오후로 넘어가고 있었다.

"커피 드시겠습니까?" 콘래드가 물었다.

"완선 좋죠." 조디가 말했다. 리처도 고개를 끄덕였다.

콘래드는 전화를 들고 보관고로 전화를 걸었다.

"커피." 그가 말했다. "파일 말고. 다과를 달라는 요청이야. 세 잔, 최고급 도자기에. 알겠나?"

병사가 은쟁반에 커피를 담아 가져왔을 시점에 리처는 빅터 하비와 그

의 새 친구 A. A. 드윗과 함께 버지니아의 포트 벨보아에 도착해 제1기병
사단 제3수송중대에 신고하고 있었다. 두 청년은 그곳에 2주간 머물렀는
데, 그 기간이면 육군이 부대 명칭에 '공중 수송'을 추가했다가 '제229 공
격헬기대대 B중대'로 완전히 변경하기에 충분한 시간이었다. 2주가 끝날
무렵, 명칭이 바뀐 중대는 앨라배마 해안에서 17척의 수송선단에 소속되
어 18,000킬로미터 떨어진 베트남 퀴논에서, 남쪽으로 30킬로미터 떨어
진 롱마이 만으로 31일간의 해상 항해를 떠났다.

바다에서 보내는 꼬박 한 달간의 지루함을 달랜답시고 중대 장교들은
영양가 없는 사역을 시켰다. 하비의 파일에 따르면 그는 정비에 지원했는
데, 이는 배의 화물칸에서 소금기를 제거하기 위해 휴이를 분해해서 끊임
없이 헹구고 기름칠을 하는 것을 의미했다. 결국, 장교 후보생으로 육군에
입대한 지 13개월 만에 미국을 두 번째로 떠난 하비는 중위로서 인도차이
나 해변을 밟게 되었다. 가치 있는 모병에 걸맞은 진급이었다. 착한 아이
중 하나였다. 리처는 철물점 밖의 뜨거운 햇살 아래에서 들었던 에드 스티
븐의 말을 떠올렸다. 아주 진지하고, 아주 열심이었죠. 하지만 정말로 남다른
것은 그다지 없었어요.

"크림?" 콘래드가 물었다.

리처는 고개를 저었다.

"그냥 블랙으로요." 둘은 입을 모아 말했다.

콘래드가 커피를 따르고 리처는 계속 파일을 읽었다. 당시 휴이는 두
종류로 운용되었는데, 하나는 '건십공격용 무장 헬기'이고 다른 하나는 '슬릭겉
만 번지르르하다는 뜻'이라는 별명을 가진 수송 헬기였다. B중대는 슬릭을 소송
하여 제1기병사단의 야전 수송을 지원하도록 배정받았다. 슬릭은 수송용

헬기였지만 비무장 상태는 아니었다. 표준형 휴이 헬기로, 측면 문이 없이 개방된 양쪽 출입구에 중기관총이 번지줄에 매달려 있었다. 조종사 한 명과 부조종사 한 명, 사격수 두 명, 다목적 엔지니어이자 정비사 역할을 하는 승무원장 한 명이 탑승했다. 슬릭에는 두 사격수의 등 사이에 있는 박스형 공간에다가 땅개들을 최대한 태우거나, 탄약 1톤 혹은 다른 것들을 조합해 실을 수 있었다.

베트남이 앨라배마와 매우 다르다는 사실을 반영한 실전 훈련이 있었다. 거기에 대한 공식적인 성적은 없었지만 하비와 드윗은 정글로 배치된 최초의 신규 파일럿이었다. 부조종사로서 다섯 번의 전투 임무를 수행해야 했고, 그 임무를 완수하면 조종석에 앉아 자신의 부조종사를 둘 자격을 얻을 수 있었다. 그런 다음 본격적인 임무가 시작되었고 그것은 파일에 반영되었다. 파일의 후반부 전체는 양파 껍질 같은 얇은 종이에 적힌 임무 보고서로 채워져 있었다. 어휘는 건조하고 사실적이었다. 하비가 직접 쓴 것이 아니었다. 중대에 파견된 행정병의 작품이었다.

전투는 매우 단속적으로 벌어졌다. 전쟁의 열기는 사방에서 끓어올랐지만, 하비는 날씨 때문에 오랜 시간 지상에 머물러야 했다. 베트남의 안개 속에서 헬리콥터를 타고 정글 계곡을 저공 비행하는 것은 자살행위나 다름없었다. 그러다가 갑자기 날씨가 맑아지면 보고서가 한꺼번에 같은 날짜에 몰리곤 했다. 적의 격렬한 저항에 맞서 지상군을 투입, 보충, 보급, 재보급하는 임무를 하루에 세 번, 다섯 번, 때로는 일곱 번씩 수행해야 했다. 그러다 안개가 다시 끼면 휴이 부대는 또다시 손을 놓고 둥지에서 기다렸다. 리처는 며칠 동안 간이숙소에 누워 좌절하거나 안도하거나 지루해 하거나 긴장해 있다가 다시 무서운 기세로 돌변해 정신없이 지친 전투를 벌이는 하비의 모습을 상상했다.

보고서는 첫 번째 파병의 종료, 통상적인 훈장 수여, 뉴욕 귀환 후 장기 휴가, 두 번째 파병의 시작을 기록한 서류로, 두 부분으로 나뉘어 있었다. 그리고 더 많은 전투 보고서. 똑같은 임무, 똑같은 패턴이 반복되었다. 두 번째 파병에서는 보고서가 더 적었다. 파일 맨 마지막 장에는 빅터 하비 중위의 991번째 전투 임무가 기록되어 있었다. 그것은 통상적인 제1기병사단 업무가 아니었다. 특별 임무였다. 그는 플레이쿠 기지를 이륙해 동쪽 안케 고개 근처의 임시 착륙 지점으로 향했다. 그에게 떨어진 명령은 두 대의 슬릭 중 한 대를 맡아 착륙 지점에 대기 중인 병력을 탈출시키는 것이었다. 드윗이 엄호 비행을 맡았다. 하비가 먼저 도착했다. 그는 정글에서 쏟아지는 중기관총 사격을 뚫고 좁은 착륙 지점의 중앙에 착륙했다. 그는 단 세 명만 탑승시킨 것으로 관측되었다. 착륙하자마자 거의 즉시 다시 이륙했다. 그의 휴이 기체에 기관총탄이 쏟아지고 있었다. 사격수들은 밀림으로 시야가 가려진 정글을 향해 반격 사격 중이었다. 하비가 이륙할 때 드윗은 선회 비행을 하고 있었는데 중기관총 피격으로 하비의 휴이 엔진에 폭발이 연속적으로 발생하는 것을 목격했다. 파견 행정병이 작성한 공식 보고서에 의하면 그는 휴이 헬기의 회전날개가 멈추고 연료 탱크 부위에서 화염이 일어나는 것을 목격했다고 기록되어 있었다. 헬기는 착륙 지점에서 서쪽으로 7킬로 떨어진 정글 밀림에 드윗의 추정치로 시속 130킬로가 넘는 속도로 낮은 각도로 추락했다. 드윗은 수목 사이로 녹색 섬광이 보였다고 보고했는데, 이는 보통 숲 바닥에서 연료 탱크 폭발이 일어났음을 나타내는 것이었다. 수색 및 구조 작전이 개시되었지만 날씨 때문에 숭단되었다. 추락의 잔해는 발견되지 않았다. 안케 고개에서 서쪽으로 7킬로 떨어진 지역은 접근 불가능한 원시 밀림으로 간주되었기 때문에 바로 근처에 걸어서 이동할 수 있는 북베트남군 병력이 없다고 가정하는 것이 절차였다. 때문에 적에게 즉시 나포될 위험도 없었다. 따라서 휴이에 탑승한 여덟 명의 병사들은 작전 중 실종자로 분류되었다.

"그런데 왜죠?" 조디가 물었다. "드윗이 폭발을 목격했어요. 왜 그들을 실종자 명단에 올린 거죠? 그들은 분명 모두 죽었잖아요. 안 그래요?"

콘래드 소령이 어깨를 으쓱했다.

"그럴 거라고 생각합니다." 그가 말했다. "하지만 아무도 확신할 수 없었습니다. 드윗이 본 건 나뭇잎 사이의 섬광뿐입니다. 이론상으로는 헬기가 추락하면서 쏜 기관총탄이 운 좋게 북베트남군 탄약고에 맞았을 수도 있는 겁니다. 뭐든 될 수 있죠. 작전 중 사망은 확실한 증거가 있을 때만 인정됩니다. 말 그대로 누군가의 눈알로 본 것만요. 전투기가 육지에서 300킬로 떨어진 바다에 홀로 추락했는데도 조종사가 어디론가 헤엄쳐 갔을 수도 있다며 사망이 아닌 실종으로 기록합니다. 사망한 것으로 기록하려면 누군가는 그 장면을 목격해야 하죠. 사상자를 정확히 정의하고 재정의하는 명령으로 가득 찬, 이보다 열 배나 두꺼운 파일을 보여드릴 수도 있습니다."

"왜죠?" 조디가 다시 물었다. "언론이 두려워서인가요?"

콘래드는 고개를 저었다. "아닙니다. 내부적인 문제를 말하는 겁니다. 언론이 두려울 때면 군은 언제나 그냥 거짓말을 해 왔습니다. 이 모든 것은 두 가지 이유 때문입니다. 첫째, 군은 그 병사들의 가족들에게 실수하고 싶지 않았습니다. 믿을 수 없게도, 정말 이상한 일이 일어나곤 했으니까요. 완전히 말도 안 되는 상황 말입니다. 그들이 생존할 거라고는 전혀 예상하지 못했는데 생환하는 일들이 벌어졌어요. 나중에 그들이 나타난 겁니다. 사람들이 찾아냈어요. 대대적인 수색 구조 작업이 항상 진행 중이었습니다. 그들이 포로로 잡혀갔지만 베트콩 놈들은 몇 년이 지나도록 포로 명단을 공개하지 않았어요. 그러니 가족들에게 아들이 죽었다고 말할 수 없었고, 나중에 그 아들이 살아서 나타나기도 했습니다. 그래서 최대한 실종이라는 말을 계속 쓰려고 하는 겁니다."

그러고 나서 그는 꽤 오래 멈칫했다.

"두 번째 이유는, 맞아요, 두려웠기 때문입니다. 언론을 말하는 게 아닙니다. 군은 자신들 스스로를 두려워했습니다. 군은 그들 스스로에게 자신들이 전쟁에서 깨지고 있다는 걸, 그것도 심하게 깨지고 있다고 말하는 걸 두려워했습니다."

리처는 최종 임무 보고서를 훑어보며 부조종사의 이름을 골라내고 있었다. 그는 F. G. 카플란 중위였다. 그는 두 번째 파병의 대부분을 함께한 하비의 정규 파트너였다.

"이 사람 파일을 볼 수 있을까요?" 그가 물었다.

"K구역?" 콘래드가 말했다. "4분이면 됩니다."

그들은 병사가 F. G. 카플란의 인생 이야기를 사무실로 가져올 때까지 차게 식은 커피를 마시며 조용히 앉아 있었다. 하비의 것과 비슷한 크기와 연식의 오래되고 두꺼운 파일이었다. 앞표지에는 접근 요청 내역을 기록하는 동일한 네모칸이 인쇄되어 있었다. 최근 20년 동안의 유일한 기록은 올해 4월에 레온 가버가 전화로 문의한 내용이었다. 리처는 파일을 뒤집어서 뒤쪽부터 열었다. 마지막에서 두 번째 장부터 시작했다. 하비의 파일에 있던 마지막 장과 동일한 것이었다. 동일한 행정병에 의해 동일한 필체로 작성된, 드윗의 목격담이 담긴 동일한 임무 보고서였다.

그러나 카플란 파일의 마지막 장은 최종 임무 보고서보다 정확히 2년 뒤 날짜의 기록이었다. 육군성이 상황을 충분히 고려한 뒤 공식적으로 내린 결정은 F. G. 카플란이 부조종사로 탑승한 헬기가 안케 고개 서쪽 7킬로 지점에서 적의 지대공 사격에 의해 추락해 작전 중 사망했다는 것이었다. 시신은 수습되지 않았지만, 추모와 연금 지급을 위해 실제 사망한 것으로 간주하기로 했다. 리처는 서류를 책상 위에 가지런히 올려놓았다.

"그런데 왜 빅터 하비에게는 이런 조치가 없었을까요?"

콘래드는 고개를 저었다. "모르겠군요."

"텍사스에 가 봐야겠습니다." 리처가 말했다.

하노이 외곽의 노이바이 공항과 호놀룰루 외곽의 히캄 공군기지는 위도가 정확히 같기 때문에 미 공군 스타리프터는 북쪽으로도 남쪽으로도 비행하지 않았다. 그저 태평양을 가로지르는 순수한 서동 비행 경로를 따라 북회귀선과 북위 20도선 사이를 순탄하게 비행했다. 9천 킬로, 시속 900킬로, 비행 시간은 열 시간이지만 이륙 일곱 시간 만인 전날 오후 3시에 착륙 접근을 시작했다. 공군 기장이 날짜변경선동경 또는 서경 180도의 자오선을 넘으면서 평소대로 안내방송을 했고, 조종석 뒤쪽의 키 큰 은발 미국인은 시곗바늘을 되돌리며 그의 인생에 보너스 하루를 더했다.

히캄 비행장은 하와이의 주요 군사 항공 시설이지만 호놀룰루 국제공항과 활주로 공간과 항공 교통 관제를 공유하기 때문에 스타리프터는 도쿄에서 출발한 JAL 747의 착륙을 기다리느라 바다 위에서 크게 선회비행을 하며 장시간 대기해야 했다. 그 후 수평으로 선회하고 다음으로 타이어가 큰 소리로 구르며 엔진이 비명 소리와 함께 역추진을 했다. 조종사는 민간 비행의 섬세한 운행에 신경 쓰지 않았으므로 강하게 브레이크를 밟아 활주로에서 첫 번째 유도로로 진입할 수 있게 급정지했다. 군용기를 관광객들, 특히 일본인 관광객들에게서 멀리 떨어뜨려 달라는 공항 측의 요청이 있긴 했지만, 코네티컷 출신인 이 조종사는 하와이의 주요 산업이나 동양적 섬세함에 별 관심이 없었고, 첫 번째 유도로가 군부대까지 더 가까운 거리여서 항상 그렇게 목표 설정을 했다.

스타리프터는 적절한 속도로 천천히 이동하여 철조망 근처의 길고 낮은 시멘트 건물에서 50미터 떨어진 곳에 멈췄다. 조종사는 엔진을 끄고 조용히 앉아 있었다. 제복을 입은 지상 요원들이 굵다란 케이블을 끌면서 동체 아래로 천천히 걸어 들어갔다. 케이블이 기수 아래 포트에 연결되자 비행기의 전력 시스템이 비행장 자체의 전원으로 다시 작동하기 시작했다. 그렇게 해서 조용한 가운데 의식을 진행할 수 있었다.

당일 히캄의 의장대는 평소와 다름없이 육군 두 명, 해군 두 명, 해병대 두 명, 공군 두 명, 총 여덟 명의 서로 다른 완전한 예복을 갖춰 입은 여덟 명의 남자들이 모자이크처럼 모여 있었다. 여덟 명은 천천히 행진하여 대형을 갖추고 조용히 기다렸다. 조종사가 스위치를 눌렀다. 후방에서 램프가 삐걱거리며 내려왔다. 램프가 미국 영토인 뜨거운 아스팔트에 닿자 의장대가 비행기의 동체 내부로 천천히 행진해 들어갔다. 그들은 침묵 속에서 두 줄로 대기 중인 비행 승무원들 사이를 통과하여 전진했다. 적재 담당이 고무 스트랩을 풀고 의장병이 첫 번째 관을 선반에서 들어 올려 어깨에 얹었다. 그들은 관을 들고 어두운 동체를 지나 램프를 따라 뜨거운 오후의 햇볕이 내리쬐는 바깥으로 천천히 행진했다. 반짝이는 알루미늄과

푸르른 태평양과 오아후의 녹색 고원지대를 배경으로 성조기가 햇볕에 환하게 빛났다. 그들은 대기장에서 우회전하여 길고 낮은 시멘트 건물까지 50미터를 천천히 행진했다. 건물 안으로 들어가 무릎을 꿇고 관을 내려놓았다. 의장대는 조용히 멈춰서 손을 모으고 고개를 숙인 다음 몸을 돌려 비행기를 향해 다시 천천히 행진했다.

일곱 개의 관을 모두 내리는 데 한 시간이 걸렸다. 임무가 끝나고 나서야 키가 큰 은발의 미국인은 자리에서 일어났다. 그는 조종사용 계단을 이용했는데, 꼭대기에서 잠시 멈춰 서서 지친 팔다리를 햇빛 속에서 쭉 뻗었다.

12

스톤은 세계무역센터의 지하 하역장이 붐볐기 때문에 타호 뒷좌석의 검은 유리창 안에서 5분을 기다려야 했다. 토니는 시끄러운 어둠 속에서 근처를 서성이다 기둥에 기대어 배달 트럭이 디젤을 뿜으며 빠져나가고 다음 트럭이 들어올 때까지의 짧은 틈을 노렸다. 그는 그 순간을 이용해 스톤을 데리고 차고를 가로질러 화물용 엘리베이터로 향했다. 토니가 버튼을 눌렀고 그들은 고개를 숙인 채 거친 고무 바닥의 강한 냄새를 맡으며 가쁜 숨을 몰아쉬면서 조용히 올라갔다. 그들은 88층 로비 뒤편으로 나왔고 토니가 앞을 살폈다. 하비의 사무실 앞까지는 길이 훤히 트여 있었다.

덩치가 리셉션 카운터에 있었다. 그들은 그를 지나쳐 사무실로 곧장 들어갔다. 평소처럼 어두웠다. 블라인드는 꽉 닫혀 있었고 조용했다. 하비는 책상 앞에 조용히 앉아서 소파 위에서 다리를 접고 팔로 감싸 자기 쪽으로 당기고 앉아 있는 마릴린을 바라보고 있었다.

"잘됐나?" 그가 물었다. "임무 완수?"

스톤이 고개를 끄덕였다. "잘 들어갔어요."

"어디로?" 마릴린이 물었다. "어느 병원?"

"성 빈센트 병원." 토니가 말했다. "응급실로 바로 갔어."

스톤이 고개를 끄덕이며 확인해 주자 마릴린이 안도의 미소를 짓는 것이 보였다.

"좋아." 하비가 침묵을 깨고 말했다. "오늘의 선행은 여기까지야. 이제 사업을 하자고. 내가 알아야 할 복잡한 문제라는 게 뭐지?"

토니는 스툴을 커피테이블에서 소파로 밀쳤다. 마릴린 옆에 털썩 앉은 그는 초점이 맞지 않는 눈으로 정면을 바라보았다.

"말해 봐." 하비가 말했다.

"주식이요." 마릴린이 말했다. "남편이 완전히 소유하고 있는 게 아니에요."

하비가 그녀를 쳐다보았다. "아니. 지랄맞게 완전히 소유하고 있던데. 거래소에서 확인했어."

그녀는 고개를 끄덕였다. "네, 그럼요. 소유하고 있죠. 내 말은 남편이 그걸 통제할 수 없다는 뜻이에요. 남편은 거기에 제약 없이 접근할 수 없어요."

"염병, 왜 안 된다는 거야?"

"신탁이 걸려 있어요. 신탁관리인이 접근을 통제하고요."

"무슨 신탁? 이유는?"

"시아버님이 돌아가시기 전에 세워 둔 계획이었어요. 시아버님은 체스터가 모든 걸 완벽하게 처리할 수 있다고 믿지 않으셨죠. 체스터에게 감독이 필요하냐고 생각하셨어요."

하비는 그녀를 쳐다보았다.

"주식의 모든 대량 처분은 신탁관리인의 공동 서명을 받아야 해요." 그녀가 말했다.

침묵이 흘렀다.

"두 사람 다한테서요." 그녀가 말했다.

하비는 체스터 스톤에게 시선을 돌렸다. 마치 서치라이트 불빛이 옆으로 번쩍이는 것 같았다. 마릴린은 그의 안 다친 눈을 지켜봤다. 그가 생각하는 걸 지켜봤다. 그 이야기가 그가 이미 알고 있는 사실에 부합했기 때문에, 그가 그럴 거라고 예상한 대로 거짓말에 낚였다는 것을 알아차렸다. 체스터의 사업은 실패하고 있었다. 그가 무능한 사업가였기 때문이다. 그정도 무능이라면 아버지 같은 가까운 사람에게 일찍이 발견되었을 것이다. 그리고 책임감 있는 아버지라면 신탁을 통해 가족 유산을 보호했을 것이다.

"이 신탁은 깰 수가 없어요." 그녀가 말했다. "우리도 깨 보려고 별짓을다 해 봤어요."

하비는 고개를 끄덕였다. 사실은 거의 알아차릴 수 없도록 살짝 움직인정도였다. 마릴린은 속으로 미소를 지었다. 승리의 미소였다. 그녀의 마지막 말이 그를 움직였다. 신탁은 깨져야 하는 것이었다. 싸워야만 했다. 그래서 싸웠다는 시도는 그것이 존재한다는 것을 입증했다.

"신탁관리인이 누구지?" 그가 조용히 물었다.

"나도 그중 한 명이고," 그녀가 말했다. "다른 한 명은 로펌의 시니어 파트너예요."

"단 두 명?"

그녀는 고개를 끄덕였다.

"당신도 그들 중 한 명이란 말이지?"

그녀는 다시 고개를 끄덕였다. "그리고 나는 이미 당신네들에게 넘긴다고 동의했고요. 난 그 망할 것을 그냥 다 없애버리고 우리한테서 당신네들을 떼어내고 싶어요."

하비는 그녀에게 고개를 끄덕였다. "역시 똑똑한 여자야."

"어느 로펌이지?" 토니가 물었다.

"포스터 앤드 아벨스타인." 그녀가 말했다. "여기 근처 시내에 있어요."

"시니어 파트너는 누구지?" 토니가 물었다.

"데이비드 포스터라는 사람이에요." 마릴린이 말했다.

"그 사람과 미팅을 어떻게 잡지?" 하비가 물었다.

"내가 전화할게요." 마릴린이 말했다. "체스터가 해도 되지만 지금은 내가 하는 게 더 나을 것 같아요."

"그럼 전화해서 오늘 오후로 잡아."

그녀는 고개를 저었다. "그렇게 빨리는 안 돼요. 이틀은 걸릴 거예요."

정적이 흘렀다. 거대한 건물이 숨을 쉬는 듯한 소음과 떨림만 들렸다. 하비가 책상에 갈고리를 두드렸다. 그는 눈을 감았다. 손상된 눈꺼풀이 조금 열려 있었다. 안구가 말려 올라가 초승달처럼 하얗게 보였다.

"내일 아침." 그가 조용히 말했다. "아주 일찍. 당신들에게 심각하게 긴급한 문제라고 말해."

그런 다음 그의 눈이 번쩍 떠졌다.

"그리고 신탁 증서를 팩스로 보내라고 해." 그가 속삭이듯 말했다. "즉시. 도대체 내가 뭘 하고 있는지 알아야겠어."

마릴린은 속으로 떨고 있었다. 마릴린은 소파를 지긋이 누르며 자신을 안정시키려 애썼다. "아무 문제 없을 거예요. 그냥 형식적인 절차일 뿐이니까."

"그럼 전화를 걸어 봐." 하비가 말했다.

마릴린의 발이 불안정했다. 몸이 흔들렸다. 그녀는 허벅지 위로 드레스를 쓸어내렸다. 체스터가 그녀의 팔꿈치를 잠깐 만졌다. 작은 응원의 몸짓이었다. 그녀는 몸을 곧추세우고 하비를 따라 리셉션 카운터로 나갔다.

"외선 통화는 9번이야." 그가 말했다.

그녀가 카운터 뒤로 들어갔고 세 남자는 그녀를 지켜보았다. 전화기는 작은 키폰이었다. 그녀는 버튼을 훑어보고 스피커폰 기능이 없다는 걸 확인했다. 그녀는 잠시 안도하고 수화기를 들었다. 9번을 누르자 연결음이 들렸다.

"제대로 해." 하비가 말했다. "넌 똑똑한 여자니까, 지금은 똑똑하게 행동해야 한다는 것쯤은 알겠지."

그녀는 고개를 끄덕였다. 그는 갈고리를 들어 올렸다. 인공 조명에 반짝였다. 무거워 보였다. 아름답게 만들어졌고 사랑스럽게 다듬어졌으며, 기계적으로 단순하면서도 끔찍하게 잔인했다. 그녀는 그걸로 할 수 있는 일들을 상상하라고 그가 권유하는 것으로 보였다.

"포스터 앤드 아벨스타인입니다." 밝은 목소리가 그녀의 귀에 들려왔다. "무엇을 도와드릴까요?"

"마릴린 스톤이에요." 그녀가 말했다. "포스터 씨를 바꿔 주세요."

그녀의 목이 갑자기 건조해졌다. 목소리가 낮고 허스키해졌다. 전자 음악이 흘러나오고 큰 사무실의 시끄러운 소리가 들려왔다.

"포스터입니다." 굵은 목소리가 대답했다.

"데이비드, 저 마릴린 스톤이에요."

잠시 정적이 흘렀다. 그 순간 그녀는 셰릴이 일을 제대로 해냈다는 것을 알았다.

"누가 엿듣고 있나요?" 포스터가 조용히 물었다.

"아뇨, 전 괜찮아요." 마릴린이 밝은 목소리로 말했다.

하비는 45센티 길이의 반짝이는 철제 갈고리를 가슴 높이의 카운터에 올려놓았다. 바로 그녀의 눈앞이었다.

"경찰을 불러야 해요." 포스터가 말했다.

"아뇨, 그냥 신탁관리인 미팅이 필요해요. 가능한 한 빨리요."

"당신 친구 셰릴이 당신이 원하는 게 뭔지 말해 줬어요." 포스터가 말했다. "하지만 문제가 있습니다. 우리 직원들은 이런 일은 못 해요. 우린 그럴 준비가 되어 있지 않아요. 여긴 그런 로펌이 아닙니다. 사립탐정을 찾아볼게요."

"내일 아침이 좋을 것 같아요." 그녀가 말했다. "유감스럽게도 급한 일이 생겼거든요."

"내가 경찰에 신고할게요." 포스터가 말했다.

"안 돼요, 데이비드. 다음 주는 너무 늦어요. 가능한 한 빨리 움직여야 해요."

"하지만 어디서부터 찾아야 할지 모르겠어요. 우린 사립탐정을 써 본 적이 없어서요."

"잠깐만요, 데이비드." 그녀는 손바닥으로 송화구를 가리고 하비를 올려다보았다. "내일 하려면 로펌으로 오래요."

하비는 고개를 저었다. "여기, 내 구역에서."

그녀는 손을 떼고 말했다. "데이비드, 내일 모레는 어때요? 꼭 여기서 해야 할 것 같아요. 섬세한 협상이에요."

"정말 경찰 필요 없어요? 확실해요?"

"글쎄요. 복잡한 문제가 있어요. 가끔은 복잡한 문제가 생기기도 하잖아요."

"좋아요. 하지만 적합한 사람을 찾으려면 시간이 좀 걸릴 것 같아요. 주변에서 추천을 좀 받아 볼게요."

"아주 좋아요, 데이비드." 그녀가 말했다.

"알겠어요." 포스터가 다시 말했다. "확실하시다니 바로 시작할게요. 하지만 어떤 결과를 달성하고자 하는 것인지 정확히 잘 모르겠군요."

"네, 동의해요." 그녀가 말했다. "시아버님이 설정해 놓은 방식을 항상 싫어했던 거 알잖아요. 외부의 간섭이 상황을 바꿀 수도 있지 않아요?"

"오후 2시." 포스터가 말했다. "내일 모레. 누가 될지는 모르겠지만 좋은 사람을 보내도록 할게요. 그럼 되겠어요?"

"내일 모레 오후 2시." 그녀가 반복했다. 그녀는 주소를 불러줬다. "좋아요. 고마워요, 데이비드."

그녀는 전화를 끊고 떨리는 손으로 수화기를 받침대에 덜거덕거리며 올려놓았다.

"신탁 증서 보내라고 안 했잖아." 하비가 말했다.

그녀는 긴장한 듯 어깨를 으쓱했다.

"그럴 필요가 없었어요. 그건 형식적인 거예요. 그랬으면 그가 의심했을 거예요."

침묵이 흘렀다. 잠시 후 하비가 고개를 끄덕였다.

"오케이." 그가 말했다. "내일 모레 오후 2시."

"옷이 필요해요." 그녀가 말했다. "비즈니스 미팅을 해야 하는데, 이런 차림으로 할 순 없잖아요."

하비가 미소 지었다. "그렇게 입고 있으니 좋은데, 너희 둘 다. 어쨌거나 체스터는 회의 때 내 정장을 다시 빌려 입으면 될 것 같고. 넌 그대로 있어."

그녀는 어렴풋이 고개를 끄덕였다. 너무 지쳐서 더 이상 밀어붙일 수 없었다.

"화장실로 돌아가." 하비가 말했다. "내일 모레 2시에 다시 나와. 얌전히 있으면 하루에 두 번은 먹을 수 있을 거야."

그들은 토니보다 먼저 조용히 걸어갔다. 토니는 화장실 문을 닫고 어두운 사무실을 지나 리셉션 공간에서 하비와 다시 합류했다.

"모레는 너무 늦어요." 토니가 말했다. "보나마나, 하와이는 오늘 알게 될 거예요. 아무리 늦어도 내일이고. 안 그래요?"

하비는 고개를 끄덕였다. 공이 번쩍이는 불꽃 사이로 떨어지고 있었다. 외야수가 뛰어오르고 있었다. 펜스가 다가오고 있었다.

"그래, 좀 빡빡하지?" 그가 말했다.

"돌아버리게 빡빡하죠. 그냥 튀어야 해요."

"안 돼, 토니. 거래에 대한 약속을 했고 난 그 주식이 필요해. 괜찮을 거야. 걱정하지 마. 내일 모레 2시 반이면 주식은 내 것이 될 거고, 3시까지 등록되고, 5시까지 팔릴 거고, 저녁 식사 때쯤이면 여기서 나갈 수 있을 거야. 노레년 다 끝날 거라고."

"하지만 이건 미친 짓이에요. 변호사를 끼운다고요? 여기에 변호사를 들일 순 없어요."

하비가 그를 뚫어져라 보았다.

"변호사라." 그가 천천히 반복했다. "정의의 기본이 뭔지 알아?"

"네?"

"공정성." 하비가 말했다. "공정성, 그리고 평등. 저들이 변호사를 데려오면 우리도 변호사를 데려와야 하지 않을까? 공평하게?"

"맙소사, 사장님, 여기에 변호사를 둘이나 둘 순 없어요."

"돼." 하비가 말했다. "사실 나는 그래야 한다고 생각해."

그는 리셉션 카운터로 돌아 들어가 마릴린이 앉았던 자리에 앉았다. 그녀가 앉았던 자리는 아직 따뜻했다. 그는 구석에 있는 전화번호부를 꺼내서 펼쳤다. 전화를 들고 9번을 눌렀다. 그런 다음 그는 갈고리 끝으로 다이얼을 정확하게 일곱 번 눌렀다.

"스펜서 구트만입니다." 밝은 목소리가 그의 귀에 들려왔다. "무엇을 도와드릴까요?"

셰릴은 왼손 혈관에 정맥주사 바늘을 꽂고 병상에 누워 있었다. 정맥주사는 그녀 뒤의 구부러진 철제 스탠드에 매달려 있는 사각형의 폴리에틸렌 팩이었다. 팩 안에는 액체가 들어 있었고, 그녀는 액체가 손으로 스며드는 압력을 느낄 수 있었다. 그 압력으로 인해 혈압이 평소보다 높아지는 것을 느낄 수 있었다. 관자놀이에서 쉿 하는 소리가 났고 귀 뒤에서 맥박이 뛰는 것을 느낄 수 있었다. 맑고 진한 액체는 제 역할을 하고 있었다. 그녀의 얼굴은 더 이상 아프지 않았다. 통증이 사라지자 그녀는 편안해지면서 졸음이 쏟아졌다. 어차피 통증이 사라졌으니 이제 진통제 없이도 견딜 수 있다고 간호사에게 말할 뻔했지만, 그녀는 약이 통증을 없애 주었다는 것을 생각해 내고 정맥주사를 중단하면 통증이 다시 돌아올 것임을 깨닫고는 스스로를 만류했다. 그녀는 자신의 혼란에 킥킥 웃음이 나왔지만 호흡이 너무 느려서 소리가 잘 나지 않았다. 그래서 그녀는 그냥 혼자서 미소 지으며 눈을 감고 따뜻한 침대 깊숙한 곳으로 헤엄쳐 내려갔다.

그리고 그녀의 앞 어딘가에서 소리가 났다. 눈을 뜨니 천장이 보였다. 천장은 하얗고 위에는 불이 켜져 있었다. 그녀는 시선을 발 쪽으로 돌렸다. 큰 노력이 필요했다. 침대 끝에 두 사람이 서 있었다. 한 남자와 한 여자. 그들은 그녀를 바라보고 있었다. 그들은 제복을 입고 있었다. 반팔 파란색 셔츠, 검정색 긴 바지, 걷기 편한 커다란 신발. 그들의 셔츠는 온통 휘장으로 덮여 있었다. 밝은 자수 휘장과 금속 배지와 명찰. 그들은 장비가 잔뜩 매달린 벨트를 차고 있었다. 야경봉과 무전기, 수갑이 있었다. 커다란 나무 손잡이가 달린 리볼버가 권총집에 꽂혀 있었다. 그들은 경찰관이었다. 둘 다 나이가 많았다. 키는 많이 작았고 많이 뚱뚱했다. 무거운 장비가 매달린 벨트가 그들을 볼품없게 만들었다.

그들은 참을성 있게 그녀를 바라보고 있었다. 그녀는 다시 킥킥거리려고 했다. 남자는 대머리였다. 천장에 켜진 조명이 그의 반짝이는 이마에 반사되었다. 여자는 당근처럼 주황색으로 염색해 뽀글이 파마를 하고 있었다. 그녀는 남자보다 나이가 많았다. 쉰 살은 되어 보였다. 그녀는 엄마였다. 셰릴은 그걸 알 수 있었다. 그녀는 마치 엄마가 하는 것처럼 따뜻한 표정으로 그녀를 내려다보고 있었다.

"앉아도 될까요?" 여자가 물었다.

셰릴은 고개를 끄덕였다. 관자놀이에서 윙윙거리는 진한 액체가 그녀를 어지럽게 하고 있었다. 여자는 의자를 바닥을 가로질러 끌어와서 셰릴의 오른쪽, 정맥주사 스탠드에서 떨어진 곳에 앉았다. 남자는 그녀의 바로 뒤에 앉았다. 여자는 침대 쪽으로 몸을 기울였고 남자는 반대쪽으로 몸을 기울여서 그녀의 머리 뒤 직선으로 보였다. 너무 가까워서 얼굴에 초점을 맞추기가 어려웠다.

"저는 오할리넌 경관입니다." 여자가 말했다.

셰릴은 다시 고개를 끄덕였다. 그 이름은 그녀에게 어울렸다. 주황색 머리카락, 살찐 얼굴, 뚱뚱한 몸매를 가진 그녀에겐 아일랜드 이름이 필요했다. 그리고 많은 뉴욕 경찰이 아일랜드인이었다. 셰릴은 그걸 알고 있었다. 한 세대가 다른 세대를 따라가는 가업 같기도 했다.

"저는 사크 경관입니다." 남자가 그녀의 뒤에서 말했다.

그는 피부가 창백했다. 얇은 종잇장 같은 창백한 하얀 피부였다. 면도를 했지만 회색 그림자가 보였다. 눈은 깊게 자리 잡고 있었지만 친절해 보였다. 그들은 가계의 중심에 있었다. 그는 삼촌이었다. 셰릴은 그걸 확신했다. 그를 좋아하는 조카들이 있을 것이다.

"무슨 일이 있었는지 말씀해 주세요." 오할리넌이 말했다.

셰릴은 눈을 감았다. 무슨 일이 있었는지 정확히 기억이 나지 않았다. 그녀는 자신이 마릴린네 집 문으로 들어간 것은 알았다. 카펫에서 세제 냄새가 났다는 것도 기억했다. 그녀는 그것이 실수라고 생각했던 것도 기억했다. 어쩌면 고객이 무언가를 감추기 위해 그런 게 아닌지 이상하게 생각할 수 있는 부분이었다. 그러다 갑자기 그녀는 등을 바닥에 대고 복도에 쓰러졌고 코에서는 고통이 폭발했다.

"무슨 일이 있었는지 말씀해 주시겠어요?" 사크가 물었다.

"문에 부딪혔어요." 그녀가 중얼거렸다. 그리고 재차 확인하듯 고개를 끄덕였다. 중요한 일이었다. 마릴린은 그녀에게 '경찰은 안 된다'라고 말했다. 아직은.

"어느 문에요?"

그녀는 어느 문인지 몰랐다. 마릴린이 그건 말해 주지 않았다. 둘이 입을 맞추지 않은 것이었다. 어느 문이냐고? 그녀는 당황했다.

"사무실 문이요." 그녀가 말했다.

"사무실이 여기 시내에 있나요?" 오할리넌이 물었다.

셰릴은 아무 대답도 하지 않았다. 그녀는 그저 멍하니 그 여자의 친절한 얼굴을 바라보았다.

"가입한 보험사에 조회해 봤는데, 웨스트체스터에서 일하시는군요." 사크가 말했다. "파운드 리지의 부동산 중개업소에서요."

셰릴은 조심스럽게 고개를 끄덕였다.

"웨스트체스터에 있는 사무실 문에 부딪혔군요." 오할리넌이 말했다. "그런데 지금은 80킬로 떨어진 뉴욕의 병원에 있고요."

"어떻게 그런 일이 일어난 거죠?" 사크가 물었다.

그녀는 아무 대답도 하지 않았다. 커튼이 쳐진 공간 안에는 정적이 흘렀다. 관자놀이에서 쉬익 하는 소리와 윙윙거리는 소리가 들렸다.

"우리가 도와드릴게요." 오할리넌이 말했다. "그러려고 우리가 여기 온 거예요. 당신을 돕기 위해서요. 다시는 이런 일이 일어나지 않도록 할 수 있어요."

셰릴은 조심스럽게 다시 고개를 끄덕였다.

"우선 어떻게 그렇게 됐는지 꼭 말씀해 주셔야만 해요. 그 사람이 자주 이런 짓을 하나요?"

셰릴은 어리둥절해 하며 그녀를 쳐다보았다.

"그래서 여기까지 내려온 건가요?" 사크가 물었다. "이전 기록이 없는 새 병원으로 온 거 말이에요. 마운트 키스코나 화이트 플레인스에 올라가서 물어보면 뭐가 나올까요? 거기면 예전부터 당신을 아는 사람을 찾을 수 있을까요? 그 사람이 이런 짓을 했던 예전부터요."

"문에 부딪혔어요." 셰릴이 아주 작은 소리로 말했다.

오할리넌은 고개를 저었다. "셰릴 씨, 그게 아니라는 걸 알아요."

그녀는 일어서서 벽에 걸린 라이트 박스에서 엑스레이 필름을 빼냈다. 그러고는 의사처럼 천장의 조명을 향해 필름을 들어 올렸다.

"여기가 당신 코예요." 그녀가 손가락으로 가리키며 말했다. "여기가 광대뼈, 여기가 이마, 여기가 턱. 여기 보이시죠? 코도 부러지고 광대뼈도 부러졌어요. 함몰 골절이 있는 거예요. 의사가 그렇게 부르더군요, 함몰 골절이라고. 뼈가 턱과 이마 밑으로 밀려 내려갔어요. 하지만 턱과 이마는 괜찮아요. 그러니 이건 수평으로 움직이는 무언가에 의한 거예요. 방망이 같은 것? 옆으로 휘두르는 어떤 것?"

셰릴은 필름을 응시했다. 필름은 회색과 유백색이었다. 그녀의 뼈는 흐릿한 형태로 희미하게 보였다. 눈구멍이 엄청나게 컸다. 진통제가 머릿속을 윙윙 울리는 가운데, 기운이 없고 졸렸다.

"문에 부딪혔어요." 그녀가 중얼거렸다.

"문 모서리는 수직이에요." 사크가 참을성 있게 말했다. "거기 부딪혔으면 턱과 이마에도 손상이 있어야 할 것 같지 않아요? 그게 논리적이죠. 안 그래요? 만약 수직으로 물체가 광대뼈를 가격했다면 이마와 턱에도 상당한 충격이 가해졌을 거예요. 그렇지 않아요?"

그는 안타까운 눈으로 엑스레이를 바라보았다.

"우리가 도와드릴 수 있어요." 오할리넌이 말했다. "우리에게 모든 걸 말씀해 주시면 다시는 이런 일이 일어나지 않도록 막을 수 있어요. 다시는 이런 일을 당하지 않게 할 수 있다고요."

"그만 자고 싶어요." 셰릴이 중얼거렸다.

오할리넌이 몸을 앞으로 숙여 부드럽게 말했다. "내 파트너가 나가면 도움이 될까요? 우리 둘이서만 얘기하면 어때요?"

"문에 부딪혔어요." 셰릴이 중얼거렸다. "그만 자고 싶어요."

오할리넌은 현명하고 참을성 있게 고개를 끄덕였다. "제 명함 놓고 갈게요. 그러니 깨어나서 얘기하고 싶으면 전화만 해요. 알았죠?"

셰릴이 어렴풋이 고개를 끄덕이자 오할리넌은 주머니에서 명함을 꺼내 침대 옆 탁자에 올려놓았다.

"잊지 마세요. 우리가 도와드릴 수 있어요." 그녀가 속삭였다.

셰릴은 아무 대답도 하지 않았다. 그녀는 자고 있거나 자는 척하고 있었다. 오할리넌과 사크는 커튼을 걷고 데스크 쪽으로 걸어갔다. 의사가 그들을 올려다봤다. 오할리넌은 고개를 저었다.

"완전히 부정하고 있어." 오할리넌이 말했다.

"문에 부딪혔다니." 사크가 말했다. "아마도 근육이 빵빵한 무게 90킬로 정도 되는 문이 야구 방망이를 휘둘렀을 겁니다."

의사가 고개를 절레절레 저었다. "도대체 왜 그런 개자식을 감싸는 거죠?"

한 간호사가 고개를 들었다. "그녀가 들어오는 걸 봤어요. 정말 이상했어요. 전 담배를 피우던 중이었는데요. 길 건너편에 있는 차에서 내려서 혼자 걸어 들어왔어요. 신발이 너무 컸어요. 그거 보셨어요? 차 안에 남자 두 명이 있었는데, 그녀가 걸어가는 내내 지켜보고 나서 황급히 출발하더군요."

"어떤 차였죠?" 사크가 물었다.

"큰 검정색 차요." 간호사가 말했다.

"번호판 기억나세요?"

"내가 무슨 암기왕인가요?"

오할리넌이 어깨를 으쓱하며 자리를 뜨려고 했다.

"하지만 카메라에는 찍혔을 거예요." 간호사가 갑자기 말했다.

"무슨 카메라요?" 사크가 물었다.

"문 위에 달린 보안 카메라요. 관리자가 우리가 밖에 얼마나 오래 나가 있는지 알지 못하도록 우리는 그 바로 아래에 서 있거든요. 그러니 우리가 본 거면 카메라도 본 거죠."

셰릴이 도착한 정확한 시간이 데스크의 서류에 기록되어 있었다. 테이프를 그 시점으로 되감는 데는 1분밖에 걸리지 않았다. 그런 다음 다시 거꾸로 그녀가 천천히 걸어 구급차전용 정차구역을 통과하고 광장을 통과하고 인도를 통과하여 인파를 뚫고 커다란 검은색 차의 앞부분으로 들어가는 데 또 1분이 걸렸다. 오할리넌은 화면 가까이로 바짝 고개를 숙였다.

"잡았다." 그녀가 말했다.

조디는 하룻밤 묵을 호텔을 골랐다. 국립인사기록물센터 건물에서 가장 가까운 서점에 들러 여행 코너에서 가이드북을 찾았다. 세 권의 지역 가이드북에서 동시에 추천하는 호텔을 찾을 때까지 가이드북을 훑었다.

"되게 웃기네요." 그녀가 말했다. "여기가 세인트루이스인데 여행 섹션에 세인트루이스에 대한 가이드가 다른 곳보다 더 많아요. 그런데 이게 어떻게 여행 섹션이죠? 짐콕 섹션이라고 불러야지."

리처는 약간 신경이 쓰였다. 그런 방법은 그에게는 새로운 것이었기 때문이었다. 그가 평소 즐겨 찾던 곳은 책에 광고하는 곳이 아니었다. 그곳들은 높은 기둥에 달린 네온사인에 의존했고, 환기와 케이블 TV, 수영장 등 약 20년 전부터는 더 이상 특장점이 아닌 기본적 인권이 되어 버린 시설들을 아직 자랑하는 곳들이었다.

"들고 있어 봐요." 그녀가 말했다.

그는 그녀에게 책을 받아 그 페이지 위에 엄지손가락을 대고 그녀가 쪼그리고 앉아 캐리어를 열 때까지 기다렸다. 그녀는 안을 뒤적거려 휴대폰을 찾았다. 그녀는 그에게서 책을 다시 받아 통로에 서서 호텔에 전화를 걸었다. 그는 그녀를 물끄러미 바라보았다. 그는 호텔에 전화를 걸어 본 적이 없었다. 그가 묵는 곳들은 시간에 상관없이 언제나 방이 있었다. 객실 점유율이 50퍼센트를 넘으면 너무나 기뻐했을 정도였다. 그는 조디의 대화 말미에, 약간의 흥정을 하면 한 달간 모텔에 묵을 수 있는 금액이 언급되는 것을 들었다.

"됐어요." 그녀가 말했다. "이리로 가요. 허니문 스위트룸이래요. 기둥이 네 개 서 있는 침대. 깔끔하죠?"

그는 웃었다. 허니문 스위트룸이라.

"밥 먹어야지." 그가 말했다. "거기서 저녁도 줘?"

그녀는 고개를 가로저으며 책을 넘겨 레스토랑 섹션을 찾았다.

"다른 데 찾아가서 먹는 게 더 재미있어요. 프랑스 식당 괜찮아요?"

그는 고개를 끄덕였다. "우리 어머니가 프랑스인이었어."

그녀는 책을 살펴보고 다시 휴대전화로 호텔 근처의 전통 구역에 있는 멋진 레스토랑에 2인용 테이블을 예약했다.

"8시." 그녀가 말했다. "주변을 좀 둘러볼 시간이 있네요. 그런 다음 호텔에 체크인하고 잠시 숨을 돌리면 되겠어요."

"공항에 전화해." 그가 말했다. "일찍 비행기를 타야 해. 댈러스-포트워스 공항으로 가는 거야."

"밖에서 할게요." 그녀가 말했다. "서점에서 공항에 전화하긴 좀 그래요."

그는 그녀의 가방을 들고 그녀는 세인트루이스의 화려한 관광 지도를 사서 늦은 오후의 뜨거운 태양 아래로 나섰다. 그는 지도를 보았고, 그 사이 그녀는 항공사에 전화를 걸어 아침 8시 30분 텍사스행 비즈니스 클래스 좌석 두 개를 예약했다. 그런 다음 그들은 도시를 관통하며 흐르는 미시시피 강의 강변을 따라 걷기 시작했다.

두 사람은 90분 동안 팔짱을 끼고 약 7킬로를 걸어서 도시의 전통 구역을 한 바퀴 돌았다. 호텔은 밤나무가 늘어선 넓고 조용한 거리에 위치한 중간 크기의 오래된 저택이었다. 반짝이는 검은색으로 칠해진 큰 문과 연한 꿀색으로 칠해진 오크 바닥이 그들을 맞아 주었다. 리셉션은 복도 끝 구석에 홀로 서 있는 고풍스러운 마호가니 책상이었다. 리처는 그걸 뚫어지게 봤다. 보통 그가 머물렀던 곳의 리셉션은 쇠창살 뒤에 있거나 방탄 플렉시 유리로 둘러싸여 있었다. 백발의 우아한 여성이 조디의 카드를 카드 리더기에 갖다 대자 영수증이 찌익 하고 나왔다. 사인을 하려고 조디가 몸을 숙이자 여성이 황동 열쇠를 리처에게 건네주었다.

"즐거운 시간 보내세요, 제이콥 씨." 그녀가 말했다.

허니문 스위트룸은 지붕 아래에 있는 방 전체였다. 고광택으로 두껍게

니스칠을 한 꿀색 오크 바닥에 앤티크 러그가 여기저기 깔려 있었다. 천장은 경사면과 지붕창이 복잡하게 기하학적으로 배열되어 있었다. 한쪽 끝에는 옅은 꽃무늬의 소파 두 개가 있는 거실이 있었다. 그다음에는 욕실이 있었고 그 뒤로 침실이 있었다. 거대한 기둥 네 개로 받쳐져 바닥에서 높이 올라가 있는 침대는 같은 꽃무늬 천으로 뒤덮여 있었다. 점프를 해서 침대에 올라가 앉은 조디는 무릎 아래에 손을 넣고 다리를 공중에서 흔들고 있었다.

웃고 있는 그녀 뒤의 창문에 태양이 비치고 있었다. 리처는 가방을 바닥에 내려놓고 가만히 서서 그녀를 물끄러미 바라보았다. 그녀의 셔츠는 수레국화의 푸른색과 그녀 눈동자의 푸른색 사이 어딘가의 푸른색이었다. 셔츠는 아마도 실크인 듯 부드러운 소재였다. 단추들은 작은 진주처럼 보였다. 위의 두 개는 풀려 있었다. 칼라의 무게가 셔츠를 당겨서 벌리고 있었다. 목을 거쳐 그녀의 피부가 보였는데 오크 바닥보다 더 옅은 꿀색이었다. 셔츠는 작았지만 그녀의 몸을 감싸고도 여유가 있었다. 셔츠는 벨트 안쪽으로 깊숙이 넣어져 있었고 검은색 가죽 벨트는 그녀의 가는 허리를 단단히 감싸고 있었다. 벨트 끝이 길게 남아 청바지의 고리 바깥으로 늘어져 있었다. 낡은 청바지는 여러 번 세탁한 흔적이 역력했는데 깔끔하게 다려져 있었다. 그녀는 맨발로 신발을 신고 있었다. 아마도 이탈리아제일 것 같은 고급 가죽, 낮은 굽의 작은 파란색 페니 로퍼였다. 그는 그녀가 다리를 흔들거릴 때 밑창을 볼 수 있었다. 신발은 새것이었다. 거의 신지 않은 거였다.

"뭘 보고 있는 거예요?" 그녀가 물었다.

그녀는 수줍고 장난스러운 표정으로 고개를 비스듬히 들고 있었다.

"너."

단추들은 목걸이의 진주와 같은 진주였다. 목걸이 진주를 줄에서 빼내 셔츠에 하나하나 꿰맨 것이었다. 그가 서툰 손가락으로 단추를 다루려니 작고 미끄러웠다. 단추는 다섯 개였다. 그중 네 개를 단추 구멍을 통해 조심스럽게 빼내고 청바지 허리춤에서 셔츠를 잡아당겨 다섯 번째 단추를 풀었다. 그녀는 그가 소매 단추를 풀 수 있도록 왼손과 오른손을 차례로 들어 올렸다. 셔츠를 그녀의 어깨에서 뒤로 천천히 젖혔다. 그녀는 그 아래에 아무것도 입고 있지 않았다.

그녀는 앞으로 몸을 숙여 그의 단추를 풀기 시작했다. 그녀는 맨아래부터 시작했다. 그녀는 손재주가 있었다. 그녀의 손은 작고 빨랐다. 그의 손보다 더 빨랐다. 소매 단추는 이미 풀려 있었다. 그의 손목은 너무 굵어서 시중에서 파는 어떤 소매도 잠글 수 없었다. 그녀는 그의 넓은 가슴판을 부드럽게 쓸어올리고 팔로 셔츠를 밀어냈다. 셔츠가 어깨에서 벗겨지자 셔츠를 팔 위로 잡아당겼다. 셔츠가 접히는 소리와 함께 뒤늦게 단추가 바닥에 닿아 딸각거리는 소리가 났다. 그녀는 그의 가슴에 있는 눈물방울 모양의 화상을 손가락으로 더듬었다.

"연고 가져왔어요?"

"아니."

그녀는 팔로 그의 허리를 감싸고 고개를 숙여 상처 부위에 키스했다. 그는 부드러운 피부에 닿는 그녀의 입술이 단단하고 시원함을 느꼈다. 그리고 창밖의 해가 서쪽으로 캔자스주를 향해 떨어지는 동안 그들은 오래된 저택 꼭대기에 있는 기둥 네 개짜리 침대에서 15년 동안의 다섯 번째 사랑을 나눴다.

뉴욕 경찰의 가정 폭력 전담반은 어디든지 공간을 찾아서 내근실을 운영했는데, 현재는 뉴욕 경찰청 본부의 행정 사무실 위층에 있는 큰 방을 사용하고 있었다. 오할리넌과 사크는 교대 근무가 끝나기 한 시간 전에 그곳으로 돌아왔다. 서류 작업 시간이었기 때문에 그들은 곧바로 책상에 앉아 수첩을 펴고 하루 일과의 개시부터 타이핑을 시작했다.

그들은 15분 만에 성 빈센트 응급실에 도착했고, 비협조적인 피해자가 연관된 사건으로 추정된다고 작성했다. 오할리넌은 타자기에서 서식을 뽑아내면서 수첩 페이지 하단에 타호의 차량 번호를 갈겨써 놓은 것에 주목했다. 그녀는 전화기를 들고 차량국에 조회했다.

"검은색 쉐보레 타호라고요." 담당이 말했다. "세계무역센터에 주소를 둔 케이맨 기업신탁회사 명의의 차량입니다."

오할리넌은 혼자서 어깨를 으쓱하며 수첩에 모든 내용을 적었다. 오할리넌은 서류를 다시 타자기에 넣고 정보를 추가할지 고민하고 있었는데, 차량국 직원이 다시 전화를 걸어왔다.

"번호판이 또 하나 있어요." 그가 말했다. "같은 소유주가 어제 브로드웨이에 검은색 쉐보레 서버번을 버렸어요. 차량 세 대가 관련된 교통 사고입니다. 15번 경찰서에서 파손 차량을 견인해 갔습니다."

"누구 담당이죠? 15번 서 담당의 이름을 알아요?"

"죄송해요. 모릅니다."

오할리넌은 전화를 끊고 15번 서의 교통과에 전화를 걸었지만, 마침 근무 교대 시간이어서 더 이상 알아볼 길이 없었다. 오할리넌은 스스로를 상기시켜주는 메모를 적어 미결 서류함에 넣었다. 시계가 정각이 되자 사크가 그녀의 맞은편에서 일어섰다.

"그만 나가죠." 그가 말했다. "일만 하고 놀지 않으면 따분한 인생이지. 안 그래요?"

"맞아." 그녀가 말했다. "맥주 한 잔?"

"최소 한 잔." 사크가 말했다. "어쩌면 두 잔."

"천천히 마시자고." 그녀가 말했다.

두 사람은 허니문 스위트룸의 넓은 욕실에서 함께 오래 샤워를 했다. 그런 다음 리처는 소파에 수건을 깔고 누워 그녀가 준비하는 모습을 지켜보았다. 그녀는 가방에서 원피스를 들고 나왔다. 그것은 그녀가 사무실에 갈 때 입었던 노란색 리넨 원피스와 같은 라인이었는데, 미드나이트 블루 색상에 실크 소재였다. 그녀는 그 옷을 머리 위로 쏙 집어넣고 조금씩 몸을 움직여 제자리를 잡아 갔다. 목은 좀 깊게 파였고, 무릎 바로 위까지 오는 길이였다. 같은 파란 색상의 로퍼를 신었다. 그녀는 수건으로 머리를 두드려 말리고 뒤로 빗어 넘겼다. 그런 다음 가방에서 리처가 마닐라에서 사 준 목걸이를 들고 나왔다.

"이거 좀 도와줄래요?"

그녀가 목 뒤의 머리카락을 들어 올렸고 그는 목걸이 고리를 잠그려고 몸을 굽혔다. 목걸이는 무거운 금색 줄이었다. 아무리 필리핀에서는 무엇이든 가능하다 하지만, 그가 지불한 돈을 감안하면 진짜 금은 아닐 것이다. 그의 손가락은 뭉툭했고 손톱은 삽을 쓰는 육체 노동으로 인해 긁히고 부서져 있었다. 그는 숨을 멈추고 두 번 만에 고리를 잡아서 잠갔다. 그런 다음 그녀의 목에 키스했고 그녀는 머리카락을 제자리에 놓았다. 무겁고 촉촉했고 여름 같은 냄새가 났다.

"난 준비 끝났어요."

그녀가 웃으며 바닥에서 그의 옷을 던져 주었다. 먼 옷이 축축한 피부에 달라붙는 대로 옷을 입었다. 그녀의 빗을 빌려 머리도 빗었다. 거울을 통해 그는 그녀의 뒷모습을 슬쩍 보았다. 그녀는 정원사와 저녁 식사를 하러 나가려는 공주처럼 보였다.

"날 안 들여보낼지도 몰라." 그가 말했다.

그녀는 팔을 쭉 뻗어 그의 칼라 뒤쪽을 과하게 튀어나온 삼각근 위로 부드럽게 펴 내렸다.

"어떻게 막죠? 주 방위군에 연락하려나?"

식당까지는 네 블록 거리였다. 미주리주의 6월 저녁, 강 근처. 공기는 부드럽고 축축했다. 그녀의 원피스 색깔과 같은 잉크색 하늘에 별들이 반짝였다. 밤나무는 따뜻한 미풍에 바스락거렸다. 거리는 더 붐볐다. 같은 나무들이 있었지만, 이제 그 아래로는 차들이 움직이고 주차하고 있었다. 일부 건물은 비슷한 호텔이었는데, 일부는 더 작고 낮은 건물에 프랑스어로 식당 이름이 페인트칠 된 간판이 붙어 있었다. 간판에는 스포트라이트가 켜져 있었다. 네온 간판은 어디에도 없었다. 그녀가 고른 곳은 '라 프레펙튀르'라는 곳이었다. 그는 프랑스의 소도시에 사는 연인들이, 그가 기억하는 대로 직역하자면 '도청 소재지'라는 곳에서 식사를 하는지 궁금해서 웃었다.

하지만 충분히 즐거운 장소였다. 프랑스 악센트를 구사하는 중서부 어딘가 출신의 웨이터가 그들을 따뜻하게 맞이하며 뒤뜰이 내려다보이는 촛불이 켜진 테이블로 안내했다. 분수대에는 수중 조명이 은은하게 흘러

나오고 있었고 나무에는 줄기에 고정된 램프가 켜져 있었다. 리넨 식탁보에 식기는 은식기였다. 리처는 미국산 맥주를 주문했고 조디는 페르노열대허브와 스파이스로 향을 부여한 프랑스산 리큐르와 물을 주문했다.

"여기 멋지지 않아요?" 그녀가 말했다.

그는 고개를 끄덕였다. 밤은 따뜻하고 고요하고 평온했다.

"기분이 어떤지 말해 봐." 그가 말했다.

그녀는 놀란 듯이 그를 바라보았다. "좋아요."

"어떻게 좋은데?"

그녀는 수줍게 웃었다. "리처, 유도 심문 중이에요?"

그도 웃었다. "아냐. 그냥 뭐 좀 생각 중이었어. 마음이 좀 느긋해졌어?"

그녀는 고개를 끄덕였다.

"안전한 것 같아?"

그녀는 다시 고개를 끄덕였다.

"나도 그래." 그가 말했다. "안전하고 느긋해. 그런데 그게 뭘 의미하지?"

웨이터가 은색 쟁반에 음료를 들고 왔다. 페르노는 긴 잔에 담겨서, 정통 프랑스식 물병과 함께 나왔다. 맥주는 성에로 덮인 머그잔에 담겨 나왔다. 이런 곳에서 병째 나오는 일은 없다.

"그래서 그게 뭘 의미하는 거죠?" 조디가 물었다.

그녀가 호박색 액체에 물을 뿌리자 유백색으로 변했다. 그녀는 유리잔을 휘저어 섞었다. 강한 허브향이 올라왔다.

"무슨 일이 일어나든 작은 일일 거란 뜻이야." 그가 말했다. "뉴욕을 기반으로 한 소규모 작전이었어. 거기서는 불안했지만 여기서는 안전하다는 느낌이야."

그는 맥주를 한 모금 길게 들이켰다.

"그건 그냥 느낌일 뿐이에요." 그녀가 말했다. "아무것도 증명하지 못하죠."

그는 고개를 끄덕였다. "알아. 하지만 느낌은 설득력이 있어. 그리고 확실한 증거도 있어. 우리는 거기서는 추격당하고 공격받았지만 여기서는 아무도 우리에게 관심을 두지 않잖아."

"그걸 체크하고 있었어요?" 그녀는 깜짝 놀라며 물었다.

"난 항상 체크해. 노출시킨 채 천천히 걸어 다녔어도 아무도 우릴 추격하지 않았어."

"인력이 없는 건가?"

그는 다시 고개를 끄덕였다. "키 웨스트에서부터 개리슨까지 따라붙었던 두 놈과 서버번을 운전하던 한 놈이 있었어. 내 생각엔 그게 전부인 것 같아. 그렇지 않으면 여기까지 우릴 찾으러 왔을 거야. 뉴욕에 기반을 둔 소규모 단위야."

그녀는 고개를 끄덕였다.

"빅터 하비인 것 같아요." 그녀가 말했다.

웨이터가 패드와 연필을 들고 돌아왔다. 조디는 파테와 양고기를, 리처는 수프와 포 오 프뤼노porc aux pruneaux를 주문했다. 어릴 적 어머니가 먼 곳에서라도 돼지고기와 자두를 구할 수 있을 때마다 일요일 점심으로 만들어 주던 루아르 지방의 향토 요리로, 파리 출신인 그의 어머니는 아들에게 이 요리를 만들어 주기를 좋아했는데, 이 요리가 그녀의 모국 문화를 간략하게나마 소개하는 것이라고 생각했기 때문이었다.

"빅터 하비는 아닌 것 같아."

"난 맞는 것 같아요." 그녀가 말했다. "어떻게든 전쟁에서 살아남은 것 같고, 그 이후로 어딘가에 숨어 있는 것 같고, 발견되기를 원하지 않는 것 같아요."

그는 고개를 저었다. "나도 처음엔 그런 생각을 했었어. 하지만 심리학 적으로 전혀 맞지 않아. 그에 관한 기록을 읽었잖아. 편지도. 오랜 친구 에 드 스티븐이 한 말도 내게서 전해 들었고. 하비는 화살처럼 곧은 아이였 어, 조디. 지극히 평범하고 지극히 정상적이었어. 그런데 부모를 저렇게 내 버려둔다는 걸 믿을 수가 없어. 어떻게 30년 동안이나? 그가 왜 그러겠어? 우리가 그에 대해 알고 있는 것과는 전혀 맞지 않아."

"변했을지도 몰라요." 조디가 말했다. "아빠는 항상 베트남이 사람을 바꿨다고 말씀하셨어요. 대개는 더 나쁜 쪽으로요."

리처는 고개를 저었다.

"하비는 죽었어. 안케 서쪽 7킬로 지점에서, 30년 전에."

"그는 뉴욕에 있어요. 지금은 숨어 지내려 하고 있고."

그는 30층 높이의 테라스에서 공원을 등지고 난간에 기대어 있었다. 무 선 전화기를 귀에 대고 퀸즈에 있는 어떤 사람에게 체스터 스톤의 벤츠를 팔고 있었다.

"BMW도 있어." 그가 말했다. "8시리즈 쿠페. 지금은 파운드 리지에 있 어. 내일 현금가방을 들고 오면 반값에 넘겨 줄게."

그는 멈춰 서서 자동차 딜러들이 돈에 대해 이야기할 때면 항상 하는 것처럼 이빨로 공기를 빨아들이는 상대방의 말을 들었다.

"두 대 다 해서 3만 달러. 내일 현금박치기로." 그 남자는 알겠다고 했고, 하비는 머릿속 목록에서 다음 단계로 넘어갔다.

"타호와 캐딜락도 있어. 4만 달러에 둘 중 하나를 가져가. 내키는 걸로."

남자는 잠시 생각한 뒤 타호를 골랐다. 사륜구동이 중고차로 팔기가 쉬웠다. 특히 하비가 옮겨가려는 남쪽 어느 곳에서는. 그는 전화를 끊고 슬라이딩 도어를 통해 거실로 들어갔다. 왼손으로 작은 가죽 다이어리를 펼치고 갈고리로 평평하게 펴 놓았다. 그는 다시 버튼을 눌러서 상당한 금액을 꿔 간 부동산 중개인에게 전화를 걸었다.

"대출해 준 걸 회수하려고 하는데." 하비가 말했다.

그는 상대방 남자가 당황하기 시작하면서 침을 삼키는 소리를 들었다. 한참 동안 절망적인 침묵이 흘렀다. 그러다 남자가 무겁게 앉는 소리가 들렸다.

"내 돈 갚아야지?"

응답이 없었다.

"나한테 돈을 안 갚는 사람이 어떻게 되는지 아시나?"

더 깊은 침묵. 더 많은 침 삼킴.

"너무 걱정하지는 말고, 뭔가 해결할 방법이 있으니까. 처분해야 할 부동산이 두 채 있어. 파운드 리지에 있는 저택과 5번가에 있는 내 아파트. 저택은 200만 달러, 아파트는 350만 달러에. 그 금액을 맞춰 주면 수수료에서 대출금을 탕감해 주지. 알겠나?"

그는 동의할 수밖에 없었다. 하비는 그에게 케이맨 신탁회사의 은행 정보를 받아 적게 하고 한 달 안에 대금을 송금하라고 지시했다.

"한 달이면 잘 될 겁니다." 그가 말했다.

"아이들은 잘 지내나?" 하비가 물었다.

더 많은 침 삼킴.

"네, 한 달요." 중개인이 말했다.

하비는 전화를 끊고 자동차 세 대와 주택 두 채를 뽑아놓은 페이지에 5,540,000달러를 적어 넣었다. 그리고 항공사에 전화를 걸어 모레 저녁에 출발하는 항공편에 대해 문의했다. 좌석이 많이 남아 있었다. 그는 미소를 지었다. 공은 정확히 펜스를 넘어서 관중석 다섯 번째 줄로 날아가고 있었다. 외야수가 미친 듯이 뛰어 올랐지만, 근처에도 전혀 닿지 못했다.

하비가 떠나자 마릴린은 샤워를 할 수 있을 만큼 안전하다고 느꼈다. 하비가 밖의 사무실에 있었다면 샤워를 하지 않았을 것이다. 그의 시선은 너무 음흉했다. 그녀는 그가 화장실 문을 뚫고 볼 수 있을 것 같아 불안했을 것이다. 하지만 토니라는 사람은 크게 문제가 되지 않았다. 그는 초조해 하면서 순종적이었다. 하비는 그들이 화장실에서 나오지 못하게 하라고 토니에게 지시했다. 물론 확실히 그렇게 하긴 하겠지만 그 이상은 안 할 것이었다. 들어와서 그들을 괴롭히지는 않을 것이다. 그냥 내버려둘 것이다. 그녀는 그걸 확신했다. 그리고 커피를 가져온 빵빵한 덩치의 다른 놈은 토니가 시키는 대로 하고 있었다. 그래서 그녀는 충분히 안심했지만 그래도 체스터에게 문고리를 잡고 문 옆에 서 있게 했다.

그녀는 몸을 숙여 샤워기 물을 뜨겁게 틀고 드레스와 신발을 벗었다. 그녀는 드레스를 커튼 레일 위로 깔끔하게 접어서 물줄기에는 닿지 않지만 수증기가 구김을 펴 줄 수 있을 정도로 가까이에 두었다. 그러고는 샤워부스에 들어가 머리를 감고 머리부터 발끝까지 비누로 씻었다. 기분이 좋았다. 긴장감이 사라졌다. 그녀는 얼굴을 들고 서서 오랫동안 물을 맞았다. 그런 다음 그녀는 물을 틀어 놓고 밖으로 나와 수건을 들고 체스터와 자리를 바꿨다.

"어서 해." 그녀가 말했다. "한결 나아질 거야."

그는 무감각했다. 그저 고개를 끄덕이고 문고리를 놓았다. 그는 잠시 서 있다가 러닝셔츠와 팬티를 벗었다. 바닥에 알몸으로 앉아 신발과 양말을 벗었다. 그녀는 그의 옆구리에 있는 노란 멍 자국을 보았다.

"놈들이 당신을 때렸어?" 그녀가 속삭여 물었다.

그는 다시 고개를 끄덕였다. 일어서서 샤워부스로 들어갔다. 눈을 감고 입을 벌린 채 물줄기 아래에 서 있었다. 물이 그를 소생시키는 것 같았다. 그는 비누와 샴푸를 찾아 온몸을 씻었다.

"물을 그냥 틀어 놔." 그녀가 말했다. "따뜻해지네."

사실이었다. 뜨거운 물이 공간을 견딜 만하게 만들고 있었다. 그는 밖으로 나와 수건을 가져갔다. 얼굴에 대었다가 허리에 감았다.

"소음 때문에 우리가 말하는 소리가 저들에게는 안 들려." 그녀가 말했다. "그러니 대화를 좀 해야 해. 알겠지?"

그는 할 얘기가 별로 없다는 듯 어깨를 으쓱했다.

"난 당신이 하는 일을 이해할 수 없어. 신탁관리인 같은 건 없잖아. 그 사실을 알게 뇌낀 놈은 미쳐버릴 거야."

그녀는 수건으로 머리를 말리고 있었다. 그녀는 손을 멈추고 모이는 수증기 구름 사이로 그를 바라보았다. "목격자가 필요해. 그걸 모르겠어?"

"무엇에 대한 목격자?"

"앞으로 일어나는 일에 대한." 그녀가 말했다. "데이비드 포스터가 이리로 사립탐정을 보내면 하비가 뭘 할 수 있겠어? 우리는 그냥 신탁 같은 건 원래 없었다고 인정하고 우리 모두 은행에 가서 하비에게 주식을 넘겨주는 거야. 공공장소에서 목격자와 함께. 증인이자 일종의 경호원을 대동하고. 그럼 그냥 떠날 수 있어."

"그게 될까?"

"될 것 같아." 그녀가 말했다. "그는 뭔가 서두르고 있어. 안 보여? 뭔가 마감기한이 있는 것 같아. 당황하고 있어. 최선의 수는 최대한 시간을 끌다가 목격자가 모든 상황을 지켜보며 우리를 지켜주는 가운데 슬그머니 빠져나가는 거야. 하비는 너무 초조해서 반응할 시간이 없을 거야."

"이해가 안 가." 그가 다시 말했다. "그 사립탐정 나부랭이가 우리가 강압에 의해 행동했다고 증언할 거라는 말이야? 하비를 고소해서 주식을 회수할 수 있게?"

그녀는 놀라서 한동안 말을 잇지 못했다. "아니, 체스터. 우린 누구도 고소하지 않을 거야. 하비가 주식을 가져가면 다 잊어버리자고."

그는 증기 사이로 그녀를 쳐다보았다. "하지만 그건 좋지 않아. 그렇게 되면 회사를 구할 수 없어. 하비가 주식을 가져가고 우리는 어떤 대응도 할 수 없다는 뜻이라면."

그녀는 그를 다시 쳐다보았다. "맙소사, 체스터, 아직 모르겠어? 회사는 사라졌어. 회사는 지난 역사가 되어 버렸고, 당신은 그걸 받아들여야 해. 이건 빌어먹을 회사를 구하려는 게 아니야. 우리 목숨을 구하려는 거지."

수프는 훌륭했고, 돼지고기는 더 좋았다. 그의 어머니도 자랑스러워 할 만한 정도였다. 그들은 캘리포니아산 와인 반 병을 나눠 마시며 만족감 속에서 조용히 식사를 했다. 이 레스토랑은 메인 코스와 디저트 사이에 긴 휴식 시간을 주는 곳이었다. 회전을 빨리 시키려고 서두르지 않았다. 리처는 호사를 즐겼다. 그에게 익숙한 것은 아니었다. 리처는 의자에 기대어 몸을 뒤로 젖히고 다리를 쭉 뻗었다. 테이블 아래에서 그의 발목으로 조디의 발목을 비볐다.

"그의 부모를 생각해 봐." 그가 말했다. "어렸을 때의 빅터를 생각해 봐. 백과사전에서 '보통의 미국 가족' 항목을 찾아보면 세 명의 하비 가족이 모두 우리를 바라보고 있는 사진을 볼 수 있을 거야. 나도 베트남이 사람들을 바꿨다는 건 인정해. 빅터의 시야가 조금 더 넓어졌던 것 같아. 그의 부모도 그걸 알았어. 빅터가 돌아와서 브라이튼의 꾀죄죄한 인쇄소에서 일하지 않을 거라는 걸 알았지. 그들은 아들이 멕시코 만의 현장으로 내려가 석유 회사의 헬기를 몰 거라고 생각했어. 그래도 계속 연락은 했겠지? 어느 정도는? 부모를 그냥 버리진 않았을 거야. 30년을 한결같이 비정하고 잔인하게 군 건데, 그의 기록에서 그가 그런 사람으로 보였어?"

"아마도 그가 무슨 짓을 저지른 것 같아요." 그녀가 말했다. "부끄러운 짓을요. 미라이베트남 전쟁 중 남베트남 미라이에서 발생한 미군에 의해 벌어진 민간인 대량 학살 사건처럼 학살이나 그런 거요. 어쩌면 그는 집에 가기 부끄러웠을지도 몰라요. 죄스러운 비밀을 숨기고 있을지도 모르죠."

그는 주저없이 고개를 저었다. "그런 건 기록에 남아. 어쨌든 그에게는 기회 자체가 없었어. 보병이 아니라 헬리콥터 조종사였으니까. 그는 가까이에서는 적을 본 적도 없었을 거야."

웨이터가 패드와 연필을 들고 돌아왔다.

"디저트와 커피는요?"

그들은 라즈베리 셔벗과 블랙커피를 주문했다.

조디는 마지막 남은 페르노를 다 마셨다. 촛불이 비추는 잔에서 페르노는 칙칙한 붉은 빛이 났다.

"이제 뭘 할까요?"

"그는 죽었어." 리처가 말했다. "조만간 결정적인 증거를 확보할 수 있을 거야. 그 후 노인들에게 다시 가서 30년 동안의 걱정이 무의미한 것이었다고 말해 줘야지."

"그럼 우리 스스로에게는 뭐라고 말해요? 우리는 유령의 공격을 받은 거라고?"

그는 어깨를 으쓱하며 아무 대답도 하지 않았다. 셔벗이 나오자 말없이 먹었다. 커피와 함께 레스토랑 로고가 금박으로 인쇄된 가죽 폴더에 담긴 계산서가 나왔다. 조디는 총액을 보지도 않고 신용카드를 그 위에 올려놓았다. 그러고는 미소를 지었다.

"끝내주는 식사였어요." 그녀가 말했다.

그는 미소를 지었다. "끝내주는 법카네."

"빅터 하비에 대한 생각은 잠시 잊어버려요." 그녀가 말했다.

"그게 누구였더라?" 그가 말하자 그녀는 웃었다.

"대신 무엇에 대해 생각해 볼까요?" 그녀가 물었다.

그는 미소 지었다. "네 원피스에 대해 생각하고 있었어."

"마음에 들어요?"

"정말 끝내준다고 생각해. 그런데 더 멋있어 질 수도 있어. 가령 바닥에 떨어져 있는 모습이라든지."

"그렇게 생각해요?"

"완전히. 하지만 지금은 가설일 뿐이라서 실험 데이터가 필요해. 그런 거 있잖아, 실험 전후 비교."

그녀는 짐짓 피곤한 척 한숨을 쉬었다. "리처, 7시에 일어나야 해요. 이른 비행기라고요."

"넌 어리잖아. 내가 가능하다면 넌 무조건 가능할 거야."

그녀가 웃었다. 의자를 밀어내고 일어섰다.

테이블에서 물러나 통로에서 천천히 몸을 돌렸다. 원피스가 그녀와 함께 움직였다. 몸의 라인에 꼭 맞았지만 너무 타이트하지는 않았다. 뒤태가 아주 근사했다. 촛불에 비친 그녀의 머리카락은 금빛이었다.

그녀가 그에게 가까이 다가가 허리를 굽혀 그의 귀에 속삭였다.

"좋아요. 이게 실험 전 부분이에요. 비교하려면 잊어버리기 전에 얼른 가요."

뉴욕의 아침 7시는 세인트루이스의 아침 7시보다 한 시간 일찍 시작된다. 오할리넌과 사크는 그 시간 동안 전담반실에서 근무 교대 준비를 했다. 밤새 넘어온 메시지들이 미결함에 잔뜩 쌓여 있었다. 병원에서 걸려온 전화와 가정 내 다툼 현장에 출동한 야간 근무 경찰의 보고서 등이었다. 모든 사건은 선별과 평가가 필요했고, 지역과 긴급성에 따라 일정도 짜야 했다. 뉴욕의 평균적인 밤이었고, 이는 오할리넌과 사크가 주목해야 할 28건의 새로운 사건 목록을 작성해야 했다는 것을 의미했고, 이로 인해 15번 서 교통계에 대한 전화가 오전 8시 10분까지 지연되었다는 것을 의미했다.

오할리넌이 전화를 걸었고 열 번째 벨이 울리자 당직 경사가 받았다.

"검은색 서버번을 견인해 갔다면서요? 며칠 전 브로드웨이 남쪽에서 사고 난 차. 지금 어떤 상황이에요?"

그 남자가 서류 더미를 뒤지는 소리가 들렸다.

"견인 차량 보관소에 있습니다. 어떤 건인데요?"

"코가 부러진 여성이 병원에 실려 왔는데, 동일한 소유주의 타호를 타고 병원으로 왔었어요."

"어쩌면 그녀가 운전자였을지도 모르죠. 차량 세 대가 관련된 사고였는데 운전자는 한 명밖에 못 잡았어요. 사고를 낸 서버번 운전자는 현장에서 사라졌고, 브라바다는 이면도로로 들어가서 운전자와 동승자가 없어졌어요. 서버번은 이 지역의 모 금융신탁회사 소유 차량이고요."

"케이맨 기업신탁?" 오할리넌이 물었다. "거기가 내가 말한 타호의 소유주인데."

"맞아요." 남자가 말했다. "브라바다는 조디 제이콥 부인 명의로 확인됐는데 그 전에 도난 신고가 들어왔어요. 코가 부러진 여자는 아닌가요?"

"조디 제이콥? 아니요, 그 여자는 셰릴 뭐라는 여자예요."

"그렇군요. 그럼 아마 서버번 운전자일 수도. 그 여자 작아요?"

"작다고 할 만해요." 오할리넌이 말했다. "왜요?"

"에어백이 터졌어요. 작은 여성이라면 에어백에 의해 그런 식으로 다칠 수 있습니다. 그럴 수 있어요."

"확인해 볼래요?"

"아뇨, 우리의 사고 방식은 차량이 우리에게 있으니 차를 찾으려면 우리에게 오겠지 하는 겁니다."

전화를 끊자 사크가 호기심 어린 눈으로 그녀를 바라보았다.

"그래서 그게 뭐죠?" 그가 물었다. "정말 차 사고가 났다면 왜 문에 부딪혔다고 말하겠어요?"

오할리넌은 어깨를 으쓱했다. "모르지. 그리고 왜 웨스트체스터에서 온 여자 부동산 중개인이 세계무역센터에 소재한 회사의 차를 몰겠어?"

"부상 때문에 그럴지도요." 샤크가 말했다. "에어백이나 핸들에 부딪혀서 맛이 갔을 수도 있죠."

"뭐 어쩌면." 오할리넌이 말했다.

"그럼 확인해 볼까요?"

"자동차 사고였다면 미결이 아닌 사건 종결이 되니 시도해 봐야지."

"좋아요. 그런데 아무 데도 기록을 남기면 안 돼요. 만약 그게 차량 사고가 아니었다면 다시 살아서 미결로 남을 테니, 나중에 엄청 골칫거리가 될 거예요."

그들은 함께 일어서서 수첩을 제복 주머니에 넣었다. 계단을 내려가 아침 햇살을 즐기며 마당을 가로질러 순찰차로 갔다.

같은 태양이 서쪽으로 이동해 세인트루이스에서 아침 7시가 되었다. 태양이 지붕창을 통해 들어와 기둥 네 개를 가로질러 새로운 방향으로 낮게 햇살을 비췄다. 조디가 먼저 일어나서 샤워를 하고 있었다. 리처는 따뜻한 침대에 홀로 누워 기지개를 켜다가, 방 어딘가에서 뭔가 울리는 소리가 희미하게 나는 것을 들었다.

그는 전화벨이 울리는지, 그가 모르게 조디가 전날 밤 알람시계를 설정해 놓았는지 침대 옆 협탁을 확인했다. 아무것도 없었다. 울리는 소리는 희미하지만 끈질기게 계속되었다. 그는 몸을 굴려 앉았다. 새로운 각도에서 들으니 조디의 기내 휴대용 가방 안에서 소리가 났다. 그는 침대에서 미끄러져 나와 알몸으로 방을 가로질러 나갔다. 가방의 지퍼를 내렸다. 소리가 더 크게 들렸다. 그녀의 휴대폰 소리였다. 그는 욕실 문을 힐끗 쳐다보고 전화기를 꺼냈다. 그의 손에서 전화기가 큰 소리로 울리고 있었다. 그는 전화기의 버튼을 살펴본 뒤 통화 버튼을 눌렀다. 벨소리가 멈췄다.

"여보세요?" 그가 말했다.

상대방이 잠시 멈칫했다. "누구시죠? 제이콥 변호사님과 통화해야 하는데요."

젊고, 바쁘고, 일에 치인 남자의 목소리였다. 그가 아는 목소리였다. 로펌에서 일하는 조디의 비서, 레온의 주소를 불러주었던 그 남자였다.

"샤워 중입니다."

"아." 목소리가 말했다.

또 한 번 멈칫했다.

"난 친구입니다." 리처가 말했다.

"그렇군요." 목소리가 말했다. "아직 개리슨에 계신가요?"

"아니요, 여긴 미주리주 세인트루이스입니다."

"맙소사, 일이 좀 복잡해졌네요. 제이콥 변호사님과 얘기 좀 할 수 있을까요?"

"샤워 중입니다." 리처가 다시 말했다. "끝나면 전화할 겁니다. 아니면 메시지를 전해 드릴까요?"

"부탁드릴게요." 남자가 말했다. "급한 일이라서요. 죄송합니다."

"잠깐만요." 리처가 말했다. 그는 다시 침대로 걸어가 전화기 옆 스탠드에 비치된 작은 메모장과 연필을 집어 들고 자리에 앉아 왼손으로 휴대폰을 더듬거렸다.

"말씀하시죠." 그 남자는 메시지를 빠르게 말해 나갔다. 전혀 구체적이지 않았다. 그는 모든 것을 모호하게 하기 위해 신중하게 단어를 선택했다. 이 친구라는 사람에게 비밀스러운 법적 세부사항을 알려줄 수는 없을 것이다. 리처는 메모장과 연필을 다시 내려놓았다. 필요 없을 것 같았다.

"잘 모르겠으면 다시 전화하라고 하겠습니다." 리처가 애매모호하게 말했다.

"감사합니다. 그리고 방해해서 죄송합니다. 무슨 일인지는 몰라도 제가 방해하고 있는 것 같네요."

"아무 방해도 안 하고 있습니다." 리처가 말했다. "말씀드렸듯이 그녀는 지금 샤워 중입니다. 하지만 10분 전에는 문제가 될 수도 있었을 겁니다."

"어이쿠." 남자가 말한 뒤 전화가 꺼졌다.

리처는 웃으며 버튼을 살펴본 뒤 종료 버튼을 눌렀다. 그가 전화기를 침대에 내려놓자 욕실에서 물소리가 끊겼다. 문이 열리고 그녀가 타월과 수증기 구름에 싸인 채로 밖으로 나왔다.

"방금 네 비서한테서 휴대폰으로 전화가 왔어." 그가 말했다. "내가 받으니까 약간 충격을 받은 것 같던데."

그녀는 킥킥 웃었다. "이런, 내 좋던 평판이 다 날아가 버렸네. 점심시간이 되면 사무실 전체에 퍼질 거예요. 비서가 뭐래요?"

"넌 뉴욕으로 돌아가야 해."

"왜요? 뭘 상세하게 말하던가요?"

그는 고개를 저었다.

"그런 건 아니야. 그는 비서라면 당연히 그래야 하는 것처럼 매우 적절하게 신중했어. 에이스 변호사가 맞았네. 찾는 고객이 많아."

그녀는 까르르 웃었다. "내가 우리 바닥에서 최고긴 하죠. 전에 말하지 않았어요? 그런데 누가 날 필요로 한대요?"

"로펌으로 전화가 왔대. 뭔가 처리해야 할 사안이 있는 금융 회사에서. 널 지명했다는데. 아마도 네가 최고니까 그랬겠지."

그녀는 고개를 끄덕이며 미소를 지었다. "문제가 뭐라고 하던가요?"

그는 어깨를 으쓱했다. "네가 늘 하던 일 같던데. 누군가 다른 사람에게 빚진 돈이 있는데 그걸 두고 다투고 있다는 것 같아. 내일 오후에 회의에 가서 어느 한쪽을 설득해야만 한대."

같은 시간 월스트리트 지역에서 연결된 수천 통의 전화 중 하나는 포스터 앤드 아벨스타인 법률사무소에서 윌리엄 커리라는 사립탐정에게 건 전화였다. 커리는 뉴욕 경찰의 형사로 20년 동안 근무한 베테랑이었다. 마흔일곱 살부터 연금을 받았지만 전처가 재혼하거나 죽거나 그를 잊어버릴 때까지 개인적으로 일하면서 위자료를 지불해야 했다. 2년 동안 겨우겨우 사업을 꾸려 온 그가 월스트리트의 대형 로펌의 시니어 파트너로부터 직접 전화를 받은 것은 획기적인 사건이었다. 기쁘기는 했지만 좋은 평판을 쌓겠다는 정확한 목표를 설정하고 합리적인 가격으로 좋은 성과를 내 왔기에 놀라지는 않았다. 마침내 그 평판이 퍼져서 큰손들의 러브콜이 오는 것이라 생각하니 놀라기보다는 기뻤다.

하지만 그는 의뢰 내용을 듣고는 놀라고 말았다.

"제가 변호사님을 사칭해야 한다고요?" 그가 반문했다.

"중요한 일이에요." 포스터가 그에게 말했다. "그들이 데이비드 포스터라는 변호사를 기다리고 있으니 우리가 제공해야 할 게 그겁니다. 법에 관련되는 건 없을 거예요. 아마 전혀 관련되지 않을 겁니다. 그냥 그곳에 있는 것만으로도 모든 게 해결될 거예요. 아주 간단할 겁니다. 알겠죠?"

"네, 그럴 것 같네요." 커리가 말했다. 그는 관련 당사자의 이름과 일이 예정된 주소를 적었다. 그러고는 평소보다 두 배의 비용을 청구했다. 이런 월스트리트 사람들 앞에서 싸게 보이고 싶지 않았다. 그들은 항상 비싸면 좋은 서비스라고 생각한다. 그는 그것을 알고 있었다. 그리고 일의 특성을 고려할 때, 그는 그 정도는 받아야 한다고 생각했다. 포스터는 망설임 없이 가격에 동의하고 수표를 우편으로 보내 주겠다고 약속했다. 커리는 전화를 끊고 머릿속으로 옷장을 뒤지며 월스트리트 대형 로펌의 대표처럼 보이기 위해서는 어떻게 차려 입어야 할지 고민했다.

13

세인트루이스에서 댈러스-포트 워스 공항까지는 비행기로 914킬로미터, 소요시간은 90분이었다. 30분은 급격한 상승, 30분은 빠른 순항, 30분은 접근 시 하강으로 편안한 90분간의 비행이었다. 리처와 조디는 비행기 좌측의 비즈니스 클래스에 함께 앉았는데, 이번에는 뉴욕에서 비행기를 탔을 때와는 매우 다른 탑승객들과 함께였다. 기내에는 다양한 색조의 파란색과 회색의 샤크스킨모양이 상어 가죽 같은 레이온 직물 정장을 입고 악어 가죽 부츠와 큰 모자를 쓴 텍사스 사업가들이 대부분이었다. 그들은 동부지역 사람들보다 체격이 더 크고 피부가 더 붉고 시끄러웠으며 스튜어디스들을 더 열심히 일하게 했다. 조디는 오드리 헵번이 입었을 법한 단순한 디자인의 적갈색 원피스를 입고 있었을 뿐이었는데도 사업가들은 리처의 눈을 피해 그녀를 훔쳐보았다. 그들은 구겨진 카키색 바지와 10년 된 영국제 구두를 신고 통로 쪽에 앉아 있는 그가 누구일까 추측해 보느라 열심이었다. 리처는 그들이 자신의 검게 그을린 얼굴과 손, 그리고 그의 동반자를 번갈아 보면서, 클레임을 제기해서 보상으로 운 좋게 그 자리를 받은 노가다꾼이라고 생각했다가, 그런 일은 이제는 일어나지 않는다고 생각했다가, 새로운 추측을 다시 시작하는 것을 보았다. 그는 그들을 부시하고 사기잔에 담긴 항공사의 최고급 커피를 마시며 어떻게 하면 월터스 기

지 안으로 들어가 드윗으로부터 뭐라도 알아낼 수 있을지 생각하기 시작
했다.

헌병이 별 두 개짜리 장군으로부터 정보를 얻으려는 것은 동전 던지기
를 하는 것과 같다. 앞면이 나오면 협력의 가치를 아는 사람을 만나게 된
다. 과거에 어떤 부대 내에서나 다른 문제로 어려움을 겪었을 때 헌병이
효과적이고 현명한 방식으로 문제를 해결해 주었을 수 있다. 그러면 그는
신자가 되고, 본능적으로 헌병을 돕는다. 그의 친구가 된다. 하지만 뒷면이
나오면 본인의 잘못으로 어려움에 처하게 된 사람을 만나게 된다. 어쩌면
그는 몇몇 지시사항을 미숙하게 처리하거나 실수를 저질렀을 수 있는데
헌병들이 그를 가차없이 적발했을 수 있다. 그러면 상황 악화 이외에는 아
무것도 기대할 수 없다. 그런데 앞면이든 뒷면이든 그 동전은 구부러진 동
전이다. 무엇보다도 모든 조직은 내부 경찰을 경멸하기 때문에 앞면보다
는 뒷면이 더 많이 나온다. 그게 리처의 경험이었다. 더 큰 문제는 그가 헌
병이었지만 지금은 민간인이 되었다는 점이다. 그는 타석에 서기도 전에
이미 투 스트라이크를 먹었다.

비행기가 게이트에 도착하자 사업가들은 기다려서 조디를 위해 통로를
비워 주었다. 텍사스식 매너인지 아니면 조디가 걸을 때 그녀의 다리와 엉
덩이를 보고 싶었던 것인지 모르겠지만, 리처는 자신도 똑같이 하고 싶었
기 때문에 그걸 심각하게 비판하기만은 어려웠다. 그는 그녀의 가방을 들
고 연결 통로를 따라 터미널로 들어갔다. 그녀와 나란히 걸으며 어깨에 팔
을 얹자, 수십 개의 눈총이 등을 뚫고 들어오는 것이 느껴졌다.

"당신 여자라고 주장하는 거예요?" 그녀가 물었다.

"눈치 챘어?" 그가 되물었다.

그녀는 그의 허리에 팔을 감고 걸으면서 더 바짝 끌어당겼다.

"모르기도 힘들죠. 오늘 밤 데이트 상대를 구하기는 쉬웠을 것 같네요."

"몽둥이로 쫓아 버렸어야지."

"원피스 때문에 그런가 봐요. 바지를 입었어야 했는데, 여긴 전통적인 분위기라."

"소련 탱크 운전병의 회녹색 면 패딩 군복을 입었어도 그들은 껄떡거렸을 거야."

그녀는 킥킥 웃었다. "소련 탱크 운전병 본 적이 있어요. 아빠가 사진을 보여 줬거든요. 90킬로그램도 넘는 몸집에 긴 콧수염, 파이프 담배, 문신. 여군들도 그렇더라고요."

터미널은 에어컨 덕에 추울 지경이었지만, 택시 승차장으로 나가자 온도가 20도나 급상승했다. 텍사스의 6월, 아침 10시가 조금 넘은 시간인데도 벌써 37도가 넘는 습한 날씨였다.

"와우." 그녀가 말했다. "원피스 입길 잘했네요."

그들은 고가도로 그늘에 있었지만 그 너머로 태양은 하얗고 황동처럼 빛나고 있었다. 콘크리트가 달궈져 반짝거렸다. 조디가 고개를 숙여 가방에서 검은 선글라스를 꺼내 쓰자 그 어느 때보다도 금발의 오드리 헵번처럼 보였다. 택시는 신형 카프리스였는데, 차 안 공기는 시원했고 백미러에는 종교적 유물이 매달려 있었다. 운전기사는 조용히 40분 동안 차를 몰았다. 대부분 햇빛에 하얗게 빛나는 콘크리트 고속도로 위를 달렸는데 처음에는 도로가 붐비더니 점차 한가해졌다.

포트 월터스 기지는 외딴 곳에 위치한 대규모 영구 시설로, 낮고 우아한 건물과 조경이 육군만이 할 수 있는 거의 살균 상태에 가까운 방식으로 깨끗하고 정돈된 상태로 유지되고 있었다. 전체 둘레 수 킬로미터에 걸쳐 뻗어 있는 견고하고 높은 울타리가 있었고, 울타리 밑에는 잡초 한 포기 없었다. 도로 안쪽 연석은 하얗게 칠해져 있었다. 울타리 너머에는 회색 콘크리트로 된 내부 도로가 건물 사이로 여기저기 뻗어 있었다. 창문들이 햇빛에 반짝였다. 택시가 커브를 돌자 헬리콥터들이 가지런히 줄지어 서 있는 경기장 크기의 이착륙장이 나타났다. 비행 훈련생 무리들이 그 사이를 움직이고 있었다. 정문은 도로에서 뒤로 물러나 있었고, 높은 하얀 깃대가 정문을 향해 둥그렇게 늘어서 있었다. 깃발은 더위에 축 늘어져 있었다. 출입을 통제하는 적색-백색의 장애물이 설치된 낮은 사각형의 정문 초소가 있었다. 초소는 허리 높이 위로는 모두 창으로 되어 있었고, 그 안에서 헌병들이 택시의 접근을 주시하고 있는 것이 리처에게 보였다. 그들은 흰색 헬멧을 포함해서 완벽한 제복을 입고 있었다. 정규 헌병들이었다. 그는 미소를 지었다. 이 친구들은 문제가 되지 않을 것 같았다. 그들은 그를 막아야 할 사람이라기보다는 친구로 여길 것이다.

택시는 둘을 원형 회차로에 내려주고 다시 나갔다. 그들은 눈도 뜰 수 없는 더위를 뚫고 경비 초소 처마의 그늘로 걸어갔다. 헌병 하사가 창문을 밀어 열며 호기심 어린 눈으로 그들을 바라보았다. 리처는 차가운 공기가 몸 위로 쏟아지는 것을 느꼈다.

"드윗 장군을 만나 뵈어야 합니다." 그가 말했다. "가능하겠습니까, 하사님?"

하사는 그를 쳐다보았다. "방문객께서 누구신지에 따라 다를 겁니다."

리처는 그에게 자신이 누구인지, 자신이 누구였는지, 조디가 누구인지, 조디의 아버지가 누구였는지 말했고, 1분 뒤 두 사람은 서늘한 경비 초소 안으로 들어갔다. 헌병 하사는 지휘실에 전화를 걸고 있었다.

"예약되셨습니다." 그가 말했다. "30분 뒤에 시간이 나신다고 합니다."

리처는 미소를 지었다. 아마 장군은 지금도 시간이 날 텐데, 30분 동안 리처 일행이 그들이 밝힌 정보의 사람이 맞는지 확인하는 데 시간을 할애할 것이기 때문이었다.

"장군님은 어떤 분입니까, 하사님?" 그가 물었다.

"저희는 장군님을 SAS로 평가합니다." 하사가 미소를 지으며 말했다.

리처는 미소를 지었다. 경비 초소는 그에게 의외로 좋은 느낌이었다. 그는 그곳에서 집 같은 편안함을 느꼈다. SAS는 '가끔 멍청한 개자식Stupid Asshole Sometimes'이라는 뜻의 헌병대 코드였고, 하사가 장군에게 부여하기에는 상당히 관대한 등급이었다. 이는 제대로만 접근하면 그 사람이 협조할 수도 있다는 의미의 평가였다. 다른 한편으로는 협조하지 않을 수도 있다는 뜻이기도 했다. 그에게 대기 시간 동안 숙고할 거리가 생겼다.

32분 뒤, 깔끔하게 흰색 글씨가 찍힌 평범한 녹색 쉐보레 차량 한 대가 장애물 안으로 들어왔고 하사가 고개짓으로 그쪽을 가리켰다. 이병인 운전병은 아무 말도 하지 않았다. 그는 그들이 좌석에 앉을 때까지 기다렸다가 차를 돌려 천천히 건물 사이로 되돌아갔다.

리처는 익숙한 광경들이 지나가는 것을 지켜보았다. 월터스에 와 본 적은 없지만, 그가 가 본 다른 수십 개의 장소와 똑같았기 때문에 충분히 잘 알고 있었다. 동일한 배치, 동일한 사람들, 동일한 세부사항 등 마치 동일한 마스터 플랜에 따라 지어진 것 같았다. 본관은 연병장을 마주 보고 있는 긴 2층 벽돌 구조의 건물이었다. 그 구조는 그가 태어난 베를린 기지의 본관 건물과 정확히 똑같았다. 차이점은 오직 날씨뿐이었다.

쉐보레는 건물로 올라가는 계단 맞은편에 천천히 정차했다. 운전자는 기어를 P에 놓고 앞 유리를 통해 조용히 전방을 응시했다. 리처는 문을 열고 조디와 함께 더위 속으로 나섰다.

"태워다 줘서 고맙습니다." 그가 말했다.

병사는 주차 모드에서 시동을 켠 채로 앉아 정면만 응시했다. 리처는 조디와 함께 계단까지 걸어가 문을 열고 안으로 들어갔다. 시원한 로비에는 백색 헬멧과 백색 각반을 하고 반짝이는 M-16 소총을 앞에총 자세로 들고 있는 헌병 병사가 서 있었다. 그의 시선은 자신을 향해 다가오는 조디의 맨다리에 고정되었다.

"리처와 가버가 드윗 장군을 만나 뵈러 왔습니다." 리처가 말했다.

병사는 소총을 받들어총 자세로 바꿨고, 이는 장벽을 제거한다는 상징적인 의미였다. 리처는 고개를 끄덕여 답례를 하고 계단으로 걸어갔다. 그곳은 다른 모든 장소와 마찬가지로 화려함과 실용성의 중간 어딘가에서 불안한 균형을 잡은 사양에 맞춰 지어진 곳이었는데, 마치 오래된 저택에 들어 있는 사립학교 같았다. 얼룩 한 점 없이 깨끗했고 자재는 최고급이었지만 장식은 규범적이고 조잡했다. 계단을 다 오르자 복도에 책상이 있었다. 거기에는 서류에 파묻힌 뚱뚱한 헌병 부사관이 앉아 있었다. 그 뒤로 드윗의 이름과 계급, 훈장이 새겨진 플라스틱 명판이 달린 오크 문이 있었다. 커다란 명판이었다.

"리처와 가버가 장군님을 만나 뵈러 왔습니다." 리처가 말했다.

부사관은 고개를 끄덕이며 인터폰을 들고 버튼을 눌렀다.

"손님 오셨습니다, 장군님." 그가 인터폰에 대고 말했다.

그는 대답을 듣고 일어서서 문을 열었다. 그러고는 그들이 지나갈 수 있도록 옆으로 비켜 주었다. 뒤에서 문을 닫았다. 사무실은 테니스 코트만한 크기였다. 오크 판넬로 되어 있었고 바닥에는 진공청소기 자국이 남아 있는 거대한 짙은 색 러그가 깔려 있었다.

커다란 오크 책상 뒤에 있는 의자에 드윗이 앉아 있었다. 그는 쉰 살에서 쉰다섯 살 사이로 피부는 푸석하고 두피 가까이 바짝 깎은 회색 머리카락은 숱이 적어 힘줄이 드러나 있었다. 그는 회색 눈을 반쯤 감고 그들이 다가오는 것을 지켜보고 있었는데, 리처는 호기심 반 짜증 반의 표정으로 해석했다.

"앉으시게." 장군이 정중하게 말했다.

책상 가까이에 방문자용 가죽 의자가 놓여 있었다. 사무실 벽에는 대대 및 사단 기념품, 모의전쟁 트로피, 부대 표창, 옛 소대의 빛바랜 흑백 사진 등 다양한 기념품이 전시되어 있었다. 수십 종의 헬리콥터 사진과 도면도 있었다. 하지만 드윗의 개인적인 물건은 하나도 전시되어 있지 않았다. 심지어 책상 위에 가족 사진도 없었다.

"두 분에게 뭘 도와드릴까?" 그가 물었다.

그의 말투는 전국 각지에서 온 사람들과 세계 각지에서 함께 근무하다 보니 만들어진 특별할 게 없는 군대식 말투였다. 그는 중서부 출신인 듯했다. 아마도 시카고 근처 어딘가에서 왔을 거라고 리처는 생각했다.

"저는 헌병 소령이었습니다." 리처가 말하고 기다렸다.

"알고 있네. 확인했어."

중립적인 답변. 아무것도 없다. 적대감은 없다. 하지만 긍정도 없다.

"제 아버지는 가버 장군이었습니다." 조디가 말했다.

드윗은 말없이 고개를 끄덕였다.

"우린 사적인 입장으로 이곳에 왔습니다." 리처가 말했다.

잠시 침묵이 흘렀다.

"정확하게는 민간인 입장이지." 드윗이 천천히 말했다.

리처는 고개를 끄덕였다. 원 스트라이크.

"빅터 하비라는 조종사에 관한 용무입니다. 장군님은 베트남에서 그와 함께 복무하셨습니다."

드윗은 일부러 멍한 표정을 지었다. 그는 눈썹을 치켜올렸다.

"내가?" 그가 말했다. "기억이 안 나는데."

투 스트라이크. 비협조적.

"우린 그에게 무슨 일이 있었는지 알아보고 있는 중입니다."

다시 짧은 침묵이 흘렀다. 그러자 드윗은 천천히 고개를 끄덕이며 재미있어 했다.

"왜지? 오랫동안 잊고 지냈던 삼촌이었나? 아니면 당신의 숨겨진 아버지? 어쩌면 수영장 청소 아르바이트를 하다가 당신 어머니와 잠시 슬픈 정사를 나눴을지도 모르지. 아니면 오래된 그의 유년 시절 집을 샀더니 벽판 뒤에서 1968년판 『플레이보이』 잡지와 함께 오랫동안 잃어버리고 있었던 십대 시절의 일기장이라도 나온 건가?"

스리 스트라이크. 완강하게 비협조적. 사무실은 다시 조용해졌다. 저 멀리서 헬기 회전날개가 돌아가는 소리가 들렸다. 조디는 의자에서 몸을 앞으로 숙였다. 조용한 방에서 그녀의 목소리는 부드럽고 낮게 들렸다.

"우린 그의 부모님을 대신해서 왔어요. 그분들은 30년 전에 아들을 잃고도, 아들에게 무슨 일이 있었는지 전혀 알지 못해요. 아직까지도 슬픔에 빠져 있어요, 장군님."

드윗은 회색 눈으로 그녀를 바라보며 고개를 저었다.

"기억이 나지 않네. 정말 유감스럽게도."

"그는 바로 여기 월터스에서 장군님과 함께 훈련 받았습니다." 리처가 말했다. "러커에 함께 갔고 퀴논으로 함께 항해했습니다. 플레이쿠에서 슬릭을 몰며 두 번의 파병 중 최고의 순간을 함께하셨습니다."

"자네 부친도 군 출신이었나?" 드윗이 물었다.

리처는 고개를 끄덕였다. "해병대셨습니다. 30년간. 셈퍼 파이Semper Fi, 미 해병대의 모토인 '항상 충성하라Semper Fidelis'의 단축어."

"내 아버지는 제8공군 소속이었네." 드윗이 말했다. "2차 대전 때 영국 이스트 앵글리아에서 베를린까지 폭격기를 몰고 갔다가 돌아오셨지. 내가 헬리콥터 부대에 입대할 때 아버지가 뭐라고 하셨는지 아나?"

리처는 기다렸다.

"아버지는 내게 좋은 조언을 해 주셨네. 조종사들과 친하게 지내지 말라고. 조종사들은 모두 죽기 마련이고, 그건 날 불행하게 만들 뿐이라고."

리처는 다시 고개를 끄덕였다. "정말 기억이 안 나십니까?"

드윗은 그냥 어깨만 으쓱했다.

"그의 가족을 위해서라도요." 조디가 말했다. "아들에게 무슨 일이 일어났는지 절대 알 수 없다는 건 잘못된 거 아닌가요?"

침묵이 흘렀다. 멀리서 들리던 회전날개 소리가 사라졌다. 드윗은 조디를 바라보았다. 그는 작은 손을 책상 위에 펴고 크게 한숨을 내쉬었다.

"글쎄, 조금 기억이 나는 것 같기도 하고." 그가 말했다. "거의 다 초창기 기억일세. 나중에 한 명씩 죽기 시작했을 때 난 아버지의 조언을 마음에 새겼지. 나 자신을 닫아 버린 거야."

"그는 어땠었나요?" 조디가 물었다.

"그가 어땠었냐고?" 드윗이 반문했다. "나랑은 달랐어, 확실히. 내가 아는 그 누구와도 달랐지. 그는 걸어 다니는 모순덩어리였어. 그는 자원 입대자였네. 나도 그랬고 많은 사람들이 그랬지. 하지만 빅터는 다른 사람들과 달랐어. 당시에는 자원병과 징집병 사이에 큰 차이가 있었네. 자원병들은 모두 사기가 높았지. 신념을 가지고 도전했으니까. 하지만 빅터는 그렇지 않았어. 그는 자원 입대했지만, 가장 소심한 징집병만큼이나 조용했네. 어쨌거나 그는 마치 회전날개를 엉덩이에 달고 태어난 것처럼 비행할 수 있었지."

"그가 잘했었나요?" 조디가 물었다.

"잘한 걸 넘어서 훌륭했지." 드윗이 대답했다. "초창기에는 나를 이어 두 번째였어. 나야말로 엉덩이에 회전날개를 달고 태어났으니까. 그런데 빅터는 교과서 공부에서도 뛰어났었네. 기억이 나. 그는 교실의 다른 모든 학생들을 압도했었어."

"그것과 관련해서 그의 태도에 문제가 있었습니까?" 리처가 물었다. "도움과 호의를 교환한다고 말입니다."

조디의 맞은편에 있는 드윗의 회색 눈동자가 흔들렸다.

"이미 조사를 한 모양이군. 파일을 본 건가?"

"우리는 국립인사기록물센터에서 여기로 바로 온 겁니다." 리처가 말했다.

드윗은 가타부타 말하지 않고 고개를 끄덕였다. "내 파일은 읽지 않았길 바라네."

"감독관이 허락해 주지 않았습니다." 리처가 말했다.

"불필요한 부분은 건드리지 않으려고 조심했어요." 조디가 말했다.

드윗이 다시 고개를 끄덕였다.

"빅터가 호의를 베풀긴 했어." 그가 말했다. "그런데 위에서는 그게 잘 못된 방식이라고 문제를 삼았지. 내 기억으로는 약간의 논란이 있었던 것 같군. 그는 동료 후보생을 돕고 싶어서 그랬던 건데. 부대를 위해서 말이야. 그런데 나중에 망할 그 일이 어떻게 됐는지 아나?"

그는 말을 멈추고 리처를 흘깃 쳐다보며 재미있다는 표정을 지었다. 리처는 고개를 끄덕였다. 조디의 존재가 그를 돕고 있었다. 그녀의 매력은 그를 다시 긍정 쪽으로 이끌었다.

"빅터는 냉정했네." 드윗이 말했다. "그에게 그건 그저 또 다른 수학 방정식에 불과한 것 같았어. 양력이 얼마만큼이 되면 헬기가 땅에서 뜨는 것처럼, 복잡한 공식 풀이를 이만큼 도와주면 군화가 광이 난다는 식이었지. 위에서는 그걸 냉정한 걸로 여겼어."

"그가 실제로도 냉정한 사람이었나요?" 조디가 물었다.

드윗은 고개를 끄덕였다. "감정이 없는, 내가 본 사람 중 가장 차가운 사람이었어. 항상 날 놀라게 했지. 처음에는 그가 아무것도 해 본 적도, 본 적도 없는 작은 고장에서 왔기 때문이라고 생각했네. 하지만 나중에 난 그가 아무것도 느끼지 못한다는 사실을 깨달았어. 아무것도. 이상했지. 하지만 그 덕분에 그는 엄청나게 대단한 비행사가 됐네."

"두려워하지 않았기 때문입니까?" 리처가 물었다.

"정확하네." 드윗이 말했다. "용감한 게 아니었어. 용감한 사람은 두려움을 느끼지만 그걸 극복하는 사람일세. 하지만 빅터는 처음부터 두려움을 느끼지 않았어. 그래서 그는 나보다 더 나은 전투 비행사가 될 수 있었지. 러커 훈련소는 내가 수석으로 수료했고, 그 사실을 증명하는 상패도 받았지만, 막상 자대에 배치돼 보니 의심할 여지 없이 빅터가 나보다 더 뛰어나더군."

"어떤 면에서 말입니까?"

드윗은 어떻게 설명할 수 없다는 듯이 어깨를 으쓱했다. "우리는 진행하면서 모든 걸 배웠고, 모든 걸 만들어 냈어. 사실 우리가 받은 훈련은 말도 못 하게 한심했네. 작고 둥근 물건 하나를 보여 주면서 '이게 야구공이다'라고 말해 주고는 바로 메이저리그에 나가서 뛰라고 하는 것과 같았지. 난 지금 이곳을 운영하면서 그런 걸 바로잡으려고 노력하고 있어. 절대로 우리처럼 준비되지 않은 아이들을 내보내고 싶지 않아."

"그는 학습 능력이 뛰어났습니까?" 리처가 물었다.

"최고였네." 드윗이 말했다. "정글에서의 헬리콥터 운용에 대해 아는 게 있나?"

리처는 고개를 저었다. "별로요."

"첫 번째 주요 문제는 착장일세." 드윗이 말했다. "착장은 착륙장을 말하네. 어딘가에서 총격을 받고 있는 지친 보병들이 탈출해야 하는 절박한 상황에서 무전으로 연락을 취하면 운항요원이 '착장을 만들면 바로 구출하러 가겠다'고 말하지. 그러면 그들은 폭발물과 톱 등 온갖 장비를 동원해 정글에 임시 착장을 만드네. 회전날개가 돌아가는 휴이 헬기가 착륙하려면 폭 15미터, 길이 18미터의 공간이 필요해. 하지만 보병들은 피곤하고 시간에 쫓기고 베트콩은 박격포를 퍼붓고 있어서 착장을 충분히 넓게 만들지 못하지. 그래서 우린 그들을 빼낼 수 없게 돼. 이런 일이 두세 번 반복되다 보니 고민이 깊어가고 있었는데, 어느 날 밤 빅터가 휴이 헬기의 회전날개 날을 꼼꼼히 살펴보는 모습을 보게 됐네. 그래서 내가 '뭘 보고 있냐'고 물었지. 그러자 그는 '이건 금속이야'라고 대답하더군. 난 그럼 그게 뭐겠냐고, 대나무겠냐고 생각했지. 하지만 그는 그것들을 계속 꼼꼼히 살펴봤어. 다음 날, 우린 다시 임시 착장으로 호출됐는데, 역시나 그 빌어먹을 곳은 사방이 몇 미터밖에 안 되게 너무 작았어. 그래서 난 못 들어가고 있었지. 하지만 빅터는 어쨌든 내려갔네. 헬기를 빙글빙글 돌리며 회전날개로 길을 내며 들어갔지. 하늘을 나는 거대한 잔디 깎는 기계라고나 할까? 정말 죽여줬어. 나무 조각이 사방으로 날아다녔지. 그가 일고여덟 명을 빼내고 나서 나머지 헬기가 그를 따라 내려가 남은 보병을 모두 구출해 냈네. 그가 냉철하고 논리적이고 시도를 두려워하지 않았던 까닭에 그 방법을 찾아낸 거고 그건 이후 SOP표준운용절차가 됐네. 그 방식으로 수년 동안 수백 명의 목숨을 구했지. 말 그대로 수백 명, 어쩌면 수천 명을."

"인상적이군요." 리처가 말했다.

"완전 대단했지." 드윗이 대답했다. "두 번째로 큰 문제는 중량일세. 들판 같은 공터에 헬기가 있다고 가정해 보지. 망할 놈의 헬기가 너무 무거워서 이륙할 수 없을 때까지 보병들이 몰려들어. 그러면 사격수들은 그들이 못 타게 떼어내고 죽을 게 뻔한 들판에 버려둔 채 떠날 수밖에 없네. 좋은 기분은 아니지. 그러던 어느 날 빅터가 그들을 모두 태웠어. 당연히 이륙할 수 없었지. 그래서 빅터는 조종 스틱을 앞으로 밀고 헬기가 지면을 따라 수평으로 미끄러지게 했어. 그러자 회전날개 아래의 공기 속도가 빨라져서 헬기를 이륙시킬 수 있게 되었네. 그렇게 떠서 멀리 날아갔어. '달리다가 오르기.' 이건 그가 창안한 또 다른 SOP가 됐지. 때때로 그는 마치 추락할 것처럼 내리막길, 심지어 산비탈을 내려가다가도 날아오르곤 했어. 우린 진행하면서 모든 걸 만들어 내는 중이었다고 내가 말했는데, 사실 좋은 것들은 대부분 빅터 하비가 만들어낸 것들일세."

"장군님은 그를 존경하셨군요." 조디가 말했다.

드윗이 고개를 끄덕였다. "맞네. 그랬어. 그리고 그걸 인정하는 게 두렵지 않았네."

"하지만 두 분이 친하진 않았고요."

그는 고개를 끄덕였다. "내 아버지가 다른 조종사들과 친하게 지내지 말라고 하셨으니까. 그리고 그렇게 하지 않아서 다행이었네. 너무 많은 사람이 죽었거든."

"그는 어떻게 시간을 보냈습니까?" 리처가 물었다. "기록에 따르면 비행을 하지 못하는 날이 많았던데요."

"날씨가 아주 엿 같았어. 진짜 엿 같았지. 상상도 못할 걸세. 나는 이 시설을 안개가 자주 끼는 워싱턴주 같은 다른 데로 옮겼으면 해. 날씨에 대비하려면 텍사스와 앨라배마에서 훈련하는 건 의미가 없거든."

"휴식 시간은 어떻게 보내셨습니까?"

"나 말인가? 난 온갖 걸 다 했네. 때로는 파티를 하고 때로는 잠을 자고 때로는 트럭을 몰고 필요한 물건을 구하러 다니기도 했지."

"빅터 하비 그는요?" 조디가 물었다. "그는 뭘 했나요?"

드윗은 다시 어깨를 으쓱였다. "모르겠어. 그는 항상 바빴고 항상 무언가를 하고 있었지만 그게 뭐였는지는 모르겠네. 말했듯이 난 다른 조종사와는 친해지고 싶지 않았으니까."

"두 번째 파병에서는 달랐습니까?" 리처가 물었다.

드윗이 짧게 미소를 지었다. "두 번째는 모두가 달랐지."

"어떻게요?" 조디가 물었다.

"화가 많이 났었네." 드윗이 말했다. "바로 다시 지원해도 돌아오려면 최소 9개월, 길게는 1년이 걸리기도 했어. 그렇게 돌아와 보면 그동안 그곳은 개판이 되어 있었어. 대충, 설렁설렁, 엉망진창이었지. 건설한 시설물은 모두 무너져 내리고, 박격포에 대비해 파 놓은 참호에는 물이 반쯤 차고, 헬리콥터 주기장에서 제거한 나무는 다시 싹이 올라오고 있었어. 내 작은 영역을 내가 없는 동안 아무것도 모르는 머저리들이 망쳐 놨다는 생각이 들면 화가 나고 우울해지지. 그게 일반적인 반응이기도 하고. 베트남의 모든 것은 점점 통제 불능의 나락으로 떨어졌네. 인적 자원의 자질이 점점 더 나빠지고 있었어."

"그래서 그가 환멸을 느꼈다고 생각하십니까?" 리처가 물었다.

드윗은 어깨를 으쓱했다. "그의 태도에 대해서는 잘 기억이 나지 않아. 아마 그는 잘 대처했을 걸세. 내 기억에 그는 강한 사명감을 가지고 있었으니까."

"그의 마지막 임무는 뭐였습니까?"

방금 셔터가 내려간 것처럼 회색 눈동자가 갑자기 멍해졌다.

"기억이 안 나는군."

"그는 피격되어서 추락했습니다." 리처가 말했다. "장군님 바로 옆 공중에서 피격되었죠. 그런데도 임무가 뭔지 기억이 안 나십니까?"

"우린 베트남에서 8천 대의 헬리콥터를 잃었네. 파병된 첫날부터 마지막 날까지 8천 대. 난 그 헬기들이 추락하는 걸 대부분 직접 봤어. 그런데 어떻게 그중 특정한 한 대를 기억할 수 있겠나?"

"무슨 임무였습니까?" 리처가 다시 물었다.

"왜 알려고 하는 건가?" 드윗이 물었다.

"도움이 될 겁니다."

"무엇에?"

리처는 어깨를 으쓱했다. "그의 가족들에게요. 쓸모 있는 일을 하다가 죽었다고 말해 주고 싶습니다."

드윗이 미소 지었다. 30년 동안 꾸준히 사용하면서 가장자리가 닳고 부드러워진 씁쓸하고 냉소적인 미소. "이봐, 자네는 절대 그렇게 할 수 없네."

"왜죠?"

"유용한 임무는 하나도 없었으니까. 모두 시간 낭비였네. 목숨도 낭비했고. 우린 전쟁에서 졌잖나."

"비밀 임무였습니까?"

그가 잠시 멈칫했다. 큰 사무실에 정적이 흘렀다.

"왜 비밀 임무라고 생각하지?" 드윗이 아무런 내색 없이 되물었다.

"그는 단 세 명만 탑승시켰습니다. 저에게는 그게 특별한 일인 것으로 보입니다. 거기에서 '달리다가 오르기'는 안 해도 됐었을 겁니다."

"기억이 나지 않네." 드윗이 다시 말했다.

리처는 조용히 그를 바라보기만 했다. 드윗이 마주 쳐다보았다.

"어떻게 기억을 하겠나? 30년 만에 처음 듣는 이야기인데. 그 빌어먹을 세부사항까지 다 기억해야 한다고?"

"30년 만에 처음이 아니잖습니까. 두 달 전에도 이런 질문을 모두 받으셨을 겁니다. 올해 4월에요."

드윗은 침묵했다.

"가버 장군이 국립인사기록물센터에 전화를 걸어서 빅터 하비에 대해 문의했었습니다. 그 후 장군님께 연락을 안 했다는 건 상상할 수 없는 일이죠. 무슨 말씀을 하셨는지 얘기해 주시겠습니까?"

드윗이 미소를 지었다. "기억이 안 난다고 말했잖나."

다시 정적이 흘렀다. 멀리서 회전날개가 가까이 오고 있었다.

"그의 가족을 위해 우리에게 말씀해 주시지 않겠어요?" 조디가 부드럽게 물었다. "그분들은 여전히 슬퍼하고 있어요. 그분들은 그것에 대해 아셔야 해요."

드윗은 고개를 저었다. "안 되네."

"안 되는 겁니까, 못 하는 겁니까?" 리처가 물었다.

드윗은 천천히 일어나 창문으로 걸어갔다.

그는 키가 작은 남자였다. 그는 햇빛 아래 서서 왼쪽으로 눈을 가늘게 뜨고 헬리콥터가 착륙하러 들어오는 소리가 들리는 곳을 바라보았다.

"기밀 정보일세. 난 어떤 언급도 할 수 없고, 앞으로도 할 생각이 없어. 가버 장군이 내게 물었을 때도 똑같은 대답을 했네. 노코멘트라고. 하지만 난 장군께 좀 더 가까이 봐야 한다고 힌트를 줬고, 자네에게도 똑같은 충고를 하겠네. 리처, 좀 더 가까운 데를 보게."

"좀 더 가까운 데요?"

드윗은 창문으로 등을 돌렸다. "카플란의 파일을 봤나?"

"부조종사 말입니까?"

드윗이 고개를 끄덕였다. "그의 마지막에서 두 번째 임무를 읽어 봤나?"

리처는 고개를 저었다.

드윗이 말했다. "읽어 봐야 할 걸세. 한때 헌병대 소령이었던 사람치고 는 일솜씨가 엉성하군. 아무튼 내가 이렇게 제안했다고 아무에게도 말하 지 말게. 난 부인할 거고 당국은 자네가 아니라 내 말을 믿을 테니까."

리처는 고개를 돌렸다. 드윗은 책상으로 돌아가 자리에 앉았다.

"그가 아직 살아 있는 게 가능할까요?" 조디가 그에게 물었다.

멀리 있던 헬리콥터의 엔진이 꺼졌다. 완전한 침묵이 흘렀다.

"노코멘트." 그가 말했다.

"전에도 이런 질문을 받은 적이 있으신가요?" 조디가 물었다.

"노코멘트." 그가 다시 말했다.

"추락 현장을 보셨죠? 생존자가 있을까요?"

"정글 수림 아래에서의 폭발을 목격했네. 그게 다야. 그의 헬기에는 연 료가 반 이상 차 있었지. 스스로 결론을 내려 보게."

"그가 살아남았나요?"

"노코멘트."

"왜 카플란은 공식적으로 전사 처리되었는데 그는 안 된 거죠?"

"노코멘트."

조디는 고개를 끄덕였다. 비협조적인 증인에게 막힌 변호사처럼 그녀 는 잠시 생각한 뒤 다시 마음을 가다듬었다. "그럼 이론적으로만요. 빅터 하비와 같은 인격과 성격, 배경을 가진 젊은 남성이 그런 사고에서 살아남 았다고 가정해 보죠. 그렇다면 그런 사람이 사고 이후에 심지어 자신의 부 모와도 다시는 연락조차 하지 않을 가능성이 있을까요?"

드윗이 다시 일어섰다. 그는 분명 불편해 하고 있었다.

"잘 모르겠군. 난 빌어먹을 정신과 의사가 아닐세. 그리고 말했듯이 난 그와 친해지지 않도록 조심했네. 그는 정말 성실한 남자였지만 냉정했어. 자네 질문에 대해 전반적으로 가능성이 매우 낮다고 평가하고 싶군. 하지만 잊지 말게. 베트남은 사람들을 변화시켰어. 예를 들자면, 난 확실히 변했지. 전엔 나도 꽤 좋은 사람이었는데."

사크 경관은 마흔네 살이었지만 그보다 더 나이 들어 보였다. 불우한 어린 시절을 보냈고 성인이 된 후에도 무지한 방치로 인해 신체가 손상되었기 때문이다. 그의 피부는 칙칙하고 창백했으며 머리카락도 일찍 빠졌다. 혈색이 나쁘고 탄력이 없어 늙어 보였다. 하지만 그는 그 사실을 깨닫고 싸워 나가고 있었다. 그는 뉴욕 경찰청의 의료진들이 추천한 식이요법과 운동에 관한 자료를 읽었다. 일일권장섭취량에서 지방을 대부분 제외했고, 피부의 창백함을 없애기 위해 흑색종이 발병하지 않을 정도까지는 일광욕을 했다. 그는 틈날 때마다 걸었다. 귀가 시에는 지하철을 한 정거장 앞에서 내려서 걸어갔다. 책에서 읽은 내용대로 숨이 차고 심장 박동이 빨라질 정도로 속도를 내 걸었다. 그리고 근무 시간에는 오할리넌을 설득해 그들이 어디로 향하든 조금 걸어서 이동해야 하는 곳에 순찰차를 주차했다.

오할리넌은 유산소 운동에는 관심이 없었지만, 상냥한 성격의 소유자였기에 특히 햇볕이 내리쬐는 여름철에는 그에게 기꺼이 협조해 주었다. 그래서 그녀는 차를 트리니티 교회 그늘에 있는 연석에 세우고 남쪽에서 세계무역센터로 걸어서 이동했다. 햇볕을 받으며 600미터를 빠르게 걸을 수 있어 사크는 만족스러웠지만, 그 거리의 범위 안에는 25만 개의 주소가 있었고, 전담반실에 아무런 기록을 남기지 않아서 그들이 어디로 향하는지 알 수 있는 단서는 누구에게도 없었다.

"공항까지 태워 줄까?" 드윗이 물었다.

리처는 그 제안을 그가 계속 견지해 왔던 꽉 막힌 태도를 누그러뜨리기 위한 제스처로 해석했다. 고개를 끄덕였다. 군용 쉐보레는 이미 시동을 걸고 밖에서 대기하고 있었기 때문에 택시보다 더 빨리 도착할 수 있었다.

"감사합니다."

"천만에." 드윗이 답했다.

그는 책상에서 전화를 걸고 나서 마치 명령을 내리는 것처럼 말했다. "현 위치 3분간 대기."

조디는 자리에서 일어나 원피스를 바로잡았다. 창문으로 걸어가서 밖을 내다봤다. 리처는 반대편으로 걸음을 옮겨 벽에 걸린 기념품을 살펴보았다. 사진 중 하나는 유명한 신문 사진으로 유광 복제본이었다. 헬리콥터가 사이공 주재 미 대사관 경내에서 이륙하고 있었고, 그 아래에는 수많은 사람들이 마치 헬기가 강제로 내려오게 하려는 듯 팔을 치켜들고 있었다.

"이때에도 장군님이 조종사였습니까?" 리처가 직감적으로 물었다.

드윗이 흘깃 쳐다보며 고개를 끄덕였다.

"75년에도 거기 계셨던 겁니까?"

드윗이 다시 고개를 끄덕였다. "다섯 번의 전투 파병과 본부 근무를 했네. 전반적으로는 전투 쪽이 더 좋았던 것 같군."

멀리서 소음이 들렸다. 강력한 헬리콥터의 쿵쿵거리는 저음이 다가왔다. 리처는 창가에 있는 조디의 곁에 섰다. 휴이 헬기 한 대가 연병장 방향으로 떨어져 있는 건물 위를 비행하고 있었다.

"자네들이 타고 갈 헬기일세." 드윗이 말했다.

"헬리콥터라고요?" 조디가 말했다.

드윗은 웃고 있었다. "뭘 생각한 건가? 여긴 헬리콥터 학교잖나. 그래서 이 아이들이 여기 내려와 있는 거고. 운전면허학원이 아니라네."

회전날개의 탓-탓-탓 하는 소음이 점점 커지고 있었다. 가까이 다가오자 제트엔진 소리가 서서히 섞이면서 고음의 횟-횟-횟 소리로 바뀌었다.

"날개가 더 커졌어." 드윗이 크게 말했다. "복합 재질로. 더 이상 금속이 아니야. 예전 빅터라면 이걸 어떻게 생각했을지 모르겠군."

휴이는 옆으로 날아와 건물 앞 연병장 위에 떠 있었다. 소음이 창문을 흔들었다. 그리고 헬기가 수평이 되더니 지면에 안착했다.

"만나서 반가웠네!" 드윗이 크게 소리쳤다.

둘은 그에게 악수를 하고 밖으로 나갔다. 책상에 있던 헌병 부사관은 소음을 뚫고 그들에게 고개를 끄덕이고는 다시 서류 작업으로 돌아갔다. 그들은 계단을 내려가 열기와 먼지와 소음이 가득한 바깥으로 나갔다. 부조종사가 그들을 위해 문을 밀어 열고 있었다. 그들은 짧은 거리를 구부정한 자세로 달려갔다. 웃는 조디의 머리카락이 사방으로 날렸다. 부조종사가 손을 내밀어 그녀를 안으로 끌어올렸다. 리처가 뒤를 따랐다. 두 사람은 뒤쪽 벤치 좌석에 몸을 묶었고 부조종사는 문을 닫고 조종석으로 올라갔다. 헬기가 공중으로 떠오르자 익숙한 진동이 시작되었다. 바닥이 기울어지고 흔들리면서 창문 너머로 건물들이 회전하고 지붕이 보이기 시작하더니 고속도로가 회색 연필로 그은 것처럼 그려진 외곽 초원이 보였다. 기수가 내려가고 엔진 소음이 최대로 커지면서 항로를 따라 시속 160킬로의 순항이 시작되었다.

사크가 읽은 책에서 '파워 워킹'이라고 불리는 운동은 시속 6킬로의 속도로 자신을 밀어붙이는 것이었다. 그렇게 하면 심장 박동이 빨라져 유산소 운동 효과를 얻으면서, 제대로 조깅할 때 발생할 수 있는 정강이와 무릎의 충격 손상을 피할 수 있다는 것이었다. 설득력 있는 제안이었고 그는 이를 믿었다. 시속 6킬로로 600미터를 이동하는 데는 5분이 조금 넘게 걸렸지만 오할리넌과 함께 걸었기 때문에 실제로는 8분 가까이 걸렸다. 그녀는 걷는 것을 좋아했지만 천천히 걷기를 원했다. 오할리넌은 체력이 떨어지는 건 아니었지만 항상 '난 편안하자고 태어났어, 속도를 위해서가 아니라'라고 말했다. 그것은 타협이었다. 걸으려면 그녀의 협조가 필요했기 때문에 그녀의 속도에 대해 불평하지 않았다. 아무것도 하지 않는 것보다는 낫다고 생각했다. 어떻게든 좋은 쪽으로 작용할 것으로 생각했다.

　"어느 건물일까요?" 그가 물었다.

　"남쪽인 것 같아."

　그들은 남쪽 타워의 정문으로 걸어가 로비 안으로 들어갔다. 카운터 뒤에는 제복을 입은 보안요원들이 있었지만, 회색 정장을 입은 외국인 남성들을 상대하느라 바빴기 때문에 사크와 오할리넌은 건물 안내판 앞으로 가서 직접 확인했다. 케이맨 신탁회사는 88층에 등재되어 있었다. 그들은 급행 엘리베이터를 탔고, 보안요원들은 그들이 건물 안으로 들어온 것을 몰랐다.

　엘리베이터 바닥과 두 사람의 발바닥의 압력이 높아지면서 위로 올라가는 속도가 빨라졌다. 이윽고 속도가 느려지더니 88층에서 멈췄다. 문이 열리고 벨이 울리자 그들은 평범한 복도로 나섰다. 천장은 낮고 공간은 좁왔다. 케이맨 신탁회사에는 작은 창문과 황동 손잡이가 달린 현대식 오크 출입문이 있었다. 사크는 문을 당겨서 오할리넌이 먼저 들어가도록 배려했다. 그녀는 그런 예우를 받을 만큼 나이가 많았다.

오크와 황동으로 장식된 리셉션 구역에는 가슴 높이의 카운터 뒤에 검은 정장을 입은 땅딸한 남자가 서 있었다. 사크는 공간의 중앙으로 물러나서서 무거운 장비들을 매단 벨트로 엉덩이 크기를 부가시키며 덩치가 크고 위엄 있어 보이려고 했다. 오할리넌은 다른 접근 계획을 가지고 카운터로 다가섰다. 그녀는 뭔가 어정쩡한 상황을 흔들고 싶었기 때문에 경찰들이 사용하는 정면 공격을 시도했다.

"셰릴 씨 때문에 왔습니다." 그녀가 말했다.

"이제 집으로 가야 할 것 같아요." 조디가 말했다.

"아니, 나랑 같이 하와이로 가."

그들은 댈러스-포트 워스 공항의 얼음처럼 차가운 터미널 안으로 돌아왔다. 휴이는 공항에서 거리가 조금 떨어진 공간에 착륙했고 부조종사는 칙칙한 녹색으로 칠해진 골프 카트로 그들을 데려다 주었다. 부기장은 그들에게 계단을 올라가면 북적이는 공공장소로 통하는, 아무 표시도 없는 문으로 안내했다.

"하와이? 리처, 난 하와이에는 못 가요. 뉴욕으로 돌아가야 해요."

"혼자서는 안 돼. 뉴욕은 위험해. 잊었어? 그리고 난 하와이로 가야 해. 그러니 너도 나와 함께 가야 해."

"리처, 안 돼요." 그녀가 다시 말했다. "내일 회의에 참석해야 해요. 당신도 전화 받아서 알잖아요."

"안 돼, 조디, 너 혼자 돌아가는 건."

그날 아침 세인트루이스의 허니문 스위트룸에서 체크아웃을 하는 순간 그는 무언가를 느꼈다. 전두엽 뒤쪽 깊숙이 묻혀 있던 뇌의 도마뱀 부분이 '허니문은 끝났어, 친구. 네 인생이 바뀌고 있고 이제부터 문제 시작이야'라고 비명을 질렀던 것이다. 그는 그것을 무시했다. 하지만 이제 그는 그것에 주의를 기울이고 있었다. 난생처음으로 그의 운명에 인질이 생겼다. 걱정할 사람이 생겼다. 커다란 기쁨이었지만 부담스럽기도 했다.

"난 돌아가야 해요." 그녀가 말했다. "그들을 실망시킬 순 없어요."

"전화해서 못 간다고 말해. 아프다거나 다른 핑계를 대."

"못해요. 내 비서도 내가 아프지 않다는 걸 알고 있잖아요? 그리고 내 업무 경력을 생각해야죠. 나한테는 중요한 일이에요."

"혼자서는 돌아갈 수 없어." 그가 다시 말했다.

"그런데 왜 그렇게 하와이에 가려고 해요?"

"그곳에 답이 있으니까."

그는 발권 카운터로 가서 작은 선반에서 두꺼운 시간표를 꺼내 왔다. 차가운 형광등 불빛 아래 서서 댈러스-포트 워스 출발의 D페이지까지 펼쳐서 호놀룰루 도착의 H까지 목적지 목록을 손가락으로 훑어나갔다. 그런 다음 그는 호놀룰루 출발 항공편으로 넘어가 뉴욕으로 돌아가는 항공편을 확인했다. 그는 다시 한번 확인한 뒤 안도의 미소를 지었다.

"어쨌든 두 가지 다 할 수 있어. 이것 좀 봐. 여기서 12시 15분 출발편이 있어. 비행 시간에서 서쪽으로 가는 시차를 빼면 호놀룰루에 오후 3시 도착. 그런 다음 7시에 뉴욕으로 돌아오는 항공편을 타고, 비행 시간에서 동쪽으로 돌아오는 시차를 더하면 내일 낮 12시에 JFK 공항에 도착할 수 있어. 오후 회의라고 했지? 그러니까 가능해."

"브리핑을 받아야 해요. 무슨 내용인지 전혀 모르니까요."

"두어 시간 남아. 당신은 습득이 빠르잖아."

"미친 짓이에요. 하와이에 겨우 네 시간밖에 못 있는데."

"그러면 충분해. 미리 전화해서 맞춰 놓을게."

"비행기 안에서 온밤을 새는 거잖아요. 망할 비행기에서 한숨도 못 자고 회의에 참석해야 한다고요."

"그러니 일등석으로 가자고. 회사가 돈을 내는 거지? 일등석이면 잘 수 있어. 좌석이 충분히 편안할 거야."

그녀는 어깨를 으쓱하며 한숨을 쉬었다. "미친 짓이야."

"네 휴대폰 좀 줘 봐."

그녀가 가방에서 휴대폰을 꺼내 건네주었고, 그는 장거리 전화 안내에 전화를 걸어 번호를 물어보았다. 전화를 걸자 9천 킬로미터 떨어진 곳에서 울리는 벨소리가 들려왔다. 벨이 여덟 번 울리고 그가 듣고 싶었던 목소리가 응답했다.

"잭 리처입니다." 그가 말했다. "하루 종일 사무실에 계실 건가요?"

하와이는 이른 아침이라 응답은 느리고 졸린 목소리였지만, 그는 듣고 싶은 대답을 들었다. 통화를 종료하고 조디에게 돌아갔다. 그녀는 다시 한숨을 쉬었지만 이번에는 미소가 섞여 있었다. 조디는 카운터에서 댈러스-포트 워스에서 호놀룰루로, 거기서 다시 뉴욕으로 가는 일등석 항공권 2매를 골드카드로 결제했다. 카운터 직원은 현장에서 좌석을 배정하는 동안, 중고 스포츠카 한 대 값을 내고 비행기에서 스무 시간, 오아후 섬에서 네 시간 머물기 위해 항공권을 사려는 사람들 앞에서 약간 당황한 기색이

역력했다. 20분 뒤 리처는 조디를 1미터 옆에 안전하게 두고 커다란 양가
죽 좌석에 앉았다.

이런 상황에서는 따라야 할 루틴이 있었다. 한 번도 사용해 본 적은 없
었지만 자주 그리고 철저하게 연습해 왔다. 가슴 높이의 카운터에 앉은 땅
딸한 남자는 손을 자연스럽게 옆으로 움직여 검지로 버튼 하나를 누르고
중지로 다른 버튼을 눌렀다. 첫 번째 버튼이 엘리베이터 로비로 통하는 오
크 문을 잠갔다. 전자기 메커니즘으로 철제 걸쇠가 소리 없이 제자리로 들
어가 고정되는 전자기 작동 방식이었다. 이 장치가 작동하면 다시 해제될
때까지 쇠막대나 열쇠로 무슨 짓을 해도 문을 열 수 없었다. 두 번째 버튼
은 하비의 책상 위에 있는 인터폰 장치에 빨간 불이 깜박이도록 설정되어
있었다. 사무실은 항상 어둡고 빨간 불빛은 밝아서 놓칠 수가 없었다.

"누구라고요?" 덩치가 물었다.

"셰릴 씨요." 오할리넌이 반복했다.

"죄송합니다." 그 남자가 말했다. "여기에 셰릴이라는 직원은 없어요.
현재 세 명의 직원이 있는데 모두 남자예요."

그는 손을 왼쪽으로 움직여 인터폰을 활성화하는 '통화'라고 표시된 버
튼에 손을 얹었다.

"검은색 타호를 운전하시나요?" 오할리넌이 그에게 물었다.

그는 고개를 끄덕였다. "검은색 타호 회사 차가 있습니다."

"서버번은요?"

"네, 그런 차도 있는 것 같아요. 교통법규 위반에 관한 건가요?"

"셰릴 씨의 병원 입원 건 때문입니다." 오할리넌이 말했다.

"누구라고요?" 남자가 다시 물었다.

사크가 오할리넌의 뒤로 다가왔다. "당신 상사와 얘기 좀 해야겠습니다."

"알았어요." 남자가 말했다. "시간이 되시는지 알아볼게요. 성함이 어떻게 되신다고요?"

"사크와 오할리넌, 뉴욕 경찰청 소속 경관입니다."

토니가 사무실 문을 열고 서서 호기심에 가득 찬 표정으로 물었다.

"무엇을 도와드릴까요, 경관님들?"

리허설에서는 경찰들이 카운터에서 돌아서서 토니를 바라보고 아마도 그를 향해 몇 걸음 걸을 것이었다. 그리고 정확히 그렇게 진행되었다. 사크와 오할리넌은 등을 돌려서 리셉션 구역 중앙으로 걸어갔다. 카운터에 있던 덩치가 몸을 숙여 수납장을 열었다. 그는 샷건을 꺼내 눈에 띄지 않게 낮게 들었다.

"셰릴 씨에 관한 건입니다." 오할리넌이 다시 말했다.

"어떤 셰릴 씨요?" 토니가 물었다.

"코뼈가 부러져서 병원에 입원한 셰릴 씨요." 사크가 말했다. "광대뼈가 깨지고 뇌진탕이 온, 성 빈센트 병원 응급실 밖에서 타호에서 내린 셰릴 씨 말입니다."

"아, 알겠네요." 토니가 말했다. "우린 그녀의 이름을 몰랐어요. 얼굴에 부상을 입어서 말을 할 수 없었죠."

"그런데 왜 그녀가 당신 차에 타고 있었죠?" 오할리넌이 물었다.

"그랜드 센트럴역에 고객을 모셔다 주러 갔는데, 길을 잃은 것 같은 여성을 인도에서 만났어요. 마운트 키스코에서 온 기차에서 내린 후 길을 잃고 헤매고 있었죠. 저희가 그녀에게 병원까지 태워다 주겠다고 했고, 그녀가 그러길 원하는 것 같았습니다. 그래서 돌아오는 길목에 있는 성 빈센트 병원에 데려다 줬어요."

"벨뷰가 그랜드 센트럴역에서 더 가까운데요." 오할리넌이 말했다.

"그쪽은 교통체증 때문에 싫어서요." 토니가 아무 내색 하지 않고 말했다. "성 빈센트 병원이 더 편하죠."

"그런데 그녀에게 무슨 일이 일어났는지 궁금하지 않으셨나요?" 사크가 물었다. "어떻게 부상을 입었는지?"

"당연히 궁금했죠." 토니가 말했다. "그녀에게 물어봤지만 부상으로 인해 말을 할 수 없었어요. 그래서 우리는 그녀의 이름을 몰랐어요."

오할리넌은 믿지 않고 서 있었다. 사크가 한 걸음 앞으로 나아갔다.

"인도에서 만났다고요?"

토니는 고개를 끄덕였다. "그랜드 센트럴역 밖에 있는."

"말을 못했다고요?"

"한마디도 못했어요."

"그런데 그녀가 키스코 열차에서 내렸는지는 어떻게 알았죠?"

리허설에서 유일하게 애매한 부분은 수비를 중단하고 공격을 시작할 정확한 순간을 선택하는 것이었다. 그것은 주관적인 문제였다. 그들은 그 순간이 오면 알아차릴 수 있을 거라고 믿었다. 그리고 그들은 해냈다. 땅딸한 남자가 일어서서 샷건을 장전하고 카운터에 수평을 맞춰 겨누었다.

"꼼짝 마!" 그가 소리쳤다.

토니의 손에 9밀리 권총이 나타났다. 사크와 오할리넌은 권총을 보고 다시 샷건을 보고는 팔을 위로 쭉 뻗었다. 영화에서 보듯 마지못해 하는 그런 작은 동작이 아니었다. 그들은 머리 바로 위의 천장 타일을 만지는 데 목숨이 달린 것처럼 격렬하게 팔을 위로 뻗었다. 샷건을 든 자가 뒤에서 다가와 사크의 등에 총구를 박았고, 토니는 오할리넌의 뒤로 돌아서 권총으로 똑같이 했다. 그러자 세 번째 남자가 어둠 속에서 나와 사무실 출입구에서 멈췄다.

"나는 갈고리 하비요." 그가 말했다.

그들은 그를 쳐다보았다. 아무 말도 하지 않았다. 그들의 시선은 그의 흉측한 얼굴에서 시작해서 빈 소매로 천천히 내려갔다.

"누가 누구요?" 하비가 물었다.

답이 없었다. 그들은 갈고리를 쳐다보고 있었다. 그가 갈고리를 들어 빛을 받도록 했다.

"둘 중 누가 오할리넌이신지?"

오할리넌은 인정하듯 고개를 숙였다.

하비가 돌아섰다.

"그럼 당신이 사크군."

사크는 고개를 끄덕였다. 고개를 살짝 기울일 뿐이었다.

"벨트 풀어." 하비가 말했다. "한 번에 하나씩. 그리고 빨리."

사크가 먼저 나섰다. 그는 빨랐다. 그는 손을 떨어뜨리고 버클과 씨름했다. 무거운 벨트가 발밑 바닥에 쿵 하고 부딪혔다. 그는 다시 천장을 향해 손을 쭉 뻗었다.

"당신도." 하비가 오할리넌에게 말했다.

그녀도 똑같이 했다. 권총과 무전기, 수갑과 야경봉이 달린 무거운 벨트가 카펫에서 쿵쿵거렸다. 그녀는 다시 손을 최대한 높이 올렸다. 하비는 몸을 숙여 양쪽 버클에 갈고리를 걸고 벨트를 공중으로 휘두르며 강둑에서 성공적인 하루를 보낸 낚시꾼처럼 포즈를 취했다. 그는 돌아서서 성한 손을 뻗어 낡은 가죽집에서 수갑 두 개를 꺼냈다.

"돌아서."

그들은 몸을 돌려 총을 정면으로 마주했다.

"손 뒤로."

피해자가 손목을 모으고 가만히 서 있으면 한 팔만 가진 남자도 피해자에게 수갑을 채울 수 있다. 사크와 오할리넌은 정말로 가만히 서 있었다. 하비는 두 사람의 손목을 한 번에 하나씩 채운 다음, 두 사람이 고통스러운 비명을 지를 때까지 수갑의 톱니를 꽉 조였다. 그런 다음 벨트를 바닥에 끌리지 않을 정도로 높이 들고 사무실 안으로 다시 들어갔다.

"들어와." 그가 불렀다.

그는 책상 뒤로 돌아가 벨트를 면밀히 검사할 물건인 양 책상 위에 올려놓았다. 그는 의자에 파묻혀 앉아 토니가 포로들을 앞에 정렬시키는 동안 기다렸다. 그는 포로들을 놔두고 벨트에 달린 모든 장비를 풀었다. 권총을 풀어 서랍에 넣었다. 그러고는 무전기를 꺼내 볼륨 조절기를 만지작거려서 나오는 소리를 키웠다. 창문을 향해 안테나가 향하도록 책상 끝에 두 대를 나란히 놓았다. 그는 잠시 고개를 숙이고 무전기에서 나는 소리에 귀를 기울였다. 그런 다음 뒤로 돌아서서 야경봉을 벨트의 고리에서 꺼냈다. 그는 한 개를 책상 위에 올려놓고 다른 한 개를 왼손에 들고 자세히 살펴보았다. 손잡이가 달린 현대식 야경봉이었고, 아래쪽은 길이 조절 부분이었다. 그는 그걸 흥미롭게 바라보았다.

"정확히 어떻게 작동하는 건가?"

사크와 오할리넌은 대답하지 않았다. 하비는 잠시 봉을 가지고 놀다가 땅딸한 남자를 힐끗 쳐다보았고 덩치가 샷건을 내밀어 사크의 옆구리를 쿡쿡 찔렀다.

"내가 묻잖아." 하비가 그에게 말했다.

"휘둘러요." 그가 중얼거렸다. "휘두르면서 살짝 튕겨요."

공간이 필요해서 그는 일어섰다. 야경봉을 휘두르며 채찍질하듯 튕겼다. 길이 조절 부분이 튀어나와 제자리에 고정되었다. 그는 화상을 입지 않은 반쪽 얼굴로 웃었다. 튀어나온 부분을 다시 집어넣고 나서 다시 시도했다. 또 웃었다. 그는 책상 주위를 큰 원을 그리며 돌면서 야경봉을 휘두르며 길게 뽑았다. 수직으로, 그리고 수평으로 휘둘렀다. 점점 더 세게 휘둘렀다. 좁게 원을 돌면서 야경봉을 번쩍거렸다. 백핸드로 봉을 튀겨 길게 뽑아 빙글 돌더니 오할리넌의 얼굴에 내리쳤다.

"이거 마음에 드네." 그가 말했다.

그녀가 뒤로 쓰러지려 하자 토니가 권총으로 쿡쿡 찔러서 그녀를 똑바로 세웠다. 그녀는 무릎이 꺾이면서 앞으로 우당탕 쓰러져 책상 앞쪽에 바짝 닿았고, 양팔이 뒤로 꽉 묶인 채 입과 코에서 피가 흘렀다.

"셰릴이 뭐라고 했다고?" 하비가 물었다.

사크는 오할리넌을 내려다보고 있었다.

"그녀는 문에 부딪혔다고 했어요." 그가 중얼거렸다.

"그럼 도대체 왜 날 귀찮게 하는 거야? 여긴 왜 왔지?"

사크가 시선을 위로 옮겼다. 하비의 얼굴을 똑바로 바라보았다.

"우린 그 말을 믿지 않았으니까요. 누군가 그녀를 때린 게 분명했어요. 타호 번호판을 추적했는데 제대로 찾아온 것 같네요."

사무실이 조용해졌다. 책상 끝에 놓인 경찰 무전기에서 들려오는 쉬익하는 소리와 삑삑거리는 소리 외에는 아무것도 들리지 않았다. 하비는 고개를 끄덕였다.

"정확히 맞는 곳이지." 그가 말했다. "문은 아무 상관이 없어."

사크는 고개를 끄덕였다. 그는 꽤나 용감한 남자였다. 가정 폭력 부서는 겁쟁이들을 위한 안전한 도피처가 아니었다. 부서의 명칭대로 잔인한 폭력을 행사하는 남자들을 상대해야 했기 때문이다. 사크는 누구보다 그들을 잘 다룰 수 있었다.

"당신, 큰 실수하는 겁니다." 그가 조용히 말했다.

"어떤 점에서?" 하비가 흥미로워하며 물었다.

"이 건은 당신이 셰릴에게 한 짓, 그게 다예요. 다른 어떤 것도 아닙니다. 여기에 다른 어떤 것이 섞이면 안 돼요. 경찰관에 대한 폭력은 크게 선을 넘는 겁니다. 셰릴 문제에 대해 뭔가 해결책을 찾을 수 있을지도 몰라요. 도발이 있었을 수도 있고 정상을 참작할 만한 상황이 있었을 수도 있죠. 하지만 계속 우릴 괴롭히면 아무것도 해결할 수 없어요. 스스로 더 큰 무덤을 파게 되는 거니까요."

그는 잠시 멈추고 반응을 주의 깊게 살펴보았다. 이런 접근 방식은 종종 효과가 있었다. 가해자의 이기심 때문이다. 하지만 하비에게서는 아무런 반응이 없었다. 그는 아무런 말도 하지 않았다. 사무실은 고요했다. 사크가 입술을 깨물며 다음 수를 생각하고 있을 때, 무전기가 삑삑거리더니 먼 곳에서 상황실 요원의 말이 전파를 타고 들려왔고 그에게 사형 선고가 내려졌다.

"다섯 하나, 다섯 둘, 현재 위치 확인바랍니다."

사크는 조건반사적으로 벨트에 무전기가 채워져 있던 자리로 손을 뻗었다. 수갑에 의해 손이 짧게 멈췄다. 무선 호출은 침묵 속으로 사라졌다. 하비가 먼 곳을 응시하고 있었다.

"다섯 하나, 다섯 둘, 현재 위치를 알려 주세요."

사크는 공포에 질려 무전기를 쳐다보고 있었다. 그의 시선을 따라가며 하비가 미소를 지었다.

"당신들이 어디에 있는지 모르는군." 그가 말했다.

사크가 고개를 저었다. 두뇌 회전이 빨랐다. 용감한 사람이었다.

"우리가 어디에 있는지 알고 있어요. 우리가 여기 있는 걸 알고 있다고. 확인을 원할 뿐입니다. 우리가 있어야 할 곳에 있는지 항상 확인하죠."

무전기가 다시 삑삑거렸다. "다섯 하나, 다섯 둘, 응답하라."

하비는 사크를 노려보았다. 무릎을 꿇은 오할리넌이 무전기를 바라보고 그것을 향해 힘겹게 꿈틀거렸다. 토니가 권총으로 그녀를 제지했다.

"다섯 하나, 다섯 둘, 들립니까?"

목소리는 정적의 바다 아래로 미끄러졌다가 더 강렬하게 되돌아왔다.

"다섯 하나, 다섯 둘, 하우스톤과 애비뉴 D에 가정 내 폭력 긴급 상황 발생. 근처에 있습니까?"

하비가 웃었다.

"거긴 여기서 3킬로 떨어진 곳인데." 그가 말했다. "당신들이 어디에 있는지 전혀 모르는군. 안 그래?"

그러고는 깔깔깔 웃었다. 그의 얼굴 왼쪽 부분은 새로 주름살이 잡혔지만 오른쪽은 흉터 조직이 단단하게 덮여 있어서 마치 딱딱한 가면저럼 보였다.

14

리처는 난생처음으로 비행기 안이 정말 편안했다. 그는 태어날 때부터 군인 자녀로서, 그리고 군인으로서 총 수백만 킬로미터나 비행기를 탔지만, 모두 굉음을 내는 스파르타식 군용 수송기 안에서 몸을 굽히고 있거나 어깨보다 좁은 딱딱한 민간인 좌석에 몸을 접고 앉아야 했다. 정기 항공편의 일등석으로 여행하는 것은 완전히 새로운 사치였다.

기내 분위기는 극적이었다. 탑승 통로에 줄을 서 있다 일등석 좌석을 훔쳐본 뒤 기내 통로를 따라 각자의 초라한 좌석으로 이동하는 승객들을 향한 계산된 모욕이었다. 일등석은 시원하고 파스텔 톤이었으며, 일반석 열 자리쯤 되는 공간에 좌석이 한 줄에 네 개씩 있었다. 산술적으로 리처는 각 좌석의 너비가 2.5배 정도 넓다고 계산했지만, 그보다 더 넓은 느낌이었다. 엄청나게 넓게 느껴졌다. 팔걸이에 엉덩이를 부딪히지 않고도 좌우로 몸을 뒤척일 수 있을 만큼 넓은 소파 같았다. 다리 공간도 놀라웠다. 앞 좌석에 닿지 않고도 바로 아래로 미끄러지듯 내려가서 놈을 쑥 뻗을 수 있었다. 버튼을 누르면 뒷자리 승객을 방해하지 않고 등받이를 거의 수평에 가깝게 뒤로 젖힐 수 있었다. 그는 장난감을 가지고 노는 아이처럼 버튼을 몇 번 조작해서 적당한 중간 자세를 잡고 기내지를 펼쳤다. 마흔 줄 뒤에서 읽었던 기내지처럼 구겨지거나 끈적거리지 않고 바삭한 게 새것 같았다.

조디는 신발을 벗고 좌석에 발을 접어 올려놓고 푹 파묻혀 있었다. 무
릎 위에 같은 기내지를 펼쳐 놓았고 팔걸이에는 차가운 샴페인이 한 잔 올
려져 있었다. 기내는 조용했다. 엔진은 멀리 떨어져 있었고, 엔진 소음은
머리 위 통풍구를 통해 들어오는 공기 소리보다 크지 않았다. 진동도 없었
다. 리처는 조디의 잔에 담긴 금빛 스파클링 와인을 보고 있었는데, 와인
의 표면에서 아무런 떨림이 보이지 않았다.

"나도 익숙해질 수 있겠지." 그가 말했다.

그녀가 고개를 들고 웃었다.

"당신 수입으로는 안 돼요"

그는 고개를 끄덕이고 계산을 해 보았다. 수영장 파는 일의 하루 임금
으로는 80킬로미터어치의 일등석 항공권을 살 수 있다는 계산이 나왔다.
순항 속도로 5분 정도 진행하는 거리에 해당되었다. 열 시간의 작업분이
다 날아가는 데 단 5분이면 충분했다. 돈을 벌었던 속도보다 120배나 빠
르게 돈을 쓰고 있었다.

"뭘 할 거예요?" 그녀가 물었다. "이 모든 게 끝나면?"

"모르겠는데." 그가 말했다.

그 질문은 그녀가 그 집에 대해 말한 이후로 항상 그의 마음 한구석에
자리 잡고 있었다. 그 집은 빛에 따라 기울기에 따라 달라지는 트릭 아이
그림처럼 때로는 온화하고 때로는 위협적인 모습으로 그의 상상 속에 자
리하고 있었다. 때로는 햇살을 받으며 편안하고 낮고 넓게 펼쳐진 마당으
로 둘러싸여 가정이라 불리는 장소처럼 보이기도 했다. 때로는 출발선의
수준을 맞추기 위해 뛰고 또 뛰어야 하는 거대한 연자방아처럼 보이기도

했다. 그는 집을 가진 사람들을 알고 있었다. 그들과 대화를 나눌 때면 뱀을 애완동물로 키우거나 볼룸댄스 대회에 참가하는 사람과 대화할 때와 마찬가지로 관심이 가지 않았다. 집은 특정한 생활방식을 강요한다. 레온처럼 누군가가 공짜로 집을 준다고 해도 집은 여러 가지를 강요했다. 재산세도 내야 했다. 그는 알고 있었다. 건물이 불에 타거나 강풍에 날아갈 경우를 대비해 보험도 들어야 했다. 유지보수도 필요했다. 그가 아는 집주인들은 항상 집에 무엇인가를 하고 있었다. 겨울 초입에는 난방 시스템이 고장 나서 교체해야 했다. 또는 지하실에 물이 새서 굴착을 해야 하는 복잡한 일이 생기기도 했다. 지붕은 골칫거리였다. 그는 알고 있었다. 사람들이 그에게 말했었다. 지붕의 수명이 한정되어 있다는 말에 그는 놀랐었다. 지붕재를 벗겨내고 새것으로 교체해야 했다. 외벽도 마찬가지, 창문도 마찬가지였다. 그는 집에 새 창문을 설치한 사람들을 알고 있었다. 그들은 어떤 종류의 창문을 달지 오랫동안 고민했다.

"일을 구할 거예요?" 조디가 물었다.

그는 타원형 창을 통해 10킬로미터 아래에 있는 건조하고 갈색인 남부 캘리포니아를 내다보았다. 어떤 종류의 일? 그 집은 세금과 보험료, 유지보수로 1년에 11,000달러 정도 들 것 같았다. 게다가 외딴 집이었기 때문에 루터의 차를 계속 갖고 있어야 했다. 집과 마찬가지로 자동차는 공짜였지만 소유하는 것만으로도 비용이 들었다. 보험, 오일 교환, 검사, 등록증, 휘발유. 1년에 3천 달러 정도는 더 들겠지. 거기에 음식과 옷, 공과금까지 더해진다. 집이 있다면 다른 것도 갖고 싶을 것이다. 스테레오가 필요할 것이다. 위노나 쥬드의 음반 말고 다른 음반도 많이 갖고 싶을 것이다. 그는 늙은 하비 부인이 손으로 계산한 것을 떠올렸다. 그녀는 연간 필요한 금액을 정했는데, 그가 그 금액보다 더 낮추기는 어려울 것 같았다. 모든 항목을 다 합하면 연간 3만 달러에 달했다. 소득세와 거기가 도대체 어디든 일주일에 5일 출퇴근하는 비용을 고려하면 5만 달러를 벌어야 한다는 것을 의미했다.

"모르겠어." 그가 다시 말했다.

"당신이 할 수 있는 일은 많아요."

"예를 들면?"

"당신은 재능이 있어요. 예를 들면, 당신은 끝내주는 수사관이에요. 아빠는 항상 당신이 최고라고 말하곤 했어요."

"그건 군대에 있을 때였고." 그가 말했다. "이제 다 끝난 일이지."

"능력은 이동이 가능해요, 리처. 최고에 대한 수요는 항상 존재하죠."

그녀는 얼굴에 빅 아이디어를 떠올리며 고개를 들었다. "당신이 코스텔로의 사업을 이어서 하면 될 것 같은데. 그가 떠났으니 공백이 생길 거예요. 우린 항상 그를 썼거든요."

"대단한 아이디어야. 먼저 그 사람을 죽이고, 그다음에는 그의 사업을 훔친다니."

"당신 잘못이 아니에요. 한번 생각해 봐요."

그래서 그는 캘리포니아를 내려다보며 그에 대해 생각해 보았다. 코스텔로의 길이 잘 든 가죽 의자와 그의 편안하게 늙은 몸을 생각했다. 조각무늬 유리창이 달린 파스텔 톤의 방에 앉아 전화로 평생 시간을 보내는 모습도 떠올렸다. 그리니치 애비뉴에 사무실을 유지하고 비서를 고용해서 새 컴퓨터와 키폰, 건강보험과 유급 휴가를 제공하는 데 드는 비용을 생각해 보았다. 그 모든 것을 개리슨의 집을 유지하는 것에 더해야 했다. 단돈

1달러라도 손에 쥐려면 일 년 중 열 달은 일해야 가능했다.

"모르겠어." 그가 다시 말했다. "전혀 생각하고 싶지 않아."

"생각해야만 해요."

"그렇겠지." 그가 말했다. "하지만 지금 당장은 안 할래."

그녀는 이해한다는 듯 미소를 지었고, 둘은 다시 침묵 속으로 잠겼다. 비행기는 쉬익 소리를 내며 계속 전진했고 승무원이 음료 카트를 몰고 왔다. 조디는 샴페인을 리필했고 리처는 맥주 한 캔을 집었다. 그는 항공사 기내지를 획획 넘겼다. 특별히 중요할 게 없는 밋밋한 기사들로 가득했다. 금융 서비스 광고와 작고 복잡한 기기 광고가 있었는데, 모두 검은색에 배터리로 작동하는 제품들이었다. 항공사가 운항 중인 항공기가 작은 그림으로 그려져 있는 섹션이 나타났다. 그는 그들이 타고 있는 기종을 찾아 승객 수용 인원과 항속 거리, 엔진 출력에 대해 읽었다. 그리고 뒤쪽에 있는 십자말풀이를 발견했다. 한 페이지를 꽉 채운 퍼즐은 꽤나 어려워 보였다. 조디는 이미 그보다 먼저 자신이 보던 책에서 그 문제를 풀고 있었다.

"11번 세로 칸을 봐요." 그녀가 말했다.

"무거운 짐이 될 수 있습니다." 그가 읽었다. "열여섯 글자라."

그녀가 말했다. "Responsibilities책임감."

마릴린과 체스터 스톤은 책상 앞 왼쪽 소파에 오종종하게 모여 있었다. 하비가 경관 둘과 따로 화장실에 있었기 때문이다. 검은 정장을 입은 땅딸한 남자는 샷건을 무릎 위에 올려놓은 채 건너편 소파에 앉아 있었다. 토니는 그 옆에 누워 커피테이블에 발을 올려놓고 있었다. 체스터는 넋이 나간 채 멍하니 어둠 속만 바라보고 있었다. 마릴린은 춥고 배고프고 무서웠다. 그녀의 눈은 방 안을 사방으로 훑고 있었다. 화장실은 완전한 정적이었다.

"저 사람들하고 저기서 뭐 하는 거죠?" 그녀가 작게 말했다.

토니는 어깨를 으쓱했다. "아마 그들과 그냥 이야기하고 있겠지."

"뭐에 대해서요?"

"뭘 좋아하고 뭘 싫어하는지 묻고 있을 거야. 물리적 고통에 관한 이야기. 알지? 그는 그런 걸 좋아하거든."

"맙소사, 왜요?"

토니가 미소를 지었다. "피해자들이 스스로 운명을 결정하게 하는 게 더 민주적이라고 생각하니까."

마릴린은 몸을 떨었다. "맙소사, 그냥 보내 주면 안 될까요? 그들은 세릴을 매 맞는 아내라고 생각했을 뿐이에요. 그에 대해서는 아무것도 몰랐잖아요."

"곧 알게 되겠지." 토니가 말했다. "그들에게 숫자를 고르라고 해. 그들은 숫자의 용도를 모르기 때문에 높은 숫자를 골라야 할지 낮은 숫자를 골라야 할지 헷갈려. 그들은 맞는 숫자를 고르면 그를 기쁘게 할 수 있다고 생각해. 그들은 그걸 알아내기 위해 한참 동안 시간을 쓰지."

"그냥 보내 주면 안 될까요? 나중에라도?"

토니는 고개를 저었다.

"아니." 그가 말했다. "그는 지금 매우 긴장한 상태야. 이게 그를 풀어줄 거야. 마치 치료받는 것처럼."

마릴린은 한참 동안 침묵했다. 하지만 그녀는 물어보지 않을 수 없었다.

"숫자는 뭐예요?" 그녀가 물었다.

"죽는 데까지 걸리는 시간." 토니가 답했다. "높은 숫자를 고른 놈들이 나중에 이 사실을 알고는 진짜 열받아 하지."

"이 개자식들!"

"어떤 사람이 100을 골랐는데 우리가 10으로 낮춰준 적도 있어."

"당신들 정말……."

"하지만 그는 당신에게는 숫자를 고르게 하지 않을 거야. 당신에게는 다른 계획을 가지고 있거든."

화장실에서는 완전한 정적이 흘렀다.

"그 인간은 미쳤어." 마릴린이 작게 말했다.

토니는 어깨를 으쓱했다. "아마도 조금은. 하지만 난 그를 좋아해. 그는 인생에서 많은 고통을 겪었어. 그래서 그가 그토록 고통에 관심을 갖는 것 같아."

마릴린은 공포에 질려 그를 쳐다보았다. 그때 엘리베이터 로비로 통하는 오크 문에서 버저가 울렸다. 끔찍한 정적 속에서 그 소리는 아주 시끄러웠다. 토니와 샷건을 든 덩치가 몸을 돌려 그 방향을 응시했다.

"확인해 봐." 토니가 말했다.

그는 재킷 안에서 총을 꺼내 체스터와 마릴린에게 겨누었다. 샷건을 든 파트너는 낮은 소파에서 몸을 일으켜 테이블을 돌아 문 쪽으로 걸음을 옮겼다. 그가 문을 닫자 사무실은 다시 조용해졌다. 토니는 일어나서 화장실 문으로 걸어갔다. 총 손잡이로 노크를 한 뒤 문을 살짝 열고 안으로 머리를 집어넣었다.

"방문객이요." 그가 속삭였다.

마릴린은 좌우를 살폈다. 그녀와 가장 가까이 있는 토니가 그녀와 6미터 정도 떨어져 있었다. 그녀는 벌떡 일어나 심호흡을 했다. 그러고는 커피테이블을 뛰어넘어 반대편 소파를 뒤뚱거리며 밟고 사무실 문까지 뛰어갔다. 그녀는 문을 힘껏 열었다. 검은 정장을 입은 남자가 리셉션 공간 저편에 서서 엘리베이터 로비로 통하는 출입구에 등장한 키 작은 남자와 이야기하는 것을 보았다.

"도와주세요!" 그녀는 그에게 소리쳤다.

키 작은 남자가 그녀를 건너다보았다. 그는 짙은 파란색 바지와 파란색 셔츠를 입고 있었고, 그 위에 바지와 같은 파란색의 짧은 재킷을 걸치고 있었다. 일종의 유니폼 같았다. 재킷의 가슴 왼쪽 부분에 작은 무늬가 있었다. 그는 갈색 식료품 봉지를 품에 안고 있었다.

"도와주세요!" 그녀가 다시 소리쳤다.

두 가지 일이 일어났다. 검은 정장을 입은 남자가 앞으로 돌진해 방문객을 안으로 확 끌어들이고 문을 쾅 닫았다. 그리고 토니는 마릴린의 허리를 팔로 뒤에서 강하게 붙잡았다. 그는 그녀를 사무실 안으로 끌어들였다. 그녀는 앞으로 몸을 굽히며 그의 팔의 압력에 맞섰다. 그녀는 몸을 반으로 구부리며 버텼다.

"제발 좀 도와주세요!"

토니가 그녀를 바닥에서 들어 올렸다. 그의 팔이 그녀의 가슴 아래를 감싸고 있었다. 짧은 드레스가 그녀의 허벅지 위로 올라갔다. 그녀는 발로 차며 몸부림쳤다. 파란색 유니폼을 입은 키 작은 남자가 쳐다보고 있었다. 그녀의 신발이 벗겨졌다. 키 작은 남자가 웃었다. 그는 식료품 봉지를 들고 벗겨진 신발을 조심스럽게 피해 걸으며 그녀 뒤를 따라 사무실로 들어왔다.

"나도 저년 한번 먹고 싶은데." 그가 말했다.

"신경 꺼." 토니가 그녀의 뒤에서 숨을 헐떡이며 말했다. "이년은 당분간 접근 금지야."

"아까비." 새로 온 남자가 말했다. "날이면 날마다 오는 게 아닌데."

토니는 그녀와 힘겹게 씨름해서 소파에 도로 앉혔다. 체스터 옆에 그녀를 내려놓았다. 신참은 아쉬워서 어깨를 으쓱하며 책상 위에 식료품 봉지를 비웠다. 현금 다발이 쏟아졌다. 화장실 문이 열리고 하비가 방으로 들어왔다. 재킷은 벗은 채로 셔츠 소매를 팔꿈치까지 걷어 올렸다. 왼쪽에는 팔뚝이 있었다. 팔뚝은 근육이 발달해 있고 검은 털이 짙게 나 있었다. 오른쪽에는 갈고리 위로 짙은 갈색의 낡고 윤이 나는 무거운 가죽 컵이 있었고, 컵을 고정하는 끈이 셔츠 소매 안으로 해서 위로 올라가고 있었다. 가죽 컵의 바닥은 아래쪽으로 갈수록 좁아졌고, 거기에서 빛나는 강철 갈고리가 15~20센티 정도 직선으로 뻗어 나와 끝부분이 구부러져 있었다.

"토니, 돈 세어 봐." 하비가 말했다.

마릴린은 몸을 똑바로 세웠다. 새로 온 남자를 향해 고개를 돌렸다.

"저 안에 경찰 두 명이 있어요." 그녀가 다급하게 말했다. "그들을 죽이려 해요."

남자는 그녀를 향해 어깨를 으쓱했다.

"무슨 상관?" 남자가 말했다. "다 죽여 버려. 나라도 그러겠네."

그녀는 멍하니 그를 바라보았다. 토니는 책상 뒤로 가서 돈 뭉치를 정리했다. 돈을 깔끔하게 쌓아 놓고 큰 소리로 숫자를 세며 책상 한쪽 끝에서 다른 쪽 끝으로 옮겼다.

"4만 달러."

"차 키는 어디 있어?" 새로 온 남자가 물었다.

토니는 책상 서랍을 열었다. "이건 벤츠 키."

그는 남자에게 던져 주고는 주머니에 손을 넣어 다른 키를 꺼냈다.

"그리고 이건 타호. 아래 차고에 있어."

"BMW는 어디 있고?" 남자가 물었다.

"아직 파운드 리지에 있어!" 하비가 방 건너편에서 소리쳤다.

"키는요?" 남자가 물었다.

"집 안에 있을 거야!" 하비가 말했다. "핸드백도 없고, 자기 몸에다 숨기고 있는 것 같지는 않잖아?"

남자는 마릴린의 드레스를 유심히 쳐다보고 입술과 혀를 모두 드러내며 추잡한 미소를 지었다.

"저 안에 뭔가 있는 건 확실한데 열쇠 같지는 않네-."

그녀는 역겨운 표정으로 남자를 바라보았다. 그의 재킷에는 '모스 모터스'라는 로고가 붉은 비단 자수로 새겨져 있었다. 하비는 방을 가로질러 그녀의 바로 뒤에 섰다. 그는 몸을 앞으로 숙여 갈고리를 그녀의 시야 안으로 내밀었다. 그녀는 그것을 가까이서 쳐다봤다. 소름이 끼쳤다.

"차 키 어디 있어?" 그가 물었다.

"BMW는 내 거야." 그녀가 말했다.

"이젠 아니지."

그는 갈고리를 더 가까이 갖다 댔다. 그녀에게 금속과 가죽 냄새가 풍겨 왔다.

"내가 몸수색을 해 볼까요?" 새로 온 남자가 크게 소리쳤다. "꽁꽁 숨기고 있을지도 모르죠. 몇 군데 찾아볼 만한 데가 있는데-."

마릴린은 소름이 끼쳤다.

"차 키." 하비가 조용히 말했다.

"주방 카운터에요." 그녀가 작게 대답했다.

하비는 갈고리를 거두고 미소를 지으며 그녀의 앞을 걸어 다녔다. 새로 온 남자는 실망한 표정이었다. 남자는 그녀의 답을 들었음을 확인하듯 고개를 끄덕이고, 손에 든 벤츠 키와 타호 키를 흔들며 천천히 문으로 걸어갔다.

"좋은 거래였어요." 그가 걸어가면서 말했다.

그러고는 문 앞에서 잠시 멈춰 서더니 뒤로 돌아 마릴린을 똑바로 바라보았다.

"저년 진짜 안 되는 거 맞아요? 우린 오랜 친구 사이잖아요? 같이 사업도 많이 했고."

하비가 진지하게 고개를 저었다. "안 돼. 저년은 내 거야."

남자는 어깨를 으쓱하고 키를 흔들며 사무실을 나갔다. 그의 뒤에서 문이 닫히고 잠시 후 로비 문이 두 번째로 쿵 하는 소리가 들렸다. 그리고 엘리베이터 소리가 나자 사무실은 다시 조용해졌다. 하비는 책상 위에 쌓여 있는 지폐 더미를 흘끗 쳐다보고는 다시 화장실로 향했다. 마릴린과 체스터는 춥고 아프고 배고픈 상태로 소파에 나란히 앉아 있었다. 블라인드의 틈새로 들어오는 빛은 저녁의 노란 어스름으로 희미해졌고, 마릴린이 저녁 8시쯤이라고 추측한 시점까지 화장실의 정적은 계속되었다. 그러다 비명 소리와 함께 깨졌다.

비행기는 서쪽으로 해를 쫓아 날았지만 계속 시간에 뒤처져서 한낮인 오후 3시에 오아후에 도착했다. 일등석 승객이 비즈니스석과 이코노미석 보다 먼저 내리기 때문에 리처와 조디는 터미널 밖 택시 승차장에 가장 먼저 도착했다. 온도와 습도는 텍사스와 비슷했지만 근처에 태평양이 있어 서인지 습기는 소금기를 품고 있었다. 그리고 빛은 더 차분했다. 울퉁불퉁한 녹색 산과 푸른 바다가 열대 지방의 보석 같은 빛으로 섬을 가득 채웠다. 조디는 다시 짙은 선글라스를 썼고, 아버지의 군복무 시절 하와이를 십수 번 지나갔지만 한 번도 들른 적이 없는 사람처럼 가벼운 호기심으로 공항 울타리 너머를 바라보았다. 리처도 마찬가지였다. 하와이를 태평양으로 가는 징검다리로 셀 수 없을 만큼 많이 이용했지만, 하와이에서 근무한 적은 없었다.

승차 대기줄 맨 앞에서 정차 중이던 택시는 댈러스-포트 워스에서 탔던 택시와 복제품처럼 똑같았다. 에어컨이 빵빵하게 나오는 깨끗한 카프리스 차량이었고 운전석은 종교 제단 반, 거실 반 느낌으로 장식되어 있었다. 그들이 오아후 공항에서 800미터밖에 떨어져 있지 않은 히캄 공군기지로 가자고 하자 기사의 얼굴에 실망하는 기색이 역력했다. 리처는 그 기사가 뒤에 줄지어 서 있는 택시들을 흘끗 쳐다보며 다른 택시들에 비해 운이 없다고 생각하는 것을 보았다.

"팁으로 10달러를 드리겠습니다." 그가 말했다.

기사는 댈러스-포트 워스의 카운터 직원과 똑같은 표정을 지었다. 미터기의 기본요금도 안 되는 거리인데 팁으로 10달러를 준다고? 리처는 대시보드 비닐에 붙어 있는 그 남자의 가족으로 짐작되는 사진을 보았다. 대가족이었다. 어두운 피부색의 아이들, 밝은 프린트 원피스를 입은 어두운 피부색의 여자가 단조롭고 깔끔한 집 앞에 웃으며 서 있고, 오른쪽 흙바닥에는 무언가가 무성하게 자라고 있었다. 그는 브라이튼의 어두운 정적 속에 외로이 있는 하비 부부를 생각했다. 산소통의 쉭쉭거리는 소리와 낡은 나무 바닥의 삐걱거리는 소리가 들려왔다. 그리고 브롱크스 가게의 먼지 구덩이에 있는 루터도 떠올렸다.

"20달러." 리처가 말했다. "지금 당장 출발하시면."

"20달러요?" 남자는 놀라움을 감추지 못하며 되물었다.

"30달러. 당신 아이들을 위해. 착해 보이는군요."

기사는 백미러 속에서 미소를 지으며 손가락을 입술에 대었다가 사진의 반짝이는 표면에 손가락 키스를 보냈다. 그가 공항순환도로로 차선 변경을 하자마자나 마찬가지인 800미터쯤 가서 포트 월터스와 똑같이 생긴 기지 정문에 도착했다. 조디가 문을 열고 더위 속으로 나가자 리처는 주머니에 손을 넣어 현금 다발을 꺼냈다. 맨 위에 있는 지폐는 50달러였고, 그는 지폐를 빼내서 운전석 차단창의 작은 경첩이 달린 문으로 밀어 넣었다.

"받으십시오."

그리고 그는 사진을 가리켰다. "저게 기사님 집입니까?"

기사는 고개를 끄덕였다.

"잘 유지되고 있습니까? 수리할 부분은 없고요?"

기사는 고개를 저었다. "최상의 상태예요."

"지붕은 괜찮습니까?"

"전혀 문제없어요."

리처는 고개를 끄덕였다. "그냥 물어본 겁니다."

그는 비닐 시트 위를 미끄러져 내려와 조디와 함께 검은 아스팔트 위에 섰다. 택시는 열기로 인한 아지랑이를 뚫고 다시 민항기 터미널로 향했다.

바다에서 약하게 바람이 불어왔다. 공기 중에 소금기가 실려 왔다. 조디는 얼굴에 날린 머리카락을 쓸어 올리며 주위를 둘러보았다.

"어디로 가는 거죠?"

"실-히." 리처가 말했다. "바로 이 안에 있어."

그는 그것을 소리 나는 대로 발음했고, 그녀는 웃었다.

"실리silly?" 그녀가 따라했다. "그게 뭐예요?"

"C, I, L, H, I." 그가 말했다. "하와이중앙신원확인연구소Central Identification Laboratory, Hawaii. 육군의 주요 시설이야."

"거긴 왜 가는 거죠?"

"왜 가는 건지 보여줄게."

그리고 잠시 주춤했다. "보여줄 수 있을 거라고 적어도 기대는 하고 있어."

그들은 정문 경비실로 걸어가서 창구 앞에 섰다. 창구 안에는 월터스에 있던 부사관과 똑같은 제복에 똑같은 머리 모양, 똑같이 의심스러운 표정으로 쳐다보는 부사관이 있었다. 그는 그들을 더위 속에서 잠시 기다리게 한 다음 창문을 밀었다. 리처가 앞으로 다가가 그들의 이름을 댔다.

"내쉬 뉴먼 장군님을 만나러 왔습니다." 그가 말했다.

부사관은 놀란 표정을 지으며 클립보드를 집어 들고 표지를 벗겨냈다. 그는 두꺼운 손가락으로 줄을 그어 내려가더니 고개를 끄덕였다. 전화기를 들고 전화를 걸었다. 네 자리 숫자. 내부 전화. 그가 방문자를 알리고 답신을 듣더니 의아한 표정을 지었다. 그는 손바닥으로 수화기를 막고 조디 쪽으로 돌아섰다.

"아가씨, 몇 살이십니까?" 그가 물었다.

"서른 살이에요." 조디도 따라서 의아해 하며 말했다.

"서른 살이시랍니다." 헌병이 수화기에 대고 반복했다. 그런 다음 다시 듣고 나서 전화를 끊고 클립보드에 무언가를 적었다. 그리고 다시 창구로 돌아왔다.

"곧 나오실 테니 이리로 들어오십시오."

그들은 경비실 벽과 차량 차단봉 끝에 있는 무거운 추 사이의 좁은 틈을 비집고 들어갔다. 서 있던 곳에서 2미터 안쪽의 뜨거운 포장도로였지만, 그곳은 하와이 교통국의 포장도로가 아닌 군용 포장도로였다. 군용 포장도로에 들어서니 부사관의 표정이 크게 바뀌었다. 의심은 모두 사라지고 전설의 내쉬 뉴먼이 왜 그토록 서둘러 이 두 민간인을 기지 안으로 들여보내는지에 대한 솔직한 호기심으로 대체되었다.

50미터 정도 떨어진 곳에 낮은 콘크리트 건물이 있었고, 벽면 끝에 평범한 출입문이 있었다. 문이 열리고 은발의 남자가 밖으로 나왔다. 그는 돌아서서 문을 닫고 잠근 다음 정문을 향해 빠른 걸음으로 다가왔다. 열대용 육군 군복 바지와 셔츠를 입고 있었고, 그 위에 흰색 실험실 가운이 펄럭이고 있었다. 셔츠 칼라에 꽂혀 있는 금속이 많아서 고위급 장교임을 알 수 있었고, 그의 품위 있는 태도에는 그런 인상을 반박할 만한 것이 아무것도 없었다. 리처가 그에게 다가가자 조디가 그를 뒤따랐다. 은발의 남자는 쉰다섯 살 정도로 보였다. 가까이서 보니 키가 크고 잘생긴 귀족적인 얼굴에 운동으로 다져진 몸의 우아함이 세월의 흐름에 막 경직되기 시작하고 있었다.

"뉴먼 장군님." 리처가 말했다. "이쪽은 조디 가버입니다."

뉴먼이 리처를 흘끗 쳐다보더니 조디의 손을 잡고 미소를 지었다.

"만나서 반갑습니다, 장군님." 그녀가 말했다.

"우린 만난 적이 있네." 뉴먼이 말했다.

"우리가요?" 그녀는 깜짝 놀라며 말했다.

"자넨 기억하지 못할 걸세." 그가 말했다. "자네가 그걸 기억한다면 몹시 놀랄 일이지. 당시 자넨 네 살이었을 거야. 필리핀에서. 자네 아버지 집 뒷마당에 있었지. 자네가 플랜터스 펀치럼주로 만든 칵테일 한 잔을 가져다 줬던 게 기억나는군. 아주 어린애가 큰 유리잔을 양손에 들고 집중하느라 혀를 빼물고 넓은 마당을 건너왔지. 그걸 떨어뜨릴까 봐 지켜보는 내내 내 심장이 떨어지는 줄 알았어."

그녀는 미소를 지었다. "그랬군요. 맞아요, 기억이 안 나네요. 제가 네 살 때였다고요? 정말 오래전 일이네요."

뉴먼이 고개를 끄덕였다. "그래서 나이가 몇 살로 보이는지 확인했네. 하사에게 대놓고 물어보라고 한 것은 아니었어. 하사가 보기에 몇 살로 보이는지만 물은 거지. 여성에게 물어볼 만한 질문은 아니잖나. 하지만 자네가 정말 나를 만나러 찾아온 레온의 딸이 맞는지 궁금했네."

그는 그녀의 손을 꽉 쥐었다가 놓았다. 그러고는 리처에게 돌아서서 그의 어깨를 가볍게 주먹으로 쳤다.

"잭 리처." 그가 말했다. "다시 보니 좋구만."

리처는 뉴먼의 손을 잡고 세게 흔들며 기쁨을 나눴다.

"뉴먼 장군님은 내 스승이셨어." 그가 조디에게 말했다. "장군님은 고등군사반에서 100만 년 전에 대해 강의를 하셨어. 첨단법의학에 대해, 내가 아는 모든 것을 가르쳐 주셨지."

"꽤 괜찮은 학생이었지." 뉴먼이 그녀에게 말했다. "적어도 주의 깊게 들었어. 대부분의 학생들은 그렇지 않았거든."

"그래서 장군님은, 무슨 일을 하시나요?" 그녀가 물었다.

"나는 법의인류학 쪽에서 일하고 있네." 뉴먼이 말했다.

"세계 최고시지." 리처가 말했다.

뉴먼은 칭찬을 일축했다. "글쎄, 그건 잘 모르겠군."

"인류학?" 조디가 말했다. "하지만 그건 오지에 사는 부족이나 그들과 관련된 것들을 연구하는 거 아닌가요? 그들이 어떻게 사는지, 그들의 의식과 믿음, 뭐 그런 것들을 연구하는 거 말이에요."

"아니, 그건 문화인류학일세." 뉴먼이 말했다. "다양한 학문이 있지. 나는 신체인류학의 일부인 법의인류학을 전공하고 있네."

"단서를 찾기 위해 유골을 연구하는 거야." 리처가 말했다.

"뼈 의사라고나 할까?" 뉴먼이 말했다. "대충 그 정도 뜻일세."

그들은 이야기를 나누며 인도를 따라 내려오다가 빈 벽에 있는 평범한 문에 다다랐다. 문이 열리자 한 젊은 남자가 현관 복도에서 그들을 기다리고 있었다. 별 특징 없이 서른 살 정도로 보이는 그는 흰색 실험실 가운 아래 중위 제복을 입고 있었다. 뉴먼이 그를 향해 고개를 끄덕였다. "이쪽은 사이먼 중위. 나를 도와 실험실을 운영하고 있지. 이 친구 없이는 아무것도 할 수 없다네."

그는 리처와 조디를 소개했고 그들은 서로 악수를 나눴다. 사이먼은 조용하고 내성적이었다. 리처는 그가 전형적인 실험실 직원이라서 짜여진 작업 루틴에 그들이 방해가 되어 짜증이 났을 거라고 생각했다. 뉴먼은 그들을 이끌고 복도를 따라 사무실로 향했고, 사이먼은 그에게 조용히 고개를 끄덕이고 사라졌다.

"앉게." 뉴먼이 말했다. "얘기 좀 하지."

"그럼 일종의 병리학자이신가요?" 조디가 그에게 물었다.

뉴먼은 책상 뒤에 자리를 잡고 손을 좌우로 흔들며 그렇지 않다고 했다. "병리학자는 의학 학위를 가지고 있지만 인류학자는 그렇지 않네. 우리는 순수하고 단순한 인류학을 공부했어. 인체의 물리적 구조, 이게 우리 분야라네. 물론 둘 다 사후 부검을 하지만 일반적으로 시체가 비교적 신선하다면 병리학자가 하고, 골격만 남았다면 우리 일이 되지. 그래서 뼈 의사라고 하는 걸세."

조디가 고개를 끄덕였다.

"물론 이건 약간 단순화한 설명이지." 뉴먼이 말했다. "신선한 시신이라 해도 뼈에 관한 의문이 제기될 수 있네. 토막난 시신을 가정해 보게. 병리학자는 우리에게 도움을 요청할 거야. 우리는 뼈에 난 톱 자국을 보고 도움을 줄 수 있어. 가해자의 힘의 강약이나, 어떤 종류의 톱을 사용했는지, 왼손잡이인지 오른손잡이인지 등을 알 수 있네. 하지만 백 번 중 아흔아홉 번은 해골을 다루지. 오래된 마른 뼈를."

그리고 그는 다시 웃었다. 은밀하고 즐거운 미소였다. "오래된 마른 뼈에 관한 한 병리학자들은 쓸모가 없어. 정말, 정말 무용지물이지. 그 친구들은 아무것도 몰라. 가끔은 도대체 의대에서 뭘 가르치는지 궁금할 때가 있다니까."

사무실은 조용하고 시원했다. 창문이 없고, 숨겨진 조명 기구에서 간접 조명이 비치고 바닥에는 카펫이 깔려 있었다. 장미목 책상과 방문객을 위한 편안한 가죽 의자가 놓여 있었다. 그리고 낮은 선반 위에 놓인 조용히 똑딱거리는 우아한 시계가 이미 오후 3시 30분을 가리키고 있었다. 귀항

편까지 겨우 3시간 30분 남아 있었다.

"우리가 여기 온 데는 이유가 있습니다, 장군님." 리처가 말했다. "이건 전적으로 사교적 방문이 아닙니다, 죄송하게도."

"나를 장군님이라고 부르지 말고 내쉬라고 부르면 그걸로 사교는 충분하네. 알았지? 자, 무슨 생각을 하고 있는지 말해 보게."

리처는 고개를 끄덕였다. "우린 도움이 필요합니다, 내쉬."

뉴먼이 고개를 들었다. "실종자 명단에 관해서?"

그런 다음 그는 조디를 향해 설명하기 시작했다.

"그게 내가 여기서 하는 일일세. 20년 동안 다른 일은 안 해 봤네."

그녀는 고개를 끄덕였다. "특정 사건에 관한 거예요. 우리가 그 건에 어느 정도 관련이 되었거든요."

뉴먼은 천천히 고개를 끄덕였다. 이번에는 그의 눈에서 빛이 사라졌다.

"그래, 그렇게 될 것 같았네." 그가 말했다. "여기에는 89,120건의 실종자 사건이 있지만, 어떤 사건에 관심이 있는지 알 것 같아."

"89,000건이요?" 조디가 놀란 표정으로 반복했다.

"그리고 120명 더. 베트남에서 실종된 2,200명, 한국에서 실종된 8,170명, 2차 대전에서 실종된 78,750명. 우리는 단 한 명도 포기하지 않았고 앞으로도 절대 포기하지 않을 거라고 약속했네."

"맙소사, 그렇게나 많다고요?"

뉴먼은 어깨를 으쓱했는데 갑자기 쓰라린 슬픔이 얼굴에 묻어났다.

"전쟁 때문이지." 그가 말했다. "고폭탄, 전술적 기동, 비행기. 전쟁이 일어나면 어떤 전투원은 살고 어떤 전투원은 죽네. 사망자 중 일부는 수습되지만 일부는 수습되지 않아. 때로는 회수할 수 있는 것이 아무것도 남지 않기도 하지. 포탄이 사람을 직접 타격하면 인간은 그 사람을 구성하는 분자 단위로 분해되어 버려. 그는 더 이상 존재하지 않아. 미세한 붉은 안개만 피어오를 수도 있고, 그것도 아니라면 완전히 끓어올라 기화되어 버릴 수도 있네. 살짝 빗나가 근처에서 터지면 산산조각이 날 거고. 그리고 전쟁은 영역 다툼이잖나, 그렇지? 그러니 그 조각이 비교적 크더라도 적의 탱크나 아군의 탱크가 분쟁 지역을 왔다 갔다 하다 보면 조각이 땅에 파묻혀 영원히 사라져 버리네."

그가 말을 멈췄고, 시계는 똑딱거리며 천천히 돌아갔다.

"게다가 비행기는 더 상황이 안 좋네. 수많은 공군 작전이 바다 위에서 벌어졌어. 비행기가 바다에 추락하면 이런 곳에서 아무리 많은 노력을 기울여도 승무원은 영원히 실종된 상태로 남는 거야."

그는 사무실과 그 너머의 보이지 않는 공간을 모두 아우르는 모호한 제스처로 손을 흔들다가 마지막에는 조디를 향해 무언의 호소처럼 손바닥이 위로 향하도록 손을 내밀었다.

"89,000명." 그녀가 말했다. "실종자 관련 자료는 단지 베트남 관련해서만 있는 줄 알았어요. 2천 명 정도요."

"89,120명." 뉴먼이 다시 말했다. "우린 여전히 한국에서 한국전 당시의 유골과 일본에서 2차 대전 당시의 유골 들을 가끔 받고 있네. 하지만 자네 말이 맞아. 이건 대부분 베트남에 관한 것들이야. 2,200명이 실종됐지. 사실 그렇게 많은 것은 아니야. 1차 대전 당시에는 단 하루 아침에만 그보다 더 많은 사람들을, 4년이라는 긴 세월 동안 매일 아침 잃었어. 남자들과 소년들이 찢겨져 날아가 진흙탕에 으깨졌지. 하지만 베트남은 날랐네. 부분적으로는 1차 대전 때 그런 일이 있었기 때문이야. 우린 더 이상 그런 대량 학살을 용납하지 않을 것이고, 이는 지극히 당연한 일이지. 우린 앞으로 나아간 거야. 이제 사람들은 그런 낡은 태도를 더 이상 용납하지 않을 테니까."

조디는 조용히 고개를 끄덕였다.

"그리고 부분적으로는 우리가 베트남 전쟁에서 패했기 때문이기도 하네." 뉴먼이 조용히 말했다. "그래서 아주 달라졌어. 그건 유일하게 우리가 패배한 전쟁이야. 그게 모든 걸 훨씬 더 나쁘게 느껴지게 만들었네. 그래서 우린 문제를 해결하기 위해 더 열심히 노력하고 있어."

그는 사무실 문 너머에 있는 보이지 않는 시설을 가리키며 다시 한번 손으로 제스처를 취했고, 목소리는 더 밝아졌다.

"그래서, 여기서 하는 일이 그거예요?" 조디가 물었다. "해외에서 유골이 발견되기를 기다렸다가 신원 확인을 위해 여기로 가져오는 거? 그래서 마침내 실종자 명단에서 이름을 삭제하는 거?"

뉴먼은 다시 손을 흔들며 애매모호한 표정을 지었다.

"정확히 말하자면 기다리지 않아. 갈 수 있는 곳이라면 우리가 찾아 나서지. 그리고 정말 열심히 노력하고 있다고 장담하지만 항상 신원을 밝혀내진 못하네."

"정말 어려운 일이네요." 그녀가 말했다.

그는 고개를 끄덕였다. "기술적으로는 아주 어려운 일이지. 수습 현장은 보통 엉망진창이고, 현장에서는 동물 뼈, 그 지역에서 발견된 여러 뼈 등 뭐든 우리에게 보내니까. 여기서 모든 것을 분류한다네. 그런 다음 우리가 추려낸 것을 가지고 작업을 시작하지. 때로는 남은 게 정말 별로 없을 때도 있어. 어떤 때는 미군 병사에게 남은 것이라고는 시가 상자에 담을 수 있는 뼈 조각 몇 개뿐인 경우도 있으니까."

"거의 불가능에 가까운 일이네요." 그녀가 말했다.

"가끔은 그렇지." 그가 대답했다. "지금 여기에는 신원이 밝혀지지 않은 백여 개의 유해 조각이 있네. 육군은 실수를 용납하지 않지. 매우 높은 수준의 확실성을 요구하는데, 때때로 우리는 그 기준을 충족할 수 없을 때도 있어."

"어디서부터 시작하나요?" 그녀가 물었다.

그는 어깨를 으쓱했다. "글쎄, 시작할 수 있는 데라면 어디서부터든지. 보통은 의료 기록일세. 리처가 실종자라고 가정해 볼까? 만약 그가 어렸을 때 팔이 부러졌다면, 우린 이전에 그가 찍은 엑스레이와 우리가 찾은 뼈의 골절 후 치유 상태를 대조해 볼 수 있겠지. 만약 턱뼈를 찾았다면 치아를 치과 차트와 대조해 볼 수도 있겠고."

리처는 그녀가 그가 정글 바닥에 누렇게 말라붙은 뼈로 변한 것을 상상하고 흙을 긁어내고 30년 전에 찍은 빛바랜 엑스레이와 비교하는 모습을 상상하면서 쳐다보고 있는 것을 보았다. 사무실은 다시 조용해졌고 시계는 계속 똑딱거렸다.

"레온이 4월에 여길 왔었습니까?" 리처가 물었다.

뉴먼이 고개를 끄덕였다. "그래, 날 찾아왔더라고. 그렇게 아픈 사람이 어리석게. 하지만 만나니까 정말 반가웠지."

그리고 그는 동정심이 가득한 얼굴로 조디를 바라보았다.

"그는 훌륭하고 또 훌륭한 사람이었네. 그에게 신세를 많이 졌어."

그녀는 고개를 끄덕였다. 처음 듣는 이야기도 아니었고, 마지막도 아닐 이야기였다.

"레온이 빅터 하비에 대해 물었습니까?" 리처가 말했다.

뉴먼은 다시 고개를 끄덕였다. "빅터 트루먼 하비."

"레온에게 뭐라고 말씀하셨습니까?"

"아무것도." 뉴먼이 말했다. "그리고 자네에게도 역시 아무 말도 하지 않을 걸세."

시계는 계속 똑딱거렸다. 4시 25분 전.

"왜죠?" 리처가 물었다.

"안 되는 이유를 자네도 확실히 알잖나."

"기밀 사항입니까?"

"이중으로." 뉴먼이 말했다.

리처는 좌절감에 안절부절못하며 잠시 말을 멈췄다. "내쉬, 당신은 우리의 마지막 희망입니다. 우린 다른 건 이미 다 해 봤어요."

뉴먼은 고개를 저었다. "어떤 건지 자네도 알잖나, 리처. 난 미 육군 장군일세, 젠장. 난 기밀 정보 누설 따위 하지 않을 거야."

"부탁드립니다, 내쉬." 리처가 말했다. "여기까지 왔잖습니까."

"안 되네." 뉴먼이 말했다.

"그런 말씀 마시고요." 리처가 말했다.

침묵.

"어쩌면, 자네가 질문을 할 수는 있을 것 같군." 뉴먼이 말했다. "내 제자가 여기 와서 자신의 기술과 관찰을 바탕으로 질문을 하고 내가 거기에 대해 순전히 학술적인 방식으로 대답한다면, 그건 누구에게도 해가 되지 않을 것 같군."

마치 태양을 가리고 있던 구름이 걷히는 것 같았다. 조디는 리처를 힐꼿 쳐다보았다. 그는 시계를 쳐다봤다. 4시 7분 전이었다. 출발까지 세 시간도 채 남지 않았다.

"좋아요, 내쉬. 고맙습니다." 그가 말했다. "이 사건에 대해 잘 아십니까?"

"난 이 모든 일에 대해 잘 알고 있네. 특히 이 사건은 4월 이후로 더."

"이중으로 기밀 분류된 것도요?"

뉴먼은 단지 고개만 끄덕였다.

"레온도 모르는 수준으로?"

"꽤 높은 수준으로." 뉴먼이 귀띔했다. "질문하겠나?"

리처는 고개를 끄덕였다. 열심히 생각해 보았다. 레온은 내가 뭘 하길 바랐을까?

"그는 암흑 속에 있었네." 뉴먼이 말했다. "그 점을 염두에 둬야 해. 알겠나?"

"알겠습니다." 리처가 말했다. "그런데 레온이 뭘 해 달라고 했습니까?"

"그는 우리에게 추락 지점을 수색해 달라고 했네."

"안케 고개에서 서쪽으로 7킬로 지점."

뉴먼은 고개를 끄덕였다. "레온에게 미안한 마음이 들었네. 그가 이 일에 대해 알지 못하는 진짜 이유를 알려 줄 수 없었고, 기밀 분류 코드를 변경하기 위해 내가 할 수 있는 일도 없었으니까. 하지만 난 그분에게 말할 수 없을 정도로 큰 신세를 졌기 때문에 추락 지점을 수색하는 데 동의했어."

조디가 몸을 앞으로 숙였다. "그런데 왜 전에는 발견되지 않았을까요? 사람들이 대략 어디인지는 알고 있는 것 같던데요."

뉴먼은 어깨를 으쓱했다. "모든 것이 엄청나게 어렵네. 자네들은 상상도 못할 거야. 지형, 관료주의. 우리가 전쟁에서 졌다는 걸 기억하게. 베트남이 모든 조건을 결정해. 우린 공동 복구 작업을 진행하지만 통제는 그들이 해. 모든 것이 끊임없는 조작과 굴욕감 속에서 진행되지. 미 군복을 입으면 마을 주민들이 트라우마를 겪을 수 있다고 해서 군복도 입지 못해. 우리 헬리콥터보다 성능이 절반밖에 안 되는 낡고 녹슨 헬리콥터를 연간 수백만 달러를 주고 빌리게 한다고. 사실 우린 그 오래된 유골을 사들이고 있는 거야. 가격과 가용성은 그들이 결정해. 결론은 미국이 신원 확인 한 건당 300만 달러 이상을 지불하고 있다는 건데, 정말 열 받는 일이지."

4시 4분 전. 뉴먼은 다시 한숨을 쉬며 생각에 잠겼다.

"지점을 찾긴 찾았습니까?" 리처가 물었다.

"언젠가 찾으려고는 했지." 뉴먼이 말했다. "대략적인 위치를 알고 있었고, 거기에 가면 무엇을 발견할 수 있는지 정확히 알고 있었기 때문에 우선순위가 높진 않았어. 하지만 레온에게 호의를 베풀기 위해 내가 그곳에 가서 일정을 앞당기려고 협상을 했네. 바로 다음 순서로 올리고 싶었으니까. 협상은 정말 힘들었어. 특별히 원하는 게 있다는 눈치를 채면 막무가내로 고집을 부리거든. 상상도 못할 정도로."

"그래도 찾긴 한 거죠?" 조디가 물었다.

"거긴 지리적으로 옛 같은 곳이었네." 뉴먼이 말했다. "월터스의 드윗과 이야기를 나눴어. 정확한 위치를 특정하는 데 그가 크든 작든 도움을 주었지. 지금까지 본 곳 중 가장 외진 곳이었어. 산악지대라 접근 불가능. 지구가 생긴 이래 아무도 그곳에 발을 들여놓은 적이 없다고 장담할 수 있네. 악몽 같은 수색이었지만 훌륭한 장소였어. 접근이 완벽하게 불가능해서 채굴되지 않은 상태였지."

"채굴?" 조디가 반문했다. "무슨 광산이라도 되나요?"

뉴먼이 고개를 저었다. "채굴이라기보다는 도굴이지. 사람들이 접근 가능했더라면 30년 전에 모든 걸 다 가져가 버렸을 거야. 개목걸이인식표, 즉 군번표를 말하는 군대 속어, 신분증, 방탄모, 기념품 등을 가져갔는데, 대부분 금속을 노렸지. 주로 금과 백금 때문에 고정익 항공기동체에 날개가 고정되어 있는 항공기가 떨어진 곳을 노렸네."

"금이라고요?" 그녀가 물었다.

"전기 회로에," 뉴먼이 말했다. "예를 들어 F-4 팬텀의 경우, 연결부에 약 5천 달러 상당의 귀금속이 들어 있었어. 그것을 모두 떼어내서 팔았지. 방콕에서 싸게 파는 금붙이를 사면 오래된 미군 전폭기의 전자부품으로 만든 것일 가능성이 크다네."

"거기서 뭘 찾았습니까?" 리처가 물었다.

"상대적으로 보존 상태는 양호했어." 뉴먼이 말했다. "휴이는 파손되고 녹이 슬었지만 식별 가능했지. 물론 시신은 완전히 해골화되어 있었고, 옷도 오래전에 썩어 없어졌네. 하지만 빠진 건 없었어. 모두 개목걸이를 달고 있었으니까. 우린 유골을 관에 넣어서 헬리콥터에 실어 하노이로 보냈네. 그리고 완벽한 예우를 갖춰서 스타리프터에 싣고 여기로 귀환했지. 이제 막 돌아왔어. 처음부터 끝까지 3개월이 걸렸고, 시간적인 면에서 역대 최고였어. 인식표가 있으니 신원 확인은 형식적인 절차에 불과할 거야. 이번엔 뼈 의사의 역할이 필요 없어. 열자마자 끝이지. 레온이 이걸 살아서 보지 못해 안타까워. 봤으면 마음이 편안해졌을 텐데."

"유골들이 여기 있다고요?" 리처가 물었다.

뉴먼은 고개를 끄덕였다. "바로 옆방에."

"좀 볼 수 있을까요?" 리처가 물었다.

뉴먼은 다시 고개를 끄덕였다. "안 되는 거지만, 자네가 원한다면."

사무실이 조용해지자 뉴먼은 자리에서 일어나 양손으로 문을 향해 손짓했다. 사이먼 중위가 지나갔다. 그가 고개를 끄덕여 인사했다.

"이분들과 함께 검사실로 가겠네." 뉴먼이 그에게 말했다.

"알겠습니다, 장군님." 사이먼이 대답했다. 그는 자신의 사무실 칸막이로 가고, 리처와 조디, 뉴먼은 반대 방향으로 걸어가 콘크리트 블록의 빈 벽에 설치된 평범한 문 앞에서 멈췄다. 뉴먼은 주머니에서 열쇠를 꺼내 자물쇠를 풀었다. 문을 당겨 열고 양손으로 똑같은 제스처를 반복했다. 리처와 조디가 그보다 앞서 검사실로 들어갔다.

사이먼은 자기 칸막이에서 그들이 안으로 들어가는 모습을 지켜보았다. 문이 닫히고 잠기자 그는 전화기를 들고 9번을 누른 다음 뉴욕시의 지역번호로 시작하는 열 자리 숫자를 눌렀다. 동쪽으로 9천 킬로미터 떨어진 그곳은 이미 한밤중이었기에 신호가 오랫동안 울렸다. 잠시 후 상대가 전화를 받았다.

"리처가 왔어요." 사이먼이 속삭였다. "방금, 여자와 함께. 지금 검사실로 갔어요. 그걸 보려고."

낮고 절제된 하비의 목소리가 돌아왔다.

"여자는 누구지?"

"조디 가버." 사이먼이 말했다. "가버 장군의 딸이요."

"다른 이름으로는 제이콥 부인이지."

"어떻게 할까요?"

전화선에는 침묵이 흘렀다. 장거리 위성의 휘파람 소리만 들렸다.

"공항까지 태워다 주면 되겠네. 그 여자는 내일 오후에 뉴욕에서 약속이 있으니까 7시 비행기를 타려고 할 거야. 그냥 시간만 놓치지 않게 해."

"알겠어요." 사이먼이 말하자 하비가 전화를 끊었다.

연구실은 12×15미터 정도의 넓고 낮은 방이었다. 창문은 없었다. 조명은 일반적인 형광등 불빛이었다. 효율적인 공기 순환 소리가 희미하게 쉭쉭 들렸지만, 방 안에는 강한 소독제의 톡 쏘는 냄새와 따뜻한 흙냄새가 섞인 냄새가 났다. 공간의 맨 끝에는 선반으로 가득 찬 골방이 있었다. 선반 위에는 검은색으로 참조 번호가 표시된 골판지 상자가 줄지어 있었다. 아마 백 개는 될 것 같았다.

"신원 미상?" 리처가 말했다.

뉴먼이 옆에서 고개를 끄덕였다.

"현재로서는." 그가 조용히 말했다. "우린 결코 포기하지 않을 거지만."

그들과 멀리 떨어진 골방 사이에는 방의 주요 부분이 있었다. 바닥은 깨끗하게 닦은 타일로 되어 있었다. 그 위에 스무 개의 깔끔한 목제 테이블이 정확하게 열을 맞춰 놓여 있었다. 테이블은 허리 높이였고 무겁고 광택이 나는 석판으로 덮여 있었다. 각 테이블은 군용 간이침대보다 조금 더 짧고 조금 더 좁았다. 도배장이들이 벽지를 붙일 때 사용하는 테이블의 견고한 버전처럼 보였다. 그중 여섯 개는 완전히 비어 있었다. 그중 일곱 개에는 광택이 나는 알루미늄 관 일곱 개의 뚜껑이 가로놓여 있었다. 나머지 일곱 개의 테이블에는 일곱 개의 알루미늄 관이 정확하게 열을 맞춰 뚜껑이 있는 테이블 옆에 번갈아 가며 놓여 있었다. 리처는 묵념을 하고 차렷 자세로 2년여 만에 처음으로 긴 침묵의 경례를 올렸다.

"끔찍하네요." 조디가 속삭였다.

그녀는 마치 묘지의 장례식에 온 것처럼 두 손을 뒤로 맞잡고 고개를 숙이고 서 있었다.

리처는 경례를 마치고 그녀의 손을 꽉 잡았다.

"고맙군." 뉴먼이 조용히 말했다. "나는 사람들이 이곳에서 존경을 표하는 걸 좋아하네."

"어떻게 안 할 수 있겠어요?" 조디가 속삭였다.

그녀는 눈물이 글썽글썽한 채 관을 바라보고 있었다.

"그래서, 리처, 뭐가 보이나?" 뉴먼이 침묵 속에서 물었다.

리처의 눈은 밝은 방 안을 여기저기 살폈다. 그는 너무 충격을 받아 움직일 수 없었다.

"관이 일곱 개군요." 그가 조용히 말했다. "여덟 개를 예상했는데. 그 휴이에는 여덟 명이 타고 있었습니다. 다섯 명의 승무원과 다른 사람 세 명. 드윗의 보고서에 나와 있어요. 5 더하기 3은 8인데."

"8에서 1을 빼면 7이 되지." 뉴먼이 말했다.

"그 지점을 철저히 수색하셨습니까?"

뉴먼이 고개를 저었다. "아니."

"왜죠?"

"왜 일곱 개인지 자네가 스스로 찾아내게."

리처는 몸을 흔들며 한 걸음 앞으로 나아갔다. "제가요?"

"자네에게 맡기겠네." 뉴먼이 대답했다. "뭐가 보이는지 말해 봐. 집중하면 자네가 기억하는 것과 잊어버린 것을 볼 수 있을 거야."

리처는 가장 가까운 관으로 걸어가 관을 내려다볼 수 있도록 관의 세로 변을 따라 몸을 돌렸다. 관 안에는 관 자체보다 모든 치수에서 15센티 작은 거친 나무 상자가 들어 있었다.

"그게 베트남인들이 우리에게 사용하도록 하는 걸세." 뉴먼이 말했다. "그들은 우리에게 그 상자를 팔고 그걸 사용하게 하지. 우린 그걸 하노이 공항 격납고에 있는 우리 관 안에 넣는 거고."

나무 상자에는 뚜껑이 없었다. 그냥 얄팍한 상자였다. 그 안에는 뼈들이 뒤섞여 있었다. 누군가가 대강 해부학적 순서대로 배열해 놓았다. 맨 위에는 누렇게 변색된 오래된 두개골이 있었다. 기괴한 미소를 짓고 있었다. 입에는 금니가 있었다. 텅 빈 눈구멍이 앞을 응시했다. 목의 척추뼈는 깔끔하게 정렬되어 있었다. 그 아래에는 견갑골과 쇄골, 늑골이 골반 위의 올바른 위치에 배치되어 있었다. 팔뼈와 다리뼈는 양옆으로 놓여 있었다. 목뼈 위에서 희미하게 빛나는 금속 체인이 왼쪽 견갑골의 납작한 부분 아래로 드리워져 있었다.

"봐도 될까요?" 리처가 물었다.

뉴먼은 고개를 끄덕였다. "그러게."

리처는 한참 동안 침묵하고 있다가 몸을 숙여 체인 아래에 손가락을 걸어넣고 조심스럽게 빼냈다. 개목걸이가 걸리자 뼈들이 흔들리고 딸깍거리며 움직였다. 개목걸이를 꺼내 위로 끌어올린 다음 엄지손가락으로 앞면을 쓱쓱 문질렀다. 거기 찍혀 있는 이름을 읽으려 몸을 숙였다.

"카플란." 그가 말했다. "부조종사군요."

"사망 경위는?" 뉴먼이 물었다.

리처는 갈비뼈 위에 개목걸이를 다시 올려놓고 증거를 열심히 찾았다. 두개골은 양호했다. 팔이나 다리, 가슴 손상의 흔적은 없었다. 하지만 골반은 박살이 나 있었다. 척추 아래로 가는 척추뼈가 부러져 있었다. 그리고 등 쪽 갈비뼈는 아래에서 위로 양쪽 여덟 개가 부러져 있었다.

"휴이가 땅에 부딪힌 순간 충격이 컸습니다. 뒤쪽 허리 아래에 큰 충격을 받았어요. 엄청난 내부 손상과 출혈이 있었습니다. 아마 1분 내에 사망했을 겁니다."

"하지만 그는 조종석에 벨트로 고정되어 있었네." 뉴먼이 말했다. "지상에 정면으로 부딪혔는데 어떻게 뒤에서 부상을 입지?"

리처는 다시 살펴보았다. 수년 전 교실에서 전설의 내쉬 뉴먼 앞에서 실수할까 봐 긴장했던 느낌이 다시 들었다. 그는 열심히 살펴보았고, 마른 뼈를 손으로 가볍게 만지며 느껴 보기도 했다. 그렇지만 그의 말이 맞아야만 했다. 그것은 허리 뒤 아래쪽에 가해진 엄청난 충격으로 인한 것이었다. 달리 설명할 수는 없었다.

"휴이가 회전했군요." 그가 말했다. "헬기가 낮은 각도로 진입했고 나무에 의해 회전했습니다. 좌석과 꼬리 사이가 분리되었고 좌석이 뒤로 떨어지면서 지면에 부딪혔습니다."

뉴먼이 고개를 끄덕였다. "훌륭해. 그게 바로 우리가 찾은 해답이야. 뒤로 부딪혔어. 안전벨트가 그를 구하는 대신 헬기 좌석이 그를 죽였지."

리처는 다음 관으로 이동했다. 똑같은 얇은 나무 상자에, 똑같은 누런 뼈들이 뒤섞여 있었다. 똑같이 비난하며 기괴하게 웃고 있는 두개골. 그 아래에는 목이 부러져 있었다. 그는 부서진 뼈 조각 사이에서 개목걸이를 꺼냈다.

"타르델리." 그가 읽었다.

"우현 쪽 사격수." 뉴먼이 말했다.

타르델리의 유골은 엉망이었다. 사격수들은 열린 탑승구에서 안전장치도 없이 사방으로 흔들리며 번지줄에 매달린 무거운 기관총을 조작했다. 휴이가 추락했을 때 타르델리는 기내 곳곳으로 내동댕이쳐졌다.

"목뼈 골절." 리처가 말했다. "상부 흉부 파열."

그는 끔찍한 누런 두개골을 뒤집었다. 달걀 껍질처럼 부서져 있었다.

"동시에 머리 외상. 그는 즉사한 것으로 보입니다. 정확히 어떤 부상으로 사망했는지는 말할 필요가 없을 것 같습니다."

"같은 의견이야." 뉴먼이 말했다. "그는 열아홉 살이었네."

정적이 흘렀다. 달콤한 흙냄새가 나는 것 외에 공기 중에는 아무것도 없었다.

"다음 걸 보게." 뉴먼이 말했다.

다음 것은 달랐다. 흉부의 단일 손상이었다. 개목걸이가 부서진 뼈에 엉켜 있었다. 리처는 그것들을 풀어낼 수 없어서 이름을 확인하기 위해 고개를 숙여야 했다.

"뱀포드."

"승무원장." 뉴먼이 말했다. "뒤쪽을 바라보고 기내 벤치에 앉아서 그들이 태운 세 사람을 마주 보고 있었을 거야."

뱀포드의 뼈만 남은 얼굴이 그를 향해 미소 지었다. 상체를 가로지르는 좁은 압박 손상을 제외하면 그의 유골은 완전한 채 훼손되지 않았다. 마치 가슴에 8센티짜리 참호가 파인 것 같았다. 흉골은 척추까지 밀려들어가 있었고 척추뼈 세 개가 직선상에서 떨어져 나가 뒤섞여 버렸다. 갈비뼈 세 개도 함께 부러졌다.

"어떻게 된 것 같나?" 뉴먼이 물었다.

리처는 상자에 손을 넣어 손상 부위의 크기를 재어 봤다. 손상 부위는 좁고 수평으로 되어 있었다. 손가락 세 개는 안 들어가지만 두 개는 들어갔다.

"일종의 충격." 그가 말했다. "날카로운 사물과 무딘 사물의 중간 정도 되는 것에 의한. 명백히 가슴을 측면에서 맞았습니다. 심장이 즉시 멈췄을 겁니다. 회전날개일 것 같네요."

뉴먼이 고개를 끄덕였다. "아주 잘했어. 보이는 대로 회전날개가 나무에 부딪혀 접혀서 기내로 떨어졌네. 상체를 가로질러 강타한 게 분명해. 자네가 말했듯이, 그 정도 타격이면 그의 심장은 즉시 멈췄을 거야."

다음 관의 유골은 전혀 달랐다. 일부는 같은 칙칙한 누런색이었지만 대부분은 풍화되어 하얗고 부서지기 쉬운 상태였다. 개목걸이는 휘어지고 검게 변해 있었다. 리처는 인식표를 양각이 돋보이도록 돌려서 천장 조명에 대고 읽었다. "소퍼."

"좌현 사격수." 뉴먼이 말했다.

"불이 났군요." 리처가 말했다.

"어떻게 알 수 있지?" 뉴먼은 예전으로 돌아가 강사처럼 물었다.

"개목걸이가 불에 탔습니다."

"그리고?"

"뼈가 소성되어 있어요." 리처가 말했다. "적어도 대부분은 그렇습니다."

"소성되었다는 건?" 뉴먼이 반복했다.

리처는 고개를 끄덕이며 15년 전의 교과서로 거슬러 올라갔다.

"유기 성분은 연소되고 무기 화합물만 남게 됩니다. 불에 타면 뼈가 작아지고, 하얗게 변하고, 결이 생기고, 부서지기 쉽고, 풍화됩니다."

"맞았어." 뉴먼이 고개를 끄덕였다.

"드윗이 목격한 폭발이군요." 조디가 말했다. "연료 탱크."

뉴먼이 다시 고개를 끄덕였다. "전형적인 증거일세. 천천히 탄 화재가 아니야. 연료 폭발이었어. 무작위로 분출되는 연료의 빠른 연소가 불에 탄 뼈의 무작위성을 설명해 주고 있지. 소퍼는 하체에 연료를 뒤집어썼지만 상체는 불 밖에 놓여 있었던 것 같아."

그의 조용한 말이 침묵으로 바뀌고 세 사람은 그 공포의 장면을 상상하느라 말을 잊었다. 굉음을 내는 엔진, 기체에 박히는 적의 총알, 갑작스러운 동력 상실, 마구 쏟아지는 연료, 불길, 나무에 부딪혀 기체가 동강 나는 충격, 비명, 회전날개가 돌면서 떨어지고, 지면에 추락해 나동그라지며, 금속끼리 부딪히는 마찰음, 그리고 태초 이래 인간이 접근한 적 없는 무심한 정글 바닥에 연약한 인간의 몸이 박살 나는 광경이었다. 소퍼의 텅 빈 눈구멍이 불빛을 응시하며 상상을 불러일으키고 있었다.

"다음." 뉴먼이 말했다.

다음 관에는 앨런이라는 남자의 유해가 들어 있었다. 그는 불에 타지 않았다. 단지 빛이 나는 개목걸이가 부러진 목에 달려 있는 누런 해골뿐이었다. 고상하게 웃고 있는 두개골. 하얀 치아도 있었다. 정수리가 높게 솟고 둥글고 손상되지 않은 두개골. 50년대 미국의 좋은 영양과 세심한 양육의 산물이었다. 그의 등은 전체가 죽은 게처럼 박살 나 있었다.

"앨런은 그들이 태운 세 명 중 한 명이었네." 뉴먼이 말했다.

리처는 슬피 고개를 끄덕였다. 여섯 번째 관은 화상 희생자였다. 그의 이름은 자브린스키였다. 그의 뼈는 소성되어 작아졌다.

"아마 생전에는 체격이 큰 사람이었을 거야." 뉴먼이 말했다. "불에 타면 뼈가 50퍼센트까지 줄어들 수 있네. 그러니 그를 난쟁이로 낙인찍지는 말게."

리처는 다시 고개를 끄덕였다. 그는 손으로 뼈들을 만졌다. 뼈들은 빈 껍질처럼 가벼웠고 부서지기 쉬웠다. 정맥 자리가 미세하게 남아 날카로웠다.

"부상 정도는?" 뉴먼이 물었다.

리처는 다시 살펴보았지만 아무것도 찾지 못했다.

"그는 불에 타 죽었습니다." 그가 말했다.

뉴먼이 고개를 끄덕였다.

"그래, 유감스럽게도." 그가 말했다.

"끔찍하네요." 조디가 속삭였다.

일곱 번째이자 마지막 관에는 건스턴이라는 남성의 유해가 들어 있었다. 끔찍한 유골이었다. 처음에 리처는 두개골이 없다고 생각했다. 그러다 두개골이 나무 상자 바닥에 놓여 있는 걸 봤는데 백 조각으로 부서져 있었다. 조각 대부분이 그의 엄지손톱보다 크지 않았다.

"어떤 것 같나?" 뉴먼이 물었다.

리처는 고개를 저었다.

"생각하고 싶지 않네요." 그가 중얼거렸다. "그만 생각하겠습니다."

뉴먼이 동정하며 고개를 끄덕였다. "회전날개에 머리를 맞았네. 그들이 태운 세 명 중 한 명이었지. 그는 뱀포드 맞은편에 앉아 있었네."

"5 더하기 3이요." 조디가 조용히 말했다. "승무원은 기장 하비와 부기장 카플란, 승무원장 뱀포드, 사격수 소퍼와 타르델리였고, 그들은 내려가서 앨런과 자브린스키, 건스턴을 태웠어요."

뉴먼은 고개를 끄덕였다. "기록엔 그렇게 되어 있지."

"그래서 하비는 어디 있습니까?" 리처가 물었다.

"자네가 놓치고 있는 게 있어." 뉴먼이 말했다. "잘하던 사람치고는 엉성하군, 리처."

리처는 그를 힐끗 쳐다보았다. 드윗도 비슷한 말을 했었다. 한때 헌병대 소령이었던 사람치고는 일솜씨가 엉성하군. 좀 더 가까운 데를 보게.

"그들은 헌병이었죠?" 그가 갑자기 말했다.

뉴먼은 미소를 지었다. "누구 말인가?"

"그들 중 두 명." 리처가 말했다. "앨런과 자브린스키, 건스턴 중 두 명 말입니다. 그들 중 두 명이 다른 한 사람을 체포했어요. 특별한 임무였습니다. 카플란은 전날 헌병 두 명을 현장에 투입했습니다. 그의 마지막 임무 중 하나. 제가 파일에서 읽지 않은 단독 비행. 그들은 범인을 체포하러 다시 갔던 겁니다."

뉴먼이 고개를 끄덕였다. "정답."

"누가 어느 쪽이었습니까?"

"피트 자브린스키와 조이 건스턴이 경찰, 칼 앨런이 범죄자였네."

리처는 고개를 끄덕였다. "그자가 무슨 짓을 한 겁니까?"

"자세한 내용은 기밀일세." 뉴먼이 말했다. "자네 생각은?"

"그렇게 기동성 있게 들고나며 신속하게 체포해야 하는 사건이라면? 제 생각엔 '조각내기fragging'인 것 같군요."

"조각내기가 뭐죠?" 조디가 물었다.

"상관 살해." 리처가 말했다. "그런 일이 종종 있었어. 대개는 파병된 지 얼마 안 된 경호gung-ho, 전쟁에 지나치게 열광하는 군사를 일컫는 말 중위가 위험한 위치로 진격하는 데 열을 올려. 병사들은 그게 싫고, 그가 훈장만 노린다 생각하고, 자기들 엉덩이를 무사히 건사하는 게 낫다고 생각하지. 그래서 그가 '돌격 앞으로'라고 하면 누군가가 그의 등을 쏴 버리거나 수류탄을 던지는 거야. 수류탄이 더 효율적이었어. 조준할 필요가 없고 전모를 더 잘 은폐할 수 있었거든. 조각내기라는 이름이 여기서 나온 거야. 파편화 장치fragmentation device, 수류탄grenade으로."

"조각내기가 맞던가요?" 조디가 물었다.

"자세한 내용은 기밀이네." 뉴먼이 다시 말했다. "하지만 그자의 길고 악랄한 경력의 끝자락에 분명히 조각내기가 있었지. 파일에 따르면 칼 앨런은 확실히 '이달의 우수 병사'는 아니었네."

조디는 고개를 끄덕였다. "그런데 도대체 왜 기밀로 분류된 건가요? 그가 무슨 짓을 했든 죽은 지 30년이 지났는데. 그럼 정의는 실현된 거 아닌가요?"

리처는 앨런의 관으로 다시 가 있었다. 그는 관을 내려다보고 있었다.

"조심해야 해." 그가 말했다. "경호 중위가 누구였든, 그의 가족들은 그가 적과 싸우다 영웅으로 죽었다고 들었을 거야. 만약 그들이 다른 사실을 알게 된다면 그건 스캔들이 되겠지. 그리고 육군부는 스캔들을 좋아하지 않아."

"정답." 뉴먼이 재차 말했다.

"그런데 하비는 어디 있을까요?" 리처가 다시 물었다.

"자네가 아직 놓치고 있는 게 있어. 한 번에 한 걸음씩 나아가는 거야. 알겠나?"

"하지만 무엇에서요?" 리처가 물었다. "어디에서?"

"뼈들 사이에서." 뉴먼이 말했다.

검사실 벽에 걸린 시계는 5시 30분을 가리키고 있었다. 남은 시간이 한 시간도 채 되지 않았다. 리처는 숨을 고르고 관 주위를 역순으로 돌았다. 건스턴, 자브린스키, 앨런, 소퍼, 뱀포드, 타르델리, 카플란. 웃고 있는 여섯 개의 두개골과 한 개의 머리 없는 어깨 유골이 그를 다시 쳐다보았다. 그는 다시 한 바퀴를 돌았다. 시계는 계속 똑딱거렸다. 그는 각 관 옆에 멈춰 서서 차가운 알루미늄 측면을 잡고 몸을 숙여 안을 들여다보면서 놓치고 있는 것을 발견하기 위해 필사적으로 노력했다. 뼈들 사이에서. 그는 맨 위에서부터 조사를 시작했다. 두개골, 목, 쇄골, 늑골, 팔, 골반, 다리, 발까지. 그는 상자를 뒤적거렸다. 살짝 들어 섬세하게 분류해 가며 마른 유골을 뒤져 찾고 있었다. 6시 15분 전. 6시 10분 전. 조디는 걱정스럽게 그를 지켜보고 있었다. 그는 헌병인 건스턴부터 다시 시작해서 세 번째로 돌았다. 다른 헌병인 자브린스키로 넘어갔다. 그리고 범죄자 앨런에게로. 그리고 사격수 소퍼. 그리고 승무원장 뱀포드. 마침내 뱀포드의 상자에서 찾아냈다. 그는 눈을 감았다. 분명했다. 형광 페인트를 칠하고 서치라이트로 불을 밝힌 것 같았다. 그는 다시 다른 여섯 개의 상자를 돌아다니며 세고 한 번 더 확인했다. 맞았다. 찾아냈다. 하와이 시간 저녁 6시.

"유해는 일곱 구인데," 그가 말했다. "손은 열다섯 개군요."

하와이의 저녁 6시는 뉴욕의 밤 11시였고, 하비는 5번가 30층에 있는 자신의 아파트에서 혼자 침실에 앉아 잠자리에 들 준비를 하고 있었다. 11시는 평소 취침 시간보다 이른 시간이었다. 보통은 밤 한두 시까지 책을 읽거나 케이블TV로 영화를 보며 깨어 있곤 했다. 하지만 그날 밤은 피곤했다. 지치는 하루였다. 상당한 정도의 육체적 활동과 정신적 긴장이 있었기 때문이었다.

그는 침대 가장자리에 앉아 있었다. 킹 사이즈 침대였지만 그는 혼자 잤고 늘 그래 왔다. 흰색의 두꺼운 이불이 있었다. 벽도 흰색이고 블라인드도 흰색이었다. 인테리어에 어떤 예술적 일관성을 추구했기 때문이 아니라 흰색이 항상 가장 저렴했기 때문이었다. 침구, 페인트, 창문 가림막 등 어떤 것이든 흰색 옵션이 항상 가격이 가장 저렴했다. 벽에 예술 작품도 없었다. 사진도, 장식품도, 기념품도, 아무것도 걸려 있지 않았다. 바닥은 일반 오크 판자로 되어 있었다. 러그도 없었다.

그의 발은 바닥에 반듯하게 놓여져 있었다. 광이 나게 닦인 검은색 옥스퍼드 구두가 오크 판자와 정확히 직각을 이루었다. 그는 성한 손을 뻗어 구두끈을 한 번에 하나씩 풀었다. 그러고는 구두를 한 짝씩 벗었다. 발로 구두를 모은 다음 두 개를 함께 집어 침대 밑에 반듯하게 정리했다. 엄지손가락을 양말 목에 한 번에 하나씩 밀어 넣어 양말을 벗었다. 그러고는 양말을 털어서 바닥에 떨어뜨렸다. 이번에는 넥타이 매듭을 풀었다. 그는 항상 넥타이를 매고 다녔다. 한 손만으로 넥타이를 맬 수 있다는 것은 그에게 큰 자부심의 원천이었다.

그는 넥타이를 집어 들고 일어서서 맨발로 옷장까지 걸어갔다. 옷장 문을 밀어 열고 넥타이의 좁은 끝을 작은 황동 막대 뒤로 집어넣었다. 그런 다음 왼쪽 어깨를 떨어뜨려 재킷이 팔에서 미끄러져 빠져나가도록 했다.

그리고 왼손을 사용해 오른쪽에서 벗겨냈다. 그는 옷장 안으로 손을 뻗어 옷걸이를 들고 나와 한 손으로 재킷을 옷걸이에 걸고 다시 레일에 걸었다. 그런 다음 바지 단추를 풀고 지퍼를 내렸다. 그러고는 바지에서 빠져나와 광이 나는 오크 바닥에 쭈그리고 앉아 바지를 판판하게 폈다. 한 팔밖에 없는 남자가 바지를 접을 수 있는 다른 방법은 없었다. 그는 바짓단을 서로 겹쳐서 발로 밟고 바지를 곧게 당겼다. 그런 다음 일어서서 옷장에서 두 번째 옷걸이를 꺼내 몸을 구부려 바짓단 밑으로 집어넣고 바닥을 따라 무릎까지 당겨 올렸다. 그런 다음 다시 일어나 옷걸이를 흔들자 바지가 완벽한 모양으로 떨어졌다. 재킷 옆에 바지를 걸었다.

왼쪽 손목을 풀 먹인 셔츠 단춧구멍 주위로 구부려 셔츠 단추를 풀었다. 오른쪽 소매 단추도 풀었다. 어깨를 으쓱거려서 셔츠를 어깨에서 빼내고 왼손을 써서 셔츠를 갈고리 아래로 끌어내렸다. 그런 다음 옆으로 몸을 기울여 왼쪽 팔 아래로 떨어뜨렸다. 아랫단을 발로 밟고 소매를 통해 팔을 위로 당겼다. 소매는 항상 그랬던 것처럼 뒤집어졌고 성한 손이 소매를 간신히 빠져나왔다. 셔츠의 소매 단추가 잠긴 채로 왼손을 뺄 수 있도록 단추를 옮겨 단 것이, 전체 옷장에 있는 것 중에서 그가 유일하게 수선해야만 했던 것이었다.

그는 셔츠를 바닥에 두고 팬티의 허리 밴드를 잡아당겨 엉덩이 아래로 끌어내렸다. 그러고는 팬티에서 빠져나와 러닝셔츠의 밑단을 잡았다. 이것이 가장 어려운 부분이었다. 그는 밑단을 쭉 당겨 편 뒤 몸을 숙여 머리 위로 휙 넘겼다. 그런 다음 목 쪽으로 바꾸어 잡고 얼굴 위로 끌어올렸다. 그러고는 오른쪽으로 당겨 소매 구멍을 통해 갈고리를 빼냈다. 그런 다음 러닝셔츠가 벗겨져 바닥에 떨어질 때까지 왼팔을 채찍처럼 계속 꺾었다.

몸을 숙여서 셔츠와 팬티와 양말과 함께 집어 들고 욕실로 가 세탁 바구니
에 모두 넣었다.

그는 벌거벗은 채로 침대로 걸어와 가장자리에 다시 앉았다. 왼손으로
가슴을 가로질러 오른쪽 위 팔뚝을 감싸고 있는 무거운 가죽 코르셋을 풀
었다. 세 개의 스트랩과 세 개의 버클이 있었다. 가죽 코르셋을 풀고 팔뚝
에서 뒤로 잡아당겼다. 코르셋이 움직이자 정적 속에서 삐걱거리는 소리
가 났다. 가죽은 어떤 신발 가죽보다도 훨씬 두껍고 무거웠다. 여러 겹으
로 층층이 겹쳐 있는 형태였다. 갈색이었고 손때가 타서 번들거렸다. 오랜
세월에 걸쳐 강철처럼 그의 신체 형태에 맞춰져 있었다. 다시 채우면 근육
을 강하게 압박했다. 리벳 스트랩을 팔꿈치에서 떼어냈다. 그런 다음 왼손
으로 갈고리의 차가운 곡선을 잡고 부드럽게 당겼다. 절단 부위에 꼭 끼어
있는 가죽 컵도 떼어냈다. 갈고리는 바닥을 향하고 컵은 위를 향하도록 무
릎 사이에 수직으로 고정시켰다. 침대 협탁으로 몸을 기울여 상자에서 휴
지 뭉치를 꺼내고 서랍에서 땀띠용 파우더 캔을 꺼냈다. 왼손바닥으로 휴
지를 뭉쳐서 가죽 컵에 밀어 넣고, 휴지 뭉치를 나사처럼 돌려서 하루치
땀을 닦아 냈다. 그런 다음 파우더 캔을 흔들어 안쪽 전체에 가루를 뿌렸
다. 휴지를 더 가져다가 가죽과 강철을 닦았다. 그러고는 다음 조립 부품
전체를 침대와 평행하게 바닥에 놓았다.

그는 오른쪽 팔뚝 절단 부위에 얇은 아기용 발싸개를 씌워 놓고 있었
다. 피부가 가죽에 쓸리는 것을 막기 위해서였다. 무슨 전문 의료장비가
아니었다. 그냥 아기 발싸개였다. 복주머니 모양으로 뒷꿈치 형태가 잡혀
있지 않은, 아기들이 걷기 전에 엄마들이 신기는 것이었다. 대형 백화점에
서 그걸 한 번에 열두 켤레씩 샀다. 항상 흰색을 샀다. 더 저렴했기 때문이

다. 그는 발싸개를 절단 부위에서 벗겨내고 털어서 침실 탁자 위에 있는 티슈 케이스 옆에 놓았다.

팔의 잔존 부위 자체는 쪼그라들었다. 근육이 조금 남아 있었지만 하는 일이 없어 아무것도 남지 않았다. 잘린 뼈 끝은 매끈하게 다듬어졌고 그 위에 피부를 당겨 덮어서 봉합했다. 흰 피부에 붉은 실밥 자국이 남았다. 마치 한자가 쓰여진 것처럼 보였다. 절단 부위 아래쪽에 검은 털이 나 있었다. 위 팔뚝 바깥쪽에서 피부를 당겨 꿰맸기 때문이었다.

그는 다시 일어나서 욕실로 걸어갔다. 이전 주인이 세면대 위에 벽거울을 설치해 놓았다. 거울에 비친 자신의 모습을 보았고, 그 모습을 혐오했다. 팔은 그를 괴롭히지 않았다. 그저 팔이 없어진 것뿐이었다. 그가 싫어하는 건 자신의 얼굴이었다. 화상 때문이었다. 팔은 상처였지만 얼굴은 흉물이었다. 그는 얼굴을 보지 않기 위해 몸을 반쯤 옆으로 돌렸다. 이를 닦고 로션 한 병을 들고 침대로 돌아왔다. 절단 부위 피부에 한 방울을 떨어뜨려 손가락으로 문질렀다. 그런 다음 침대 옆 탁자에 있는 발싸개 옆에 로션을 놓고 이불 속으로 들어가 불을 껐다.

"왼쪽? 오른쪽?" 조디가 물었다. "어느 쪽을 잃은 거죠?"

리처는 뱀포드의 밝은 관 위에 서서 뼈를 분류하고 있었다.

"오른쪽." 그가 말했다. "남는 손이 오른손이야."

뉴먼은 리처와 어깨를 나란히 하고 몸을 숙여 각각 약 15센티 길이의 뼈 조각 두 개를 분리했다.

"그는 손뿐만 아니라 더 많은 부위가 손상되었어." 뉴먼이 말했다. "이건 오른팔의 요골_{아래 팔뚝을 이루는 두 개의 뼈 중 비깥쪽에 있는 뼈}과 척골_{아래 팔뚝을 이루는}

두 개의 뼈 중 안쪽에 있는 뼈일세. 아마 회전날개의 파편에 의해 팔꿈치 아래에서 절단되었을 것 같군. 그래도 남은 부위가 의수 같은 걸 장착하기에는 충분한 길이가 되었을 거야."

리처는 뼈를 집어 들고 갈라진 끝 부분을 손가락으로 문질렀다.

"이해가 안 되네요, 내쉬." 리처가 말했다. "왜 그 지역을 철저히 수색하지 않았습니까?"

"왜 그래야 되지?" 뉴먼은 중립적으로 대답했다.

"왜 그가 살아남았다고 쉽게 가정한 거죠? 그는 심하게 다쳤습니다. 팔이 잘릴 정도의 충격을 받았고요. 다른 부상들도 있었을 테고. 내부 손상은요? 적어도 과다 출혈은 있었을 텐데요. 화상을 입었을 수도 있습니다. 사방에 불 타는 연료가 있었으니까. 생각해 봐요, 내쉬. 가능성이 높은 것은 '동맥에서 피를 흘리며 파손된 기체에서 기어 나와, 아마도 불에 타서, 20미터 떨어진 덤불에 쓰러져 죽었다'입니다. 그런데 도대체 왜 그를 찾지 않았습니까?"

"스스로에게 질문해 보게." 뉴먼이 말했다. "왜 우리가 그를 찾지 않았겠나?"

리처는 그를 응시했다. 내쉬 뉴먼은 그가 아는 사람 가운데 가장 똑똑한 사람 중 한 명이었다. 2센티 너비의 두개골 조각을 가지고 누구의 것인지, 어떻게 살았고, 어떻게 죽었는지 말할 수 있는 사람이었다. 아주 전문적이고 꼼꼼했기 때문에 역사상 가장 장기간 지속되고 가장 복잡한 법의학 수사를 진행해 오면서 역사에 길이 남을 업적과 함께 칭찬과 찬사만 받아 왔다. 그런 내쉬 뉴먼이 어떻게 그런 초보적인 실수를 저질렀을까? 리처는 그를 응시했다. 그러고는 숨을 내쉬고 눈을 감았다.

"맙소사, 내쉬." 그가 천천히 말했다. "그가 살아남은 것을 알고 있었군요. 그렇죠? 실제로 알고 있었어요. 확실히 알고 있었기 때문에 그를 찾지 않은 거군요."

뉴먼이 고개를 끄덕였다. "정답."

"그런데 어떻게 아신 겁니까?"

뉴민은 검사실을 둘러본 후, 목소리를 낮췄다.

"나중에 그가 나타났네. 추락 3주 후에 80킬로 떨어진 야전병원으로 기어서 들어왔어. 의료 차트에 모두 기록되어 있네. 그는 고열과 심각한 영양실조, 얼굴 한쪽에 끔찍한 화상을 입은 채, 팔은 없고, 절단 부위에는 구더기가 가득했지. 그는 대부분의 시간을 혼수상태로 지냈지만 개목걸이로 신원을 확인할 수 있었어. 치료 후 의식이 돌아왔을 때 자신 외에는 다른 생존자가 없다고 말해 줬지. 그래서 우리가 거기서 무엇을 발견할지 정확히 알고 있었다고 말한 거야. 그래서 레온이 특별히 재촉하기 전까지는 수색의 우선순위가 낮았던 거고."

"그런데요?" 조디가 물었다. "왜 이렇게 모두 쉬쉬하는 거죠?"

"병원은 북쪽에 있었네." 뉴먼이 말했다. "월맹군은 남쪽으로 밀고 있었고 우리는 후퇴하는 상황이었지. 병원도 대피 준비를 하고 있었고."

"그런데요?" 리처가 물었다.

"사이공으로 이송하기로 한 전날 밤 사라져 버렸네."

"그가 사라졌다고요?"

뉴먼이 고개를 끄덕였다. "그냥 도망쳤어. 병상에서 나와서 그대로 튀어 버렸지. 그 후로는 보이지 않았네."

"젠장." 리처가 말했다.

"아직도 그게 왜 비밀인지 이해를 못 하겠네요." 조디가 말했다.

뉴먼이 어깨를 으쓱했다. "리처가 설명해 줄 거야. 그쪽 분야는 나보다 더 잘 아니까."

리처는 여전히 하비의 뼈를 쥐고 있었다. 오른팔의 요골과 척골은 자연이 의도한 대로 아래쪽 끝은 깔끔하게 결합되어 있었지만 위쪽 끝은 회전날개의 파편에 의해 강력하게 타격을 입고 잘려 있었다. 하비는 회전날개의 날을 연구하여 사람 팔뚝 굵기의 나뭇가지를 자를 수 있다는 것을 알아냈다. 그리고 그는 그 깨달음을 이용해서 다른 사람들의 목숨을 계속해서 구해 냈다. 그런데 그 날이 꺾여서 자신의 조종석으로 날아와 그의 손을 앗아 갔다.

"탈영병이었어." 그가 말했다. "규정상 그는 탈영병이었네. 복무 중인 군인이었는데 도망친 거야. 하지만 그를 추적하지 않기로 결정했던 거지. 그렇게 해야만 했어. 육군 당국이라고 뭘 할 수 있겠나? 잡았다고 해도 그다음엔? 그들은 991번의 전투 임무를 수행하고 모범적인 기록을 남긴 군인이 끔찍한 부상을 입고 후유증으로 고통받다 도망친 사건을 기소해야 할 판인 거야. 그렇게 할 수는 없었겠지. 베트남 전쟁은 인기 없는 전쟁이었거든. 그런 상황에서 탈영했다고 해서 상처 입은 영웅을 레븐워스미국 군 사교도소의 소재지이자 별칭로 보낼 수는 없지. 그렇다고 탈영병을 그냥 내버려둔다는 메시지를 보낼 수도 없고. 그렇게 된다면 그건 또 다른 종류의 스캔들이 되니까. 탈영병들은 여전히 많이들 체포되고 있었어. 가치가 없는 놈들 말이야. 그런데 사람에 따라 다른 처분을 내렸다는 걸 밝힐 수는 없었지. 그래서 하비의 파일은 봉인되어 기밀로 분류되었어. 인사 기록은 마지막 임무로 끝나고 나머지는 모두 펜타곤 어딘가에 있는 금고에 보관되어 있겠지."

조디가 고개를 끄덕였다.

"그래서 그가 베트남 참전용사 추모의 벽에 없는 거군요." 그녀가 말했다. "그가 아직 살아 있다는 걸 알고 있으니까."

리처는 팔뼈를 내려놓기를 주저했다. 그것을 잡고 손가락을 대고 위아래로 움직였다. 다치지 않은 말단 부위는 매끄럽고 완벽하여 사람 손목의 섬세한 관절을 받아들일 준비가 되어 있었다.

"그의 의료 기록은 조회하셨습니까?" 그가 뉴먼에게 물었다. "예전 엑스레이와 치과 차트 같은 것들 말입니다."

뉴먼은 고개를 저었다. "그는 실종자가 아니야. 살아남아 탈영한 거지."

리처는 뱀포드의 관으로 돌아가서 거친 나무 상자의 한쪽 구석에 누런 뼈 조각 두 개를 조심스럽게 놓았다. 그는 고개를 저었다. "믿을 수가 없네요, 내쉬. 이 사람에 대한 모든 것이 탈영병의 사고방식을 가지고 있지 않다고 말하고 있어요. 그의 배경, 실적, 전부가요. 전 탈영병에 대해 잘 압니다. 탈영병들을 많이 사냥했거든요."

"탈영했네." 뉴먼이 말했다. "그건 팩트야. 병원 파일에 나와 있다고."

"그는 추락 사고에서 살아남았습니다." 리처가 말했다. "그건 부인할 수 없을 것 같군요. 병원에 있었던 것 역시 부인할 수 없고요. 하지만 진짜 탈영이 아니었다면요? 그냥 혼란스러웠거나 약이나 다른 것 때문에 의식이 몽롱했었다면요? 그냥 헤매다가 길을 잃은 건 아닐까요?"

뉴먼은 고개를 저었다. "그는 의식불명이 아니었어."

"하지만 그걸 어떻게 알 수 있죠? 혈액 부족, 영양실조, 발열, 모르핀……"

"그는 탈영했네." 뉴먼이 말했다.

"앞뒤가 맞지 않습니다." 리처가 말했다.

"전쟁은 사람을 변화시키지." 뉴먼이 말했다.

"그 정도까지는 아닙니다." 리처가 반박했다.

뉴먼은 한 발짝 더 다가서서 다시 목소리를 낮췄다.

"위생병 한 명을 살해했어." 그가 속삭였다. "그가 나가려는 걸 발견하고 막으려 했던 자를. 파일에 다 나와 있네. 하비는 돌아가지 않겠다고 말하며 병으로 그 위생병의 머리를 내리쳤어. 두개골이 깨졌지. 하비의 병상에 눕혔는데 사이공으로 돌아가는 중에 죽고 말았네. 그게 바로 이 일을 비밀로 하는 이유의 전부야, 리처. 그냥 탈영만 하게 놔둔 게 아니야. 살인까지도 묻어 둔 거지."

검사실은 완전히 고요했다. 공기가 쉭쉭거리고 오래된 뼈의 흙냄새가 진동했다. 리처는 몸을 똑바로 일으키기 위해 뱀포드 관의 반짝이는 가장자리에 손을 얹었다.

"믿기지 않네요." 그가 말했다.

"믿어야지." 뉴먼이 대답했다. "진실이니까."

"가족들에게는 그 사실을 전하지 못하겠군요." 리처가 말했다. "못하겠어요. 가족들을 죽이는 짓이에요."

"정말 말도 안 되는 기밀이네요." 조디가 말했다. "살인을 저지르고도 도망가게 놔뒀다고요?"

"정치적 문제지." 뉴먼이 말했다. "저쪽의 정치는 하늘을 다 덮을 듯한 악취가 났었어. 사실 지금도 그렇지만."

"아마 나중에 죽었을지도 모릅니다." 리처가 말했다. "정글로 도망가서 나중에 죽었을지도 모르죠. 그는 계속 많이 아팠을 겁니다. 그렇죠?"

"그게 자네에게 도움이 되겠나?" 뉴먼이 물었다.

"가족들에게 그가 죽었다고 말할 수도 있습니다. 정확한 내용은 얼버무리고."

"지푸라기를 잡는 것에 불과해." 뉴먼이 말했다.

"가야 해요, 리처." 조디가 말했다. "우린 비행기를 타야 해요."

"그의 의료 기록을 조회해 주시겠습니까?" 리처가 물었다. "가족한테 받으면요. 그렇게 해 주실 수 있나요?"

잠시 침묵이 흘렀다.

"이미 가지고 있네." 뉴먼이 말했다. "레온이 가지고 왔어. 가족이 그에게 공개해 줬지."

"그럼 그걸 조사해 보실 건가요?" 리처가 물었다.

"지푸라기를 잡는 것에 불과하다고." 뉴먼이 다시 말했다.

리처는 돌아서서 방 끝 골방에 쌓여 있는 백 개의 골판지 상자를 가리켰다. "그는 이미 여기 있을 수도 있어요, 내쉬."

"그는 뉴욕에 있어요." 조디가 말했다. "모르겠어요?"

"난 그가 이미 죽었길 원해." 리처가 말했다. "그의 부모에게 돌아가서 아들이 탈영병이자 살인자이며 지금까지 연락도 없이 돌아다녔다고 말할 수는 없어. 그가 죽었길 바란다고."

"하지만 아닐세." 뉴먼이 말했다.

"그럴 수도 있지 않나요?" 리처가 말했다. "그는 나중에 죽었을 수도 있습니다. 정글이나 다른 곳, 어쩌면 멀리 떨어진 곳에서 도망치다가 질병이나 영양실조로. 그의 해골은 이미 발견됐을지도 모릅니다. 그의 기록을 조사해 주시겠습니까? 저에 대한 호의로?"

"리처, 이제 가야 해요." 조디가 말했다.

"조사해 주시겠어요?" 리처가 다시 물었다.

"못해." 뉴먼이 말했다. "젠장, 이 모든 게 기밀이라는 걸 이해 못 하겠나? 자네에게 아무 말도 하지 말았어야 했어. 그리고 지금 실종자 명단에 다른 이름을 추가할 수는 없네. 육군부에서 가만있지 않을 거야. 숫자를 줄여야지 추가해서는 안 된다고 했으니까."

"비공식적으로라도, 안 될까요? 개인적으로…… 그래 주실 수 있죠? 이곳을 운영하고 계시잖아요, 내쉬. 제발, 절 봐서라도요."

뉴먼은 고개를 저었다. "그래봤자 지푸라기를 잡는 것에 불과해."

"부탁드립니다, 내쉬." 리처가 말했다.

침묵이 흘렀다. 뉴먼이 한숨을 쉬었다.

"알겠네……." 그가 말했다. "자네를 봐서."

"언제요?" 리처가 물었다.

뉴먼은 어깨를 으쓱했다. "내일 아침 첫 순서로. 그럼 되겠나?"

"조사가 완료되면 바로 전화해 주시겠어요?"

"당연히. 하지만 시간 낭비일 거야. 자네 번호는?"

"휴대폰으로 하세요." 조디가 말했다.

그녀가 숫자를 불러 줬다. 뉴먼이 실험실 가운 소맷자락에 그 숫자를 적었다.

"고마워요, 내쉬." 리처가 말했다. "정말 고맙습니다."

"시간 낭비라니까." 뉴먼이 다시 말했다.

"리처, 우리 진짜 가야 해요!" 조디가 소리쳤다.

리처가 살짝 고개를 끄덕였고, 그들은 모두 콘크리트 블록 벽에 있는 평범한 문을 향해 움직였다. 사이먼 중위가 문밖에서 탑승객 터미널까지 태워 주겠다며 기다리고 있었다.

15

일등석이든 아니든 돌아가는 비행은 편치 않았다. 거대한 삼각형의 두 번째 변을 따라 동쪽 뉴욕으로 향하는 동일한 비행기였다. 청소하고 향수를 뿌리고 점검하고 연료를 보충한 비행기에 새로운 승무원이 탑승했다. 리처와 조디는 네 시간 전 떠날 때와 같은 좌석에 앉았다. 리처는 다시 창가에 앉았지만 느낌이 달랐다. 여전히 일반석보다 2.5배 넓고 가죽으로 호화롭게 장식되어 있었지만, 아까만큼 즐겁지 않았다.

밤이 되었다는 표시로 기내 조명이 어두워졌다. 비행기는 섬 너머로 불타오르는 열대의 석양을 향해 이륙한 뒤 어둠을 향해 날아가기 위해 방향을 돌렸다. 엔진은 조용하게 쉭쉭 소리를 내며 안정되었다. 승무원들은 조용했고 눈에 거슬리지 않았다. 기내에 그들 말고 다른 승객은 한 명뿐이었다. 그는 통로 건너편 두 줄 앞에 앉아 있었다. 옅은 줄무늬가 프린트된 시어서커 반소매 셔츠를 입은 키가 크고 약간 마른 남성이었다. 오른쪽 팔은 좌석 팔걸이에 가볍게 얹혀 있었고, 손은 편안하게 늘어져 있었다. 눈은 감겨 있었다.

"키가 얼마나 될까요?" 조디가 속삭였다.

리처는 몸을 숙여 앞을 흘끗 보았다. "185센티미터 정도."

"빅터 하비와 똑같네요." 그녀가 말했다. "그 파일 기억나요?"

리처는 고개를 끄덕였다. 그리고 좌석에 느긋하게 놓여 있는 하얀 앞팔을 대각선으로 훑어보았다. 그 남자는 마른 체격이었기 때문에 어둠 속에서도 손목의 두드러진 뼈마디가 잘 보였다. 날씬한 근육과 주근깨가 있는 피부, 탈색한 머리를 하고 있었다. 팔꿈치까지 이어지는 요골도 눈에 잘 들어왔다. 하비는 추락 현장에 15센티의 요골을 남기고 떠난 상태였다. 리처는 남자의 손목 관절에서부터 눈으로 재 보았다. 15센티는 팔꿈치까지의 절반 정도였다.

"대강 반반, 맞죠?" 조디가 말했다.

"절반이 조금 넘어." 리처가 말했다. "잔존 부위는 다듬어야 했을 거야. 절단된 부위를 정리했겠지. 만약 그가 살아남았다면."

두 줄 앞의 남자가 졸린 듯 고개를 돌리더니, 마치 그들의 말을 듣기라도 한 듯 팔을 자신의 몸 가까이로 당겨 시야에서 사라지게 했다.

"그는 살아남았어요." 조디가 말했다. "뉴욕에 있고, 숨어 지내고 있어요."

리처는 반대편으로 몸을 기울여 창의 차가운 플라스틱에 이마를 댔다.

"난 아니라는 데 목숨이라도 걸겠어."

계속 눈을 뜨고 있었지만 창밖에는 아무것도 보이지 않았다. 10킬로미터 아래 검은 밤바다까지 그냥 검은 밤하늘만 보였다.

"뭐가 그렇게 신경 쓰여요?" 그녀가 조용한 목소리로 물었다.

그는 앞으로 고개를 돌려 180센티 앞의 빈 자리를 바라보았다.

"이유야 많지."

"예를 들면 어떤?"

그는 어깨를 으쓱했다. "모든 게, 거대한 소용돌이처럼 점점 악화돼. 전문적인 판단이었거든. 내 직감이 뭔가 말해 줬는데, 그게 틀린 걸로 보이니까."

그녀는 그의 팔, 손목 위쪽 근육이 조금 좁아진 부분에 부드럽게 손을 얹었다. "좀 틀렸다고 해서 세상이 망하는 건 아니에요."

그는 고개를 저었다. "때로는 그렇지 않기도 하고, 때로는 그렇기도 해. 사안에 따라 다르지. 안 그래? 월드시리즈에서 어느 팀이 우승할지 누가 물어보면 양키스라고 대답하겠지만, 그건 중요하지 않아. 내가 어떻게 그런 걸 알 수 있겠어? 하지만 내가 그런 걸 알아야 하는 스포츠 기자라고 가정해 보자고. 아니면 프로 도박사나. 야구가 내 인생이라고 가정해 보자고. 내가 틀리면 세상이 망하는 거지."

"무슨 말이 하고 싶은 거예요?"

"그런 판단이 내 인생이라고 말하는 거야. 그게 내가 잘할 수 있는 일이지. 예전에는 잘했어. 항상 옳은 판단을 내릴 수 있었다고."

"하지만 당신은 아무 근거도 없었어요."

"그런 소리 마, 조디. 내게는 충분한 근거가 있었어. 예전보다 훨씬 더 많았어. 그 사람의 가족들을 만났고, 그의 편지를 읽었고, 그의 오랜 친구와 이야기도 나눴고, 그의 기록을 봤고, 그의 옛 전우와도 이야기를 나눴어. 그런데 그 모든 것이 나에게 그는 그렇게 행동할 수 없는 사람이라는 걸 분명히 말해 줬어. 그런데 열 받게도, 말 그대로 내가 틀렸는데, 이제 난 뭘 해야 할까?"

"어떤 의미에서요?"

"하비 씨 부부에게 말해 줘야 하는데, 그러면 그들은 그 자리에서 죽어 버릴 수도 있어. 너도 그들을 만났어야 해. 그들은 그 청년을 숭배했어. 그들은 군대, 애국심, 국가를 위한 봉사, 그 모든 걸 숭배했어. 이제 그분들 앞에 가서 아들이 살인자이자 탈영병이라고 말해야 해. 거기다가 30년 동안 가족을 바람 속에 내버려둔 잔인한 아들이라고까지 말해야 하지. 내가 이렇게 말하면 그분들을 바로 죽이는 거야, 조디. 사전에 구급차를 불러 둬야 할 것 같아."

그는 침묵 속으로 빠져든 채 검은 창문으로 고개를 돌렸다.

"그러고는요?" 그녀가 물었다.

그는 그녀를 향해 몸을 돌렸다. "그리고 미래에 대한 게 있지. 난 뭘 할 것인가? 집이 생겼으니 일자리가 필요해. 어떤 일? 갑자기 모든 게 완전히 개판이 된 상황에서 더 이상 조사관이라고 자처할 수 없어. 타이밍 한번 제대로지? 일자리를 찾아야 할 바로 이 시기에 내 전문적 역량이 완전 엉망이 됐으니까. 키 웨스트로 돌아가서 남은 인생을 수영장이나 파면서 살아야 할 것 같아."

"당신은 자신에게 너무 가혹한 사람이에요. 그냥 감이었을 뿐이에요. 그 직감이 틀렸다고 판명된 것뿐이라고요."

"직감은 맞아야 해." 그가 말했다. "내 직감은 항상 맞았어. 내가 직감을 따랐던 수십 번 모두 그냥 그렇게 느꼈기 때문에 그렇게 한 거야. 그 직감 이 여러 번 내 목숨을 살렸다고."

그녀는 말없이 고개를 끄덕였다.

"그리고 통계적으로 내가 옳았어야 했어." 그가 말했다. "베트남전 이후 공식적으로 행방불명 처리된 인원이 몇 명인지 알아? 겨우 다섯 명 남 짓이야. 2,200명이 실종됐지만 다 죽었다는 건 우리 모두 알고 있지. 결국은 내쉬가 그들을 모두 찾아내서 그 숫자를 지울 거야. 하지만 우리가 분류할 수 없는 다섯 명이 남아 있어. 그중 세 명은 변절해서 마을에 남아서 현지인처럼 살았어. 두 명은 태국에서 사라졌는데 그중 한 명은 방콕의 다리 밑 오두막에서 살고 있었어. 백만 명 중 다섯 명이 행불자이고, 빅터 하비도 그중 한 명인데, 내가 그에 대해 틀린 판단을 했어."

"하지만 당신이 정말로 틀린 건 아니었어요." 그녀가 말했다. "당신은 예전의 빅터 하비를 판단한 것뿐이에요. 그 모든 것은 전쟁과 추락 사고 이전의 빅터 하비에 관한 것이었어요. 전쟁은 사람을 변화시키죠. 그 변화의 유일한 목격자는 드윗이었는데, 그는 일부러 그 변화를 알아채지 않으려고 애쓴 거잖아요."

그는 다시 고개를 저었다. "나도 그 점을 고려했거나 적어도 그렇게 하려고 노력했다고. 그런데 그렇게까지 변할 줄은 생각도 못 했어."

"어쩌면 추락이 원인일지도." 그녀가 말했다. "생각해 봐요, 리처. 그가 몇 살이었어요? 스물한 살? 스물 두 살? 그 정도였죠? 일곱 명이 죽었으니 자책을 했을지도 몰라요. 기장이었잖아요? 그리고 외모 손상. 팔을 잃었고 화상도 입었을 거예요. 젊은 남자가 신체적 손상을 입는다는 건 큰 트라우마죠. 안 그래요? 그리고 야전병원에서는 약에 취해 있었을 테고, 다시 돌아가는 게 두려웠을 거예요."

"다시 전투에 투입되진 않겠지." 리처가 말했다.

조디는 고개를 끄덕였다. "맞아요. 하지만 아마 제정신이 아니었을 거예요. 모르핀은 마약처럼 작용하잖아요? 아마도 그는 바로 재투입될 거라고 생각했을 거예요. 헬리콥터 손실에 대해 처벌이 따를 거라고 생각했을 수도 있죠. 당시 그의 정신 상태를 어떻게 알겠어요? 그래서 그는 도망치려 했고 위생병의 머리를 쳤어요. 그러고 나서야 자신이 한 짓을 깨달았죠. 아마 끔찍하게 느꼈을 거예요. 그게 일관된 내 직감이에요. 그는 죄책감 때문에 숨어 있는 거예요. 아무도 그를 기소하지 않을 테니 자수했어야 했어요. 너무 분명하게 정상 참작이 가능했어요. 하지만 그는 숨어 버렸고, 시간이 지날수록 상황은 점점 더 나빠져서 눈덩이처럼 커졌죠."

"여전히 내가 틀렸어." 그가 말했다. "당신은 방금 비이성적인 사람을 묘사했어. 패닉에 빠져, 비현실적이고, 약간 히스테리적인. 나는 그를 범생이로 생각했어. 올바른 정신에, 매우 이성적이고, 매우 상식적이라고. 내가 감을 잃은 거야."

거대한 비행기는 쉭쉭거리는 소리도 거의 들리지 않았다. 시속 천 킬로미터 높은 고도의 옅은 대기를 뚫고 가는 비행기는 마치 움직이지 않고 매달려 있는 것처럼 느껴졌다. 밤하늘 10킬로미터 상공에 매달려 아무 데도 가지 않는 파스텔 톤의 커다란 누에고치.

"그래서 어떻게 할 거예요?" 그녀가 물었다.

"뭘?"

"미래 말이에요."

그는 다시 어깨를 으쓱했다. "모르겠어."

"하비는 어떻게 할 거죠?"

"모르겠어." 그가 다시 말했다.

"그를 찾아보는 건 어때요? 이제는 어떤 조치도 취하지 않을 거라고 설득해 봐요. 이성적으로 얘기해 보는 거예요. 가족들과 다시 만나게 할 수 있을지도 몰라요."

"어떻게 찾을 수 있을까? 지금 내 기분으로는 내 코도 못 찾겠는데. 그리고 넌 내 기분을 달래는 데만 너무 열중해서 무언가를 잊고 있어."

475

"뭘요?"

"그는 발견되길 원치 않아. 네가 생각한 것처럼 그는 숨어 지내고 싶어해. 처음에는 정말 혼란스러워했다 하더라도 나중에는 분명히 맛을 들인 거야. 그가 코스텔로를 죽였어, 조디. 우릴 뒤쫓으라고 사람들을 보냈어. 그래야 숨을 수 있으니까."

그때 승무원이 기내 조명을 완전히 어둡게 만들었다. 리처는 대화를 중단하고 좌석을 뒤로 젖히고 잠을 청했다. 그는 잠들기 전 마지막으로 생각했다. **빅터 하비가 코스텔로를 죽였다. 그래야 숨을 수 있으니까.**

5번가 30층의 하비가 아침 6시가 지나자마자 일어난 것은, 화재에 대한 꿈이 얼마나 끔찍했는지에 따라 다르겠지만, 그에게는 일반적인 일이었다. 30년은 거의 11,000일이고 11,000일에는 11,000개의 밤이 딸려 있는데, 그 밤마다 그는 화재에 대한 꿈을 꿨던 것이다. 조종석이 꼬리 부분에서 떨어져 나가고 나무 꼭대기에 의해 뒤로 뒤집힌다. 기체의 파손으로 연료 탱크가 갈라지고 연료가 뿜어져 나온다. 매일 밤 그것이 끔찍한 슬로우 모션으로 자신을 향해 다가오는 것을 보았다. 그것은 뿌연 정글의 공기 속에서 반짝반짝 빛나고 있었다. 그것은 액체이자 구형이었는데 뒤틀린 거대한 빗방울 같은 형태로 스스로 변화했다. 마치 공중을 천천히 떠다니는 생명체처럼 뒤틀리고 변화하며 성장했다. 빛이 그것들을 비추자 기이하고 아름다운 모습으로 변했다. 그 안에 무지개가 있었다. 회전날개가 그의 팔을 치기 전에 그것들이 그에게 먼저 다가왔다. 매일 밤 그는 똑같은 경련을 일으키며 고개를 돌렸지만 그것들은 여전히 그에게 다가왔다. 그것들이 그의 얼굴에 튀었다. 액체는 따뜻했다. 그는 당황했다. 물처럼 보였었다. 물은 차가워야 한다. 차가워서 선뜻해야 한다. 하지만 그것은 따뜻했다. 끈적거렸다. 물보다 더 진했다. 냄새가 났다. 화학품 냄새. 머리 왼쪽에 뿌려졌다. 머리카락에 묻었다. 머리카락을 이마에 붙여 놓고 천천히 눈 속으로 흘러내렸다.

그러다 고개를 돌려 보면 공기 중에서 불길이 타오르고 있었다. 흐르는 연료의 도랑을 마치 비난하듯 불길이 손가락질하고 있었다. 그리고 그 손가락은 입이었다. 그것들은 떠다니는 액체 모양을 먹고 있었다. 빠르게 먹어치우면서, 그 모양은 더 커지고 열기 속에 타오르고 있었다. 그러자 공중에 떠 있는 분리된 구형들이 서로 앞다투어 불길 속에서 터졌다. 더 이상의 연결은 없었다. 순서도 없었다. 그냥 폭발하고 있었다. 그는 11,000번이나 매번 고개를 움추렸지만 불길은 항상 그를 덮쳤다. 타는 듯한 뜨거운 냄새가 났지만 얼음처럼 차갑게 느껴졌다. 옆 얼굴과 머리카락에 갑자기 얼음장처럼 차가운 충격이 가해졌다. 그리고 검은 형상의 회전날개가 호를 그리며 내려왔다. 뱀포드라는 남자의 가슴에 부딪혀 부러지면서, 파편 하나가 앞 팔 길이의 정확히 절반에 해당하는 부위를 가격했다.

그는 자신의 손이 떨어져 나가는 걸 봤다. 자세히 보았다. 꿈은 불에 관한 것이었기 때문에 그 부분은 꿈에 나오지는 않았다. 손이 잘리는 것을 본 것은 기억할 수 있었기 때문에 손이 잘리는 꿈은 꾸지 않았다. 날개의 가장자리는 공기역학적으로 얇았고 칙칙한 검은색이었다. 날은 팔의 뼈를 관통하고 운동에너지를 다 소진한 상태에서 허벅지에 부딪혀 멈춰 섰다. 그의 앞 팔은 두 동강이 났다. 시계는 여전히 손목에 채워져 있었다. 팔뚝이 바닥에 떨어졌다. 그는 잘린 팔뚝을 들어 얼굴에 대고서 왜 그곳의 피부가 그렇게 차갑게 느껴지는지, 왜 그렇게 뜨거운 냄새가 나는지 알아보려고 했다.

그는 나중에 그 행동이 자신의 목숨을 구했다는 사실을 깨달았다. 다시 정상적인 사고가 가능해졌을 때, 무엇이 어떻게 된 것인지 납득했다. 강렬한 화염이 팔의 절단 부위를 태워 지져 버린 것이었다. 열기가 노출된 살을 태우고 동맥을 봉합한 것이었다. 불에 타고 있는 얼굴에 잘린 팔을 갖다 대지 않았다면 출혈로 사망했을 것이었다. 그것은 승리였다. 극도의 위험과 혼란 속에서도 그는 제대로 현명하게 행동했다. 그는 생존자였다. 그것은 그가 결코 잃어버리지 않을 압도적인 확신을 주었다.

그는 약 20분 동안 의식을 유지했다. 조종석에서 해야 할 일을 하고 파손된 기체에서 기어 나왔다. 함께 기어가는 사람은 아무도 없었다. 수풀 속으로 들어가서 계속 나아갔다. 무릎을 꿇고 남은 한 손을 앞으로 내밀고 원숭이처럼 손가락 관절로 짚어가며 걸었다. 그는 고개를 땅으로 숙이고 불에 탄 피부를 땅바닥에 박았다. 고통이 시작되었다. 그는 20분 동안 고통에 버티다가 무너졌다.

이후 3주 동안의 기억은 거의 없었다. 어디로 갔는지, 무엇을 먹었는지, 무엇을 마셨는지 전혀 기억하지 못했다. 명료한 기억이 마디마디 떠올랐지만 차라리 기억을 못하는 것이 더 나았다. 그는 구더기로 뒤덮여 있었다. 화상을 입은 피부는 벗겨졌고 그 아래 살에서는 썩은 악취가 났다. 절단된 잔존 부위에는 무언가가 살아서 기어 다니고 있었다. 그러고는 병원이었다. 어느 날 아침 그는 모르핀 구름 위에 둥둥 떠서 깨어났다. 평생 느꼈던 그 어떤 것보다 좋았다. 하지만 내내 고통스러운 척했다. 그러면 자신을 돌려 보내는 것을 연기할 것이기 때문이었다.

치료진이 얼굴에 화상 드레싱을 감았다. 상처에서 구더기를 제거했다.

몇 년 후, 그는 구더기도 자신의 목숨을 구해 줬다는 사실을 알았다. 새로운 의학 연구에 관한 보고서를 읽었는데, 구더기가 괴저에 대한 혁신적인 새 치료법에 사용되고 있다는 내용이 있었다. 먹성 좋은 구더기들은 괴저가 퍼지기 전에 썩은 살을 먹어치웠다. 실험 결과는 성공적이었다. 그는 미소를 지었다. 그는 이미 알고 있었다.

병원 철수 명령은 그를 깜짝 놀라게 했다. 아무도 그에게 말해 주지 않았다. 위생병들이 아침에 철수 계획을 세우는 것을 우연히 듣게 되었다. 그는 즉시 빠져나왔다. 경비는 없었다. 우연히 주변을 서성이는 위생병 한 명뿐이었다. 그에게는 소중한 물병을 그 위생병의 머리에 깨뜨리긴 했지만, 1초도 지체하지 않았다.

집으로 돌아가는 긴 여정은 바로 병원 울타리 밖 수풀 속으로 1미터 들어가는 것으로부터 시작되었다. 첫 번째 과제는 돈을 찾는 것이었다. 돈은 80킬로미터 떨어진 마지막 주둔기지 외곽의 비밀 장소에, 관에 담겨 묻혀 있었다. 관은 그저 운 좋게 얻어 걸린 것이었다. 그때는 그가 가용할 수 있는 유일한 대형 용기였지만, 나중에는 절대적 천재성의 빛나는 한 수가 되었다. 돈은 모두 100, 50, 20, 10달러짜리 지폐였고 돈을 합친 무게가 무려 80킬로그램에 달했다. 관에 들어 있기에는 그럴듯한 무게였다. 200만 달러가 조금 안 되는 돈이었다.

그때쯤에는 기지는 버려져서 적진 깊숙이 들어가 있었다. 하지만 그는 그곳에 도착했고 수많은 난관 중 첫 번째 난관에 직면했다. 팔이 하나밖에 없는 병자가 어떻게 관을 파낼 것인가? 처음에는 맹목적인 끈질김으로, 그리고 나중에는 도움을 받아서였다. 그가 발견되었을 때는 이미 흙의 대부분을 파낸 상태였다. 관 뚜껑이 얕아진 무덤 안에서 선명하게 보였다.

베트콩 순찰대가 숲에서 나와 그를 덮쳤고, 이제 죽었다고 생각했다. 하지만 그는 죽지 않았다. 대신 그는 발견을 했다. 이 발견은 그가 한 다른 위대한 발견들과 어깨를 나란히 했다. 베트콩은 겁먹은 채 중얼거리며 뒤로 물러섰다. 그는 그들이 자신이 누군지 모른다는 사실을 알아차렸다. 그들은 그의 정체를 몰랐다. 끔찍한 화상은 그의 정체성을 빼앗아 갔다. 게다가 찢어지고 더러운 병원 잠옷을 입고 있었다. 미국인으로 보이지 않았다. 무엇으로도 보이지 않았다. 인간으로도 보이지 않았다. 그는 자신의 끔찍한 외모와 야생적 행동 그리고 관의 조합이 그를 보는 모든 사람에게 영향을 미친다는 것을 알아차렸다. 먼 조상 대대로 내려온 죽음과 시체와 광기에 대한 공포가 그들을 수동적으로 만들었다. 그는 자신이 미친 사람처럼 행동하고 관에 달라붙으면 이들은 그를 위해 무엇이든 할 것이라는 걸 순식간에 깨달았다. 그들의 고대로부터 내려온 미신이 그에게 유리하게 작용했다. 베트콩 순찰대는 그를 위해 발굴을 완료하고 관을 물소가 끄는 수레에 실었다. 그는 관 위에 높이 올라 앉아서 아무 소리나 내며 서쪽을 가리켰고, 그들은 캄보디아를 향해 150킬로미터를 옮겨 주었다.

베트남은 가로로 좁은 나라이다. 그는 그룹에서 그룹으로 넘겨져 나흘 만에 캄보디아에 도착했다. 그들은 그를 진정시키고 원초적인 공포를 완화시키기 위해 물과 밥을 주고 검은 파자마를 입혔다. 그 후 캄보디아인들이 그를 더 멀리 데려갔다. 그는 원숭이처럼 깡충깡충 뛰어다니며 서쪽, 서쪽, 서쪽을 가리켰다. 두 달 뒤, 그는 태국에 있었다. 캄보디아인들은 국경 너머로 관을 던져 놓고 돌아서서 줄행랑을 쳤다.

태국은 달랐다. 국경을 넘자 마치 석기 시대에서 벗어나는 것 같았다. 도로도 있었고 자동차도 있었다. 사람들도 달랐다. 관을 끌면서 중얼중얼하는 상처투성이의 남자는 조심스러운 동정과 우려의 대상이었다. 그는 위협적인 존재가 아니었다. 그는 낡은 쉐보레 픽업트럭과 푸조 트럭을 탔고, 2주 만에 다른 극동 지역의 부랑자들과 함께 방콕이라 불리우는 하수구에 팽개쳐졌다.

방콕 생활은 1년이었다. 그는 오두막에 세를 얻은 첫날 밤에 미군 도난품 암시장에서 구한 야전삽으로 뒷마당을 힘들여 파고 관을 다시 묻었다. 야전삽은 쓸 수 있었다. 야전삽은 한 손에 소총을 들고 다른 한 손으로 사용할 수 있도록 설계되어 있기 때문이다.

돈을 다시 안전하게 보관하고 의사를 찾아 나섰다. 과거 영국의 영향으로 방콕에는 의사가 많았다. 다른 모든 직장에서 해고된 자들이었지만 술에 취하지 않은 날에는 꽤 유능했다. 그의 얼굴에 할 수 있는 치료는 많지 않았다. 겨우 눈꺼풀이 닫히도록 외과 의사가 복원한 것이 전부였다. 하지만 팔에 대해서는 철저했다. 부상 부위를 다시 열어 뼈를 둥글고 매끄럽게 다듬었다. 그리고 근육을 끄집어 내려 꿰매고 피부를 팽팽하게 모아 다시 봉합했다. 의사는 한 달간의 치료 기간이 지난 뒤 의수 제작자에게 그를 보냈다.

제작자는 여러 가지 스타일을 제시했다. 이두박근에 착용하는 코르셋, 스트랩, 절단 부위의 정확한 윤곽에 맞게 성형된 가죽 컵 등은 모두 동일했다. 하지만 부속물은 달랐다. 제작자의 딸이 훌륭한 솜씨로 조각하고 그림까지 그려 넣은 나무 손이 있었다. 원예 도구처럼 세 갈래로 갈라진 것도 있었다. 하지만 단순한 갈고리를 선택했다. 이유를 설명할 수는 없었지만 갈고리가 매력적으로 다가왔다. 제작자는 스테인리스 스틸로 갈고리를 단조하고 일주일 동안 연마했다. 그리고 깔때기 모양의 철판에 용접하여 튼튼한 가죽 컵에 끼워 넣었다. 절단 부위의 형태에 맞춰 나무 본을 깎아 그 위에 가죽을 두드려 모양을 만든 다음 수지에 담가 빳빳하게 강화시켰다. 손바느질로 코르셋을 만들고 스트랩과 버클을 부착했다. 세심하게 코르셋을 피팅한 뒤 대금 500달러를 청구했다.

그는 방콕에서 그해를 보냈다. 처음에는 갈고리가 쓸리고 사용이 서툴러 제어하기 어려웠다. 하지만 점점 나아졌다. 연습을 통해 잘 적응해 갔다. 관을 다시 파내고 샌프란시스코로 가는 부정기 화물선을 예약했을 때쯤에는 손이 두 개였다는 사실을 잊어버릴 정도였다. 계속 그를 괴롭히는 것은 얼굴이었다.

캘리포니아에 도착한 그는 화물 창고에서 관을 찾아 그 내용물의 일부로 중고 스테이션 왜건을 구입했다. 하역 노동자 세 명이 겁에 질린 채 관을 차 안에 실어 주었다. 관을 차에 싣고 장거리 운전을 해서 뉴욕에 도착한 뒤부터 29년이 지난 지금까지, 지난 11,000번의 밤 내내 놓여 있던 침대 옆 바닥 바로 그 자리에 방콕 장인의 수공예품을 놓아두면서 뉴욕에 있었다.

그는 몸을 앞으로 굴리며 왼손을 뻗어 갈고리를 집어 들었다. 침대에 앉아 무릎 위에 올려놓고 손을 뻗어 협탁에서 아기용 발싸개를 꺼냈다. 아침 6시 10분. 그의 또 다른 하루.

윌리엄 커리는 6시 15분에 일어났다. 형사반에서 주간 근무를 하면서 생긴 오래된 습관이었다. 그는 비크만 스트리트 윗동네에 있는 아파트의 2층 임차권을 할머니에게 물려받았다. 좋은 아파트는 아니었지만 가격이 저렴했고, 캐널 스트리트 아래에 있는 대부분의 경찰서에 다니기 편했다.

그래서 그는 이혼 후 그리로 이사를 갔고 은퇴 후에도 그곳에 살았다. 경찰 연금으로 집세와 공과금, 플레처에 있는 원룸 사무실 임대료를 충당했다. 그래서 이제 막 시작한 개인 사무소의 수입으로 식비와 위자료를 감당해야 했다. 사업이 자리를 잡고 더 크게 성장시켜 부자가 될 거라고 기대했다.

아침 6시 15분. 아파트는 시원했다. 주변의 높은 건물이 이른 아침의 햇볕을 가리고 있었기 때문이었다. 그는 바닥에 발을 딛고 일어서서 기지개를 폈다. 주방 코너로 가서 커피를 내렸다. 화장실로 가서 씻었다. 항상 7시까지 출근하게 만들어 준 루틴이었고, 그는 그것을 고수했다.

그는 손에 커피를 들고 옷장으로 돌아와 문을 열고 서서 옷봉에 뭐가 걸려 있나 바라보았다. 현직 경찰일 때도 항상 바지와 재킷을 입는 스타일이었다. 회색 플란넬 바지에 체크무늬 스포츠 재킷. 엄밀하게는 아일랜드인이 아니었지만 트위드 소재를 선호했다. 여름에는 리넨 재킷을 입어 보기도 했지만 구김이 너무 쉽게 가서 얇은 폴리에스테르 혼방에 만족했다. 하지만 고액 수임 변호사인 데이비드 포스터인 척하고 어딘가에 나타나야 하는 날에는 그 어떤 옷도 어울리지 않았다. 그는 결혼식용 정장을 입어야 했다.

가족 결혼식이나 세례식, 장례식 때 입는 검은 단색 브룩스 브라더스 정장이었다. 15년이나 된 옷이지만 브룩스 브라더스라서 요즘 신상과 크게 달라 보이지는 않았다. 아내가 해 주는 요리가 없어져서 급격하게 체중이 줄어든 탓에 약간 헐렁했다. 이스트 빌리지 기준으로는 바지통이 약간 컸지만 발목에 권총집을 두 개 착용할 계획이었기 때문에 그 부분은 괜찮았다. 윌리엄 커리는 유비무환을 믿는 사람이었다. 데이비드 포스터는 아무 일도 없을 거라고 말했고, 그렇게만 해 주면 충분히 만족스러울 거라고 말했지만, 뉴욕 경찰국 최악의 시기를 20년간 겪은 남자는 그런 약속을 들으면 조심스러워지는 경향이 있었다. 그래서 그는 양쪽 발목에 권총집을 차고 큰 357구경 권총은 등 뒤에 차고 갈 계획이었다.

그는 어디선가 주워 온 비닐 커버에 정장과 함께 흰색 셔츠와 가장 차분한 넥타이를 같이 넣었다. 그는 검은색 가죽 벨트에 357구경 권총집을 꿰어서 두 개의 발목 권총집과 함께 가방에 넣었다. 서류가방에 총열이 긴 357 매그넘과 발목에 차는 총열이 짧은 38 스미스 앤드 웨슨 두 정까지 합해서 세 정의 권총을 넣었다. 각 총기마다 열두 발씩의 총알을 상자에 넣어 총기와 함께 포장했다. 검정 구두와 검정 양말도 한 켤레씩 권총집과 함께 넣었다. 이른 점심을 먹고 나서 갈아입을 생각이었다. 오전 내내 총을 차고 다리를 뒤뚱거리며 다닐 이유는 없었다.

그는 아파트를 잠그고 짐을 들고 플레처에 있는 사무실을 향해 남쪽으로 걸어갔다. 바나나와 호두를 넣은 저지방 머핀을 사기 위해 한 번 잠시 멈췄다.

마릴린 스톤은 7시에 일어났다. 눈이 침침하고 피곤했다. 자정이 훨씬 넘도록 화장실에 들어가지 못했다. 청소를 해야 했다. 검은 정장을 입은 땅딸한 놈이 청소를 했다. 놈은 화를 내며 나오더니 바닥이 마를 때까지 기다리게 했다. 그들은 어둠과 적막 속에 앉은 채 무감각과 추위, 배고픔에 시달린 나머지 먹을 것을 달라고 할 생각조차 하지 못했다. 토니는 마릴린에게 소파 쿠션을 푹신하게 다듬으라고 시켰다. 그녀 생각에 그가 거기서 자려는 것 같았다. 짧은 드레스를 입고 허리를 굽혀 그의 잠자리를 준비하는 것은 굴욕적인 일이었다. 그녀가 쿠션을 가볍게 두드리는 동안 놈이 그녀를 보며 음흉한 미소를 지었다.

화장실은 추웠다. 사방이 축축하고 소독약 냄새가 났다. 접힌 수건이 싱크대 옆에 쌓여 있었다. 그녀는 수건을 바닥에 두 더미로 쌓아 놓고 체스터와 함께 아무 말없이 그 위에 몸을 웅크렸다. 문 너머 사무실은 조용했나. 잠을 잘 생각은 없지만 좀 자 둬야 했다. 그녀는 새로운 하루가 시작되었다는 분명한 느낌으로 잠에서 깨어났다.

사무실에 소리가 났다. 그녀가 세수를 하고 있는데 땅딸한 놈이 커피를 가져왔다. 그녀는 아무 말없이 머그잔을 받았고 그는 체스터의 머그잔을 거울 아래 선반에 놓아두었다. 체스터는 잠이 든 것은 아니지만 여전히 바닥에 움직이지 않고 누워 있었다. 놈은 체스터를 건너 넘어 나갔다.

"거의 다 끝났어." 그녀가 말했다.

"이제 막 시작이라는 말이지?" 체스터가 대답했다. "다음은 뭐가 될까? 오늘 밤은 어디로 가게 될까?"

그녀는 '다행히 집으로'라고 말하려다가 2시 반이 지나면 집이 없어진다는 걸 깨닫고는 그도 그걸 알고 있겠다는 생각을 했다.

"호텔이겠지." 그녀가 말했다.

"놈들이 내 신용카드를 가져갔어."

그리고 나서 그는 조용해졌다. 그녀는 그를 바라보았다. "왜 그래?"

"절대 끝나지 않을 거야." 그가 말했다. "모르겠어? 우린 목격자야. 놈들이 그 경찰들에게 한 짓, 그리고 셰릴에게 한 짓에 대한. 그런데 우릴 그냥 보내줄 것 같아?"

그녀는 고개를 살짝 끄덕이고 낙심한 표정으로 그를 내려다보았다. 그가 결국 사태 파악을 해 버렸기 때문이다. 이제 그는 하루 종일 걱정과 발작 속에 지낼 것이고, 그것은 상황을 더 힘들게 만들 것이다.

넥타이 매듭을 깔끔하게 묶는 데 5분이 걸렸고, 그 후 그는 재킷을 걸쳤다. 옷을 입는 것은 벗는 것과 정반대였기 때문에 신발이 마지막 순서라는 걸 의미했다. 그는 양손을 쓰는 사람만큼이나 빠르게 신발끈을 묶을 수 있었다. 비결은 신발끈의 느슨한 끝을 바닥에 놓인 고리 아래에 끼우는 것이었다.

그런 다음 그는 욕실에서 시작했다. 더러운 빨래를 모두 베갯잇에 넣고 아파트 문 옆에 두었다. 침대 시트를 걷어 내고 다른 베갯잇에 넣었다. 그는 찾을 수 있는 모든 개인 물품을 슈퍼마켓 캐리어에 넣었다. 옷장을 비워 옷가방에 넣었다. 아파트 문을 활짝 열고 베갯잇과 캐리어를 쓰레기 투입구로 옮겼다. 베갯잇과 캐리어를 모두 던져 넣고 투입구를 닫았다. 옷가방을 복도로 끌고 나가 아파트 문을 잠그고 주머니에서 봉투를 꺼내 그 안에 열쇠를 넣었다.

그는 컨시어지 데스크로 가서 부동산 직원에게 열쇠 봉투를 전해 달라고 맡겼다. 계단을 이용해 주차장으로 이동한 뒤 옷가방을 캐딜락으로 옮겼다. 그는 가방을 트렁크에 넣고 운전석 문으로 걸어갔다. 안으로 들어가 몸을 숙여 왼손으로 시동을 걸었다. 타이어 마찰음을 내며 차고를 돌아 지상으로 나왔다. 그는 공원을 벗어나 미드타운의 번잡한 빌딩숲에 안전하게 들어설 때까지 조심스럽게 눈을 피하며 5번가 남쪽으로 차를 몰았다.

세계무역센터 아래에 세 칸의 주차 구역을 임대했지만, 서버번과 타호가 없어졌기 때문에 도착했을 때는 모두 비어 있었다. 그는 캐딜락을 가운

데 칸에 넣고 옷가방은 트렁크에 넣어 두었다. 캐딜락을 라과디아 공항까지 몰고 가서 장기 주차장에 버릴 생각이었다. 그런 다음 가방을 들고 서두르는 다른 환승객처럼 보이게 택시를 타고 JFK 공항으로 향할 것이었다. 차 밑에 잡초가 자랄 때까지 차는 그대로 거기 있을 것이고, 누군가 의심이 들면 라과디아 공항의 탑승객 명단을 샅샅이 뒤지지, JFK를 생각하지는 않을 것이다. 그것은 사무실 임대 보증금과 함께 캐딜락을 포기하는 것을 의미했지만, 그는 항상 가치 있는 일에 돈을 쓸 때는 편안해 했고, 자신의 생명을 지키는 것이야말로 그가 취할 수 있는 최고의 가치라고 생각했다.

그는 차고에서 급행 엘리베이터를 타고 90초 뒤 황동과 오크로 장식된 리셉션 공간에 도착했다. 토니가 피곤한 표정으로 가슴 높이의 카운터 뒤에 앉아 커피를 마시고 있었다.

"배는?" 하비가 물었다.

토니가 고개를 끄덕였다. "브로커에게 있어요. 돈을 송금할 거예요. 그 망할 놈이 도끼로 손상시킨 레일을 교체해 달라고 하더라고요. 매매 대금에서 그냥 까라고 했어요."

하비는 고개를 끄덕였다. "또 뭐가 있지?"

명백히 아이러니한 상황에 토니가 미소를 지었다. "옮겨야 할 돈이 더 생겼어요. 스톤 계좌에서 첫 이자가 막 들어왔어요. 11,000달러, 날짜 딱 맞춰서. 쪼다새끼가 양심적이긴 하죠?"

하비가 같이 미소를 지었다. "빚에서 돈을 빼서 빚의 이자를 갚는다─. 원래 베드로 돈을 빼서 바울에게 주는 건데, 이제 베드로와 바울이 같은 놈이 되어 버렸군. 일을 시작할 때 섬에 송금해. 알았지?"

토니는 고개를 끄덕이며 메모를 읽었다. "사이먼이 하와이에서 다시 전화를 했어요. 그들이 비행기를 탔답니다. 지금쯤 그랜드 캐니언 상공 어디에 있겠네요."

"뉴먼이 찾아냈나?" 하비가 물었다.

토니는 고개를 저었다. "아직은 아니에요. 오늘 아침에 찾기 시작할 겁니다. 리처가 그를 밀어붙였어요. 똑똑한 사람이라고 하던데요."

"그다지 똑똑하지 않은데." 하비가 말했다. "하와이는 다섯 시간이 늦어. 안 그래?"

"찾았을 땐 여긴 오후가 되겠네요. 9시에 시작해서 두어 시간 조사하면 여기 시간으로 4시쯤 되겠어요. 그때면 우린 여기서 빠져나갈 거고요."

하비는 다시 미소를 지었다. "내가 잘될 거라고 했잖아. 내가 잘될 거라고 말하지 않았나? 긴장을 풀고 생각은 내게 맡기라고 말하지 않았어?"

리처가 눈을 뜬 시각은 7시였는데, 그가 기억하는 한 세인트루이스 시간으로 맞춰져 있었기 때문에 하와이에서는 새벽 3시, 애리조나나 콜로라도나 어디든 그들이 있는 10킬로미터 상공은 오전 6시, 뉴욕에서는 이미 8시였다. 그는 자리에서 기지개를 켜고 일어서서 조디의 발을 피해 발을 내디뎠다. 조디는 승무원이 덮어 준 체크무늬 담요를 덮고 몸을 웅크리고 있었다. 조디는 숨을 느리게 쉬며 머리카락으로 얼굴을 가린 채 깊이 잠들어 있었다. 그는 잠시 통로에 서서 그녀가 자는 모습을 지켜보았다. 그런 다음 통로로 걸어갔다.

그는 비즈니스석을 지나 이코노미석으로 갔다. 조명이 어두웠고 뒤로 갈수록 더 붐볐다. 작은 좌석은 담요를 덮은 채 웅크리고 있는 사람들로 꽉 차 있었다. 더러운 옷 냄새가 났다. 그는 비행기 뒤쪽으로 바로 걸어가 알루미늄 카트에 기대어 조용히 모여 있는 승무원들을 지나 조리실을 한 바퀴 돌았다. 그러고는 다시 반대편 통로를 통해 이코노미석을 지나 비즈니스석으로 걸어갔다. 거기서 잠시 멈춰 서서 승객들을 훑어보았다. 재킷은 벗어 던지고 넥타이도 풀어헤친 정장 차림의 남자와 여자 들이 있었다. 노트북 컴퓨터가 켜져 있었다. 빈 좌석에 놓여 있는 서류가방 위에는 비닐커버와 스프링 제본 된 서류철이 잔뜩 쌓여 있었다. 독서용 조명이 트레이 테이블에 맞춰져 있었다. 어느 시간을 기준으로 하느냐에 따라 다르지만 밤 늦게까지나 이른 아침인데도 몇몇 사람들은 여전히 일하고 있었다.

그는 이들이 중간 계급의 사람들이라고 생각했다. 바닥에서는 거리가 멀지만 꼭대기는 아직 아니었다. 육군으로 치면 소령과 대령 사이에 해당하는 사람들이었다. 그들은 자신과 동급의 민간인이었다. 그는 소령을 달았고, 군복을 계속 입고 있었다면 지금쯤 대령이 되었을지도 모른다. 그는 객석 분리벽에 기대어 서서 머리를 숙이고 있는 승객들의 뒷모습을 바라보며, 레온이 나를 만들었고, 이제는 그가 자신을 변화시켰다고 생각했다. 레온은 리처의 경력을 높여 주었다. 레온이 그걸 최초에 창조한 것은 아니지만 레온이 지금의 경력을 만들어 준 것에는 의심의 여지가 없었다. 그러다 경력이 끝나고 방랑이 시작되었는데, 이제 레온 탓에 그 방랑도 끝나게되었다. 조디 때문만이 아니다. 레온의 유언 때문이었다. 그가 리처에게 집을 물려줬고, 그 유언은 리처의 발목을 잡으려고 기다리는 시한폭탄과 같았다. 모호한 약속만으로도 충분했다. 이전에는 정착이란 이론적 가능성에 불과했다. 너무 멀어서 결코 가 보지 못할 나라였다. 그곳까지의 여정은 감당하기에는 너무 길었다. 요금도 너무 비쌌다. 외계인의 생활방식에 적응하는 것은 불가능할 정도로 어려운 일이었다. 하지만 레온의 유언이 그를 납치했다. 레온이 그를 납치해 먼 나라의 국경선에 버린 것이다. 이제 그의 코는 울타리에 바짝 닿아 있었다. 건너편에서 그를 기다리는 삶을 볼 수 있었다. 돌아서서 불가능한 거리를 반대 방향으로 걸어간다는 것이 갑자기 미친 짓처럼 보였다. 그러면 방랑은 의식적인 선택으로 바뀌고, 의식적인 선택은 방랑을 완전히 다른 것으로 바꿀 것이다. 방랑의 요점은 대안이 없다는 것을 즐겁게 수동적으로 받아들이는 것이었다. 대안이 있다는 것은 방랑을 망친다. 그런데 레온은 그에게 엄청난 대안을 건네주었다. 그 대안은 유유히 흐르는 허드슨 강 위에 가만히 앉아 그를 기다리고 있었다. 앉아서 그 조항을 쓰면서 레온은 미소를 지었을 게 틀림없다. 그는 빙그레 웃으며 생각했을 것이다. 자네가 이걸 어떻게 빠져나가는지 보자고, 리처.

그는 노트북과 서류철 더미를 바라보며 속으로 움찔했다. 이 모든 것을 지급받지 않고 먼 나라의 국경을 어떻게 넘을 것인가? 정장과 넥타이, 검은색 플라스틱 배터리 구동 장치들은? 도마뱀 가죽 서류가방과 본사에서 보내 온 메시지들은? 그는 몸서리를 치며 공포에 질려 숨도 쉬지 못하는 마비 상태로 분리벽에 기대어 있었다. 불과 1년도 채 되지 않은 어느 날, 한 번도 가 본 적 없는 주의 어떤 마을 근처 교차로에서 트럭에서 내렸던 일을 떠올렸다. 그는 운전기사에게 손을 흔들어 보낸 뒤 주머니에 손을 깊숙이 집어넣고 걷기 시작했다. 뒤로 수백만 킬로미터가, 앞에도 수백만 킬로미터가 뻗어 있었다. 햇볕은 쨍쨍 내리쬐고 발밑에는 먼지가 풀풀 날리는데도 그는 가야 할 곳 없이 완전히 혼자라는 기쁨에 미소를 지었다.

하지만 그는 그로부터 9개월 후의 어느 날도 떠올렸다. 돈이 떨어져 간다는 것을 깨닫고 곰곰이 생각했다. 가장 저렴한 모텔이라 하더라도 적게나마 돈이 필요했다. 아무리 싼 식당도 마찬가지였다. 그는 몇 주만 일할 생각으로 키 웨스트에 일자리를 구했다. 그러다 저녁에도 일을 하기 시작했고, 석 달 뒤 코스텔로가 전화를 걸어왔을 때도 여전히 두 가지 일을 모두 하고 있었다. 사실상 방랑은 이미 끝난 것이었다. 그는 이미 일하는 사람이 되어 있었다. 부정할 필요도 없었다. 이제 어디서, 얼마나, 누구를 위해 일하느냐가 문제였다. 그는 미소 지었다. 마치 매춘 같다고 그는 생각했다. 되돌아갈 수 없다. 그는 조금 긴장을 풀고 분리벽을 밀치고 다시 일등석으로 들어갔다. 줄무늬 셔츠에 빅터 하비와 같은 길이의 팔을 가진 남자가 잠에서 깨어 그를 바라보고 있었다. 그가 고개를 끄덕이며 인사를 했다. 리처도 고개를 끄덕이며 화장실로 향했다. 자리로 돌아갔을 때 조디는 깨어 있었다. 그녀는 바로 앉아서 손가락으로 머리를 빗고 있었다.

"잘 잤어요, 리처?"

"잘 잤어, 조디?"

그는 몸을 굽혀 그녀의 입술에 키스했다. 그녀의 발을 피해서 앉았다.

"컨디션은 어때?" 그가 물었다.

그녀는 머리를 이리저리 움직여 머리카락을 어깨 뒤로 넘겼다.

"나쁘지 않네요. 전혀 나쁘지 않아요. 생각했던 것보다 더 좋아요. 어딜 갔었어요?"

"좀 걸었어. 다른 절반은 어떻게 사는지 보러 뒤까지 갔다 왔지."

"아니, 당신은 생각하고 있었어요. 15년 전에 알아차렸어요. 당신은 생각할 게 있으면 항상 걷기 시작하죠."

"그래?" 그가 놀라서 말했다. "그건 몰랐네."

"늘 그랬어요. 난 그걸 알아챘죠. 당신에 대한 모든 디테일을 보고 있었거든요. 난 당신을 사랑했으니까. 그거 기억나요?"

"또 뭐가 있어?"

"화가 나거나 긴장할 때 왼손을 꽉 쥐어요. 오른손은 풀고 있는데 아마도 무기 훈련 때문인 것 같아요. 지루할 때는 머릿속으로 음악을 연주하죠. 마치 피아노나 다른 뭔가를 따라 연주하는 것처럼 손가락이 움직여요. 말을 할 땐 코끝이 살짝 움직이고."

"그래?"

"그래요. 근데 무슨 생각을 했어요?"

그는 어깨를 으쓱했다.

"이것저것."

"그 집. 맞죠? 그게 당신을 괴롭히는군요? 나도 그렇고. 그 집과 내가 책에 나오는 걸리버처럼 당신을 묶어 두고 있는 거죠? 당신 그 책 알아요?"

그는 웃었다. "자고 있을 때 아주 작은 사람들에게 잡히는 사람 이야기? 수백 개의 작고 가느다란 밧줄로 그 남자를 바닥에 평평하게 못 박았지."

"지금 그렇게 느껴요?"

그는 한 박자 멈칫했다. "네가 그런 건 아니고."

하지만 그 멈춤이 몇 분의 1초 길었다. 그녀는 고개를 끄덕였다.

"혼자 있는 것과는 다르죠? 알아요, 나도 결혼했었으니까. 항상 신경 써야 할 다른 사람이 있고 걱정해야 할 사람이 있고."

그는 미소 지었다. "익숙해지겠지."

그녀도 미소를 지었다. "그리고 또 집이 있고. 그렇죠?"

그는 어깨를 으쓱했다. "기분이 이상해."

"그건 당신과 아빠 사이의 문제예요. 어느 쪽이든 난 당신에게 어떤 요구도 하지 않는다는 걸 알아줬으면 좋겠어요. 어떤 것에 대해서든지. 당신 삶이고 당신 집이니까. 부담 없이 원하는 대로 해요."

그는 고개를 끄덕였다. 아무 말도 하지 않았다.

"이제 하비를 찾으러 갈 거예요?"

그는 다시 어깨를 으쓱했다. "아마도. 하지만 정말 어려운 일일 거야."

"돌파구가 있을 거예요." 그녀가 말했다. "의료 기록 같은 거. 그는 의수 같은 보조기구를 쓸 거예요. 그리고 만약 그가 화상을 입었다면 기록이 남아 있을 거예요. 길거리에서 그를 놓칠 일도 없어요. 온몸에 화상을 입은 팔이 하나뿐인 남자니까."

그는 고개를 끄덕였다. "아니면 그가 나를 찾을 때까지 그냥 기다릴 수도 있겠지. 부하들을 다시 보낼 때까지 개리슨에 있을 수도 있겠고."

그리고 창으로 눈을 돌려 어둠에 비친 창백한 자신의 모습을 바라보다 깨달았다. 난 그가 살아 있다는 사실을 그냥 인정하고 있구나. 내가 틀렸다는 걸 그냥 인정하고 있는 거야. 그는 조디에게로 몸을 돌렸다.

"휴대폰 좀 줄래? 오늘 하루 휴대폰 없이도 일할 수 있겠어? 내쉬가 뭔가를 찾아내서 전화할 수도 있으니까. 연락이 오면 내가 바로 듣고 싶어."

그녀는 한참 동안 그의 눈을 바라보다가 고개를 끄덕였다. 그녀는 몸을 숙여 가방의 지퍼를 내렸다. 그리고 휴대폰을 꺼내서 그에게 건넸다.

"행운을 빌어요."

그는 고개를 끄덕이며 휴대폰을 주머니에 넣었다.

"난 행운이 필요했던 적이 없어."

내쉬 뉴먼은 조사를 시작하기 위해 아침 9시까지 기다리지 않았다. 그는 자신의 전문 분야만큼이나 직무 윤리에도 세부사항까지 주의를 기울이는 꼼꼼한 사람이었다. 이 조사는 곤경에 처한 친구에 대한 연민에서 시작된 비공식 조사였기 때문에 업무 시간에는 할 수 없었다. 사적인 문제는 사적으로 해야 했다.

그는 6시에 침대에서 일어나 산 너머에서 시작되는 열대 지방의 희미한 붉은 빛을 바라보았다. 커피를 내리고 옷을 입었다. 6시 30분에는 이미 사무실에 있었다. 두 시간 정도가 할애될 걸로 생각했다. 그런 다음 부대 식당에서 아침 식사를 하고 9시 정시에 본연의 업무를 시작하기로 했다.

그는 책상 서랍을 열어 빅터 하비의 의료 기록을 꺼냈다. 레온 가버가 퍼트넘 카운티의 의사와 치과의사에게 환자 조회를 해 수집한 자료들이었다. 그는 낡은 헌병대 폴더에 의료 기록들을 넣어서 낡은 캔버스 스트랩으로 단단히 묶어 두었다. 스트랩은 붉은색이었지만 세월이 흘러 먼지가 쌓인 분홍색으로 변색되어 있었다. 복잡한 금속 버클이 달려 있었다.

그는 버클을 풀었다. 폴더를 열었다. 맨 위 서류는 4월에 하비 부모 양쪽이 서명한 동의서였다. 그 아래에는 고대의 역사가 있었다. 그는 이 파일과 유사한 수천 개의 파일을 봐 왔기 때문에 나이, 지리적 위치, 부모의 수입, 운동 능력 등 의료 기록에 영향을 미치는 수많은 요소에 따라 해당 소년들을 쉽게 파악할 수 있었다. 나이와 위치가 함께 작용했다. 새로운 치과 치료법이 캘리포니아에서 시작되어 유행처럼 전국을 휩쓸었기 때문에 디모인의 열세 살 소년이 그 치료를 받으려면 로스앤젤레스에서 치료를 받는 열세 살 소년보다 5년 늦게 태어나야 했다. 부모의 소득이 그 치료 여부를 전적으로 결정했다. 고등학교 풋볼 스타들은 어깨가 찢어져 치료를 받았고, 소프트볼 선수들은 손목에 금이 갔으며, 수영 선수들은 만성적인 귀 염증을 앓고 있었다.

빅터 트루먼 하비는 기록이 거의 없었다. 뉴먼은 글의 행간을 읽으며 성실한 부모가 헌신적으로 보살피는 건강한 소년의 모습이 떠올랐다. 그의 건강 상태는 좋았다. 감기와 독감에 걸렸고 여덟 살 때 기관지염을 앓은 정도였다. 사고도 없었다. 골절도 없었다. 치과 치료도 매우 철저했다. 소년은 선제적 치과 치료의 시대를 거치며 성장했다. 뉴먼의 경험상, 50년대와 60년대 초 뉴욕 대도시에서 보았던 전형적인 모습이었다. 그 시대의 치과는 충치와의 전쟁이었다. 충치를 찾아내야 했다. 강력한 엑스레이로 충치를 찾아냈고, 충치가 발견되면 드릴로 갈아내고 충진재로 채웠다. 결과적으로 치과를 여러 번 방문해야 했고, 어린 빅터 하비에게는 가여운 일이었지만 뉴먼의 입장에서는 그 과정에서 소년의 입 안을 찍은 두꺼운 필름 다발이 남게 되었다. 그 필름들은 충분히 상태가 좋았고 깨끗했으며 수량도 많아 결정적 증거가 될 만했다.

그는 필름을 모아서 들고 복도로 나갔다. 콘크리트 블록 벽에 있는 평범한 문을 열고 알루미늄 관을 지나 맨 끝에 있는 골방으로 걸어갔다. 모퉁이에 가려져 보이지 않는 넓은 선반 위에 컴퓨터 단말기가 하나 놓여 있었다. 그는 컴퓨터 단말기를 부팅하고 검색 메뉴를 클릭했다. 화면이 아래로 스크롤되면서 상세한 설문지가 떴다.

설문지를 작성하는 것은 간단한 논리 문제였다. 그는 '모든 뼈'를 클릭하고 '아동 골절 없음, 잠재적 성인 골절'을 입력했다. 그 아이는 고등학교 때 축구를 하다 다리가 부러진 적은 없지만 나중에 훈련 중 사고로 다리가 부러졌을 수 있다. 군 의료 기록은 때때로 분실되기도 했다. 그는 설문 지의 치과 항목에 많은 시간을 할애했다. 마지막으로 기록된 대로 각 치아 에 대한 자세한 설명을 입력했다. 때워진 충치를 표시하고, 좋은 치아에는 '잠재적 충치'라고 기입했다. 실수를 방지할 수 있는 유일한 방법이었다. 간단한 논리. 좋은 치아는 나중에 나빠져서 치료가 필요할 수 있지만, 때 운 충치는 절대 사라지지 않는다. 그는 엑스레이를 응시하며 '간격'에 '균 일', '크기'에 다시 '균일'을 입력했다. 나머지 문항은 공란으로 남겼다. 일 부 질병은 유골에 나타나기도 하지만 감기나 독감, 기관지염은 나타나지 않는다.

그는 자신의 작업을 검토한 뒤 정확히 7시에 '검색'을 눌렀다. 하드 디 스크가 고요한 아침의 정적 속에서 윙윙거리고 삑삑거리자 소프트웨어가 데이터베이스를 부지런하게 탐색하기 시작했다.

그들은 동부 해안 시각으로 정오가 되기 직전에 예정보다 10분 일찍 착륙했다. 비행기는 자메이카 만의 반짝이는 바다 위로 낮게 들어와 동쪽 을 향해 착륙한 뒤 다시 방향을 돌려 터미널로 천천히 이동했다. 조디는 시계를 다시 맞추고, 비행기가 멈추기도 전에 일어섰다. 일등석에서는 제 재받지 않는 행동이었다.

"가요." 그녀가 말했다. "시간이 정말 빠듯해요."

그들은 문이 열리기도 전에 문 옆에 줄을 섰다. 리처가 가방을 들고 탑 승 통로로 나갔고, 그녀는 그를 앞질러 터미널을 지나 바깥까지 서둘러 나 갔다. 링컨 내비게이터는 단기 주차장에 크고 검은색으로 눈에 띄는 채로 그대로 서 있었고, 그것을 빼내는 데 루터의 돈 58달러가 필요했다.

"샤워할 시간이 있으려나?" 그녀는 스스로에게 물었다.

리처는 밴 웍을 따라 평소보다 빨리 달리는 것으로 의견을 대신했다. 롱 아일랜드 고속도로는 터널을 향해 서쪽으로 잘 빠지고 있었다. 그들은 20분 만에 맨해튼에 도착했고, 30분 만에 그녀의 집 근처 브로드웨이 남쪽으로 향했다.

"그래도 확인해 보고 올게." 그가 그녀에게 말했다. "샤워를 할 수 있든 없든."

그녀는 고개를 끄덕였다. 도시로 돌아오니 걱정이 되살아났다.

"좋아요. 하지만 서둘러 줘요."

그는 문밖 도로에 차를 세우고 로비를 육안으로 확인하는 것까지만 했다. 아무도 없었다. 그들은 차를 세우고 5층으로 올라갔다가 4층으로 내려갔다. 건물은 조용하고 한산했다. 아파트는 비어 있었고 아무도 없었다. 몬드리안의 복제품은 밝은 햇살 속에서 빛이 나고 있었다. 오후 12시 30분.

"10분만요." 그녀가 말했다. "사무실까지 날 태워다 줄 수 있죠?"

"미팅 갈 땐 어떻게 가?"

"운전기사가 있어요."

그녀는 거실을 지나 침실로 뛰어가면서 옷을 벗어던지고 있었다.

"뭐 좀 먹어야 하지 않아?" 리처가 그녀에게 소리쳤다.

"시간이 없어요!" 그녀가 다시 소리쳤다.

그녀는 샤워실에서 5분, 옷장에서 5분을 썼다. 차콜색 원피스와 거기에 어울리는 재킷을 입고 나왔다.

"내 서류가방 좀 찾아줘요, 알았죠?" 그녀가 소리쳤다.

그녀는 머리를 빗고 헤어 드라이어로 말렸다. 화장은 아이라이너와 립스틱만 살짝 바르는 것으로 끝냈다. 거울로 자신의 모습을 확인하고 거실로 돌아왔다. 그녀의 서류가방이 기다리고 있었다. 그가 가지고 내려가 차에 실었다.

"차 키를 가져가요." 그녀가 말했다. "그리고 집으로 다시 돌아가요. 사무실에서 전화할 테니까 데리러 와요."

건물 밖 작은 광장 맞은편에 도착하는 데 7분이 걸렸다. 그녀는 1시 5분 전에 차에서 내렸다.

"행운을 빌어!" 리처가 그녀를 뒤쫓으며 외쳤다. "실력을 보여 줘!"

그녀는 그에게 손을 흔들며 회전문으로 건너갔다. 보안요원들은 그녀가 오는 것을 보고 고개를 끄덕이며 엘리베이터 입구까지 안내했다. 그녀는 1시가 되기 전에 위층 사무실에 도착했다. 그녀의 비서가 얇은 파일을 손에 들고 그녀를 따라 안으로 들어갔다.

"이겁니다." 비서가 의례적으로 말했다.

그녀는 봉투를 열어 여덟 장의 종이를 넘겼다.

"대체 이게 뭐야?" 그녀가 말했다.

"회의 때 파트너들이 엄청 열광했어요." 그가 말했다.

그녀는 페이지를 다시 거꾸로 넘겼다. "이유를 모르겠네. 이 회사들에 대해 들어본 적도 없고 금액도 미미한데."

"하지만 그게 핵심이 아니잖아요?" 비서가 말했다.

그녀가 그를 바라보았다. "그럼 핵심이 뭔데?"

"의뢰인은 채권자예요. 돈을 몽땅 빌린 채무자가 아니고요. 이건 선제적인 조치일 거예요. 안 그런가요? 소문이 돌고 있는 겁니다. 채권자는 변호사님이 채무자 편에 서면 큰 문제가 될 거라고 생각하는 거예요. 그래서 그걸 막으려고 먼저 변호사님께 의뢰한 거고요. 그만큼 변호사님이 유명하다는 뜻이죠. 그래서 파트너들이 환호한 겁니다. 이제 엄청난 스타가 되신 거예요, 제이콥 변호사님."

16

리처는 천천히 차를 몰고 브로드웨이 남쪽으로 돌아갔다. 차고로 내려가는 경사로로 큰 차를 몰았다. 조디의 주차칸에 주차하고 문을 잠갔다. 그는 아파트 위층으로 올라가지 않았다. 다시 경사로를 타고 거리로 걸어 올라가 햇볕 속에서 북쪽의 에스프레소 바를 향했다. 카운터 직원에게 4 샷을 테이크 아웃으로 주문하고 브라이튼에서 돌아온 날 밤 아파트를 점검할 때 조디가 앉았던 크롬 테이블에 앉았다. 그는 그녀가 루터의 조작 사진을 보던 의자에 앉아 에스프레소 거품을 불며 향기를 맡고 첫 모금을 마셨다.

하비의 부모에게 뭐라고 말하지? 인간적으로 그가 할 수 있는 유일한 조치는 그들에게 아무 말도 하지 않는 것이다. 그냥 그가 공백이 되었다고 말하면 된다. 완전히 모호하게 남겨두면 된다. 그게 배려일 것이다. 그냥 가서 노인들의 손을 잡고 루터의 속임수를 설명하고 돈을 돌려준 다음, 역사를 거슬러 올라가는 길고 무익한 조사에 대해 이야기하면서 결국 아무것도 밝힐 수 없었다고 말하는 것이다. 그런 다음 가족들에게 그가 오래 전에 죽었다는 것을 받아들이고 누구도 언제, 어디서, 어떻게 죽었는지 알 수 없다는 것을 이해해 달라고 간곡하게 말한다. 그런 다음 사라져서, 그들이 끔찍한 세기 동안 소용돌이치는 밤과 안개에 자식을 내어준 수천만 명의 부모 중 두 명이라는 사실에서 어떤 존엄성이라도 찾아내 남은 짧은 여생을 살든 말든 내버려두어야 한다.

그는 왼손으로 앞 테이블을 꽉 쥔 채 커피를 한 모금 마셨다. 거짓말을 하긴 하겠지만 그것은 배려에서 비롯되는 것이다. 리처는 배려에 대해 별다른 경험이 없었다. 배려는 그의 삶과 항상 평행선을 달리던 미덕이었다. 그에게는 배려가 중요한 위치에 있었던 적이 없었다. 그는 가족들에게 나쁜 소식을 전하는 보직을 맡은 적이 없었다. 동료들 중 일부는 그런 일을 했다. 걸프전이 끝난 후, 임무조가 편성되었고, 해당 부대의 고위 장교가 헌병과 팀을 이루어 사상자 가족을 방문했다. 한 줄로 난 긴 진입로를 걷거나, 아파트 계단을 걸어 올라가서 그들의 공식적인 복장이 이미 말해 주고 있는 그 소식을 전했다.

그는 그런 종류의 임무에 배려심이 중요하겠다고는 생각했지만, 그 자신의 경력은 본연의 임무에 갇혀 있었다. 사건이 발생하거나 안 하거나, 좋거나 나쁘거나, 합법이거나 불법이거나 항상 단순한 일이었다. 그런데 전역한 지 2년이 지난 지금, 갑자기 배려가 그의 삶에서 중요한 요소가 되었다. 그리고 그것은 그에게 거짓말을 시킬 것이었다.

하지만 그는 빅터 하비를 찾을 것이다. 그는 테이블을 쥐었던 손을 풀고 셔츠를 통해 화상 흉터를 만졌다. 갚아야 할 빚이 있었다. 그는 이빨과 혀에 에스프레소 찌꺼기가 묻을 때까지 컵을 기울였다. 그러고는 컵을 쓰레기통에 버리고 다시 보도로 나섰다. 브로드웨이에는 바로 머리 위 남쪽과 서쪽에서 비치는 태양이 가득했다.

그는 얼굴에서 햇볕을 느꼈고 그쪽으로 돌아서서 조디의 집으로 걸어 내려갔다. 피곤했다. 비행기에서 겨우 네 시간밖에 못 잤기 때문이다. 24

시간이 넘는 비행 시간 중 겨우 네 시간. 그는 거대한 일등석 좌석에 기대어 잠이 들었던 것을 기억했다. 그는 그때도 지금처럼 하비에 대해 생각하고 있었다. 빅터 하비는 숨어 지내기 위해 코스텔로를 살해했다. 크리스털이 그의 기억 속에 떠올랐다. 키 웨스트의 스트리퍼. 다시는 그녀를 생각하지 말아야 했다. 하지만 그는 어두운 바에서 그녀에게 무언가를 말하고 있었다. 그녀는 티셔츠 외에는 아무것도 입지 않은 채였다. 그리고 조디가 레온의 집 안쪽에 있는 어두운 서재에서 그에게 말을 걸어 왔다. 그의 집. 그녀는 리처가 크리스털에게 했던 말과 똑같은 말을 했다. **그는 북쪽에서 누군가의 발을 밟아서 문제를 일으켰을 거예요.** 조디는 그때 이렇게 말했었다. **코스텔로가 어떤 종류의 지름길을 시도해서 누군가에게 비상벨을 울렸을 거예요.**

그는 심장이 쿵쾅거려 길거리에서 갑자기 멈춰 섰다. 레온. 코스텔로. 레온과 코스텔로. 함께 이야기를 나눈. 코스텔로는 죽기 직전에 개리슨으로 가서 레온과 대화를 나눴다. 레온이 코스텔로를 위해 문제를 정리해 줬다. 잭 리처라는 사람을 찾아서 빅터 하비라는 사람을 확인하게 하세요. 그가 이렇게 말했을 것이 틀림없다. 차분하고 사업가적인 코스텔로는 그 말을 잘 들었을 것이다. 그는 시내로 돌아가서 일을 찬찬히 살펴보았다. 그는 열심히 생각해서 지름길을 찾았다. 코스텔로는 리처라는 사람을 찾으러 가기 전에 하비라는 사람을 찾으러 갔다.

그는 조디의 주차장까지 남은 마지막 한 블록을 달려갔다. 브로드웨이 아래에서 그리니치 애비뉴까지는 4킬로였는데 그는 미드타운 서쪽으로 향하는 택시들 뒤로 끼어들어 11분 만에 그곳에 도착했다. 링컨을 건물 앞 인도에 세워 놓고 돌계단을 뛰어올라 로비로 들어섰다. 주위를 둘러보고 아무 버튼이나 세 개를 눌렀다.

"UPS입니다!" 그가 소리쳤다.

스크린 도어가 열리자 그는 계단을 통해 5호실로 뛰어 올라갔다. 코스텔로의 마호가니 문은 나흘 전처럼 그대로 닫혀 있었다. 복도를 흘끗 둘러보고 문고리를 돌려 보았다. 문이 열렸다. 자물쇠는 여전히 제껴져 있었고, 영업을 위해 열려 있었다. 파스텔 톤의 리셉션 공간은 이후 손이 타지 않은 채였다. 비인간적인 도시. 삶은 바쁘고 무의미하고 무심하게 소용돌이치고 있었다. 실내 공기는 퀴퀴했다. 비서의 향수는 거의 흔적도 없이 사라졌다. 하지만 그녀의 컴퓨터는 여전히 켜져 있었다. 물방울 형태의 화면 보호기는 그녀가 돌아오기만을 기다리며 소용돌이치고 있었다.

그는 책상 앞으로 다가가 손가락으로 마우스를 살짝 움직였다. 화면이 깨끗이 걷히면서 스펜서 구트만 리커 앤드 탤보트의 데이터베이스 항목이 나타났는데, 제이콥 부인이라는 이름을 들어 본 적이 없던 그가 전화를 걸기 전에 마지막으로 살펴본 것이었다. 그는 별다른 기대 없이 그 항목을 종료하고 메인 목록으로 돌아갔다. 그는 '제이콥'을 찾았었지만 아무것도 찾지 못했었다. 알파벳상 H와 J는 꽤 가까이에 있었는데, 거기서 '하비'를 본 기억은 없었다.

아래에서 위로, 그리고 다시 위로 살펴보았지만 메인 목록에는 아무것도 없었다. 실명은 전혀 없고 기업의 약어 상호만 있었다. 그는 책상 뒤에서 나와 코스텔로의 사무실로 달려갔다. 책상 위에는 어떤 서류도 없었다. 책상 뒤쪽으로 돌아가 책상 밑에서 금속 휴지통을 찾아냈다. 구겨진 종이가 여러 장 들어 있었다. 쪼그리고 앉아서 바닥에 휴지통을 쏟았다. 늘어진 봉투와 버려진 양식들이 있었다. 기름이 밴 샌드위치 포장지. 그리고 절단선이 있는 노트에서 찢어낸 줄이 그어진 종이 몇 장. 그는 손바닥으로 카펫 위에 그것들을 가지런히 펼쳐 놓았다. 눈에 들어오는 것은 없었지만 분명 업무용 노트였다. 바쁜 사람이 생각을 정리하는 데 도움이 되는 그런 종류의 메모. 하지만 모두 최근의 것이었다. 코스텔로는 분명히 정기적으로 휴지통을 비우는 사람이었다. 그가 키 웨스트에서 죽기 며칠 전 것은 아무것도 없었다. 하비와 관련된 지름길이 있었다면, 12일이나 13일 전에 레온과 이야기를 나눈 직후, 조사에 착수한 바로 당일 무렵 그 지름길을 택했을 것이다.

리처는 책상 서랍을 하나씩 차례로 열어 보았다. 왼쪽 맨 위 서랍에서 절단선 노트를 발견했다. 슈퍼마켓에서 파는 흔한 노트였는데, 이미 일부를 뜯어 써서 왼쪽에는 두꺼운 제본 부분이 남아 있고 오른쪽에는 절반가량의 페이지 수가 남아 있었다. 그는 찌그러진 가죽 의자에 앉아서 노트를 넘겨 보았다. 열 페이지쯤 넘기자 '레온 가버'라는 이름이 나왔다. 연필로 뒤죽박죽 써 갈긴 메모들 사이에서 그 이름이 튀어나왔다. '제이콥 부인, SGR&T'도 보였다. '빅터 하비'도 보였다. 깊이 생각에 잠겼을 때 무심히 긋는 밑줄이 두 번 그어져 있었다. 달걀 같은 타원형 모양의 동그라미도 가볍게 쳐져 있었다. 옆에는 'CCT??'라고 적혀 있고 'CCT??'에서부터 '오전 9시'라고 적힌 메모까지 줄 하나가 그어져 있었다. '오전 9시'에는 더 많은 타원형 동그라미가 쳐져 있었다. 그 페이지를 보니, 오전 9시에 빅터 하비와의 약속이 CCT라는 장소에서 있었다는 것을 알 수 있었다. 아마도 그가 살해당한 날 아침 9시였을 것 같았다.

그는 의자를 뒤로 젖히고 책상 주위를 이리저리 돌아보았다. 다시 컴퓨터로 달려갔다. 데이터베이스 목록은 여전히 그대로였다. 아직 화면 보호기가 뜨지 않았다. 목록을 맨 위로 스크롤하여 'B'와 'D' 사이를 모두 살펴보았다. 'CCT'가 'CCR&W'와 'CDAG&Y' 사이에 끼어 있었다. 마우스를 움직여 클릭했다. 화면이 아래로 스크롤되면서 'CAYMAN CORPORATE TRUST'라는 항목이 나타났다. 세계무역센터에 주소를 두고 있었다. 전화번호와 팩스 번호도 있었다. 로펌의 의뢰사항이 적힌 메모도 있었다. 소유주는 '빅터 하비'로 기재되어 있었다. 리처가 모니터를 쳐다보고 있는데 전화벨이 울렸다.

그는 화면에서 눈을 떼고 책상 위의 키폰을 흘끗 쳐다보았다. 조용했다. 벨소리는 그의 주머니에서 울리고 있었다. 그는 재킷에서 조디의 휴대폰을 더듬더듬 꺼내 버튼을 눌렀다.

"여보세요?"

"좋은 소식이 있네." 내쉬 뉴먼이 응답했다.

"뭡니까?"

"뭐냐고? 대체 뭐일 것 같나?"

"글쎄요, 말씀해 주시겠습니까?"

뉴먼이 말했다. 그리고 침묵이 흘렀다. 휴대폰에서 나는 1만 킬로미터 떨어진 거리를 나타내는 부드러운 쉬익 소리와 컴퓨터 내부의 팬이 윙윙거리는 소리만 들릴 뿐이었다. 리처는 전화기를 귀에서 떼고 전화기와 화면을 상하좌우로 번갈아 쳐다보며 멍한 표정을 지었다.

"듣고 있나?" 뉴먼이 물었다. 폰 너머로 희미한 전자음이 들려왔다. 리처는 휴대폰을 다시 얼굴에 대었다.

"정말 확실한 겁니까?" 그가 물었다.

"확실해." 뉴먼이 말했다. "100퍼센트 확실해. 틀릴 확률은 10억 분의 1

도 없어."

"확실하다는 거죠?" 리처가 다시 물었다.

"확실해." 뉴먼이 말했다. "정말로, 완전히 확실해."

리처는 침묵했다. 텅 비어 고요한 사무실만 그저 둘러보았다. 자갈무늬 유리창을 통해 햇살이 들어오는 곳은 벽 색깔이 파란색이고, 그렇지 않은 곳은 연회색이었다.

"자넨 별로 만족스럽지 않은 것 같군." 뉴먼이 말했다.

"믿을 수가 없군요. 다시 말씀해 주시겠어요?"

그래서 뉴먼은 그에게 다시 말했다.

"못 믿겠어요. 정말 확실한 겁니까?"

뉴먼이 전부 다 반복했다. 리처는 멍하니 책상을 쳐다보았다.

"한 번만 더 다시 말씀해 주세요. 한 번만 더요, 내쉬."

그래서 뉴먼은 네 번째로 이 모든 과정을 반복했다.

"의심의 여지가 전혀 없어." 그가 덧붙였다. "내가 틀렸다는 걸 알고 있었나?"

"젠장." 리처가 말했다. "젠장, 이게 무슨 뜻인지 아시죠? 무슨 일이 일어났는지 보셨죠? 뭘 했는지도 보셨죠? 끊어야겠어요, 내쉬. 지금 당장 세인트루이스로 다시 가야겠어요. 기록물센터로요."

"그래야지." 뉴먼이 말했다. "세인트루이스가 확실히 첫 번째 목적지야. 중대한 긴급사항이기도 하고."

"고맙습니다." 리처가 힘없이 말했다. 그는 전화를 끊고 다시 주머니에 쑤셔 넣었다. 그리고 일어나서 터덜터덜 천천히 코스텔로의 사무실을 빠져나가 계단으로 갔다. 마호가니 문은 활짝 열어둔 채.

세탁소 포장지 안에 새빌 로우 정장을 철사 옷걸이에 걸어 들고 토니가 화장실에 들어왔다. 종이 포장지 안에 접혀 있는 풀 먹인 셔츠는 팔에 걸쳐 있었다. 그는 마릴린을 흘끗 쳐다보고 양복을 샤워실 봉에 걸어두고 셔츠를 체스터의 무릎에 던졌다. 주머니에 손을 넣어 넥타이를 꺼냈다. 그는 마치 마술사가 숨겨진 실크 스카프로 마술을 하듯 넥타이 전체를 길게 뽑아 당겼다. 셔츠 다음에 그것을 던졌다.

"쇼 타임이야." 그가 말했다. "10분 안에 준비해."

그는 다시 나가서 문을 닫았다. 체스터는 포장된 셔츠를 품에 안고 바닥에 앉아 있었다. 넥타이가 떨어진 그대로 그의 다리에 걸쳐져 있었다. 마릴린은 몸을 숙여 그에게서 셔츠를 챙겼다. 손가락을 포장지 아래로 평평하게 밀어 넣어 펼쳤다. 그녀는 포장지를 구겨서 버렸다. 셔츠를 털고 위쪽 단추 두 개를 풀었다.

"거의 끝나가." 주문처럼 그녀가 말했다.

그는 말없이 그녀를 바라보며 일어났다. 그녀에게서 셔츠를 받아 머리 위로 걸쳤다. 그녀는 앞으로 다가가 칼라를 여미고 넥타이를 매주었다.

"고마워." 그가 말했다.

그녀는 그가 수트 입는 것을 도와주고 그의 앞을 돌며 옷매무새를 고쳐 주었다.

"머리 좀." 그녀가 말했다.

거울로 가니 과거의 자신이 보였다. 손가락으로 머리카락을 정리했다. 화장실 문이 다시 열리고 토니가 안으로 들어왔다. 몽블랑 만년필을 들고 있었다.

"다시 빌려줄 테니 이걸로 양도 서류에 서명해."

체스터는 고개를 끄덕이고 만년필을 받아서 재킷 안에 넣었다.

"그리고 이것도. 외모를 챙겨야 하지 않겠어? 사방이 변호사인데." 백금 롤렉스였다. 체스터는 시계를 받아서 자신의 손목에 찼다. 토니는 화장실을 나가 문을 닫았다. 마릴린은 거울 앞에서 손가락으로 머리를 손질하고 있었다. 그녀는 귀 뒤로 머리를 넘기고 방금 립스틱을 바른 것처럼 입술을 붙였다 뗐다. 립스틱은 바르지도 않았다. 바를 립스틱도 없었다. 그냥 본능이었다. 그녀는 바닥 중앙으로 걸어가서 드레스를 허벅지 위로 끌어내렸다.

"준비됐어?" 그녀가 물었다.

체스터는 어깨를 으쓱했다. "당신은?"

"난 준비됐어." 그녀가 말했다.

스펜서 구트만 리커 앤드 탤보트 법률사무소의 운전기사는 회사에서 가장 오래 근무한 비서 중 한 명의 남편이었다. 그는 근무하던 회사가 경쟁력 있고 성장성 있는 경쟁사와 합병하는 바람에 잘리게 된 사무원이었다. 쉰아홉에 기술도 없고 장래성도 없는 실업자 신세였던 그는 퇴직금을 중고 링컨 타운카 한 대에 털어 넣었고, 그의 아내는 회사에 그와 독점 계약을 맺는 것이 자동차 서비스를 외주 주는 것보다 더 저렴하다는 제안서를 제출했다. 회사의 파트너들은 제안서에 있는 숫자상의 실수를 눈감아 주고, 자선과 편익이라는 양쪽을 고려하여 그를 고용했다. 차고에서 시동과 에어컨을 켜 놓고 기다리고 있는 기사에게, 조디가 엘리베이터에서 나와서 다가갔다. 그가 창문을 내리자 조디는 허리를 굽혀 말을 걸었다.

"우리 어디로 가는지 아세요?"

그는 고개를 끄덕이며 조수석에 놓인 클립보드를 두드렸다.

"준비 다 됐습니다."

그녀는 뒷좌석에 탔다. 원래는 함께 앞좌석에 타는 것을 선호하는 민주적인 사람이었지만 운전기사는 승객에게 뒷좌석에 앉으라고 강권했다. 그것이 더 공식적인 처신으로 느껴져서였다. 그는 예민한 노인이어서 그의 취직에 자선의 냄새가 깔려 있다는 것을 알고 있었다. 그는 아주 적절하게 행동해야만 자신의 위치가 대우받을 것이라고 생각했다. 그래서 그는 브루클린의 한 양복점에서 산 검정색 양복을 입고 운전사 모자까지 쓰고 있었다.

백미러를 통해 조디가 자리를 잡은 것을 확인하자마자 그는 차고 주변을 돌아 경사로를 올라가 대낮의 햇빛 속으로 나갔다. 건물 뒤편에 있는 출구를 나가면 익스체인지 플레이스였다. 그는 브로드웨이로 좌회전한 후 차선을 순조롭게 변경해서 트리니티 스트리트에서 급하게 우회전하는 차선에 들어갔다. 그 길을 따라 서쪽으로 방향을 틀어 남쪽에서 세계무역센터 쪽으로 다가갔다. 트리니티 교회 앞을 지나는 차선 두 개가 연석에 주차된 뉴욕 경찰 순찰차 옆에 정차한 경찰 견인차에 의해 막혀 있었기 때문에 교통이 느렸다. 경찰관이 무언가를 확신하지 못하는 듯 창문을 들여다보고 있었다. 그는 속도를 줄였다가 다시 높였다가 다시 속도를 줄여 광장 옆에 멈췄다. 그의 눈은 길거리에 고정되어 있어서, 거대한 타워는 보이지 않았다. 그는 시동을 켜둔 채 조용하고 공손하게 앉아 있었다.

"여기서 기다리겠습니다." 그가 말했다.

조디는 차에서 내려 인도에서 잠시 멈췄다. 광장은 넓고 붐볐다. 2시 5

분 전이 되어 사람들이 점심 식사를 마치고 일터로 돌아가고 있었다. 그녀는 불안감을 느꼈다. 황당한 상황이 벌어진 이후 처음으로 리처가 자신을 지켜주지 않는 공공장소를 걷게 되었다. 그녀는 주위를 둘러보고 서두르는 사람들 무리에 끼어 남쪽 타워까지 함께 걸어갔다.

파일에 있는 주소는 88층이었다. 그녀는 급행 엘리베이터를 타기 위해 몸에 맞지 않는 검은색 정장을 입은 중키의 남성 뒤에 줄을 섰다. 그 남자는 갈색 비닐로 만든 싸구려 모조 악어가죽 서류가방을 들고 있었다. 그녀는 그 남자 다음에 엘리베이터에 몸을 우겨넣었다. 엘리베이터 안이 만원이어서 사람들은 버튼에 가장 가까운 여성에게 층수를 눌러 달라고 부탁했다. 맞지 않는 양복을 입은 남자가 88층을 요청했다. 조디는 가만히 있었다.

엘리베이터는 운행층의 거의 모든 층에서 멈췄고, 사람들이 우르르 내렸다. 엘리베이터가 느리게 올라갔다. 88층에 도착했을 때는 2시가 다 되어서였다. 조디가 밖으로 나왔다. 안 맞는 정장을 입은 남자가 조디를 뒤따라 내렸다. 그들은 한적한 복도에 있었다. 사무실 공간으로 이어지는 특색 없는 문들이 있었다. 조디와 정장 차림의 남자는 각자 다른 쪽으로 가면서 두 사람 모두 문 옆에 고정된 명판을 살폈다. 그들은 '케이맨 기업신탁'이라고 새겨진 오크 명판 앞에서 다시 만났다. 문에는 중앙에서 벗어난 곳에 철망 유리창이 설치되어 있었다. 조디가 그 창 안을 흘깃 쳐다보는데 정장을 입은 남자가 그녀를 지나쳐서 문을 열었다.

"우리, 같은 미팅에 참석하는 건가요?" 조디가 놀라서 물었다.

그녀는 그를 따라 황동과 오크로 꾸며진 리셉션 공간으로 들어갔다. 사무실 냄새가 났다. 복사기에서 나오는 뜨거운 화학 물질 냄새와 어딘가에서 커피 냄새가 났다. 정장 차림의 남자가 그녀에게 돌아서서 고개를 끄덕였다.

"그런 것 같네요." 그가 말했다.

그녀는 걸으면서 손을 내밀었다.

"저는 스펜서 구트만의 조디 제이콥입니다." 그녀가 말했다. "채권자 측이죠."

남자는 뒤로 걸어가더니 비닐 서류가방을 왼손으로 들고 미소를 지으며 그녀와 악수했다.

"저는 포스터 앤드 아벨스타인의 데이비드 포스터입니다."

그들은 리셉션 카운터에 있었다. 그녀는 그를 쳐다보았다.

"아뇨." 그녀가 멍해져서 말했다. "아니신데요. 전 데이비드를 잘 알아요."

남자가 갑자기 긴장하는 것이 보였다. 로비가 조용해졌다. 그녀가 반대편으로 고개를 돌리자 리처와 같이 브로드웨이에서 있었던 충돌에서 빠져나갈 때 그녀의 브라바다 문손잡이를 마지막까지 붙잡고 있던 남자가 거기 있는 것이 보였다. 그자는 카운터 뒤에 침착하게 앉아 그녀를 똑바로 바라보고 있었다. 그의 왼손이 움직여 버튼에 닿았다. 정적 속에 출입문에서 딸깍 소리가 들려 왔다. 그리고 그의 오른손이 움직였다. 빈손으로 내려갔는데 칙칙한 금속의 총을 들고 다시 올라왔다. 튜브처럼 넓은 총열에 금속 손잡이가 달려 있었다. 총열의 길이는 30센티 이상이었다. 안 맞는 정장을 입은 남자가 서류가방을 놓고 재빨리 손을 높이 들었다. 조디가 무기를 바라보며 생각했다. **저건 샷건인데.**

샷건을 들고 있던 자는 다시 왼손을 움직여 다른 버튼을 눌렀다. 안쪽 사무실 문이 열렸다. 둘을 향해 서버번을 들이받은 놈이 문틀을 꽉 채우고 서 있었다. 놈의 손에는 또 다른 총이 들려 있었다. 조디는 영화에서 본 기억이 나서 그 총의 종류를 알아볼 수 있었다. 자동권총이었다. 영화 스크린상에서 큰 소음을 내며 총알을 발사하고, 맞으면 2미터 뒤로 팅겨 나가는 총이었다. 서버번 운전자는 그녀의 왼쪽과 남자의 오른쪽의 중간 지점을 안정적으로 겨냥한 채, 어느 쪽으로든 손목을 재빨리 돌릴 준비가 된 것으로 보였다.

샷건을 든 남자가 카운터 뒤에서 나와 조디를 밀치고 지나갔다. 안 맞는 정장을 입은 남자의 뒤로 다가가 샷건의 총구를 그의 등허리에 박았다. 금속과 금속이 부딪히는 딱딱한 소리가 옷감에 묻혀서 들렸다. 샷건을 든 남자가 재킷 아래로 손을 집어넣어 커다란 크롬 권총을 꺼냈다. 놈은 마치 전시품처럼 그것을 들어 올렸다.

"변호사로서는 흔치 않은 액세서리네요." 안쪽 사무실 문간에 있는 놈이 말했다.

"이자는 변호사가 아니에요." 그의 파트너가 말했다. "여자가 데이비드 포스터를 잘 안다는데 이자가 아니래요."

문간에 있던 남자가 고개를 끄덕였다.

"내 이름은 토니입니다." 그가 말했다. "두 사람 모두 안으로 들어오시죠."

그가 한쪽으로 물러나 조디를 자동권총으로 통제하고 있는 동안, 놈의 파트너가 포스터라고 주장하는 남자를 열린 문으로 밀어 넣었다. 그리고 조디에게 가까이 오라고 총을 들어 손짓했다. 그는 가까이 다가가서 조디의 등에 손을 얹고 문 안으로 밀어 넣었다. 조디는 한 번 비틀거렸지만 이

내 균형을 되찾았다. 문 안쪽은 사각형의 넓고 큰 사무실이었다. 가려진 창문에서 희미한 빛이 들어왔다. 책상 앞에는 거실 가구가 배치되어 있었다. 똑같은 모양의 소파 세 개와 램프 테이블이 있었다. 황동과 유리로 된 커다란 커피테이블이 소파 사이의 공간을 가득 채우고 있었다. 왼쪽 소파에 두 사람이 앉아 있었다. 남자 한 명과 여자 한 명. 남자는 깔끔한 정장에 넥타이를 매고 있었다. 여자는 구겨진 실크 드레스를 입고 있었다. 남자가 멍하니 올려다보았다. 여자는 공포에 떨며 올려다보았다.

한 남자가 책상에 있었다. 어두운 가죽 의자에 앉아 있었다. 쉰다섯 살쯤 되어 보였다. 조디는 그를 쳐다보았다. 그의 얼굴은 마치 임의로 선이 그어진 서부 주들의 지도처럼 대략 둘로 나뉘어 있었다. 오른쪽에는 주름진 피부와 가늘어진 회색 머리카락이 있었다. 왼쪽에는 미완성된 괴물 머리의 플라스틱 모형처럼 분홍색의 두툼하고 번쩍이는 흉터 조직이 있었다. 흉터는 그의 눈에 닿아 있었고, 눈꺼풀은 마치 훼손된 엄지손가락 모습처럼 분홍색 조직이 공 모양으로 뭉쳐져 있었다.

그는 넓은 어깨와 넓은 가슴 위로 떨어지는 깔끔한 정장을 입고 있었다. 그의 왼팔은 책상 위에 편안하게 놓여 있었다. 어둠 속에서 눈처럼 흰 셔츠의 소맷단 아래로 잘 다듬어진 손이 손바닥을 아래로 하고 손가락으로 책상 위를 알 수 없는 리듬으로 두드리고 있었다. 그의 오른팔은 왼팔과 정확히 대칭을 이루며 놓여 있었다. 여름용 정장의 고급 양모와 새하얀 셔츠 소맷단도 똑같았지만, 모두 속이 비어서 모양이 찌그러져 있었다. 손이 없었다. 낮은 각도로 튀어나온 단순한 강철 갈고리 하나만이 책상 위에 놓여 있었다. 마치 공공 정원에 있는 조각품의 미니어처 버전처럼 구부러져서 광택이 났다.

"하비." 그녀가 말했다.

그는 딱 한 번 천천히 고개를 끄덕이고 인사라도 하듯 갈고리를 들어 올렸다.

"만나서 반가워, 제이콥 부인. 시간이 너무 오래 걸려서 유감이야."

그러고 나서 그는 미소를 지었다.

"그리고 우리가 서로를 알아갈 수 있는 시간이 너무 짧아서 유감이군."

그는 이번에는 토니에게 고갯짓을 해 포스터라고 주장하는 남자 옆에 그녀를 세우라고 했다. 그들은 나란히 서서 기다렸다.

"당신 친구 잭 리처는 어디 있지?" 하비가 물었다.

그녀는 고개를 저었다. "몰라."

하비는 한참 동안 그녀를 바라보았다.

"그래." 그가 말했다. "잭 리처 얘기는 나중에 하지. 이제 앉아."

그는 갈고리로, 소파에 앉아 있는 커플의 맞은편을 가리키고 있었다. 그녀는 혼란 속에 건너가서 앉았다.

"이쪽은 스톤 씨와 스톤 부인." 하비가 그녀에게 말했다.

"그냥 편하게 부르자고. 체스터와 마릴린이야. 체스터는 스톤 옵티컬이라는 회사를 운영했는데, 나한테 1,700만 달러 이상을 빚졌고, 그걸 주식으로 갚으려고 해."

조디는 맞은편에 있는 커플을 힐끗 쳐다보았다. 두 사람의 눈에는 공포가 가득했다. 마치 무언가 크게 잘못되었다는 듯이.

"테이블 위에 손 올려." 하비가 말했다. "너희 셋 모두. 앞으로 몸을 숙이고 손가락을 벌려."

조디는 몸을 앞으로 숙여 낮은 탁자 위에 손바닥을 얹었다. 맞은편에 있던 커플도 자동으로 같은 동작을 취했다.

"앞으로 더 숙여." 하비가 말했다.

셋 모두 손바닥을 테이블 중앙으로 밀어 엉거주춤한 자세가 되었다. 손바닥에 체중이 실려 움직일 수 없게 되었다.

하비가 책상 뒤에서 나와 안 맞는 정장을 입은 남자와 마주 섰다.

"보아하니 데이비드 포스터가 아닌 것 같은데."

남자는 아무 대답도 하지 않았다.

"한눈에 알아봤어. 그 따위 옷을 입다니. 장난해? 그래서, 넌 누구야?"

다시 남자는 아무 말도 하지 않았다. 조디는 고개를 옆으로 돌린 채 그를 지켜보았다. 토니가 총을 들어 남자의 머리에 겨눴다. 그는 양손으로 공이치기를 움직여 정적 속에서 위협적인 금속성 소리를 냈다. 그는 방아쇠를 손가락으로 조였다. 조디는 그의 손가락 마디가 하얗게 변하는 것을 보았다.

"커리." 남자가 재빨리 말했다. "윌리엄 커리입니다. 저는 포스터 밑에서 일하는 사립탐정입니다."

하비는 천천히 고개를 끄덕였다. "알겠네, 커리 씨."

그는 스톤 부부 뒤로 걸어갔다. 여자의 바로 뒤에서 멈춰 섰다.

"날 속였군, 마릴린." 그가 말했다.

그는 왼손으로 소파 등받이를 받쳐 균형을 잡은 다음 몸을 앞으로 완전히 숙여 갈고리 끝을 드레스 목 부분에 걸었다. 옷감을 팽팽하게 뒤로 잡아당겨서 그녀의 상체를 천천히 일으켰다. 손바닥이 유리에서 미끄러져 떨어져서 습기 자국이 남았다. 등이 소파에 닿자 그는 갈고리를 그녀 앞으로 내밀어 미용사가 작업을 시작하기 전에 머리 위치를 조정하는 것처럼 턱 밑을 가볍게 밀었다. 그는 갈고리를 들어 올렸다가 다시 천천히 내려놓고 갈고리 끝을 빗 삼아 그녀의 머리카락을 앞뒤로 살살 빗었다. 숱이 많은 머리카락을 갈고리가 천천히 앞뒤로, 앞뒤로 가르며 지나갔다. 그녀는 공포에 질려 눈을 질끈 감았다.

"날 속이다니. 난 속는 게 싫어. 특히 너한테는 더더욱. 난 널 챙겨 줬어, 마릴린. 널 차와 함께 팔아버릴 수도 있었다고. 이젠 그렇게 할지도 몰라. 널 두고는 다른 계획이 있었는데, 이젠 제이콥 부인이 내 애정에서 네 자리를 뺏은 것 같아. 아무도 그녀가 얼마나 아름다운지 말해 주지 않았거든."

갈고리의 움직임이 멈추자 마릴린의 머릿속에서부터 가느다란 핏줄기가 이마로 흘러내렸다. 하비의 시선이 조디에게로 옮겨졌다. 그의 성한 눈은 깜빡이지 않고 있었다.

"좋아." 그가 그녀에게 말했다. "아마도 당신은 뉴욕이 나에게 주는 이별 선물인 것 같아."

그는 마릴린이 다시 몸을 앞으로 숙이고 손을 테이블 위에 올려놓을 때까지 갈고리로 마릴린의 머리 뒤쪽을 세게 밀었다. 그리고 돌아섰다.

"무장하셨나, 커리 씨?"

커리는 어깨를 으쓱했다. "지금은 아닙니다. 아시잖습니까? 아까 가져갔잖아요."

샷건을 든 남자가 반짝이는 리볼버를 들고 있었다.

하비는 고개를 끄덕였다.

"토니?"

토니는 커리의 어깨 위와 팔 아래를 더듬기 시작했다. 커리가 좌우로 몸을 비틀자 샷건을 든 남자가 가까이 다가와 옆구리에 총신을 꽂았다.

"가만히 있어."

토니는 앞으로 몸을 숙여 커리의 벨트 부분과 다리 사이를 손으로 살살 더듬었다. 그런 다음 두 손을 아래로 재빨리 미끄러뜨렸고 커리는 옆으로 세게 비틀며 샷건을 팔로 밀어내려 했지만, 샷건을 들고 있던 자가 두 발을 벌리고 단단히 버텨 커리의 몸부림을 막았다. 그는 총구를 주먹처럼 사용해 커리의 배를 가격했다. 커리가 숨을 컥컥거리며 몸을 구부리자 토니는 샷건의 개머리판으로 커리의 관자놀이를 다시 한번 세게 가격했다. 커리는 무릎을 꿇었고 토니는 발로 그를 굴렸다.

"멍청한 자식." 토니가 비웃었다.

토니는 한 손으로 샷건을 들고 몸을 숙여 커리의 배에 총구를 들이대고 충분한 무게를 실어 고통을 주었다. 그는 쪼그리고 앉아 바짓단 사이를 만지작거리더니 똑같은 리볼버 두 정을 들고 다시 일어섰다. 왼쪽 검지를 방아쇠울에 끼우고 그것을 돌렸다. 금속끼리 딸깍거리며 긁히고 덜그럭거렸다. 스테인리스 스틸로 만들어진 작은 리볼버였다. 반짝이는 장난감 같았다. 총열이 거의 없다고 할 정도로 짧았다.

"일어나." 하비가 말했다.

커리는 손과 무릎으로 구르며 일어났다. 머리를 맞은 충격으로 인해 멍한 상태임이 분명해 보였다. 눈을 깜빡이며 집중하려고 애쓰는 모습이 조디에게 보였다. 머리를 흔들며 소파 뒤쪽으로 손을 뻗어 몸을 일으켰다. 하비가 그에게 한 발짝 더 다가가서 그에게서 등을 돌렸다. 하비는 조디와 체스터, 마릴린을 관객처럼 바라보았다. 그는 자신의 왼손바닥을 평평하게 펴고는 갈고리의 곡선 부분으로 왼손바닥을 툭툭 치기 시작했다. 갈고리와 왼손에 모두 힘을 실어서 충격이 더 세지게 했다.

"간단한 역학 문제 하나." 그가 말했다. "갈고리 끝에 가해지는 충격은 팔 절단 부위까지 전달돼. 충격파의 이동이지. 충격파는 팔의 남은 부분에 부딪혀 소멸돼. 물론 가죽 컵 부분은 당연히 전문가가 제작했기 때문에 불편함은 최소화되고. 하지만 물리법칙을 이길 수는 없겠지? 결국 고통이 어느 쪽으로 먼저 전달되는가로 귀결되는 문제야. 커리 씨일까 나일까?"

그는 몸을 돌려 갈고리의 뭉툭한 바깥쪽 곡선 부위로 커리의 얼굴을 강력하게 가격했다. 어깨에서부터 날아온 강력한 펀치에 맞은 커리는 비틀거리며 뒤로 물러나 숨을 헐떡였다.

"내가 무장했는지 물었잖아." 하비가 조용히 말했다. "사실대로 말했어야지. '네, 하비 씨, 양쪽 발목에 리볼버가 있어요'라고. 하지만 넌 안 그랬어. 날 속이려고 했지. 마릴린에게 말했듯이 난 속는 걸 좋아하지 않아."

다음 펀치는 갑작스럽고 세게 몸통에 날린 잽이었다.

"그만해!" 조디가 소리쳤다. 그녀는 뒤로 몸을 밀고 똑바로 앉았다. "왜 이런 짓을 하는 거지? 도대체 당신에게 무슨 일이 있었던 거야?"

커리는 몸을 구부리고 숨을 헐떡였다. 하비가 그에게서 돌아서서 그녀를 마주했다.

"나한테 무슨 일이 있었던 거냐고?" 그가 반문했다.

"당신은 괜찮은 사람이었어. 우린 당신에 대해 모든 것을 알고 있어."

그는 고개를 천천히 흔들었다.

"아니, 그렇지 않아."

그때 엘리베이터 로비로 통하는 문의 버저가 울렸다. 토니가 하비를 흘끗 쳐다보고 자동권총을 주머니에 넣었다. 그는 커리의 작은 리볼버 두 자

루를 손가락에서 빼내어 그중 하나를 하비의 왼손에 건네주었다. 그러고
는 몸을 가까이 기울여 다른 한 자루를 하비의 재킷 주머니에 넣었다. 신
기할 정도로 자연스러운 동작이었다. 그러고는 사무실 밖으로 걸어 나갔
다. 샷건을 든 남자는 뒤로 물러나며 네 명의 포로를 모두 커버할 수 있는
각도를 찾았다. 하비는 반대 방향으로 움직이며 조준점과 삼각형을 만들
었다.

"모두 조용히 해." 그가 속삭였다.

로비 문이 열리는 소리가 들렸다. 낮은 대화 소리가 들리더니 다시 닫
혔다. 잠시 뒤 토니가 팔에 소포를 안고 미소를 지으며 어둠 속으로 걸어
들어왔다.

"스톤이 거래하던 은행에서 보낸 사람입니다. 주식 증서 300장."

그는 소포를 들어 보였다.

"열어 봐." 하비가 말했다.

토니가 봉투를 뜯어 열었다. 화려한 금박이 찍힌 주식 증서가 조디에게
보였다. 토니가 서류를 훑어보았다. 고개를 끄덕였다. 하비는 의자로 돌아
와 작은 리볼버를 책상 위에 올려놓았다.

"앉게, 커리 씨." 그가 말했다. "당신의 법조계 동료 옆에."

커리는 조디 옆 공간으로 와 무겁게 무너져 내렸다. 그는 다른 사람들
처럼 유리에 손을 얹고 앞으로 몸을 숙였다. 하비가 갈고리로 원을 크게
그렸다.

"주위를 잘 둘러봐, 체스터." 그가 말했다. "커리 씨, 제이콥 부인, 그리
고 네가 사랑하는 아내 마릴린. 분명 모두 좋은 사람들일 거야. 각자의 사
소한 고민과 성공으로 충만한 세 사람의 삶이지. 그 세 사람의 삶이, 체스

터, 이제 전적으로 네 손에 달렸어."

스톤은 고개를 들어 원을 그리며 테이블에 앉은 다른 세 사람을 둘러보았다. 그러고는 책상 건너편에 있는 하비를 똑바로 바라보았다.

"가서 나머지 주식을 가져와." 하비는 그에게 말했다.

"토니가 동행할 거야. 곧장 가서 곧장 돌아와. 잔머리 굴리지 말고. 그러면 이 세 사람은 살고 안 그러면 죽어. 알겠나?"

스톤은 조용히 고개를 끄덕였다.

"숫자 하나를 골라, 체스터." 하비가 그에게 말했다.

"1." 스톤이 대답했다.

"두 개 더 골라."

"2, 3." 스톤이 말했다.

"좋아. 마릴린이 3이야." 하비가 말했다. "네가 영웅이 되기로 결심한다면."

"주식을 가져올게요." 스톤이 말했다.

하비는 고개를 끄덕였다.

"그래 주면 고맙겠군. 하지만 그 전에 양도 계약서에 서명해."

그는 서랍을 열고 작고 광택 나는 리볼버를 그 안에 집어넣었다. 그러고는 종이 한 장을 꺼냈다. 겨우 몸을 일으켜 떨면서 서 있는 스톤을 향해 손짓했다. 스톤은 책상으로 조심스럽게 다가가 주머니에서 꺼낸 몽블랑 만년필로 자신의 이름을 서명했다.

"제이콥 부인이 증인을 서면 되겠군." 하비가 말했다. "어쨌든 뉴욕주 변호사협회의 회원이니까."

조디는 한참을 가만히 앉아 있었다. 그녀는 샷건을 든 남자를 왼쪽으로,

토니를 정면으로, 그리고 책상 뒤의 하비를 오른쪽으로 바라보았다. 그녀는 몸을 똑바로 세웠다. 책상으로 가서 서류 양식을 앞으로 돌려놓고 스톤의 만년필을 받았다. 그러고는 자신의 이름을 서명하고 그 옆줄에 날짜를 적었다.

"고맙군." 하비가 말했다. "이제 다시 앉아서 꼼짝 말고 있어."

그녀는 소파로 돌아가 테이블 위로 몸을 숙었다. 어깨가 아프기 시작했다. 토니가 스톤의 팔꿈치를 잡고 문 쪽으로 데려갔다.

"가는 데 5분, 오는 데 5분 주지." 그러고는 하비가 소리쳤다. "영웅이 되려고 하지 마, 체스터!"

토니가 스톤을 이끌고 사무실 밖으로 나갔다. 문이 부드럽게 닫혔다. 이윽고 로비 문이 쿵 하고 닫히는 소리와 멀리서 엘리베이터 작동 소리가 들렸다. 그러고는 정적이 흘렀다. 조디는 고통 속에 있었다. 축축한 손바닥이 유리에 딱 붙어서 손톱 아래의 피부가 잡아당겨지고 있었다. 어깨가 불타고 있었다. 목이 아팠다. 그녀는 다른 사람들의 얼굴에서 그들도 고통스러워하는 것을 볼 수 있었다. 가쁜 숨소리와 헐떡임이 들렸다. 낮은 신음이 시작됐다.

하비가 샷건을 든 남자에게 손짓했고 두 사람은 자리를 바꿨다. 하비는 긴장한 채로 사무실을 돌아다녔고, 샷건을 든 남자는 총을 잡은 채 책상에 앉아 감옥의 서치라이트처럼 좌우로 고개를 무작위로 움직였다. 하비는 손목시계를 보며 시간을 재고 있었다. 조디는 남서쪽으로 기울어지는 태양이 창문 블라인드의 틈새로 들어와 가파른 각도의 광선을 사무실 안으로 쏘아대는 것을 보았다. 옆에 있는 두 사람의 거친 숨소리가 들리고, 손 밑의 테이블을 통해 건물이 미세하게 흔들리는 것이 느껴졌다.

가는 데 5분, 오는 데 5분을 더해 10분이면 되는데 적어도 20분이 지났다. 하비는 계속 걸으면서 시계를 십수 번 확인했다. 그러고는 리셉션으로 걸어 들어갔고 샷건을 든 남자가 사무실 문까지 따라 나왔다. 그는 총구는 사무실 안쪽을 향한 채 고개를 돌려 상사를 바라보고 있었다.

"우릴 보내 주려는 걸까요?" 커리가 속삭였다.

조디는 어깨를 움츠리고 통증을 완화하기 위해 손가락 끝을 위로 들어올리고, 어깨를 굽히고 머리를 숙였다.

"모르겠네요." 그녀가 속삭였다.

마릴린은 팔뚝을 꽉 모으고 머리를 그 위에 올려놓았다. 그녀가 고개를 들고 저었다.

"경찰 두 명을 죽였어요." 그녀가 속삭였다. "우린 목격자예요."

"그만 떠들어!" 샷건을 든 남자가 문밖에서 소리쳤다.

다시 엘리베이터가 삐걱거리는 소리와 함께 멈추면서 바닥에 희미하게 부딪히는 소리가 들렸다. 잠시 정적이 흐른 뒤 로비 문이 열리더니 갑자기 리셉션에서 소음이 들려왔다. 토니의 목소리와 안도감에 가득 찬 하비의 목소리가 큰 소리로 들렸다. 하비가 움직이는 얼굴 반쪽으로만 웃으며 흰색 소포를 들고 사무실로 돌아왔다. 그는 걸으면서 오른쪽 팔꿈치 밑에 소포를 끼우고 뜯었다. 조디는 두꺼운 양피지에 인쇄된 더 많은 내역을 보았다. 그는 빙 돌아 책상으로 가서 이미 가지고 있던 300장의 증서 위에 새 증서를 털어 놓았다. 스톤은 마치 잊힌 사람처럼 토니를 따라가서, 책상 위에 흐트러져 있는 선대의 삶의 업적을 바라보며 서 있었다. 마릴린은 어깨에 힘이 남아 있지 않아 손가락으로 유리를 짚으며 몸을 일으켜 세웠다.

"자, 다 됐네요." 그녀가 조용히 말했다. "이제 우릴 보내 줘요."

하비가 웃었다. "마릴린, 너 뭐야, 바보야?"

토니가 웃었다. 조디는 그를 보고 하비를 보았다. 조디는 그들이 긴 여정의 거의 마지막 단계에 이르렀다는 것을 알았다. 어떤 목표가 눈에 들어왔고, 이제 그 목표가 매우 가까워졌다. 토니의 웃음은 며칠 동안의 압박과 긴장 끝에 나온 해방감이었다.

"리처가 아직 저 밖에 있어." 조디가 체스 게임에서 한 수를 두듯 조용히 말했다.

하비가 웃음을 멈췄다. 갈고리를 이마에 대고 흉터 부위를 문지르며 고개를 끄덕였다.

"리처." 그가 말했다. "그래, 퍼즐의 마지막 조각이지. 리처를 절대 잊어서는 안 되지. 안 그래? 그가 아직 밖에 있어. 그런데 정확히 어디에 있다는 거지?"

그녀는 망설였다.

"정확히는 몰라." 그녀는 말했다.

그러고 나서 그녀는 도전적인 표정으로 고개를 들었다.

"하지만 시내에 있어. 그리고 당신을 찾아낼 거야."

하비는 그녀의 시선을 마주했다. 경멸의 눈빛으로 그녀를 응시했다.

"그걸 지금 협박이라고 하는 거야?" 그가 비웃었다. "사실 난 그가 날 찾길 원해. 왜냐하면 내가 필요한 걸 가지고 있거든. 중요한 걸. 그러니 도와줘, 제이콥 부인. 전화해서 이리로 오게 해."

그녀는 잠시 침묵했다.

"어디 있는지 몰라."

"집으로 전화해 봐. 거기에서 묵었다는 걸 알고 있어. 아마 지금 거기 있을 거야. 11시 50분에 비행기에서 내렸잖아. 맞지?"

그녀가 그를 빤히 쳐다보았다. 그는 만족스럽게 고개를 끄덕였다.

"우린 이런 것들을 다 확인하고 있어. 당신도 만난 적이 있을 거야. 사이먼이라는 내 똘마니를. 그가 호놀룰루에서 출발하는 7시 비행기에 당신들을 태워 줬고, JFK 공항에 전화해 확인하니 정확히 11시 50분에 도착했다고 하더군. 내 똘마니 사이먼의 말에 따르면, 노병 잭 리처는 하와이에서 화가 많이 났다고 하던데. 그러니 아마 아직도 화가 나 있을 거야. 그리고 피곤하겠지, 당신처럼. 당신 피곤해 보여, 제이콥 부인. 알아? 아마 당신 친구 잭 리처는 당신 집 침대에서 자고 있을 거야. 당신이 여기서 우리와 함께 즐거운 시간을 보내고 있는 동안. 그러니 그에게 전화해서 이리로 와서 같이 놀자고 해."

그녀는 테이블을 내려다보았다. 아무 말도 하지 않았다.

"전화해. 그러면 죽기 전에 한 번 더 볼 수 있잖아?"

그녀는 침묵했다. 유리판을 내려다봤다. 그녀의 손자국이 묻어 있었다. 그녀는 그에게 전화를 걸고 싶었다. 그가 보고 싶었다. 15년이라는 긴 세월 동안 수백만 번도 더 느꼈던 감정이었다. 그녀는 그를 다시 보고 싶었다. 그의 느긋하고 한쪽 입꼬리만 올라가는 미소. 헝클어진 머리칼. 그레이하운드처럼 우아한 긴 팔에, 건물의 외벽처럼 단단한 몸집. 북극의 차가운 얼음처럼 푸른 눈동자. 미식축구공만 한 크기의 주먹을 커다란 포수 미트가 감싼 듯한 그의 손. 그녀는 그 손을 다시 보고 싶었다. 그 손이 하비의 목을 감싸 쥔 것을 보고 싶었다.

그녀는 사무실을 훑어보았다. 햇빛이 책상을 가로질러 3센티 정도 다가왔다. 그녀는 얼빠져 있는 체스터 스톤의 모습을 보았다. 마릴린은 떨고 있었다. 커리는 얼굴이 하얗게 질린 채 그녀 옆에서 가쁜 숨을 몰아쉬고 있었다. 샷건을 든 놈은 긴장을 풀고 있었다. 리처는 생각할 것도 없이 놈을 반으로 쪼개 버릴 것이다. 그녀는 토니를 보았다. 그의 눈은 그녀에게 고정되어 있었다. 그리고 하비는 잘 다듬어진 손으로 갈고리를 쓰다듬으며 그녀를 향한 미소와 함께 답을 기다리고 있었다. 그녀는 돌아서서 닫힌 문을 쳐다봤다. 그녀는 문이 쾅 하고 열리고 리처가 그 문을 통해 들어오는 상상을 했다. 그녀는 그런 일이 일어나는 것을 보고 싶었다. 평생 그녀가 원했던 그 어떤 것보다도 그것을 원했다.

"좋아." 그녀가 조용히 말했다. "전화할게."

하비는 고개를 끄덕였다. "난 여기 몇 시간 더 있을 거라고 말해. 하지만 널 다시 보고 싶으면 빨리 오는 게 좋을 거라고 해. 지금부터 30분 뒤에 화장실에서 너랑 나랑 약간의 데이트가 있을 거니까."

그녀는 몸서리를 치며 유리 테이블을 밀쳐 내고 똑바로 섰다. 다리에 힘이 없고 어깨는 너무 쑤셨다. 하비가 다가와서 그녀의 팔꿈치를 잡고 문으로 끌고 가 리셉션 카운터 뒤로 데려갔다.

"딱 한 대 있는 전화기야. 난 전화기를 좋아하지 않거든."

그는 의자에 앉아 갈고리 끝으로 9번을 눌렀다. 그리고 전화기를 건넸다. "무슨 말을 하는지 들리게 가까이 와. 마릴린이 전화를 가지고 날 속였는데, 다시는 그런 일이 일어나지 않게 할 거야."

그는 그녀의 허리를 숙여서 그녀의 얼굴이 자신의 얼굴 옆에 오게 했다. 비누 냄새가 났다. 그는 주머니에 손을 넣어 토니가 넣어 둔 작은 리볼버를 꺼냈다. 그는 그것을 그녀의 옆구리에 대었다. 그녀는 수화구를 위로 해서 전화기를 둘 사이로 비스듬히 들어 올렸다. 그녀는 키폰을 살펴보았다. 버튼이 엄청나게 많았다. 911을 호출하는 단축 다이얼도 있었다. 그녀는 잠시 망설이다가 자신의 집 전화번호를 눌렀다. 벨이 여섯 번 울렸다. 길고 부드러운 여섯 번의 울림. 벨이 한 번 울릴 때마다 그녀는 그에게 '받아요, 받아요' 하고 빌었다. 하지만 그녀에게 돌아온 것은 기계에서 들려오는 자신의 부재중 안내 목소리뿐이었다.

"안 받아." 그녀가 멍하니 말했다.

하비가 웃었다.

"안됐네."

그녀는 충격으로 마비된 채 그의 옆에 구부정하게 앉아 있었다.

"내 휴대폰을 갖고 있어." 그녀가 갑자기 말했다. "방금 생각났어."

"좋아, 9번을 눌러."

그녀는 키폰에 손을 대고 9번을 누른 다음 자신의 휴대폰 번호를 눌렀다. 벨이 네 번 울렸다. 네 번의 시끄럽고 급한 전자 신호음이 울렸다. 그녀는 그때마다 '받아, 받아, 받아, 받아' 하고 기도했다. 그러자 수화기에서 딸깍 하는 소리가 났다.

"여보세요?" 그가 받았다.

그녀가 숨을 내쉬었다.

"하이, 잭." 그녀가 말했다.

"응, 조디." 그가 말했다. "무슨 일이야?"

"어디 있어요?"

그녀는 자신의 목소리에 다급함이 묻어난다는 것을 깨달았다. 그가 잠시 멈칫했다.

"미주리주 세인트루이스에 있어." 그가 말했다. "방금 날아왔어. 일전에 왔었던 기록물센터에 다시 와야 했거든."

그녀는 숨을 헐떡였다. 세인트루이스? 입 안이 바짝 말랐다.

"너 괜찮아?" 그가 그녀에게 물었다.

하비가 몸을 숙여 그녀의 귀 옆에 입을 댔다.

"지금 바로 뉴욕으로 돌아오라고 말해." 그가 속삭였다. "가능한 한 빨리 오라고 해."

그녀는 긴장한 듯 고개를 끄덕였고 그는 총을 옆구리에 더 세게 찔러 넣었다.

"돌아올 수 있겠어요?" 그녀가 물었다. "최대한 빨리요. 당신이 여기로 와야 해요."

"6시 예약인데, 동부 시간으로 8시 30분쯤 도착할 수 있을 거야. 그 정도면 돼?"

그녀는 옆에서 하비가 웃고 있는 것이 느껴졌다.

"좀 더 빨리 올 수 있어요? 지금 바로는 안 돼요?"

뒤에서 말하는 소리가 들렸다. 그녀는 콘래드 소령일 거라고 추측했다. 그녀는 그의 사무실, 짙은 목재, 낡은 가죽, 창밖으로 내리쬐는 미주리의 뜨거운 태양이 떠올랐다.

"지금 바로?" 그가 말했다. "글쎄, 할 수 있을 것 같긴 해. 항공편만 맞으면 두어 시간 안에 도착할 수 있어. 어디야?"

"세계무역센터 남쪽 타워 88층으로 와요. 알았죠?"

"교통체증이 심할 거야. 두 시간 반 정도 걸릴 것 같아. 그리로 갈게."

"좋아요." 그녀가 말했다.

"너 괜찮아?" 그가 다시 물었다.

하비가 총을 눈앞으로 가져왔다.

"난 괜찮아요." 그녀가 말했다. "사랑해요."

하비가 몸을 숙여 갈고리 끝으로 키폰을 콕 찍었다. 수화기에서 딸깍 소리가 나더니 이내 발신음으로 가득 찼다. 그녀는 천천히 조심스럽게 수화기를 키폰 위에 내려놓았다. 그녀는 충격과 낙담으로 인해 얼이 빠진 채 여전히 카운터에 구부정한 자세로 한 손을 평평하게 짚어 체중을 지탱하고 다른 한 손은 전화기 위 3센티 높이에서 떨고 있었다.

"두 시간 반-." 하비가 과장된 동정심을 보이며 그녀에게 말했다. "글쎄요, 기병대가 제시간에 오지 못할 것 같네요, 제이콥 부인-."

그는 혼자서 웃으며 총을 다시 주머니에 넣었다. 의자에서 일어나 체중을 지탱하고 있던 그녀의 팔을 잡았다. 비틀거리는 그녀를 사무실 문 쪽으로 끌고 갔다. 그녀는 카운터 가장자리를 꽉 붙잡았다. 그가 갈고리를 백핸드로 돌려 그녀를 쳤다. 갈고리 곡선 부분이 관자놀이 위를 때렸고 그녀는 카운터를 놓쳤다. 그는 무릎이 꺾이면서 넘어진 그녀를 문으로 끌고 갔다. 그녀의 발뒤꿈치가 긁히고 덜컹거렸다. 그는 그녀를 앞으로 돌려놓고 팔을 쭉 펴 사무실로 밀어 넣었다. 그녀는 카펫 위에 널브러졌고 그는 문을 쾅 닫았다.

"소파로 돌아가." 그가 사납게 말했다.

햇빛이 책상에서 벗어났다. 햇빛은 바닥 주변으로 옮겨 와 테이블 위를 기어 다니고 있었다. 마릴린 스톤의 불거진 손톱이 빛에 비쳐 선명하게 보였다. 조디는 손과 무릎으로 기어서 소파 위로 몸을 끌어올려 비틀거리며 커리 옆의 자기 자리로 돌아왔다. 조디는 손을 짚고 있던 곳에 손을 다시 짚었다. 관자놀이에 찌르는 듯한 통증이 느껴졌다. 금속이 뼈에 쿵쿵 부딪치는 듯한 뜨겁고 이질적인 욱신거림이었다. 그녀의 어깨는 비틀려 있었다. 샷건을 든 놈이 그녀를 지켜보고 있었다. 토니도 자동권총을 다시 손에 쥐고 그녀를 지켜보고 있었다. 리처는 그녀의 인생 대부분 동안 그랬던 것처럼 그녀에게서 멀리 떨어져 있었다.

하비는 책상으로 돌아와 주식 증서 더미를 쌓아서 한 덩어리로 정리하고 있었다. 10센티 높이의 벽돌 모양이 되었다. 그는 갈고리로 양쪽을 차례로 툭툭 쳤다. 금박 인쇄된 두꺼운 종이들이 깔끔하게 제자리로 미끄러져 들어갔다.

"택배가 곧 도착할 거야." 그가 행복하게 말했다. "그러면 부동산 개발업자들은 주식을 받고, 나는 돈을 받고, 나는 또 한 번 이기는 거지. 아마 30분 정도면 나도 당신도 모든 게 끝날 거야."

조디는 그가 자신에게만 말하고 있다는 것을 깨달았다. 그녀를 정보 전달 통로로 선택한 것이다. 커리와 스톤 부부는 그가 아니라 그녀를 쳐다보고 있었다. 그녀는 시선을 돌려 유리판을 통해 바닥에 깔린 러그를 내려다보았다. 텍사스의 드윗의 사무실에 있던 빛바랜 낡은 것과 무늬가 같았지만, 훨씬 작고 훨씬 새것 같았다. 하비는 종이 벽돌을 그대로 두고 사각형의 가구 뒤로 걸어가 샷건을 들고 있는 남자에게서 샷건을 빼앗았다.

"가서 커피 좀 가져와." 그가 말했다.

남자는 고개를 끄덕이며 로비로 걸어 나갔다. 조심스럽게 문을 닫았다. 사무실은 조용해졌다. 긴장된 숨소리와 건물 아래에서의 희미한 울림만 들릴 뿐이었다. 샷건은 하비의 왼손에 들려 있었다. 바닥을 향해 있었다. 작은 호를 그리며 앞뒤로 부드럽게 왔다 갔다 하고 있었다. 느슨하게 잡혀 있었다. 조디는 그의 손과 금속이 마찰하는 소리를 들을 수 있었다. 조디는 커리가 주위를 살피는 것을 보았다. 토니의 위치를 확인하고 있었다. 토니는 1미터 뒤로 물러났다. 샷건의 사격 범위 밖으로 몸을 빼고 직각으로 샷건을 조준하고 있었다. 자동권총은 손에 들려 있었다. 조디는 커리가 어깨의 힘을 가늠해 보는 것을 느꼈다. 그의 움직임이 느껴졌다. 그녀는 그의 팔에 힘이 들어가는 것을 보았다. 조디는 커리가 약 4미터 앞의 토니를 힐끗 쳐다보는 것을 보았다. 그리고 2미터 옆의 하비를 왼쪽으로 쳐다보는 것도 보았다. 그녀는 햇살이 테이블의 황동 가장자리와 정확히 평행하게 비추는 것을 보았다. 그녀는 커리가 손가락 끝에 힘을 모아 밀어 올리는 것을 보았다.

"안 돼요." 그녀는 숨을 내쉬었다.

레온은 항상 규칙을 통해 자신의 삶을 단순화시켰다. 모든 상황에 대한 규칙이 있었다. 어렸을 때는 그 규칙이 그녀를 미치게 만들었다. 그녀의 학기 논문부터 의회 입법을 위한 레온 자신의 임무까지 모든 일에 대한 그의 대원칙은 '한 번에, 제대로'였다. 커리에게는 제대로 해낼 가능성이 없었다. 전혀 없었다. 그는 두 개의 강력한 무기에 노출되어 있었다. 선택의 여지가 없었다. 만약 그가 테이블을 뛰어넘어 토니에게 향한다면, 절반도 못 가서 가슴에 총알이 박힐 것이고, 아마도 샷건 탄막이 옆에서 터져 그의 옆에 있는 스톤 부부까지 함께 죽게 될 것이다. 그리고 만약 먼저 하비를 향한다면 토니는 상사가 맞을까 봐 총을 쏘지 않겠지만, 하비는 분명 총을 쏠 것이다. 샷건 탄막이 커리를 산산조각 찢어버릴 텐데 커리의 바로 뒤에는 그녀가 있다. 레온의 또 다른 규칙은 '절망은 절망이니, 아닌 척하지 말라'는 것이었다.

"잠깐만요." 그녀가 숨을 내쉬었다.

그녀는 커리가 살짝 고개를 끄덕이는 것을 느꼈고 그의 어깨에서 힘이 빠지는 것을 보았다. 그들은 기다렸다. 그녀는 유리판 아래의 러그를 내려다보며 계속해서 고통과 싸웠다. 찢어진 어깨가 체중을 견디지 못하고 비명을 지르고 있었다. 그녀는 손가락을 접고 손가락 마디로 바꿔 짚었다. 맞은편에서 마릴린 스톤이 가쁜 숨을 몰아쉬는 소리가 들렸다. 그녀는 패배한 것으로 보였다. 머리는 팔에 기대어져 있었고, 눈은 감겨 있었다. 햇살이 평행에서 멀어져 테이블 가장자리 쪽으로 움직이고 있었다.

"저놈은 대체 뭐 하는 거야?" 하비가 중얼거렸다. "그 잘난 커피 한 잔 가져오는 데 뭐 이리 꼼지락거려?"

토니는 그를 힐끗 쳐다봤지만 아무 대답도 하지 않았다. 커리만 조준해서 자동권총을 계속 앞으로 내밀고 있었다. 조디는 손을 바꿔 엄지손가락으로 유리를 짚었다. 머리가 욱신거리고 화끈거렸다. 하비는 샷건을 들어올려 앞에 있는 소파 뒤에 기대어 놓았다. 그리고 갈고리로 흉터 부위를 문질렀다.

"맙소사." 그가 말했다. "왜 이렇게 오래 걸려? 가서 좀 도와줘."

조디는 하비가 그녀를 보며 말하고 있다는 걸 알아차렸다. "내가?"

"왜 안 돼? 좀 쓸모 있게 살아 봐. 어쨌든 커피는 여자 일이잖아."

그녀는 망설였다.

"어디 있는지 모르는데." 그녀가 말했다.

"내가 안내하지."

하비는 조디를 쳐다보며 기다리고 있었다. 그녀는 갑자기 조금이라도 움직일 수 있는 기회가 생겨 기뻤다. 그녀는 고개를 끄덕이고 손가락을 곧게 펴고 손을 뒤로 젖혔다가 몸을 똑바로 세웠다. 그녀는 힘이 빠져서 한 번 비틀거리다가 테이블의 놋쇠 프레임에 정강이를 부딪쳤다. 그녀는 토니의 사격 범위 사이를 불안하게 걸어갔다. 가까이서 보니 그의 자동권총은 거대하고 무자비했다. 그는 그녀가 하비에게 다가가는 내내 그녀에게서 눈을 떼지 않았다. 뒤쪽은 햇살이 닿지 않는 곳이었다. 하비는 어둠 속으로 그녀를 끌면서 샷건을 팔 아래에 끼고 손잡이를 잡고 문을 열었다.

바깥쪽 문을 먼저 확인한 다음 전화기를 확인한다.

그녀가 걸으면서 머릿속으로 연습하고 있던 것이 바로 그것이었다. 공용 복도로 나갈 수 있다면 기회가 있을지도 모른다. 그게 안 되면 911 단축 다이얼이 있었다. 수화기를 떨어트리고 버튼을 누르면 말할 기회가 없더라도 자동 회로가 경찰에게 위치를 알려 준다. 문, 아니면 전화기. 그녀는 문을 정면으로 바라보고, 전화기를 왼쪽으로 바라보고, 그 사이로 고개를 정확하게 돌리는 연습을 했다. 하지만 막상 닥쳤을 때 그녀는 어느 쪽도 보지 않았다. 하비가 그녀 앞에 딱 멈춰 섰고, 그녀는 그의 옆으로 가서 커피 심부름 간 남자를 그저 보고 있을 수밖에 없었다.

남자는 하비나 토니보다 키는 작았지만 덩치가 컸다. 그는 검은 정장을 입고 사무실 문 앞의 정확히 중앙 바닥에 등을 대고 누워 있었다. 다리는 곧게 뻗어 있었다. 발은 바깥쪽으로 벌어져 있었다. 머리는 전화번호부 더미 위에 가파른 각도로 받쳐져 있었다. 눈은 크게 떠 있었다. 믿을 수 없는 광경이었다. 그의 왼팔은 위로 당겨져 등 뒤에 깔려 있었고, 손은 인사를 패러디하듯이 손바닥이 위로 보이게 다른 책 더미 위에 올라가 있는 기괴한 자세였다. 오른팔은 몸에서 안 벌어지게 똑바로 붙여져 있었다. 오른손은 손목이 잘려 있었다. 손은 셔츠 소맷단에서 15센티 떨어진 카펫 위에 놓여 있었고, 원래 달려 있던 팔과 정확히 일직선상에 놓여 있었다. 하비가 목에서 작은 소리를 내는 것이 그녀에게 들렸다. 고개를 돌리자 그가 샷건을 떨어뜨리고 성한 손으로 문을 꽉 움켜쥐는 것이 보였다. 화상 흉터는 여전히 선명한 분홍색이었지만, 나머지 얼굴은 소름 끼칠 정도로 하얗게 변해 가고 있었다.

17

리처는 화려한 것이라면 죽기보다 싫어하는, 평범한 뉴햄프셔 양키였던 아버지에 의해 '잭'이라고 이름 지어졌다. 아버지는 10월 하순의 어느 화요일, 출산 후 하루 늦게 산부인과 병실에 들어와 아내에게 작은 꽃다발을 건네며 그들의 아이를 잭이라고 부르자고 말했다. 중간 이름은 없었다. 잭 리처가 전부였고, 출생증명서에는 이미 그 이름이 적혀 있었다. 아버지가 의무대로 가는 길에 중대 행정병을 찾아갔고 그 사람이 받아 적어 베를린의 대사관에 텔렉스로 신고했기 때문이었다. 또 한 명의 미국 시민권자, 현역 군인의 해외 출생 아이. **성명: 잭-중간 이름 없음-리처.**

어머니는 이의가 없었다. 프랑스인인 그녀는 남편의 금욕주의적 본능을 사랑했다. 그 본능이 남편에게 유럽적 감성을 불어넣어 그를 더 친근하게 느끼게끔 했기 때문이었다. 그녀는 전후 미국과 유럽 사이에 엄청난 간극이 있음을 알았다. 미국의 부와 사치는 유럽의 빈곤 그리고 고갈과 불안한 대조를 이뤘다. 하지만 뉴햄프셔 양키인 그녀의 남편은 부와 사치에 관심이 없었다. 전혀 없었다. 평범하고 단순한 것을 좋아했고, 그것이 자식의 이름에까지 이어지더라도 그녀에게는 전혀 문제가 되지 않았다.

그녀는 맏아들을 조Joe라고 불렀다. 조셉이 아니라 그냥 조. 역시 중간 이름은 없었다. 당연히 그녀는 아들을 사랑했지만 그 이름은 그녀에게 어려웠다. 너무 급하게 짧았고, J를 발음하는 데 어려움을 겪었다. 결국 zh처럼 나왔다. Zhoe라고 부르는 것처럼. 잭Jack은 훨씬 나았다. 그녀의 발음 때문에 자끄Jacques처럼 들렸고, 이것은 매우 전통적인 옛 프랑스 이름이었다. 미국 이름으로 치자면 제임스James 정도일 것이다. 개인적으로 그녀는 항상 둘째 아들의 이름이 제임스라고 생각했다.

하지만 역설적이게도 부부는 그들의 둘째 아들을 이름으로 부르지 않았다. 왜 그렇게 되었는지는 모르겠지만 조는 항상 조로, 잭은 항상 리처로 불렀다. 그녀는 스스로 항상 그렇게 했다. 그녀도 이유는 몰랐다. 그녀는 기지 내 숙소 창문 밖으로 고개를 내밀고 '조, 밥 먹어! 그리고 리처도 데려와!'라고 외쳤다. 그러면 그녀의 귀여운 두 아들이 먹을 것을 찾아 뛰어들어 오곤 했다.

학교에서도 똑같은 일이 일어났다. 이것은 리처가 생각하는 초기 기억이다. 그는 진지하고 성실한 소년이었는데, 왜 자신이 이름이 아닌 성으로 불리는지 의아했다. 그의 형은 조로 불리고 있었다. 그는 아니었다. 학교 운동장에서 소프트볼을 하는데 배트를 쥔 아이가 편을 가르고 있었다. 그 아이는 형제를 향해 '조와 리처를 뽑을래'라고 말했다. 모든 아이들이 똑같이 했다. 선생님들도 마찬가지였다. 심지어 유치원에서도 그를 리처라고 불렀다. 그리고 그런 방식은 어떻게든 그를 따라다녔다. 그는 다른 군인 자녀처럼 초등학교를 수십 번 옮겼다. 어딘가 새로운 곳, 어쩌면 새로운 대륙에 도착한 첫날일지라도 새로운 선생님은 '리처, 이리 와!'라고 성으로 그를 불렀다.

하지만 그는 금방 익숙해졌고 평생을 한 단어의 이름으로 살아가는 데 아무런 문제가 없었다. 그는 모든 사람에게 언제나 리처였고, 앞으로도 리처일 것이다. 그가 처음 사귄 여자는 키가 큰 갈색 머리 여자였는데, 수줍게 다가와서 이렇게 물었다. "이름이 뭐야?" 그는 대답했다. "리처." 그의 인생 속 연인들은 모두 그를 그렇게 불렀다. "리처, 사랑해." 그들은 그렇게 그의 귀에 속삭였다. 그들 모두. 조디도 정확히 똑같았다. 그가 레온의 집 마당 콘크리트 계단 꼭대기에 나타났을 때, 그녀는 그를 올려다보며 인사했었다. "안녕, 리처." 15년이라는 긴 세월이 흘렀지만, 그녀는 여전히 그가 어떻게 불리는지 정확히 알고 있었다.

하지만 그녀는 휴대전화에 대고 그를 리처라고 부르지 않았다. 그가 버튼을 누르고 인사를 건네자 그녀는 '하이, 잭'이라고 말했다. 그 말은 그의 귀에 사이렌처럼 울렸다. 그런 다음 그녀가 어디냐고 물었다. 너무 긴장한 목소리여서 그는 당황했고 정신이 혼미해져 잠시 동안 그녀의 말이 정확히 무엇을 의미하는지 놓쳤었다. 그의 이름이 잭인 게 행운이었다. '하이, 잭'은 '납치hijack'를 뜻하는 말이었다. 그걸 알아채는 데 잠시 시간이 걸렸다. 그녀가 곤경에 처했다. 큰 곤경이었지만, 그녀는 영락없는 레온의 딸이었고, 절박한 전화의 시작부터 짧은 두 단어로 그에게 경고를 보낼 만큼 영리했다.

납치. 경보. 전투 경보. 그는 눈을 한 번 깜빡이고 두려움을 억누르며 일을 시작했다. 그가 가장 먼저 한 일은 그녀에게 거짓말을 하는 것이었다. 전투는 시간과 공간, 그리고 상대적 힘에 관한 것이다. 마치 거대한 4차원 도표처럼. 첫 번째 단계는 적에게 잘못된 정보를 제공하는 것이다. 적으로 하여금 너의 다이어그램이 완전히 다른 모양이라고 생각하게 하라. 모든 통신이 뚫렸다고 가정하고 이를 이용해 거짓과 기만을 퍼뜨려라. 그렇게 유리한 상황을 만들어라.

그는 세인트루이스에 있지 않았다. 그곳에 가 있을 이유가 없었다. 전 세계가 전화로 연결되어 있고 이미 콘래드와 협력 관계를 구축한 상태였는데 왜 굳이 그곳까지 날아가겠는가? 그리니치 애비뉴 인도에서 콘래드에게 전화를 걸어 필요한 것이 무엇인지 말했고, 콘래드는 문제의 파일이 전달 사병의 책상에서 가장 가까운 A구역에 있었기 때문에 불과 3분 만에 전화를 걸어 왔다. 주변을 스쳐 지나가는 행인들의 소음을 의식해 콘래드는 파일을 큰 소리로 읽어 주었고, 리처는 12분 뒤 필요한 모든 정보를 얻고는 전화를 끊었다. 그리고 7번가를 따라 남쪽으로 링컨을 빠르게 몰고 가서 쌍둥이 빌딩 북쪽 한 블록 떨어진 차고에 세웠다. 서둘러 광장을 가로질러 내려가 조디가 전화를 걸어 왔을 때는 이미 남쪽 타워의 로비에 들어와 있었다. 바로 88층 아래였다. 데스크에 있는 보안요원과 이야기를 나누었는데, 그 목소리가 조디가 배경음으로 들었던 목소리였다. 그는 공포에 휩싸여 얼굴이 굳은 채 전화를 끊고 급행 엘리베이터를 타고 89층으로 올라갔다. 엘리베이터에서 내려 심호흡을 하며 최대한 마음을 진정시켰다. 침착하게 계획을 세워야 했다. 그는 89층이 88층과 똑같은 배치일 것이라고 추측했다. 그곳은 조용하고 텅 비어 있었다. 엘리베이터 주변을 복도가 돌아 감싸고 있었고 천장에는 전구가 달린 조명이 켜져 있었다. 개별 사무 공간으로 통하는 문이 있었다. 문에는 직사각형의 철망 유리창이 키 작은 사람의 눈높이에 맞춰 중앙에서 약간 비껴 설치되어 있었다. 각 사무 공간의 문에는 입주자의 이름이 적힌 금속판과 호출 버저가 있었다.

그는 비상계단을 찾아 한 층 아래로 뛰어 내려갔다. 계단은 실용적이었다. 아무런 기교도 없었다. 그냥 먼지가 많은 콘크리트에 금속 난간뿐이었다. 모든 방화문 뒤에는 소화기가 있었다. 소화기 위에는 밝은 빨간색 캐비닛이 있었고, 그 안에는 빨간색으로 칠해진 도끼가 유리 뒤에 고정되어 있었다. 캐비닛 옆 벽에는 커다랗게 빨간색으로 층수가 표시되어 있었다.

88층 복도로 나왔다. 마찬가지로 조용했다. 똑같은 좁은 폭, 똑같은 조명, 똑같은 배치, 똑같은 문이 있었다. 다른 방향으로 갔다가 CCT 케이맨 기업 신탁로 돌아왔다. 밝은 오크색 문이 있었고, 그 옆에는 황동판과 버저용 황동 푸시 버튼이 있었다. 문을 조심스럽게 당겼다. 문은 단단히 잠겨 있었다. 몸을 구부려 철망 유리창을 통해 안을 들여다봤다. 리셉션 구역이 보였다. 밝은 조명, 황동과 오크 장식. 오른쪽으로 카운터가 있었다. 바로 앞에 또 다른 문이 있었다. 그 문은 닫혀 있었고, 리셉션 공간에는 아무도 없었다. 그는 서서 닫힌 안쪽 문을 뚫어져라 쳐다보다가 목구멍에서 공포가 치밀어 오르는 것을 느꼈다.

그녀가 그 안에 있었다. 그녀가 안쪽 사무실에 있었다. 그는 그것을 느낄 수 있었다. 그 안에서 외로이 포로로 잡혀 있는 그녀가 그를 필요로 하고 있었다. 그녀는 그 안에 있었고 그는 그녀와 함께 그 안에 있어야 했다. 그녀와 함께 갔어야 했다. 몸을 굽혀 차가운 유리에 이마를 대고 사무실 문을 뚫어져라 쳐다봤다. 그러다 머릿속에서 레온의 또 다른 황금률이 들려오기 시작했다. 잘못된 이유는 생각하지 마라. 그냥 바로잡으면 된다.

뒤로 물러나 복도를 따라 좌우를 훑어보았다. 문에서 가장 가까운 조명 아래에 몸을 세웠다. 손을 뻗어 전구가 꺼질 때까지 나사를 풀었다. 뜨거운 유리에 손가락이 데었다. 그는 얼굴을 찡그리고 문에서 물러나 유리창에서 1미터 떨어진 복도에서 다시 확인했다. 리셉션은 환하게 불이 켜져 있었고 복도는 이제 어두워졌다. 그는 안쪽을 볼 수 있었지만 안쪽의 누구도 밖을 볼 수 없게 되었다. 어두운 곳에서 밝은 곳은 볼 수 있지만, 밝은 곳에서 어두운 곳은 볼 수 없다. 결정적인 차이. 그는 서서 기다렸다.

안쪽 문이 열리더니 키 작은 남자가 사무실에서 나와 리셉션으로 걸어 들어왔다. 그는 문을 살며시 닫았다. 검은 정장을 입은 땅딸한 놈. 키 웨스트 바의 계단에서 밀쳐 냈던 그놈이었다. 개리슨에서 베레타를 쐈던 그놈. 브라바다의 문손잡이를 붙잡고 있던 놈. 놈은 리셉션으로 걸어 들어가더니 시야에서 사라졌다. 리처는 다시 앞으로 다가가 유리를 통해 내부 문을 살폈다. 문은 잠겨 있었다. 외부 문을 가볍게 두드렸다. 그놈이 외부문 유리창으로 와서 내다보았다. 리처는 똑바로 서서 갈색 재킷이 시야를 가득 채우도록 어깨를 돌렸다.

"UPS입니다." 그가 부드럽게 말했다.

사무실 건물이었고 어두웠으며 갈색 재킷을 입은 남자였기 때문에 놈은 문을 열었다. 리처는 문이 열리는 원호를 따라 발을 집어넣고 손을 쑥 뻗어 놈의 목을 잡았다. 그 동작을 빨리 세게 하면 상대가 소리를 내기 전에 성대를 마비시킬 수 있다. 그런 다음 놈이 넘어지지 않게 손가락을 파묻어 움켜쥐었다. 그의 손아귀에 잡혀 늘어진 놈을 복도를 따라 방화문까지 끌고 가서 계단실 뒤로 던져 버렸다. 놈은 반대편 벽에 튕겨져 콘크리트 바닥에 쓰러졌고, 목에서 갈라진 쉰 소리가 들려 왔다.

"선택할 시간이야." 리처가 속삭였다. "내 말대로 하지 않으면 넌 죽는 거야."

그런 상황에서의 현명한 선택은 하나뿐이지만 놈은 그렇게 하지 않았다. 무릎으로 일어나려 버둥대며 싸울 것 같은 태세였다. 리처는 놈의 목뼈에 약간의 충격이 갈 정도로 정수리를 내려친 다음 뒤로 물러나서 다시 물었다.

"말 들어. 안 그럼 죽어."

놈은 고개를 저어 확실한 답변을 하고 바닥을 박차고 일어섰다. 리처는 레온이 말하는 것을 들었다. 한 번 묻고, 꼭 필요하다면 두 번 묻되, 절대 세 번은 묻지 마라. 리처는 놈의 가슴을 발로 차고 뒤로 돌린 다음 팔을 어깨 위쪽에 끼워 턱 밑에 손을 넣고 한 번 비틀어서 목을 부러뜨렸다.

전투에서는 정보가 왕인데, 한 명이 제거되었지만 아무런 정보도 입수하지 못했다. 그의 직감은 여전히 소규모 작전이라고 말했지만, 두 명이나 세 명 혹은 다섯 명이든 똑같이 소규모라고 할 수 있고, 적이 두 명이나 세 명 또는 다섯 명이냐에 따라 대비하는 것과 무계획으로 맞서는 것에는 큰 차이가 있었다. 그는 계단에서 잠시 걸음을 멈추고 빨간색 캐비닛에 있는 소방용 도끼를 흘끗 쳐다보았다. 확실한 정보 다음의 차선책은 주의를 끌 수 있는 일종의 교란책이다. 적들을 걱정하고 불안하게 만들 수 있는 그 무언가. **적의 활동을 멈추게 만드는 그 무언가.**

그는 최대한 조용히 복도가 완전히 비어 있는지 확인한 뒤 시체를 뒤로 끌어당겼다. 소리 나지 않게 문을 열고 시체를 로비 바닥 한가운데에 눕혔다. 그런 다음 다시 문을 닫고 리셉션 카운터 뒤로 몸을 숨겼다. 카운터는 가슴 높이였고 길이는 3미터가 넘었다. 재킷에서 소음기 달린 슈타이어를 꺼내고 카운터 뒤 바닥에 앉아 자리를 잡고 기다렸다.

오래 기다린 것 같았다. 얇은 사무실 카펫 위에 몸을 웅크리고 있으면서, 그 밑의 견고한 콘크리트를 느낄 수 있었고, 빌딩이 작동하고 있는 미세한 진동으로 거대한 빌딩이 살아 있는 것처럼 느껴졌다. 엘리베이터가 멈추고 출발하는 것도 희미한 저음의 떨림으로 감지할 수 있었다. 엘리베이터 케이블의 팽팽한 긴장감도 느낄 수 있었다. 공조설비의 윙윙거리는 소리와 바람의 떨림도 들렸다. 그는 카펫의 나일론 섬유 더미의 저항에 발가락을 뒤로 젖히고 다리에 힘을 주며 행동할 태세를 취했다.

걸쇠가 딸깍거리는 소리가 들리기 1초 전에 누군가가 발걸음을 내딛는 것을 느꼈다. 그는 음향의 변화를 듣고 내부 문이 열렸다는 것을 알았다. 리셉션 공간이 갑자기 더 넓은 공간으로 열린 것이었다. 발 네 개가 카펫을 밟는 소리를 들었고, 그가 예상한 대로 발걸음이 멈추는 소리를 들었다. 그는 기다렸다. 눈앞에 놀라운 광경을 보여 주면 최대 효과가 나타나기까지 약 3초가 걸린다. 리처의 경험상 그랬다. 눈으로 보고, 그게 뭔지 알아보고, 뇌가 그걸 거부하고, 다시 눈이 반사시키면 그때 스며든다. 처음부터 끝까지 3초. 그는 조용히 하나, 둘, 셋을 세고 슈타이어 끝에 달린 길고 검은 소음기를 앞세워 바닥을 기어서 카운터 밑으로 나갔다. 팔을 먼저 내밀고 다음에 어깨, 그리고 눈을 내밀었다.

그가 본 것은 재앙이었다. 얼굴에 화상을 입은 갈고리를 한 남자가 무기를 떨어뜨리고 숨을 헐떡이며 문틀을 움켜쥐고 있었는데, 나쁜 위치에 있었다. 남자는 조디의 오른쪽에 있었고 리셉션 카운터는 그녀의 왼쪽에 있었다. 리처에게 조디가 남자보다 한 발 더 가까이 있었다. 그녀는 키가 훨씬 작았지만 리처는 바닥에 엎드려서 그녀의 머리가 자신의 머리 바로 앞에, 그녀의 몸이 자신의 몸 바로 앞에 놓이는 각도로 위를 올려다보고 있었다. 깨끗한 사격 위치가 안 나왔다. 어떻게 해도 사격 위치가 잡히지 않았다. 조디가 남자를 가로막고 있었다.

갈고리 남자는 목에서 소리를 냈고 조디는 바닥을 내려다보고 있었다. 두 사람 뒤의 열린 문에 두 번째 사내가 있었다. 서버번 운전자였다. 사내는 조디의 뒤에 멈춰 서서 쳐다보았다. 오른손에는 베레타를 들고 있었다.

사내는 앞뒤로 바닥을 쳐다보더니 조디를 옆으로 밀치고 1미터가량 앞으로 더 나왔다. 리처의 시야가 깨끗해졌다.

리처가 6킬로그램의 압력으로 방아쇠를 당기자, 소음기가 크게 울리면서 사내의 얼굴이 날아갔다. 9밀리짜리 총알이 정확히 중앙을 때려 터져 나갔다. 피와 뼈가 천장에 부딪혀 멀리 뒤쪽 벽까지 튀었다. 조디는 갈고리를 한 남자와 일직선상에 선 채 얼어붙었다. 갈고리를 한 남자는 매우 빨랐다. 불구가 된 쉰 살 노인치고는 아주 빨랐다. 그는 왼팔을 한쪽 방향으로 움직여 샷건을 바닥에서 들어 올렸다. 그리고 오른팔은 반대 방향으로 움직여 조디의 허리를 감쌌다. 강철 갈고리가 그녀의 정장에 비쳐 반짝였다. 그는 총에 맞은 사내가 바닥에 떨어지기도 전에 그녀를 옮기고 있었다. 오른팔로 조디의 허리를 세게 감싸고 조디를 들어 올려 뒤로 끌고 갔다. 슈타이어에서 발사된 총알의 충격음이 아직도 울리고 있었다.

"몇 명 남았어?" 리처가 소리쳤다.

그녀는 레온만큼이나 빨랐다.

"둘 잡았고, 하나 남았어요!" 그녀가 외쳤다.

그 하나는 바로 갈고리를 한 남자였는데, 이미 샷건을 조작하고 있었다. 샷건을 공중으로 들어 올려 그 탄력으로 장전을 마쳤다. 리처는 반쯤 노출된 낮은 자세로 카운터 뒤에서 나오려 버둥대고 있었다. 아주 작은 기회였지만 갈고리 남자는 제대로 그 기회를 잡았다. 그가 낮게 발사하자 총이 번쩍이며 굉음을 내고 카운터가 산산조각이 났다. 리처는 머리를 숙였지만 날카로운 나무와 금속의 조각들과 뜨거운 산탄이 뺨에서 이마까지 커다란 해머로 때리는 것처럼 그의 옆얼굴을 내리쳤다. 둔한 폭발음 속에서 심각한 부상의 날카로운 통증을 느꼈다. 마치 창문에서 떨어져 머리부터 바닥에 부딪힌 것 같았다. 리처는 멍한 상태로 구르다 몸을 일으켰고, 남자는 조디를 문 안으로 끌고 가면서 샷건의 무게를 이겨 내며 다시 한번 장전하고 있었다. 리처는 멍한 상태로 벽에 기대어 움직이지 못했고, 총구는 그를 향해 다가오고 있었다. 이마는 감각이 없고 얼음장처럼 차가웠다. 그 부위가 끔찍하게 아파 왔다. 그는 슈타이어를 들어 올렸다. 소음기가 조디를 똑바로 향하고 있었다. 그는 총을 좌우로 조금 옮겨 봤다. 여전히 조디를 가리켰다. 남자는 조디의 뒤에서 노출 부위를 최대한 작게 만들고 있었다. 그는 왼손으로 샷건의 수평을 맞추며 몸을 돌리고 있었다. 손가락이 방아쇠를 당기고 있었다. 벽에 기댄 리처는 움직일 수 없었다. 그는 죽기 전에 조디의 얼굴을 머릿속에 새기려고 조디를 바라보았다. 그때 갑자기 금발 여인이 조디 뒤에서 나타나 필사적으로 남자의 등을 밀어붙여 균형을 잃게 만들었다. 그는 비틀거리며 빙글 돌아 샷건 총신으로 그 여자를 후려쳤다. 여자가 쓰러지면서 리처에게 분홍색 드레스가 살짝 보였다.

샷건이 다시 그를 향해 돌아오고 있었다. 하지만 조디가 튀어 일어나 남자의 팔을 잡고 씨름하고 있었다. 조디는 남자를 발로 밟고 차고 있었다. 남자가 조디의 힘에 눌려 비틀거렸다. 비틀거리던 그는 조디와 함께 리셉션 구역으로 다시 밀려 들어가다 서버번 운전자의 다리에 걸려 넘어졌다. 조디와 함께 쓰러지면서 샷건이 시체를 향해 발사되었다. 귀가 먹먹해지는 소리와 연기, 그리고 시체에서 피와 조직이 지저분하게 날아오르고 뿌려졌다. 남자가 무릎걸음으로 다가오자 리처는 슈타이어로 그를 끝까지 따라가며 겨냥했다. 남자는 샷건을 내던지고 주머니에 손을 넣더니 반짝이는 짧은 총열의 리볼버를 꺼내 들었다. 그가 공이치기를 당겼다. 딸깍 하는 소리가 크게 났다. 조디는 허리에 단단히 감긴 그의 팔을 몸으로 좌우로 마구 흔들었다. 왼쪽, 오른쪽, 왼쪽, 오른쪽. 격렬하게, 무작위로. 리처에게 사격 기회가 오지 않았다. 왼쪽 눈으로 피가 흘러내리고 있었다. 이마는 안에서는 해머로 두들기는 것 같았고, 밖으로는 피를 흘리고 있었다. 리처는 안 보이는 젖은 눈을 감고 오른쪽 눈만 가늘게 뜨고 있었다. 반짝이는 리볼버가 들어 올려져 조디의 옆구리에 꽂혔다. 조디는 헉 소리를 내며 움직임을 멈췄고, 그녀의 머리 뒤에서 남자의 얼굴이 야비한 미소를 지으며 나타났다.

"총 내려 놔, 이 개자식아." 리처가 헐떡였다.

리처는 슈타이어를 그 위치에 그대로 유지했다. 한쪽 눈은 뜨고, 한쪽 눈은 감고, 머릿속에서는 날카로운 통증이 망치질을 했지만, 소음기의 방향은 남자의 일그러진 미소에 맞춰져 있었다.

"이년을 쏴 버릴 거야." 남자가 위협했다.

"그럼 널 쏴 버릴 거야." 리처가 말했다. "여자가 죽으면 너도 죽는다."

남자가 노려보았다. 그러고는 고개를 끄덕였다.

"교착 상태군." 남자가 말했다.

리처는 고개를 끄덕여 답했다. 상황이 그렇게 보였다. 그는 머리를 흔들어 정신을 차리려 했지만 통증을 더 악화시킬 뿐이었다. 다음 수가 안 보였다. 그가 먼저 쏠 수 있다고 해도, 남자는 여전히 총을 발사할 수 있다. 손가락이 방아쇠를 저렇게 당기고 있고 총이 조디의 옆구리에 꽂혀 있는 상태라면, 죽어가는 순간에도 충분히 쏠 수 있을 것이다. 감수하기에는 너무 위험했다. 리처는 슈타이어를 그 위치에 유지한 채 천천히 일어서서, 한쪽 눈으로 총신을 계속 주시하며, 셔츠 아랫단을 빼내 얼굴을 닦았다. 남자도 숨을 고르면서 조디를 끌어안고 일어났다. 조디는 총의 압박에서 벗어나려 했지만, 그가 오른팔로 조디를 꽉 잡아당겼다. 그는 팔꿈치를 바깥쪽으로 돌렸고 갈고리가 회전하면서 갈고리 끝이 조디의 허리를 파고들었다.

"그래서 우린 거래를 해야 해." 남자가 말했다.

리처는 일어서서 눈을 닦으며 아무 말도 하지 않았다. 머릿속이 통증으로 윙윙거리면서 비명을 질렀다. 자신이 심각한 곤경에 처했다는 것을 깨닫기 시작했다.

"거래가 필요하다고." 남자가 다시 말했다.

"거래는 없어." 리처가 답했다.

남자는 갈고리를 조금 더 비틀고 권총을 조금 더 세게 박았다. 조디가 헉 소리를 냈다. 권총은 스미스 앤드 웨슨 모델 60이었다. 5센티 총열, 스테인리스 스틸, 38구경, 탄환 다섯 발. 여자가 핸드백에 넣어 다니거나 남자가 몸에 숨겨 두는 그런 총. 총열이 너무 짧고 남자가 너무 세게 박고 있어서 그의 주먹관절까지 조디의 옆구리에 박혀 있었다. 그녀는 남자 팔의 압력 때문에 앞으로 몸이 내밀려 있었다. 그녀의 머리카락이 얼굴 위로 쏟아지고 있었다. 그녀의 눈이 리처를 똑바로 쳐다보고 있었고, 그것은 그가 여태까지 본 그녀의 눈 중 가장 사랑스러운 눈이었다.

"누구도 빅터 하비와의 거래는 거절하지 못해." 그가 말했다.

리처는 통증과 싸우며, 분홍색 흉터와 회색 피부가 맞닿은 남자의 이마 부위를 향해 슈타이어를 안정적으로 유지하고 있었다.

"넌 빅터 하비가 아니야." 리처가 말했다. "넌 칼 앨런이고, 쓰레기새끼지."

침묵이 흘렀다. 통증이 그의 머릿속을 두드리고 있었다. 조디가 의문을 품은 눈으로 리처를 더 뚫어지게 쳐다보았다.

"넌 빅터 하비가 아니야, 칼 앨런."

그 이름이 공중에 떠오르자 그자는 그 이름에서 멀어지려는 듯했다. 그는 조디를 뒤로 끌고, 땅딸한 남자의 시체를 피해가며, 그녀의 몸을 돌려 자신을 가리면서 어두운 사무실로 천천히 걸어 들어갔다. 리처는 슈타이어를 높이 들고 수평을 유지한 채 불안정하게 뒤를 따랐다. 사무실 안에는 사람들이 있었다. 리처는 희미한 창문과 거실 가구들, 그리고 실크 드레스를 입은 금발 여자와 정장을 입은 두 남자가 서성대는 것을 보았다. 그들은 모두 그를 쳐다보고 있었다. 그의 총과 소음기, 이마와 셔츠 위로 쏟아지는 피를 바라보고 있었다. 그러더니 그들은 마치 자동인형처럼 사각형으로 소파가 좁게 놓인 공간으로 이동했다. 그들은 각자의 길을 따라 안으로 들어가 자리에 앉더니 공간을 다 차지하고 있는 유리 커피테이블에 손을 얹었다. 테이블 위에 놓인 여섯 개의 손과 그를 향한 세 개의 얼굴, 희망과 두려움, 놀라움이 교차하는 표정이 그들 모두에게서 뚜렷이 보였다.

"틀렸어." 갈고리 남자가 말했다.

남자는 조디를 끌고 넓은 원을 그리며 가장 먼 소파까지 뒤로 물러났다. 리처는 함께 따라 들어간 뒤 반대편에서 멈췄다. 그의 슈타이어는 겁을 잔뜩 먹은 채 커피테이블에 엎드려 있는 세 사람의 머리 바로 위에서 수평을 이루고 있었다. 피가 그의 턱에서 그 아래 소파의 등받이로 떨어지고 있었다.

"아니, 맞아." 리처가 말했다. "넌 칼 앨런이야. 1949년 4월 18일, 보스턴 남쪽의 교외에서 출생, 평범한 가정에서 그냥저냥 살았지. 1968년 여름에 징집, 모든 항목에서 평균 이하의 평가를 받은 사병이었어. 보병으로 베트남에 파병. 별다를 것 없는 땅개. 전쟁은 사람을 변화시킨다지만 넌 전쟁터에서 진짜 나쁜 놈으로 변했어. 사기를 치기 시작했지. 물건을 사고 팔고, 마약과 여자들까지, 네 더러운 손에 들어오는 모든 것을 거래했어. 그러다 돈놀이를 시작했지. 그때부터 정말 악랄해졌어. 특혜를 사고 팔았어. 오랫동안 왕처럼 살았지. 그러다 누군가 상황을 인지하고 널 안락한 곳에서 끌어내 야전으로 보냈어. 정글. 진짜 전쟁. 힘든 부대에, 엄격한 장교 아래에서 굴렀어. 그게 널 열 받게 했지. 넌 기회가 오자마자 그 장교를 수류탄으로 날렸어. 그리고 선임하사까지. 하지만 분대에서 널 신고했어. 아주 이례적인 일이야. 얼마나 널 싫어했으면. 그렇지? 아마 돈을 빚졌을 거야. 신고를 받고 건스턴과 자브린스키라는 헌병 둘이 널 데리러 왔어. 여기까지 뭐 틀린 거 있나?"

그자는 아무 말도 하지 않았다. 리처는 침을 삼켰다. 머리가 심하게 아팠다. 진짜 아픔이 찢어진 안쪽으로 깊숙이 파고들고 있었다. 정말 심각한 통증이.

"그들은 휴이를 타고 왔어." 리처가 말했다. "카플란이라는 괜찮은 친구가 조종했지. 다음 날 그는 빅터 하비라는 에이스의 부조종사로 다시 돌아왔고, 건스턴과 자브린스키가 너를 체포해 지상에서 기다리고 있었어. 하지만 하비의 휴이는 이륙하자마자 피격당해 7킬로 떨어진 곳으로 추락했지. 카플란과 건스턴, 자브린스키 그리고 뱀포드, 타르델리, 소퍼라는 다른 세 명의 승무원과 함께 사망했어. 하지만 넌 살아남았어. 화상을 입고 손을 잃었지만 넌 살아 있었어. 그리고 너의 사악한 작은 대가리는 여전히 작동하고 있었지. 넌 가장 가까운 희생자의 개목걸이를 바꿔치기 했어. 빅터 하비였지. 넌 그의 목걸이를 걸고 기어간 거야. 네 목걸이는 그의 시체에 남겨 두고. 그 순간 칼 앨런과 범죄 과거는 사라졌어. 넌 야전병원에 들어갔고, 병원에서는 하비를 치료하는 걸로 생각했어. 그 이름으로 기록을 남겼어. 그리고 넌 위생병을 죽이고 도망쳤어. 어디든 도착만 하면 누군가가 네가 하비가 아니라는 걸 알아챌 거였기 때문에 돌아가지 않겠다고 했겠지. 정체가 들통나면 넌 죗값을 치러야 할 테니까. 그래서 그냥 사라진 거야. 새 삶, 새 이름, 깨끗한 기록. 여기까지 뭐 틀린 거 있나?"

앨런이 조디를 꽉 붙잡았다.

"전부 헛소리야." 그가 말했다.

리처는 고개를 저었다. 그의 눈에서 통증이 카메라 플래시처럼 번쩍였다.

"아니, 모두 사실이야." 그가 말했다. "내쉬 뉴먼이 방금 빅터 하비의 유골을 확인했어. 목에 네 개목걸이가 달린 채 하와이의 관에 안치되어 있다고."

"헛소리." 앨런이 다시 말했다.

"치아로 찾았어." 리처가 말했다. "하비 씨 부부는 아들에게 완벽한 치아를 선물하기 위해 서른다섯 번이나 치과에 보냈었어. 뉴먼은 그게 결정적이었다고 하더군. 그는 엑스레이를 가지고 한 시간 동안 컴퓨터 프로그래밍을 했어. 그리고 관으로 다시 돌아가 정확히 똑같은 두개골을 확인했지. 결정적인 일치."

앨런은 아무 말도 하지 않았다.

"그 거짓이 30년 동안 통했어." 리처가 말했다. "그 두 노인이 누군가에게 들릴 만큼 소리를 내고 누군가가 그것을 살펴보기 전까지. 이제 더 이상은 통하지 않아. 왜냐하면 네가 나에게 인정을 해야 하니까."

앨런은 비웃었다. 그의 성한 얼굴 부분이 화상 자국만큼이나 흉측하게 변했다.

"내가 왜 너한테 인정을 해야 하지?"

리처는 슈타이어를 흔들리지 않게 유지하며 눈을 깜박여서 피를 닦아 냈다.

"이유야 많지." 그가 조용히 말했다. "난 대리인이야. 난 많은 사람들을 대리해서 여기 있는 거야. 빅터 트루먼 하비 같은 사람들. 그는 영웅이었지만 너 때문에 탈영병이자 살인자로 낙인찍혔어. 그의 가족들은 30년이라는 긴 세월을 고통 속에 살아왔지. 난 그들을 대리해. 그리고 건스턴과 자브린스키도 대리해. 둘 다 헌병 중위였고 둘 다 스물네 살이었어. 나도 스물네 살 때 헌병 중위였어. 네 잘못 때문에 그들이 죽었어. 그래서 네가 나한테 인정을 해야 하는 거야, 앨런. 내가 그들이니까. 너 같은 쓰레기 때문에 나 같은 사람이 죽었어."

앨런의 눈은 텅 비어 있었다. 그는 조디로 자신의 바로 앞을 가리려고 그녀의 몸을 이동시켰다. 갈고리를 더 비틀었고 총을 더 세게 꽂았다. 그는 고개를 살짝 움직여 끄덕였다.

"그래, 내가 칼 앨런이었어." 그가 말했다. "인정할게, 똑똑한 친구. 난 칼 앨런이었고, 그건 끝났어. 그러고 나서 나는 빅터 하비였어. 칼 앨런보다 더 오랫동안 빅터 하비로 살았는데 이젠 그것도 끝난 것 같네. 이제 난 잭 리처가 될 거야."

"뭐?"

"네가 갖고 있는 바로 그것." 앨런이 말했다. "그것과 거래하는 거야. 그 걸로 교환하는 거지. 네 이름과 이년의 목숨."

"뭐?" 리처가 다시 물었다.

"난 너의 신원을 원해." 앨런이 말했다. "네 이름을 원해."

리처는 그저 그를 바라보고만 있었다.

"넌 가족이 없는 떠돌이 방랑자야." 앨런이 말했다. "아무도 널 찾지 않을 거야."

"계속해 봐."

"그러니 죽어야지." 앨런이 말했다. "같은 이름을 가진 두 사람이 돌아다니게 둘 수는 없잖아. 안 그래? 이건 공정한 거래야. 네 목숨 대 여자의 목숨."

조디는 리처를 똑바로 쳐다보며 기다리고 있었다.

"거래는 없어."

"이년을 쏠 거야." 앨런이 말했다.

리처는 다시 고개를 저었다. 통증이 어마어마했다. 통증은 점점 더 강해져 양쪽 눈 뒤로 퍼져나갔다.

"넌 그녀를 쏘지 않을 거야." 리처가 말했다. "생각해 봐, 앨런. 너 자신에 대해서. 넌 이기적인 새끼야. 넌 언제나 네가 최우선이야. 네가 그녀를 쏘면 내가 널 쏠 거야. 넌 나한테서 4미터 떨어져 있어. 난 네 머리를 조준하고 있어. 네가 방아쇠를 당기면 나도 당길 거야. 그녀가 죽으면 너도 100분의 1초 후에 죽는 거야. 넌 날 쏘지도 못해. 나한테 조준하기 시작하는 순간 반도 못하고 거꾸러질 테니까. 생각해 봐. 교착 상태."

통증과 어둠 속에서 그를 응시했다. 전형적인 대치 상황이었다. 그러나 문제가 있었다. 그의 분석에 심각한 결함이 있었다. 그는 그걸 알게 되었다. 소름 끼치는 공포가 번쩍 하고 떠올랐다. 앨런에게도 똑같은 순간에 떠올랐다. 그자의 눈에 안도감이 서리는 것을 보고 리처도 그것을 알게 되었다.

"계산을 잘못하고 있네." 앨런이 말했다. "뭔가 빠뜨렸어."

리처는 응답하지 않았다.

"지금 당장은 교착 상태지." 앨런이 말했다. "내가 여기 서 있고 네놈이 거기 서 있는 한 항상 그렇겠지. 하지만 언제까지 거기 서 있을 수 있지?"

리처는 통증을 참으며 침을 삼켰다. 통증이 그를 두드리고 있었다.

"필요한 만큼 여기 서 있겠지." 리처가 말했다. "난 시간이 많아. 네놈이 말했듯 나는 방랑자야. 급하게 가야 할 약속이 없다고."

앨런이 미소 지었다.

"용감한 얘기야." 그가 말했다. "하지만 넌 머리에서 피를 흘리고 있잖아. 그거 알아? 머리에 금속 조각이 박혀 있어. 여기서도 보인다고."

조디가 공포에 가득 찬 눈으로 절박하게 고개를 끄덕였다.

"커리 씨, 체크해 보고 말해 줘." 앨런이 말했다.

슈타이어 아래 소파에 있던 남자가 몸을 뒤척여 무릎을 꿇은 채 상체를 일으켰다. 그는 리처의 총을 든 팔에서 멀리 비켜서 고개를 빼고 보았다. 그의 얼굴이 공포에 질려 일그러졌다.

"못이네요." 그가 말했다. "목공용 못. 머리에 못이 박혔어요."

"리셉션 데스크에서 나온 거군." 앨런이 말했다.

커리라는 남자는 다시 몸을 숙였고 리처는 그것이 사실임을 알았다. 그 말이 나오자마자 통증이 두 배, 네 배로 커지며 폭발했다. 눈보다 3센티 위 이마를 중심으로 찌르는 듯한 고통이 느껴졌다. 아드레날린에 의해 오랫동안 가려져 있었다. 하지만 아드레날린은 영원히 지속되지 않는다. 그는 모든 의지를 동원해 마음속에서 그 사실을 털어내려 했지만 여전히 그 자리에 있었다. 날카로운 통증과 메스꺼움이 동시에 그의 머릿속을 쿵쾅거리며 욱신거렸고, 눈에는 번개가 치는 것 같았다. 피가 셔츠를 적시고 허리까지 흘러내렸다. 눈을 깜빡였지만 왼쪽 눈으로는 아무것도 보이지 않았다. 눈에는 피가 가득했다. 피가 목과 왼쪽 팔을 타고 흘러내려 손가락 끝에서 뚝뚝 떨어지고 있었다.

"난 괜찮아." 그가 말했다. "아무도 내 걱정은 하지 마."

"용감한 얘기야." 앨런이 반복했다. "하지만 넌 고통 속에서 피를 많이 흘리고 있어. 넌 나한테 버틸 수 없어, 리처. 넌 스스로 강하다고 생각하겠지만 내 앞에서는 아무것도 아니야. 난 손을 잃고도 그 헬리콥터에서 기어나왔어. 동맥이 잘렸고 몸에는 불이 붙었었지. 그렇게 정글에서 3주를 버텼어. 그리고 스스로를 해방시켰어. 그 후 30년 동안 늘 위험과 함께 살았지. 그래서 내가 터프가이인 거야. 난 세상에서 가장 강한 사람이야. 정신적으로나 육체적으로나. 네 대갈통에 못이 안 박혔어도 나보다 오래 못 버틴다고. 그러니 장난치지 마, 알겠나?"

조디는 그를 쳐다보고 있었다. 창문 블라인드를 통해 들어오는 희미한 산란광에 그녀의 머리카락이 황금빛으로 빛났다. 이마 위를 가로지르며 나뉘어진 머리카락이 얼굴 위로 늘어져 있었다. 그는 그녀의 눈을 볼 수 있었다. 그녀의 입. 목의 곡선. 앨런의 팔 때문에 긴장한 그녀의 날씬하고 강한 몸. 그녀의 수트 색깔과 대비되어 빛나는 갈고리. 통증은 그의 머리를 두드리고 있었다. 흠뻑 젖은 셔츠가 피부에 닿아 차가웠다. 입에서 피가 났다. 알루미늄 같은 금속 맛이 났다. 어깨에서 처음으로 희미한 떨림을 느꼈다. 슈타이어가 손에서 무겁게 느껴지기 시작했다.

"그리고 난 동기 부여가 되어 있어." 앨런이 말했다. "난 내가 가진 것을 위해 열심히 일했어. 그걸 지킬 거야. 나는 천재이자 생존자거든. 네가 날 쓰러뜨리게 둘 것 같아? 네놈이 처음으로 나에게 덤빈 놈이라고 생각해?"

리처는 통증을 잊어보려고 몸을 흔들었다.

"이제 판돈을 조금 더 올려 보자고." 앨런이 그에게 말했다.

그는 팔에 있는 힘을 다해 조디를 위로 끌어올렸다. 총이 너무 세게 찔러서 조디는 총에서 몸을 구부려 팔을 앞으로 접고 총이 옆으로 가게 했다. 그는 뒤에 있는 자신이 보이지 않을 정도로 그녀를 끌어올렸다. 그리고 갈고리가 움직였다. 팔이 그녀의 허리를 짓눌렀다가 위로 올라와서 가슴을 짓눌렀다. 갈고리가 그녀의 가슴을 타고 올라갔다. 그녀는 고통에 헐떡였다. 팔이 가파른 각도로 그녀의 몸을 짓누르며 그녀의 얼굴 옆에 닿을 때까지 갈고리는 위로 움직였다. 그러자 팔꿈치가 밖으로 나왔고 강철 끝이 그녀 뺨의 피부를 파고들었다.

"이년을 찢어버릴 수도 있어." 앨런이 말했다. "여자의 얼굴을 찢어버릴 수도 있지만 넌 기분이 나빠지는 것 말고는 할 수 있는 게 없지. 스트레스는 상태를 더 악화시켜. 그렇지? 통증은? 슬슬 어지럽기 시작하지? 넌 지금 추락하고 있어, 리처. 무너지고 있다고. 그리고 네가 쓰러지는 순간 교착 상태는 끝이야. 확실하게."

리처는 몸을 떨었다. 고통 때문이 아니라 앨런의 말이 맞다는 것을 알기 때문이었다. 그는 자신의 무릎을 느낄 수 있었다. 무릎은 거기에 있었고, 강했다. 하지만 건강한 사람은 절대로 무릎을 느끼지 않는다. 무릎은 자신의 일부일 뿐이다. 110킬로그램의 체중을 씩씩하게 버티고 있는 무릎을 느낀다는 것은 곧 무릎이 더 이상 버티지 못할 것이라는 뜻이다. 조기 경고였다.

"넌 추락하고 있어, 리처!" 앨런이 다시 소리쳤다. "넌 떨고 있어. 너도 알고 있지? 넌 우리에게서 멀어지고 있어. 몇 분만 지나면 바로 가서 머리를 쏴 버릴 거야. 시간은 내 편이야."

리처는 다시 전율을 느끼고 상황을 살펴보았다. 생각하기가 힘들었다. 어지러웠다. 머리가 깨지는 상처를 입었다. 두개골을 관통당했다. 내쉬 뉴먼이 교실에서 뼈를 들고 있는 모습이 머릿속에 스쳐 지나갔다. 어쩌면 몇 년 후 내쉬가 그걸 설명하고 있을지도 모르겠다. 날카로운 물체가 전두엽을, 이 부위를 관통해 뇌수막을 뚫고 출혈을 일으켰습니다. 총을 든 손이 떨리고 있었다. 그때 레온이 나타나 눈살을 찌푸리며 중얼거렸다. 플랜 A가 안 되면 플랜 B로 넘어가.

그때 몇 년 전 리처가 다른 삶을 살 때 만났던 루이지애나 경찰이 나타나 38구경 리볼버에 대해 이야기했다. 헤로인에 절어서 달려드는 놈을 쓰러뜨리려면 리볼버에 의존해서는 안 돼. 리처는 남자의 안타까워하는 얼굴을 보았다. 누군가를 잡으려면 38구경에 의존해서는 안 돼. 총열이 짧은 38구경은 더더욱 안 된다. 짧은 총열로는 목표물을 맞추기 힘들다. 몸부림치는 여자를 품에 안고 있다면 더더욱 어렵다. 여자의 몸부림 때문에 우연히 총알이 명중할 수도 있지만. 머리가 빙글빙글 돌았다. 거인이 해머로 내려치는 것 같았다. 안에서부터 힘이 빠져나가고 있었다. 오른쪽 눈을 부릅떴지만 눈 안에 바늘이 가득 들어 있는 것처럼 건조하고 쓰라렸다. 아마도 5분은 더 버틸 수 있겠지. 그는 생각했다. 그런 뒤에 난 끝이다. 그는 랜디가 안, 조디 옆에 있었고, 동물원에서 돌아오는 길이었다. 그는 말을 하고 있었다. 차 안은 따뜻했다. 유리창 안으로 햇살이 들고 있었다. 그는 말했었다. 모든 사기의 기본은 그 대상이 보고 싶어 하는 걸 보여 주는 거야. 손에서 슈타이어가 흔들거리자 그는 생각했다. 좋아요, 레온, 플랜 B는 이겁니다. 어떻습니까?

무릎이 풀리면서 몸이 흔들렸다. 그는 다시 똑바로 서서 슈타이어를 조금 나와 있는 앨런의 머리 부분에 겨누었다. 총구가 원을 그리며 흔들렸다. 처음에는 작은 원이었고, 총의 무게가 어깨의 제어력을 압도하면서 더 큰 원이 되었다. 그는 기침을 하고 혀로 피를 입 밖으로 밀어냈다. 슈타이어가 점점 아래로 내려갔다. 힘센 남자가 잡아당기는 것처럼 가늠쇠가 떨어지는 것을 그는 지켜보았다. 끌어올리려고 했지만, 끌어올려지지 않았다. 그는 억지로 손을 위로 올렸지만 보이지 않는 힘이 손을 꺾는 것처럼 옆으로만 움직였다. 다시 무릎이 꺾이자 경련을 일으키듯 몸을 일으켰다. 슈타이어의 총구는 표적에서 멀리 떨어져 있었다. 오른쪽으로 기울어져서 책상을 가리키고 있었다. 팔꿈치는 그 무게에 눌려 굳어버렸고 팔은 구부러지고 있었다. 앨런의 손이 움직이고 있었다. 그는 한 눈으로 그것을 바라보며 생각했다. 내가 조디에게 느끼는 감정이 헤로인에 절은 것만큼이나 좋은 걸까? 총신이 천 조각에 걸리더니 조디의 재킷에서 빠져나왔다. 내가 해낼 수 있을까? 무릎이 꺾이면서 몸이 떨리기 시작했다. 잠깐, 잠깐만. 앨런이 손목을 앞으로 뻗었다. 그는 그 움직임을 보았다. 아주 빨랐다. 스테인리스 총열의 검은 총구가 보였다. 총구가 그녀의 몸에서 빠져나왔다. 그녀는 머리를 아래로 세게 내렸고, 그는 앨런이 총을 쏘기 전에 슈타이어를 다시 표적에 꽤 가까이 겨냥했다. 몇 센티 이내로 들어왔다. 그런데 그게 다였다. 하찮아 보이는 그 몇 센티미터. 빠르다고 생각했지만 충분히 빠르지는 않았다. 리볼버 공이치기가 철컥 소리를 내며 앞으로 나아간 다음 총구에서 밝은 불꽃이 피어오르는 것이 보였고 화물 열차가 그의 가슴을 강타했다. 총성의 굉음은 그를 강타한 총알의 엄청난 물리적 충격에 묻혀 완전히 사라졌다. 행성 크기의 거대한 해머가 타격했다. 쿵쾅거리며 부딪혔고, 안쪽에서 귀를 멀게 했다. 통증은 없었다. 전혀 없었다. 단지 가슴이 차갑게 마비되고 마음속이 완전히 고요한 진공 상태가 되었다. 그는 잠시 동안 열심히 집중하며 발을 단단히 딛으려 애썼고, 슈타이어의 소음기에서 나오는 연기를 똑똑히 볼 수 있을 만큼 오랫동안 눈을 뜨고 있었다. 그러다 마지막으로 눈을 조금 움직여 4미터 떨어진 곳에서 앨런의 머리가 터지는 것을 지켜보았다. 공중에서 피와 뼈가 폭발하면서 1미터 정도 너비의 구름이 안개처럼 퍼져나가고 있었다. 그는 자신에게 물었다. **저놈이 죽었을까?** 그리고 대답을 들었다. **확실히 죽었어.** 그는 비로소 눈을 감으며 스스로를 놓아주고, 언제까지나 계속되며 어디에서 끝나는지 모르는 너무나 고요한 암흑 속으로 떨어졌다.

18

그는 자신을 향해 다가오는 얼굴들이 모두 자신이 아는 얼굴들이었기 때문에 자신이 죽어가고 있다는 것을 깨달았다. 얼굴은 끝도 없이 길게 연속으로 하나 혹은 둘씩 다가왔고, 그들 중에 낯선 얼굴은 없었다. 이렇게 될 거라고 들었다. 인생 전체가 눈앞에 스쳐 지나갈 거라고. 모두가 그렇게 말했다. 그리고 이제 그런 일이 일어나고 있었다. 그러니 그는 죽어가고 있었다.

얼굴이 멈추면 거기가 끝이라고 생각했다. 마지막 얼굴이 누구일지 궁금했다. 여러 후보가 있었다. 누가 순서를 정했는지 궁금했다. 누구의 결정이었을까? 순서 결정에 자신이 개입하지 않았다는 것이 약간 불만이었다. 다음에는 어떤 상황이 벌어질까? 마지막 얼굴이 사라지면 그다음에는 어떻게 되는 걸까?

그런데 뭔가 심각하게 잘못되고 있었다. 모르는 얼굴이 다가왔다. 그때 그는 육군이 이 얼굴 행진의 책임자라는 사실을 깨달았다. 확실했다. 육군만이 실수로 한 번도 본 적 없는 사람을 포함시킬 수 있다. 전혀 모르는 사람이 잘못된 시간에 엉뚱한 장소에 와 있었다. 그는 그것이 합당하다고 생각했다. 그는 인생의 대부분을 육군의 통제 아래 살아왔으니까. 육군이 이 마지막 부분을 구성하는 책임을 맡는 것은 당연한 일이라고 생각했다. 그리고 한 번의 실수는 감내할 수 있었다. 육군에서는 그게 정상이고 심지어 용납되는 것이었다.

그런데 어떤 남자가 그를 만지고 있었다. 때리고 아프게 했다. 그러다 갑자기 얼굴 행진이 이 남자의 출현보다 먼저 끝났다는 걸 깨달았다. 이 남자는 행진에 전혀 참여하지 않았다. 그는 이후에 왔다. 아마 이 남자가 그를 끝장내려고 온 것 같았다. 그래, 바로 그거였다. 그게 확실해. 이자는 일정에 따라 나를 확실히 죽이려고 온 거야. 행진은 끝났고, 육군은 그를 살아남게 놔두지 않을 것이다. 수고스럽게 모든 행사를 다 치르고 왜 그를 살아남게 하겠는가? 그건 옳지 않았다. 전혀 옳지 않았다. 그것은 심각한 절차상의 하자였다. 그는 이 사람 바로 전에 온 사람이 누구였는지 기억해내려고 애썼다. 마지막에서 두 번째 사람, 진짜 마지막 사람. 기억하지 못했다. 주의를 기울이지 않았었다. 그는 행진의 마지막 얼굴이 누구였는지 떠올리지 못한 채 죽음으로 미끄러졌다.

그는 죽었지만 여전히 생각하고 있었다. 이래도 괜찮은가? 여기가 사후 세계인가? 놀랍게도 그런 것 같았다. 그는 거의 39년 동안 사후 세계가 없다고 가정하고 살아왔다. 어떤 이들은 그의 의견에 동의했고 다른 이들은 그와 논쟁을 벌였다. 하지만 그는 항상 단호했다. 그런데 이제 그는 바로 그곳에 있었다. 누군가 그에게 다가와 비웃으며 '내가 말했잖아'라고 할 참이었다. 만약 상황이 반대였다면 그도 그렇게 말했을 것이다. 그는 누군 가가 틀리면 친근함이 전제된 최소한의 비아냥거림 없이는 절대로 그냥 넘어가게 두지 않았다.

그는 조디 가버를 봤다. 그녀가 그에게 말할 참이었다. 아니, 그건 불가능하다. 그녀는 죽지 않았다. 사후세계에서 야단치는 것은 죽은 사람만이 할 수 있겠지? 산 사람은 못한다. 그건 명백했다. 산 사람은 사후세계에 없으니까. 그리고 조디 가버는 살아 있는 사람이었다. 그는 그걸 확신하고 있었다. 그게 망할 놈의 요점이었다. 어쨌든 그는 조디 가버와 사후세계에 대해 얘기한 적이 없다고 확신했다. 아니, 했을까? 어쩌면 여러 해 전, 그녀가 아직 어렸을 때? 그런데 조디 가버였다. 그리고 그녀가 그에게 말을 걸 참이었다. 그녀는 그의 앞에 앉아서 머리카락을 귀 뒤로 넘겼다. 긴 금발 머리에 작은 귀.

"안녕, 리처." 그녀가 말했다.

그녀의 목소리였다. 의심의 여지가 없었다. 실수가 아니었다. 그럼 그녀도 죽었을지 모른다. 자동차 사고였을지도 모르지. 그건 정말 아이러니일 것이다. 세계무역센터에서 살아남아 집으로 돌아가는 길에 로어 브로드웨이에서 과속 트럭에 치였을 수도 있다.

"안녕, 조디." 그가 말했다.

그녀가 웃었다. 소통이 되었다. 그러면 그녀는 죽은 거였다. 오직 죽은 사람만이 다른 죽은 사람의 말을 들을 수 있을 것이다, 분명히. 하지만 그는 알아야 했다.

"우리 어디에 있는 거야?" 그가 물었다.

"성 빈센트." 그녀가 말했다.

성 베드로는 들어본 적이 있었다. 그는 문 앞에 있는 사람이었다. 그림을 본 적이 있었다. 사실 그림은 아니고 만화였다. 그는 긴 겉옷을 입고 수염을 기른 노인이다. 그는 단 위에 서서 사람들에게 문 안으로 들여보내야 하는 이유에 대해 물었다. 하지만 성 베드로가 그에게 질문한 기억은 없었다. 아마 나중에 할지 모르겠다. 어쩌면 다시 나갔다가 다시 들어와야 했을지도 몰랐다.

그런데 성 빈센트는 누구지? 아마도 성 베드로의 질문을 기다리는 동안 사람들이 대기하는 곳을 운영하는 사람일 것이다. 신병 훈련소 같은 곳. 포트 딕스와 비슷한 곳을 빈센트라는 노인이 운영할 수도 있다. 그럼 그건 문제없었다. 그는 신병 훈련소를 가뿐하게 해치웠으니까. 그에게는 그가 한 일 중 가장 쉬운 일이었다. 다시 할 수도 있었다. 하지만 그는 그에 대해 짜증이 났다. 그는 깔끔하게 과정을 마쳤었다. 그는 거기서 스타였다. 훈장도 받았었다. 그런데 도대체 왜 신병 훈련을 다시 받아야 하는 거야?

그리고 조디는 왜 여기 있지? 그녀는 살아 있어야 했다. 그는 왼손이 꽉 쥐어 있다는 걸 깨달았다. 극도로 짜증이 났다. 그는 그녀를 사랑했기에 그녀의 목숨을 구했었다. 그런데 그녀가 왜 지금 죽어 있나? 도대체 무슨 일이 있었던 걸까? 그는 똑바로 일어서려고 몸부림쳤다. 뭔가가 그를 묶고 있었다. 도대체 뭐지? 그는 이에 대한 답을 얻거나 안 되면 사람들의 머리통을 쥐어박아 버리려고 했다.

"진정해요." 조디가 그에게 말했다.

"성 빈센트를 만나고 싶어." 그가 말했다. "지금 당장 그를 만나고 싶어. 5분 안에 이 방에 엉덩이를 들이밀라고 해. 안 그러면 내가 다 뒤집어 엎어 버릴 거야."

그녀는 그를 바라보며 고개를 끄덕였다.

"알았어요."

그녀는 고개를 돌리고 일어섰다. 그녀가 그의 시야에서 사라졌고 그는 다시 누웠다. 여긴 어떤 신병 훈련소도 아니었다. 너무 조용했고 베개가 푹신했다.

돌이켜보면 그것은 충격이었어야 했다. 하지만 그렇지 않았다. 방의 인테리어와 반짝이는 장비가 그저 점차 선명하게 눈에 들어오자, 병원이라는 생각이 들었다. 그는 바쁜 사람이 날짜를 착각했다는 것을 깨달았을 때처럼 마음속으로 작게 어깨를 으쓱거리고 죽은 사람에서 살아 있는 사람으로 바뀌었다.

방은 햇빛이 들어와 밝았다. 그는 머리를 움직여 창문을 바라보았다. 조디가 옆 의자에 앉아 책을 읽고 있었다. 그는 숨을 죽이고 그녀를 바라보았다. 깨끗이 감은 그녀의 머리카락에서 윤기가 났다. 머리카락은 어깨 너머로 흘러내렸고, 엄지손가락과 나머지 손가락들로 한 가닥을 감아 돌리고 있었다. 그녀는 노란 민소매 원피스를 입고 있었다. 어깨는 여름의 갈색이었다. 그 위의 작은 뼈 돌기를 볼 수 있었다. 팔은 길고 가늘었다. 다리는 꼬고 있었다. 그녀는 원피스와 어울리는 황갈색 페니 로퍼를 신고 있었다. 발목은 햇볕에 갈색으로 빛났다.

"안녕, 조디." 그가 말했다.

그녀가 고개를 돌려 그를 바라보았다. 그의 얼굴에서 무언가를 찾았고, 그것을 발견하자 그녀는 미소를 지었다.

"좀 어때요?" 그녀가 말했다. 그녀는 책을 내려놓고 일어섰다. 세 걸음 걸어가서 몸을 굽혀 그의 입술에 부드럽게 키스했다.

"성 빈센트." 그가 말했다. "네가 말한 걸 내가 헷갈렸어."

그녀는 고개를 끄덕였다.

"당신 몸이 모르핀으로 가득 차 있었거든요." 그녀가 말했다. "병원에서 미친 듯이 모르핀을 주입했어요. 당신 피를 뽑아 나눠 줬으면 뉴욕의 모든 중독자들을 만족시켰을 거예요."

그는 고개를 끄덕였다. 창밖의 태양을 힐끗 쳐다보았다. 오후 같았다.

"오늘이 무슨 요일이지?"

"벌써 월도 바뀌었어요. 7월이에요. 당신은 3주 동안 의식이 없었어요."

"맙소사, 배고파 죽겠군."

그녀는 침대 아래쪽을 돌아서 그의 왼쪽으로 다가갔다. 그녀는 그의 팔뚝에 손을 얹었다. 그의 손바닥이 위로 향해 있었고 팔꿈치 안쪽 정맥에 관이 연결되어 있었다.

"먹고 있는 중이에요. 당신 좋아하는 걸 많이 주라고 했어요. 포도당과 식염수를 많이요."

그는 고개를 끄덕였다.

"식염수를 이길 순 없지." 그가 말했다.

그녀는 조용해졌다.

"왜 그래?" 그가 물었다.

"기억나요?"

그는 다시 고개를 끄덕였다.

"전부 다." 그가 말했다.

그녀는 침을 삼켰다.

"무슨 말을 해야 할지 모르겠어요." 그녀가 속삭였다. "당신은 날 위해 총알을 맞았어요."

"내 잘못이야. 내가 너무 느렸어. 놈을 속여서 먼저 잡았어야 했는데. 어쨌든 분명히 난 살아남았어. 그러니 아무 말도 하지 마. 진심이야. 절대 입에 올리지 마."

"하지만 고맙다는 말은 꼭 하고 싶어요." 그녀가 속삭였다.

"나도 고맙다는 말을 해야만 할 것 같아. 총알을 맞아 줄 가치가 있는 사람을 알게 되어 기분이 좋아."

그녀는 고개를 끄덕였지만 그 말에 동의해서가 아니었다. 그저 울음을 멈추기 위해 무작위로 몸을 움직인 것뿐이었다.

"근데 내 상태는?" 그가 물었다.

그녀는 한동안 멈칫했다.

"의사를 불러올게요." 그녀가 조용히 말했다. "의사가 나보다 더 잘 말해 줄 거예요."

그녀가 나가자 흰 가운을 입은 남자가 들어왔다. 리처는 미소를 지었다. 행진이 끝날 때 그를 끝내라고 육군에서 보낸 사람이었다. 그는 작고 털이 많은 남자였는데 레슬링을 해도 잘할 사람 같았다.

"컴퓨터에 대해 좀 알아요?" 그가 물었다.

리처는 어깨를 으쓱하고, 이것이 뇌 손상, 장애, 기억 상실, 기능 상실과 같은 나쁜 소식을 알리는 암호화된 전제가 아닐까 걱정하기 시작했다.

"컴퓨터요? 잘 모릅니다만."

"뭐, 한번 해 보죠." 의사가 말했다. "커다란 슈퍼컴퓨터가 윙윙 돌아가고 있다고 상상해 보세요. 인체 생리학에 대해 우리가 알고 있는 모든 정보와 총상에 대해 우리가 알고 있는 모든 정보를 입력한 다음, 가슴에 38구경을 맞고도 살아남을 수 있는 확률이 가장 높은 남성을 설계해 달라고 요청하는 거예요. 컴퓨터를 일주일 동안 돌렸다고 가정해 봅시다. 어떤 결과가 나올까요?"

리처는 다시 어깨를 으쓱했다. "잘 모르겠습니다만."

"당신 사진일 겁니다." 의사가 말했다. "바로 이거. 망할 총알은 당신 가슴 안으로 들어가지도 못했어요. 흉근이 너무 두껍고 치밀해서 총알을 막아냈어요. 8센티 케블라 방탄조끼처럼. 총알이 근육벽 반대편으로 튀어나가 갈비뼈를 부숴버렸지만 그 이상은 나아가지 못했어요."

"그럼 왜 3주 동안이나 의식이 없었죠?" 리처가 즉시 물었다. "근육 손상이나 갈비뼈가 부러진 것 때문은 아니잖아요. 제기랄, 그건 확실해요. 내 머리는 괜찮은 겁니까?"

의사가 이상한 행동을 했다. 그는 손뼉을 치고 공중에 환호하듯 주먹을 날렸다. 그러더니 얼굴 전체가 환하게 빛나며 가까이 다가왔다.

"걱정했어요." 그가 말했다. "정말 걱정했다고요. 중상이었거든요. 난 네일 건못 박는 기계이라고 생각했는데, 샷건 파편 때문에 가구에서 튀어나온 거라고 하더군요. 그게 두개골을 관통해서 뇌에 3밀리 정도 박혔어요. 전두엽에 말이에요. 못을 박기에는 제일 안 좋은 부위죠. 만약 내가 내 두개골에 못을 박아야 한다면 전두엽은 절대 첫 번째 선택지가 아닐 겁니다. 하지만 다른 사람의 전두엽에 못이 박힌 걸 봐야 한다면 네안데르탈인의 두개골보다 두꺼운 당신 전두엽을 고르겠어요. 보통 사람이었다면 못이 끝까지 박혔을 거고, '다들 고마웠어요, 잘 있어요'라고 말했을 거예요."

"그래서, 난 괜찮은 겁니까?" 리처가 다시 물었다.

"방금 검사비를 만 달러 이상 절약했어요." 의사가 행복하게 말했다. "내가 가슴에 관한 소견을 알려 줄 때, 당신이 어떻게 했죠? 분석적으로? 당신 자신의 내부 데이터베이스와 비교해 심각한 상처가 아니라는 걸 알왔고, 그걸로는 3주간의 혼수상태가 필요하지 않다는 걸 깨달았으며, 다른 부상을 기억하고 그걸 조합해 당신이 질문한 걸 물었죠? 즉시, 망설임 없이. 빠르고 논리적인 사고, 관련 정보의 조립, 신속한 결론, 가능한 답변의 근거에 대한 명쾌한 질문. 당신 머리는 아무 문제 없어요. 전문가의 소견을 받아들여요."

리처는 천천히 고개를 끄덕였다. "그럼 언제 여기서 나갈 수 있습니까?"

의사가 병상 아래쪽에서 의료 차트를 꺼냈다. 금속판에 종이 더미가 꽂혀 있었다. 의사가 그걸 훑어보았다. "건강 상태는 전반적으로 양호하지만 좀 더 지켜보는 게 좋겠어요. 며칠 더 지켜봅시다."

"그건 말도 안 됩니다." 리처가 말했다. "오늘 오후에 퇴원하겠습니다."

의사는 고개를 끄덕였다. "그럼 한 시간 뒤에 컨디션이 어떤지 봅시다."

그가 가까이 다가가서 수액 팩 바닥에 있는 밸브까지 손을 뻗었다. 그러고는 손가락으로 튜브를 두드렸다. 그걸 주의 깊게 지켜보더니 고개를 끄덕이고 방을 나갔다. 그는 출입구에서 조디를 지나쳤다. 그녀는 여름 재킷을 입은 남자와 함께 들어오고 있었다. 50세 정도, 흰 피부에 짧은 백발의 남자였다. 리처는 그 남자를 보고 국방성 사람이라는 데 1달러를 걸면 10달러를 따겠다고 생각했다.

"리처, 이쪽은 미드 장군님이에요." 조디가 말했다.

"육군부에서 오신 겁니까?" 리처가 말했다.

재킷을 입은 남자가 놀란 표정으로 그를 쳐다보았다. "우리가 만난 적이 있나?"

리처는 고개를 저었다. "아닙니다. 하지만 내가 깨어나서 움직이면 바로 당신들 중 한 명이 냄새를 맡을 줄 알았습니다."

미드가 미소 지었다. "우린 사실상 이곳에 진을 치고 있었네. 솔직히 말하지. 칼 앨런 사태에 대해 조용히 해 줬으면 좋겠네."

"그럴 순 없습니다." 리처가 말했다.

미드는 다시 미소를 지으며 기다렸다. 육군 관료인 그는 단계를 충분히 알고 있었다. 레온은 말했었다. 아무것도 주지 않고 뭔가를 얻을 순 없어.

리처가 말했다. "하비 가족을 일등석에 모시고 워싱턴 D.C.로 가서 5성급 호텔에 묵게 하고, 추모의 벽에 아들의 이름을 새겨 보여 주면서, 정복을 입은 높은 양반들이 내내 미친 듯이 경례를 하도록 해 주십시오. 그럼 조용히 있겠습니다."

미드가 고개를 끄덕였다.

"그대로 다 하겠네." 그가 말했다. 그는 알아서 일어나서 밖으로 나갔다. 조디는 침대 아래쪽에 앉았다.

"경찰에서는 뭐래?" 리처가 말했다. "내가 답변해야 할 게 있어?"

그녀는 고개를 저었다.

"앨런은 경관 살해범이었어요." 그녀가 말했다. "뉴욕 경찰 관할 내에서 당신이 딱지 끊길 일은 없을 거예요. 평생. 정당방위였고, 모두 그렇게 알고 있어요."

"내 총은? 그건 훔친 건데."

"아뇨, 그건 앨런의 총이었어요. 당신이 그에게서 총을 빼앗았어요. 사무실 안의 모든 목격자들이 당신이 그렇게 하는 걸 봤어요."

그는 천천히 고개를 끄덕였다. 그가 놈을 쏠 때 피와 뇌수가 사방으로 튀는 것이 다시 한번 눈앞에 보였다. 꽤 잘 쐈다고 생각했다. 어두운 방, 스트레스, 머리에는 못이 박혀 있고, 가슴에는 38구경 총알이 박혀 있는데도, 명중. 완벽에 가까운 사격이었다. 그러다 다시 조디의 얼굴을 바라봤다. 그녀의 꿀 같은 피부에 남아 있는 갈고리 자국이 보였다.

"괜찮아?" 그가 그녀에게 물었다.

"난 괜찮아요." 그녀가 말했다.

"정말? 나쁜 꿈도 안 꾸고?"

"안 꿔요. 성인인데요, 뭐."

그는 다시 고개를 끄덕였다. 둘이 함께한 첫날밤을 떠올렸다. 성인이었다. 백만 년 전에 일어난 일 같았다.

"당신 진짜 괜찮아요?" 그녀가 그에게 되물었다.

"의사가 괜찮다고 했어. 날 보고 네안데르탈인이라고 하던데."

"아니, 농담 말고요."

"어때 보여?"

"보여 줄게요." 그녀가 말했다.

그녀는 화장실로 가서 벽에 걸린 거울을 들고 돌아왔다. 플라스틱 프레임의 동그란 거울이었다. 그녀는 거울을 그의 다리 위에 올렸고, 그는 오른손으로 잡고 비춰 보았다. 그는 여전히 햇볕에 탄 채 무시무시한 얼굴을 하고 있었다. 파란 눈. 하얀 치아. 머리카락은 밀었는데, 그새 3밀리 정도 자란 상태였다. 얼굴 왼쪽에는 흉터가 가득했다. 이마에 난 못 박힌 자국은 길고 폭력적인 삶의 파편들 사이에서 사라졌다. 다른 부위보다 더 붉고 새것이었기 때문에 알아볼 수는 있었지만, 하비의 휴이가 추락한 바로 그해에 형 조가 어린 시절 별것 아닌 일로 다투다가 유리 조각으로 찔러서 생긴 1센티 정도의 상처보다 크지는 않았다. 그는 거울을 기울여 자신의 가슴을 감고 있는 넓은 붕대가 검게 탄 피부와 대비되어 눈처럼 하얀색으로 보인다고 생각했다. 그는 자신이 10킬로그램 정도 체중을 잃었다고 생각했다. 정상 체중인 100킬로로 돌아갔다. 그는 거울을 조디에게 다시 건네고 윗몸을 일으키려고 했다. 갑자기 어지러웠다.

"여기서 나가야겠어." 그가 말했다.

"정말요?" 그녀가 물었다.

그는 고개를 끄덕였다. 나가리라 확신했지만 너무 졸렸다. 그는 그저 잠깐 동안만 머리를 베개에 다시 눕혔다. 온몸이 따뜻했고 베개는 부드러웠다. 머리 무게가 1톤쯤 되는 듯 너무 무거워서 목 근육으로 움직일 힘이 없었다. 병실이 어두워지고 있었다. 그는 눈을 위로 돌려서 저 멀리 매달려 있는 수액 팩을 보았다. 의사가 조절한 밸브를 보았다. 의사는 그걸 돌렸었다. 그 플라스틱 소리를 기억했다. 수액 팩에 글자가 적혀 있었다. 글자는 거꾸로 뒤집혀 있었다. 거기에 초점을 맞췄다. 열심히 집중했다. 녹색 글자였다. 모르핀이라고 적혀 있었다.

"이런." 그가 중얼거리자 병실은 순식간에 완전한 어둠으로 변했다.

그가 다시 눈을 떴을 때 해는 뒤로 물러나 있었다. 이른 아침이었다. 오후가 아닌 아침이었다. 조디는 창가 의자에 앉아 책을 읽고 있었다. 같은 책이었다. 그녀는 1센티 두께만큼 더 읽은 것 같았다. 원피스는 노란색이 아니라 파란색이었다.

"날이 바뀌었네." 그가 말했다.

그녀는 책을 덮고 일어섰다. 다가가서 몸을 굽혀 그의 입술에 키스했다. 그도 그녀에게 키스하고는 이를 악물고 팔에서 정맥주사 바늘을 빼내 침대 옆으로 떨어뜨렸다. 수액이 바닥으로 연신 떨어지기 시작했다. 그는 몸을 똑바로 세우고 뻣뻣한 머리카락과 두피를 손으로 쓸었다.

"기분이 어때요?" 그녀가 물었다.

그는 침대에 가만히 앉아 발가락부터 시작해서 머리 꼭대기까지 천천히 몸을 살피는 데 집중했다.

"좋아."

"당신을 보러 온 분들이 있어요." 그녀가 말했다. "당신이 깨어난 걸 들었나 봐요."

그는 고개를 끄덕이고 기지개를 폈다. 가슴의 상처를 느낄 수 있었다. 왼쪽에 있었다. 거기에 약점이 있었다. 그는 왼손으로 수액 팩 거치대에 손을 뻗었다. 수직으로 뻗은 스테인리스 스틸 막대였는데, 그 위쪽에는 수액 팩이 끼워지는 나선형 고리가 있었다. 그는 손으로 고리를 잡고 세게 쥐었다. 주삿바늘이 박혔던 팔에는 멍이 들고 총알이 박혔던 가슴에는 아직 그 느낌이 남아 있었지만, 강철 나선형 고리를 원형에서 타원형으로 납작하게 만드는 데는 문제가 없었다. 그는 미소를 지었다.

"좋네. 이제 들어오시라고 해." 그가 말했다.

그는 그들이 들어오기 전에 이미 누군지 알았다. 소리만 들어도 알 수 있었다. 산소통 카트의 바퀴가 삐걱거렸다. 노부인은 옆으로 비켜서서 남편이 먼저 들어가게 했다. 그녀는 새 원피스를 입고 있었다. 남편은 전과 같은 낡은 푸른색 모직 정장을 입고 있었다. 그는 카트를 끌고 아내를 지나쳐서 멈췄다. 그는 왼손으로 카트 손잡이를 잡고 떨리는 오른손을 끌어올려 경례를 했다. 그는 한참 동안 그 자세를 유지했고 리처도 똑같이 응답했다. 리처는 자신의 최고의 열병식 동작을 취하고, 그 동작을 굳게 유지했다. 그가 손을 내리자 노인은 아내가 뒤에서 수선을 피우는 와중에 천천히 카트를 끌고 그를 향해 다가갔다.

그들은 바뀌어 있었다. 여전히 늙었고, 여전히 연약했지만, 평온했다. 아들의 죽음을 아는 것이 모르는 것보다는 나을 거라고 그는 생각했다. 그는 하와이에 있는 뉴먼의 창문 없는 검사실로 돌아가 빅터 하비의 유골이 들어 있던 앨런의 관을 떠올렸다. 빅터 하비의 오래된 뼈. 그는 그 뼈들을 꽤 잘 기억하고 있었다. 그것들은 독특했다. 눈 위의 부드러운 아치, 정수리가 높게 솟고 둥근 두개골. 치열이 고른 하얀 치아. 길고 깨끗한 팔다리. 고귀한 유골이었다.

"아드님은 영웅이었습니다, 아시다시피."

노인이 고개를 끄덕였다.

"그 아인 자신의 의무를 다했어요."

"그 이상이었습니다." 리처가 대답했다. "그의 기록을 읽었습니다. 드윗 장군과 이야기를 나눴어요. 그는 자신의 임무 이상을 해낸 용감한 비행사였습니다. 그의 용기가 많은 생명을 구했습니다. 만약 그가 살아 있다면 지금쯤 별 세 개를 달았을 겁니다. 빅터 트루먼 하비 장군이 되어 어딘가에서 대규모 부대를 이끌거나 펜타곤에서 높은 직책을 맡고 있었을 겁니다."

그들이 듣고 싶은 말이었지만 당연한 사실이었다. 노부인은 여위고 창백한 손을 남편의 손 위에 올려놓았고, 두 사람은 침묵 속에 앉아 젖은 눈으로 18,000킬로 떨어진 곳에 시선을 보내고 있었다. 부부는 어떤 일이 있었을지에 대한 이야기를 서로에게 들려주고 있었다. 과거는 복잡하지 않게 곧게 이어졌으며 이제 고귀한 전사로 깔끔하게 마무리되었고, 그 앞에는 정직한 꿈만 남았다. 그들은 처음으로 그 꿈들을 상상하고 있었다. 이제 그 꿈들은 정당한 것들이기 때문이었다. 그 꿈들은 노인의 거친 호흡에 맞춰 산소통 안팎에서 쉭쉭거리는 산소처럼 그들을 강하게 만들고 있었다.

"이제 행복하게 죽을 수 있어요." 그가 말했다.

리처는 고개를 저었다.

"아직 안 됩니다." 그가 말했다. "추모의 벽을 보러 가셔야 합니다. 아드님의 이름이 거기에 있을 겁니다. 그걸 사진으로 찍어서 저에게 가져다 주십시오."

노인은 고개를 끄덕였고 그의 아내는 눈물 어린 미소를 지었다.

"가버 양이 당신이 개리슨에 살지도 모른다고 하더군요." 그녀가 말했다. "우리 이웃이 되겠네요."

리처는 고개를 끄덕였다.

"그럴 수도 있습니다." 그가 말했다.

"가버 양은 훌륭한 젊은 여성이에요."

"네, 맞습니다, 부인."

"실없는 소리 그만해요." 노인이 아내에게 말했다. 그리고 그들은 이웃이 그들을 태우고 돌아가야 하기 때문에 더 있을 수 없다고 말했다. 리처는 그들이 복도로 나가는 것을 끝까지 지켜보았다. 그들이 떠나자마자 조디가 웃으며 들어왔다.

"의사가 퇴원해도 된대요."

"운전 좀 해 줄 수 있어? 새 차는 아직 안 샀지?"

그녀는 고개를 저었다. "그냥 렌트했어요. 뭘 살 시간이 없었어요. 렌터카 회사에서 위성 내비게이션이 달려 있는 머큐리를 가져왔어요."

그는 팔을 머리 위로 뻗고 어깨를 구부렸다. 느낌이 괜찮았다. 놀랍게도 좋았다. 그의 갈비뼈는 괜찮았다. 통증은 없었다.

"옷이 필요해." 그가 말했다. "예전에 입었던 옷은 다 망가졌을 거야."

그녀는 고개를 끄덕였다. "간호사들이 가위로 잘라 냈어요."

"그때 여기 있었어?"

"난 계속 여기 있었어요." 그녀가 말했다. "복도 아래에 있는 방에서 지내고 있었죠."

"직장은 어떻게 하고?"

"휴직했어요." 그녀가 말했다. "그렇게 해 주지 않으면 그만두겠다고 했죠."

그녀는 합판으로 된 벽장에서 옷 더미를 꺼내 왔다. 새 청바지, 새 셔츠, 새 재킷, 새 양말과 팬티가 모두 접혀서 쌓여 있었고, 그 위에 그의 낡은 신발이 군대 스타일로 각 잡혀 올라가 있었다.

"별거 없어요." 그녀가 말했다. "여기에 너무 많은 시간을 쓰기 싫었어요. 당신이 깨어났을 때 함께 있고 싶었거든요."

"3주 동안 여기 앉아 있었다고?"

"3년처럼 느껴졌어요." 그녀가 말했다. "당신은 온 얼굴을 찡그리고 있었어요. 혼수상태였고, 끔찍해 보였어요. 너무 안 좋아 보였다고요."

"그 위성 뭐라는 거," 그가 말했다. "개리슨 가는 길도 알려 주는 거야?"

"그리 올라가려고요?"

그는 어깨를 으쓱했다.

"그러려고. 좀 쉬어야겠지? 시골 공기가 나한테 좋을지도 몰라."

그러고는 그녀에게서 고개를 돌렸다.

"네가 한동안 나와 함께 지낼 수 있을까? 내 회복을 좀 도와주면서."

그는 시트를 뒤로 던지고 발을 바닥으로 내려뜨렸다. 넘어지지 않도록 그녀가 그의 팔꿈치를 잡아주는 동안, 휘청거리며 느리게 일어나 옷을 입기 시작했다.

하드보일드 액션스릴러의 진수, 리 차일드의 잭 리처 컬렉션

하드웨이 The Hard Way   리 차일드 지음 | 전미영 옮김

아내와 딸이 납치되었다며 리처에게 사건 해결을 의뢰한 레인. 리처는 수사 과정에서 5년 전 레인의 첫 번째 아내가 비슷한 방식으로 납치 후 살해되었다는 사실을 알게 된다. 두 사건 사이에 연결고리가 있음을 직감한 리처는 사립탐정 로런 폴링과 함께 사건의 내막을 파헤쳐 나간다.

출입통제구역 Blue Moon   리 차일드 지음 | 정세윤 옮김

우크라이나인과 알바니아인 갱단이 구역을 나눠 지배하는 마을. 리처는 이들에게 위협받는 노인을 대신해 사채 문제를 해결해주려다가 두 갱단에 오해를 불러일으키면서 조직 간에 난투극이 벌어지게 만든다. 리처는 이들 뒤에 존재하는 코어 집단을 파괴하기 위해 출입통제구역으로 향한다.

10호실 Past Tense   리 차일드 지음 | 윤철희 옮김

아버지의 고향인 뉴햄프셔 래코니아 도로 표지판을 발견한 리처는 충동적으로 래코니아로 향한다. 그 시각, 연인 사이인 쇼티와 패티가 중요한 물건이 담긴 여행 가방을 차에 싣고 뉴욕으로 가던 중 자동차가 고장 난다. 둘은 가까운 모텔을 찾아가는데 투숙객은 두 사람뿐이다. 꼼짝 못하는 신세가 된 두 사람에게 모텔 관리자는 선택의 여지가 없는 끔찍한 제안을 한다.

웨스트포인트 2005 The Midnight Line   리 차일드 지음 | 정경호 옮김

잠시 들른 휴게소에서 산책길에 나선 리처는 전당포 앞을 지나가다 진열창에 놓여 있는 반지를 보고 걸음을 멈춘다. 웨스트포인트의 2005년도 졸업 반지. 4년에 걸친 혹독한 훈련을 이겨낸 자만이 가질 수 있는 영광스러운 반지를 전당포에 맡길 졸업생은 아무도 없다. 리처는 반지의 주인인 여자 생도에게 심각한 문제가 생겼음을 직감하고 추적에 나선다.

나이트 스쿨 Night School   리 차일드 지음 | 정경호 옮김

펜타곤이 리처를 정체불명의 '학교'로 보냈다. 그곳에는 FBI 요원 워터맨과 CIA 분석전문가 화이트가 먼저 와 있다. 왜 그곳에 있는지 영문도 모른 채 앉아 있던 그들 앞에 국가안보위원회의 두 거물이 찾아와, 독일 함부르크 신흥 불법조직에 심어둔 CIA 스파이가 보내온 의문의 메시지를 전한다. '그 미국인이 1억 달러를 요구합니다.' 1억 달러의 어마어마한 가치를 지닌 것은 대체 무엇인가.

메이크 미 Make Me   리 차일드 지음 | 정경호 옮김

"Mother's Rest"라는 독특한 마을 이름에 끌려 기차에서 내리게 된 잭 리처. 그때 리처를 자신의 동료로 착각한 사설탐정 장이 다가와 말을 건네고, 그녀는 리처에게 예전 FBI 동료였던 키버가 이 마을에서 실종되었다며 도움을 청한다. 리처는 키버가 묵었던 객실에서 버려진 종이 뭉치를 발견한다. 거기에는 『LA 타임스』 기자의 전화번호와 "사망자 200"이라는 뜻 모를 메모가 적혀 있다.

퍼스널 Personal　리 차일드 지음 | 정경호 옮김

파리에서 벌어진 프랑스 대통령 저격 사건. 다행히 총알은 빗나갔지만 수사를 진행하는 과정에서 실수가 아니라 일부러 빗맞혔다는 사실이 드러난다. 대통령 저격 사건은 연습에 불과했고, 범인의 진짜 목표는 얼마 후 개최될 G8 정상회담에 참가하는 세계 각국의 정상들이라는 것. 사건을 파헤 치던 리처는 이 모든 사건에 국제 범죄조직들이 연루되어 있음을 알게 된다.

1030 Bad Luck And Trouble　리 차일드 지음 | 정경호 옮김

잭 리처의 진두지휘 아래 각종 임무를 수행했던 최정예 특수부대원 8명. 그 일원이었던 동료가 고도 900미터 상공에서 산 채로 내던져진다. 사건의 전모를 밝히기 위해 리처는 예전 부대원들을 모으고 죽은 동료의 복수를 거행한다.

원티드맨 A Wanted Man　리 차일드 지음 | 정경호 옮김

오래전 폐쇄된 펌프장에서 벌어진 미스터리한 살인 사건. 이를 해결하기 위해 CIA와 국무성에서도 특수요원을 파견한다. 대체 살해당한 사람은 누구인가? 설상가상으로 목격자마저 자취를 감춰버리고 사건은 점차 미궁으로 빠져든다.

악의 사슬 Worth Dying For　리 차일드 지음 | 정경호 옮김

25년간 미제로 남은 한 소녀의 실종 사건과 맞닥뜨리게 된 리처는 마을 전체를 장악한 던컨 일가에게서 악의 기운을 감지하고 사건을 파헤쳐나간다. 단단히 꼬여버린 악의 사슬은 어디서부터 시작된 것인가. 밝히려는 자와 막으려는 자, 이들의 피 튀기는 혈투가 시작된다.

61시간 61Hours　리 차일드 지음 | 박슬라 옮김

버스 사고로 낯선 마을에 머물게 된 리처. 이곳에서는 마약 밀매가 성행하고 경찰들은 속수무책이다. 우연히 마약 거래 현장을 목격한 한 노부인이 증언에 대한 굳은 의지를 보이며 증인으로 나서지만 적들은 시시각각 그녀의 목숨을 노린다. 노부인의 안전을 지킬 수 있는 사람은 잭 리처뿐이다.

사라진 내일 Gone Tomorrow　리 차일드 지음 | 박슬라 옮김

군 출신 유명 정치인의 수많은 훈장 속에 숨겨진 테러 집단과의 경악할 만한 비밀. 수수께끼에 싸인 우크라이나 출신의 미녀와 잭 리처의 만남. 이 모든 것들의 종착지에는 과연 어떠한 내일이 기다리고 있는가.

인계철선

초판 1쇄 인쇄 2024년 5월 7일
초판 1쇄 발행 2024년 5월 14일

지은이 | 리 차일드
옮긴이 | 다니엘 J.
펴낸이 | 정상우
편집 | 이민정
디자인 | 오하스튜디오
관리 | 남영애 김명희

펴낸곳 | 오픈하우스
출판등록 | 2007년 11월 29일(제13-237호)
주소 | 서울시 은평구 증산로9길 32(03496)
전화 | 02-333-3705   팩스 | 02-333-3745
페이스북 | facebook.com/openhouse.kr
인스타그램 | instagram.com/openhousebooks

ISBN 979-11-92385-25-9 04800
      979-11-86009-19-2 (세트)

VERTIGO 는 (주)오픈하우스의 장르문학 시리즈입니다.